U0438521

大师和玛格丽特

Мастер и Маргарита

〔苏联〕布尔加科夫／著

钱诚／译

名著名译丛书

人民文学出版社

Михаил Булгаков
Мастер и Маргарита
据 ГОСЛИТИЗДАТ，МОСКВА，1983 年版译出

图书在版编目（CIP）数据

大师和玛格丽特/（苏）布尔加科夫著；钱诚译.—北京：人民文学出版社，2016 （2025.4 重印）
（名著名译丛书）
ISBN 978-7-02-011590-7

Ⅰ.①大… Ⅱ.①布…②钱… Ⅲ.①长篇小说—苏联 Ⅳ.①I512.45

中国版本图书馆 CIP 数据核字（2016）第 093523 号

责任编辑　李丹丹
装帧设计　刘　静　　陶　雷
责任印制　苏文强

出版发行　人民文学出版社
社　　址　北京市朝内大街 166 号
邮政编码　100705

印　　刷　三河市中晟雅豪印务有限公司
经　　销　全国新华书店等

字　　数　383 千字
开　　本　890 毫米×1290 毫米　1/32
印　　张　14.125　插页 3
印　　数　39001—42000
版　　次　1987 年 5 月北京第 1 版
印　　次　2025 年 4 月第 10 次印刷

书　　号　978-7-02-011590-7
定　　价　36.00 元

如有印装质量问题，请与本社图书销售中心调换。电话：010-65233595

布尔加科夫

布尔加科夫（1891—1940）

　　二十世纪俄罗斯文学大师。出生于基辅市一个神学教授之家。1920年弃医从文，开始文学生涯。著有小说《白卫军》《狗心》，话剧《逃亡》《莫里哀》等。

　　《大师和玛格丽特》是俄罗斯少有的一部带有魔幻怪诞色彩的小说，在作者逝世二十五年后才得以公开发表。巧妙的构思、离奇的情节、深刻的哲理和完美的艺术形式，吸引了一代又一代读者，在西方和俄罗斯被誉为"讽刺文学、幻想文学和严谨的现实主义文学的高峰"。

译　者

钱诚　（1922—　），本名钱育才，字裕民，河北定州人。1945年毕业于国立大学哈尔滨学院，任俄语翻译。后又毕业于长春大学法学院和哈尔滨外专。1950年至1951年在哈外专编著《俄语语法》。1979年调北京师范大学任《苏联文学》杂志副主编。曾译托尔斯泰、屠格涅夫等作家的作品多部，索尔仁尼琴《古拉格群岛》第三卷及短篇小说。

出 版 说 明

  人民文学出版社从上世纪五十年代建社之初即致力于外国文学名著出版，延请国内一流学者研究论证选题，翻译更是优选专长译者担纲，先后出版了"外国文学名著丛书""世界文学名著文库""二十世纪外国文学丛书""名著名译插图本"等大型丛书和外国著名作家的文集、选集等，这些作品得到了几代读者的喜爱。

  为满足读者的阅读与收藏需求，我们优中选精，推出精装本"名著名译丛书"，收入脍炙人口的外国文学杰作。丰子恺、朱生豪、冰心、杨绛等翻译家优美传神的译文，更为这些不朽之作增添了色彩。多数作品配有精美原版插图。希望这套书能成为中国家庭的必备藏书。

  为方便广大读者，出版社还为本丛书精心录制了朗读版。本丛书将分辑陆续出版。

人民文学出版社
2015 年 1 月

前 言

"盖棺公论定,不泯是人心"。这句古话看来只表达了部分真理。无数史实表明,人心不泯确系不易之论,而盖棺论定则未必尽然。对《大师和玛格丽特》及其作者米·布尔加科夫评价的变迁便是适例。

三十年代脱稿、六十年代始得与苏联读者见面的《大师和玛格丽特》,甫问世即轰动文坛,引起国内外强烈反响,议论声二十年经久不息,而且,如一位评论家所说,"每篇评论都大有引出另一篇新评论之势,这种情形一时似难结束"。一部描写古代传说和半世纪前的苏联生活的作品,何以引起八十年代读者如此广泛的兴趣?为什么小说一版再版,还总是立即被抢购一空呢?另一方面,苏联一些权威性资料中关于布尔加科夫的条目内容一再修改,由对他严厉批判变为肯定其创作及艺术成就,对这部作品由"默杀"转到承认其为讽刺哲理小说,这都是十分耐人寻味的。

《大师和玛格丽特》究竟是怎样一部书?它是一本"对二三十年代苏联社会现实进行恶意嘲讽"、"主张向恶势力投降并为它服务"的怪诞小说呢?抑或是"启迪人们内心的善,净化人的心灵"、"帮助人们牢牢把握住自己内心的道德准绳"、歌颂"人对真善美的大胆追求的""当代苏联文学中的一部主要杰作"呢?众说纷纭。本书作者布尔加科夫又究竟是一个"不理解无产阶级十月革命"、"暴露了本身的人道主义弱点"的平庸作家呢?还是一位思想深邃、"以大无畏精神向一切恶提出挑战"、"集讽刺作家、幻想题材作家、现实主义作家的天才于一身"的文学大师呢?他为何曾把花费两年心血写到第十五章的这部作品的原稿付之一炬,后来又重新握笔,前后历时十二载,八易其稿呢?他在自知身患绝症、不久人世的情况下,在生活困苦、精神压力沉重、明知这部作品不可能发表的处境中,是什么力量支持他坚持修改并补充它,直至生命之烛燃尽呢？现在看来，至少可以说：盖棺时某些人论定他为"反政治的小说家和不严肃的幽默家"，把他的作品说成是"存心取悦于读者"、"恶意讽刺现实"等，这些结论是下得过于仓促了。为布尔加科夫恢复名誉成为苏联文艺界一桩重要事件，他的作品在八十年代仍如此畅销，这里必定有其内在原因。我们应该努力通过作者的思想、生活及创作道路探索他的创作意图，在作品本身中寻找其艺术魅力的源泉及上述问题的答案。

米哈伊尔·阿法纳西耶维奇·布尔加科夫一八九一年五月十五日出生于基辅市一个神学教授的家里。年幼的米哈伊尔在这个鄙薄骄奢、追求理想、崇尚平和、喜爱独立思考的典型俄罗斯知识分子家庭里，在多子女和睦相处的幸福环境中，受到了良好的教育。他自幼喜爱文学、音乐、戏剧，曾幻想当歌剧演员。九岁时初读《死魂灵》，便深深爱上了果戈理独特的讽刺艺术风格。但他中学毕业后，却考入了基辅大学医学院。十月革命时他已是个大学毕业后在斯摩棱斯克省一所官立医院工作了一年半的年轻医生了。一九一八年春他返回基辅家中，不久即作为医生被佩特留拉分子征召。逃出后再度被征召。一九一九年国内战争的风云把他带到了大高加索山脉北麓的弗拉季高加索（今奥尔忠尼启则市）。他在这里为地方报刊写些小文章，为剧院写些宣传鼓动性剧本，初步显露出幽默和讽刺的天才。次年二月十五日，他毅然宣布完全放弃医生职业，开始了文学生涯。两年后他开始在《汽笛报》工作，同时为其他报刊撰稿，以亲身经历为题材写出了一系列发人深思的短篇小说、特写和小品文等，对当时种种不良社会现象进行了揭露和嘲讽，以其深入而细致的观察和风趣而辛辣的语言赢得了广大读者的喝彩。他的中篇小说《不祥的鸡蛋》在社会上引起强烈反响，受到高尔基等人的重视。一位有才华的讽刺作家和剧作家趋于成熟。但与此同时，矛盾也日益暴露了。据老作家瓦·卡达耶夫回忆，布尔加科夫比当时《汽笛报》大多数记者年长十岁左右。由于出身、经历及所受教育的不同，在对许多问题的认识上他与周围一些革命热情甚高、但缺乏理论甚至文化修养的年轻人之间的分歧越来越大，一些自封为"革命文学"

代表的人对他的指摘也日益激烈。

二十年代是苏联政治思想领域充满激烈斗争的时期，文艺界的情况尤为复杂。当时，被列宁斥为"伪造历史唯物主义和玩弄历史唯物主义"的所谓"无产阶级文化派"正在大力推行其否定过去一切文化、创建特殊的"无产阶级文化"的实验。"拉普"自封为马克思主义文艺理论的唯一诠释者，提出"没有同路人，不是同盟者就是敌人"的错误口号，动辄把创作思想和方法上的分歧说成政治问题，把一切讽刺文学都看成"给苏维埃社会抹黑"。连马雅可夫斯基的讽刺剧《澡堂》也遭禁演。用维·奥泽罗夫的话说，当时"教条主义和宗派主义思想、粗暴的命令主义和宗派主义方法造成了一种令人无法忍受的气氛"。

在这样的时期，一九二六年十月，公演布尔加科夫根据其长篇小说《白卫军》改编的剧本《图尔宾一家的命运》（以下简称《图尔宾》）当然会引起强烈反响。剧场里虽然场场满座，但在许多群众为它欢呼的同时，也有些人愤怒地谴责此剧，叫喊"美化资产阶级知识分子"、"为白卫军辩护"、"仇视革命"。因此一九二七年《图尔宾》曾一度被禁演。接着，瓦赫坦戈夫剧院上演他的《佐伊卡的住宅》和《紫红岛》。作者为此受到越来越猛烈的攻击，他的住处受过搜查，本人受过传讯，有的作品（如中篇小说《狗心》）被查禁、被没收。他在一九二七年以《青年医生札记》的总题目发表的一组短篇小说，实际上便成了他生前在苏联发表的最后一部作品。在这种形势下，莫斯科艺术剧院关于公演他的另一部话剧《逃亡》的预告引起了轩然大波是很自然的。尽管高尔基也认为《逃亡》"是一部极好的喜剧，看不出对白卫军有任何美化"，但结果，不仅《逃亡》未能上演，连《佐伊卡的住宅》《紫红岛》和《图尔宾》等也都被禁演了。

只是二十年后，当《斯大林全集》出版时，人们才知道，原来是斯大林在一九二九年初写的一封信中曾指出："布尔加科夫的《逃亡》……是企图为白卫分子的活动作辩护或半辩护的表现……是一种反苏维埃现象"。斯大林还曾表示希望作者对《逃亡》中的八个梦"再增加一两个梦"，以便写出"国内战争的社会动力……使观众能够了解……布尔什维克做得完全正确"。当时的收信人是否曾把斯大林这一希望转告作者，我们不得而知，但事实是：《逃亡》没有补充，也未能上演。在同一封信中斯大林还说，《图尔宾》"这个剧本本身并不那么坏，因为它给我们的益处比害处多……显示了布尔什维克无坚不摧的力量"，可他同时又认定剧作者并无达到这种客观效果的主观愿望。这样，布尔加科夫的种种遭遇和焚稿就不难理解了。但布尔加科夫并未被压垮，他决心"微笑着接受厄运的挑战"，表现了坚定的信念和锲而不舍的精神。一九二七年，他开始写作以法国古典喜剧大师莫里哀的生平为背景的剧本《莫里哀》。据作者自己说，这个剧是为了突出"艺术家与政权"的主题，表现"真正的艺术与君主专制制度的互不相容"。第二年他开始了长篇小说《大师和玛格丽特》的创作。

然而，舆论和生活的压力毕竟是巨大的。在作品不能发表、生活困难、朋友疏远、走投无路的情况下，布尔加科夫迈出了他生平重要的一步——一九三〇年三月二十八日他直接给苏联政府写了一封坦率而诚挚的信。他直言不讳地说明了自己的处境："我分析了我的剪报册，发现国内报刊上对我十年来的文学创作活动总共刊载过三百零一篇评论，其中赞扬的只有三篇，其余二百九十八篇均属敌视和谩骂的。"他声明他的立场和态度被评论界歪曲了，请求当局只根据作品对他进行评价，不要夹杂其他因素。同时，他请求政府在莫斯科艺术剧院给他一个助理导演的职位，并说："如果不能任命我为助理导演，我请求当个在编的普通配角演员。如果当普通配角也不行，我就请求当个管剧务的工人。如果连工人也不能当，那就请求苏联政府以它认为必要的任何方式尽快处置我，只要处置就行……"

一九三〇年四月十八日，布尔加科夫家里沉默已久的电话忽然响起来——电话是斯大林亲自打来的。事后，作家的夫人叶莲娜·谢尔盖耶夫娜根据丈夫的口述在日记里追记了这段谈话：

斯大林　您的信，我们收到了。我们几个同志都看过了。我们表示同意，您会接到答复的。不过，或许真的应该放您到国外去？怎么，我们已经使您很厌烦了吗？

布尔加科夫　最近这个时期我一直在反复思考：一个俄罗斯作家能不能居住在祖国之外？我觉得，不可能。

斯大林　您想得对。我也这么想。您是希望在哪儿工作？是在艺术剧院吗？
布尔加科夫　是的，我希望这样。我表示过这种愿望，但他们拒绝了。
斯大林　那您就递一份正式申请嘛！我看，他们会同意的……

斯大林的电话就是对那封信的回答。日理万机的斯大林亲自打来电话，这本身就足以说明许多问题了。后来，布尔加科夫被录用为助理导演了，业余仍从事文学创作。这期间他完成了剧本《莫里哀》和一部同名传记体中篇小说及一个剧本《亚当和夏娃》，还为巴黎出版社修改了《白卫军》全文，并重新开始写《大师和玛格丽特》。一九三二年一月中旬，苏联政府作出决议：可以恢复《图尔宾》的上演。二月十八日该剧重新与观众见面。演出结束时观众以热烈的掌声和欢呼声要求与剧作者见面，演员谢幕达二十次，但待在后台的作者却始终没有露面。他当时的心情是十分复杂的，因为他最清楚自己的处境：其他作品仍然不能发表或上演，几篇新作送审后没有回答，出国旅行的申请遭到拒绝，当局对他的看法不见好转。不过，逆境却使这个"自幼腼腆、斯文、安静"的人充分显示了他真正的品质。他认为："作家不论遇到多大困难都应该坚贞不屈……如果使文学去适应把个人生活安排得更舒适、更富有的需要，这样的文学便是一种令人厌恶的勾当了。"他言行一致，不顾戏剧界权威斯坦尼斯拉夫斯基的意见，拒绝修改《莫里哀》，坚持贯彻自己的创作意图，致使该剧的上演一拖几年，上演后又随即受到《真理报》的严厉批判而停演。他又拒不按出版者的意图修改同名小说《莫里哀》，小说因而也未能出版。他坚守自己的人生信条。在临终前十天他还对初次来探视的全苏作协书记法捷耶夫直率地谈出了自己对许多人和事的看法，使这位来作"礼节性探视"的"文艺界大官"深受震动，不由得坐了几个小时，事后还为与他相知太晚而深感遗憾。法捷耶夫终于承认布尔加科夫"是一个不论在创作上，还是在生活上都没有背起沉重政治谎言包袱的人。他走过的是一条真挚的人生之路。"歌德说过："每个艺术家身上都有一颗勇敢的种子。没有它，就不能设想会有才华。"布尔加科夫的才华是和他的勇敢分不开的，他把自身的命运牢牢掌握在自己手里。米哈伊尔·布尔加科夫一九四〇年三月十日于莫斯科逝世。他的《大师和玛格丽特》直至一九六六年十二月才由苏联大型文学刊物《莫斯科》首次发表。

初看,《大师和玛格丽特》似乎"就是一个魔王沃兰德走访莫斯科,捉弄'莫斯科居民'的荒诞故事",具有"明显的讽刺现实的意义"。再看,我们便会被"小说中的小说"——彼拉多处死耶稣的情节所吸引,它使我们产生一种新鲜感的同时,还在我们头脑里画出一些暂时还轮廓不清的问号。又仔细读一遍,我们便会吃惊地发现作者是多么巧妙地把历史传奇、神秘幻想和二三十年代的莫斯科现实生活糅合起来,让人和妖、神和鬼、贤和愚、美和丑一齐来显示其本来面目,把许多表面上彼此无关、实质上涵义相通的故事连成了一个独特的有机的艺术整体。由此,我们不由得便要思考各种人物——历史的、幻想的、现实的人物的命运,探索作者的创作意图,当然,这时便难免仁者见仁、智者见智了。无怪乎康·西蒙诺夫说:"《大师和玛格丽特》属于这样一类书,对这类书,不同的读者将抱着不同的态度阅读它,各自从不同的角度喜爱它,各自从中汲取不同的养分。"

不论从艺术结构上看,还是从思想内涵上看,《大师和玛格丽特》都是一部多层次、多侧面的复杂作品。在这里,社会庸俗生活的画面、一张张丑恶嘴脸、纯真的爱情、执著的追求、善恶美丑之间的斗争、人生价值的思考、精神支柱的求索、永恒真理的探讨,都各自在不同层次上显示着艺术魅力;从人物的心理描写、性格刻画,到餐厅、剧院、机关、商店里的种种景象,一个个不同的侧面使我们目不暇接。布尔加科夫以其丰富的艺术想像力和高超的结构技巧把我们带进一个奇妙的世界。在这里,我们会感到遥远的历史事件仿佛就发生在眼前,虚幻的东西仿佛是现实,生活中的现实反而像是梦幻;有些乍看使我们感到荒唐之极、为之震惊的现象,冷静一想,却原来是早已司空见惯的,只是我们过去没有留意或不敢去想它而已。作者带着我们时而飞向月宫,时而进入地狱,时而倒退两千年站在各各他的十字架旁,时而又回到莫斯科,待在精神病院……可是,我们并不因这迅速的时空变化而头晕目眩,反倒觉得情节错落有致,线索泾渭分明,每个悬念都有着落,每一伏笔都有交待,处处可见作者长期构思的痕迹。读后掩卷沉思,透过离奇的情节和揶揄的语言,我们便能感到,贯穿全书的是作者严肃的哲理思考。耶舒阿(即耶稣)为信念献身、彼拉多落得千年悔恨、柏辽兹无法支配自己、伊万变成另一个人、大师未能进入光明世界、玛格丽特得偿夙愿、急慢忘身者当众出丑、撒旦对人心进行考验,这一切实质上都在说明一个中心问题:精神支柱对于个人以及整个社会的极端重要性。精神支柱是须臾不可或缺的,缺了它,人不过是一具行尸走肉,社会便失去其赖以维系的力量,变为互相撕咬的一群。

有人说柏辽兹是"魔王恶作剧的无辜牺牲品"。在作者看来,这里既没有恶作剧,也谈不到无辜。他认为,可恶而又可怕的并不在于相信耶稣和撒旦的存在与否,而在于不应由此得出结论:既然没有上帝和魔鬼,人便可以为所欲为,并从而否定一切文化传统、精神价值和人们心中的"上帝"——最根本的善恶观念。作者认为,正是这种认识中蕴含着对人类发展前途的莫大危险。作品反映出一位有历史责任感的文学大师对人类文化传统、对善与恶这一永恒主题的严肃思考。这是作者人生哲学和创作思想的总结,是他留给后世的宝贵遗产。

把现实、幻想、历史、神话糅到一起的怪诞形式只是为创作意图服务的手段,是内容本身的需要,不是作者的目的,更不是为了"取悦读者"。作者确实在嘲笑和讽刺,但他不是在抒发胸中的郁悒,而是在严肃地批判。使用奇特的手法不是哗众取宠,而是为了更鲜明地突出人们习以为常的某些事物的实质。为了揭示本质,启迪人思考其未曾思考、不愿或不敢思考的问题,而让神怪出现,让无生物说话,用狗、马等动物的眼睛进行观察等手法,在文学作品中原本不是鲜见的。总之,作者的"笑"是严肃的,是有积极意义的,它不只是在否定,而本身就包含着肯定。作者为我们留下的是一部独特的幻想哲理小说。

构成这一艺术整体的几十个人物,都有"个性",都呈现为一个小小的"世界",都是这个整体所必需的。但是,本书的真正主人公是谁?对这个问题还存在不同的看法。从书名看,很明显。但如果思考一下作品的内容、创作过程、作者的处境以及确定最后书名之前的几种方案(《魔法师》《蹄足顾问》等),看法就不尽相同了。这里只对其中几个人物作些简单的分析。

"黑暗世界之王"沃兰德的形象贯穿全书。按传统看,他应是"恶"的象征;他与马太的对话像是在为黑暗和恶辩护;他的随从也在莫斯科作出了许多荒唐事。但这并不足以说明他就是恶的化身。他来莫斯科,目的是了解"莫斯科居民的内心是否发生了变化",他认为这个问题比物质建设成就"更为重要"。为此,他选择了剧院这一最容易观察大众的场所。他没有恶作剧,只是造出一些夸大事物本质的环境来检验人们大声宣布的信念是否真诚,是否坚定。他与靡非斯特不同,他既不保护恶,也不诱人作恶,只是按"分工"管理那些该由他管的(作恶的)人。我们看到,他既没有参与耶路撒冷那场大悲剧,也没有想影响莫斯科的生活。他局限于考验和观察。柏辽兹、索克夫、麦格尔的死只是他所预见到的。在他的考验面前,自称无神论者的柏辽兹和伊万却暴露了他们的信念的脆弱性(看到"透明男人"便"面无血色,心慌意乱";去追赶外国教授要拿起蜡烛,挂上圣像)。至于"卢布雨"和"法国时装",分明是"戏法",但人们就是宁愿信其真,不愿信其假。非分之想、贪欲之心迷住了人们的良知,才招来了侮辱。"物必自腐,而后虫生"。既然人自己不尊重自己,岂能指望别人尊重他?沃兰德非但不迫害善,不倡导恶,他还尽可能帮助善良的人和回心向善的人。沃兰德没有干涉生活的自然发展,而是听任人们在各自面前的许多道路中自由选择。当然,道路可以自由选择,但后果也必须自己承担。

还可以从沃兰德关于亚巴顿的谈话看出他对善与恶所持的超然态度。而如果从他最后飞离麻雀山时恢复的本来面目看,他又像是自然界和生活本身,即体现着伟大辩证法、包含着矛盾、包含着光明与黑暗、善与恶、同时又超然于这一切之上的大自然本身。总之,沃兰德不是善的对立面。他的形象非但不使人产生憎恨、厌恶或恐惧,倒毋宁说,在这个没有沃兰德的世界里,或许人们还宁愿出现这样一个沃兰德呢。

直到第十三章才正式登场的大师是个始终不知姓名的人。这位历史系毕业生只因中彩得了一笔钱,便自认为生活有了保障,遂放弃博物馆的工作,去专门从事写作。他的秘密情人玛格丽特崇拜他的才华,称他为"大师",他也就以大师自称。由于他以耶稣故事为题材写的小说刚发表一部分便遭到围攻,他惶恐万分,最后抛弃一切,逃进疯人院。他发现疯人院里"并不那么糟",因为那里一切听安排,无须自己思考。这个人确实以极大的勇气和热情写出了一部小说,但他自己又把它烧毁了。后来,当沃兰德问他将来的打算时,他表示:即使有可能,他也无意再从事写作。他做的另一件事是培养了一个"学生"——伊万。但是这个在大师启发下"明白了许多道理"的伊万并没有走大师的路。大师最终没有赢得光明,只配从沃兰德那里得到永安。玛格丽特身上无疑体现了俄罗斯女性的优秀品质。她那炽烈的爱、善良的心、对美好事物的执著追求和勇敢的献身精神,都具有很强的感染力。她和大师的最后结局无疑也是作者为永恒的爱谱写的一首颂歌。

作者对彼拉多的独特处理主要不在于这一人物是否符合《圣经》或历史,而在于作者赋予他的新的特质发人深思。作者通过彼拉多向我们揭示了耶舒阿道出的一条重要真理:怯懦是人类最可怕的缺陷。

彼拉多曾是驰骋疆场的骑士,因屡建战功深得官廷赏识,成了罗马帝国派驻犹太的总督。论经历,论爵位,似乎他身上都绝无怯懦可言。但作者却通过对他的内心的挖掘,向我们揭示出怯懦的更深层的涵义。从根本上说,具有决定意义的善恶斗争本来就是在深层,而不是在表层进行的。

彼拉多的沙场经历使他习惯于相信力量,不相信人的善意。但他还是个没有丧失良知的人,因此,耶舒阿的话,尤其是关于真理王国和怯懦的话,深深震动了他。他理解耶舒阿,但又不敢正视这一点,因为这违背他为之服务并赖以保持爵位的理论;他知道无辜的义人耶舒阿将因犹大的出卖被处死,他想释放他,不愿杀害义人,不愿成为犹大的同谋者。但是,这位深知政治游戏中的残酷性的总督又不敢不考虑地方当局的意图。这时在职务和个人良心的夹缝中痛苦挣扎的彼拉多便开始寄希望于耶舒阿本人。他根据自己的怯懦人生哲学断定,耶舒阿也会为了免于一死而暂时撒谎(只要不承认对犹大讲过的话就行了),于是他极力给受审人以暗示。当他看到耶舒阿按自己的信念行事,选择了讲真话(即死亡)的道路时,他暴露出他的怯懦心理。但他仍不甘心让"流义人血之罪"落到自己身上,他三次询问大祭司到底要释放谁,其目的无非是想说:"流义人血之罪,不在我身上,你们自己承担吧!"

最后,当死刑已经执行,怯懦已造成千古恨时,他后悔了。原先他还摆出理所当然的样子说,总督不会愿意为了一个流浪人的生命而断送自己的前程,此刻他却宁愿断送了。他千方百计想减轻良心上的重负,但一切都无济于事,他的良心找不到避风港,他永远不得安宁。甚至最后同耶舒阿一起走在月光路上时,他还在恳求这个流浪哲人证明"死刑没有执行",尽管这时他对怯懦已有了新的认识,认为它是"人类最大的缺陷"……多少人由于一时的怯懦而造成终生悔恨,人类由于某些人的怯懦而遭受过多少原本可以避免的灾难啊! 所以,作者不允许彼拉多像《圣经》故事中那样在众人面前洗手了事,而是让良心惩罚他两千年,这样严厉的惩罚具有深刻的涵义。

曾有人指出《大师和玛格丽特》中这样那样的不足以及作者的世界观、道德观方面的问题。但是,无论如何,瑕不掩瑜,作者留给我们的毕竟是一部非同寻常、耐人咀嚼、发人深省的杰作。今天,布尔加科夫的作品已为越来越多的人所理解,所接受。他在俄罗斯和世界各国读者中的声望越来越高。这一事实证明了本书中的另一个中心思想,即某些价值是永存的。真理可能一时不被接受,但终究会被接受。"不泯是人心"。

借此机会谨向翻译此书过程中给予我帮助的各位专家和同志表示由衷的感谢。

译 者
一九八六年二月于北京

目 录

第一部

第 一 章　永远别跟生人攀谈 …………………………… 003
第 二 章　本丢·彼拉多 …………………………………… 018
第 三 章　第七项论证 ……………………………………… 043
第 四 章　追捕 ……………………………………………… 049
第 五 章　在格里鲍耶陀夫之家 ………………………… 057
第 六 章　果然是精神分裂 ……………………………… 072
第 七 章　凶宅 ……………………………………………… 081
第 八 章　教授与诗人交锋 ……………………………… 093
第 九 章　卡罗维夫的花招 ……………………………… 102
第 十 章　雅尔塔急电 …………………………………… 113
第十一章　伊万人格二重化 …………………………… 125
第十二章　表演魔术，披露内幕 ……………………… 129
第十三章　主人公现身 …………………………………… 145
第十四章　光荣归于雄鸡 ……………………………… 166
第十五章　尼卡诺尔的梦 ……………………………… 175
第十六章　行刑 …………………………………………… 188
第十七章　惶惶不安的一天 …………………………… 200
第十八章　碰壁的来访者 ……………………………… 213

第二部

第十九章　玛格丽特 …………………………………… 237

第 二 十 章	阿扎泽勒的回春脂	251
第二十一章	飞翔	257
第二十二章	烛光熠熠	272
第二十三章	撒旦的盛大晚会	286
第二十四章	唤来大师	303
第二十五章	总督如此拯救犹大	329
第二十六章	掩埋	340
第二十七章	第50号住宅的末日	362
第二十八章	最后的风波	377
第二十九章	命运注定	392
第 三 十 章	时辰到！时辰到！	397
第三十一章	麻雀山上	410
第三十二章	宽恕和永安	414
尾　声		421

第 一 部

"你到底是何许人?"
"我属于那种力的一部分,
它总想作恶,
却又总施善于人。"

——歌德《浮士德》

第一章　永远别跟生人攀谈

暮春的莫斯科。这一天，太阳已经平西了，却还热得出奇。此时，牧首①湖畔出现了两个男人。身材矮小的那个穿一身浅灰色夏季西装，膘肥体壮，光着秃头，手里郑重其事地托着顶相当昂贵的礼帽，脸刮得精光，鼻梁上架着一副大得出奇的角质黑框眼镜。另一个很年轻，宽肩膀，棕黄头发乱蓬蓬的，脑后歪戴一顶方格鸭舌帽，上身穿方格布料翻领牛仔衫，下面是一条皱巴巴的白西服裤，脚上蹬一双黑色平底鞋。

这头一位不是别人，正是柏辽兹②·米哈伊尔·亚历山大罗维奇，他是莫斯科几个主要的文艺工作者联合会之一"莫文联"的理事会主席，同时兼任某大型文学刊物的主编。他身旁的年轻人则是常以"无家汉"③的笔名发表作品的诗人波内列夫·伊万·尼古拉耶维奇。

两位作家一走进刚刚披起绿装的椴树林荫中，便朝着油得花花绿绿的商亭快步走去，商亭的招牌上写着："啤酒，汽水"。

噢，对了，我必须首先交待一下在这个可怕的五月傍晚发生的头一桩怪事：这时，不仅商亭旁边没有人，就连与小铠甲街平行的那条林荫道上也不见一个人影；太阳把整个莫斯科晒得滚烫，现在正裹着干燥的烟尘向花园环行路西面沉去，人们热得似乎连喘气都费劲，可是却没有一个人走进这椴树荫下，没有一个人坐到这张长椅上。整个林荫道空空荡荡。

---

① "牧首"即宗主教，在俄罗斯东正教中称牧首，是最高级的主教，教会最高首脑。牧首湖是莫斯科市内一个小公园，内有水池，后改名为少先队员湖。
② 这个姓氏不同于一般俄罗斯人姓氏，与法国音乐家柏辽兹（或译陪辽士，1803—1869）姓氏的俄文写法相同。
③ 音译为：别兹多姆内。意为：无家可归的人，流浪汉。

"请给我们两瓶纳尔赞矿泉水①。"柏辽兹对柜台里面的女售货员说。

"没有纳尔赞矿泉水!"售货员回答,不知为什么她好像很生气。

"有啤酒吗?"无家汉用嘶哑的声音问。

"啤酒过一会儿才能运来。"妇女回答。

"那,有什么?"柏辽兹问。

"有杏汁水。不过,是温吞的。"妇女回答。

"行啊,来两瓶吧,两瓶!……"

打开杏汁水,冒出很多黄色泡沫,空气中顿时弥漫开一股理发馆的气味。杏汁水刚刚下肚,两位文学家就打起嗝来。他们付清账,坐到长椅上,面对湖水,背朝着铠甲街。

这时又发生了第二桩怪事,不过它只涉及柏辽兹一个人:忽然,柏辽兹不再打嗝了,只觉得心脏咚地跳了一下,便无影无踪了;过了一会儿心脏回到原处,上面却像是插了一根钝针。不仅如此,他还突然感到一种莫名其妙的恐惧,恨不得马上不顾一切地逃离这牧首湖畔。他惶惑地回头望了望,仍不明白自己究竟怕什么。他的脸变得煞白,他掏出手绢擦了擦额头,暗自想:"我这是怎么啦?从来没有过这类事呀……准是心脏出了毛病……劳累过度。看来是得大撒手了,让一切都见鬼去吧,我呢,先到基斯洛沃德斯克去疗养疗养……"

忽然,他觉得闷热的空气仿佛浓缩起来,奇妙地在他眼前交织成了一个透明的男人,样子异常奇特:脑袋很小,却戴着一顶大檐骑手便帽,方格料子上衣十分瘦小,像空气一样轻飘飘的……身高足有两米开外②,肩膀却很窄,瘦得出奇,而且,请您注意,他那副神态活像在捉弄人。

柏辽兹的生活向来一帆风顺,所以他很不习惯于看到异常现象。他脸上没有一丝血色了。他瞪着眼睛,心慌意乱,暗想:"这种事是不

---

① 苏联北高加索的疗养胜地基斯洛沃德斯克有纳尔赞碳酸矿泉,泉水对心脏病有疗效。

② 原文为"一俄丈",俄丈长度为2.134米。

可能的！……"

可是，有什么办法呢，这种事确实在他眼前发生了：瞧，那个细高个儿的透明公民双脚飘离地面，正在他眼前左右摇晃呢！

柏辽兹吓得急忙闭上了眼睛。当他再睁开眼时，一切已经过去：幻影消失了，穿方格衣服的家伙不见了，插在心脏上的那根钝针也像同时被拔去了。

"咳，真见鬼！"主编大声说，"你看这事儿，伊万，刚才我差一点中暑！甚至出现了幻视！"虽然他强作笑容，眼神里却依然透着恐惧，两手还在抖动。

但他终于渐渐镇静下来，把手绢一挥，打起精神说："好吧，咱们接着谈……"他继续谈起了刚才因喝杏汁水中断的话题。

我们后来才知道，那是一场有关基督耶稣的谈话。原来主编柏辽兹曾约请诗人为下期杂志创作一首反宗教题材的长诗。无家汉只用很短时间就写出了一首，但遗憾的是主编对这首诗很不满意。尽管无家汉在诗中描绘主要人物耶稣时所用的阴暗色调已经相当浓重，主编还是认为全诗必须重写。现在，主编就是在给无家汉上有关耶稣的"课"，指出这位年轻诗人的主要错误所在。伊万·尼古拉耶维奇的诗究竟为什么没有写好，这很难说。也许该怪他有天才而不善于表达，也许是因为他对所写的题材一无所知。总之，他笔下的耶稣虽说并不讨人喜欢，但却完全是个活生生的人。而柏辽兹现在就是要向他说明：主要问题不在于耶稣本人好坏，而是耶稣这个人物本身在历史上根本没有存在过，所有关于耶稣的故事纯属虚构，全是不折不扣的神话。

应该说明，这位主编本是个博古通今的大学问家，他的谈话自然是旁征博引，有根有据。譬如，他指出：著名的斐洛①和博学多才的约瑟夫·弗拉维②等古代学者的著作中就只字未提耶稣其人的存在。这位主编为了表明自己学贯古今，还顺便告诉诗人说：著名的塔西佗的《编

---

① 斐洛（约公元前30—约公元45），古犹太神秘主义哲学家。他的主张对以后的基督教神学有很大影响。恩格斯曾说他"是基督教的真正的父亲"。
② 约瑟夫·弗拉维（约公元37—100），古犹太历史学家，著有《犹太战争史》《犹太古代史》等。

年史》第十五卷第四十四章中所写的处死耶稣之事①也无非是后世人的伪托编造。

对无家汉来说，柏辽兹所谈的一切全都闻所未闻，他唯有用一双机敏的绿眼睛盯着主编，专心致志地洗耳恭听，只是偶尔打个饱嗝，暗暗咒骂那该死的杏汁水。

"东方人的所有宗教中，"柏辽兹继续说，"总的说来，全都提到过贞洁处女生育神子的事。所以，并不是基督徒们首先想出了这个新花样，他们只不过用同样方法造就了一个自己的、实际上并未存在过的耶稣而已。因此，您的诗也就应该把重点放到这方面……"

柏辽兹的男高音在冷清清的林荫道上空飘悠、回荡着。他的宏论一步比一步玄远，一层比一层深奥，除非异常饱学而又不担心弄坏自己脑子的人，没有谁敢钻进如此奥秘的学术领域。诗人越听越有兴趣，所受的教益也越来越多：他不仅听到了关于埃及善神和天地之子奥西里斯②的故事，得知腓尼基人有个法姆斯神③，知道了马尔都克④，甚至还听到了关于不甚有名的、从前墨西哥的阿茨蒂克人⑤曾经十分尊崇的那位威严可怖的韦齐普齐神的故事。

恰恰是在米哈伊尔·亚历山大罗维奇对诗人讲到阿茨蒂克人怎样用面团塑造韦齐普齐神的形象时，林荫道上出现了头一个身影。

关于这个人的外貌，坦率地说，只是到了后来，到了一切都已无法补救的时候，各有关机关才提出各自的描绘材料。可是，把这些材料一对照，又不禁使人瞠目结舌：一份材料说此人身材矮小，镶着金牙，右腿瘸；另一份材料则说他身躯魁伟，镶的是白金牙套，左腿瘸；还有一份材

---

① 塔西佗（约公元 55—120），古罗马历史学家，著有《历史》《编年史》等。《编年史》第十五卷第四十四章中提到尼禄用残酷手段惩罚基督徒时写道："他们（指基督徒——译者）的创始人是基督，在提贝里乌斯当政时期便被皇帝的代理官彭提乌斯·彼拉图斯（即官话本《圣经》中说的本丢·彼拉多。——译者）处死了。"只此一处提到基督。
② 古埃及神话中的植物神。这个神话对后来的耶稣传说有影响。
③ 即塔穆斯，古巴比伦神话中的植物神，每年收割时死去，春季幼枝发芽时复活。
④ 古巴比伦神话中的"众神之王"，曾"战胜妖怪，创造世界万物"。或译马杜克。
⑤ 或译"阿兹台克人"，墨西哥的印第安部族，十六世纪前曾创造独特的文化。

料只是简要地说此人没有任何特征。

我们不得不承认:这些材料统统一钱不值。

首先,这个人身材并不矮小,可也说不上魁伟,只不过略高一些,他的两条腿都不瘸。至于牙齿,则左边镶的是白金牙套,右边是黄金的。他穿着昂贵的灰色西装,脚上的外国皮鞋与西装颜色十分协调。头上一顶灰色无檐软帽歪向一旁,压到耳梢,显得整个人那么俏皮、矫健;他腋下还夹着一根手杖,手杖顶端镶着个乌黑的狮子狗头。看模样年纪在四十开外。嘴有点歪。脸刮得精光。一头黑发。他的右眼珠乌黑,而左眼珠却不知怎么呈现出嫩绿色。两道黑黑的浓眉,可又是一高一低的。总之,这是个外国人。

外国人从主编和诗人落座的长椅旁边走过时,朝他们瞥了一眼,随即收住脚步,竟在离两位朋友几步远的另一把长椅上坐了下来。

柏辽兹暗想:"是个德国人。"

无家汉想:"准是个英国人,看,还戴着手套,也不嫌热。"

这时,外国人朝湖水四周的高楼大厦环视了一下,露出初来乍到颇为好奇的神色。

他先是注视着高楼的上层,注视着上层那光灿夺目的玻璃窗中折射得歪歪扭扭的、正在一步步永远离开主编柏辽兹的夕阳。然后他把目光往下移,看到下层楼房的窗户已经暗淡下来,预示着黄昏的到来。他不知冲什么东西傲岸地笑了笑,然后眯上眼,两手搭在手杖镶头上,又把下巴放在手背上。

"你呀,伊万,"柏辽兹继续说,"有些地方写得很好,很有讽刺味道,比如,写神之子耶稣降生的那一节;但主要问题在于早在耶稣之前就已经降生过不少神之子了,诸如弗利基亚人的阿提斯①等等。简而言之,这些人,包括耶稣,都根本没有降生过,没有存在过。所以,你应该写的不是什么降生,不是什么东方占星家的来临②等等,而是必须表

---

① 弗利基亚人宗教中的神之子。相当于巴比伦神话中的塔穆斯,腓尼基神话中的阿顿尼斯。阿顿尼斯是基督的原形之一。
② 据《圣经》载,耶稣降生后,曾有几个博士(占星家)从东方来,声称是"特来拜见"耶稣——"犹太人之王"的。

明:关于耶稣降生之类的传说完全荒唐无稽……不然,照你现在这样写法,好像真有个耶稣降生过似的!……"

此刻,深为打嗝所苦的无家汉正屏住呼吸想把一个嗝儿憋回去,谁知这样打出来的一声嗝儿反而更难听、更难受了。就在这个时候,柏辽兹停止了议论,因为旁边那个外国人忽然站起身,朝他们走过来。

两位作家惊讶地望着来人。

"请二位原谅,"来人讲话带点外国口音,但用词倒还正确,"我们虽然素不相识,可我还是不揣冒昧……因为我对二位的高论实在太感兴趣了……"来人恭恭敬敬地摘下帽子,行了个礼。两位朋友也只好欠身还礼。

柏辽兹暗自琢磨:"不,他多半是个法国人……"

无家汉想:"也许是个波兰人?"

这里我还必须补充一点:方才外国人刚一搭腔,诗人便觉得他十分讨厌,而柏辽兹倒毋宁说是一下子就喜欢上了这个人,不,也还不能说是喜欢,而是……怎么说呢……就算是对他发生了兴趣吧。

"能让我坐一坐吗?"外国人彬彬有礼地问道。于是两位朋友像是不由自主地各自往旁边一闪,外国人便麻利地在他们中间坐下,并且立即攀谈起来。

"假如我没有听错,您刚才是在说根本没有过耶稣这个人?"外国人用绿色的左眼望着柏辽兹问道。

"对,您没有听错,我刚才是在谈这个问题。"柏辽兹客气地回答。

"啊,这太有意思啦!"外国人高兴地大声说。

无家汉不由得蹙起眉头,暗想:"见鬼,这干他什么事?"这时,来历不明的外国人却朝右一转身,向无家汉问道:

"那么,您也同意这位朋友的看法?"

"百分之百!"诗人直言不讳。他讲话向来用语新颖,喜欢形象化。

"不胜惊讶!"不速之客激动地说。随后,他不知为什么贼眉鼠眼地四下瞅了瞅,压低他原本就很低沉的声音悄声说,"对不起,我可能有些过分纠缠,不过,请问,据我理解,您二位,别的且不说,也不信上帝吧?"他眼里流露出惶恐的神色,并且立即补充道,"我发誓,我对谁也不说。"

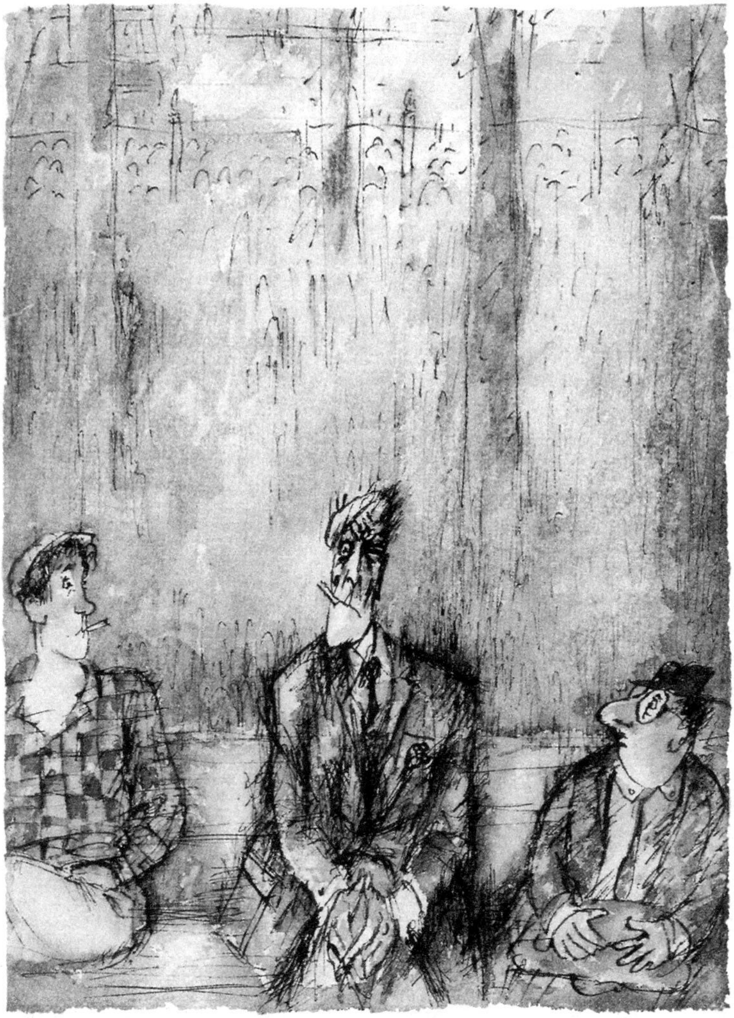

"不错,我们不信上帝。"柏辽兹回答。他见外国游客如此惊恐,便微笑着补充说,"其实,这种事完全可以公开谈论。"

外国人更加惊讶了,他轻轻尖叫一声,把身子往椅背上一仰,又问道:

"二位都是无神论者?"

"是的,我们是无神论者。"柏辽兹还是面带笑容地回答。无家汉却在气鼓鼓地想:"瞧这外国佬,纠缠起来没完啦!"

"噢,这可真妙!"奇怪的外国人又大声说,不住地朝两旁的文学家转动着脑袋,看看这位,又看看那位。

"在我们苏联,没有人对无神论感到奇怪。"柏辽兹用外交官的谦恭语调说,"我国大部分人民早就自觉地不再相信那些关于上帝的神话了。"

这时,外国人又表演了新的一招儿:他站起身来,伸手同愕然危坐的主编握了握手,对他说:

"请允许我向您致以由衷的谢意!"

"您这是为什么谢他?"无家汉眨了眨眼睛,问道。

外国怪客意味深长地举起一个手指头解释说:

"感谢他告诉我一个非常重要的情况。因为这情况是我这个旅游者非常感兴趣的。"

看来,这一"重要情况"确实对外国旅游者发生了很大作用:只见他用充满恐惧的目光望了望四周的高楼,仿佛在担心每个窗口都会冒出一个无神论者来。

这时,柏辽兹在想:"不对,他不像英国人……"无家汉则皱着眉头想:"这家伙在哪儿学的一口流利的俄语呢?这倒是个问题!"

"那么,请问,"外国客人经过一番紧张思索后又问道,"对那些说明上帝存在的论证该怎么办?我们知道,这类论证有五种①之多呢!"

"没办法啊!"柏辽兹似乎深表同情地说,"这类论证全都毫无价值。人类早就把它们送进档案库了。您大概也会同意吧,在理性领域

---

① 指中世纪基督教神学家托马斯·阿奎那为证明上帝之存在提出的五项论证。

中不可能有任何关于上帝存在的论证。"

"高论!"外国人叫道,"高论!您完全表达了那个悲天悯人的老头子伊曼努尔①对这个问题的看法。不过,叫人啼笑皆非的是,那老头子把五种论证彻底摧毁之后,却自我嘲笑似地建立起了他自己的第六种论证!"

"康德的论证也同样没有说服力,"博学多才的主编笑呵呵地反驳说,"席勒②的话是不无道理的,他说过,康德关于这个问题的议论是只能使奴隶们感到满足的。而施特劳斯③对这类论证则只是付之一笑。"

柏辽兹嘴里这么说着,心里却在想:他到底是何许人呢?俄语怎么讲得这么好?

这时,没想到无家汉忽然从旁嘟嘟哝哝地插了一句:

"像康德这种人,宣扬这类论证,就该抓起来,判他三年,送到索洛威茨④去!"

"伊万!"柏辽兹感到十分难堪,急忙小声制止他。

但是,听到年轻诗人提议把康德发配到索洛威茨岛去,外国人不但没有表示惊讶,反而高兴得不得了。他那只瞧着柏辽兹的绿色左眼熠熠发光,他高声喊道:

"就该这样!就该这样!让他待在那儿最合适不过!那天早晨一起用餐的时候我就对康德说过嘛,我说,'您啊,教授,随您怎么看,反正您琢磨出来的那些东西不太合适!也许它合乎理性,但是太难懂了。人们会拿您取笑的。'"

柏辽兹目瞪口呆了,心想:"他在胡诌些什么?'早晨一起用餐的时候'?……他'对康德说'?……"

但外国人并没有因为柏辽兹的惊讶而稍显尴尬,他转身对诗人继

---

① 德国唯心主义哲学家伊曼努尔·康德(1724—1804)。
② 英国哲学家裴迪南德·席勒(1864—1937),他主张"人是万物的尺度",对神的存在提出怀疑。
③ 大卫·弗里德里希·施特劳斯(1808—1874),德国唯心主义哲学家,以对基督教的批判而著名。
④ 北冰洋白海中的索洛威茨群岛中的最大岛,岛上有建于十五世纪的古修道院。十九世纪后成为流放囚犯之地。

续说：

"不过，把康德发配去索洛威茨岛恐怕是办不到了，因为他早已经在比索洛威茨更遥远的地方待了一百多年，而且，我敢肯定，根本没有办法把他从那里弄出来！"

"真遗憾！"好斗的诗人回答。

"我也觉得遗憾！"来历不明的外国人闪着一只眼睛继续说，"不过，有个问题我还是不明白：如果说没有上帝，那么，请问，人生由谁来主宰，大地上万物的章法由谁来掌管呢？"

"人自己管理呗！"无家汉怒气冲冲地抢着回答，其实，他对这个问题也并不很清楚。

"对不起，"来历不明的外国人用很温和的语调说，"依鄙人之见，为了管理，无论如何总要定出某个时期的确切计划吧？这个时期可以很短，但也总得多少像个样子吧？而人呢，人不但没有可能制定一个短得可笑的时期的，比方说一千年的，计划，人甚至没有可能保证自己本身的明天的事。既然这样，请问，他又怎么能进行管理呢？而且，事实上，"外国佬说到这里又转向柏辽兹说，"譬如您吧，您不妨设想一下：您开始管理了，既管理别人，也支配自己，而且，似乎还很称心如意，可是，突然，嘿嘿！……您得了肺瘤！"外国佬说出"肺瘤"两个字时竟还甜蜜地一笑，仿佛得肺瘤的想法使他很得意。"是的，您得了肺瘤，"他猫似地眯起眼睛，又把这个刺耳的词儿重复了一遍，"于是，您的管理也就到此为止！从此以后，除了您自身的命运之外，您对谁的命运都不会再关心了。亲人们开始哄骗您，您感到不对头，到处去求名医，然后找江湖医生，甚至还可能去算卦问卜。您自己很清楚：名医也罢，巫医也罢，算命先生也罢，统统无济于事。一切最后只能以悲剧告终：曾几何时还自以为在管理着什么的那个人，突然之间便一动不动地躺在木头盒子里了；而他周围的人们，想到这个躺着的人已经毫无用处，便把他放进炉膛里烧掉。有时候甚至比这更糟呢：比方说，一个人刚刚打算去基斯洛沃德斯克疗养疗养，"外国人又眯起眼看了看柏辽兹，"看来，这是件微不足道的小事吧，可就连这件事他也做不到，因为不知道怎么搞，他会一下子滑到有轨电车底下去。难道您能说是他自己支配自己这样去做的吗?要说这完全是另外一个人在支配他,不是更显得合理些吗?"外国佬说到这里突然笑起来,笑得那么怪里怪气。

柏辽兹极其认真地听完了这番关于肺瘤和有轨电车的令人不快的话,感到有些忐忑不安,十分烦闷。他想:"此人绝不是外国人!不是!这家伙太奇怪了……不过,他究竟是什么人呢?"

"看样子,您很想抽支烟?"外国人突如其来地转向无家汉问道,"您喜欢抽什么牌子的?"

"怎么,您带着好几种牌子的烟?"诗人板着脸反问道,他身上的烟刚好吸完了。

"您喜欢抽什么牌子的?"外国人又问了一句。

"喏,那就来支'自家牌'吧。"无家汉气呼呼地回答。

外国人随手从衣袋里掏出一个烟盒,递给诗人说:

"给您,'自家牌'的。"

烟盒里装的恰恰是"自家牌"香烟。但是,使主编和诗人大吃一惊的与其说是烟盒里的烟这么凑巧,毋宁说是那烟盒本身。那是一个很大的纯金烟盒,打开时,盒盖上那个由钻石镶成的三角闪烁着蓝光和白光。

对此,两位文学家的反应又各自不同了。柏辽兹想:"不,还是个外国人!"无家汉则想:"嘿,见鬼!够意思!"

诗人和烟盒的主人各自点起一支烟。柏辽兹是不吸烟的,他正暗自盘算着该怎样回答刚才的话:"应该这样反驳他:是的,人皆有一死,对这一点谁也没有异议,但问题在于……"

然而,他这些话还没有出口,外国人却先开腔了:

"是的,人皆有一死。但如果仅此而已,倒也不足挂齿。糟糕的是人的死亡往往过于突如其来,这才是问题的症结所在。而且,一般说来,一个人连他今晚将要做什么都没有可能说定。"

柏辽兹心想:"这种提法未免太荒唐……"便反驳说:

"唉,您这未免过甚其辞了吧。我就能够相当确切地说定我今晚要做的事。当然,如果路过铠甲街时有块砖头掉下来砸到我头上,那又自当别论了……"

"砖头嘛,"来历不明的人打断了他的话,一本正经地说,"从来不会无缘无故掉到任何人头上的。我请您相信,它至少对您绝无威胁。您将是另一种死法。"

"也许您就知道我会怎么死?"柏辽兹的语气理所当然地带着讥讽,他不由自主地卷入了这场确实荒唐的谈话。"也许,您还能对我说说?"

"愿效绵薄。"陌生人随口答应,接着便像要给柏辽兹裁衣服似地上下打量起他来,口中还喃喃地念念有词:"一、二……水星居于臣位……月宫隐而不现……六,主灾……黄昏,七……"然后他便高兴地大声宣布说:"您将被人切下脑袋!"

无家汉瞪起眼,气急败坏地盯着放肆无礼的陌生人。柏辽兹却苦笑了一下,问道:

"这是个什么人呢?是敌人?外国武装干涉者?"

"都不是,"陌生人回答说,"是一位俄罗斯妇女,共青团员。"

"嗯……"为陌生人的这种玩笑所激怒的柏辽兹鼻子里哼了一声,"这个嘛,请原谅,不大可信。"

"我也得请您原谅,"外国人回答,"不过,事情确实如此呀。对啦,我还想问一下,如果不保密的话,您能告诉我今天晚上您想做什么吗?"

"不保密。我这就回花园街的私宅,然后,晚上十点钟,'莫文联'有个会议,会议要由我主持。"

"不行了,这些事情都绝对不会发生了。"外国人以坚定的语气说。

"这是为什么?"

"这是因为,"外国人眯起眼望着空中,空中正有几只预感到凉爽的夜晚即将来临的黑鸟在他们头上无声地飞来飞去,"因为安奴什卡已经买了葵花子油,不仅买了,而且已经把它洒了。所以,您那个会议是开不成了。"

于是,很自然,椴树荫下的三个人完全沉默了。过了一会儿,柏辽兹才凝视着胡言乱语的外国人的脸问道:

"对不起,葵花子油跟这事有什么关系?……再说,安奴什卡是什么人?"

"葵花子油跟这事的关系嘛,我可以告诉你。"无家汉再也憋不住,从旁插话了。他决心向身旁这位不速之客宣战,便问道:"我说,您这位公民,您从来没有在精神病院里待过吗?"

"伊万!"柏辽兹又赶紧小声制止他。

但外国人不仅毫未介意,反而极其开心地笑起来。他一边笑,一边用一只不笑的眼睛盯着诗人高声说:

"待过,待过,还不止一次呢!我什么地方都待过!可惜我一直没有得空儿去问问教授什么叫做'精神分裂'。所以,伊万·尼古拉耶维奇,这个问题您就自己去问他吧!"

"您怎么知道我的名字和父称?"

"得啦,伊万·尼古拉耶维奇,谁还不认识您!"

外国人说着从口袋里掏出一张昨天的《文学报》。诗人看到:头版上登着自己的照片,下面是自己的诗。但是,昨日曾使诗人感到十分得意的这件光荣与声誉的佐证,此时此地却没有给诗人带来丝毫的愉快,他的脸色暗淡了。

"对不起,"诗人说,"您能稍等一下吗?我要和我的朋友讲两句话。"

"啊,很好!"来历不明的外国人大声说,"这椴树荫下多舒适!再说,我也没什么要办的急事。"

诗人把米哈伊尔·亚历山大罗维奇拉到一旁,悄声说:

"我告诉你,米沙①,这家伙根本不是什么旅游者,是个特务!准是个逃出国外的白俄,又回到咱国内来啦。你去跟他要证件看看,不然他会溜掉……"

"你这么想?"柏辽兹压低声音问,他也感到有些不安了,心想:"伊万说的也有道理!"

"相信我吧,没错儿!"诗人对着柏辽兹的耳朵说,"这家伙装疯卖傻,就是想从话里套出点什么去。你听他的俄语讲得多好!"诗人边说

---

① 米哈伊尔的爱称。

边用眼角扫着来历不明的人,唯恐他溜掉,"走,咱们去扣住他,别叫他跑了……"

诗人拉着柏辽兹的胳膊朝长椅走去。

陌生人这时并没有坐在长椅上,他站在长椅旁边,手里拿着一个深灰皮小本子、一个上等牛皮纸信封和一张名片。见两人走过来,便用锐利的目光直视着他们,郑重地说:

"请二位原谅,刚才我只顾争论,竟忘了向二位作个自我介绍。这是鄙人的名片和护照,还有请我来莫斯科担任顾问的邀请信。"

两位文学家反而窘住了。柏辽兹想,"鬼东西,全让他听见了……"他急忙以很有礼貌的姿势向对方表示没有必要出示证件。当外国人伸着手把证件递给柏辽兹时,诗人瞟见了名片上的一个外文词"教授"和姓氏的头一个字母"B"。柏辽兹只好尴尬地嘟哝说:

"能认识您,我很高兴。"

外国人把证件装进衣袋。这样,双方算是恢复了关系,三个人重新坐到长椅上。

"教授,您是应邀到我们这里来担任顾问的?"米哈伊尔·亚历山大罗维奇问道。

"是的,担任顾问。"

"您是德国人吧?"无家汉问道。

"我吗?"教授反问了一句,忽然沉思起来。停了一下才说:"是啊,看来是德国人啊……"

"您的俄语讲得可真好。"无家汉说。

"噢,我是个多种语言学家,我懂许多种语言呢。"教授说。

"那您专攻哪一方面?"柏辽兹问。

"我最擅长魔术。"

柏辽兹脑子里轰地一声响,心想:"嘿,瞧这事儿!"他结结巴巴地问道:

"那么……那么,请您来就是搞这一专业的?"

"对,就是搞这一专业。"教授首肯说,接着又解释道,"是这么回事,国家图书馆发现了一批手稿,据说是十世纪一位叫赫伯特·阿夫里拉克斯基的巫师的手迹。请我来进行鉴定。这方面的专家世界上只剩我一个了。"

"啊！这么说,您是历史学家?"柏辽兹像是心里一块石头落了地,毕恭毕敬地问。

"是研究历史的,"教授肯定说,但接着又莫名其妙地补充了一句,"今天傍晚在这牧首湖畔就要发生一段有趣的史话!"

主编和诗人又一次被惊呆了。于是教授示意两人靠近自己。待他们俯过身来时,他低声说：

"请你们记住:耶稣这个人还是存在过的。"

"不瞒您说,教授,"柏辽兹强作笑容说,"您博古通今,我们十分敬佩。但我们在这个问题上是持另一种观点的。"

"什么观点都不需要!"古怪的教授回答说,"这个人存在过,如此而已!"

"但总该有某种证明吧……"柏辽兹还想争辩。

"并不需要任何证明。"教授回答说。接着他便小声念叨起来,而且一点外国口音都没有了:"一切都很简单:他穿着白色披风……"

第二章　本丢·彼拉多

新春尼散月①十四日凌晨,他,犹太总督本丢·彼拉多②,身穿血红衬里的白色披风,迈着威风凛凛的骑士方步走出大希律王③王宫正殿,来到两厢配殿之间的游廊。

彼拉多生平最讨厌玫瑰油味,可今天这气味从拂晓就来折磨他,预示着这是个不祥的日子。玫瑰气味似乎是从王宫内苑的棕榈和柏树林散发出来的,同周围的皮革味和卫队人马的气味混在一起,分外叫人厌恶。总督带到耶路撒冷来的罗马第十二闪击军团第一大队就驻扎在王宫后苑的厢房,这时火头军已开始造饭,阵阵炊烟从那里穿过大花园的上层平台飘进游廊。连这略微呛人的炊烟里也混杂着浓重的玫瑰油味!啊,诸神啊,诸位神明④,你们为什么这样惩罚我?

他想:"对,毫无疑问!又是这种可怕的病,是偏头痛这个不可征服的病魔!这是不治之症,没有任何灵丹妙药。我还是尽量不活动头部吧,试试看。"

喷泉旁,花砖地上已放好一把软椅。总督对谁也没瞧一眼,径直坐到椅上,把一只手伸向旁边。

---

① 按犹太教历,每年第一个月称为"尼散月",约在公历三、四月间,故也称"春月尼散"。该月十五日为犹太教的春季节日——逾越节。
② 本丢·彼拉多(或译:彭提乌斯·彼拉图斯),公元一世纪人。约于公元26—36年任罗马皇帝派驻犹太的"代理官",在属国执掌最高权力,有兵权。"代理官"一般译为"总督"。《圣经》中作"巡抚"。据《圣经·新约》,耶稣即由彼拉多核准处死,钉在十字架上。彼拉多的名字在马列主义经典著作中已成为伪善和残酷的代名词。本书作者对此人作了不同于传说和历史的独特处理。
③ 即伊罗德(或译黑洛德),公元前40年—公元4年犹太国王。《圣经》中称希律王为极残暴的人。总督彼拉多来耶路撒冷时住在王宫中。
④ 当时罗马人信多神教,故呼天时"神"字用多数。犹太人则信奉"独一真神"雅赫维(基督教徒读作耶和华)。

书记官急忙毕恭毕敬地把一张羊皮纸放到这只手里。总督的脸痛得抽搐了一下,他朝羊皮纸上的字瞟了两眼,把那纸还给书记官,吃力地问道:

"案犯是加利利人①?案卷送当地长官审阅过吗?"

"是的,送审过。"书记官回答。

"他的意见呢?"

"他对此案拒不裁断,把地方全公会②做出的死刑判决送过来请您定夺。"书记官解释说。

总督的脸又抽搐了一下,他低声命令:

"带人犯!"

两名卫士立即从廊下花园平台上把一个二十七岁上下的男人带上游廊前的凉台,让他站在总督的坐椅前。这人身上的浅蓝色旧长衫已被撕破,头上包着白布,用一条细带子在前额部位缠住,两手被反剪着,左眼下有一大块青斑,被打出血的嘴角上结着血痂。他用惶惑而好奇的目光望着总督。总督沉默片刻,然后用阿拉米语③低声问道:

"教唆人们拆毁耶路撒冷圣殿的就是你?"

总督问话时只有嘴唇微微翕动。他的身子纹丝不动,活像一尊石雕:他不敢晃动那疼得要命的头。

反剪住双手的人稍许向前一探身,开始回答说:

"善人啊!请相信我……"

但总督立即打断他的话,仍旧岿然不动地用低微的声音说:

"你这是把我称作善人?你错了!全耶路撒冷的人无不悄声议论我,说我是个凶残的怪物。而且这完全符合事实。"于是,他用同样的音调命令左右:"叫中队长捕鼠太保④来!"

---

① 据《圣经》,耶稣出生在犹太的伯利恒,他的母亲马利亚原是加利利地方拿撒勒城的人。故这里说"加利利人",后面又称"拿撒勒人耶稣"。
② 全公会是古代犹太国的长老会议。
③ 阿拉米语是公元前二千年到一千年时期西亚一带的通用语言(或译阿拉美亚语),当时犹太人仍通用。
④ 音译为:克雷索博伊,意为捕鼠人或捕鼠器。

当绰号为"捕鼠太保"的特别中队队长马克站到总督面前时,人们觉得凉台上仿佛立即暗了许多。

这位"捕鼠太保"身躯高大,比全军团最高的武士还要高出一头。他的肩膀很宽,把尚未爬高的太阳都给遮住了。

总督用拉丁语①对中队长说:

"这个罪犯称我为'善人'。你带他出去,对他解释解释该怎样同我讲话!但是,不许致残!"

捕鼠太保马克朝受审人招招手,示意跟他走。所有的人,除石雕般的总督外,都目送着他们。

一般说来,马克无论走到哪里都为人们所注目,这是由于他那异常魁伟的身躯,而初次见他的人还对他那张怪模怪样的脸感到吃惊:他的鼻梁骨早年被日耳曼士兵的木槌打碎了。

镶花地板上响起马克沉重的皮靴声,反剪双手的被捕者无声地跟在他身后走出去。游廊里顿时变得十分寂静,可以清晰地听到凉台旁的平台上有几只鸽子在咕咕叫,还有那喷泉唱出的奇妙悦耳的歌声。

总督很想站起来,到喷泉下面去冲冲太阳穴,静静地待一会儿。但他知道,这也无济于事。

马克把犯人带出游廊,领到花园里,从站在青铜雕像脚下的卫兵手里抓过一条鞭子,轻轻一扬,朝犯人的肩上抽了一下。中队长的动作看上去心不在焉,十分轻松,但那被捆住双手的人却像被砍断了腿似地瘫倒在地上了;他急促地喘着气,脸上失去血色,眼神变得蒙蒙眬眬。马克用左手只轻轻一抓,便像提一条空口袋似地把瘫倒的人提到空中,然后放在地上让他站好,带着很重的鼻音用蹩脚的阿拉米语说:

"对罗马帝国派来的总督要称'总督大人'。不许用别的字眼儿。要垂手站立。我的话你听懂没有?还需要再打吗?"

"听懂了,别再打了。"

被捕者的身子晃了一下,但还是又站稳了,脸上也有了血色。他喘了口气,用嘶哑的声音说。

---

① 当时罗马帝国使用拉丁语。

一分钟后,被捕者又站到总督面前。

一个沙哑的、病人似的声音问:

"姓名?"

"我的吗?"被捕者慌忙回话,极力表示自己愿意好好回答,不再惹人生气。①

总督用很低的声音说:

"我的我自己知道。不许再装傻!你的姓名!"

"我叫耶舒阿②。"被捕者急忙回答。

"有绰号吗?"

"拿撒勒人。"

"原籍哪里?"

"迦玛拉城。"被捕者说着,用下巴朝右指了指,表示在右方遥远的地方有个迦玛拉城。

"是哪一家的血统?"

"我自己也说不准,"被捕者连忙回答,"我不记得父母是谁。听别人说,我父亲是叙利亚人……"

"你的固定住处在哪儿?"

"我没有固定住处,"被捕者有些发窘,"我在各城市之间云游。"

"这个意思可以简短地用一个词表达,就是'流浪人'。"总督说。然后又问:"有亲属吗?"

"什么人也没有。孤身一人在世。"

"识字不?"

"识字。"

"除阿拉米语以外,懂别的语言吗?"

---

① 据《圣经·新约·马太福音》第二十七章载:耶稣在彼拉多前受审时,除承认自己是"犹太人之王"外,什么都不回答。

② 耶舒阿(Иешуа)是耶稣(俄文 Иисус)的阿拉伯文和希腊文拼音的译音,耶舒阿与约书亚原是同一个名字,约书亚是带领犹太民族进入迦南地的古代民族英雄。犹太人也和其他许多民族一样往往用古代英雄、圣者的名字为名字,以示尊崇。本书译文中为避免混淆,凡原文用 Иисус 处皆译耶稣,用 Иешуа 处皆译耶舒阿。

"懂希腊语①。"

总督微微抬起一只眼的浮肿的眼皮,用蒙着痛苦阴影的眼睛盯住被捕者。他的另一只眼仍然闭着。

他开始用希腊语问话:

"那么,就是你要拆毁圣殿,还号召大众去这样干的?"

一听这话,被捕者便又精神起来,眼里的恐惧神色消失了,他也用希腊语回答说:

"我,善……"他险些又脱口说出"善人"二字,不由得一惊,急忙改口说,"我,总督大人,平生从来没有想过要拆毁圣殿,也没有劝过别人去干这种毫无意义的事。"

正在伏案记录供词的书记官不由得抬起头,露出惊诧的神色,但立刻又低下头去盯着羊皮纸了。

"每逢逾越节前总是有形形色色的人云聚到本城来,变魔术的、占星算卦的、预言吉凶的、杀人害命的,什么人都有,"总督从容不迫地数说着,"也有招摇撞骗的,比如说,你就是一个。这里明明记载着:你教唆人们去拆毁圣殿②。有许多人作证!"

"这些善人,"被捕者刚说出"善人"二字,又急忙叫了一声"总督大人",这才接着说,"一点文化也没有,所以他们把我的话全都混淆了。我甚至担心这种混淆将要持续很长时期。这都是因为那个人记录我的话记得不确切。"

一阵沉默。现在总督把两只病痛的眼睛都睁开了,他忧郁地瞧着被捕者。

"我再对你说一遍,但这是最后一遍了:不许你再装疯卖傻,你这强盗!"彼拉多的语气还是那样温和、单调,"你的行为,记载下来的并不多,但只凭记下的这些就已经足够判你绞刑了。"

"不,不,总督大人!"被捕者十分紧张,急于把事情讲清楚,"是这么回事:有那么一个人,他总带着羊皮纸跟着我到处走,还不停地记录。

---

① 当时希腊语也是耶路撒冷的通用语言,市内住有许多希腊人。
② 据《圣经》,耶稣曾预言圣殿被毁。

可是,有一天,我一看那纸上写的东西就吓坏了:上面记的话我绝对没有说过。我向他恳求:看在上帝分上,你把这羊皮纸烧掉吧!可他从我手里把纸夺过去就跑了。"

"这人是谁?"彼拉多不耐烦地问道,摸了摸太阳穴。

"他叫利未·马太①,"被捕者急忙回答,"原先是个收税的税吏,我是在去伯法其②的路上遇见他的,就在无花果园旁边。我跟他攀谈起来,起初他对我很不友好,甚至还侮辱了我,我是说他以为他侮辱了我,他说我是条狗,"被捕者憨厚地笑了笑,"其实,我个人并不认为这种小动物有什么不好,所以一点也没有因为这句话感到受了侮辱……"

在一旁作笔录的书记官又停了下来,惊讶地向总督(而不是向被捕者)偷偷瞥了一眼。耶舒阿继续说:

"……不过,他听了我的一番话之后变得温和多了,末了儿,他把钱都扔在路上,说决心要跟着我云游……"

彼拉多龇着黄牙,半边脸上露出讪笑。他把整个身子转向书记官说:

"啊,瞧这个耶路撒冷!真是无奇不有啊!你听见没有?税吏把钱扔在路上了!"

书记官不知如何回话,只好也学着彼拉多的样子笑了笑。

"他说他现在觉得金钱可恨了,"耶舒阿赶紧解释利未·马太的古怪行为。接着又补充说,"从那天以后他就一直跟我在一起。"

总督咧着嘴瞅了瞅被捕者,又朝右前方的山下瞟了一眼。他看到,顽强地不断上升的太阳这时已经超过了赛马场四周的骏马雕像。他忽然厌恶地、痛苦地想:索性下令"绞死他!"用三个字把这古怪的强盗从凉台上打发走算了。索性把卫队也赶走,离开这凉台,退入王宫内寝,让左右把窗户遮起来,躺到卧榻上,喝点冷水,轻声把爱犬斑迦叫来,也

---

① 耶稣的十二门徒之一。据称《圣经》中的《马太福音》是他所写。福音书载,马太原为税吏。
② 据《圣经》,耶稣和门徒进入耶路撒冷前先到了伯法其。耶稣并曾诅咒无花果树。均见《马太福音》第二十一章。

好对它诉诉这偏头痛的苦楚。这时,他病痛的头脑里忽然闪过一个颇有诱惑力的念头——服毒。

他半晌沉默不语,两只混浊的眼睛凝望着面前被绑住的人。他竭力回想:在耶路撒冷这烈日炎炎的早晨,这个被打得鼻青脸肿的人为什么站在这儿?我还应该向他提些什么无聊的问题?

"是利未·马太?"病人用沙哑的声音问,随即又闭上眼睛。

"对,是利未·马太。"一个高亢的嗓音传到总督的耳鼓,使他的头更痛了。

"那你在集市上为什么提到圣殿?你对人们说了些什么?"

答话人的声音又像尖刀般刺进总督的太阳穴,使他痛得无可名状,那声音说:

"总督大人,我对他们说,旧信仰的圣殿将会坍塌,一个新的真理的圣殿将会建立起来。我是为了把意思说得明白些,才这么比喻的。"

"你这流浪汉,为什么要到集市上妖言惑众,谈论什么你毫无所知的真理?什么是真理?"

这时,总督忽然又暗自想:"啊,我的神明!我不应该在法庭上提这种问题呀……看来,我的头脑不再为我所用了……"他仿佛又看到了那只盛着黑色液体的小碗,暗自叫道:"给我毒药!拿毒药来!"

同时他又听到了被捕者的声音:

"首先,此时此刻的真理就是你的头在痛。痛得很厉害,致使你怯懦地想到自戕。你现在不仅无力同我谈话,甚至看着我都困难。现在我正身不由己地折磨你,这使我很难过。你的头脑现在甚至不能思考什么,只是幻想着你那爱犬能跑来;看来,那只狗是世上唯一使你感到眷恋的东西了。不过,你的痛苦马上就会终结,你的头不会再痛了。"

书记官目瞪口呆,直勾勾地瞧着被捕者,没有写下最后这几句话。

彼拉多朝被捕者抬起充满痛苦的双眼,看到太阳已高高悬在赛马场上空,阳光射进游廊,正爬向耶舒阿脚上穿的那双破木底鞋。耶舒阿躲避着阳光。

总督从坐椅上站起来,两手抱住脑袋,刮得精光的蜡黄脸上显出恐怖的神色。但他的意志立即战胜了恐惧,他又坐到扶手椅上。

被捕者还在滔滔不绝地讲着,但书记官早已不再笔录什么,只顾像鹅一样伸长脖子听着,唯恐漏掉一个字。

"看,你的痛苦终结了吧。"被捕者看着彼拉多说,眼神里充满善意,"我为此感到非常高兴。总督大人,我很想劝你暂时离开宫殿,到郊外去散散步,哪怕去橄榄山的林苑里走走也好啊。"他回过头去,眯起眼望了望太阳说,"过些时候,傍晚之前,要有一场雷雨。散步对你极有好处,我也乐于奉陪。现在我脑子里又产生了一些新想法,依我看,你会对这些想法产生兴趣的,我也很乐于把它告诉你,因为你这个人看来很聪明。"

书记官吓得面如死灰,手中的羊皮纸卷掉到地上。被捆绑着的耶舒阿却还在不停地说,好像谁都无法使他住口:

"糟糕的是,总督大人,你过于闭塞了,而且你对人完全失去了信心。你自己也会同意吧:哪能把全部眷恋之情仅仅寄托在一只狗身上呀?你的生活太贫乏了,总督大人。"耶舒阿说着竟微笑了一下。

书记官此刻只在想一个问题:该不该相信自己的耳朵?当然,只得相信。于是他便竭力设想:面对被捕者如此狂妄无礼的行为,生性暴戾的总督大人今天将会用什么奇特方式表示他的震怒?尽管书记官对总督深为了解,但还是没有想象出来。忽然,他听到一个沙哑的声音——总督在用拉丁语下命令:

"给他松绑!"

卫队中一名武士把长矛往地上蹾了一下,然后把它交给旁边的人,走过来解开了被捕者的绳子。书记官拾起羊皮纸卷,拿定主意暂时不作任何记录,也不再大惊小怪了。

"你说实话吧,你是个了不起的医生,对吗?"彼拉多用希腊语低声问道。

"不,总督大人,我不是医生。"耶舒阿松快地揉搓着勒出道道斑痕的红肿的手回答说。

彼拉多皱起眉头,严峻地、仿佛要穿透人似地逼视了他一眼。现在这眼睛中已经看不到任何痛苦,它又闪出了众人所熟悉的那种光芒。他说:

"我还没有问过你,你也许还懂拉丁语?"

"是的,我懂。"耶舒阿回答。

彼拉多蜡黄的脸上现出了红晕,他改用拉丁语问道:

"你怎么会知道我想把狗叫来?"

"这很简单,"被捕者也用拉丁语回答,"你的手刚才像是在抚摸什么,"被捕者做了做彼拉多刚才的手势,"您的嘴唇还……"

"倒是不错。"彼拉多说。

沉默了一会儿,彼拉多又用希腊语问:

"那么,你是医生喽?"

"不,不,"被捕者急忙回答,"请相信我,我不是医生。"

"嗯,好吧。既然你想秘而不宣,那就随你的便。这与本案没有直接关系。那么,你是肯定说你并没有号召人们拆毁……或烧毁、或是用别的什么办法去毁掉圣殿,是吗?"

"总督大人,我再说一遍,我没有号召任何人去做这类事。难道我像个傻子?"

"嗯,对,你倒是不像傻子。"总督低声说着,微微一笑,笑得令人毛骨悚然。"那你就起个誓吧,说你没有做这等事。"

"你想叫我用什么起誓?"被松开绑绳的耶舒阿几乎是眉飞色舞地问道。

"喏,就用你的性命起誓也行啊,"总督说,"眼下用它起誓最合适不过,因为,你要明白,你的性命确实是犹如千钧之重系于一发呀。"

"大人,你不会认为是你亲自把它系于一发的吧?"耶舒阿问道,"如果你真这样想,那就大错特错了。"

彼拉多浑身一抖,从牙缝里挤出几个字来:

"可我能够割断这根发丝!"

"这你就又错了,"耶舒阿举起一只手遮着阳光,笑盈盈地反驳说,"想必只有那个系上这根发丝的人才能够割断它,这一点你也会同意吧?"

"嗯,原来是这样,"彼拉多笑笑说,"难怪人们说,耶路撒冷许多游手好闲的人都尾随着你到处游逛,我现在相信确有其事。我不知道你这舌头是谁给你装上的,装得的确很灵巧。噢,还有,你告诉我,你是骑驴从苏兹门进耶路撒冷城的吗？当时还有一大群无知平民跟随你,不住地向你欢呼,像在欢迎一个先知①,是吗？"彼拉多说着指了指羊皮纸卷。

耶舒阿惶惑不解地看了看总督,回答说：

"大人,我根本没有毛驴。进耶路撒冷倒是从苏兹门进来的,不过是步行。只有利未·马太跟随我。没有任何人向我欢呼,因为当时耶路撒冷还没有人认得我。"

"那你认识这几个人不？"彼拉多目不转睛地盯着受审人问,"一个叫狄司马斯,一个叫赫斯塔斯,还有一个叫巴拉巴②的？"

"我不认识这些善人。"耶舒阿回答。

"真的？"

"真的。"

"现在你告诉我,你为什么总说'善人'呢？莫非你把所有的人都称为善人？"

"是把所有的人都称为善人。这个世界上没有恶人,"耶舒阿回答。

"这可是前所未闻啊,"彼拉多含笑说,"不过,也许是我对世事不够了解吧！以下的话不必记录。"他对书记官说。其实书记官早已什么都不记录了。然后他又问受审人："这些道理你是从希腊文书籍里看到的吗？"

"不,我是自己悟出来的。"

"那你就在宣讲它？"

"是的。"

---

① 据《圣经》,耶稣骑驴进耶路撒冷时,前行后随的人很多,人们还喊着称颂耶稣的话,称他为"加利利拿撒勒的先知"。

② 《马太福音》中提到耶稣受审时有个出名的杀人作乱的囚犯巴拉巴也绑在那里。但未提到狄司马斯与赫斯塔斯二人。《福音书》中还提到,彼拉多在祭司长和长老唆使众人要求之下,按照每逢逾越节应释放一名死囚给众人的惯例,释放了巴拉巴,处死了耶稣。

"那么，比如说，中队长呢？就是人称捕鼠太保的那个马克，他也是善人吗？"

"是的，"耶舒阿答道，"当然，他是个不幸的人。一定是有些善人摧残了他，使他变得残酷无情了。我真想知道，谁把他毁坏到了如此地步呢？"

"这我倒乐于告诉你，"彼拉多立即说，"因为这是我亲眼目睹的事，当时那些'善人们'就像猎犬咬狗熊似的一齐扑向了他：日耳曼人卡住他的脖子，抓住他的手脚。他的步兵中队陷入了日耳曼人军队的重围①。如果不是我指挥骑兵大队及时从侧翼插进去，今天你这位哲学家就不可能同他捕鼠太保谈话了。这是在伊吉斯塔维佐的女儿谷战役中的事。"

"如果我能同他谈谈，"耶舒阿忽然痴心妄想地说，"我相信他会幡然悔悟的。"

"依我看，"彼拉多立即回答说，"如果你异想天开地要同督军麾下的校尉或士兵交谈，那可未必会使督军高兴。不过，还算万幸，这种事不会发生，因为，首先我就不答应。"

这时，一只小燕子轻捷地飞进了游廊。它先贴近镶金天花板兜了个圈子，接着便俯冲下来，翅膀尖紧擦着壁龛中的黄铜神像面部飞过，藏进柱头后面。也许它是想在那儿做个巢吧。

就在小燕儿兜圈子的时候，如今已经头脑清醒而且感到轻快的总督心里形成了一个明确的批语腹稿：本总督审理了绰号为"拿撒勒人"的流浪哲人耶舒阿案件，并未发现任何犯罪事实，尤其未发现耶舒阿的行为与耶路撒冷近期骚乱之间有任何联系，该流浪哲人显然患有精神疾病。鉴于上述情形，地方全公会对拿撒勒人耶舒阿作出的死刑判决，本总督不予核准。但又鉴于该拿撒勒人想入非非，言论荒谬，可能构成耶路撒冷不安的隐患，本总督决定将该耶舒阿驱逐出耶路撒冷，幽禁于地中海滨斯托拉顿的凯萨利亚，即本总督府第所在地。

---

① 指罗马皇帝奥古斯都（公元前27年至公元14年在位）的继子提贝里乌斯皇帝（公元一世纪在位）与日耳曼的马洛波都斯王之间的战争。

下一步只需向书记官口授这一批语就行了。

忽然,总督头上扑棱棱一声响,那只小燕子又振翅飞了出去,冲向喷泉。总督抬头再看受审人时,发现周围的人们正在热烈地议论着什么。

"还是在议论他?"彼拉多问书记官。

"很遗憾,不是。"书记官的回答出乎意料,同时他把另一张羊皮纸呈给彼拉多。

"又有什么事?"彼拉多接过羊皮纸,皱起眉头问了一声。

看过呈文,总督的脸色更加阴沉了。不知是因为深紫色的血液涌上了脖颈和面部,还是发生了别的什么事,只见他的脸色由黄变红,两眼也似乎立即塌陷了下去。

大概还是由于血液涌上太阳穴并在那里咚咚跳动的缘故吧。不过这次总督的视觉也像出了毛病:他觉得,受审者的头仿佛已漂往别处,眼前换了另外一个人头。这个秃头戴着一顶金制稀齿皇冠,前额有一块皮肤溃烂,涂着药膏,牙齿脱落,两颊深陷,下嘴唇奇怪地耷拉着。彼拉多觉得凉台上的玫瑰色圆柱和山下花园外面的耶路撒冷城的居民平房全都消失了,一切都淹没在卡普列岛上①的绿荫中。总督的听觉也似乎发生了奇异的变化:他仿佛听到远处传来的号角声,还有一个鼻音很重的人在傲慢地拖着长音极清楚地讲什么"关于侮辱伟大陛下的法律……"

一些杂乱的、互不相关的、奇怪的念头在他脑海里一个个闪过去:"他完了!""全完了!"……在这些念头中还混杂着另一个与它们很不协调的、关于某人理应永世长存的念头(这个人是谁?!),而这个人的永世长存却又不知为什么使彼拉多感到难以忍受的忧伤。

彼拉多强打精神,驱散眼前各种幻象,把目光重新拉回凉台上。于是他又看到了站在面前受审的耶舒阿的眼睛。

"拿撒勒人,我问你。"总督重新开始问话,并且用一种奇怪的样子

---

① 即今意大利的卡普里岛。当时岛上有罗马皇帝的离宫。这里指彼拉多这个由皇帝亲自委派的总督想起皇帝,意识到了自己的处境。

望着耶舒阿。总督的表情很威严,但眼睛里却透出不安的神色,"你什么时候说过什么关于伟大恺撒陛下的话吗?你回答!说过吗?……还是,没——有……说过?……"彼拉多故意拖长了"没有"两个字,这在审案时按理是不应该的;同时他还向耶舒阿瞅了一眼,像要把某种想法传递给受审人。

"讲真话容易,而且是愉快的。"耶舒阿说。

"我不需要知道你讲真话是否愉快,"彼拉多的声音低沉,凶狠,"但你必须讲真话!不过,讲话的时候,假如你不愿意必然被处死、而且必然会痛苦地被处死的话,你可要斟酌一下每个字的分量。"

这时,谁也不知道总督出了什么事,只见他忽然像是要挡住耀眼的阳光似地举起了一只手。他像使用盾牌似地用这只手遮着眼睛,向受审者递过去一个意味深长的眼色,然后才继续问道:

"那么,你回答我:你认识一个叫犹大的加略人吗?如果你真对他说过关于凯撒陛下的话,那么就说说你对他说了些什么?"

"是这么回事,"受审人像是很乐于回答这个问题,"前天傍晚,我在圣殿附近认识了一个年轻人,他自称是加略人,名叫犹大。他把我请到下城他的家里,请我吃了顿饭……"

"也是个善人?"彼拉多问,眼里闪烁着恶魔眼里那种火花。

"是个很善良而且很好学的人,"耶舒阿肯定地说,"他对我的若干想法显得很感兴趣,非常殷勤地接待了我。"

"他还点起了蜡烛……"彼拉多学着耶舒阿的腔调小声说,他的两眼熠熠发光。

"是啊!"耶舒阿对总督如此了解细节有点惊讶,"他还请求我谈谈自己对国家政权的看法。他对这个问题非常有兴趣。"

"那么你说了些什么?"彼拉多问,"也许你想回答说你忘了?忘了说过些什么?"但从总督的语调中可以感到,他这时已经不抱什么希望了。

"我同他谈了,"受审人叙述着当时的情况,"我说过,任何一种政权都是对人施加的暴力,将来总有一天会不存在任何政权,不论是恺撒的政权,还是别的什么政权。人类将跨入真理和正义的王国,将不再需要任何政权。"

"往下说呀！"

"我没有再往下说什么，"耶舒阿回答，"这时候忽然闯进来几个人，不容分说就把我绑了起来，关进了监狱。"

书记官在羊皮纸上飞快地记录着每一句话，尽量一个字也不遗漏。突然，彼拉多用痛苦的声音喊起来：

"世界上从来没有、现在没有、将来也永远不会有比当今圣上提贝里乌斯皇帝的政权更伟大、对人类来说更美好的政权！"他的语调越来越高。

他不知为什么十分厌恶地朝书记官和卫队看了一眼，继续说：

"恺撒的政权不是你这疯子、罪犯可以说三道四的！"他随即高声命令："卫队撤下去！"又转身对书记官说："因为关系到国家大事，我要和罪犯单独谈谈。"

卫队举起长矛，迈着整齐的步伐走下凉台，钉了铁掌的皮底鞋的嘎嘎声渐渐消失在花园里。书记官也随即退了下去。

凉台上变得十分宁静，打破这宁静的唯有音乐般的喷泉声。彼拉多看得清清楚楚：池中央的喷嘴顶端出现一个水喇叭，它的周边不断扩大，渐渐垂下来，然后变成一条条水线落入池中。

受审人首先开口了：

"看来，我跟那个年轻的加略人的谈话惹了祸。大人，我预感到他将遭到不幸，我为他惋惜。"

"依我看，"总督奇怪地笑了笑说，"比起加略人犹大来，世上还有更值得你惋惜的人。这人的遭遇要比犹大惨得多呢！……总之，你是说，捕鼠太保马克这个冷酷无情、执迷不悟的刽子手，那些只为了你传道就把你打成这个样子的人，"总督指了指耶舒阿鼻青眼肿的脸，"以及纠合同伙打死四名士兵的强盗狄司马斯和赫斯塔斯，最后还有那个卑鄙龌龊的告密者叛徒犹大，这些人都是善人？"

"是的。"耶舒阿答道。

"而且将来还会建立起真理的王国？"

"会建立的，总督大人。"耶舒阿信心十足地回答。

"它永远不会建立!"彼拉多突然高声大叫,吓得耶舒阿不由得倒退了一步。许多年前,在女儿谷战役中,彼拉多就是用这样的声音向属下的骑兵发布命令的:"砍他们! 杀他们! 巨人捕鼠太保被包围啦!"他的嗓子也就是那时喊破的。而此刻他为了让花园里的人都听到,更进一步提高嗓门喊道:"罪犯! 罪犯! 罪犯!"

然后他又压低声音问耶舒阿:

"拿撒勒人耶舒阿,你信什么神吗?"

"神只有一位,"耶舒阿说,"我信上帝。"

"那就祷告你的上帝吧! 好好祷告! 不过,"彼拉多的声音变得有气无力了,"祷告也无济于事了。你有没有妻子?"彼拉多忽然又用忧伤的语气问道,他自己也不明白这是怎么回事。

"没有,我孤身一人。"

"这个城市真可憎啊!"总督蓦地莫名其妙地自言自语起来。他像怕冷似地耸了耸肩膀,又把两手搓了搓,好像在洗手①。这才对耶舒阿说:"真的,假如在你遇见加略人犹大之前人们把你杀了,那反倒好些。"

"你把我放了吧,大人,"受审人出人意外地提出了这样的请求,从他的声音中可以听出他很不安,"我看,他们想要杀死我。"

彼拉多的脸为一阵痉挛所扭曲,他用两只布满血丝的红肿眼睛盯着耶舒阿说:

"不幸的人,你以为罗马派来的总督会释放一个说过你刚才那些话的人吗? 啊,诸神啊,诸位神明! 也许你还以为我会愿意站到你的位置上去? 我可不这么想! 所以,你听着:从现在起,假如你敢再张口说一个字,假如你敢再同谁讲一句话,我绝不饶你! 再重复一遍:绝不饶你!"

"大人,……"

"住口!"彼拉多大声喊叫,他疯狂的目光正盯着一只又飞进凉台

---

① 据《福音书》,彼拉多处死耶稣后"拿水在众人面前洗手,说:流这义人的血,罪不在我,你们承当罢"。

的小燕子。"来人啊!"彼拉多又喊了一声。

书记官和卫队立即各就各位。总督宣布:核准地方全公会会议对罪犯拿撒勒人耶舒阿的死刑判决。书记官立即把彼拉多的话记录在案。

捕鼠太保马克随即来到总督面前。彼拉多吩咐他将罪犯移交秘密卫队队长严加看管,并传达总督命令:拿撒勒人耶舒阿应与其他犯人隔离,严禁秘密卫队人员与该犯交谈或回答其任何问题,违令者严惩不贷。

马克一声令下,卫队立即围住耶舒阿,把他带出了凉台。

随后来到总督面前的是个威风凛凛的浅黄胡须的美男子。他胸前的狮头甲片闪着亮光,头盔上插着苍鹰翎子,佩剑皮带上挂着许多金牌,三层底的高筒皮靴用带子系住,一直系到膝盖下,左肩上斜披一件紫红色斗篷。他就是指挥罗马军团的督军。彼拉多向他询问塞瓦斯提人大队的驻地。督军报告说,塞瓦斯提人正封锁着赛马场前的广场,对罪犯的判决将在广场上向全城居民宣布。

于是彼拉多命令督军从罗马人大队中抽出两个中队。一队由捕鼠太保指挥,负责押解犯人、护送载运行刑用具的车辆以及行刑人员,开往秃山①;到达后即在山顶形成包围圈。另一中队应立即开赴秃山并在山下封锁该地区。为此目的,总督还请督军再增派一个骑兵团,即把叙利亚人骑兵中队也派去参加秃山警戒。

督军走后,总督命令书记官请全公会首席长老、两名全公会成员和耶路撒冷圣殿警备队队长到王宫来会商。同时他还叮嘱书记官做好安排,使他能在同所有人会商之前先单独同首席长老谈谈。

总督的各项指示迅速而准确地贯彻下去。日来异常凶猛地烘烤着耶路撒冷的骄阳还没有升到中天,总督便看到了代行首席长老职权的犹太大祭司约瑟夫·该亚法。他们在王宫花园的上层平台上,在守卫着台阶的两座白色石狮旁边会面了。

---

① 据《圣经》载,耶稣被钉上十字架的地方是耶路撒冷城西北郊的"各各他"(意为:髑髅地)。本书中用"秃山",有时用"秃髑髅山"。

整个王宫花园静悄悄的。上层平台上一排排大象腿般粗大的奇异的棕榈树沐浴在灼人的阳光中。从这里向下望去,总督所憎恶的耶路撒冷城一览无余——城内的飞桥、碉堡、那最主要的耶路撒冷圣殿及其不可名状的、装饰着金色龙鳞的整块大理石屋顶等,尽收眼底。园内很静,但总督刚走出圆柱游廊,他灵敏的听觉便觉察到了远处传来的喧嚣声。那声音是从山下、从花园下层平台的石围墙外、从城区广场上传来的;在一片低沉的喧嚣声中时而响起几个微弱、尖细的声音,像是呻吟,又像是喊叫。

总督明白:这是为近期的骚乱所惊扰的无数耶路撒冷百姓正聚集在广场上急切地等待着总督宣判,那喊声则是卖水人的叫卖声。

总督首先邀请大祭司该亚法到凉台上去谈,也好避避这无情的骄阳,但该亚法婉言谢绝了。于是总督只得拉起风帽,遮住他微微谢顶的头,站在这台阶上同他商谈。两人都讲希腊语。

彼拉多首先说明:他审核了拿撒勒人耶舒阿的案件,已经核准死刑判决。

这样,判处死刑并应于今日执行的总共是四个人,其中有三名强盗——狄司马斯、赫斯塔斯和巴拉巴,另外还有这个叫耶舒阿的拿撒勒人。前两名强盗系因鼓动民众闹事,反对恺撒皇帝而被罗马军队当场擒获,理应由总督处理,无须商议。而后两名死囚,即巴拉巴和拿撒勒人,则是地方当局所擒获并由全公会判决的。这两名罪犯中,根据法律和惯例,理应有一名获得释放,以表示对今天开始的①伟大逾越节的庆祝。

因此,总督希望事先了解全公会的意见:它想释放哪一名,巴拉巴还是拿撒勒人?该亚法把头一低,表示他已完全听清,随即回答说:

"全公会请求释放巴拉巴。"

总督早已料到大祭司定会这样回答,但他此刻的任务是要表现出:这样的回答使他深为惊讶。

---

① 尼散月十五日为犹太教的逾越节。按犹太人习惯,节日从前一天的日暮后开始,故这里说"今天(十四日)开始的"。

彼拉多出色地扮演了这个角色。只见他傲慢地把两道眉毛高高挑起，直视着大祭司的眼睛，用惊讶的语调温和地说：

"坦率地说，您的回答使我吃惊。这里怕是发生了什么误会吧？"

彼拉多接着作了一番表白。他说：罗马当局丝毫无意干涉地方宗教当局的职权，这一点想必也是大祭司所深知的；不过，眼下这件事显然发生了差错，所以罗马当局自然很关心，希望这一差错能得到纠正。

他还说，其实，论罪行的严重性，拿撒勒人与巴拉巴几乎无法相比。前者显系神经错乱，罪行是胡言乱语，在耶路撒冷和其他几个地方扰乱民心，而后者的罪行则严重得多，他不仅公然鼓动人们造反，还行凶拒捕，打死了警卫人员。巴拉巴要比拿撒勒人危险得多。

鉴于以上各点，总督请大祭司重新考虑全公会的决定，在两名罪犯中选择危险较小的人予以释放，这个人无疑应该是拿撒勒人。对吗？

该亚法直视着彼拉多的眼睛，安详而坚定地说：全公会已经对案件作了十分认真的审理，并再一次通告总督：全公会希望释放巴拉巴。

"怎么？甚至在我斡旋之后，在一个代表罗马当局讲话的人出面斡旋后，还要这样吗？我请大祭司第三次再说一遍。"

"我们第三次仍然是说：我们希望释放巴拉巴。"该亚法不动声色地说。

一切都已完结，再也无话可说。拿撒勒人耶舒阿正在永远逝去，而总督那可怕的、剧烈的偏头痛从此便无人医治了，无可救药，直到死。但此刻折磨着总督的并不是关于疾病的念头。方才在凉台上折磨他的那种莫名其妙的苦闷现在又重新渗透了他的全身。他急于找出这苦闷的原因，但他所找到的解释却又十分奇怪：他模糊地意识到这仿佛是因为他有些话没有对受审者说清楚，或许是因为他没有认真地听完受审者的陈述。

彼拉多尽力驱散这种想法。这种想法果然像它突兀出现那样立即消失了。这种想法虽然消失，他的苦闷却仍然得不到解释，因为另一个闪电般转瞬即逝的念头——"永世长存……从此便永世长存了……"——也不能解释这种苦闷。谁从此永世长存？总督并不明白这一点。但这个关于神秘的永世长存的念头却使他在炎炎烈日之下感到浑身发冷。

"好吧,就照此办理!"彼拉多对该亚法说。

他向四周环视了一下,对周围世界的突然变化大吃一惊:繁茂的玫瑰花丛消失了,上层平台周边的行行翠柏不见了,石榴树、绿茵中的白石雕像都无影无踪,连绿茵本身也荡然无存了。代之而起的是一片紫红色的混沌,其中像是有水草在漂游,彼拉多自身仿佛也跟着它漂动。这时,他感到有一种极可怕的悔恨,一种回天无术、无可奈何的悔恨控制了他的全身,烧灼着他的心。

"我憋闷得很,憋闷啊!"彼拉多说着便举起潮湿冰冷的手,一把扯下了披风领口的纽袢。纽袢掉在沙地上。

"今天天气很闷,一定是哪儿有雷雨。"站在旁边的该亚法附和着,眼巴巴望着总督那涨红的脸,预见到还有更大的痛苦在等待他。该亚法心想:"啊,今年的尼散月怎么这样可怕!"

"不,"彼拉多说,"不是因为天气闷,我是因为同你该亚法待在一起才感到憋闷的,"彼拉多把眼睛眯成一条缝儿,又笑着补充说,"请你当心些吧,大祭司!"

大祭司的两只黑眼珠闪了几闪,脸上做出的惊讶神态不亚于总督刚才那样子。他傲岸而冷静地回答说:

"你在说些什么,总督?你亲自核准了判决,现在反倒来威胁我?这可能吗?过去罗马总督讲话用词向来是很有分寸的呀。总督大人,我们刚才的话不会被什么人听到吧?"

彼拉多用僵死的目光盯了大祭司一眼,龇着牙,皮笑肉不笑地说:

"怎么可能呢,大祭司!在这种地方谁能听到我们讲话?难道我会像今天将被处死的那个流浪的年轻傻瓜?难道我是小孩子,该亚法?我知道自己在什么地方,在说些什么。这座花园,整个这座王宫已经完全被封锁,连只小老鼠也别想找个缝儿钻进来!对,不仅是老鼠,就连那个人……他叫什么来着,那个加略人①,他也休想。顺便问一声,大祭司,你知道那个人吧?是的……假如那种家伙钻到我这里来,他肯定

---

① 指受大祭司该亚法收买而告密出卖耶舒阿的加略人犹大。下面的话泛指告密者。

会尝到苦头、追悔莫及的,这话你当然会相信吧?所以,我告诉你,大祭司,从今以后你将永无宁日!你和你的人民,"彼拉多说着,朝右前方远处高耸的金碧辉煌的圣殿指了指,"都将永无宁日!记住吧,这话是我金矛骑士本丢·彼拉多对你说的!"

"我知道,知道!"黑胡子该亚法目光炯炯,毫不畏惧。他向空中伸出一只手继续说,"犹太的百姓知道你恨他们,恨得咬牙切齿,你还会使他们遭受许多苦难。但是,你根本不能消灭他们!神将保佑他们!万能的恺撒皇帝会听到我们的呼声,会庇护我们免遭彼拉多这个祸害的毒手!"

"啊,不!"彼拉多高声说道,越说越感到轻松:他再也不必装腔作势,不必斟酌词句了。"你在恺撒面前告我的御状已经够多了,如今轮到了我,该亚法!现在我的奏章马上会从这里飞出去,不是飞往安提阿①的都督府,也不是送到罗马,而是直接送往卡普列岛上的离宫,径呈皇帝御览。这奏章就是要参你,弹劾你在耶路撒冷竟赦免明目张胆的叛乱元凶。到那时候,尽管我愿意为你效劳,怕也不能再用所罗门池里的水来供给你的耶路撒冷了。不,不能用水!请你不要忘记,正是由于你的缘故,我才不得不动用这些带有皇家徽章的干戈,调兵遣将,这不,甚至还得亲自来视察你们这里的各种事件!记住我的话吧,大祭司!你将看到不止一个罗马军的大队开到耶路撒冷,不止一个!富米纳特率领的整个军团将开临城下,阿拉伯人骑兵队也会开来,那时候你将会听到痛苦的喊叫和呻吟!那时候你将会想起你今天拯救的巴拉巴,将会后悔你把宣讲和平的哲学家判处了死刑!"

大祭司的脸红一块紫一块,两眼冒着火。他也学着总督的样子龇着牙笑了笑,回答说:

"总督,你自己相信你刚才这番话吗?不,你也不相信!那个蛊惑百姓的人带给我们耶路撒冷的不是和平,决不是和平!这一点你这位骑士非常清楚。你本想释放他,因为你指望他煽动百姓、亵渎宗教②,

---

① 即今安塔基亚,位于土耳其南部,公元前三百年由叙利亚人创建,是罗马帝国时代最繁华的重要城市,也是古代基督教的重要中心。

② 这里的"宗教"指犹太教。

从而把大众驱赶到罗马当局的刀剑之下！但是，只要我这个犹太大祭司活着，我就绝不允许亵渎宗教，就要保护人民！你听见了吗？彼拉多？"该亚法威严地举起一只手："你仔细听听吧，总督！"

该亚法不做声了。总督又听到一片喧嚣声像海涛般涌向大希律王宫花园的围墙。它从山下面涌上来，涌到他的脚前，涌上他的脸。同时，在他背后，从王宫配殿后的厢房处传来阵阵令人不安的号角声和大队人马的沉重脚步声以及铁器撞击声。总督明白，这是罗马军的步兵大队遵照他的命令出发了，它应该在宣布死刑之前举行一次大检阅，以威慑暴乱者和强盗。

"你听见吗，总督？"大祭司又轻声问道，"莫非你还要说，这一切，"大祭司该亚法把两只手都举起来，他的黑色风帽从头上滑了下去，"都是一个不足挂齿的强盗巴拉巴引起的吗？"

总督用手背抹去额头的冷汗，往地上看了看，又眯着眼望了望天。他看到：白炽的火球几乎升到了头顶上，该亚法的影子已经缩到石狮的脚边。于是他便心平气和地低声说：

"快到中午了。我们只顾谈话，还得继续办公事呀。"

他假惺惺地向大祭司表示了一番歉意，然后请客人暂时在木兰荫下的长凳上稍事休息，以便他把应该参加最后会议的其他人都召集来之后，再发布一项有关处刑的命令。

该亚法把右手往胸前一搭，客气地躬身施礼，留在花园里。彼拉多回到凉台，立即指示书记官召集军团督军、大队保民官、两名全公会成员和圣殿警备队队长等人到花园里来，这些人正在花园下一层平台上的圆喷泉亭听候传唤。然后彼拉多自己朝宫里走去，边走边告诉书记官说他马上就出来。

在书记官召集与会人员的时候，总督正在一间挂着深色窗幔的屋里会见一个人。此人的脸被风帽遮住一大半，尽管在这间屋里根本无须担心阳光的照射。两人的会面非常短暂。总督向那人只小声交代了几句，那人便匆匆离去。总督随即穿过柱廊，又回到花园里。

在花园里，当着全体与会人员的面，总督用干巴巴的语言郑重其事地宣布：他核准对拿撒勒人耶舒阿的死刑判决，并正式征询全公会各位

长老的意见:两名罪犯中他们希望让谁活下去。听到希望释放巴拉巴的答复后,总督说:

"很好!"当即命令书记官将这一点记录在案。他把书记官从沙地上拾起的披风纽袢紧紧握在手里,庄严地宣布:"时辰到!"

于是,全体与会人员起身,顺着宽阔的大理石石阶朝山下走去。石阶两旁的玫瑰花墙散发出令人陶醉的芳香,人群慢慢下山,走向宫墙大门。大门外就是铺着石板的平平展展的大广场了。从山坡上还可以看到广场尽头有许多高大的圆柱和骏马雕像,那里是耶路撒冷的赛马场。

彼拉多一行走出宫墙门,来到广场,登上了威临于整个广场之上的高大石坛台。这时彼拉多才微微眯起眼睛环视了一下,看清了周围的情景:他刚才通过的空间,也就是从宫墙到石坛台的这段路上,一个人也没有,但是,他却没有看见前面的广场——整个大广场完全被人群所吞没。假如不是塞瓦斯提人大队和伊图利亚人辅助大队的士兵各自排成三行在彼拉多的左右两边把人群严严堵住的话,人群肯定早已把石坛本身和刚才那条戒备森严的路统统淹没了。

彼拉多登上坛台,手里还无意识地紧握着那个无用的纽袢,眼睛眯缝着。他眯缝着眼并不是因为阳光太强。不是!这是因为他很清楚,几个被判刑的人马上就要被押上坛台,而他,不知为什么,非常不愿意看见他们。

血红衬里的白色披风刚一出现在高耸于人海岸边的石筑坛台上,一阵声浪便冲进了两目茫然的彼拉多的耳鼓:"啊——啊……"这声浪似乎是从远处的赛马场那边掀起的,起初并不高,但渐渐变得像闷雷一样,持续了好几秒钟,然后才慢慢沉寂下去。总督暗想:"百姓们看见我了。"第一层声浪还没有沉到最低点,第二层声浪便又掀起了。它翻滚着,比头一个浪头还高,而在它的浪尖上,就像海浪顶峰的浪花一样,发出一些口哨声和在沉雷声中清晰可辨的女人的呻吟和叫苦声。彼拉多想:"这是把犯人押上台了……呻吟声和叫苦声表明人群向前涌时踩死了几个摔倒的妇女。"

彼拉多站在台上等待着。他知道,大众没有把胸中郁积的那口气吐出来之前,人群没有自动消停下来之前,任何力量都休想迫使这声音沉默。

这一时刻终于到来了。总督这才高高地举起右手。人群中最后一阵喧嚣随即停止了。

于是彼拉多深深地吸满一口燥热的空气,开始高声讲话,他的声音在成千上万个人头上空回荡:

"我以恺撒皇帝的名义宣布!"

这时立即有一片短促而铿锵有力的喊声撞击着他的耳鼓——各大队的士兵猛地把长矛和旗帜高高举起,齐声高喊:

"恺—撒—万—岁!"

彼拉多不由得挺起胸膛,把头直对着太阳。他的眼睑下突然迸发出绿色的火苗,这火苗烧灼着他的整个头脑。他扯起嘶哑的喉咙用阿拉米语向人群高声宣布:

"在耶路撒冷逮捕归案的四名罪犯,犯有杀人害命、煽动叛乱、玷污法律、亵渎宗教等罪,兹判决处以可耻的极刑——吊在十字架上!此项判决立即在秃山执行!这四名罪犯是:狄司马斯、赫斯塔斯、巴拉巴和拿撒勒人耶舒阿。现在这里示众的就是!"

彼拉多只用手向右指了指,并不转头去看犯人,他知道他们正站在应该站的地方。

人群发出长时间的嘈杂声,像是表示惊讶,又像是感到轻松。待人声平息下来,彼拉多继续宣布说:

"但是,其中只有三名将被处死,因为根据法律和惯例,为庆祝逾越节,仁慈的恺撒皇帝要根据地方全公会的选择和罗马政权的核准把其中一人的可鄙生命赐还给他!"

彼拉多口里喊着这些话,耳朵却听得清清楚楚:一片肃穆的寂静立即代替了刚才的嘈杂声,现在广场上听不到一声叹息,没有任何响声了。甚至有一瞬间他觉得周围的一切都已消失,他所憎恶的城市已经灭绝,只有他独自站在这里,被直射的阳光烤着,仰望着天空。彼拉多又让这寂静保持了一会儿,然后才大声喊道:

"马上要在你们面前当场释放的人,他的名字叫……"

彼拉多又顿住了,他没有立即说出那人的名字。他在寻思着自己是否把该讲的话全讲了,因为他知道,只要一说出这幸运者的名字,这座死寂的城市就会马上复活,他下面要讲的任何话便都听不进去了。

彼拉多暗暗问自己:"全讲了吗?全讲了。宣布名字吧!"

于是,他拖长着"拉"字音高声宣布:

"巴拉——巴!"

这时他觉得头顶上的太阳轰地一声四分五裂了,它的火焰冲进他的两耳,在这火焰中飞腾的是怒吼、尖叫、呻吟、狂笑和口哨声。

彼拉多转身走下高坛,朝后面的台阶走去。他什么也不看,两眼只盯着脚下用五彩石铺砌的石阶,以防踩空。他知道,这时在他身后,铜钱和枣子正像冰雹般飞向台上,沸沸扬扬的人群正你推我搡地拥向台前,登肩搭臂地争着亲眼看看这活生生的奇迹——一个已经被死神抓到手的人竟然挣脱了出来!他知道,卫兵这时正在迅速解开那人的绑绳,无意中竟使他在受审时被弄脱臼的胳膊产生剧烈的疼痛;而那人,尽管疼得皱起眉头,哎哟叫苦,但脸上仍然现出没有理性的、疯人般的笑容。

彼拉多还知道,与此同时行刑队正押着另外三个仍被绑缚的人朝旁边的台阶走去,把他们带上城西大路,押往秃山。只是在走到坛后时,彼拉多才抬头看了看,因为他现在放心了:他已经不可能再看见那几个死囚。

人群逐渐平静下来,喧嚣声中已能分辨出公告员高亢的喊声:他们正在不断地高声重复刚才总督宣布的话,有的用阿拉米语,有的用希腊语。同时,彼拉多听到越来越近的细碎的马蹄声和短促而愉快的军号声。与之相呼应的是孩子们刺耳的口哨声,这些男孩子是爬到从市场通往赛马场的街道两旁的屋顶上去吹口哨的;时而还有"当心!"的叫喊声。

这时,一个手持小旗、孤独地站在戒严线内空地上的士兵惊慌地朝彼拉多一行摇起小旗来。总督、军团督军、书记官和警卫人员全都停住了脚步。

骑兵中队朝大广场冲了过来:它是想穿过广场边,绕过人群,顺着爬满葡萄藤的石墙根,经过那条胡同,抄近路赶到秃山去。

飞驰而来的骑兵指挥官是个叙利亚人,他肤色黝黑,像个混血儿,身材矮小得像个孩子。他的马跑到彼拉多跟前时,他尖声喊了句什么,同时抽出了鞘里的剑。他座下那汗津津的乌鬃马猛地向旁一闪,直立起来。指挥官收剑入鞘,朝马颈抽了一鞭,使它站好,随即换成大跑,朝墙边的胡同疾驰而去。他后面的骑士成三人一排在滚滚烟尘中向前奔驰,轻型竹矛的矛尖在空中跳跃,一张张士兵的脸从总督身旁闪过去,在雪白的缠头巾衬托下,这些脸膛显得格外黝黑,笑眯眯地露出闪亮的牙齿。

骑兵中队扬起遮天蔽日的尘土,冲进胡同。终于最后一名司号兵也跑过去了,他背上的军号在烈日下闪着耀眼的亮光。

彼拉多一只手遮着灰尘,怏怏不乐地皱着眉头继续朝王宫花园的大门走去,督军、书记官、卫队跟在他的身后。

这是上午十点钟左右的事。

第三章 第七项论证

"是的,可敬的伊万·尼古拉耶维奇,那是上午十点钟左右的事。"教授转向诗人说。

诗人如梦初醒,用手抹了抹脸,抬头一看,牧首湖畔已是暮色苍茫了。

湖水变成了铅黑色,水面上一叶轻舟徐徐滑动,传来均匀的木桨拍水声和舟中女人的阵阵嬉笑。环湖的几条林荫道边的长椅上已经有不少游人了,但只是其他三面有,唯独我们这几位交谈者这一面依然不见别的游人。

莫斯科的天空像是褪了颜色,一轮满月已经升高,看得十分清楚,只不过它暂时还是苍白的,尚未变成金黄色。呼吸比刚才轻快多了,树下长椅上人们的谈话声也仿佛变得温和得多。一派美好的黄昏情景。

无家汉暗自惊讶:"瞧,天色已经黑下来了!我怎么会不知不觉地听他编造了这么一大段故事?也许,这故事不是他讲的,而是我刚才睡着了,做了这样一个梦?"

但是,还得承认故事的的确确是教授讲的,否则就得假定柏辽兹也同时做了个同样的梦,因为他现在正凝视着外国人的脸发表意见:

"教授先生,您这故事非常有趣,尽管它与《福音书》里的记载完全不同。"

教授脸上掠过一丝哂笑,回答道:

"恕我直言,别人姑且不论,以您之博学总该知道《福音书》里记载的那些事纯属子虚,根本没有发生过吧。所以,如果我们把《福音书》作为史料引证,那未免……"他又冷冷地笑了笑。这一来,柏辽兹倒一时语塞了,因为他刚才从铠甲街朝牧首湖来的路上对无家汉讲的正是这番话,字字句句不差。

"倒也是，"柏辽兹说，"不过，您刚才讲的这些，怕也无人能证实吧。"

"噢，不！这有人能证实！"教授的俄语又带上外国腔调了，但语气十分自信。同时他忽然故弄玄虚地用手势招呼两位朋友向自己靠近些。

两人各自从左右向他俯过身来，于是他又操着纯正的俄语讲起话来（鬼才晓得，他的外国腔调怎么会时有时无）：

"是这么回事……"教授先鬼头鬼脑地四下瞟了几眼，这才低声细语地说，"发生这些事情的时候我一直在场。在凉台上我就站在本丢·彼拉多身旁，他在花园里同大祭司该亚法谈话时我也在场，我还登上了那个石筑坛台。只是我没有公开露面，是所谓的微服私访，所以，恳请二位对任何人都不要透露出去，绝对保密！……嘘！"

三个人又都不做声了。柏辽兹的脸变得煞白。过了好一阵，他才用颤抖的声音问道：

"您……您在莫斯科多长时间啦？"

"我是刚刚到达！"教授急忙回答。这时两位朋友才想起正视一下教授的眼睛。他们发现：此人左眼珠呈嫩绿色，看上去疯狂而毫无理智，右眼珠漆黑，却又显得那么空虚、死寂。

心慌意乱的柏辽兹稍稍定了定神，暗想："怪不得嘛，这就全都得到解释了！原来是从国外来了个疯德国人，或者就是刚刚在这湖畔犯疯病的。准是这么回事！"

不错，确实得到解释了：什么陪同已故哲人康德共进早餐的胡诌，什么葵花子油和安奴什卡之类不着边际的话，什么关于脑袋要被切掉的预言，等等，全都可以解释清楚了——这位教授是个疯子。

柏辽兹立即想好了自己的措置方案。他向后一仰身，靠在长椅背上，从教授背后朝无家汉挤了挤眼，表示：咱们可不能戗着他说。但是，早已六神无主的诗人没有明白他这个暗号。

"对，对，对！"柏辽兹故作激动地说，"这倒也有可能！无论是本丢·彼拉多，还是那凉台上的情况以及诸如此类的事，都很有可能……请问，您是只身来此地的，还是同夫人一起？"

"一个人。孤身一人。我总是独来独往的。"教授的话音里透着凄凉。

"那您的行李放在哪儿啦,教授?"柏辽兹委婉地探询着,"是放在大都会饭店了吗?您在哪里下榻?"

"我吗?没有在哪里。"疯德国人回答。他那只绿眼睛怅惘地、怪模怪样地望着湖面,目光徘徊不定。

"怎么?那……您打算住在哪儿呀?"

"在您家里呗!"疯子的态度突然变得十分放肆,说着还冲柏辽兹挤了挤眼。

"我……我当然非常欢迎,"柏辽兹嘟嘟哝哝地说,"不过,说实话,您在寒舍一定会感到不方便……大都会饭店的房间很舒适,那是高级宾馆……"

这时疯人忽然把脸转向诗人伊万·尼古拉耶维奇,笑嘻嘻地问道:

"那么,您说,魔鬼也不存在?"

"魔鬼也不存在……"

"你别伺着他说!"柏辽兹急忙又从教授背后对诗人挤眉弄眼,只动着嘴唇轻轻地提醒他说。

但是,伊万·尼古拉耶维奇被眼前这荒唐事弄得头昏脑涨,反而大声喊起来,而且说了些不该说的话:

"根本没有什么魔鬼!您别发神经啦!简直活受罪!"

疯人一听,纵声大笑起来,连身旁椴树枝头的麻雀都给他的笑声吓飞了。

"哎呀,这才真叫有趣!"教授一边狂笑不止,一边说,"你们这里是怎么搞的?不论提起什么,一概没有!"忽然,他不笑了,而且,像精神病人常有的情况一样,从狂笑立即转向另一极端——大为震怒。他声色俱厉地问道:"那,照这么说,就是没有喽?"

"请您息怒,教授,请息怒,请息怒,"柏辽兹喃喃地说,生怕刺激病人,"请您和无家汉同志在这里稍坐片刻,我得先到路口去一趟,得去打个电话。回头您想到哪里去住,我们两人送您去。您对本市还不熟悉嘛……"

柏辽兹的对策应该说是正确的——赶紧到就近的自动电话亭给外事局挂电话,通知他们:现在有位国外来的顾问待在牧首湖畔,显然处于精神失常状态,所以,必须立即采取措施,不然怕要闹出点小小麻烦来。

"挂电话?嗯,好,去挂吧,"精神病人同意了,语气有些感伤,忽然,他又急切地请求柏辽兹:"不过,临别前,我还是想恳求您一件事:您哪怕只相信魔鬼的存在也好嘛!我对您就不再有更多的请求了。您要知道,这是有第七项论证可以证实的,是最可靠的证明!它马上就会摆到您面前。"

"好吧,好吧。"柏辽兹敷衍着,虚情假意地笑了笑,急匆匆朝牧首湖公园的一个出口走去,那个出口正对着铠甲大街的耶莫拉耶夫胡同口。临走前他又对诗人挤了挤眼,而诗人想到自己不得不留下来看着这个疯德国人,心情自然十分沮丧。

教授的疯病这时却霍然而愈。只见他容光焕发,望着离去的柏辽兹的背影大声喊道:

"米哈伊尔·亚历山大罗维奇!"

柏辽兹打了个寒战,转回身来。同时他暗自安慰自己:这家伙大概也是从什么报刊上知道我的名字和父名的。而教授这时正把两手放在嘴边捧成喇叭形,继续朝他喊:

"您要不要我吩咐人往基辅给您姑父拍封电报去?"

柏辽兹不由得又打了个寒战:这疯子怎么知道我有个姑父在基辅市?这肯定没有在任何报刊上登过呀!且慢,莫非还是无家汉的想法对?那么他那些证件都是伪造的?哎呀,这家伙真怪!我得去打电话,打电话!马上去!很快就能查清他!

于是,柏辽兹什么也不再听了,径直朝前快步走去。

这时,就在去铠甲大街的公园出口附近,有个人从长椅上站起来转向柏辽兹。这不是别人,正是方才在夕阳的斜晖中由闷热的空气凝聚成的那个人。但现在他不再浑身透明,而是个血肉之躯的常人了。虽说已经暮色昏黄,柏辽兹还是看清了他:两撇鸡翎似的小胡子,两只含着嘲讽和醉意的小眼睛,瘦小的方格西服裤提得老高,连脚上那双肮脏的白袜都露了出来。

米哈伊尔·亚历山大罗维奇不由得倒退一步,但立即稳住了神,心想:这不过是个荒谬的巧合而已,再说,现在哪有时间考虑这些?!

"这位公民,您是要找那个旋转栅栏门吧?"穿方格裤的家伙用破锣般的声音问道,"请往这边走!一直走,就到您要去的地方了。按理说,给您指了路,得跟您讨二两酒吃……我这前唱诗班的指挥……也好保养保养嘛!"那家伙拿腔作势地说着,随手一把扯下头上的大檐骑手帽,讨钱似地往旁边一伸。

柏辽兹没有去理会这个当过唱诗班指挥的乞丐的胡说八道,他大步流星来到转门前,一只手扶住栅栏,推了一下,刚要朝门外的铁轨那儿迈步,突然觉得有红白两道光迎面射来:一盏大玻璃灯上的几个红字闯入了他的眼帘:"小心电车!"

这时恰好有一辆有轨电车飞快地开过来,它刚刚开出耶莫拉耶夫胡同的新线,拐上铠甲大街。转过弯开上直路之后,它突然亮起车厢的灯,吼叫一声,加快了速度。

柏辽兹所站的位置虽说并无危险,但一向为人谨慎的他还是决定退到栅栏门里面去。他倒换了一下扶着转门的手,往回退了一步。这时,他的手一滑,从转门上滑了下来,同时一只脚像踩在冰块上似的向外溜去,顺着倾斜的鹅卵石路面溜向电车轨道,接着,另一条腿也站不住了,整个身子滑到了轨道中。

柏辽兹竭力想要抓住件什么东西,所以便仰面朝天摔倒了,后脑勺撞在石路面上。他还来得及看了一眼高悬中天的、已染成金黄色的满月,不过此刻他已判断不出月亮是在左边还是在右边了。他还来得及侧过身子,并在同一瞬间拼命地把两腿向小腹收拢;侧过身后,他清楚地看到:一张煞白煞白的女司机的脸和她那鲜红的头巾①正以雷霆万钧之势朝他冲来。柏辽兹并没有喊叫,但他周围的整个街道上却响起一片绝望的妇女的尖叫声。女司机猛扯电闸,车厢一头扎到地上,又跳动了一下,接着便是一阵轰隆隆、哗啦啦的玻璃破碎声。这时,柏辽兹

---

① 苏联二三十年代的女共青团员和积极分子喜欢包大红头巾。

的脑海里仿佛有人拼命喊了一声"难道真是?……"他觉得,圆圆的月亮又闪现了一下,但在这最后一闪的同时它变成了碎片,然后便是一片漆黑了。

电车车厢遮住了柏辽兹的身体,在这同一瞬间,牧首湖公园外的林荫路旁,一件黑乎乎的圆东西被抛到倾斜的鹅卵石路面上,随即从斜坡上滚下来,一跳一跳地顺着铠甲大街的石路面滚下去。

这就是被电车车轮切掉的柏辽兹的头。

第四章　追捕

　　妇女们歇斯底里的尖叫声平息了,刺耳的警笛声也消停下来。两辆救护车已经开走:一辆载着无头尸身和切下的人头开往停尸房,另一辆送走被玻璃扎伤的漂亮女司机。穿白罩衣的清洁工扫掉了地上的碎玻璃,往血泊处撒上些细砂子。伊万·尼古拉耶维奇没跑到栅栏转门就倒在路旁的长椅上,一直躺在那里。

　　他几次想站起来,但两条腿不听使唤,像是瘫痪了。

　　原来诗人一听到街上有女人喊叫便急忙朝栅栏门跑去,恰好目睹了人头在石头道上滚动的情景。他吓得瘫倒在长椅上,咬住自己的手,甚至咬出了血。这时他当然已经完全忘了那个疯德国人,脑子里只在思考一个问题:刚才还同他交谈的柏辽兹转眼间身首异处,这怎么可能呢?……

　　情绪激动的行人们大声议论着从诗人身旁走过,但诗人并没有听见他们在说些什么。

　　可是,有两位迎面走来的妇女恰好和诗人擦肩而过,其中一个没戴头巾的尖鼻子妇女像是正冲着诗人耳朵似地对另一位妇女说:

　　"都怪安奴什卡,就是住在我们花园街的那个安奴什卡!是她干的好事!她在副食商店买了一瓶葵花子油,撞在转门上打碎了油瓶,把好好一条裙子也给弄脏了……她还骂街呢,骂了半天!刚才那个人,真可怜,准是踩在油上滑了一跤,滑到电车道上去了……"

　　妇女们在旁边大声嚷嚷着,但诗人乱糟糟的脑子里起初只清晰地印下了一个名字——安奴什卡……

　　"安奴什卡……安奴什卡?……"诗人自言自语着,惊慌地四下看了看,"慢着,怎么回事?……"

　　紧接着,"葵花子油"和安奴什卡这个名字在脑子里连在了一起,然后,脑海里又不知为什么浮现出"本丢·彼拉多"。诗人驱走彼拉多,想尽量顺着"安奴什卡"这条线理出个头绪,并很快理了出来:它自然而然地联系到了疯教授。

对呀!他本来就说过安奴什卡已经洒了葵花子油,所以会议开不成了。瞧,会议果然开不成了!还有,他不是直截了当地说过柏辽兹将被一个女人切下脑袋吗?对,对,对!那辆有轨电车的司机不就是个妇女吗?!怎么回事?啊?

神秘顾问早已确切地预见到柏辽兹惨死的全幅景象,这一点毫无怀疑的余地。于是,有两种想法钻入诗人头脑:第一,"那顾问根本不疯不癫!全是装蒜!"第二,"这一切会不会是他暗中安排的?"

不过,请问,他怎样安排的呢?!

"噢,这不要紧!会查清楚的!"

伊万·尼古拉耶维奇勉强从长椅上爬起来,立即往回跑去,跑向刚才同教授谈话的地方。所幸的是那人还没有走掉。

这时铠甲街上已亮起路灯,金黄色的满月也已升到牧首湖公园的上空。月光是容易引起错觉的,在月光下,诗人看到:教授还站在原地,但腋下夹着的仿佛不是手杖,而是一把长剑。

另外,在刚才伊万自己坐的那个位置上还坐着一个人,这就是那个穿方格衣服的骗子,前唱诗班指挥。现在他戴上了一副显然并不需要的夹鼻眼镜,眼镜的一个镜片已经失落,仅存的镜片上还有裂璺。因此,这个人的样子现在比他指使柏辽兹走上电车道时更加令人讨厌。

伊万觉得心里一阵阵发冷,他悄悄地走到教授跟前,又仔细窥视了一下他的表情。他确信:这张脸上没有任何疯癫的迹象,原来也不曾有过。

"快说实话吧,你是什么人?"伊万用喑哑的声音问道。

外国教授皱起眉头,像是初次见面似地瞧了伊万一眼,怏怏不快地说:

"不明白的……俄语讲话……"

"这位先生不懂俄语!"坐在长椅上的前唱诗班指挥从旁插嘴了,虽然并没有人请他解释。

"别装模作样!"伊万厉声说,同时又感到心里一阵发冷,"你刚才讲俄语讲得很流利嘛!你不是德国人,也不是什么教授!你是杀人凶手,特务!快交出你的证件来!"伊万愤怒地喊叫着。

神秘教授厌恶地撇了撇他那原本就歪斜的嘴,耸了耸肩膀。

"我说,公民!"讨厌的唱诗班指挥又插嘴了,"您干吗找外国游客的麻烦?您会受到严厉追究的!"这时,可疑的教授露出傲慢的神色转身离开伊万,朝前走去。

伊万顿时心慌意乱,结结巴巴地对唱诗班指挥说:

"喂,公民,快帮我抓住这个罪犯!您有义务帮助我!"

指挥立即精神倍增,从长椅上跳起来,大声嚷道:

"哪个罪犯?在哪儿?外国罪犯?"前指挥快活地眨巴着两只小眼睛问道,"是这家伙吗?要是罪犯,咱们得赶紧喊人来啊,不然他会跑掉!来,咱俩一齐喊!一齐喊!"指挥说着便张开了大嘴。

茫然不知所措的伊万不由得听从了指挥的话,扯开嗓子大喊一声:"来人啊!"但指挥原是骗人的,他只是张张嘴,并没有喊出声。

伊万孤零零地哑着嗓子喊了一声,并没有带来什么好结果,只是把旁边的两个女孩子吓跑了。他还听到她们说了声"醉鬼!"

"噢,原来你跟他是同伙?!"伊万愤怒地嚷道,"你干吗耍弄我?快躲开!"

伊万往右冲去,指挥也往右一闪身,伊万想从左边跑过去,那坏蛋又故意往左边闪。

"你成心跟我捣乱?"伊万气急败坏地嚷道,"我把你也揪到民警局去!"

伊万伸手去揪那坏蛋的衣袖,但扑了个空,什么也没抓着。唱诗班指挥忽然无影无踪了。

伊万"啊"了一声,抬眼往远处一望,看见那个来历不明的外国教授已经走到公园出口,即将进入牧首胡同,而且他不是一个人——形迹可疑的唱诗班指挥也同他走在一起。更加奇怪的是,不知从哪儿冒出来一只大公猫,也加入了他们一伙。那公猫足有一口骟猪大,全身像烟子或老鸦一样黑,嘴角上生着两撇骑兵式小胡子,一副完全无所畏惧的神气。他们三个一起走进了牧首胡同,而且那黑猫是后腿直立行走的。

伊万毫不犹豫地尾随几个坏蛋追去,但他立刻意识到:很难追上他们。

这一伙转眼穿过了牧首胡同,来到斯皮里多诺夫卡街。不论伊万怎样加快脚步,同他们之间的距离却丝毫不见缩短。当诗人在不知不觉中穿过僻静的斯皮里多诺夫卡街,来到尼基塔门时,情况进一步恶化了:这里行人很多,熙熙攘攘,伊万冲撞着行人,不住地挨骂,而那三个家伙却又采取了盗贼惯用的手法——分头逃跑了。

唱诗班指挥敏捷地跳上一辆驶往阿尔巴特广场的公共汽车溜走了。伊万眼看已丢掉一个,便一心去追赶黑猫。他看见那怪猫走到"A"路①电车站,在站上的第一节车厢门前蛮横地把一位妇女挤到了一旁。那妇女刚一喊叫,公猫已经登上踏板,抓住了门旁扶手。它甚至还从打开的小窗伸进爪子去,想把一枚十戈比银币递给售票员。

公猫的这一着使刚刚追到拐角处食品店前的伊万立刻惊呆在原地了。但更加使他吃惊的是女售票员的举动:她看见黑猫想钻进电车,气得浑身发抖,恶狠狠地大喊:

"猫不许上车!不许带猫上车!去!去!不然我要叫警察啦!"

可是,不论售票员,还是车上的乘客,却都没有对问题的实质感到奇怪:猫上电车并不足为奇,问题在于猫还想买票!

看来,这只黑猫不仅有支付能力,而且还很守纪律:售票员对它一喊,它便不再往车里挤了,乖乖地跳下了踏板。它蹲在停车站上,前爪抓着枚银币抹起小胡子来。但是,售票员一拉信号绳,电车刚刚开动,它便又采取了行动:像所有被赶下电车而又一定想要坐这趟车走的人一样,它放过两节车厢之后,一纵身跳上了末节车厢尾部的横杠,前爪抓住伸出车外的橡皮管,随车向前驶去,这样还可以省下一个银币。

伊万只顾盯着看这下流的黑猫,险些把最主要的人物——外国教授丢掉。幸而那家伙还没有来得及溜掉:伊万望见了他那顶灰色无檐帽正在尼基塔大街,即现在改名为赫尔岑大街的街口处晃动。尽管伊

---

① 当时莫斯科市内除"A"路、"B"路电车外,另有1路、2路电车。

万转眼间便赶到了赫尔岑大街,但他并没有追上那人。伊万先是大步流星地走,随后干脆推搡着行人小跑起来,但是他与教授的距离却一公分也不见缩短。

伊万十分沮丧,但同时也暗自对自己能以这样超自然的速度追赶感到惊奇:不到二十秒钟的功夫他已经跑过尼基塔门来到了灯火辉煌的阿尔巴特广场,几秒钟后又出现在一条灯光昏暗、人行道已经倾斜的古老的小街上。他在这里不慎跌了一跤,磕破了膝盖。他急忙爬起来,又跑进一条灯光明亮的大道——克罗波特金大街,然后经过一条胡同和奥斯托任卡广场,又追进一条凄凉、肮脏、灯光昏暗的小巷。只是到了这里,伊万·尼古拉耶维奇才彻底丢掉了他极力追赶的那个人——教授完全无影无踪了。

伊万心里很着急,但这时间并不长,因为他忽然觉得教授必定是躲进了附近的第十三号楼,而且还肯定是藏在楼中第47号住宅里。

于是伊万闯进大门,飞步跑上二层,立即找到第47号,并急促地按了按电铃。没等多久便有一个四五岁的小女孩来给伊万开了门,她什么也没有问,开开门便走开了。

这套房子的前室很大,年久变黑的高高的天花板下亮着一盏小电灯,光线昏暗,显得极其冷清,像是这里久已无人照管了。墙上挂着一辆没有轮胎的自行车,墙角放着一只包了铁皮的大木箱,衣架上方的横板上摆着一顶冬季棉帽,帽子的两只长护耳耷拉下来。有一间屋子里开着收音机,一个洪亮的男声正愤怒地喊叫,像是在朗诵诗。

伊万·尼古拉耶维奇在这陌生的环境中丝毫没有犹豫。他径直冲进走廊,并断定"那家伙当然是躲进了浴室"。走廊里很黑。他摸着墙走了几步,看到一扇门下面透出一线微弱的光。他摸到门把手,悄悄地把门一拉。门上的挂钩脱落了——这里恰恰是浴室。伊万暗自庆幸自己很走运。

但是,可惜他的运气并不是他所希望的那种!门一开,他立即感到一阵湿热的空气迎面扑来;借着热水器下阴燃的炭火光,他看到室内墙上挂着两个大洗衣盆,地上有一个大浴缸,浴缸的搪瓷剥落,露出一块块黑得可怕的斑点。浴缸里站着个一丝不挂的女人,全身都是肥皂沫,手里拿着擦澡用的擦子。那女人觑着近视眼朝闯进来的伊万扫了一眼,显然由于光线太暗而认错了人。只听她十分快活地娇里娇气地说:

"基留什卡①!别胡闹!你发疯了?……费奥多尔·伊万内奇马上会回来的!快走开!"说着,拿擦澡擦子朝伊万这边一挥。

她显然是看错人了。这误会当然该怪伊万·尼古拉耶维奇,但他并不想道歉,反而大声骂了一句:"哎呀,这个偷汉子的骚货!……"随后他不知怎么又走进了厨房。这里一个人也没有,昏暗中他看到炉台上整齐地放着十来个没点火的煤油炉。月光透过常年不擦的肮脏玻璃窗,微微照亮一个布满蛛网的角落,角落里挂个久已被人遗忘、落满灰尘的圣像神龛,神龛后面露出一对婚礼用的大花蜡烛。神龛下面还挂着一张用别针别住的小一些的纸圣像。

谁也说不清伊万当时是怎么想的,反正他从神龛后偷出一支蜡烛,摘下了那张纸圣像,拿着这些东西从后门离开了那所不知是谁家的住房,嘴里还不住地嘟囔着什么。想到刚才浴室里的所见所闻,他未免有些难为情,但又不由得暗自猜想:那个不要脸的基留什卡究竟是谁,那顶讨厌的带长护耳的棉帽是不是基留什卡的。

伊万走进一条空荡荡的僻静小巷,四下张望着寻找逃跑者,但并没有发现。于是他十分自信地说:

"嗯,没错儿,他准在莫斯科河河边!出发!"

看来,应该问问伊万·尼古拉耶维奇:他为什么坚信外国教授会在莫斯科河河畔,而不是在别的什么地方。但糟糕的是此时此地没有人能向他提出这个问题——这该死的胡同里连个人影都没有。

不一会儿,伊万·尼古拉耶维奇已经出现在莫斯科河河湾处花岗石护堤的台阶上了。

伊万脱下衣服,看见就近恰好有个和颜悦色的留着大胡子的人正在吸自卷纸烟,身旁放着一件破旧的托尔斯泰式白布短衫和一双解开鞋带的旧皮鞋。伊万把衣服托付给这个大胡子,抡了几下胳膊让身体冷一冷,然后便燕子似地一头扎进了莫斯科河。河水透心凉,伊万感到

---

① 男名基里尔的爱称和昵称。

喘不上气来,甚至闪过一个再也浮不出水面的念头。但他还是浮了上来。他呼哧呼哧地喘着粗气,圆睁着两只惊恐不安的眼睛,在散发着汽油味的乌黑的河水中游起来。岸边的路灯在河水中折射成一条条弯弯曲曲的倒影,伊万在这倒影中间游了几个来回。

湿淋淋的伊万从河里走上来,在台阶上轻轻跳动着走向大胡子看管衣服的地方。这时他才发现:不仅大胡子已经无影无踪,连衣服也被偷走了。原来他放衣服的地方只剩下一条旧条纹布衬裤、一件破托尔斯泰式短衫、一支蜡烛、一张圣像和一盒火柴。伊万举起拳头无可奈何地朝远处晃了两下,像是在吓唬什么人,然后便只好把剩下的衣物穿起来了。

此时有两件事使他感到不安:第一,他经常随身携带的"莫文联"会员证被偷走了;第二,凭这身打扮他很难顺利地穿过莫斯科市区:他下身只穿一条衬裤呀……当然,这碍不着谁的事,但总有点不太好吧。千万可别有人找茬儿,或是被民警拘留。

伊万把裤脚上的扣子扯下来,指望这样可以使裤腿散开,多少像条夏季单裤。然后他拾起圣像、蜡烛和火柴,便重新出发了,还自言自语地说:

"我得去格里鲍耶陀夫那儿!毫无疑问,他在那儿。"

城市已经开始了夜生活。一辆辆大卡车扬着灰尘,咣当咣当地飞驶而过①,车厢里的麻袋上仰面朝天躺着一些庄稼人模样的大汉。街两旁所有窗子都敞开着,所有窗子里的电灯上都是橙黄色灯罩,从所有的窗户里、门里、门洞里、屋顶上、顶楼里,从所有的地下室和院落里,传出来的都是同样嘶哑的歌剧《叶甫盖尼·奥涅金》中波洛涅兹舞曲的轰鸣声。

伊万·尼古拉耶维奇担心的事果然发生了:行人对他这身穿着十分注意,有人走过后还要回头看看。鉴于这种情况,伊万作出决定:尽量避开大街,穿小巷走,小巷里不会有人死气白赖地盯着人看,他的一双赤脚就不大可能引起注意,身上这条怎么都不愿意显得像条西装裤

---

① 当时农村运货大卡车一般只能夜间进入市中心区。

的衬裤也不大会招来一连串问题了。

伊万就这么办了——他钻进阿尔巴特大街附近的神秘的胡同网,溜着墙根往前走,不住地往两边瞟着,时而回头看看,时而躲进门洞,巧妙地绕过有红绿灯的路口,避开外国使馆院落的漂亮的大门。

在整个这段艰难的路程中,收音机里传出的乐队演奏声一直伴随着他,他到处都听到同一个凝重的男低音在乐队伴奏下倾诉着对塔吉雅娜①的爱情。不知为什么,这音乐声使他感到难以形容的痛苦。

---

① 歌剧《叶甫盖尼·奥涅金》中的女主角。

第五章　在格里鲍耶陀夫①之家

　　一座古老的乳白色二层小楼坐落在花园环行路旁一个凋敝的庭园深处,高高的雕花铁栅栏把整个庭园和环行路的人行道隔开。小楼前有块不大的场地,铺着沥青,冬季这块柏油地上堆着雪堆,还插着铁锹。但是,每当夏季来临时,这里便搭起帆布遮阳伞,成为夏季餐厅的极其美好的一角了。

　　这座小楼有个名称,叫做"格里鲍耶陀夫之家"。这是因为据说它曾是作家亚历山大·谢尔盖耶夫耶维奇·格里鲍耶陀夫的姑母的财产。但是,它究竟是否曾经属于作家的姑母,我们并无确切把握。我甚至记得,格里鲍耶陀夫似乎根本没有过什么拥有房产的姑母之类……然而,不管怎样,小楼毕竟还是取了这个名字。不仅如此,有位莫斯科谎话大王还硬说什么就在这里的二层楼上,在有圆柱的圆形大厅里,那位姑母还曾经舒舒服服地躺在沙发上听这位名作家给她朗读《智慧带来痛苦》的片断。其实,鬼知道是怎么回事,也许真朗读过吧。反正这一点并不重要!

　　对我们来说重要的是眼下这座小楼属于"莫文联",也就是属于不幸的米哈伊尔·亚历山大罗维奇·柏辽兹来到牧首湖公园之前所领导的那个单位。

　　实际上,连"莫文联"的会员们也都压根儿没把这所房子叫做"格里鲍耶陀夫之家"。大家都简单地称它为"格里鲍耶陀夫"。比如,常常可以听到这样的谈话:"我昨天在格里鲍耶陀夫那儿挤了两个小时

---

① 亚·谢·格里鲍耶陀夫(1795—1829),俄国剧作家。他的诗体喜剧《智慧带来痛苦》(或译《聪明误》)对俄国当时的社会现实进行了尖锐的讽刺,被别林斯基称为"第一部俄国式的喜剧"。

呢!""结果怎么样?""捞到一张去雅尔塔①的,一个月!""真有两下子!"或者会听到这样的谈话:"我得去找柏辽兹。今天是他的接待日,下午四点到五点他在格里鲍耶陀夫那儿。"

"莫文联"把"格里鲍耶陀夫之家"布置得既舒适,又幽雅,可以说是尽善尽美了。任何一个走进这座小楼的人,首先便不由自主地要看到各种体育团体的海报和通知,还会看到"莫文联"会员们的集体照片和个人照片——这些人(的照片)一个个都吊在通往二层的楼梯两旁的墙上。

登上二楼,你会看到头一个房间的门上钉着一块小牌子,上写"钓鱼别墅组"几个大字,旁边还画着一条已经上钩的鲫鱼。

第二间屋子的门上的字有些不大好懂:"一日创作旅行证。负责人:玛·弗·波德洛日娜娅②"。

下一个房间门上只写着"佩列雷基诺"几个字,这就叫人完全不知所云了③。再往前走便可以看到"波克猎夫金娜签证登记处"、"现金出纳"、"短剧作者个人结算"等等,作家姑母这座小楼的各扇核桃木门上钉的牌子五花八门,使得格里鲍耶陀夫的偶然访客目不暇接。

有一扇门的牌子上写着"住房问题"。这个门前的队伍最长,一直排到楼下传达室。这里每秒钟都有人拼命往门里挤。

经过"住房问题"再往前走,眼前展现出一幅豪华的大宣传画,上部画的是陡峭的山崖,崖顶上有一位骑士身背马枪,正骑着栗色骏马奔驰,下部画的是棕榈树和阳台,阳台上坐着个头发蓬松的年轻人,手握自来水笔,神气十足地凝望着天空。画下面写着:"全包制创作休假。两周(短篇小说、故事)至一年(长篇小说、三部曲)。地点:雅尔塔、苏乌克苏④、波罗沃耶⑤、齐希吉里⑥、马欣扎乌里⑦、列宁格勒(冬宫)"。

---

① 苏联克里米亚半岛南岸著名的海滨疗养旅游胜地。这里指去该地的疗养证。
② 姓氏字面意义为"假的"、"伪造的"。意译可作:"胥贾娃"。
③ 佩列雷基诺是苏联欧洲部分中部河流克利亚济玛河畔的一个别墅区。别墅主要由文艺工作者使用。
④⑤⑥⑦ 均为苏联旅游疗养胜地,分别位于克里米亚半岛南岸、哈萨克共和国科克契塔夫州、阿扎里自治共和国首都巴统附近和格鲁吉亚共和国的黑海海滨。

这个门前也排着长队,但不像"住房问题"门前那么长,只有一百五十人左右。

顺着这座设计得意趣横生的格里鲍耶陀夫小楼的起伏回转的走廊再往前去,便可以看到:"莫文联理事会"、"第二、三、四、五会计室"、"编辑委员会"、"莫文联主席办公室"、"台球房"以及各种附属设施和机构。最后便来到那个圆柱大厅,也就是据说作家的姑母曾经欣赏她那天才侄儿朗诵喜剧《智慧带来痛苦》的地方。

任何一个来访者(当然,只要他不是彻头彻尾的傻子)踏进格里鲍耶陀夫之家后的头一个想法必然是:这些幸运儿,"莫文联"的会员们,生活得多好啊!随之他会立即受到卑劣的忌妒心的折磨,会马上痛苦地向苍天发出责难,埋怨上苍没有在他降生时赐予他文学禀赋;而既然没有文学天赋,当然便休要梦想取得"莫文联"的会员证——那散发出贵重皮革的气味、压着宽宽的金边儿、整个莫斯科无人不知的褐色会员证!

谁会为忌妒心辩护呢?!忌妒无疑是一种极其卑鄙龌龊的感情!但是,我们也该设身处地替这位来访者想想:要知道,他在二层楼上看到的还不是这里的一切,还远远不是一切呢!要知道,姑母这座小楼的下层还办了个"格里鲍耶陀夫餐厅"呢!多好的餐厅啊!它当之无愧地被誉为莫斯科最佳餐厅。这不仅因为它很有气魄,占着两个圆屋顶大厅,大厅的拱形天花板上画着千姿百态的古代亚述式鬃毛的淡紫色骏马;不仅因为这里每张餐桌上都放着一盏蒙着轻纱的台灯;也不仅因为这个内部餐厅不是随便什么人都可以走进来的;而且还因为这个餐厅的菜肴确实物美价廉——质量胜过莫斯科任何一个大饭店,而价钱又是最最低廉的,那几个钱根本算不了什么。

所以,无怪乎本书这些真实描述的笔者有一天在格里鲍耶陀夫的铁栅栏外曾亲耳听到下面这样的谈话。这不过是个例子:

"安姆夫罗西!你今天晚上在哪儿吃?"

"亲爱的福卡,这还用问,当然在这儿。刚才阿奇霸德·阿奇霸道维奇①悄悄告诉我,今晚有整条鲜鲈鱼,随叫随烧,手艺好极啦!"

"安姆夫罗西!你真会生活!"瘦削、衣着不整、脖后生着痈的福卡对身材魁梧、唇红齿白、金发闪亮、满面红光的诗人安姆夫罗西说。

"我没什么特别的本领,"安姆夫罗西表示自己的不同看法,"只不过有个普通人的愿望——要过像个人样的日子而已。福卡,你是想说'大马戏场'餐厅也卖鲈鱼?可是'大马戏场'的鲈鱼一份卖十三卢布十五戈比,而咱们这儿只收五卢布五十戈比!再说,'大马戏场'的鲈鱼是放了三天的。这还不算,在那儿还保不住让哪个不三不四的年轻人给你一记耳光,这种人随时可能从戏院街闯进那里。不,我决不去'大马戏场'吃饭!"讲究吃喝的安姆夫罗西大声嚷嚷着,整个林荫道上都能听到,"不,福卡,你用不着劝我去那儿!"

"我倒不是劝你去那儿,安姆夫罗西,"福卡尖声尖气地说,"晚饭也可以在家里吃嘛。"

"碍难从命!"安姆夫罗西用洪钟般的声音说,"我能想象出来你太太在公寓楼公用厨房里用小锅烧出的鲈鱼是什么味道!嘿嘿!……不行啊,福卡,奥列武阿尔②!"安姆夫罗西哼起小曲,匆匆向帆布遮阳伞下走去。

啊哈,哈……对,不错,有过这回事!……莫斯科的老住户都记得有名的格里鲍耶陀夫餐厅!青炖整条鲈鱼算得了什么!不过小菜一碟,可爱的安姆夫罗西!那鲟鱼呢?银锅烧鲟鱼和虾仁鱼子烧鲟鱼段呢?小盘蘑菇浇汁蛋卷呢?鹬鸟肉丝您不喜欢?配上地菇的呢?热那亚式烤鹌鹑呢?才卖十个半卢布!而且有爵士乐队演奏,招待殷勤!到了七月,您的家属到别墅避暑去了,紧急的文学活动却把您拴在城里。当这种时候,您坐在阴凉的凉台上,在茂密的葡萄架下铺着白台布的餐桌旁,从金光闪闪的盘子里喝上一盘"阳春汤"怎么样?安姆夫罗西,记得不?何必问呢!一看您那嘴唇的样子,我就知道您记得。您那些小鲑鱼、小鲈鱼往哪儿摆!还有那大鹬、小鹬、田鹬、应时的山鹬、

---

① "格里鲍耶陀夫餐厅"的营业厅总管事。
② 法语"再见"的俄语音译。

鹌鹑和蛎鹬呢？还有喝下去在嗓子眼儿咝咝响的纳尔赞矿泉水呢?!……不过，够了，亲爱的读者，扯得太远了！还是请您随我来吧!……

柏辽兹在牧首湖公园外丧生轮下的那天晚上，十点半钟，格里鲍耶陀夫之家的二层楼上只有一个房间还亮着灯，屋里坐着十二位赶来开会的文学家。他们正在疲倦地等待着主席米哈伊尔·亚历山大罗维奇·柏辽兹。

在这间"莫文联"理事会办公室里，人们坐在椅子上、桌子上、甚至窗台上，但还是感到憋闷。窗子都开着，却没有一丝凉风吹进来。莫斯科城的柏油路正把它一天内积蓄的全部热量散发出来，看样子到深夜也不会轻松些。姑母小楼的地下室里飘来阵阵炒洋葱味（那里现在已改作餐厅的厨房）。所有等待开会的人都想去餐厅喝点什么，都很焦急，很生气。

老成持重、穿着讲究、两只眼睛流露出认真而又不可捉摸的神色的小说家别斯库德尼科夫，掏出怀表看了看：时针正向 11 爬去。他用一个手指敲敲表蒙子，把它拿给身旁的诗人德武布拉特斯基①看，坐在桌子上的诗人正无聊地把两只穿着黄胶鞋的脚荡来荡去。

"可真是的。"德武布拉特斯基嘟哝说。

"这家伙想必是在克利亚济玛河畔耽搁了。"娜斯塔霞·鲁基尼什娜·聂普列梅诺娃②用浑厚的女低音搭腔说。这位出身于莫斯科商人家庭的女作家现已父母双亡，近来常常用"领航员乔治"的笔名发表些海战题材的故事。

"哼，对不起！"通俗喜剧的作者扎戈里沃夫也大胆地讲话了，"我也巴不得坐在别墅凉台上喝喝茶呢，谁高兴在这儿受罪！原来不是定在十点开会的吗？"

"这种时候待在克利亚济玛河畔倒是不错！"领航员明知克利亚济玛河畔的作家别墅村佩列雷基诺是谁都非常向往的地方，偏要刺激大家的情绪，"这时候想必该有夜莺叫了。我一般是不住在城市的时候

---

① 姓氏字面意义为："两面兄弟。"
② 姓氏字面意义为：肯定无疑。

容易写出东西来,尤其是春天。"

"我妻子患突眼性甲状腺肿大。为了能让她去那个天堂疗养,我从三年前就一直在交款,可到现在连个影儿也没有,"短篇小说作家耶罗尼姆·波普利欣也伤心地诉起苦来。

"这种事就得看谁走运。"坐在窗台上的评论家阿巴勃科夫瓮声瓮气地评论着。

领航员乔治的两只小眼睛闪现出快活的火花,她尽量柔和地用女低音说:

"同志们,咱们用不着忌妒人家。别墅总共二十二套,正在建筑的也不过七套,可咱们'莫文联'的会员有三千呢!"

"三千一百一十一人!"不知谁从角落里订正说。

"就是嘛,你们看,"领航员继续说,"有什么办法呢?很自然,只能是给我们中间那些最有才华的人……"

"都是些大将嘛!"剧作家格卢哈列夫也直接加入了战团。

别斯库德尼科夫故意打了个哈欠,起身走出房间。

"在佩列雷基诺别墅村一个人住五间房!"格卢哈列夫冲着他的背影说。

"拉夫罗维奇一个人住六间呢!"杰尼斯金嚷嚷道,"连厨房的墙都镶了柞木护墙板!"

"现在问题不在这儿,"阿巴勃科夫又瓮声瓮气地说,"现在的问题是已经十一点半了。"

人们纷纷哄起来,像在酝酿一场暴动。他们开始往可恨的佩列雷基诺村挂电话。电话接错了地方,挂到了拉夫罗维奇家里。听说拉夫罗维奇到河边去了,人们的情绪更是一落千丈。又不假思索地拨了文艺委员会的分机九三〇号。当然,那里的电话没有人接。

"他总该打个电话来讲一声嘛!"杰尼斯金、格卢哈列夫和克万特都大声嚷嚷起来。

唉,白嚷嚷!米哈伊尔·亚历山大罗维奇已经不能再往哪儿打电话了。那个不久前还被称为米哈伊尔·亚历山大罗维奇的躯体,此时此刻正被摆在离格里鲍耶陀夫小楼很远的一个极宽敞的大厅里,它被分放在三张包了锌皮的台子上,好几只千瓦大灯泡把大厅照得亮如白昼。

第一张台子上放着脱去衣服的躯干部分,身上的血渍已干,一只胳膊轧断,胸廓已挤坏;另一张台上放的是碰掉了门牙的人头,它的两只浑浊的眼睛仍然睁着,但已经不再怕这里的强烈灯光了;第三张台子上放着一堆变得粗硬的衣服。

站在无头尸体旁边的是:法医学教授、病理解剖学家和他的助手、尸体解剖专家及侦查机关的代表,还有柏辽兹在"莫文联"的副手——文学家热尔德宾,他妻子正患病住院,他是刚从医院被人们用电话叫来的。

侦查人员用小卧车把热尔德宾接走后,首先(大约十二点钟左右)把他带到了死者的住处。在这里他们共同封存了死者的所有文件,然后才一起来到停尸房。

现在,这几个人正站在遗体旁磋商陈尸方案:在格里鲍耶陀夫大厅举行遗体告别仪式时,是把切下的脑袋缝到脖子上好,还是把尸体原样放在那里,只用黑布蒙住全身,一直蒙到下巴好?

是啊,柏辽兹这时已不能再打电话了。所以,杰尼斯金、格卢哈列夫、克万特以及别斯库德尼科夫等人气愤也罢,叫喊也罢,统统无济于事。十二位文学家等到十二点,便都下楼去用餐。进了餐厅,免不了又说上几句米哈伊尔·亚历山大罗维奇的坏话,因为凉台上这时已经真正是"座无虚席"了,他们只得在两个装饰漂亮、但却闷得出奇的大厅里找座位。

午夜十二点整,第一个大厅里轰隆一声,接着便响起了金属的叮当声,像是有什么东西散落在地上,还不停地跳跃。同时,一个男人随着音乐伴奏声扯起尖细的嗓子喊了一声"阿利路亚!!"①这是著名的格里鲍耶陀夫爵士乐队开始演奏了。餐厅中一张张汗津津的脸像是立刻变得精神焕发,连天花板上画的骏马也像活了起来,一盏盏台灯都似乎增

---

① "阿利路亚"(或:哈利路亚),原是基督教徒祷告时赞美上帝的用语。这里指苏联二十年代初期和中期流行的一种狐步舞和这种舞的节奏明快的舞曲。

加了亮度。于是,两个大厅的人像挣脱开锁链似的突然间都跳起舞来,凉台上的客人也紧接着跳起来。

格卢哈列夫同女诗人塔玛拉·波鲁梅霞茨翩翩起舞,克万特也开始跳舞,长篇小说作者朱科洛夫和一个穿黄连衣裙的电影演员一起跳,德拉贡斯基、契尔达克奇、小个子杰尼斯金和身材魁梧的领航员乔治都跳起来。绰号"法国美人"的女建筑师谢梅金娜被一个穿白色席纹布裤的不知姓名的男人紧紧搂着。总之,大家都在跳:有"莫文联"会员和邀请来的客人,有莫斯科人和外地人,有来自喀琅施塔得市的作家约翰,也有来自罗斯托夫市的维佳·库伏吉克(这人大概是导演,他的半边脸上布满紫红色皮癣)。"莫文联"诗歌组的几个代表人物也都在跳:有帕维阿诺夫、博戈胡里斯基、斯拉德基、施皮奇金以及阿杰尔芬娜·布兹假克①等。还有一些不知从事什么职业的年轻人,他们梳着博克式背头,上衣两肩用棉花垫得很高;有一个留着山羊胡的中年人,胡子里还夹着一根葱叶,同他跳的是个患严重贫血症的老姑娘,她的橙黄色绸连衣裙已经揉得皱皱巴巴。

汗流满面的服务员一个个高高举起蒙着水汽的大啤酒杯在餐桌中间穿来穿去,不住地用沙哑的嗓音恶狠狠地嚷着:"劳您驾啦,公民!"不知藏在什么地方的扩音器里有个声音指挥着:"卡尔斯基,第一!祖布利克,第二!伙计们,好好侍候!!!"那个尖细的男声已经不是在喊"阿利路亚",而是在悲号了。洗盘女工顺着倾斜坡道往厨房里滑送餐具,杯盘撞击,一片乱响,然而爵士乐队的金钹的轰鸣还是时而盖过了它。总之,这里变成了一座地狱。

这座地狱里自然也有幽灵。午夜时分,一位身穿燕尾服、蓄着短须的黑眼珠美男子出现在凉台上,他用统率一切的目光环视了一下自己这块领地。据说,据某些神秘主义者说,此人当年并不穿燕尾服,而是腰系大宽皮带,皮带上插着两支手枪,那乌黑的头发是用红丝带扎住的。他曾率领一艘双桅方帆船,挂起绣着骷髅的黑色死亡之旗,在加拉

---

① 这里的姓氏大部分都有一定的含义,例如最后这五个姓氏的字面意义分别为:狒狒(狮尾狒)、渎神者、甜言蜜语者、狮子狗崽、胡闹者。

伊布海①上漂游。

啊,不对,不对!这都是那些相信神秘主义的骗子在故弄玄虚。世界上根本没有什么加拉伊布海,也没有什么亡命徒在海上走私,更谈不到三桅海防舰对这些海盗的追逐和弥漫在汹涌波涛上空的炮火硝烟。总之,什么都没有,什么都没有发生过!有的只是眼前凉台旁的老椴树、周围的铸铁栅栏和里面的小小花园……只看到这大高脚盘里漂浮的冰块在融化,只看到邻桌旁有两只布满血丝的大眼睛虎视眈眈,使人感到可怕,真可怕……啊,诸神啊,诸位神明!给我毒药,拿毒药来!……

突然,"柏辽兹!!"这三个字从一张小餐桌旁像是腾空飞起似地响起来了。登时,爵士乐队瓦解了,像是吃了谁的一记老拳,登时便无声无息了。"什么?什么?什么?!!""柏辽兹他!!!"人们纷纷站起,纷纷叫喊起来……

是的,关于米哈伊尔·亚历山大罗维奇·柏辽兹的可怕消息掀起了悲伤的狂潮。有人慌张地跑来跑去,有人嚷嚷着应该当场拟一封集体慰问电,并且刻不容缓地发出去……

可是,我们不禁要问:电文怎么拟?往哪儿拍?真的,为什么要发慰问电?拍给谁?现在,不论拟出多么动人的电文,对他来说,难道还需要吗?他的后脑勺被压扁了,这时正紧紧捧在尸体解剖专家的戴着胶皮手套的手里,他的脖颈正由医学教授用曲针缝合呢!他已死去,再不需要什么电文了。一切都已完结,我们不必给电报局增加负担了吧。

是的,他死了,完了!……可是,可是我们还活着呀!

是的,掀起了一阵悲伤的狂潮。但它并没有维持多久,不一会儿便开始消退。有人已经回到自己的餐桌旁,而且开始偷偷地,接着便大大方方地继续喝起酒,吃起菜来了。其实,这倒也有理,总不能把好端端的鸡肉饼白白扔掉吧?!扔掉它又能对柏辽兹有什么帮助?我们饿上一顿就能帮助他?我们还活着嘛!

不言而喻,大钢琴锁上了,爵士乐队走散了。几位新闻记者匆匆赶

---

① 无知者的胡诌。显然是指加勒比海。

回编辑部去起草悼念死者的文章。大家这时又得知热尔德宾已从停尸房赶了回来。当热尔德宾在二层的柏辽兹办公室里落座之后,马上又传开了小道消息:柏辽兹的主席职务将由他接任。热尔德宾把理事会十二名成员从餐厅叫到楼上,在柏辽兹办公室召开紧急会议,讨论几个刻不容缓的问题:格里鲍耶陀夫之家圆柱大厅的布置,尸体从停尸房往大厅的移送,开始向遗体告别的时间,以及与这次不幸事件有关的其他善后问题。

餐厅又恢复了它正常的夜生活。这种生活照例要一直持续到停止营业的时间——凌晨四点。没想到这时又发生了一件出人意料的、比柏辽兹之死更使餐厅顾客惊奇的事。

首先被惊动的是几个守候在格里鲍耶陀夫之家大门口的马车夫。一个车夫忽然从马车前座上直起身来高声喊道:

"嘿!大伙儿快瞧!"

话音刚落,车夫们便看见栅栏旁黑暗处不知从哪儿冒出来一个小小的火星,正向凉台方向移动。凉台上就餐的人也纷纷站起来往暗处观看,他们发现:火星旁边还有个白色幽灵在慢悠悠地朝凉台移动。及至白色幽灵移到凉台下花墙近旁时,就餐者不由得个个目瞪口呆,举着叉子上的鲟鱼片僵住了。这时,刚刚离开存衣室、到门口去偷偷抽两口烟的看门人急忙把烟头踩灭,快步朝白色幽灵走过去,显然是想阻止它。可不知为什么他却没有阻拦,反而堆起笑脸,垂手站到了一旁。

于是那幽灵穿过花墙缺口,径直登上了凉台。这时大家才看清楚:哪里是什么幽灵,原来是最有名的诗人无家汉,伊万·尼古拉耶维奇。

只见他赤着两脚,下身穿一条白条布衬裤,上身穿着件破旧的托尔斯泰式灰白衬衫,前襟上别着一张圣像,由于年久变色已经看不清像上是哪一位圣徒了。他手里还举着一支点燃的婚礼用蜡烛,右脸上有一道刚刚划破的伤痕。整个凉台上顿时鸦雀无声,笼罩在一片令人忐忑不安的沉默中。只见一个哑然呆立的服务员手里的大酒杯歪斜着,杯里的啤酒流到地板上。忽然,诗人高高举起蜡烛,大声说道:

"朋友们,你们好!"打过招呼后,他往身旁一张餐桌底下看了看,又说,"不,他不在这儿!"

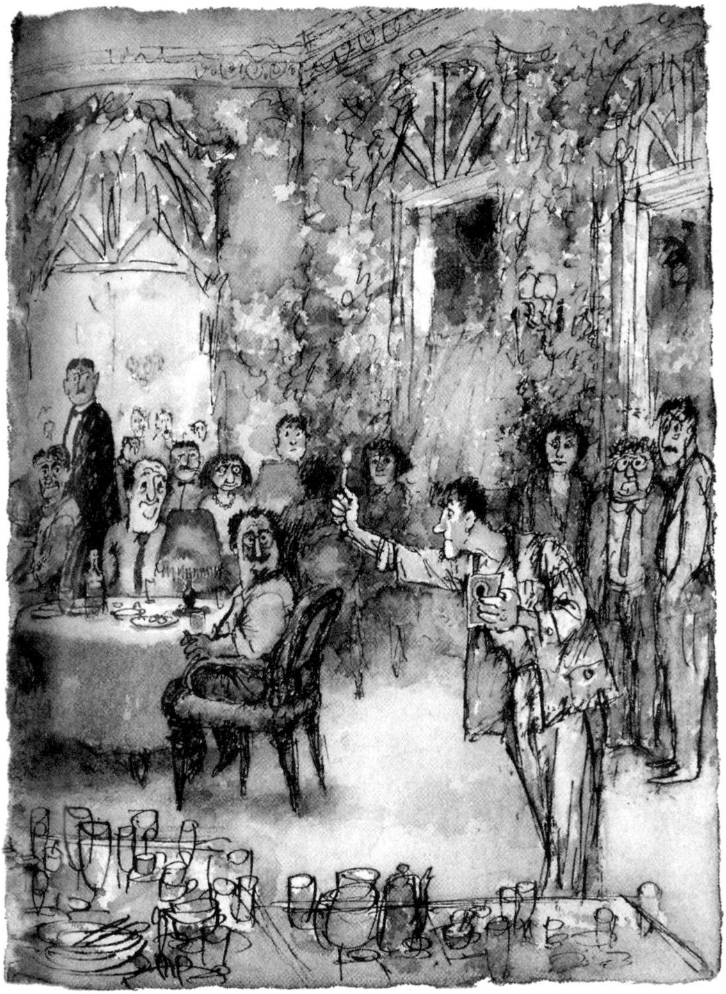

旁边有两个人小声议论起来,其中一个男低音说:

"完啦,准是得了酒狂。"

一个女人声音战战兢兢地说:

"警察怎么会允许他这种打扮在街上到处跑?"

这句话被诗人听见了,他回答说:

"他们抓了我两次,没抓着;一次是在斯卡捷尔特大街,一次是刚才,在铠甲街,所以我就翻围墙跳了进来,这不,把腮帮子也划破了!"接着,伊万高举蜡烛,大声喊道:"文学界的各位弟兄!(原来嘶哑的声音这时恢复了正常,显得热情而有力。)大家快听我说:他出现了!大家得快快把他抓住!不然他会造成莫大的、无法描述的灾难!"

"什么?什么?他说什么?谁出现了?"人们纷纷询问。

"顾问!"伊万回答说,"就是这个顾问刚才在牧首湖边杀死了米沙·柏辽兹。"

这时,里面大厅的顾客也都拥到凉台上,伊万的蜡烛旁围了一大群人。

"对不起,对不起,请您说确切些,"一个文绉绉的声音对着伊万·尼古拉耶维奇的耳边客气地说,"请您告诉我们,怎么是杀死的?谁杀死的?"

"外国顾问,教授,特务!"伊万环视着周围的人回答说。

"这人姓什么?"人们又小心翼翼地凑到他耳边问道。

"说的就是嘛,姓什么?!"伊万愁眉苦脸地说,"知道他姓什么就好了!我没看清他名片上的姓……就记得第一个字母是'B',是个由'B'字母开头的姓。什么姓是由'B'字母开头的呢?"①伊万拍着脑门儿问自己,随即自言自语说:"维,维,维!瓦……沃……瓦什涅?瓦格涅?魏涅?维格涅?温特?"看样子他急得火烧火燎的。

"是武尔夫吧?"一个颤巍巍的女人声音说。

伊万生气了。

---

① 在犹太教和基督教的宗教书籍中,掌管地狱的魔鬼称为 Вельзевул,是专有名词。这个词小写时作普通名词用,意为:鬼,魔鬼。

"蠢货!"他大声骂道,同时用眼寻找那个问话的女人,"跟武尔夫有什么关系?武尔夫没有任何过错!是沃,沃……哎呀,怎么也想不起来!好,各位公民,这么办吧:你们赶紧给民警局挂电话,让他们立即派出五辆摩托,带上轻机枪,追捕那个教授。还有,别忘了告诉他们,跟他在一起的还有两个家伙,一个是细高个儿,穿格子衣服……夹鼻眼镜打碎了……还有一只大猫,黑色的。我自己先搜搜格里鲍耶陀夫这儿……我觉得他像是在这儿!"

伊万慌张起来,他三把两把推开众人,摇晃着蜡烛钻到每张餐桌下去看,蜡油淌在他身上。这时有个声音说:"快请医生来!"于是,伊万眼前出现了一个和颜悦色的面孔,它戴着一副角质镜框的眼镜,肥胖的脸刮得干干净净。

"我说,无家汉同志,"这张和蔼的面孔用甜丝丝的声音说,"请您先镇静一下!您受的刺激太大了,因为咱们失去了大家敬爱的米哈伊尔·亚历山大罗维奇,不,应该说是亲爱的米沙·柏辽兹。这一点我们都非常理解。您现在需要安静。同志们马上就安顿您上床休息,您先去睡一会儿吧……"

"你这个人,"伊万愤愤地打断了他的话,"你明白不明白?应该立即抓住那个教授!可你跑到我跟前来胡说些什么?!白痴!"

"请您原谅,无家汉同志,"那张面孔羞得通红,并渐渐向后退去,看来已经后悔自己卷进这件事了。

"不,别人我可以原谅,对你就不能!"伊万恶狠狠地小声说。

一阵痉挛使他的脸变得十分难看,他迅速把右手的蜡烛换到左手,抡起胳膊,给那张表示关注的脸上来了一记响亮的耳光。

这时人们才想起来应该把伊万抓住,于是便一哄而上,蜡烛熄灭了。眼镜掉在地上被踩得粉碎。伊万可怕地吼叫起来,那声音连院外的林荫道上都能听到,使大家都感到惶惶不安。他不仅喊叫,还拼命挣扎。桌上的餐具滑到地上,发出清脆的响声,引起妇女们的一阵阵尖叫。

凉台上的几个男服务员忙着用长毛巾捆绑诗人伊万,这时在餐厅存衣室里正进行着一场对话。从前的双桅方帆船的船长正在审问看门人：

"你有没有看见他只穿一条衬裤？"海盗冷冰冰地问道。

"可是，阿奇霸德·阿奇霸道维奇，您知道，我怎么能不让他进来呢？"看门人战战兢兢地辩解说，"人家是'莫文联'的会员呀！"

"你有没有看见他只穿一条衬裤？"海盗又重复了一遍。

"请您饶恕这一回吧，阿奇霸德·阿奇霸道维奇，"看门人哀求说，脸都急红了，"我有什么办法呢？我也知道，有不少女客在凉台上就餐……"

"这跟女客没关系，妇女们才不在乎呢，"当年的海盗回答说，眼里射出两道凶光，简直要把看门人烧成灰烬，"可民警局对这些就不能不在乎！你知道不？只有在警察押送的情况下才可能穿着衬裤在街上走动，而且只能往一个地方走——去民警局派出所！你是看门的，你应该懂得，遇到这种人必须立即鸣警笛，一秒钟也不能耽误！听见没有？"

看门人惊呆了。他只听见从凉台上传来的哎哟声、杯盘破碎声和妇女的尖叫声。

"那么，这事该怎么处分你？"海盗问道。

看门人的脸色蜡黄，像是得了伤寒病，两只眼睛完全失了神。他觉得眼前这梳成分头的乌黑的头发上又扎上了鲜红的丝绸巾，浆得平展展的白衬衣和燕尾服都不见了，只看见腰间的宽皮带上露出插着的手枪柄。他的脑海里立即浮现出一副自己被吊在桅楼上的情景，仿佛亲眼看见了自己那伸出的长舌头和耷拉到肩膀上的脑袋，甚至还像是听到了拍击船舷的海浪声。他只觉得两腿瘫软，再也站立不住了。但是，海盗这时对他发了慈悲，收回了那灼人的目光。

"往后得当心点，尼古拉！饶你这一次，下不为例！像这样的看门人，白给我们餐厅都不要！你最好去教堂里打更！"接着，他用简短、明确的语言迅速命令道："叫茶点部的潘杰烈来！去报警！写一份书面材料！找辆汽车来！送精神病院！"然后又补充说，"吹警笛！"

一刻钟后，站在餐厅里、栅栏外的林荫道上和街对面大楼窗户里的人们都万分惊讶地看到：潘杰烈、看门人、民警、服务员、还有诗人柳欣等几个人，把一个像包洋娃娃似的用长毛巾包裹起来的年轻人抬出了

"格里鲍耶陀夫之家"的大门。被捆绑的人泪流满面,不住地吐唾沫,而且尽量往柳欣身上吐,同时他哭喊,大骂:

"败类!"

大卡车司机气呼呼地把车发动起来。待在大门口的马车夫抖起雪青色缰绳抽打着马屁股,激励着牲口,一边高声招揽顾客:

"坐马车去吧,这马快着呢!我往精神病院拉过人!"

四下里人声嘈杂,围观的群众纷纷议论着这起前所未闻的事件。总之,演出了一场丑恶、龌龊、使人不安、令人厌恶的闹剧,直到大卡车轰隆一声开动,把不幸的伊万·尼古拉耶维奇、民警、潘杰烈、柳欣等人从格里鲍耶陀夫的门前带走,这才算告一段落。

第六章　果然是精神分裂

午夜一点半,一个穿白罩衫、蓄着山羊胡的人走进莫斯科近郊河旁新建的一所著名精神病院的候诊室。三名男卫生员正目不转睛地盯着坐在长沙发上的伊万·尼古拉耶维奇。兴奋异常的诗人柳欣坐在旁边。捆绑伊万·尼古拉耶维奇用的长毛巾堆在沙发上,现在诗人无家汉的胳膊和腿都可以自由活动了。

一看见来人,柳欣的脸色变得更加苍白,他清了清嗓子,怯声怯气地说:

"您好,大夫!"

大夫向柳欣还了个礼,但还礼时他的眼睛却没有看柳欣,而是看着无家汉伊万·尼古拉耶维奇。

伊万怒容满面,蹙着眉头,坐在沙发上纹丝不动,甚至医生进来时也没有动一下。

"大夫,您看,"柳欣不知为什么鬼鬼祟祟地小声说,还提心吊胆地用眼睛瞟着伊万·尼古拉耶维奇,"这就是著名诗人无家汉伊万……您看这……我们担心他是不是得了酒狂……"

"经常酗酒吗?"大夫压低声音问。

"倒也不。常喝一点,但是不多,不至于……"

"他有没有抓过蟑螂、老鼠、小鬼或者街上的野狗什么的?!"

"没有呀,"柳欣不禁打了个寒战说,"我和他昨天见过面,今天上午我还见过他,他当时完全是个健康人……"

"他为什么只穿着衬裤?你们是从被窝里把他拽出来的?"

"大夫,他就是这副样子跑进餐厅的……"

"噢,噢,"大夫像是感到十分满意,"为什么他脸上有块伤?同谁打架了吗?"

"是他翻越围墙时摔下来了,后来他在餐厅里先打了一个人……又打了别人……"

"嗯,嗯,原来是这样,"大夫说。然后他转过身来,对伊万问了声:"您好!"

"好啊,害人精!"伊万恶狠狠地大声回答。

柳欣感到很窘,甚至没敢抬眼看看这位彬彬有礼的大夫。不过,大夫倒毫不介意。他用习惯的动作敏捷地摘下眼镜,撩起白大褂的后襟,把眼镜装到后裤袋里,又问伊万:

"您多大岁数?"

"你们统统给我见他妈的鬼去!真是的!"伊万粗野地大声喊道,随即扭过头去。

"您这是为什么生气?难道我说了什么使您生气的话?"

"我二十三岁,"伊万激动地大声说,"我要控告你们所有的人。尤其要对你这个败类提出控告!"他特别指着柳欣说。

"您要控告什么?"

"控告你们把我,把一个完全健康的人,抓起来,强行送进疯人院!"伊万愤怒地回答。

这时柳欣认真地看了看伊万,不由得感到脊梁骨一阵发凉:伊万眼神里没有丝毫发疯的迹象。在格里鲍耶陀夫之家时那双浑浊不清的眼睛如今又变得和以前一样清澈了。

柳欣暗自惊讶:"我的妈!他这不是好好的吗?真糟糕!这事儿闹的!的确,我们干吗把他搞到这里来?他很正常,很正常嘛!就是脸上划破了一处……"

"您并不是在疯人院,"医生和蔼地说着,坐到旁边一把闪亮的电镀腿小凳上,"您是在医院。如果没有必要的话,这里谁也不会勉强把您留下。"

伊万·尼古拉耶维奇用不信任的目光斜了大夫一眼,但毕竟还是嘟嘟哝哝地说:

"那就谢天谢地啦!许多白痴中间总算出了个正常人,头号白痴就是萨什卡这个庸才加草包!"

"您说的草包萨什卡是谁?"医生问道。

"这不,就是他,柳欣!"伊万回答,并用脏手指了指柳欣。

柳欣气得脸上像着了火。他暗自伤心地想:"我好心管了他的事,他不但不感谢,反倒这样对待我,真没心肝!"

"论思想感情,他是个典型的小富农!"无家汉伊万又讲起来了,看来他今天非揭柳欣的老底不可。"而且是个巧妙地伪装成无产阶级的小富农!你们看他那副愁眉苦脸的倒霉相,再同他写的那些响亮的'五·一'献诗比比看!嘿,嘿……什么'飘扬呀!'什么'招展吧!'……可你们再看看他的内心,看看他在想什么……你们会大吃一惊的!"伊万不祥地嘿嘿大笑起来。

柳欣喘着粗气,脸涨得通红,心里只有一个想法:我在自己怀里暖活了一条冻僵的蛇,我对他表示了同情,而事实证明他是个凶恶的敌人。可眼下又拿他毫无办法,总不能同一个精神不正常的人对骂呀?!

"那么,他们为什么把您送到我们这儿来?"医生认真地听完诗人的揭发后问道。

"鬼晓得这些个蠢货是怎么回事!他们忽然把我抓住,用些个破布把我缠起来,抬上汽车就拉来了!"

"请问,您怎么只穿着条衬裤就到餐厅里去了?"

"这没有什么稀奇,"伊万回答说,"我到莫斯科河里去游泳,衣服给人家偷走了,只给我留下这么两件破烂!我总不能光着身子在莫斯科大街上走吧?只好把它穿起来,因为我得赶紧去餐厅,去格里鲍耶陀夫那儿。"

医生迷惑不解地看了看柳欣,柳欣哭丧着脸急忙解释:

"餐厅的名字就叫'格里鲍耶陀夫'。"

"噢,明白了,"医生说,"那您急着去餐厅做什么呢?是有什么公务方面的约会?"

"我去抓那个顾问。"伊万·尼古拉耶维奇说着,又不安地向四下里看了看。

"抓什么顾问?"

"您知道柏辽兹吗?"

"这是一位……外国作曲家?"

"哪里来的什么作曲家?!噢,对了,不,不是那个!那个作曲家只是和米沙·柏辽兹姓氏相同。"

本来不想再讲话的柳欣这时只好再解释几句:

"他说的是'莫文联'的书记①柏辽兹,这个人昨天傍晚在牧首湖公园外被有轨电车轧死了。"

"你要是不知道,就别瞎说!"伊万对柳欣的解释很生气,"当时在场的是我,不是你!是那家伙故意把他弄到电车底下去的!"

"推了他一把?"

"干什么还要'推一把'?"伊万见一个个头脑都这么糊涂,更加生气了。他大声说:"他用不着去推!!他什么事都能办到,你们当心好啦!他事先就知道柏辽兹要被电车轧死!"

"除了您之外,还有别人看见过这个顾问没有?"

"糟就糟在这里!只有我和柏辽兹见过。"

"原来是这样。那您为了抓住这个杀人犯采取了些什么措施呢?"这时医生回过头去,朝坐在旁边小桌前的穿白罩衫的妇女递了个眼神。那妇女从小桌里抽出一张纸,按照上面的栏目填写起来。

"我采取了这样一些措施:我从厨房里拿了一支蜡烛……"

"是这支吗?"医生指着妇女面前小桌上摆的一支折断的蜡烛问道,蜡烛旁边还摆着一张圣像。

"是这支,而且……"

"那您拿这张圣像干什么?"

"是啊,我拿了圣像……"伊万的脸红了,"就是这张圣像把他们吓坏了,"伊万说着又朝柳欣指了指。"是这么回事,因为他,就是那个顾问,他……我实话实说吧,他是同妖魔一伙的……他可不是随随便便能抓得住的。"

几个卫生员这时不知为什么都规规矩矩地垂手站在一旁,眼睛直勾勾地盯着伊万。

---

① 第一章用"理事会主席",这里用"书记",原文如此。

"可不,"伊万继续说,"他和妖魔是一伙!这个事实是无法改变的。他亲自同本丢·彼拉多谈过话……你们用不着这么瞅着我!我说的都是实话!他全都看见过,凉台,棕榈树,都看见过。总而言之,他拜访过本丢·彼拉多。这我可以保证。"

"嘀,你瞧瞧!……"

"就是这样!所以,我先把圣像别在胸前,然后才去追他……"

这时忽然听到墙上的挂钟敲了两下。

"哎呀,"伊万听到钟声叫了起来。他从长沙发上站起来说,"都两点钟了,可我还在这儿跟你们浪费时间!对不起,电话在哪儿?"

"让他去打电话吧。"医生命令卫生员不要阻拦他。

伊万走过去一把抄起了电话听筒。穿白罩衫的妇女乘机询问柳欣:

"这个人结婚了吗?"

"他是单身。"柳欣惊慌失措地回答。

"是工会会员吗?"

"是。……"

"民警局吗?"伊万正冲着电话听筒喊,"民警局吗?值班同志,请你立即派五辆带轻机枪的摩托车去搜捕外国顾问!……什么?……你们来车接我吧,我跟你们一起去……我是诗人,叫无家汉,是从疯人院打电话……你们这里的地址该怎么说?"无家汉用手捂住话筒小声问医生,然后又对着话筒大声说,"您在听我说吗?喂!喂……岂有此理!"伊万突然大喊一声,把听筒往墙上一摔。然后他又转向医生,伸出一只手冷冷地说了声"再见!"便准备往门外走。

"请问,您打算上哪儿去?"医生认真地瞧着伊万的眼睛问道,"这深更半夜的,您只穿一件衬衣……您身体不好,还是先留在我们这里吧!"

"快放我出去!"伊万对堵在门口的几个男卫生员大声说,"你们放不放?"诗人大声喊叫,声音瘆人。

柳欣吓得浑身打战,穿白罩衫的妇女按了一下小桌上的电钮,小桌玻璃板上立即跳出一个亮闪闪的小盒和一个密封的安瓿。

"啊,原来是这样?!"伊万疯狂地、像被围住的野兽似的四下张望着高声说,"好,行啦!咱们告别吧!……"他说着便一头朝挂着窗帘的窗户撞去。窗子响了一声,但窗帘后面的钢化玻璃并没有被撞碎。转瞬间伊万已经是在几个卫生员的强有力的大手下挣扎了。他呼哧呼哧喘着粗气,企图用牙咬人,不住地喊叫:

"啊,你们装上了这种玻璃!……喂,放开我!我叫你们放开我!"

注射器在医生手里一闪,妇女一把撕开托尔斯泰衫的破旧衣袖,一只非女性的、强有力的手紧紧握住了伊万的胳膊。闻到一股乙醚的气味。伊万在四个人的手下被制服了。动作敏捷的医生利用这一瞬间往伊万胳膊上打了一针。几个人又按了他几秒钟,然后把他放到长沙发上。

"都是些强盗!"伊万喊叫一声,从沙发上跳起来,但他立即又被按下去。人们刚刚松手,他又站了起来,但这次却没有站稳,自己便坐下去了。他奇怪地四下看着,沉默了一会儿,然后忽然打了个哈欠,又恶狠狠地笑了笑。

"到底还是让你们给关起来了!"他说着又打了个哈欠,忽然躺下,头枕在枕头上,孩子似地把一只拳头垫在脸下,同时还说梦话似地嘟哝着,语气已经不那么狠了,"既然如此,好吧……你们会自食其果的。反正我事先警告过你们,往后怎么办,就随你们的便吧!我现在最感兴趣的是那个本丢·彼拉多……彼拉多……"他闭上了眼睛。

"洗澡。住一百一十七号单间。进行观察。"医生一面戴上眼镜,一面布置着工作。这时柳欣又吃了一惊:他看见有两扇白色的门悄悄地自动打开,里面露出一条长长的走廊,亮着几盏夜间用的蓝光灯。走廊里推出来一张带小胶皮轮的卧榻,人们把安静下来的伊万移到榻上。伊万被推进走廊,两扇白门又无声地关上了。

"大夫,"感到震惊的柳欣悄声问道,"这么说,他是真病了?"

"啊,可不。"医生回答。

"他这是得的什么病?"柳欣怯生生地问。

深感疲倦的医生看了柳欣一眼,无精打采地说:

"动作性和言语性兴奋……谵妄性解说……看样子他的病情很复

杂……应当看作精神分裂症,还有酒精中毒……"

大夫的话柳欣一点也没听懂,只晓得伊万·尼古拉耶维奇的情况反正不大好。他叹了一口气,又问道:

"他怎么老是提到个什么顾问呢?"

"大概是他看见了什么人,那人使他受了刺激,产生了病态的想象。也许是他自己的幻视……"

几分钟后,大卡车载着柳欣返回莫斯科市区。天已经放亮,公路上的路灯还没有熄灭,但已显得毫无用处,甚至有些碍眼。卡车司机由于整整一夜白白过去而气得鼓鼓的,所以拼命开快车,每逢转弯的地方后轮向外滑,车身都倾斜过来了。

眼看着一片树林被甩到后面去,莫斯科河退到一旁,各种各样的东西一个接一个向卡车扑过来:带岗楼的围墙、木柴垛、极高的柱子和天线杆,杆上穿着许多线圈,一堆堆碎石,被各种沟渠分割成一块块的土地——总之,使人感到莫斯科就在眼前,转过弯去就是,它马上就会冲过来,把我们抱住。

柳欣的身体随着车厢摇晃、颠簸,身下坐的一块木头不时要摆脱他的压力,跳到一旁去。餐厅的长毛巾在车厢里乱滚,这是提前乘无轨电车回城的民警和潘杰烈临走前胡乱扔到车上的。柳欣在车上爬着,想把毛巾收到一起,但忽然恶狠狠地自言自语说:"见它的鬼去!我干吗傻小子似的在这儿乱爬?"他用脚把毛巾踹到一旁,再也不看它一眼。

柳欣坐在车里,心情极糟,显然是在精神病院的所见所闻使他感到很痛苦。柳欣很想理清自己的思绪:究竟是什么在折磨他?是深深印入脑海的那条装着蓝光小灯的走廊?是认为失去理智才是世界上最大的不幸这个想法?对,就是这个想法,当然包括它。不过,这也是个普通想法呀。似乎还有某种别的感情。是什么呢?是伤心?就是它,对,对!是无家汉指着鼻子对他说的那些叫人伤心的话。使他难过的倒不是那些刺人的话本身,而是那些话确实包含着真理。

诗人柳欣这时已不再往路旁看了,他盯着眼前不住跳动的肮脏的车厢板愁肠百结,既怨天,又尤人。他喃喃自语着。

不错,他写诗……他今年三十有二了!真的,想想看,今后怎么办呢?今后他还会这样的,每年编那么几首诗。一直到老?对,一直到老。这些诗会给他带来什么?给他荣誉?"别胡说了!至少你不要再欺骗自己了吧!编造歪诗的人是永远得不到荣誉的。你问那些诗坏在哪里吗?伊万说得对,伊万说出了真实情况!"柳欣毫不留情地自问自答说,"就因为我写的那些东西,我自己也一点都不信!……"

突然害起神经衰弱症的诗人柳欣身子往前一晃,他感到车厢底板像是不再向两边摇摆了。抬头一看,原来大卡车早已开进市区,莫斯科已经破晓,天边的云彩染成了金色。刚才的一晃,是卡车在进入大街的一个拐弯处停了下来,正在车辆的长龙中等待。他还看到,就在他身旁很近的地方,有一个铁人站立在石底座上,微微歪着头,冷眼旁观着大街上的一切。

得了神经衰弱症的诗人脑子里忽然闪现出一些奇怪的想法。他马上在卡车车厢里站直身子,举起一只手,不知为什么对着没有招惹任何人的铁人展开了攻击:"看,这家伙就是人走好运的证明……他一生的路,怎么走怎么有理,无论出一件什么事,都对他有利,都给他增添荣誉!可是,他究竟作出了什么贡献?我真无法理解……'风暴……像烟雾一样……'①难道这些话里就包含着什么特殊的意义?真叫人不明白!……只不过是他走运!走运罢了!"柳欣忽然得出了这样一个恶毒的结论。这时他感到脚下的卡车又晃动了一下,"那个白党分子朝他开枪,打了几枪,打碎了他的胯骨,这反倒使他永世长存了……"②

长长的车队开始移动。不到两分钟,我们的诗人柳欣已经登上了格里鲍耶陀夫之家的凉台,不过,这时他已经完全是个病人,甚至显得苍老多了。凉台上空落落的,只是角落里还有一小伙人继续喝酒。在他们当中忙来忙去的是一位大家熟悉的剧场报幕员,他戴着顶绣花小

---

① "立在石底座上的铁人"指普希金的雕像。这里原文只引用了普希金的诗《冬天的夜晚》中的头两个词。此诗头两行的中译文(戈宝权译)是:"风暴吹卷起带雪的旋风,像烟雾一样遮蔽了天空。"
② 普希金是与法国流亡贵族丹特士决斗时腹部受重伤而死的。柳欣这段内心独白表明,这位所谓"诗人"不仅对普希金的诗毫不理解,而且缺乏常识,竟把丹特士说成了"白党分子",并不知道当时连"白党分子"这个提法也没有。

圆帽,手里举着一只斟满"阿布劳"①的高脚杯。

柳欣抱着一大堆毛巾走上来,阿奇霸德·阿奇霸道维奇热情地迎上前去,接过那些可恶的毛巾。若不是因为在医院里和卡车上受了折磨,柳欣大概还会怀着满意的心情津津有味地,并且添枝加叶地讲述精神病院里的所有情况,但现在他顾不得这些了。况且,不管柳欣平素多么不善于观察,但在经过卡车上的一番折磨之后,他总算第一次认真地瞅了瞅海盗的眼睛。他看得清楚:虽然海盗在询问诗人无家汉的情况,甚至口里还不"哎呀,哎呀!"不住地感叹,但实际上他对无家汉的境况完全无所谓,丝毫也不同情。柳欣怀着厌弃一切、自暴自弃的心情恶狠狠地暗想:"好样儿的!你做得对!"于是他停止了关于精神分裂症的叙述,向海盗请求说:

"阿奇霸德·阿奇霸道维奇,来杯酒怎么样?……"

海盗作出一副同情的面孔,悄声说:

"我能理解……这就拿来……"说着便朝服务员招了招手。

一刻钟之后,柳欣孤零零地佝偻着身子坐在餐桌旁,盯着眼前一盘小鱼,一杯接一杯地往肚里灌酒。他明白,而且承认:他已丝毫无法改变自己的生活道路了,他所能做的只有忘却。

整个夜晚别人都在尽情欢宴,唯独诗人柳欣却把这夜晚白白消耗掉了。现在他才知道:这已经无法挽回了。只要把目光从台灯上移开,抬头看看天空,就会立即明白:夜晚已经永不复返地逝去。餐厅的服务员们正忙着扯下餐桌上的台布,连几只在凉台边窜来窜去的猫也都是一副早晨的神态。白天已经势不可当地降临到诗人头上。

---

① 著名的俄国香槟酒,北高加索的"阿布劳-久尔索"酒厂出产。

第七章 凶宅

如果第二天早晨有人对斯乔帕①·利霍捷耶夫说:"斯乔帕!你要不马上起床,就枪毙你!"斯乔帕也会懒洋洋地用刚能听得见的声音回答:"枪毙吧!怎么都行,反正我不起。"

哪里谈得上起床?他简直连眼睛都睁不开了。他觉得,只要一睁眼,马上便会有一个闪电击碎他的脑袋;现在脑袋里仿佛有一口沉重的大钟在轰鸣,两只眼球和紧闭的眼皮之间有几个带红绿边的褐色斑点在游动。此外,他还觉得恶心,这恶心又似乎是因为什么地方没完没了地放留声机的缘故。

斯乔帕极力回忆,但只想起了一件事:似乎是昨天,不知在什么地方,他手里拿着块餐巾要凑过去吻一位妇女,并且对她说:第二天中午十二点整到她家去。那妇女一再推辞:"不,不,我中午不在家!"可斯乔帕还是坚持要去:"你瞧着,我就是要去!"

那个妇女是谁?现在几点钟?今天是几月几号?——斯乔帕都一无所知。最糟糕的是他闹不清自己现在在什么地方。他想:至少得把这最后一个问题弄清楚。于是他使劲睁开粘在一起的左眼皮。昏黑中有件什么东西反射出一片暗淡的光。斯乔帕终于认出了:那是窗前的大穿衣镜。他这才明白:自己现在是在卧室,仰面躺在自己的、也就是从前的珠宝商遗孀的床上。这时他又觉得脑袋里轰的一声响,他急忙闭上那只左眼,呻吟起来。

还是让我来解释一下吧:斯乔帕·利霍捷耶夫是瓦列特剧院的经理,这是他早晨在自己家里醒来了;他住在一座"Π"字形的六层大楼里,同已故的柏辽兹合住一套房子,大楼坐落在花园街上。

---

① 斯杰潘的小名和昵称。

这里还必须交待清楚：这套房子，也就是这座楼的第50号，是早就出了名的，虽不能说是声名狼藉，至少也可以说是怪名远扬了。两年多以前这套五居室住宅还归珠宝商德富热雷的遗孀所有。安娜·富兰采夫娜·德富热雷太太那时五十岁，风度雍容华贵，做事精明干练。丈夫过世后，她自己占用两个房间，把另外三间租给两位房客，其中一位似乎是姓别洛穆特，另一位则是个丧失了姓氏的人。

恰恰是从两年前开始，这套房子里便接二连三地出现叫人无法解释的事——住户开始一个个地失踪。

有一天，是个假日，一位民警走进这套住房把第二名（也就是丧失了姓氏的）房客叫出来，在前室对他说：民警分局请他去一趟，需要他在一个什么证件上签个字。那位房客告诉德富热雷太太家多年的贴身女佣安菲莎，说如果有人给他打电话来，就请她告诉对方：他过十分钟就回来。随后他便跟着那位戴着白手套的、很有礼貌的民警一起走了。可是，他不仅十分钟后没有回来，而且从此永远没有再回来。最使人惊奇的是，那个民警也显然同他一起消失了。

德富热雷太太为此十分难过，而笃信上帝的，直率些说，就是有迷信思想的安菲莎，却直言不讳地对太太说：他们是中了魔，她很清楚是谁把那位房客和民警弄走的，不过因为快半夜了，她不愿意说。她还对太太说：谁都知道，这种兴妖作怪的事一旦闹起来，就别想制止它。记得那个房客是星期一失踪的，到星期三，另一名房客别洛穆特也不知去向了。不过，他的情况又有些不同：那天早晨，小卧车像往常一样来接别洛穆特去上班，接去了，可并没有送回来，那辆车也再没有来过。

别洛穆特夫人的痛苦和震惊是无法形容的。但是，更可悲的是她的痛苦和震惊并没有持续多久：当天晚上德富热雷太太同女佣安菲莎从别墅赶回来的时候（她俩不知为什么急着往别墅跑了一趟），家里连别洛穆特夫人的影子也不见了。不仅如此，他们夫妇住的两间屋子也被查封了。

勉勉强强过了两天平安日子。第三天，一直苦于失眠症的德富热雷太太又匆匆到别墅去了……不用说，她再也没有回来！

只剩下了孤零零的一个安菲莎。她大哭一场，直到夜里一点多才躺下睡觉。她后来出了什么事,谁也不知道。不过,听同一单元中其他住户说,那天晚上第50号住宅里整夜都有敲打声,而且所有的房间都彻夜灯火通明。早晨大家才知道:安菲莎也不知去向了!

过了很长时间,人们还在议论失踪的人和这所凶宅。流传着各种奇谈怪论,比如,说什么那个笃信上帝的瘦老太婆安菲莎在她干瘪胸脯上挂着两个软皮口袋,里面藏着德富热雷太太的二十五颗大钻石啦,什么在德富热雷太太常去的那个别墅的木柴棚里"自然而然地"就发现了无数宝藏,里面还有钻石和沙皇时期的金币啦,等等……总之,诸如此类的谣传很多。不过,我们对这些事一无所知,因此也不能保证确无其事。

不管谣传怎么样,反正这套房子空闲和被查封的时间并不长,两个星期后便又有两户人家搬了进来,这就是现已作古的柏辽兹夫妇和上面提到的斯乔帕夫妇。自然,他们两家搬进这所该诅咒的凶宅之后,也发生了几桩莫名其妙的事:没出一个月,两家的太太就都不在了。不过,她们倒不是失踪。有人说在哈尔科夫市的大街上看见过柏辽兹太太,她现在同一位男芭蕾舞教练住在一起;而斯乔帕的太太则似乎是住进了一所养老院,人们风言风语地说,是斯乔帕这位瓦列特剧院经理利用关系网给她在那里找了个单人房间住,条件是永远不许她再在花园街的家里露面……

话说回来,斯乔帕在床上呻吟起来了。他本想招呼女佣格鲁尼娅给他拿些头痛药氨基比林来,但又改了主意:胡闹,格鲁尼娅手头当然不会有什么氨基比林。他想招呼邻居柏辽兹过来帮帮忙,哼哼唧唧地叫了两声:"米沙……米沙……"但是,读者自己也清楚,米沙·柏辽兹当然不可能再回答他。整套住宅里一点点声音也没有。

斯乔帕活动了一下脚趾头,明白了:自己是穿着袜子上床的。他随即用颤抖的手摸了摸胯骨,想弄清楚自己是否穿着裤子,但到底也没搞清楚。

最后,他发现自己无依无靠,家里没有别人,不能指望谁来帮忙,这才决心不管付出多大力气也要起来。

斯乔帕使劲睁开粘到一起的眼皮,看到大穿衣镜里照出一个男人模样的人：头发像茅草似地支棱着，一张肥脸上长满了黑髭，两个油光光浮肿的眼泡，上身穿着件肮脏的硬领衬衫，还结着领带，下身只穿着条衬裤，脚上穿着短袜。

这就是他在穿衣镜中看到的自己的形象。但与此同时他看到自己身旁还有个陌生人，穿一身黑衣服，戴着黑色无檐软帽。

斯乔帕坐起来，尽可能睁大那双充血的眼睛，默默地盯着陌生人。

还是陌生人首先打破了沉默。他用略带外国腔调的低沉的声音寒暄道：

"您好啊，最最讨人喜欢的斯杰潘·博格达诺维奇！"

又是一阵沉默。然后，斯乔帕费了九牛二虎之力才挤出了几个字：

"您有什么事？"这声音使他自己也吃了一惊，他几乎没听出自己的声音——"您"字他是用最高的童音喊出的，"有"字变成了男低音，而"什么事"三个字几乎完全听不见了。

陌生人友善地微微一笑，掏出一只表盖上镶着个钻石三角的金怀表。表响了十一下，他说：

"十一点了！我等您醒来已经整整等了一小时。您约我十点钟来，我准时来了！"

斯乔帕从床旁小凳上摸过裤子来，耳语似地说：

"对不起……"他穿上裤子，用沙哑的声音问道，"请问，您贵姓？"

斯乔帕讲话很困难，每说一个字，脑子里就像有人用针扎一下，痛得要命。

"怎么？您连鄙人姓什么都不记得了？"陌生人又微微一笑。

"请原谅……"斯乔帕的声音还是沙哑的，而且他感到了酒醉后的一些新症状：他觉得，床下的地板已经飘走，而他自己眼看也要一头栽进无底的地狱。

"亲爱的斯杰潘·博格达诺维奇，"来客脸上露出洞察一切的笑容说，"任什么氨基比林对您都没有用。我劝您还是按最聪明的老法子办吧——以毒攻毒。现在唯一能使您恢复生机的，是两杯白酒，再来点辣味热菜。"

为人狡猾的斯乔帕尽管身体很不舒服，心里还是明白的，他想，既然这般模样给人家撞见了,只好实话实说。

"坦率地说,"他勉强转动着发硬的舌头说,"昨晚我是多喝了几杯……"

"您别再讲话了!"来访者说着,便搬着椅子退到了一旁。

斯乔帕的眼睛瞪得溜圆,他看到:旁边小桌上已经摆好一个大托盘,盘里盛着几片切得薄薄的白面包、一小盘压实的黑咸鱼子、一碟醋渍白蘑菇,还有一个小闷罐,不知装的什么,最后,还有用珠宝商遗孀的大肚长颈玻璃瓶装着的伏特加酒。特别使斯乔帕惊讶的是酒瓶外面还挂着水珠,看上去很凉。当然,这可以理解:它原是一直放在瓷盆里用冰镇着的。总之,这点小吃安排得既讲究,又漂亮。

陌生人没等斯乔帕的惊讶发展到病态程度,便麻利地走过来给他斟了大半杯酒。

"您呢?"斯乔帕尖声尖气地问道。

"愿意奉陪!"

斯乔帕哆哆嗦嗦地刚把酒杯举到唇边,陌生人早已一口把一杯酒送进肚里。斯乔帕嚼着鱼子,吃力地说:

"您怎么……不吃口菜?"

"多谢多谢!我喝酒从来不就菜。"陌生人说着,又自己斟了一杯。斯乔帕揭开小闷罐——原来是一罐茄汁小泥肠。

不一会儿,斯乔帕觉得眼前那带红绿边的褐色斑点消失了,舌头也不再发直,最主要的是他回忆起了一些事。他想起昨天是在斯霍德尼亚村①,在短剧作家胡思托夫的别墅里度过的,是胡思托夫叫出租汽车请他去的。他还想起是在大都会饭店门口叫的出租汽车,当时还有一个人,说演员又不像演员,提着一台留声机……对,对,是在别墅!还记得留声机惹得几只狗汪汪叫,可就是想不起自己要吻的那个妇女是谁了,闹不清是怎么回事……鬼晓得她是什么人……她像是在电台工作,也许不是。

这样,昨天的事渐渐在斯乔帕脑子里有了些轮廓。但他现在更感

---

① 位于莫斯科郊区斯霍德尼亚河畔,当年是个别墅村。

兴趣的是今天的事,尤其是眼前这个突然闯进他卧室的陌生人,还有这桌上的酒菜。能弄清这些就好了!

"您看,怎么样,我想,您现在一定想起我姓什么来了吧?"

然而斯乔帕只是两手一摊,惭愧地笑了笑。

"您可真是的! 我觉得,您昨天一定是喝过伏特加之后又喝了波尔特温①! 恕我直言,不能这么干呀!"

"我想请求您,别把这件事传出去。"斯乔帕谄笑着说。

"噢,这当然,当然! 不过,我可不能保证胡思托夫不对别人说。"

"您难道也认识胡思托夫?"

"昨天在您办公室里和这位先生有过一面之交。不过,一眼便能看出,这个人卑鄙无耻,喜欢拨弄是非,是个十足的变色龙和马屁精。"

斯乔帕心想:"完全正确!"陌生人能对胡思托夫作出如此简短而确切的评价,使他不禁暗暗钦佩。

是的,昨天的事在他脑子里一件一件地渐渐联在一起,凑成一整天了。但这位瓦列特剧院经理还是感到十分不安,因为在这一天中毕竟还留着一个很大的无法填补的黑洞。比如说,无论怎么想,他也想不起自己在办公室里见过这个戴无檐小帽的陌生人。

"鄙人是魔术教授沃兰德②。"来访者见斯乔帕很为难的样子,只好庄重地自己把话挑明,接着又把事情的原委对他从头讲了一遍:

他,沃兰德,是昨天白天从国外来到莫斯科巡回演出的,到后立即去见斯乔帕,提议在瓦列特剧院演几场魔术。斯乔帕立即用电话向莫斯科州文艺演出委员会作了请示汇报,得到了批准(斯乔帕听到这里脸色苍白,不住地眨巴眼睛),随后便同他沃兰德教授签订了一份演出七场的合同(斯乔帕吓得张开了嘴),约好今天上午十点沃兰德教授到斯乔帕家里来,以便商定若干细节……所以他就来了!

他说,进来时是女佣格鲁尼娅开的门。格鲁尼娅告诉他:她是每天来做日工的,也刚刚来到,柏辽兹不在家,如果客人想见您斯杰潘·博

---

① 产于葡萄牙波尔图市的一种烈性葡萄酒。
② 沃兰德不是俄罗斯人姓氏,从德语词而来。德语 Valand 是个古词,意为吓人之物、妖魔。

格达诺维奇的话,就请直接到您卧室去。她还说斯杰潘·博格达诺维奇睡得正熟,她不敢叫醒您。他,沃兰德,进来一看斯杰潘·博格达诺维奇醉成这个样子,立即派格鲁尼娅去就近的食品店买了些酒和下酒菜来,又去药房买来些冰块……

"那我还得把钱还给您呀。"斯乔帕拖着哭腔说,脸色像死人一样灰白,忙着找自己的钱包。

"哎呀,这点钱,小意思!"巡回演出的魔术家沃兰德大声说,像是连听也不愿听这类话。

这样,白酒和下酒菜的来历总算搞清楚了,但斯乔帕的表情还是十分难看:他根本想不起签订合同的事,打死他也不记得昨天见过这位沃兰德教授。不错,胡思托夫是到剧院来过,可是,这个沃兰德没有来过。

"请您把合同给我看看好吗?"斯乔帕小声请求说。

"请,请看……"

斯乔帕一看文件,完全惊呆了:合同上钉是钉,铆是铆,完全合乎手续。首先,上面有自己那很有气魄的亲笔签名!旁边是财务协理①里姆斯基的斜体字签名,并注明他同意演员沃兰德在七场总演出费三万五千卢布项下先预支一万卢布。合同后面还附有沃兰德收到该项预支款一万卢布的收据!

可怜的斯乔帕晕头转向,心想:"这是怎么回事?难道我该倒霉了,记性坏到了这种地步?!"但是,合同已经看过,继续表示惊讶未免过于失礼。于是斯乔帕请求客人原谅,说他不得不出去一下。他连鞋也没顾上穿,便只穿着袜子跑到前室的电话机旁。经过厨房门前时,他还顺便朝里面喊了一声:

"格鲁尼娅!"

但没有人答应。这时他又无意中朝前室旁边的柏辽兹书房的门瞧了一眼。这一瞧不要紧,他又名副其实地"呆若木鸡"了:柏辽兹书房的门把手上用小绳吊着一块很大的火漆封印。斯乔帕觉得像是

---

① 协理,旧时较大的银行或公司中协助经理主持一方面业务工作的人,相当于副经理或经理助理。

有个人在他脑袋里喊叫："天哪！怎么又出了这种事！"斯乔帕的脑子里开始形成两组思维轨道，不过，正如一切大祸降临前的情形一样，几种思维的发展方向是相同的，而且鬼知道会想到哪里去。他脑袋里乱成一锅粥，简直无法形容。他的思路本来就被黑色小圆帽、冰镇伏特加和莫名其妙的合同之类搞得乱七八糟了，现在，您说怪不怪，又加上了房门上这火漆封印！要说柏辽兹会闯什么祸，这话谁都不会相信，保证不相信！可是，信不信由您，门上的封印是千真万确的！看，这不……

这时，斯乔帕脑海里忽然涌出一些极其令人不快的、有关某篇文章的回忆——不久前，他好像故意要自找麻烦似的刚刚把一篇文章硬塞给柏辽兹，请他帮助在杂志上发表。其实，要说那篇文章本身，咱关起门来说心里话，确实是胡说八道！内容毫无价值，而且也拿不到多少稿费……

他想起文章，紧接着便想起了那一场很成问题的谈话。记得是四月二十四日晚上，他和米哈伊尔·亚历山大罗维奇·柏辽兹就在这间餐室里一起吃晚饭的时候谈了一次话。按理说，当然也不能说那是一次成问题的谈话（何况他斯乔帕也绝不会同别人进行什么成问题的谈话），不过，那次谈的话题确实是多余的。各位公民，我们完全可以凭自由意志而不去说那些话嘛！在柏辽兹的房间被封之前，毫无疑问，那次谈话可以说是区区小事，根本算不了什么，可是，如今这房间一被查封……

想到这里，斯乔帕脑子里简直开了锅。他暗暗叫苦："哎呀，柏辽兹，柏辽兹！简直叫人无法相信呀！"

但是，斯乔帕并没有为这些想法苦恼多久，因为他已经拨通了瓦列特剧院财务协理里姆斯基办公室的电话。斯乔帕现在的处境十分微妙：第一，外国人听到他在看过正式合同文本之后还要挂电话检查核实，很可能会生气；第二，对财务协理讲话时也很难措辞，总不能在电话里这样问他吧："请您告诉我，我昨天是不是同一位魔术教授签了一份三万五千卢布的演出合同？"不能这么问！

"喂！"听筒里传来了里姆斯基的声音，他的声音又尖又细，令人不快。

"您好,格利戈里·达尼洛维奇!"斯乔帕尽量压低声音说,"我是利霍捷耶夫。有这么一件事……嗯……嗯……那个……演员沃兰德……他现在正在我这儿……所以……我是想问一下……今天晚上的演出安排得怎么样了?……"

"啊,您是说魔术节目吗?"里姆斯基在电话里说,"海报马上就贴出去。"

"噢,"斯乔帕有气无力地说,"那好吧,再见……"

"那您是不是很快就到剧场来?"里姆斯基又问道。

"过半个小时就到。"斯乔帕回答了一句,立即挂上话筒,两手抱住了滚烫的脑袋。他心想:哎呀,诸位,看这事多丢人!我的记性是怎么搞的,啊?

不过,总得顾全礼貌,不能在前室久留。他立即想好了一个应付方案:尽量把自己这种令人难以置信的健忘症掩饰过去,首先要巧妙地从外国人嘴里套出些话来,问问他今晚在斯乔帕领导的瓦列特剧院里准备表演些什么节目?

斯乔帕放下电话刚一转身,便清楚地看到懒惰的格鲁尼娅好久没擦的、前室里的大穿衣镜里又照出一个人影来。这人的样子十分古怪:像竿子似的细高个子,还戴着副夹鼻眼镜(咳,要是诗人伊万·尼古拉耶维奇在场的话,准会一下子就认出这家伙!)。那人在镜子里晃了一下,便不见了。斯乔帕心惊胆战地回头往前室的角落里仔细看了看,但他再回过头来时不由得又吓了一跳:镜子里又照出一只硕大无比的黑猫,也是一晃就不见了。

斯乔帕吓得心都快要跳出来了,他不禁倒退一步,暗想:"怎么回事?是不是我要发疯?镜子里怎么会照出这些东西?"他又朝前室里望了一眼,没好声地喊道:

"格鲁尼娅!怎么会有只猫在这儿乱跑?哪儿弄来的?还有个什么人跟它在一起?"

"请您放心,斯杰潘·博格达诺维奇,"一个声音回答说,但这不是格鲁尼娅的声音,而是外国演员从卧室里对他说的,"那猫是我的。您不必紧张。格鲁尼娅不在家,我叫她回家乡沃龙涅什①去了,因为她对我诉苦,说您好久没让她休假了。"

这番话是那么突然,那么荒唐,以致斯乔帕怀疑起自己是不是听错了。他三步并成两步向卧室跑去,但刚到门口就愣住了,只觉得头发根儿直往起竖,额头上渗出了汗珠儿。

卧室里已经不只一位客人,而是一伙了。刚才出现在镜子里的那个细高个子坐在另一张椅子上,现在看得很清楚:他留着两撇小胡子,夹鼻眼镜上只有一个镜片闪闪发亮,另一边根本没有镜片。但屋里还有比这更叫人吃惊的事:珠宝商遗孀的软垫小凳上蹲着一只大得吓人的黑猫,它一只前爪举着一杯伏特加酒,另一只爪子举着叉子,已叉起一块醋渍蘑菇。

卧室里原本不很亮,这时斯乔帕觉得那灯光更加暗淡了,心想:"遇到这种情况,人没法不发疯!"随手抓住了门楣。

"看样子,您感到有些奇怪吧,我最亲爱的斯杰潘·博格达诺维奇?"沃兰德教授向牙齿碰得格格响的斯乔帕问道。"其实,您不必奇怪,他们都是我的随从。"

这时大黑猫把杯里的酒喝了下去,斯乔帕的手从门楣上渐渐滑下来。

"我的随从们也需要有个住处,"沃兰德继续说,"所以,咱们中间有的人在这所房子里就显得多余了。而我觉得,这个多余的人就是您!"

"是他们!是他们!"穿方格衣服的高个子的声音像咩咩的羊叫,他手指着斯乔帕,却用复数形式说"他们","最近他们这些人把什么都搞得一塌糊涂。他们自己成天饮酒作乐,利用职权勾引妇女,什么事都不干,也不会干,因为他们本来就对委托他们掌管的事业一窍不通,只会变着法子蒙骗上级。"

"还坐着公家的汽车到处瞎跑!"大黑猫嚼着醋渍蘑菇,也在一旁添油加醋地造起谣来。

---

① 沃龙涅什州的首府,距莫斯科数百公里。

斯乔帕早已两腿发软,瘫在地板上,不住地用手去抓门框。这时这所公寓里发生了第四件,也是最后一件怪事:从窗间镜里直接走出一个人来。他身材矮小,但肩膀极宽,棕红头发,戴着圆顶小帽,嘴角支出的一颗很长的獠牙使他那原已十分丑陋的面孔变得非常可憎。

"我根本不能理解,"刚出现的家伙也搭话了,"他这种人怎么会当上经理?"他的难听的鼻音越来越大,"他当经理就跟我当大僧正一样。"

"你可不像个大僧正,阿扎泽勒①。"公猫一边把小肉泥肠放到自己盘子里,一边对刚出现的红头发人说。

"说的就是嘛!"红发人又用刺耳的鼻音说。他随即转过身来恭恭敬敬地请示沃兰德:"主公,让我把这个家伙从莫斯科赶走吧,见他的鬼去!"

"去!"大黑猫忽然也像赶猫似地扯开嗓子叫了一声,全身的黑毛都竖了起来。

斯乔帕登时感到天旋地转,头碰到门框上,知觉模糊起来,心想:"我要死了……"

但他并没有死。他先把眼睛微微睁开一道缝,小心地看了看,自己仿佛坐在一块石头上,周围好像有什么喧嚣声。他大胆地把眼睛完全睁开,这才明白,那原来是海水的波涛声。简言之,他发现自己坐在一道防波堤尽头的石沿上,荡来荡去的海水甚至一直涌到他的脚旁,眼前是耀眼的蔚蓝色大海,背后是一座建在山坡上的城市。

斯乔帕不知道别人遇到这种情况怎么办,他只能是两腿颤颤巍巍地站起来,沿着防波堤朝岸上走去。

防波堤上站着一个男人,正在抽烟,还不时地往海里吐唾沫。看见斯乔帕走来,那人用奇怪的目光瞟了他一眼,不再吐唾沫了。于是,斯乔帕演出了这样一幕:他双膝跪倒在吸烟的无名氏跟前,哀求说:

"求求您,请您告诉我这是哪个城市?"

---

① 阿扎泽勒,俄文是 Азазелло。在神秘主义的希伯来文宗教文献中这是"索命鬼"的名字。本书中说它是干旱沙漠之魔(旱魃),杀人魔王(见第三十二章),它不同于《圣经》中的"阿撒泻勒"或"亚撒色"(Азазел)。

"莫名其妙!"冷酷无情的吸烟人说。

"我不是醉鬼,"斯乔帕用沙哑的声音说,"我是得了病,我出了点事,得了病……我这是在哪儿啊?这个城市叫什么名字?……"

"这个城市?叫雅尔塔呀……"

斯乔帕轻声叹了口气,歪着身子倒下去。他的头"咚"的一声碰到晒得温乎乎的防波堤的石头上。

第八章 教授与诗人交锋

恰恰是斯乔帕在雅尔塔海边头碰石堤昏迷过去的时候,也就是这天中午十一点半左右,诗人无家汉,伊万·尼古拉耶维奇,从长时间的熟睡中醒过来,恢复了神志。起初,他暗自回想:我怎么会躺在这四面白墙的陌生房间里?旁边这个小床头柜多漂亮,光闪闪的,金属做的,窗帘也是白的,透过它可以感到窗外明媚的阳光。

伊万晃了一下脑袋,确信头不再痛了。接着他想起来:自己是躺在一所医院里。这又使他想到了柏辽兹之死,不过,这个念头今天并没有对他产生多大震动。熟睡一夜之后,伊万的心情平静得多,头脑也清晰得多了。这张弹簧床又松软,又舒适,十分洁净。他静躺了一会儿,发现身旁有个电钮。他自幼有个随手摆弄东西的习惯,便顺手在电钮上按了一下。他指望一按电钮就会有什么响声,或者会发生什么事。但出乎意料,只是他脚头床边的一盏圆柱形毛玻璃小灯亮了,灯上显出两个字:"喝水。"过了一会儿小圆柱灯便自动开始旋转,灯上的字换成了"护理员",又停下来。然后,灯上的字又换成了"请医士来"。自然,这个设计巧妙的小灯使伊万很感兴趣。

"嗯……"伊万嘴里嘟哝着,不知道下一步该怎么办。也算他走运,当圆柱灯上出现"请医士来"四个字后,他又无意中按了一下。这回小灯发出轻微的响声,停止转动,熄灭了。随即有一个体态丰满、和蔼可亲、穿着洁白罩衫的中年妇女走进来,对伊万说:

"早晨好!"

伊万没有回答。他认为在目前这种环境中向他问好很不合适。本来嘛,把个健康人硬关进精神病院,还装出一副完全必要的样子!

那妇女继续保持着脸上的和善表情,只轻轻一按电钮,便把窗帘卷了上去。阳光透过稀疏的、从天花板直到地板的轻金属栅栏一下子洒满了整个房间。栅栏外面是阳台,远处可以望见弯弯曲曲的河岸,对岸是一片苍翠的松林。

"请您去洗澡吧。"妇女说,随即用手往墙上一摸,靠里的一面墙便自动打开,露出一间布置得十分淡雅舒适的浴室和卫生间。

伊万虽曾下定决心不同这妇女讲话,但看见这亮光闪闪的水龙头和哗哗喷出的温水,不由得挖苦说:

"嘿,你瞧!赶上大都会饭店啦!"

"不,不对,"妇女自豪地回答说,"比大都会饭店还要好!国外也见不到这种设备。许多科学家和名医常常专门到我们医院来参观。这里每天接待外国旅游者。"

一提到"外国旅游者",伊万立即想起昨天那个顾问,脸色顿时沉了下来,哭丧着脸看了她一眼,说:

"外国旅游者!……你们怎么那么喜欢外国旅游者!顺便告诉你们,他们中间什么人都有!比如,我昨天就认识了一位,别提多好啦!"

伊万差一点又讲起本丢·彼拉多的故事来,但一想,对妇女讲这些没有用,反正她也帮不了什么忙,这才把话咽了回去。

洗得干干净净的伊万·尼古拉耶维奇从浴室出来,那妇女立即递上男子浴后理应得到的一切:熨得平平展展的衬衣、短裤、袜子等等。不仅如此,她还打开衣橱,指着里面对伊万说:

"您想穿什么?罩衣还是睡衣?"

看见这妇女那股子近乎放肆的大方劲儿,被迫待在这新住处的伊万差点没有拍起手来。他默默地指了指橱中一件鲜红色绒布睡衣。

然后,伊万·尼古拉耶维奇穿过一条没有人、也没有一点响声的走廊,被领进一间非常宽敞的办公室。伊万早已决定对这所设备完善到惊人程度的建筑物里的一切统统报以嘲笑,所以他立即暗自给这间大办公室取了个名称:"厨房工厂"。

这是不无道理的。这屋里有许多大大小小的玻璃柜橱,里面摆着各种亮闪闪的镀镍器皿。还有好几把结构异常复杂的坐椅,大肚子电灯,发光的罩子,有不少形状怪异的玻璃瓶、煤气炉,拉着许多电线,还有各式各样谁都认不出的仪器。

进入办公室后,立刻有三个人走过来照料伊万,两女一男,都穿着白罩衫。他们首先把伊万领到角落里一张小桌旁,显然是想对他有所询问。伊万心里暗自估量着情况,盘算着对策。他面前有三条路可走。对伊万诱惑力最大的是第一条:出其不意地冲上前去,把这些个灯具、器材和各种精巧玩艺儿统统砸它个稀巴烂,借以表示自己对于被强制收容的抗议。但今天的伊万与昨天的伊万已经大不相同,他觉得这条路有点问题:说不定反而会使他们认定我是狂躁型精神病。伊万否定了这第一方案。第二条路是:立即向他们说明外国顾问的情况和本丢·彼拉多的事。但昨天的经验表明,人们不会相信他,或许反而会按他们的意思加以曲解。伊万只好也放弃这条路,而采取第三种方案:保持骄傲的沉默,给他们个一语不发。

但他并没有完全做到这一点。听到一连串问话后,他还是不由得要皱着眉头回答一两句,尽管答话都很简短。

结果,人们还是把伊万从前的一切生活细节都问了出来,包括他十五年前在哪个季节和怎样得过猩红热。穿白衣的妇女写满了有关伊万本人情况的一页纸之后,把纸翻过来,开始盘问伊万的亲属的情况。问题十分繁琐:与本人的关系,何时故去,死因是什么,是否曾酗酒,是否患过花柳病,等等。都是些无聊的问题。最后才请伊万谈了谈昨天牧首湖畔发生的事,但也并未过分纠缠,而且在他提起本丢·彼拉多时人们也没有表示惊奇。

然后,妇女把伊万交给那个男人。这人对伊万采取了完全不同的办法:什么也不问。他给伊万量体温,数脉搏,看伊万的眼睛,还用一个小灯往眼里照了照。接着另一位妇女就过来给他帮忙,他们往伊万背上戳了几下,但并不痛,用小槌把儿在他前胸的皮肤上画了些什么记号,又用小槌敲了敲膝盖,敲得伊万两条小腿直往上弹。往手指头上扎了一下,取了一点指血,又往肘弯处扎了一针,还给两只手腕戴上了胶皮手镯。

伊万暗暗苦笑,越想越可笑。难道不吗?他本想警告人们来历不明的顾问可能给大家带来灾难,本想抓住那家伙,结果自己反而落到这么个神秘的办公室里,来给这些人讲自己有个舅舅叫费奥多尔,住在沃洛格达市,讲他怎么酗酒之类的事情。太荒唐了!

伊万终于被放开了,又被护送回病房。给他端来了早点:一杯咖啡、两个溏心鸡蛋、几片抹着黄油的白面包。

伊万吃喝完毕,决心等见到这个机构的主要人物时,再要求他认真地、公正地处理自己的问题。

他果然等来了,而且是吃过早点后不久。伊万的房门突然打开,进来许多穿白罩衫的人。走在众人前面的是个年纪在四十五岁左右的男人,他举止文雅,脸显然经过认真的、像演员化妆似的仔细洗刮,一双眼睛既讨人喜欢,又很有洞察力。全体人员都对他恭而敬之,因此,他的到来显得十分庄严。伊万暗自想:"真像本丢·彼拉多!"

是的,他无疑就是这里的主要人物了。他坐到小凳上,其他人侍立左右。

"我是大夫,姓斯特拉文斯基。"坐下的人友善地看了看伊万,自我介绍说。

"亚历山大·尼古拉耶维奇,这是他的。"一个把小胡子修剪得整整齐齐的人小声对主要人物说,并把记载着伊万情况的那张写得密密麻麻的纸递给他。

伊万心想:"嘿,给我建立了一整套档案呀!"这时主要人物用他熟练的目光迅速阅读着纸上的记载,不时发出"嗯……嗯……"的声音,有时用一种听不懂的语言同周围的人交谈一两句。

伊万伤心地想:"和彼拉多一样,他也懂拉丁语……"但这时伊万听清楚了一个词:"精神分裂症"。他不由得打了个寒战。遗憾的是,这个词恰恰是昨天那个可恶的外国佬在牧首湖畔提到过的,今天在这里又由斯特拉文斯基教授提起来了。

伊万惶恐不安地想:"他连这事也早就知道?"

主要人物像是给自己立了一条规矩:不论人们对他说什么,他都要表示赞同,表示高兴,还要用"好极了,好极了……"这几个字来表明自己这种态度。

"好极了!"斯特拉文斯基说着,把那张纸交还给旁边的人,转而问伊万:"您是诗人?"

"是诗人。"伊万抑郁地回答,同时生平第一次体验到一种对诗歌的无可名状的厌恶感。他想起一些自己写的诗歌,不知为什么觉得这些东西现在都使他厌恶。

伊万也皱着眉头向斯特拉文斯基提了个问题:

"您是教授?"

斯特拉文斯基殷勤地、很有礼貌地点了点头。

"您是这儿的主要负责人?"伊万继续发问。

斯特拉文斯基又微微向他一躬身。

"我需要同您谈谈。"伊万·尼古拉耶维奇意味深长地说。

"我就是为这事来的呀。"斯特拉文斯基回答。

"是这么回事,"伊万开始讲了,他觉得已经到了他讲话的时候,"这些人把我当成疯子,我讲的话他们谁也不愿意听!……"

"啊,不会的。我们要十分认真地听听您的话,我们绝不允许硬把您当成疯人。"斯特拉文斯基态度严肃,极力解除伊万的顾虑。

"那我就对您说说。昨天傍晚我在牧首湖湖边遇见了一个神秘人物。说是外国人吧,又不像外国人,他事先就知道柏辽兹的死,他还亲眼看见过本丢·彼拉多。"

大夫的随从人员都一声不吭、纹丝不动地倾听着诗人的叙述。

"彼拉多?就是那个和基督耶稣同时代的彼拉多吗?"斯特拉文斯基眯缝起眼睛看着伊万问道。

"就是他。"

"噢,"斯特拉文斯基说,"您是说柏辽兹让有轨电车轧死了?"

"就是昨天,在牧首湖公园旁边,是电车轧死的,我亲眼看见的,而且那个神秘的公民……"

"那个认识本丢·彼拉多的人?"斯特拉文斯基问道,他的理解能力显然比别人强得多。

"正是他,"伊万表示肯定,一面暗自琢磨着斯特拉文斯基这个人,"正是他事先就说过,说安奴什卡已经把葵花子油洒了……柏辽兹恰恰是在那个地方滑倒的!您瞧这事儿,啊?"伊万意味深长地望着大夫,指望自己这番话会引起他的强烈反响。

然而，他所期望的反响并没有产生，斯特拉文斯基若无其事地接着提出了下一个问题：

"安奴什卡是什么人？"

这个问题有些使伊万扫兴，他脸上的肌肉抽动了一下。

"安奴什卡在这件事上根本无关紧要，"伊万不耐烦地说，"鬼知道她是什么人。反正是个住在花园街上的傻女人。重要的是那个家伙，他事先，您明白吗，事先就知道葵花子油的事！您明白吗？"

"我完全明白。"斯特拉文斯基一本正经地说。他扶了一下诗人的膝盖，又说："您别激动，请接着讲吧。"

"那我就接着讲，"伊万也尽量用斯特拉文斯基那种腔调讲话，因为他根据自己的痛苦经验懂得：唯独镇静对他有好处，"我是说，那个可怕的家伙，他自称是顾问，那是撒谎，他具有一种非同寻常的能力……比如说，你要去追他，根本追不上。另外，他还带着两个随从，也都够瞧的：一个细高个子，戴一副打碎了镜片的夹鼻眼镜，另一个是只大得出奇的黑猫，它可以自己乘电车到处跑。除此之外，"伊万越讲越兴奋，也像是越有说服力，根本不容别人打断他的话，"那个人还亲自在凉台上会见过本丢·彼拉多，这一点可以说毫无疑问。可这算怎么回事？啊？应该立即逮捕他，不然他会造成无法形容的大灾难。"

"所以您就大声疾呼，要当局逮捕他，是吗？我这样理解正确吗？"斯特拉文斯基问道。

伊万暗想："他果然是个聪明人。应该承认，知识分子中间偶尔也会碰到个别聪明的，这一点不容否认！"于是他回答说：

"完全正确！您想想，我怎么能不大声疾呼？！可是，我却被强制扣留在这里，他们用小灯往我眼睛里照，在浴室里给我洗澡，还盘问我舅舅费奥多尔酗酒的事！……我舅舅早就去世了！我要求你们立即放我出去。"

"噢，好极了，好极了！"斯特拉文斯基说，"这就完全清楚了。真是的，把一个健康人留在医院有什么意义？好吧。只要您对我说一声您的精神正常，我立刻就给您开出院证。不需要您提供什么证明，只要您对我说一声就行。那么，请问，您的精神正常吗？"

屋里一片沉默。早晨照料过伊万的那个胖女人用崇敬的眼光看了看教授。伊万又一次暗自称赞:"此人确实聪明。"

伊万对教授这个提议感到很满意,但他应该如何回答,却颇费斟酌了。好大一会儿他皱着眉头认真地左思右想,最后才坚定地说:

"我的精神正常。"

"噢,那好极了,"斯特拉文斯基如释重负地高声说,"既然是这样,咱们就按通常的逻辑来谈谈吧。以您昨天的所作所为为例,"教授说着一转身,有人马上把伊万的病历递到他手里,"昨天,您在寻找那个自称认识本丢·彼拉多的来历不明的人时,您自己做了这么几件事,"斯特拉文斯基开始屈着他长长的手指数着,时而看看伊万,时而看看手里那张纸,"您把一张圣像挂在了胸前。有这回事吧?"

"有。"伊万抑郁地回答。

"您从铁栅栏上翻进院子,还划破了脸。对吧?您进餐厅的时候手里举着支点着的蜡烛,您只穿着内衣,您还在那里打了谁一个耳光。后来人们把您绑起来,送到了这里。到了这里之后,您还给民警局打过电话,叫他们带机枪来。然后您曾企图从窗户里往外跳。对吧?请问:您这样做就能够把个什么人抓住,或者说逮捕吗?我想,如果您的精神正常,您自己也会回答说:绝不可能。现在您希望离开这里,是不?您请便。不过,我想问一下,您离开这里之后想往哪儿去?"

"当然是去民警局。"伊万的语气似乎不那么坚定了,在教授的目光逼视下,他有些不知所措。

"从这里直接去?"

"嗯。"

"那您就不回自己家里一趟?"斯特拉文斯基迅速问道。

"哪还有时间回家?!我换几次公共汽车的功夫他早跑掉了!"

"噢。您到公安局首先谈什么呢?"

"先谈本丢·彼拉多。"伊万·尼古拉耶维奇回答说,但他的眼睛顿时蒙上了一层阴影。

"嗯,好极了!"斯特拉文斯基显然被说服了,他随即转身命令身边那个留着小胡子的人,"费奥多尔·瓦西里耶维奇,请您给公民无家汉开一张出院证,允许他进城去。不过,他的房间先不要安排别人住,床上的被褥也不必换。两小时后这位公民还会回来的。"他又转身对诗人说,"那就这样吧,不过,我可不能预祝您成功,因为我丝毫不相信您会成功。好,一会儿再见!"他说着,便站了起来,随从人员也纷纷转身要走。

"您根据什么说我还会回来?"伊万不安地问道。

斯特拉文斯基像是正等着这句话似的,马上又坐下来回答说:

"根据就是:只要您穿着衬裤一走进民警局,并且告诉他们您见到过一个认识本丢·彼拉多的人,他们就会马上把您送到这里来,您还得来到这间屋子。"

"这跟穿衬裤有什么关系?"伊万惶惶不安地四下张望着问道。

"主要是本丢·彼拉多。不过,衬裤也有关系。因为您出院时我们当然要把公家的衣服留下,把您穿来的衣服还给您。您是只穿衬裤被送进来的。刚才我虽然向您暗示过该回趟家,换换衣服,可您根本不想回家。再加上彼拉多……这就足够了!"

这时,伊万·尼古拉耶维奇身上发生了某种奇妙的变化。他的意志像是崩溃了,他感到自己虚弱无力,很需要别人给出点主意。

"那该怎么办呢?"他的问话有些怯生生的了。

"嗯,这就好极了!"斯特拉文斯基回答说,"这才是个最合情合理的问题。现在我就来对您说说,您到底出了什么事。昨天有人狠狠地恐吓了您一下,讲了些本丢·彼拉多以及诸如此类的故事,使得您心情很坏;而在神经过度紧张、心情焦躁不安的情况下,您就在城里到处讲起本丢·彼拉多来。别人自然就把您当成了有精神病的人。现在您的出路只有一条:保持绝对安静。所以您必须留在这里。"

"可总得抓到那个人呀?"伊万的声音很高,但已经是在祈求了。

"好。不过,您干吗要亲自去跑? 可以把您对那个人的疑点和指控写成材料嘛。把书面材料寄给有关机关最省事不过。而且,如果这事像您所设想的那样涉及刑事犯罪的话,一切都会很快查清楚的。但是,有一条:您可不能过分地费脑筋,要尽量少去想本丢·彼拉多。人家在讲故事嘛,什么不可以讲!? 咱们可不能对什么都信以为真啊。"

"明白了!"伊万坚定地说,"那就请你们拿纸和笔来吧。"

"给他拿些纸来,再给他一支短铅笔。"斯特拉文斯基命令胖妇女。然后他又对伊万说:"不过,我建议您今天不要写了。"

"不,不,今天就得写,一定得今天写。"伊万激动地大声说。

"那,好吧。不过,您可别过分用脑子。今天写不出来,可以明天嘛!"

"他会跑掉!"

"啊,不会,"斯特拉文斯基颇为自信地反驳说,"我可以保证他跑不到哪儿去。而且,请您记住,您在我们这里可以得到各方面的帮助,没有这些帮助,您什么也做不成。您明白吗?"斯特拉文斯基突然意味深长地问道。他两手握住伊万的两只手,长时间地盯着伊万的眼睛重复说:"您在这里可以得到帮助……您明白吗?……您在这里可以得到帮助……您会感到轻松。这里很清静,一切都很安定……您在这里会得到帮助的……"

伊万·尼古拉耶维奇忽然打了个哈欠,面部肌肉松弛下来。

"对,对。"他轻轻地说。

"看,好极了!"斯特拉文斯基用他习惯的语言结束了这场谈话,站起身来,"好,再见吧!"他握了握伊万的手。走到门口,他回头对留小胡子的人说:"那么,用氧气试试看……再配合浴疗。"

转眼间,伊万面前的斯特拉文斯基及其随从人员统统不见了。透过窗上的铁栅栏,可以看到河对岸那片美丽的松林快活地沐浴在中午的阳光中,春意盎然。近处的河水闪着粼粼波光。

第九章　卡罗维夫的花招

尼卡诺尔·伊万诺维奇·博索伊①是莫斯科花园街第302号乙楼的住房合作社（房管所）主任，柏辽兹生前就住在这座楼里。从出事的星期三深夜开始，这位房管所主任简直忙得不可开交。

我们已经知道，那天夜里，一个包括热尔德宾在内的临时委员会曾驱车来到房管所，把尼卡诺尔·伊万诺维奇叫出来，通知他柏辽兹已经去世，然后便由他带领来到柏辽兹的家——第50号住宅。

在这里，他们共同封存了死者的手稿和全部遗物。因为当时无论是每天来做日工的女佣格鲁尼娅，还是素常为人轻率的剧院经理利霍捷耶夫都不在家，委员会只好向尼卡诺尔·伊万诺维奇宣布：死者的手稿由委员会带回研究，其现有住房，即三个房间（原珠宝商的书斋、客厅及餐室）自即日起由房管所负责管理，所有死者遗物均应保持原状，妥为保管，直至确定合法继承人为止。

柏辽兹的死讯以神奇的速度传遍全楼，于是，从第二天（星期四）清晨七点开始，博索伊家的电话就响个不停了。接着是许多人亲自登门递交要求占用死者住房的申请。两小时内博索伊共接到这类申请书三十二份。

申请书内容包括：祈求、威胁、中伤、告密、自费修缮住房的许诺、现住房拥挤情况的描述、"不能再同土匪们住在一起"的理由，等等。其中一个住在第31号住宅的人在申请书中以惊人的艺术技巧描写了他装在上衣口袋里的肉馅饺子被偷走的情形，有两个人以自杀相要挟，还有个女人如实地坦白了自己已非法怀孕而不得不申请住房的情况。

尼卡诺尔·伊万诺维奇时而被唤到前室，人们拉着他的衣袖恳求，

---

① 博索伊，俄文 Босой。意为：赤脚的，也有赤脚人、流浪汉、无业游民之意。

在他耳边小声嘀咕,对他挤眉弄眼地暗示,提出绝不会忘恩负义的保证……

已经过了十二点,这种痛苦折磨还是没完没了。尼卡诺尔·伊万诺维奇再也支持不住,便从家里跑出来,想逃到楼外大门旁边的房管所办公室去,但老远看见那里早有人守候着,又急忙跑开了。他好容易才甩掉几个穿过铺了柏油的大院跟踪追来的人,躲进第六单元的大门。随即他登上五层,来到这套不吉利的第50号门前。

肥胖的尼卡诺尔·伊万诺维奇在楼梯口喘了一会儿气,然后上前按了按门铃。见没有人来开门,便又按了一次。第三次再按时,他嘴里已在小声骂骂咧咧了。但还是没有人来开门。这情况超出了尼卡诺尔·伊万诺维奇的忍耐限度,他从口袋里掏出一串房管所掌握的备用钥匙,用他那有权有势的手打开大门,走了进去。

"喂,阿姨!"尼卡诺尔·伊万诺维奇在昏暗的前室里喊了一声,"你叫什么来着?是叫格鲁尼娅吧?你在家吗?"

没有人回答。

于是尼卡诺尔·伊万诺维奇揭掉柏辽兹书房门上的漆封,从皮包里取出卷尺,大大方方地迈步朝室内走去……

他刚刚迈了一步,便惊骇地站住了,甚至打了个寒战。

一个陌生人坐在已故柏辽兹的书桌后面。这人又瘦又高,穿着方格料子上衣,戴一顶骑手软帽,夹鼻眼镜……总之,就是那个人。

"您是谁,公民?"尼卡诺尔·伊万诺维奇惊奇地问。

"哟!这不是尼卡诺尔·伊万诺维奇嘛!"来历不明的男人用破锣般的高音大声叫着,从椅子上跳起来迎接房管所主任,并出乎意外地抓住他的手,同他握了握手。但这种欢迎丝毫未使尼卡诺尔·伊万诺维奇高兴。

"我很抱歉,"他用怀疑的口吻说,"您是谁?是公职人员吗?"

"哎呀,尼卡诺尔·伊万诺维奇,"来历不明的人亲切地大声说,"什么叫做公职人员或者非公职人员?一切都取决于您从哪个角度看问题。尼卡诺尔·伊万诺维奇,这都是相对的、不牢靠的。今天我还不是公职人员,可说不定明天就是了!也可能反过来,尼卡诺尔·伊万诺维奇,什么事都有啊!"

这番议论也没有使主任感到满意。生性多疑的博索伊断定:这个敢于在他面前摇唇鼓舌的家伙绝对不是公职人员,很可能是个游手好闲的无赖。

"您到底是什么人?您姓什么?"主任的语气越来越严厉,甚至向陌生人走近了几步。但他的严厉态度一点也没有使对方畏惧。

"我的姓名嘛,"陌生人说,"嗯,就算是卡罗维夫吧!可说呢,您不想吃点小菜吗,尼卡诺尔·伊万诺维奇?请别客气!啊?"

"对不起,"尼卡诺尔·伊万诺维奇已经真的气愤了,"还吃什么小菜!"(虽然这话不大好出口,但作者还是不得不承认,尼卡诺尔·伊万诺维奇平素讲话就是有点粗俗。)"不允许您待在死者故居!您在这儿干什么?"

"哎,您先请坐嘛,尼卡诺尔·伊万诺维奇。"陌生的公民大声说,似乎一点也不着慌,还忙着给主任搬过一把椅子来。

尼卡诺尔·伊万诺维奇冒火了,他推开椅子喊道:

"您到底是什么人?"

"我嘛,您看,我就是在这套房子里下榻的外宾的翻译,"自称卡罗维夫的人自我介绍着,随即把两只好久没擦的褐色皮靴的后跟"啪"的一并,来了个立正。

尼卡诺尔·伊万诺维奇更是张口结舌了。这套房子里住进了外国人,还带着翻译,这是他万万没有想到的。因此,他要求对方解释。

翻译欣然作了解释:外国演员沃兰德先生接受瓦列特剧院经理斯杰潘·博格达诺维奇·利霍捷耶夫的热情邀请,在大约为期一周的巡回演出期间住在他家里;这件事利霍捷耶夫昨天已经给尼卡诺尔·伊万诺维奇写了封信,请求替外国客人报个临时户口;利霍捷耶夫本人在这期间要去雅尔塔一趟。

"他根本没给我写过信。"房管所主任惊讶地说。

"您不妨在皮包里找找,尼卡诺尔·伊万诺维奇。"卡罗维夫委婉地说。

尼卡诺尔·伊万诺维奇无可奈何地耸耸肩膀,打开公事包。果然,里面有一封利霍捷耶夫的信。

"我怎么会把它给忘了?"尼卡诺尔·伊万诺维奇呆呆地望着已经拆开的信封喃喃地说。

"这种事常有,常有,尼卡诺尔·伊万诺维奇!"卡罗维夫尖声尖气地说,"精力分散,丢三落四,过度疲劳,还有血压升高,我亲爱的尼卡诺尔·伊万诺维奇! 我自己也常常丢三落四的,这个毛病还很严重。往后有机会咱们在一起喝两杯,我跟您谈几件我个人的事,准会让您笑破肚皮!"

"利霍捷耶夫什么时候去雅尔塔?"

"他已经走了呀,已经走了!"翻译大声说,"您知道吗,他走得可急啦! 鬼知道他这时候在什么地方!"翻译挥动着两只长胳膊,活像风磨的两个大翼片。

尼卡诺尔·伊万诺维奇声明:他必须亲自见见外国演员。但翻译拒绝了这一请求:这绝对办不到,先生很忙,他正在训练猫。

"如果您愿意,可以给您看看那只猫。"卡罗维夫提议说。

尼卡诺尔·伊万诺维奇也拒绝了他的建议。于是翻译马上向主任提出另一个出乎意料的、但却很使他感兴趣的建议:

鉴于沃兰德先生无论如何不愿住旅馆,喜欢住得宽敞些,翻译问房管所主任:能否在沃兰德先生于莫斯科大约一个星期的演出期间,把这整套房子,也就是包括柏辽兹那几间,全部都租给沃兰德先生使用?

"您看呢? 反正死者已经无所谓了,"卡罗维夫用嘶哑的声音对主任耳语说,"尼卡诺尔·伊万诺维奇,您自己也明白,房子现在对死者还有什么用?"

尼卡诺尔·伊万诺维奇有些迟疑不决,他说外宾照理应该住到大都会饭店去,根本不该住在私人家里……

"我对您说过了,这位先生有些怪脾气,"卡罗维夫又凑到耳边说,"鬼知道他为什么,硬是不愿意去住旅馆,说他讨厌那些地方! 这些个外国旅游者呀,简直是骑在脖子上!"卡罗维夫指了指自己青筋暴露的细脖颈,像说私房话似地小声诉苦说,"您信不,恨不得把我折腾死! 这些人啊……这些个坏透了的狗崽子,要么搞特务活动,要么就横挑鼻子竖挑眼,这也看不上,那也不对心思,把你折腾个筋疲力尽!……再说,全租给他对你们房管所也大有好处呀!尼卡诺尔·伊万诺维奇,明明可以捞一笔嘛!这个人对钱倒不在乎,"卡罗维夫回头看了看,贴近主任的耳朵说:"是个百万富翁!"

翻译的提议显然很实惠。建议本身虽说很像回事儿,但听听提议者那语气,看看他这身穿戴,尤其是鼻子上那副没人要的讨厌的夹鼻眼镜,又太不像样子。因此,主任心里七上八下,一时拿不定主意。不过,最后他还是决定接受这个建议,因为,说来叫人伤心,近期住宅合作社的亏损情况很严重啊。入秋以前应该买进一批取暖用的石油,可油款目前还一点着落也没有。如果收进来旅游者这笔钱,或许就能对付过去。但是,尼卡诺尔·伊万诺维奇毕竟是个老于世故的谨慎人,所以他向翻译说明:这事他必须首先同国际旅行社取得联系。

"这个我懂,"卡罗维夫大声说,"不联系一下怎么行?!一定得联系。电话就在那儿,尼卡诺尔·伊万诺维奇,您可以马上同他们联系。在租金问题上,您不必客气,"卡罗维夫一面把主任拉往前室的电话机旁,一面对他耳语说,"不赚这些人的钱,赚谁的?!您还没看见他在尼斯①那座高级别墅呢!嘿!明年夏天您出国的时候,可以绕道专门去看一下,准会大吃一惊!"

同国际旅行社电话联系的结果出乎主任意外,问题解决得非常顺利,迅速。原来旅行社已经了解沃兰德先生要住在利霍捷耶夫私宅的愿望,对此他们表示没有异议。

"噢,太好啦!"卡罗维夫大声叫道。

主任被他那破锣般的叫声吓了一跳,愣了一下,然后说:住宅合作社同意把第 50 号全套房子租给演员沃兰德先生一个星期,"租金按……"尼卡诺尔·伊万诺维奇迟疑了一下说:

"按每天五百卢布计算。"

这时卡罗维夫又使主任大吃一惊。他贼眉鼠眼地朝着传来沉重的猫跳声的卧室瞟了两眼,用嘶哑的声音说:

---

① 法国东南部海滨城市,游览疗养胜地。

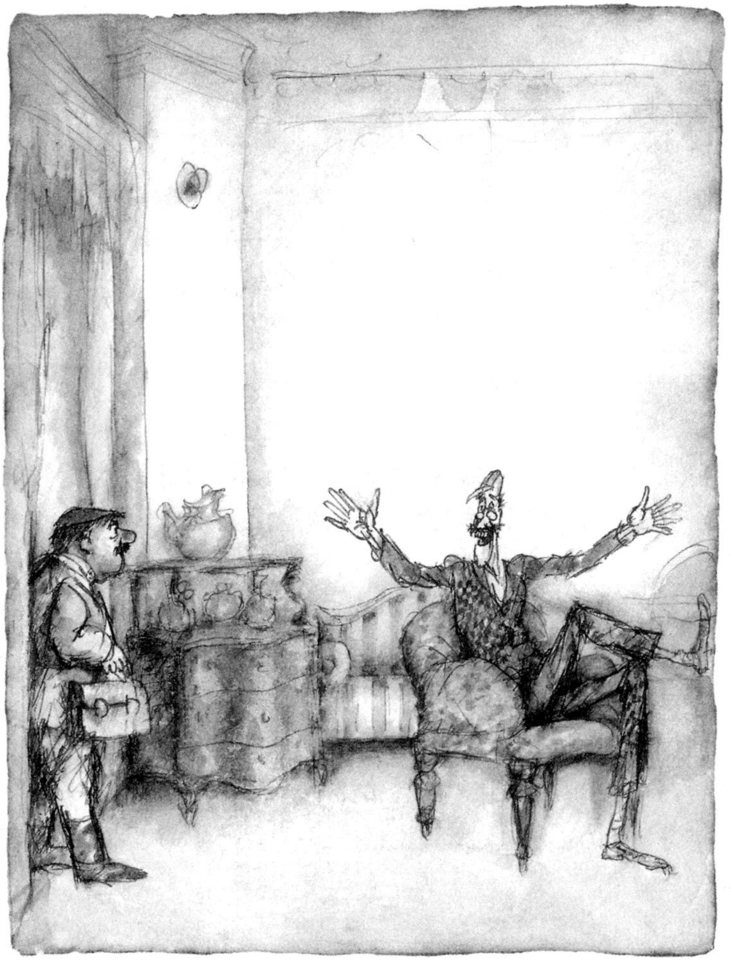

"这么说,一星期总共三千五百卢布?"

尼卡诺尔·伊万诺维奇心想:下面一句准是:"您的胃口不小嘛,亲爱的主任!"但是,卡罗维夫说出的却完全是另外一句:

"这点钱算什么!您就要他五千!他也会同意的。"

尼卡诺尔·伊万诺维奇茫然无措地笑了笑。随后,他自己也不知道怎么就来到了柏辽兹的写字台前,而卡罗维夫这时已经以惊人的速度和干练的作风准备好了书面合同,一式两份。然后他同卡罗维夫两人飞快地进了卧室一趟,而从卧室退出来时,两份合同上都已经有了外国人那字迹豪放的亲笔签名。主任自己也在上面签了名。于是卡罗维夫请主任写一张收到五千卢布的收据……

"不能用阿拉伯数码写,尼卡诺尔·伊万诺维奇,要写俄语词'五千卢布'……"他随即拿出五沓捆得整整齐齐的新票子放在主任面前,同时嘴里嘟哝着一些不大适合办正经事时用的词儿:"*艾恩,刺猬,得雷!*"①

尼卡诺尔·伊万诺维奇把钱点了一遍。卡罗维夫还时而从旁俏皮地开上一两句玩笑:"银钱现款,当面清点,""要想放心,亲眼看准",等等。

数完钞票,主任从卡罗维夫手里接过外宾的护照,以便去登记临时户口。他把现款、护照和合同装进皮包,忍不住又扭扭捏捏地提出了另一个请求:能弄张免费入场券吗?

"这不成问题!"卡罗维夫尖声尖气地说,"您需要多少张,尼卡诺尔·伊万诺维奇?十二张?十五张?"

惊愕不已的主任急忙解释说:只要两张就行,他和妻子彼拉盖娅·安东诺夫娜用。

卡罗维夫当即掏出便条本——一张剧场头排座位的两人用免票一挥而就。翻译左手把免票麻利地递给尼卡诺尔·伊万诺维奇,同时右手把很厚的一沓窸窣作响的纸币塞到主任的另一只手里。尼卡诺尔·伊万诺维奇朝那沓东西瞟了一眼,脸涨得通红,伸着手直往外推,嘴里

---

① 德语"一!二!三!"的变调俄语发音。魔术师在"变出"某种东西之前的常用语。

嘟哝着：

"可不兴这个……"

"我不听这些！"卡罗维夫凑近主任耳朵小声说，"咱们国内不兴这个，可人家外国人兴这个！尼卡诺尔·伊万诺维奇，您这样会让人家见怪的，这可不好。何况这事您也费心了嘛……"

"这种事一旦被发现，要严惩的！"主任压低声音说，同时向周围看了看。

"谁看见啦？"卡罗维夫又对着他的另一只耳朵说，"请问，证人在哪儿？我说，您这是怎么啦？"

这时，照主任后来一直坚持的说法，发生了一个奇迹：那沓新钞票自动钻进了他的皮包。随后，当疲惫不堪的、甚至是浑身瘫软的房管所主任下楼时，他觉得各种思绪在脑海里旋风似地团团打转：尼斯的高级别墅、训练有素的大公猫、确实无人作证、妻子彼拉盖娅·安东诺夫娜会喜出望外，等等。这些想法彼此互无联系，但总的来说都使他很开心。尽管如此，主任内心深处的某个地方还是似乎有根针在轻轻地刺痛他，一根令人不安的针。此外，没有等他走到楼下，另一个想法便又使他吃了一惊："几道门都封得好好的，那位翻译是怎么进入柏辽兹办公室的？！我怎么没问问他？"主任像山羊似的呆呆地瞅着楼梯愣了一会儿，终于把心一横，不再为这些绕脖子的问题伤脑筋了……

主任刚离开第50号住宅，卧室里便传出一个低沉的声音：

"我可不喜欢这个尼卡诺尔·伊万诺维奇。他是个老奸巨猾的骗子手。能不能想法子让他别再来这儿？"

"主公，您只管吩咐！……"卡罗维夫不知从什么地方回答说，他的声音清脆、高亢，不像破锣般难听了。

这个可恶的翻译马上来到前室，拿起电话，拨了个号码。接通后，他不知为什么用哭泣般的声音对着话筒说：

"喂！我认为有义务向你们报告一件事：我们花园街302号乙楼的房管所主任尼卡诺尔·伊万诺维奇·博索伊倒卖外币。他住在35号，眼下他家里就有四百美金，用报纸包着藏在卫生间的通风孔道里。我住在同一座楼11号，叫季莫菲·克瓦斯措夫。不过，请你们千万替我保密。我担心这位主任报复。"

这个卑鄙的家伙说完,便挂上了电话。

我们不知道第50号住宅里后来又发生了什么事,但我们知道尼卡诺尔·伊万诺维奇家里发生的事。他回到家里,钻进卫生间,把门反锁上,从皮包里掏出翻译塞给他的那沓钞票,数了数——整四百卢布。他把钞票用旧报纸原样包好,塞进了墙上的通风孔道。

五分钟后,主任已经舒适地坐在他家的小餐室里。妻子从厨房端来切得整整齐齐的青鱼段,上面还撒着一层嫩葱丝。尼卡诺尔·伊万诺维奇斟上一小杯拉斐特酒①,喝完又斟一杯,又干了。他用叉子叉起三小片青鱼,正要往嘴里送……外面的门铃响起来。这时彼拉盖娅·安东诺夫娜刚把一个热气腾腾的小锅端进来,一看就能猜出里面鲜红的甜菜肉汤中还有天下最美味的带髓牛骨。

尼卡诺尔·伊万诺维奇咽了口唾沫,用小狗崽似的声音唧唧咕咕地说:

"见他们的鬼去!连顿安生饭都不让吃。谁也别让进来,就说我不在家!不在家!要问那套房子,就告诉他们别再瞎跑了,一周后开会讨论……"

夫人跑去前室开门,而尼卡诺尔·伊万诺维奇用舀汤的大勺子把那块有一道竖缝的带髓牛骨从火红色的小湖里捞了上来。就在这一瞬间,两位男公民走进小餐室,陪他们一起进来的彼拉盖娅·安东诺夫娜不知为什么脸色煞白。一看来人,尼卡诺尔·伊万诺维奇的脸色也吓白了,立即站起来。

"厕所在哪儿?"走在前面的一个穿俄式斜领白衬衫的人关注地问道。

餐桌上什么东西响了一声——尼卡诺尔·伊万诺维奇手里的勺子掉在漆布上了。

"在这儿,在这儿。"彼拉盖娅·安东诺夫娜急忙说。

两个来人马上冲向走廊。

---

① 法国拉斐特产的一种著名红葡萄酒。

"怎么回事?"尼卡诺尔·伊万诺维奇两眼注视着来人,小声问道,"我们家不会有那种……对不起……您二位带着证件吧?……"

头一个人边走边把证件掏出来,交给尼卡诺尔·伊万诺维奇看了看,第二个人已经抢先站到厕所里的小凳子上,把一只手伸进了通风孔道。尼卡诺尔·伊万诺维奇觉得眼前一阵发黑。来人打开报纸包,但里面包的不是卢布,而是一种他不认得的钞票,颜色介乎蓝绿之间,上面还有个老头像。总之,这一切尼卡诺尔·伊万诺维奇都没有看清,他只觉得眼前有许多黑点在飘动。

"通风孔里藏着美钞!"头一个人若有所思地说了一声,然后很温和、很客气地问尼卡诺尔·伊万诺维奇,"这包东西是您的吧?"

"不是!"尼卡诺尔·伊万诺维奇回答,他的声音听来很可怕,"那是仇人栽赃!"

"这种事倒也有,"头一个人表示同意,但又温和地补充说,"嗯,好,把其余的也都交出来吧!"

"我没有!没有!我可以对上帝发誓,我的手从来没有拿过这些东西!"房管所主任扯着嗓子喊叫。

他跑到五屉柜前,唰地一声拉开抽屉,取出他的皮包,嘴里前言不搭后语地嘟囔着:

"我给你们看合同……是那个坏蛋翻译塞进来的……他叫卡罗维夫……戴着夹鼻眼镜……"

他打开皮包一看,又伸进手去摸了摸,立刻脸色发青,手一松,皮包掉在桌上的红菜汤里。斯乔帕的信、租房合同、外国演员的护照、现款、剧场的免费入场券——统统不翼而飞。里面只剩下一个卷尺,别的什么也没有。

"同志们!"主任发疯似地叫道,"快抓住他们!我们这座楼里有鬼!"

这时,不知彼拉盖娅·安东诺夫娜中了什么邪,她忽然两手一拍,大声对丈夫说:

"伊万诺维奇,你就交待了吧!会得到宽大的!"

尼卡诺尔·伊万诺维奇瞪起血红的眼睛,把两只拳头举到妻子头

顶,嘶哑着嗓子说:

"哎呀,你这该死的蠢货!"他说着,便软绵绵地坐到凳子上,显然已经认识到自己是在劫难逃了。

这时住 11 号的季莫菲·孔德拉季耶维奇·克瓦斯措夫正站在主任家门外的楼梯口,一会儿斜着一只眼往钥匙孔里窥视,一会儿又把耳朵贴在上面倾听,甘心忍受着好奇心的折磨。

五分钟后,站在楼前院子里的本楼住户们便看到主任在两个人陪同下向大楼前门走去。听人们说,当时尼卡诺尔·伊万诺维奇的脸色十分难看,走路时像醉汉似地东倒西歪,嘴里还不住地嘟囔着什么。

又过了一小时,季莫菲·克瓦斯措夫正在厨房里津津有味地向其他住户描述主任被抓走的情况,不知从哪里来的一位公民进走来,向季莫菲招了招手,把他叫到前室,对他说了句什么。然后季莫菲便跟那人一起走了。

第十章　雅尔塔急电

在尼卡诺尔·伊万诺维奇遭到不幸的同一时刻,在同一条花园街上距离 302 号乙楼不远的瓦列特剧院里,财务协理里姆斯基的办公室中正坐着两个人:里姆斯基本人和该剧院的总务协理瓦列奴哈。

这间办公室设在剧院二楼,很宽敞,有两扇窗子朝着花园大街,另一扇,也就是坐在桌旁的财务协理背后那扇,窗外是瓦列特夏季花园,那里有冷饮部、小靶场和露天舞台。办公室里除写字台外,还有一张小桌,上面放着盛水的长颈玻璃瓶,旁边墙上挂着些旧海报,另一边有四把椅子,墙角有个木架,上面堆着落满灰尘的旧布景模型。另外,不用说,还有一个不大的保险柜,漆皮已经剥落,相当陈旧,就摆在里姆斯基的写字台左首。

里姆斯基坐在办公桌旁,他今天从一大早就觉得心里别扭。而瓦列奴哈则相反,他兴奋异常,像是准备大显一番身手,却找不到用武之地。他现在是在财务协理办公室里躲避那些追着他要免费入场券的人,这些人总是闹得他不得安生,尤其在每次更换演出节目单的前一两天。今天就是这样。

桌上的电话刚一响,瓦列奴哈便一把抓起听筒,撒谎说:

"找谁?瓦列奴哈?不在这儿。出去办事去了。"

"劳驾,你再给利霍捷耶夫挂个电话吧!"里姆斯基激动地请求瓦列奴哈。

"他不在家。我派卡尔波夫去过,他家里没有人。"

"鬼晓得这是怎么回事!"里姆斯基嘀咕着,把旁边的计算机弄得咔嚓咔嚓直响。

房门开了,检票员把一大捆刚印好的补充海报拖进来。海报用绿色纸张印刷,上面是套红大字,写着:

瓦列特剧院自今日起
在原节目单外增加：
魔术表演并披露其全部内幕
表演者：沃兰德教授

瓦列奴哈抽出一张海报搭在布景模型上，倒退几步，从远处欣赏了一会儿，便命令检票员立即把海报全部张贴出去。

"很好，很醒目。"检票员走后，瓦列奴哈说。

"可我非常不喜欢他这些名堂，"里姆斯基透过角质框眼镜恶狠狠地望着海报嘟哝说，"上头怎么会批准他演这些东西呢，奇怪！"

"不，格利戈里·达尼洛维奇，您可别这么说，这一招儿很妙。精华全在于披露魔术内幕。"

"我不懂，不懂。我看不出这里有什么精华可言，他就是喜欢异想天开！哪怕先让我们见见这个魔术家也好嘛。你见过吗？鬼才晓得利霍捷耶夫从哪儿挖出这么个家伙来！"

原来瓦列奴哈同里姆斯基一样，都没有见过魔术家沃兰德。昨天是斯乔帕（按里姆斯基的说法，"他像个疯子似的"）跑到财务协理办公室来，拿着一份拟好的合同草稿，叫他立即誊清一式两份，并且马上预付演出费。现在魔术家溜了，除斯乔帕本人外，谁也没见过这个人。

里姆斯基掏出怀表一看，时针指着两点五分。他简直怒不可遏。岂有此理！利霍捷耶夫大约十一点来的电话，说半小时后就到剧院里来，可他不但没来，现在连家里也找不到他了！

"我还有许多事要处理呢！"里姆斯基用手指戳着桌上一大堆文件咆哮说。

"他会不会也像柏辽兹似的，钻到电车底下去？"瓦列奴哈把电话耳机贴在耳朵上说，耳机里一遍遍响着长音，看来毫无希望。

"哼，那倒好了……"里姆斯基用刚能听得见的声音从牙缝里挤出几个字。

这时，一位头戴制帽、身穿制服上衣、下着深色直裙、脚穿平底便

鞋①的妇女走进了办公室。她从腰间小挎包里掏出一个白色方信封和一个小本子,问道:

"瓦列特是这儿吧?特急电报。签收吧!"

瓦列奴哈在她的小本子上画了几笔,那妇女转身退出。门刚关上,瓦列奴哈立即打开方信封。

他看完电文,眨了眨眼,把它递给里姆斯基。

电文是:"自雅尔塔发往莫斯科瓦列特剧院今日中午十一时半一穿短睡衣西服裤未穿鞋的栗发男子来到刑事侦缉局该精神失常者自称系瓦列特剧院经理利霍捷耶夫贵院经理现在何处请速电告雅尔塔刑侦局。"

"哎呀,我的姥姥!"里姆斯基高声说,随后加了一句,"又一件新鲜事儿!"

"嘿,假德米特里王子②!"瓦列奴哈说。这时他挂通了电话,便对着话筒说:"喂,电报局吗?电报挂号:瓦列特剧院。拍一封特急……您听得清楚吗?……'收报地:雅尔塔,收报人:刑事侦缉局,……电文:我院经理利霍捷耶夫现在莫斯科财务协理里姆斯基'……"

尽管接到电报,知道雅尔塔有人自称是利霍捷耶夫,瓦列奴哈还是继续到处打电话寻找斯乔帕。当然,他哪儿也没有找到。正当瓦列奴哈举着听筒寻思还该往哪里再打电话时,送头一份急电的女投递员又进来把一封新电报交到瓦列奴哈手里。他急忙拆开一看,不由得吹了声口哨。

"又怎么啦?"里姆斯基神经质地抽搐了一下,问道。

瓦列奴哈默默地把电报递过去,财务协理看到:"恳请相信我已被沃兰德用催眠术抛到雅尔塔请速电本地刑侦局证明身份利霍捷耶夫。"

里姆斯基和瓦列奴哈两人把头凑到一起,共同把电文反复读了几遍,然后四目对视,哑然无语。

---

① 当时的电报投递员的打扮。
② 德米特里·伊凡诺维奇(1582—1591)本是沙皇伊凡四世(即伊凡雷帝)最小的儿子。他于一五八四年同母亲一起被遣送到边远省份,后死于该地,但死因不明。故二十年后(1604—1612年间)曾有数人自称是德米特里王子,聚众起事。

"我说,你们二位!"女投递员忽然愤怒地大声喊道,"先给我签了字,然后再发呆好不好?你们待多久都行!我可是送特急电报的!"

瓦列奴哈两眼继续盯着电报,随手在投递员的小本上签了个字。投递员立即消失了。

"你不是十一点多钟还同他通过电话吗?"总务协理问里姆斯基,他完全摸不着头脑了。

"简直是笑话!"里姆斯基尖叫起来,声音刺耳,"不管我通过没通过电话,他现在怎么也不可能在雅尔塔呀!笑话!"

"准是喝醉了……"瓦列奴哈说。

"谁喝醉了?"里姆斯基问道。两个人又互相默默对视起来。

出了个冒名顶替的人,或者是疯子,从雅尔塔拍了封电报来,这一点毫无疑问。但奇怪的是,这个在雅尔塔捉弄人的家伙怎么会知道有个昨天刚到莫斯科的沃兰德呢?他又怎么会知道利霍捷耶夫同沃兰德的关系呢?

"'用催眠术'?……"瓦列奴哈一再念着电文中这几个字。"他怎么知道有个沃兰德?"瓦列奴哈眨了眨眼睛,忽然坚定地大声说:"不对,胡闹,胡闹,胡说八道!"

"见鬼,这个沃兰德到底住在哪儿呢?"里姆斯基问道。

瓦列奴哈马上挂电话询问国际旅行社。完全出乎里姆斯基意外的是,瓦列奴哈放下电话说:沃兰德住在利霍捷耶夫家里。瓦列奴哈立即拨利霍捷耶夫家的电话,他听了很久,听筒里传来的一直是铃声。但铃声中仿佛还夹杂着遥远的、沉痛而忧悒的歌声"……悬崖峭壁,是我的安身之地……"。瓦列奴哈暗想:准是广播剧院的广播和电话线串了线。

"他家电话没人接,"瓦列奴哈随手挂上耳机,"要不再挂一次……"

他没有把话说下去,因为那位女投递员又站在办公室门口了。里姆斯基和瓦列奴哈两个人不约而同地站起来迎上前去。这一回投递员从挎包里取出的不是白色信封,而是一张深灰色的纸。

"瞧吧,越来越有意思了。"瓦列奴哈目送着匆匆离去的投递员,从牙缝里含含糊糊地说。

里姆斯基首先拿起了那张纸:深灰色印相纸上清晰地显出两行手写的黑字:

> 特电传亲笔笔迹和签名以资证明请速回电确认请秘密监视沃兰德利霍捷耶夫。

瓦列奴哈在戏剧界混了二十年,按理说,见识不谓不广,但现在他却感到自己的智慧像是被布蒙住了,茫然不知所措。因此,除了一句最常说的、也是最不讲道理的话——"这不可能!"之外,他什么话也说不出来了。

里姆斯基的反应却截然不同。他站起身,打开房门,大声命令坐在门外小凳上的女通信员:

"除了邮递员,谁也别让进来!"

然后,里姆斯基把门反锁上,从办公桌抽屉里取出一叠文件,开始仔细把传真电报上一个个又粗又黑的、稍稍向左倾斜的字母同各种文件上的斯杰潘·利霍捷耶夫的批语中的字母和他那带螺旋形花字尾的签名加以对比。瓦列奴哈也俯着身子从旁观看,不住地把热气吹到里姆斯基脸上。

"是他的笔迹。"财务协理终于坚信不移地肯定说。

"是他的笔迹。"瓦列奴哈回声似地重复说。

总务协理这时仔细一看里姆斯基的脸,不由得对他的明显变化大吃一惊:那张原本瘦削的脸这时显得益发枯槁,甚至苍老了许多,角质镜框后面的两只眼睛也失去了往日的炯炯神采,不仅表现出惶恐,甚至流露着悲伤。

瓦列奴哈表演了一个人在感到惊骇时所做的一切:他先是在屋里快步走来走去,两次像被钉上十字架似的高高张开双臂,然后他从长颈瓶里倒出满满一杯有点发黄的水,咕嘟咕嘟喝下去,最后才高声说道:

"我不明白! 我一不一明一白!"

里姆斯基则眼望窗外,紧张地思索着。他的处境十分困难:他必须当场,就在这间办公室里,为这一系列极不寻常的现象找出一种通常可信的解释来。

财务协理眯缝起眼睛极力设想着——设想只穿着短睡衣没穿鞋的斯乔帕今天上午十一点半左右如何登上一架从未见过的超高速飞机,然后又设想这个只穿着袜子的斯乔帕,也是在十一点半左右,站在雅尔塔的机场上……鬼知道这是怎么回事!

也许今天从斯乔帕家里打电话来的不是他本人?不,听声音是他呀!我里姆斯基还能听不出斯乔帕的声音!退一步想,即使今天和我通话的不是斯乔帕本人,那么他拿着那张混账合同从自己办公室亲自跑到我的办公室来,我还对他大发脾气,指责他太轻率,这也不过是昨天傍晚的事呀。他怎么会连声招呼都不打,就一下子乘火车或飞机走掉呢?就算是昨天晚上乘飞机走的,今天中午也飞不到雅尔塔呀!也许能飞到?

"这儿离雅尔塔有多少公里?"里姆斯基问道。

正在屋里来回走的瓦列奴哈停住脚步,大声嚷道:

"我想过了!早就想过了!到塞瓦斯托波尔的铁路里程大约一千五百公里。从那里到雅尔塔还得加上八十公里。不过,空中航线距离当然要短些。"

嗯……对……根本谈不到乘火车去的可能性。那是怎么回事?乘空军战斗机去的?谁会允许一个没穿鞋的斯乔帕登上战斗机?为了什么?也许他是飞抵雅尔塔后才把鞋脱掉的?可话又说回来,为了什么?即使穿着鞋,也不会让他上战斗机呀!嗨,战斗机同这事根本没有关系。电报上明明写着他是十一点半到刑事侦缉局的,而他在莫斯科打电话的时候,那是……等一等……(这时里姆斯基脑海里浮现出他的怀表表盘……想起了当时表针的位置)不可想象!当时是十一点二十分呀!那么,这是怎么搞的?!假设斯乔帕放下电话就奔向飞机场,比如说,五分钟便到了机场(这当然不可能),那还是等于飞机立即起飞,并且在五分钟内飞越了一千多公里?!照这个速度算,飞机时速应该是一万二千公里以上!!!不可能!可见,利霍捷耶夫现在不在雅尔塔。

另外还会有什么情况?催眠术?世界上哪会有能够一下子把人抛到一千公里以外去的催眠术!可见,这不过是利霍捷耶夫的幻觉,是他自己觉得像在雅尔塔！不过,他或许可能发生幻觉,但雅尔塔市刑侦局总不至于也发生幻觉吧?！这,对不起,绝不可能！……可电报正是他们拍来的呀……

财务协理的脸色着实可怕。这时,有人从外面用力拉门或是在拧门把手。守在门口的女通信员拼命地喊：

"不行！不能进去！打死我也不放你进去！开会呢！"

里姆斯基摘下电话耳机,尽量保持着镇定,对着话筒说：

"我要同雅尔塔紧急通话。"

瓦列奴哈暗想："有头脑！"

但是,同雅尔塔的紧急通话未能实现。里姆斯基挂上耳机,告诉瓦列奴哈：

"倒霉,线路故障。"

看来,长途电话的线路故障使里姆斯基格外沮丧,他低头沉思起来。想了一会儿,他左手摘下耳机,同时用右手记录着自己对话筒口授的话：

"我是瓦列特剧院。请替我拍一封特急电。对,往雅尔塔。给刑事侦缉局。好,我现在口授：'今日上午约十一时半利霍捷耶夫曾在莫斯科与我通电话,句号。谈话后他未来上班,句号。用电话四处寻找均无结果,句号。我确认是他的笔迹,句号。我正采取措施对该演员进行监视。财务协理里姆斯基。'"

瓦列奴哈暗暗佩服："很有头脑！"但是,他还没有来得及好好琢磨一下,马上又产生了另一个想法："愚蠢！斯乔帕不可能在雅尔塔！"

里姆斯基放下电话,把雅尔塔几封来电和自己的回电底稿收集到一起,按顺序整理成一叠,装进一个大信封,封好,在信封上写了几个字,把它递给瓦列奴哈：

"伊万·萨维列维奇,请你亲自把这封信送去,他们会调查清楚的。"

瓦列奴哈又暗自惊讶："这才真叫有头脑！"他立即把信封装进皮包。然后,为谨慎起见,他又拨了一次斯乔帕家里的电话。他拿着听筒听了听,不由得高兴起来,还不住神秘地挤眉弄眼。里姆斯基伸直脖子望着他。

"我找演员沃兰德先生,可以吗?"瓦列奴哈用甜丝丝的声音对着话筒说。

"先生很忙,"听筒里一个破锣般的声音说,"是哪一位找他?"

"我是瓦列特剧院的总务协理瓦列奴哈。"

"是伊万·萨维列维奇?"听筒里的声音高兴地叫道,"能听到您的声音我非常非常高兴!您身体好吧?"

"**麦尔西**!"①瓦列奴哈惊奇地说,"您是哪一位?"

"我是先生的助手,助手兼翻译卡罗维夫,"听筒里那个破锣般的声音说,"我可以为您效劳,可爱的伊万·萨维列维奇!不论什么事,您只管吩咐好啦!您有什么事?"

"请问,斯杰潘·博格达诺维奇·利霍捷耶夫现在不在家吗?"

"哎呀,他不在家!不在!"听筒里叫道,"他坐车出去了。"

"上哪儿去了?"

"到城外兜风去了。"

"怎……怎么?兜……兜风去了?……那,他什么时候回来?"

"他说呼吸一下新鲜空气就回来!"

"噢……"瓦列奴哈很失望,"**麦尔西**!那就劳您驾转告沃兰德先生,他今晚的表演排在第三段节目里。"

"遵命。当然,一定照办。尽快办。没错儿。一定转告。"听筒里的声音像爆豆似的。

"那好吧,再见。"瓦列奴哈吃惊地说。

"我要向您,"听筒里又说话了,"致以最最热情的问候和最最良好的祝愿!祝您成功!顺利!幸福美满!一切顺遂!"

总务协理挂上耳机,激动地大声说:

"看,当然是这样!我早就说过嘛,他根本不会在雅尔塔!他到郊外兜风去了!"

"哼,如果真是这样,可太不像话,太岂有此理了!简直叫人没法

---

① 法语"谢谢"的俄语音译。

说!"财务协理的脸都气白了。

这时总务协理忽然一跃而起,把里姆斯基吓得一哆嗦。只听他大声喊着说:

"我想起来了!想起来了!普希金诺①不是开了个叫'雅尔塔'的餐厅吗,卖羊肉馅饼,是不?这就全明白了。他开车跑到那儿去,喝多了,从那儿给我们拍的电报!"

"未免太过分了!"里姆斯基气得脸上肌肉发颤,眼里冒着恶狠狠的凶光,"哼,这可没办法,他得为这次兜风付出巨大的代价,"他忽然把话刹住,又半信半疑地说,"可还有刑侦局呢,它不也……"

"这算不了什么!都是他一个人搞的鬼,"爱冲动的总务协理打断了里姆斯基的话,然后又问道,"这包东西还送去不?"

"这一定要送去。"里姆斯基回答。

房门打开,女投递员又进来了……"还是她!"不知为什么里姆斯基觉得心里很难受。两人又同时起身迎上前去。

这次的电文是:

> 感谢确认身份速汇五百刑侦局转我明日飞莫斯科利霍捷耶夫。

"他疯了……"瓦列奴哈有气无力地说。

而里姆斯基立即哗啦一声打开保险柜,拉出抽屉,取出钱来,数了五百卢布,挂了个电话,把钱交给通信员,派他速去邮电局电汇。

"请原谅,格利戈里·达尼洛维奇,"瓦列奴哈几乎不相信自己的眼睛,他惊慌地说,"照我看,你多余汇这笔钱。"

"钱还会汇回来的,"里姆斯基沉着地回答说,"而他为了这次野餐可要付出昂贵的代价!"他指了指瓦列奴哈的皮包,又说:"伊万·萨维列维奇,你还是去一趟吧,这就去。"

瓦列奴哈拿起皮包,跑出办公室。

下楼后,他看到剧院票房前排着很长的队伍。一问女售票员,才知

---

① 莫斯科州的一个区中心,自一九二五年设市。

道一小时后所有的票就会卖光,因为群众看到补充节目的海报之后像潮水一般涌来。于是,瓦列奴哈命令售票员留一手儿,扣下包厢和池座里三十张最好的票。出了票房,他推开几个纠缠着索要赠票的人,急急钻进自己办公室去取帽子。这时办公室的电话响起来。

"喂!"瓦列奴哈喊道。

"是伊万·萨维列维奇吗?"一个极其难听的、叫人讨厌的声音问道。

"他不在剧院!"瓦列奴哈冲电话喊叫,但话音还没落,听筒里的声音立即打断了他的话:

"别装蒜,伊万·萨维列维奇,你还是听我说吧:那些电报你哪儿也别去送,也别拿给任何人去看!"

"你是谁?"瓦列奴哈愤怒地问,"我说,公民,快收起你这一套!马上可以把你查出来。你的电话多少号?"

"瓦列奴哈!"讨厌的声音又说,"你懂不懂俄语?我对你说,不许你往外送那些电报!"

"啊!你还硬要这么干?"总务协理愤怒地嚷道,"那就等着瞧!你要为此付出代价的!"他又嚷了一句吓唬人的话,便住口了,因为感到对方早已经挂上了电话。

办公室里的光线像是迅速变暗了。瓦列奴哈出来,咣当一声把门关上,出剧院旁门,朝夏季花园匆匆走去。

总务协理兴奋异常,劲头十足。刚才那个无耻之徒打来的电话使他深信:这是一群无赖的恶作剧,而利霍捷耶夫的失踪肯定也同这恶作剧有关。他心中燃起了揭发这批坏人阴谋的强烈愿望,甚至急得喘不过气来;而且,说来也怪,他仿佛预感到会有什么喜事来临。当一个人急于向有关机关报告一项惊人消息、指望从而成为群众注目的中心时,往往会有这种感觉。

他刚跑进花园,迎面吹来一阵凉风,卷起的沙土迷了他的眼睛,仿佛要拦住他的去路,对他敲起警钟。他还听到路旁二层楼上的窗子咣当一声,玻璃险些被震碎。周围的槭树和椴树树冠发出令人不安的呼呼的声音。天色暗下来,空气也显得凉爽了。总务协理擦了擦眼睛,抬头一看：一大片下面泛着黄光的黑云正低低地朝莫斯科上空压过来。远方传来沉闷的轰隆声。

虽然瓦列奴哈急着赶路，但有一种无法克制的感觉还是迫使他不得不暂时朝着园中附近的公厕跑去。他想：也好，可以顺便检查一下修理工是否给厕所里的电灯泡罩上了铁丝罩。

跑过小靶场，他钻进一处茂密的丁香花丛，这里的一所粉刷成浅蓝色的小房就是公厕。看来，修理工倒是个守本分的人，男厕所屋顶上的小电灯泡已经罩上粗铁丝罩。不过，还是有一点使这位总务协理感到不快：尽管雷雨之前光线很暗，他还是能看到几面白墙上到处是用木炭或铅笔胡乱涂写的字。

"哎，真不像话！……"总务协理正想骂两句，忽然听到背后有个猫叫般的声音喊他：

"是您呀，伊万·萨维列维奇？"

瓦列奴哈吃了一惊，回头一看，原来是站在身后的一个矮胖子在叫他。他觉得这人的脸很像猫。

"嗯，是我。"瓦列奴哈满心不快地回答。

"非常高兴，非常高兴，"猫脸矮胖子细声细气地说，然后忽然抡起胳膊狠狠地给了瓦列奴哈一记耳光。瓦列奴哈的帽子从头上飞下来，落进便池里。

胖子一掌打下来，似乎有一道颤巍巍的光使整个厕所亮了一下，空中恰好响起滚滚的雷声。接着又亮了一下，总务协理眼前出现了另一个人。此人个头不高，膀阔腰圆，像个大力士，棕红的头发，一只眼上长着白翳，嘴角伸出一颗獠牙。此人显然是个左撇子，他又狠狠地往瓦列奴哈的另一边脸上打了一巴掌。天上像回声似地又响起一声雷，接着从公厕的木屋顶上传来倾盆大雨声。

"怎么回事？你们这些同……"被打昏了头的总务协理刚要说"同志们"，觉得这称呼实在不适于在公厕里打人的土匪，便嘶哑着嗓子改口说，"这些公……"马上又想到，他们连公民的称呼也不配。这时不知其中哪一个给了他第三记响亮的耳光，打得他鼻血直流，染红了他那件托尔斯泰式衬衫。

"皮包里装的什么,你这个寄生虫?"猫脸矮胖子用刺耳的声音吼叫,"是电报吧？不是在电话里警告过你,不许你往外送吗？我问你,警告过没有？"

"警……警告……是警告过……"总务协理上气不接下气地说。

"那你为什么还往外跑？把皮包给我,你这败类!"第二个人的声音跟打电话的那个叫人讨厌的声音一模一样,他一把从哆哆嗦嗦的瓦列奴哈手里把皮包夺了过去。

随后,两个人架起瓦列奴哈的胳膊,把他拖出花园,顺着大街走去。这时雷电交加,雨势很猛,雨水像小河一般滚滚流进下水管道,发出一片哗哗的声音,到处漂着水泡,平地上刮起波纹,屋顶上的水从排水管旁直泻下来,楼房的大门洞里流出的浊水泛着白沫。花园街上一切有生命的东西都被冲刷掉了,没有一个人能够出来救救瓦列奴哈。电光闪闪,两个强盗在浊流成河的街道上架着半死不活的总务协理连蹦带跳地往前走,霎时间便到了302号乙楼的大门前,把他拖进了门洞。门洞里有两个妇女正紧紧贴在墙上,光着脚,把鞋和袜子拿在手里。两个强盗拖着几乎失去知觉的瓦列奴哈迅速走到第六单元门口,立即把他抬上五层楼,拖进了他十分熟悉的、斯乔帕·利霍捷耶夫家的昏暗的前室,扔在地板上。

强盗忽然消失了,但与此同时前室里出现一个全身一丝不挂的少女,一头棕红的头发,两眼射出瘆人的磷光。

瓦列奴哈明白:这才是他遇到的所有怪事中最最可怕的事。他惨叫一声,往后一闪,靠到墙上。那女子走到他跟前,两手搭在他肩上。他身上的托尔斯泰式白布衬衫早已湿透,本来就浑身发冷,但这时他隔着湿衬衫仍然感到那女人的两只手凉得出奇,像两个冰块似地压在他肩上。瓦列奴哈感到头发都倒竖起来了。

"来,让我亲你一下。"少女温柔地对他说。

瓦列奴哈只看到两只闪着磷光的眼睛凑到自己眼前,便失去了知觉。他没有感到亲吻。

第十一章 伊万人格二重化

一小时前,河对岸那片松林在明媚的五月阳光下还显得生机勃勃,这时已黯然失色,变得模模糊糊的,继而便完全消融为白茫茫的一片了。

窗外瓢泼似地往下泻水。天空时而崩裂开,猝发出条条银线。病人的房间不时为忽隐忽现的闪光所照亮,令人不安。

伊万·尼古拉耶维奇独自坐在床沿上,呆望着窗外那浑浊的、沸腾般冒着白泡的河水,轻声哭泣着。每打一声雷,他便不由得两手捂住脸哀号一声。地板上散落着一张张他写得密密麻麻的纸,那是雷雨前的一阵大风吹落的。

诗人原想写一份关于可怕的外国顾问的报告,但怎么也写不成。胖医士普拉斯科维娅·费道罗夫娜刚给他送来纸张和铅笔头,他便郑重其事地搓了搓手,马上坐到桌旁写起来。头几行字倒是很麻利地写上了:

报告。

民警局负责同志。报告人:"莫文联"会员,伊万·尼古拉耶维奇·无家汉。

昨天,我同已故的米·亚·柏辽兹一起来到牧首湖畔……

刚写到这里,诗人的思想便糊涂起来,主要是"已故的"三个字显然不合理:怎么能同已故的人"一起来到"?死人是不会在街上乱跑的!真是的,他们可别因此真把我当成疯子啊!

盘算了一会儿,他开始改写:"我同米·亚·柏辽兹,也就是后来故去的人,来到……"他对这个方案也不满意,便又拟了第三种方案:"……我同被有轨电车轧死的柏辽兹一起来到……"可他觉得这还不如前两种,这里有个谁也不知道的同名音乐家问题,因此便又加上了"不是音乐家的那个"几个字……

两个柏辽兹弄得诗人不知如何是好,于是他干脆全部抹掉。他决定重新开始写,争取一语惊人,一开始就把读报告者的注意力吸引住。他首先描写了黑猫怎样跳上电车,回过头来又写被切掉的脑袋。切下的人头和外国顾问的预言使他想起了本丢·彼拉多,于是他为了增强说服力,决定把有关彼拉多的整个故事都写在报告里,从彼拉多身穿血红衬里的白色披风出现在大希律王宫柱廊上的时刻写起。

伊万聚精会神地写着,时而勾掉几句,时而又在什么地方作些补充。他甚至在报告里画上了本丢·彼拉多的像,又画上一只后腿直立行走的黑猫。但是,插图也没有给报告帮多大忙,诗人越往下写,报告越发语无伦次,越发叫人无法理解。

当远方天空中出现周边冒着白烟的骇人黑云时,当黑云笼罩住对岸的松林,一阵狂风吹进室内时,伊万已经疲惫不堪,感到写这份报告力不从心了。他没有去收拾吹落到地上的纸片,悄声地、痛心地哭起来。

心地善良的医士普拉斯科维娅·费道罗夫娜见外面风雨大作,雷声隆隆,关心地进来看了看。见诗人在哭泣,她着了慌,急忙拉上窗帘,不让闪电惊扰病人。她把地板上的纸片收拾起来,赶紧拿着这些纸片跑出去找医生。

医生来了。他往伊万的胳臂上打了一针,告诉伊万,说他不会再哭了,一切都将过去,都将被忘却。

医生的话果然不错。不一会儿河对岸的松林便恢复了原先的样子,在洗刷得干干净净的湛蓝的天空下,每一棵树都看得清清楚楚,河水也像原先一样静静地流淌着。打针后伊万的悲伤心情开始好转,他现在安静地躺在床上,望着窗外横挂在蓝天上的彩虹。

他这样一直躺到傍晚,甚至没有留意长虹何时消逝,天空何时褪了色,变得灰蒙蒙的,对岸那松林又怎样变成了黑乎乎的一片。

喝过一杯热牛奶后,伊万又躺下了。他为自己的情绪变化暗暗感到吃惊。他觉得记忆中那个可恶的魔猫不再那么讨厌,被切下的人头形象也不那么可怕了。伊万摆脱了这些可怕念头后,开始冷静地思考:其实,待在这所医院里也满不错,斯特拉文斯基为人聪明,很有名望,同他打交道非常愉快。何况,雨过天晴,傍晚的空气又这么清新、香甜、沁人心脾。

整个精神病院正进入梦乡。走廊里安安静静,白色磨砂玻璃灯熄灭了,按规定只亮着光线柔和的浅蓝色夜间小灯。门外面,女医士们在铺着胶皮的地板上轻轻走动的脚步声越来越稀少了。

伊万懒洋洋地躺在床上,心里美滋滋,他时而望望天花板上光线柔和的小灯灯罩,时而望望窗外黑色松林后面冉冉升起的一轮明月,暗自思忖着:

"其实,柏辽兹被电车轧死,我为什么那么激动?说一千,道一万,他算老几!他是我的什么人?我跟他沾亲还是带故?!如果认真想想,还不难发现我实际上对这个人并不很了解。的确,我了解他什么?只知道他是个秃头,非常之能言善辩,如此而已!再说,各位公民,"伊万仿佛在对谁讲话似地继续思忖着,"咱们再来分析一下,请你们解释解释:对那个神秘顾问,就是那个一只眼空洞无物、另一只眼黑不见底的魔术家和教授,我干吗要发那么大火?我为什么要穿着衬裤,举着蜡烛,傻乎乎地去追他?为什么后来在餐厅演那么一出荒唐戏?"

"不,不,不,"忽然,原先的伊万不知从哪里——也许是从肺腑,也许就是在耳旁——又对新伊万厉声讲话了,"柏辽兹的头将要被切掉,这是那个人事先就知道的!!这怎么能不叫人激动?"

"那还用说,同志!"新伊万对旧伊万进行反驳,"就连小孩子也懂得这里有鬼。那是个非同寻常的神秘人物,这不错,百分之百正确。可这也正是最有意思的地方!他亲自见过本丢·彼拉多,想想看,还有比这更有意思的事吗?如果我在牧首湖畔不那么疑神疑鬼地胡闹,而是恭恭敬敬地问他彼拉多和那个被捕的拿撒勒人后来的情况,不是更为明智吗?可我呢,鬼知道干了些什么!仿佛天下最重要的大事就是电车轧死了一位杂志主编!轧死他又怎么样!难道杂志会停刊?本来,有什么办法呢,人总是要死的,而且,正如他所说的,往往会突然死去。好吧,让他魂归天国吧!然后还会再来一位主编的,也许会比原先那个更能说会道。"

新伊万打了个盹,又用挖苦的口吻问旧伊万:

"照这么说,你在这件事情上扮演了个什么角色呢?"

"扮演了个浑小子!"不知什么地方有个男低音肯定地回答说。这声音不是发自任何一个伊万之口,它非常像牧首湖畔那个顾问的男低音。

不知为什么伊万听到"浑小子"这三个字不但没有生气,反而感到又惊又喜;他在朦胧中微笑着,不再讲话了。梦神悄悄向伊万走过来,他仿佛看到一些大象腿一般粗壮的棕榈树,看到一只大猫从眼前跑过,但它的样子并不可怕,倒很叫人开心……总之,伊万眼看就要进入梦乡了。这时,窗外的铁栅栏忽然无声地向一旁退去,阳台上的月光阴影里显出一个神秘的人来,他还举起一个手指头威胁着伊万。

伊万大胆地从床上坐起来。他看到:阳台上站的是个男人,那人望着他,用一个手指头按住嘴唇,轻轻发出一声:

"嘘!"

第十二章　表演魔术,披露内幕

一个矮子骑着辆普通两轮自行车出现在瓦列特杂耍场的舞台上。他戴一顶破旧的黄色小圆帽,肥硕的紫红鼻子像只大梨,下身穿短方格裤,脚上是一双漆皮鞋。乐队奏起狐步舞曲,他骑车绕台一周,然后得意地一声高叫,那自行车的前轮便离地而起。他只骑着后轮在场上绕行,边骑边在车上倒立起来,同时巧妙地卸下前轮,把它滚到幕后,继续用手摇着脚蹬子,凭单轮在台上骑行。

又有一位浅黄发女郎坐在高高的金属杆顶端的车座上,骑着单轮出场了。她体态丰盈,穿着紧身衣和短裙,裙上的星花熠熠闪着银光。她也在台上绕行。矮子每次与女郎相遇,便欢呼、叫喊,还用脚摘下小帽来向她致敬。

最后上场的是一个年约七八岁,但却化装成一副老人相的小男孩。他骑一辆极小的两轮车在两个大人之间来回穿行,车上装着个特大的汽车喇叭。

三人各自骑过几圈后,随着乐队激越不安的鼓点声一齐冲向前台的边缘。前排观众不禁失声尖叫,不约而同地仰身躲闪,觉得这一伙人眼看就要连人带车一起栽进台前的乐池了。

但是,就在车轮眼看要滑进深池,掉到乐队头上的一刹那,三位车技演员高喊一声"啊!",稳稳地把车刹住了。他们跳下车来向观众躬身致敬,黄发女郎频频致送飞吻,小男孩用大喇叭奏出各种奇妙可笑的声音。

掌声雷动,震撼着整个剧场。蔚蓝色大幕从两侧合拢过来,遮住车技演员,边门旁的绿灯"出口"熄灭了,高拱顶下纵横交错的绳梯和高秋千之间亮起几个太阳般明亮的大圆球。幕间休息。休息后便是最后一组节目。

此时此刻,对于演员朱里一家的高超车技没有表示丝毫兴趣的唯有格利戈里·达尼洛维奇·里姆斯基一个人。他一直独自闷坐在办公室里，咬着薄薄的嘴唇，面部肌肉不时地抽搐着。他百思不得其解：先是经理利霍捷耶夫莫名其妙地失踪，现在总务协理瓦列奴哈竟也不见踪影了。

当然，里姆斯基知道瓦列奴哈的去处，但他不明白怎么竟会一去不复返。里姆斯基耸耸肩膀，自言自语地说：

"他会是犯了什么案吗？"

为人干练的财务协理满可以随手往瓦列奴哈的去处挂个电话，询问一下总务协理出了什么事，但奇怪的是，他瞻前顾后，直到晚上十点钟也没拿定主意打这个电话。

十点钟了，他终于十分勉强地拿起话筒，这才发现电话不通。通信员报告说，大楼内的其他电话也都打不通。电话故障虽说令人不快，毕竟算不得什么怪事，但不知为什么这却使里姆斯基更加垂头丧气。但同时他又暗自庆幸：电话可以不打了。

财务协理办公室的天花板上亮起了小红灯，说明现在是幕间休息。这时通信员进来报告：巡回演出的外国演员来了。协理不知怎么打了一个冷战，脸色铁青，立即起身去后台接待这位外宾，因为现在除他之外，再没有人可以去接待了。

走廊里已丁丁地响起头遍铃声。许多好奇心重的人——缠着头巾、身穿鲜艳长袍的魔术演员、穿白线衣的滑冰演员、用扑粉化妆成大白脸的说书人、给演员勾画脸谱的化妆师等等——挤在大化妆室门口，想方设法往屋里看。

著名外国魔术家的莅临和他的一身穿着使众人大为惊讶。他穿的是样式古怪、长得出奇的燕尾服，脸上还蒙着个黑色半截面具。最为使人震惊的是他的两位随从：穿方格西装、戴着副破夹鼻眼镜的细高个男人和一只肥硕无比的黑猫。那黑猫后腿直立着走进化妆室后，便毫不客气地一屁股坐到长沙发上，眯着眼看那些化妆用的小灯笼。

里姆斯基极力装出笑脸相迎的样子，谁知这样一来他的表情反而变得酸溜溜、恶狠狠的了。他向魔术家点头致意，魔术家坐在黑猫旁边的沙发上，一言不发。双方没有握手。可是穿方格衣服的高个子却傲慢地主动自我介绍,说他是"这位先生的助手"。这又使财务协理深感奇怪和不快:演出合同上根本没有提到还带什么助手。

里姆斯基十分勉强地、冷冷地询问这位平地上冒出来的助手:外国魔术家的道具放在什么地方?

"我说,您呀,我们的金刚石宝贝儿,最最亲爱的协理先生,"助手用破锣般的声音说,"我们的道具总是随身携带的。您看,这就是:'艾恩!刺猬!得雷!'"他一边说,一边在里姆斯基眼前揉搓了几下粗大的手指头,然后突然从黑猫耳朵里掏出一块带表链的金怀表。这是里姆斯基本人带的金表,刚才还揣在他背心口袋里,背心外面的西装上衣扣着纽扣,而且表链是穿在扣眼上的。

里姆斯基不由得两手往怀里一摸,站在门口的其他人不约而同地"啊!"了一声,伸着脖子张望的化妆师咂了一下嘴。

"是您的表吧?劳驾您收好!"穿格子上衣的人笑嘻嘻地用肮脏的手掌托着里姆斯基的金怀表,把它交还给手足无措的主人。

旁边的说书人小声对化妆师开玩笑说:"可千万别跟这号人一起坐电车!"

不料大公猫紧接着也露了一手,比"搬运"怀表还要精彩。只见它霍地从沙发上站起身,后腿直立走到化妆镜台前,用一只前爪拔下长颈玻璃水瓶的塞子,倒了一杯水喝下去,重新盖好瓶塞,又用化妆巾擦了擦胡子。

在场的人倒是谁也没有再"啊!"一声——个个都瞠目结舌了。只有化妆师敬佩地低声说:

"嘿!真高!"

这时,响起了第三遍急促的铃声。人们预感到定会一饱眼福,兴致勃勃地纷纷退出化妆室。

不一会儿,观众大厅顶上的几个光球熄灭了。脚灯灯光射到大幕下方,泛出微红色,大幕徐徐拉开一个小缝儿,灯光闪处,一个胖子出现在观众面前,刮得光光的脸上做出孩子般欢快的笑容,燕尾服皱巴巴的,里面露出旧衬衫。这就是莫斯科观众十分熟悉的报幕员乔治·孟加拉斯基。

"好吧,各位公民,"孟加拉斯基婴儿般甜蜜地微笑着说,"下面各位将要看到……"他忽然停住,换用另一种完全不同的腔调说,"我看,第二次幕间休息之后咱们的观众又增加了不少啊!今天简直是半城的人都来了!前两天我遇到一位朋友,我问他:'你怎么不来看我们的演出?昨天来了半城人呢!'您猜他怎么说?他说:'可我住在另半个城!'"孟加拉斯基停顿了一下,期待着观众席上发出笑声,但看到无人发笑,只好继续介绍节目:"下面各位将要看到由著名外国魔术家沃兰德先生表演的魔术节目!当然喽,我们都知道,"孟加拉斯基摆出一副无所不知的面孔微微一笑,"世界上并没有什么妖魔。相信妖魔,那是迷信。只不过是沃兰德先生会变戏法,技艺非常高超而已。这一点,到了我们最感兴趣的那一部分,也就是披露魔术内幕的时候,就会一清二楚了。我们大家都一样,既想欣赏高超的魔术技巧,又渴望看到它的内幕。好,现在我们就请沃兰德先生来给我们表演!"

胡诌一通之后,孟加拉斯基两掌合拢,朝大幕的缝隙处挥动表示欢迎。帷幕随着他的手势发出轻微的沙沙声,向两旁退去。

魔术师带着细高个助手和后腿直立行走的大公猫来到台前。这一出场方式使观众感到十分满意。

"给我把椅子!"沃兰德低声吩咐,在这同一瞬间,舞台当中就不知从哪儿出现了一把安乐椅,魔术师随即坐了下来。

"我说,亲爱的巴松管①,"沃兰德转向穿方格衣服的细高小丑(看来此人除"卡罗维夫"这个名字外,还有这样一个诨名)说,"依你看,这莫斯科的居民岂不是发生了很大变化?"

魔术师朝鸦雀无声的观众席看了一眼。大部分观众还在为那把凭空飞到台上的安乐椅惊奇不已。

"正是这样,主公。"巴松管卡罗维夫低声回答。

"你说得对。这城里的人确实发生了很大变化,不过,依我看,跟这座城市一样,只是外表变了。人们的穿着就无须多说了,此外还出现了这些个……叫什么来着……有轨电车,汽车……"

---

① 巴松管,一种管乐器。

"那叫公共汽车。"巴松管恭恭敬敬地从旁提醒说。

观众都仔细倾听着台上的谈话,把它当做一场魔术表演的前奏。前台两侧挤满了演员和场务人员,在这许多张面孔中也可以看到里姆斯基那紧张而苍白的脸。

躲在前台边沿的报幕员孟加拉斯基却对这番话表现出很不理解的样子,他稍稍挑起一道眉毛,抓住魔术师们谈话的空隙,插话说:"这位外国演员是在赞赏莫斯科市政建设上的技术成就,也是在赞赏莫斯科人。"孟加拉斯基说着,对观众笑了两次,第一次对着池座,第二次对着楼座。

沃兰德、巴松管和大公猫一齐把脸转向报幕员。

"难道我表示赞赏了吗?"魔术师问巴松管。

"根本没有,主公,您一点点赞赏的意思也没有表示。"巴松管回答。

"那么,此人在说些什么?"

"纯粹是撒谎!"穿方格衣服的助手对着整个剧场高声回答,随后又转身对孟加拉斯基说,"公民,我祝贺您啦,撒谎能手!"

楼座上传来讥笑声,孟加拉斯基不禁打了个寒战,目瞪口呆。只听魔术师继续说:

"不过,当然,使我感兴趣的与其说是这些公共汽车、电话和其他一些个……"

"机器设备!"助手又急忙提醒说。

"完全正确,谢谢,"魔术师慢条斯理地用低沉浑厚的声音说,"毋宁说是另一个更加重要得多的问题,也就是:本市居民的内心是否发生了变化?"

"是的,先生,这个问题极为重要。"

挤在前台两侧的演员们频频交换眼色,耸动肩膀;孟加拉斯基站在一旁面红耳赤;里姆斯基脸色煞白。但是,魔术师仿佛猜到了人们心中产生的惶恐不安,便对助手说:

"不过,亲爱的巴松管,你我只顾聊天,观众可有些等得不耐烦了。你先开个头吧,给咱们表演点小玩艺儿。"

观众席上如释重负地松动了一下。巴松管和大公猫分别走向舞台两侧。巴松管扬手打了个榧子,抖擞精神,扬声高叫:

"三,四!"声音刚落,空中便飞来一副扑克牌。巴松管接在手里,洗了几下,随即一张张向大公猫扔过去,牌在空中形成一条长带。公猫接住这牌带的一端,转手又把它原样扔了回来。这条柔软华丽的牌蛇在空中吱地叫了一声,巴松管立即小鸟似地张开嘴,把牌蛇一点点吞进肚里。

与此同时大公猫走到台前,右后爪"啪"的一声向左后爪一并,恭恭敬敬地向观众行礼致谢,引起一片空前热烈的掌声。

"高!真高!"后台的人们兴高采烈地叫喊。

巴松管却指着池座说:

"各位可敬的公民,现在这副牌在第七排座的一位叫帕尔契夫斯基的公民身上,就夹在一张三卢布票子和法院传票之间,那传票是为了让他向泽尔科娃女士支付抚养费问题传讯他的。"

池座里人头晃动,有些人欠身张望。终于,有个男人站了起来,他恰恰就姓帕尔契夫斯基。只见他窘得满脸通红,从皮夹子里掏出一副扑克牌来,连连往头顶上举,不知该把它交给谁。

"您自己留下它作个纪念吧!"巴松管从台上高声说,"昨天吃晚饭的时候,您不是还说过吗,假如没有扑克牌,您在莫斯科的生活简直无法忍受。"

"老掉牙的玩艺儿!"楼座上传来一个观众的声音,"池座里那个人也是他们一伙儿的!"

"您这么想?"巴松管眯起眼睛望着楼座高声问道,"这么说,您也是我们一伙儿的喽,因为那沓东西现在就在您口袋里!"

楼座里一阵骚动,随即有人快活地高叫:

"不错!在他这儿!在这儿,在……等等!可这……这是些十卢布的钞票呀!"

池座里的观众纷纷扭头往上看。楼座里有个男人显得十分尴尬,他发现自己口袋里有一沓十卢布钞票,用银行的方法捆得整整齐齐,封条上写着:"一千卢布整"。

周围的人纷纷向他涌过来。他本人惊愕地用指甲划开封条,急于弄清这是真钞票还是变魔术的道具。

"千真万确！真的！十卢布现钞！"楼座里欢声四起。

"也变给我这么一沓吧！"池座的一个胖子笑嘻嘻地请求说。

"阿外克,泼赖吉尔！"①巴松管应声答道,"不过,为什么单单演给您一个人呢？请大家都来踊跃参加吧！"于是他命令观众:"请大家抬头看！……一！"他手里出现了一枝手枪。他又喊:"二！"手枪枪口朝上举起。接着他喊了一声:"三！"只见亮光一闪,轰然一声响,立即有许多白色票子从杂技场的圆拱顶上,穿过纵横交错的软梯,朝观众头上慢慢飘落下来。

这些票子盘旋飞舞,散向四面八方,有的飞向楼座和池座,有的落向乐池,有的飘往台上。不消几秒钟工夫,这钞票雨便落到观众座位上了,而且雨势越来越大,观众们开始争相捕捉这些钞票。

几百只手同时伸向空中,不少人拿着纸币对着舞台上的灯光照着看。人们看到了真钞票上特有的最正规、最可靠的水印花纹。气味也毫无疑问:正是新钞票那种无与伦比的美妙气味！全剧场的人起初觉得好玩,继而感到惊讶,四下里传来"十卢布钞票！""十卢布钞票！"的嗷嗷叫声,不断听到"啊！啊！"的喊叫,夹杂着快意的嬉笑声。有人已经在过道上爬,钻到座椅下面去摸索了,不少人站到椅子上,想抢先捕捉到在空中调皮地盘旋飞舞的票子。

治安民警的脸上渐渐显出不知所措的神色,后台的演员们则早已毫无顾忌地往前台钻了。

二层楼上传来叫嚷声:"你抢什么？这是我的！冲我飞过来的！"另一个声音:"你别瞎撞！我要撞你一下可够你受！"突然传来一记响亮的耳光声。民警的头盔立即在那里闪动,有个人被带走了。

总之,剧场内的情绪迅速激越起来,要不是巴松管突然对空中一吹,止住了这场卢布雨的话,真不知会发展成什么样子。

两个年轻人快活地、意味深长地交换了个眼色,离开座位匆匆朝剧场小卖部走去。整个观众席上人声鼎沸,所有人的眼里都闪着兴奋的

---

① 法语的俄语音译,意思是:十分高兴,愿意效劳。

火花。是的,正是这样,若不是报幕员孟加拉斯基鼓足勇气采取了行动的话,真不知会怎样收场。这时,只见孟加拉斯基习惯地搓了搓手,又定了定神,使出最大的力气高声说道:

"各位公民,你们看,刚才在大家面前表演的就是所谓大众催眠术。这是一种纯科学试验,它可以最有力地向我们证明,根本不存在什么奇迹和魔法。下面我们就请沃兰德先生来向我们披露这种科学试验的奥秘。各位公民,你们马上就能看到这些似乎是钞票的纸片会像它们突然出现那样突然消失。"

他说着便带头鼓掌欢迎,但没有一个人附和他。这时,尽管他脸上仍然作出一副颇为自信的微笑,但那眼神里却丝毫看不到这种自信了,毋宁说是流露着祈求。

观众并不欢迎孟加拉斯基这番说明。全场一时寂然无声。过了一会儿,还是穿方格衣服的助手打破了沉默:

"他这又是一派谎言。"巴松管的声音像是羊在咩咩叫,"各位公民,这些钞票全是真的!"

"好——好!"楼上有个男低音拖着长音喊了一声。

"顺便说一句,这个人,"巴松管指了指孟加拉斯基说,"实在让我讨厌。这里根本用不着他,可他老是来瞎掺和,胡说八道,扰乱演出。咱们能想点什么办法对付他呢?"

"揪掉他的脑袋!"有人从楼座上严厉地喊了一声。

"您说什么?啊?"巴松管对这个荒谬的建议似乎很有兴趣,"揪掉脑袋?这个想法不错嘛!河马!"巴松管冲着大公猫叫道,"这事由你来办吧!艾恩,刺猬,得雷!"

这时,出现了一个空前绝后的场面。眼看着大公猫全身黑毛根根倒竖,它发出一声裂人心肺的尖叫,全身缩作一团,像一只金钱豹似地朝孟加拉斯基的前胸猛扑过去。它在他前胸上只一抓,便跳到他的头上,嗓子里发出呼噜呼噜的响声,用毛茸茸的爪子揪住报幕员稀疏的头发,左右转了两转,接着又凄厉一声叫,就把个人头从粗大的脖颈上揪了下来。

全场两千五百名观众不约而同齐声惊叫。鲜血从扯断的颈部动脉中喷泉似地向上喷,染红了报幕员的白胸衣和燕尾服,而那无头躯体奇怪地迈动两腿向前蹭了几步,随即坐到了台上。观众席上传来妇女们歇斯底里的尖叫声。大公猫把人头递给巴松管,巴松管揪着头发把它提起来给观众看,而那颗人头这时用凄惨的、绝望的声音向全场请求:

"快请医生来!"

"往后你还胡说八道不?"巴松管厉声问哭泣着的人头。

"再也不敢了!"人头用嘶哑的声音回答。

"看在上帝分上,别折磨他了!"包厢里忽然传来一个妇女的声音,它压倒了嘈杂声。魔术师朝那发出声音的方向转过脸去。

"那么,诸位,怎么办?饶了他,还是怎么着?"巴松管问观众。

"饶了吧,饶了吧!"起初只是个别的,主要是妇女的声音,紧接着男人们的声音也一齐说。

"主公,您怎么吩咐?"巴松管问戴着面具的沃兰德。

"嗯,算啦,"沃兰德沉思着说,"这些人呀,人毕竟是人嘛。他们喜欢钱财,这也是历来如此的……人类是爱钱财的,不管它是什么造的,是用皮革,用纸,用青铜,还是用黄金造的,他们都喜欢。嗯,他们太轻浮了……嗯,是啊……慈悲之情有时也会来扣他们的心扉……都是些普普通通的凡人……总的来说,很像从前的人……只是住房问题把他们给毁坏了……"于是他高声命令道:"给他把头安上吧!"

大公猫拿过人头,仔细瞄准之后,把它稳稳地往躯体的脖子上一放,那头便又长在原来的地方,好像从来没有搬过家似的。主要是脖子上连道伤痕都没有留下。大公猫又用爪子在孟加拉斯基的燕尾服和背心上掸了两下,衣服上的血迹便一干二净了。巴松管把依然坐在台上的孟加拉斯基提起来,让他站好,把一沓十卢布钞票塞进他的燕尾服口袋里,拉着他来到舞台边,说:

"滚开吧!没有你,这儿会更有意思!"

报幕员茫茫然四下张望着,跟跟跄跄走去,刚走到消防栓旁边,就显得支持不住了。他悲哀地叫起来:

"我的脑袋,脑袋!"

里姆斯基同众人一起朝他跑过去。他失声痛哭,两手不住地在空

中抓挠,嘴里嘟哝着:

"把脑袋给我!还我脑袋!你们可以把房子收回,把那些名画也都拿走,只是要把脑袋还我!"

通讯员急忙去请医生。人们想把孟加拉斯基安置在化妆室的长沙发上,但他拼命挣扎,变得十分狂躁。只得叫来一辆急救马车。马车拉走不幸的报幕员之后,里姆斯基这才又急忙回到前台。他看到台上正在出现新的奇迹。噢,对了,这里我得顺便向读者交代一下:不知是刚才还是稍早些时候,魔术师沃兰德和他座下那把褪色的安乐椅已经从舞台上消失了。而且,必须说明,观众中竟没有一个人注意到这一点,人们完全被巴松管的各种超级表演吸引住了。

巴松管打发走备受折磨的报幕员之后,对观众宣布:

"总算把个讨厌鬼打发走了。现在,我们来开设一家妇女用品商店吧!"

顷刻间,台面便铺上了大波斯地毯,出现了几面高大的穿衣镜,镜框上亮着绿莹莹的小灯,穿衣镜之间是几个大型橱窗。观众的情绪顿时又高涨起来,他们惊奇地看到:有的橱窗里摆着各种花色、各种样式的巴黎妇女时装;有的摆着几百顶女帽——插着翎毛的,不带翎毛的,结着飘带的,不结飘带的;还有几百双女鞋——黑的、白的、黄的、皮革的、锦缎的、雪米皮的,鞋面上结着各式各样的纽袢,镶着五颜六色的小彩石。鞋的展品中间陈列着许多漂亮的小香水盒,里面的磨花玻璃小瓶闪烁着诱人的光辉。还放着几大堆小手提包——羚羊皮的、雪米皮的、丝织的,应有尽有;手提包堆里杂放着一些模压金质长方小盒,一看便知是唇膏盒。

鬼知道从什么地方又冒出来一个身着黑色晚礼服的棕发女郎。如果不是她脖子上有一道奇怪的伤疤,这姑娘简直是十全十美了。她站到橱窗旁边,微微含笑,俨然一副女主人气派。

巴松管笑容满面,得意洋洋地宣布:各位观众都可以随便上台来用身穿的旧女服和女鞋在商店内免费更换各式巴黎服装和巴黎女鞋!他还宣布:手提包、香水和其他东西也都可以随意免费更换。

大公猫这时则不住地并起后爪作立正姿势,彬彬有礼地用前爪学着商店看门人开门让客的样子。

棕发女郎也开始甜丝丝地讲话了。虽然她嗓音有些沙哑,发音不清,听不懂她说些什么,但从池座中妇女观众的表情看来,她的话像是很有诱惑力:

"赫尔连,沙耐尔五号①,美津香②,黑水仙③,晚礼服,酒会礼服……"

巴松管殷勤相请,大公猫施礼欢迎,棕发女郎拉开一个个玻璃橱窗。

"请上来吧!"巴松管扬声高喊,"请大家别拘束!别客气!"

观众情绪激昂,跃跃欲试,但暂时还没有人走上台来。终于,池座第十排的一位黑发妇女离开了座位,她那副笑盈盈的面孔向大家表明:她对一切都满不在乎,对什么都无所谓。她走到台前,顺着旁边的小梯登上了舞台。

"太好啦!"巴松管高声欢迎,"欢迎您这第一位顾客!河马,拿软椅来!女士,您先看看鞋,好吗?"

黑发妇女刚在软椅上坐定,巴松管已经把好多双女鞋摆在她面前的地毯上。

黑发女人脱下右脚的旧鞋,试穿上一只淡紫色的,在地毯上踩了踩,又看了看后跟。

"这鞋不会挤脚吧?"她犹豫不决地问。

巴松管像是对这样的问话有些生气,他高声答道:

"哪里的话,不会的!"

连大公猫也生气似地喵了一声。

"那我就要这双了,莫西耶④。"她说着,大大方方地把另一只鞋也穿上了。

黑发妇女的旧皮鞋被扔到帷幔后面,随之她本人也由棕发女郎陪同到帷幔后面去了,巴松管手提着挂了许多件时装样品的衣架跟了进

---

①③ 法国名牌香水。
② 日本名牌香水。
④ 法语:先生。

去。大公猫也煞有介事地把一条皮尺挂在脖子上,跑前跑后,总想帮点忙。

不一会儿,黑发妇女从帷幔后走了出来,她的一身新装立即在全场引起一片赞叹声。这位顿时变得美丽多姿的大胆妇女站到穿衣镜前,微微晃了一下袒露的双肩,摸了摸脑后的头发,还尽量扭着身子看了看背影。

"这点东西敝公司也请您笑纳,作个纪念。"巴松管说着,把一个小盒递给她,盒盖开着,里面装着一瓶香水。

"麦尔西!"黑发女人得意地回答一句,下台向池座走去,她走过时,两旁的观众纷纷站起来看她,有的还摸摸那小盒子。

这一来便不可收拾了:妇女们从杂耍场的各个角落走向舞台。人们的议论声、嬉笑声、赞叹声交织成一片。在激昂的嘈杂声中,听到一个男人在喊:"我不许你去!"接着是一个女人的声音:"专制家长!小市民!别把我的胳臂拧断了!"妇女们纷纷走进帷幔后面,把自己的旧衣服丢在那里,穿着新装走出来。一大排妇女坐在镀金腿的小方凳上,起劲地用穿着新鞋的脚往地毯上踩试。巴松管不时地跪下一条腿,用牛角鞋拔子帮助妇女们试鞋。大公猫气喘吁吁地把大捆的手提包和女鞋从橱窗运到小方凳旁边,把换下的再送回去。颈部有伤疤的棕发女郎也在台前幕后跑进跑出,忙得她只好完全用法语讲话了。但奇怪的是,所有的女人,包括那些一个法语词也不懂的人,女郎的话全都一听就明白。

使全场大为震惊的是有个男人也混到台上。他声称他的夫人正患流感,请求送给他一点东西转送夫人。为了证明自己确有配偶,他愿意出示自己的公民证。这位体贴入微的丈夫的请求引起了一片哄笑声,但巴松管却大声对他说:不必出示公民证,我相信您,就像相信自己一样。他随即送给他两双丝袜,大公猫又主动给他添了一盒唇膏。

行动迟缓的妇女们还在不断冲向舞台,一个个幸福的女人走下台去,她们有的穿着舞会上的礼服,有的穿着绣着龙的舒适便服,有的穿着拜客用的严肃套装,俏皮地歪戴着各式各样的帽子,把帽檐压到一边的眉梢上。

这时,巴松管宣布:鉴于时间已晚,时装商行再过一分钟即停止营业,明晚将继续接待顾客。这一宣布使台上霎时间陷入彻底的、令人难以置信的混乱状态:妇女们顾不得试穿,急忙把眼前的鞋抓在手里。有个人像旋风般冲到帷幔后面,甩掉身上的衣服,随手抓起就近的一套绣着大花的丝织长袍披在身上,又顺手捞了两瓶香水。

恰好到了一分钟时,一声枪响,大穿衣镜不见了,橱窗和镀金腿的小凳无影无踪了,地毯和帷幔也都消融在空气中。最后,一大堆换下来的旧衣服和旧鞋也忽然消失,舞台上又变得冷清清、空落落、光秃秃的了。

正在这个时刻,一个新人物自动出场,要对这场演出进行干预了。

只听楼上第二号包厢里传来一个响亮悦耳的、非常坚定的男中音:

"演员公民,我们总还是期待着您能尽快向观众披露您这些戏法的内幕,尤其是那个变钞票的戏法儿。此外,我们还希望您能让报幕员再回到台上来。观众十分关心他目前的处境。"

用男中音讲话的不是别人,正是今晚这场演出的贵宾、莫斯科剧联声学委员会主席阿尔卡季·阿波罗诺维奇·仙普列亚罗夫。

阿尔卡季·阿波罗诺维奇坐在包厢里,身边有两位妇女陪同,一位已上了年纪,但穿戴华贵入时,另一位年轻貌美,衣着则比较朴素。后来,到了作审讯笔录时,我们才知道,这头一位就是阿尔卡季·阿波罗诺维奇的夫人,另一位则是他的远房亲戚,一个刚刚步入戏剧界的颇有前途的演员,她从萨拉托夫市初来莫斯科,暂时住在阿尔卡季·阿波罗诺维奇家里。

"帕尔冬!"①巴松管立即回答说,"请您原谅,这里其实没有什么内幕可披露的,全都一清二楚嘛!"

"不,对不起!披露一下还是十分需要的。不然的话,您这些精彩节目将给人留下非常不愉快的印象。广大观众要求您作出说明。"

"广大观众嘛,"丑角巴松管悍然打断仙普列亚罗夫的话,"似乎谁也没有要求什么呀?不过,既然您,阿尔卡季·阿波罗诺维奇,已经表

---

① 法语:抱歉,对不起。

明这样一种值得尊重的愿望,那就照您说的办,我就来披露一点吧。但是,为了披露,我想再演一个小小的节目,可以吗?"

"那有什么不可以!"仙普列亚罗夫俨然是后台老板的腔调,"不过,演过之后可一定得披露哟!"

"遵命,一定遵命!那么,我想请问您一句,阿尔卡季·阿波罗维奇,您昨天晚上到哪儿去啦?"

听到这个唐突的,甚至可以说是放肆无礼的问题,阿尔卡季·阿波罗诺维奇的脸色顿时阴沉下来,变得非常难看。

"阿尔卡季·阿波罗维奇昨天晚上去参加了声学委员会的一次会议!"仙普列亚罗夫夫人傲慢地抢先代替丈夫回答说,"可是,我不明白,这与您的魔术表演有何相干?"

"哎,夫人,"巴松管肯定地说,"当然喽,您确实是不明白。关于委员会开会的事,您完全想错了。阿尔卡季·阿波罗诺维奇确实要了小卧车去开会,可那个会呢,顺便告诉您吧,昨晚根本就没有计划召开。他坐车到了清水湖畔的声学委员会办公楼前,放走了司机(这时全场观众都在屏息静听),然后他便自己乘公共汽车到耶洛霍夫大街找区流动剧团那位女演员米丽察·安德烈耶夫娜·波科巴奇科去了。他在她的房间里逗留了大约四个小时。"

"哎哟!"一片静谧中不知是谁痛苦地叫了一声。

阿尔卡季·阿波罗诺维奇身旁的年轻女亲戚用可怕的低音嘿嘿地笑起来。

"我全明白了!"她嚷道,"我早就在怀疑,可现在才明白,怪不得像她那种蠢货也能捞到演路易丝①的角色!"

话音刚落,她忽地抡起淡紫色短把阳伞朝阿尔卡季·阿波罗诺维奇的脑袋猛击了一下。

这时,卑鄙的巴松管,也就是卡罗维夫,大声喊道:

"看吧,各位尊敬的公民,阿尔卡季·阿波罗诺维奇不是一定要求披露内幕吗,这也算是一次小小的披露吧!"

---

① 德国诗人、剧作家席勒(1759—1805)的名剧《阴谋与爱情》中的女主角。

"你这个小妖精,你怎么敢碰阿尔卡季·阿波罗诺维奇?!"身材异常高大的仙普列亚罗夫夫人愤怒地质问,说着便站了起来。

年轻的女亲戚又是一阵短促的、魔鬼般的狞笑。她边笑边说:"不管别人怎么样,我可就是敢碰他!""啪"——又干又脆的一声响,阳伞柄第二次从阿尔卡季·阿波罗诺维奇的头上弹了起来。

"民警!抓住她!"仙普列亚罗夫夫人瘆人的喊叫声使许多人身上起了鸡皮疙瘩。

这时,大公猫一下蹿到前台脚灯处,忽然口吐人言,向全场高声宣布:

"演出到此结束!乐队的大师们,闹起它个进行曲来!"

几乎已经神经错乱的乐队指挥,自己也不明白要干什么,不由得扬起指挥棒一甩,于是乐池里不是奏起,不是轰然响起,甚至不能说是搞起,而真正是像大公猫所用的那个龌龊字眼儿一样"闹起"了一个极其杂乱无章、荒唐得无以复加的所谓进行曲。

须臾间,人们仿佛听到这个进行曲中还配着歌词,它像是南国星空下的夜酒店里那种吐字含混、哼哼唧唧、但词意却相当大胆的歌词:

> 我们的首领大人
> 素常就喜爱家禽,
> 所以便收留保护
> 青春美貌的女人!!!

也许,那歌词根本不是这几句话,而是为同一个谱子配的另一些完全不堪入耳的话。但这并不重要,重要的是:这样一来整个瓦列特杂耍场更是陷入了"巴别塔的混乱"①状态。民警急忙跑向仙普列亚罗夫的包厢,爱看热闹的人们纷纷爬上栏杆,不时听到震耳的狂笑、疯狂的喊声和乐池中传出的压倒这一切的金钹声。

---

① 《圣经》典故:洪水大劫后,挪亚的子孙想在新天地建造一座通天塔。工程进展迅速。此事惊动了上帝。耶和华降临现场,变乱了人们的语言,使建塔人互相不能理解,工程半途而废,塔因而得名"巴别塔"。希伯来语"巴别"即变乱之意。此处意为:极端混乱。

再往舞台上看时,那里早已空无一人:巴松管和他吹气唤出的一切,还有那只号称河马的无赖公猫,都像是消融在空气之中,跟刚才魔术师和他的褪色安乐椅一样,全都无影无踪了。

第十三章 主人公现身

陌生人举起一个手指警告伊万,并轻轻"嘘!"了一声。

伊万从床上垂下两腿,定睛看了看:那男人正站在阳台上小心翼翼地往屋里窥视。他的脸刮得干干净净,鼻子尖尖的,眼神里透着惊恐不安,一头黑发有一绺耷拉到前额上,年纪约有三十八岁。

神秘来客确信屋里没有别人之后,又侧耳听了听,这才鼓起勇气走进来。这时伊万看到,来人穿的是病房里的衣服:只穿一件内衣,光脚穿着拖鞋,肩上披着棕色长罩衫。

来人冲伊万挤了挤眼,把一串钥匙装进口袋,轻声问道:"可以坐下吗?"见主人点头同意,他便在沙发椅上坐下来。

"您怎么进来的?"伊万遵从那个干瘪手指的警告,耳语般小声问道,"阳台的铁栅栏不是锁着吗?"

"栅栏是锁着的,"来客肯定地说,"不过,普拉斯科维娅·费道罗夫娜这个人呀,哎,人倒是很好,就是有点马虎。一个月前我就把她的一串钥匙搞来了。这样,我就能从病房出来,到公共阳台上,整个一层楼的阳台是连着的,所以我有时候就出来看看各位邻居。"

"既然您能够上阳台,您不就能溜走吗?也许咱这层楼很高?"伊万好奇地问道。

"不能,"客人明确地回答说,"我不能从这里溜走。倒不是因为楼高,而是因为我无处可去。"他停了一下,又加了一句,"所以,咱们就在这儿蹲着,好吗?"

"蹲着吧。"伊万也无可奈何地说,一边审视着对方那双异常不安的深棕色眼睛。

"是啊……"客人忽然惊慌地问道,"不过,我看您的病大概不会是狂躁型的吧?要不,您可知道,我这个人可受不了别人吵嚷、胡闹、使用暴力以及诸如此类的事。我特别恨人们的喊叫声,不管是痛苦的喊叫,愤怒的喊叫,还是别的什么情况下的喊叫,我都受不了。请您让我放心好吗,告诉我,您不是狂躁型的吧?"

"昨天我在餐厅里可是照准一个家伙的狗头猛剋了一下。"变得判若两人的诗人勇敢地承认说。

"理由呢?"客人严厉地问。

"是啊,老实说,没什么理由。"伊万回答,他也觉得有些难为情。

"不像话!"客人批评伊万。接着他又说,"再说,看您刚才用的都是些什么词儿呀?!'照准一个家伙的狗头猛剋了一下'?照您这说法,那个人肩膀上是个狗头还是人头,不就不清楚了吗?那,我想,大概总是个人头吧。所以,您要知道,不好用拳头打呀……往后您别再这样了,永远别这样!"

客人教训了伊万一番之后,盘问道:

"您的职业呢?"

"诗人。"不知为什么伊万不大愿意说出这一点。

来人感到很难过,高声说:

"咳!我真不走运!"但他马上意识到自己的失言,道了歉,又问道,"那您贵姓?"

"别兹多姆内。"

"哎,哎……"客人皱起眉头叹息了两声。

"那您……是不喜欢我的诗?"伊万好奇地问。

"非常不喜欢。"

"您读过哪几首?"

"您的诗,我哪首也没有读过。"客人神经质地扬声说。

"那您怎么说……"

"喏,这有什么奇怪的?难道我也没读过别人的诗?"客人回答,"不过……或许会有奇迹。好吧,我可以相信您,那就请您自己说说:您的诗好吗?"

"不堪入目!"伊万忽然勇敢地、坦率地承认说。

"往后别写了!"来客的语气像是在向对方哀求。

"保证不写了,我发誓!"伊万郑重其事地说。

两人以紧紧的握手来表示要严守这一诺言。这时,走廊里传来轻轻的脚步声和说话声。

"嘘!"客人轻轻嘘了一声,登时闪到阳台上,随手关上了铁栅栏。

普拉斯科维娅·费道罗夫娜往病房里看了看,问了问伊万的情况,问他是愿意关上灯睡觉,还是开着灯睡。伊万请她把灯开着。于是普拉斯科维娅·费道罗夫娜向病人道了晚安,便走开了。一切都静下来之后,客人又回到房间里。

他轻声告诉伊万:第119号病房又送来一个新病人,是个红脸膛的胖子,那人总在嘟囔什么通风孔里的外币,还起誓发愿地说他们花园街上在闹鬼。

"他把普希金骂了个狗血喷头,而且老在喊:'库罗列索夫①,再来一个!再来一个!'"客人对伊万讲着新病人的情况,身子时而抽搐一下。情绪渐渐稳定之后,他才又坐下来说,"其实,管他呢!"接着他便同伊万聊起天来,问道:"那您是为什么落到这种地方的?"

"都因为本丢·彼拉多。"伊万皱着眉头看着地板说。

"怎么回事?!"客人忘记了谨慎,竟大声问道。但他马上就用手捂住嘴说,"这真是惊人的巧合!我求求您,求求您,快给我讲讲!"

不知为什么,伊万觉得这个陌生人是可以信任的,便决心把昨天牧首湖畔发生的事告诉他。起初他还有些胆怯,只是嗫嚅着说,接着便放开胆子侃侃而谈了。伊万·尼古拉耶维奇终于找到了一个乐于倾听自己讲话的人。是的,这位神秘的钥匙盗窃者并没有把伊万看成疯子,他对听到的故事表现出极大的兴趣,而且,随着故事情节的发展,最后几乎是欣喜若狂了。他时而激动地打断伊万的话,催促着:

"讲啊,快讲!求求您,快讲下去,求求您,什么也别漏掉!"

伊万确实没有漏掉什么,他自己也觉得原原本本地讲下去更容易些。他慢慢地讲到了披着血红衬里的白色披风的本丢·彼拉多登上游廊的地方。

---

① 当时一个演员的姓。按俄语谐音词或可译为:胡来索夫。

这时，神秘的客人祈祷似地双手合掌，低声说：

"啊，真让我猜中了！啊，我全都预料到了！"

听到柏辽兹惨死的地方时，客人还莫名其妙地插了两句话，他的眼睛里仿佛燃起了仇恨的火焰：

"太遗憾了，怎么没有让批评家拉铜斯基①和文学家穆斯季斯拉夫·拉夫罗维奇遇到柏辽兹那种事?!"他气狠狠地说，然后又用极低的声音催促道，"接着讲！"

讲到大黑猫在电车上举着钱向售票员买票时，客人简直乐不可支了，他忍着笑，差一点儿憋住气。伊万也为自己成功的描述感到鼓舞，不由得学着公猫把一角银币举到胡子旁边的样子，在地上蹲着跳起来。接着他又讲了"格里鲍耶陀夫之家"发生的事情。最后，他愁容满面，十分伤感地结束了自己的叙述：

"这样，我就被送到医院里来了。"

客人对他深表同情，扶着可怜的诗人的肩膀说：

"诗人，您真不幸！不过，亲爱的，这全怪您自己呀。您不该在他面前那么放肆，甚至有些蛮横无理。看，您这是自作自受。这还得千恩万谢呢，您为此付出的代价还算比较小的。"

"您说'他'，他到底是什么人?"伊万激动地晃动着两只拳头问道。

客人凝视着伊万的眼睛反问道：

"您听了不会惊慌吧？我们这些住精神病院的人可都不怎么可靠啊……不会出现招呼医生、打镇静剂之类的麻烦吧？"

"不会！不会！"伊万扬声说，"您快说呀，他到底是什么人?"

"那好吧，"客人答应了。他郑重其事地、一字一顿地说："您昨天在牧首湖畔遇见的就是撒旦②。"

伊万说到做到，果然没有惊慌，但还是感到了极大的震动。

---

① 拉铜斯基(Латунский)这个姓氏使人想到латунь(黄铜)。黄铜徒有黄金的闪光，并无黄金的品质。

② 撒旦，希伯来文译音，在犹太教和基督教故事中为魔鬼、魔王之名。但在《圣经·约伯记》中撒旦又表现为上帝的众侍者之一，其职司为在上帝的同意下到人间观察世人，并对人进行种种考验。

"这不可能!撒旦是不存在的。"

"算了吧!不管别人怎么说,您总不能再这么说了。看来,您还是头几个身受其害的人。您自己也明白,现在您已经落到精神病院里了,可您还在谈论什么没有撒旦。真奇怪!"

伊万被他说得晕头转向,不再吭声了。只听客人继续说:

"您刚一开始描述您昨天有幸与之攀谈的那个人,我就已经猜到几分是谁了。说实话,柏辽兹那种做法使我感到很意外!按说,您嘛,当然,还处于童蒙状态,"客人说到这里又表示了一下歉意,"可是他柏辽兹,据我耳闻,总还是个读过不少书的人呀!那教授讲的头几句话就把我心中的种种疑问统统打消了。我的朋友,你们怎么能认不出他来呢!?话又说回来,您这个人……恕我直言,您这个人本来就是不学无术的,我没有说错吧?"

"的确如此。"已经洗心革面的新伊万表示同意。

"可不是嘛……甚至您所描绘的他那相貌——两只不同的眼睛,一高一低的眉毛,都明摆着嘛!请原谅,我顺便问一句,您过去也许连《浮士德》这出歌剧都没听说过吧?"

不知为什么伊万感到十分难堪,脸涨得通红,嘟嘟哝哝地说起了什么去雅尔塔疗养院的事……

"说的就是呀,就是呀……这不奇怪!可柏辽兹那种做法,我再说一遍,确实使我深感意外,因为他不仅博览群书,而且为人也很狡猾呀。当然喽,比他再狡猾的人沃兰德也能瞒过去,所以应该说柏辽兹倒也是情有可原的。"

"是吗?!"伊万自己惊叫起来。

"小点声!"

伊万使劲往脑门上拍了一掌,用嘶哑的声音说:

"我明白了,明白了!本来他的名片上头一个字母就是'B'嘛!哎呀呀!您瞧这事儿!"伊万感到心慌意乱。他沉默片刻,凝望着窗外飘行的月亮说:"照这么说,他确实有可能曾经站在本丢·彼拉多身旁?那时候他已经降生了,不是吗?可这些人,"伊万气愤地指了指门外,"这些人却硬说我是精神病!"

客人嘴角上露出一丝苦笑。

"咱们还是得正视现实呀!"客人把脸转向窗外,望着穿行在云层中的一轮玉盘说,"您和我都是疯子,何必硬不承认!您看,他稍稍触动了您一下,您就发疯了,显然是您具备这方面的基础。不过,您刚才讲的那些事无疑都千真万确地发生过。可是,因为它太不寻常,所以连天才的精神病专家斯特拉文斯基教授当然也不相信。他给您看过病吧?(伊万点了点头。)和您谈话的那个人既访问过彼拉多,也陪康德共进过早餐,现在他来访问莫斯科了。"

"那他准会把这儿闹个乌烟瘴气!咱们总得想法把他捉住吧?"新伊万身上那个还没有被彻底打垮的旧伊万又抬头说话了,虽然话讲得并不那么有信心。

"您已经试过,就算了吧!"客人不无挖苦地说,"我也不劝别人去干这种事。至于说他会搞些名堂,这您只管放心。唉,唉,让您遇见了,我倒没有遇见,太遗憾了!尽管我饱经忧患,如今对什么都已心灰意冷,但我敢发誓,为了能见他一面,我宁愿把普拉斯科维娅·费道罗夫娜这串钥匙奉献出去,因为我除此之外委实无可奉献了。我一贫如洗呀!"

"您为什么要见他?"

客人不住地叹息,时而抽搐一下,半天才开口说:

"您看,这事有多奇怪!我也是因为同一个人,因为本丢·彼拉多,才蹲在这里的,"客人审慎地四下看了看,又说,"我一年前写过一本关于彼拉多的小说,出了问题。"

"您是作家?"诗人颇感兴趣地问道。

客人把脸一沉,举着拳头威胁了伊万一下,然后说:

"我是大师!"他的神情变得极为严肃,说着便从罩衣口袋里掏出一顶满是油污的黑色小帽,帽子前面用黄丝线绣着一个字母"M"①。他把小黑帽戴上,扭头让伊万看了看他的侧面,然后又让看了看正面,以证明自己确系大师。最后他才神秘地补充了一句:"这是她亲手给

---

① Мастер(大师)的字头。

我缝制的!"

"请问尊姓?"

"我再也没有姓氏了,"奇怪的客人的回答里含着悲愤和轻蔑,"我放弃了生活中的一切,也同样放弃了自己的姓氏。忘掉它吧。"

"那您哪怕讲讲那部小说也好啊!"伊万委婉地请求道。

"好吧,我的故事的确不寻常……"客人讲了起来。

……他在大学时学的是历史。两年前他还在莫斯科一个博物馆工作。业余时间搞点翻译。

"您翻译哪一种语言?"伊万好奇地问。

"除本国语言外,我懂五种语言,"客人回答说,"英文、法文、德文、拉丁文和希腊文。另外,我还粗通意大利文。"

"嘿,瞧您!"伊万小声说,心里很是羡慕。

这位历史学家在莫斯科无亲无故,过着孤独的生活。可是,有一天,您猜怎么样,他一下子中了奖,得到十万卢布!

"您能想象得出我有多么惊讶吧!"戴小黑帽的客人低声说,"我往装脏衣服的筐子里一伸手,忽然看到:那上面的号码跟报上登的号码一样!我说的是那张有奖公债券,"他解释说,"是博物馆发给我的。"

伊万的神秘客人赢得十万卢布之后,是这么办的:他买了许多书,迁出了在肉铺街租赁的那间房子……

"哎呀,那个倒霉的地方!"客人气呼呼地说。

……然后他在阿尔巴特大街的一条小胡同里租了房产主①两间房……

"您知道什么是房产主吗?"客人问伊万,随即自己解释说,"这是一伙为数不多的骗子,不知怎么这些人倒能够在莫斯科活下来……"

……他从房产主那里租到的是坐落在小花园里的一座小楼的底层两间,是半地下室。辞去博物馆的工作后,他便开始在这里创作有关本丢·彼拉多的小说。

"啊!那真是黄金时代!"讲述人的声音很小,但两眼炯炯发光,

---

① 当时政府允许某些人向政府领取地段建筑住房,小部可以出租。

"那所小楼完全是独门独户,我的两间屋子还带一个前厅,有个安着自来水管的大水盆。"不知道为什么他特别自豪地强调了这一点,"两个小窗户就开在一条通向花园小门的窄窄的小道旁边。窗户外面四步远的地方顺着篱笆墙根栽着许多丁香,还有一棵椴树和一棵槭树。啊,太好啦!冬季我极少看到小窗外面的行人的黑脚,极少听到踩雪的咯吱声。我屋里的暖炉总是炉火熊熊!可是,春季突然来临了,透过灰蒙蒙的窗玻璃,我看到,丁香花丛先是光秃秃的,然后渐渐披上绿装。就在这个时候,去年春天,发生了一件远比中奖得到十万卢布更加令人心醉的事。可十万卢布,您也明白,是一笔巨款呀!"

"这话不假。"一直在认真听讲的伊万附和着说。

"那天,我把两扇小窗都打开,坐在第二间屋里,那是个很小的房间,"客人用手比画着,"屋里是这样的……这里是一张长沙发,对面也有张沙发,中间放了张小桌,桌上放着一盏很漂亮的台灯,靠近窗旁摆着些书,有一张小写字台。我的第一个房间很大,有十四平方米,靠墙摆着很多书,还有一个壁炉。啊,多好的环境!

"丁香花散发着奇妙的芳香!它使我疲倦的头脑感到轻松。关于彼拉多的小说正在迅速接近尾声……"

"他穿着白色披风,血红的衬里!这我知道!"伊万兴奋地插话说。

"正是这样!彼拉多迅速接近尾声,眼看就该写尾声了,我已经想好了全书最后一句话:'……第五任犹太总督,骑士本丢·彼拉多。'所以,当然喽,我闲暇时便要出去散散步。十万卢布可是笔巨款啊!这时我已经做了一套漂亮的灰西装。有时也到附近一家便宜餐馆去吃顿饭。阿尔巴特大街上有一家很好的餐馆,不知道现在还有没有。"

这时,客人忽然把两眼睁得大大的,望着窗外的明月,继续小声说:

"忽然,我看见她走了过来,手里捧着一束讨厌的、使人忐忑不安的黄花。鬼才知道那种花叫什么名字,反正在莫斯科总是它最早开。在她的黑色春大衣的衬托下,那束黄花显得格外刺眼。她拿的花是黄色的!是一种不祥的颜色。她从特维尔街上拐进胡同的时候,回头望了一眼。我说,您知道特维尔街吧?特维尔街上有成千的行人,可是,我向您保证,她只看到了我一个人,而且,那目光里包含的不仅是不安,甚至像是痛苦。使我惊奇的与其说是她的美貌,毋宁说是她眼神中那非同寻常的、任何人都从未看到过的孤独!

"在这黄色信号的指引下,我也拐进胡同跟着她走去。那是一条弯弯曲曲的僻静小巷,我们默默地走着,我在路这边,她在路那边,请您设想一下,小巷里竟然一个人也没有!我很痛苦,我觉得必须同她谈话,但又怕没等我说出一个字她便走掉,那我就永远再见不到她了。

"这时,您想想看,她忽然先开口了:'您喜欢我这些花吗?'

"我清楚地记得她当时的声音,相当低沉,有些发颤,而且,不管这听来有多荒唐,我当时确实感到整个小巷里都发出了回声,那回声又在肮脏的黄墙上反射回来。我快步向她那边走过去,走到她跟前才回答:

"'不喜欢。'

"她惊讶地看了看我。这时我完全意外地突然意识到:我一生所爱的正是这个女人!您瞧这事,啊?当然,您准会说我是神经病吧?"

"我什么也不说,"伊万高声回答,并请求道,"快往下讲,求求您!"

客人继续讲道:

"是的,她惊讶地看了看我,然后,又看了一眼,才问道:'您素来就不喜欢花?'

"她的声音里仿佛含有敌意。我同她并排走着,尽量跟她保持步调一致。奇怪的是,我丝毫没有感到拘束。

"'不,我喜欢花,只是不喜欢这种花,'我说。

"'喜欢哪一种?'

"'喜欢玫瑰。'

"这话一出口,我就后悔了,因为她歉疚地微微一笑,把手里的花一下子扔进了排水沟。我一时不知所措,但还是急忙把它拾了起来,递给她。可她笑了笑,把花推了回来,我只好自己拿着。

"这样,我们两人默默地走了一会儿。后来她从我的手里把花抽出去,扔到马路上,用一只戴着喇叭口黑手套的手挽住了我的胳膊,我们并肩走起来。"

"往下讲呀,"伊万说,"请您什么也别漏掉。"

"往下讲?"客人反问了一句,"有什么好讲的!后来的事您可以自己想象出来。"他忽然用右手的衣袖擦了擦夺眶而出的眼泪,继续说:"就像走在僻静小巷时平地冒出来个杀人凶手似的,爱神遽然来到我俩面前,它的利箭当即穿透了我们两人的心!

"天雷的轰击,芬兰短刀的猛刺,就是这样遽然而来的!

"可她呢,她后来一直坚持说事情并不是这样的。她说我们当然是从很久以前就相爱了,尽管那时彼此互不相知,也未曾相见。那时她是在同另一个人生活,我则是同……一个女人,她叫什么来着……"

"同谁?"无家汉问道。

"同那个叫……就是那个,她叫……"客人极力回想着,抬起手打了个榧子。

"那时您已经结婚了?"

"是啊,所以我才打榧子嘛……是同一个叫……瓦莲卡,或者是玛涅奇卡的结了婚……不,是瓦莲卡……记得她穿一件花条连衣裙……那是在博物馆……不过,我实在想不起来了。

"总之,她对我解释说,那天她拿着一束黄花从家里出来,就是为了让我终于找到她。她说,如果不发生这件事,她就会服毒自杀,因为她的生活太空虚了。

"是的,爱神一瞬间便把我们征服了。我在当天,一小时之后,当我们不知不觉地穿过市区,漫步来到克里姆林宫墙外的莫斯科河河边时,我就意识到了这一点。

"我们谈起话来就像是昨天才分手的老相识。我们约好第二天还在原处——莫斯科河畔见面。我们见面了。五月的骄阳照耀着我们。后来这个女人很快,很快便成了我的秘密的妻子。

"她每天都到我这里来,而我总是从一大早就开始等她。表明这种等待的是我不住地把桌上的东西摆来摆去。每隔十分钟便坐到小窗台上去倾听一会儿,听听那个破栅栏门是否有动静。说来也怪:我和她相遇之前很少有人走进我们这个小院,简直可以说谁也不来,如今我觉得好像全城的人都往这里跑似的。栅栏门一响,我的心就一跳,可是,您想想看,我在小窗外面和我头部平行的地方所看到的又不知是谁的一双脏皮靴。这次是个磨刀的。唉,我们这所房子里谁需要磨刀的?!

磨什么？有什么刀可磨？！

"她每天只进栅栏门一次，可是在此之前我的心却总得跳上十来次。真的，我不说谎。而且，每到时针指着正午，她就要出现的时候，我的心甚至是不停地怦怦跳，直到她那双皮鞋几乎完全无声地出现在我的小窗外为止。那是一双镶着黑鹿皮蝴蝶结的、用钢扣环拉紧的皮鞋，走起路来没有一点咯噔声。

"她有时候很淘气，会站到第二个窗前去，先用脚尖敲敲窗玻璃。我马上跑到那个窗口，但皮鞋已经不见了，遮住光线的黑绸衫也不见了，我便去给她开门。

"我俩的事谁也不知道，这我敢向您保证，虽说是从来没有不透风的墙。她丈夫不知道，朋友们也都不知道。在我租的地下室的那个破旧的独门小院里，当然，人们是知道的，并且看见过有个妇女常来找我，但谁也不知道她的姓名。"

"那么，她到底是谁呢？"伊万问道，他对这段情史产生了极大的兴趣。

客人做了个手势，表示他永远不会对任何人说出这一点，便继续讲自己的故事。

伊万得知：大师和那位不知名的妇女彼此炽烈地相爱着，达到难舍难分的程度。伊万还能够十分清楚地想象出小楼地下室那两间屋子，他知道，由于丁香花和围墙的缘故，屋里的光线总是灰蒙蒙的。他仿佛看到了那些早已磨旧的红木家具、写字台、桌上每隔半小时就报一次时的座钟、从油漆地板一直摆到熏黑的天花板下的大量书籍和那个暖炉。

伊万还了解到：这位客人和他的秘密妻子早在相识的最初几天就得出结论：他二人在特维尔街的小巷口上的邂逅乃是命运本身的安排，他们俩永远都是只为了对方而生的。

从客人的谈话中，伊万还知道了这对恋人是怎样度过每天的时光的。每天，她一来就先系上围裙到狭窄的前厅去，也就是到这位可怜的病人不知为什么总引为自豪的那个大水盆所在的前厅去，在小木桌上点起煤油炉开始做早点，然后把早点摆到第一个房间的椭圆小桌上。在五月的雷雨天，雨水会顺着昏暗的窗户喧嚣地流进门槛，威胁着要淹没他们这最后的安身处。这时一对恋人便把暖炉生起来,在炉子里烤土豆吃。土豆冒着热气,烤黑的土豆皮把手指头弄得黢黑,小小的地下室里传出阵阵笑声。而在外面的院子里,大树不断地把狂风折断的枯枝和白花抖落下来。雷雨季节过去,闷热的夏季到来,室内花瓶里便会插上期待已久的、两人都很喜爱的红玫瑰花。

这个自称大师的人从事写作,而她则把修着尖指甲的手指插进头发里,反复阅读他写出的东西,读完便去缝制那顶小圆帽。有时她也拿着抹布蹲在书架前或踩在凳子上擦拭书架下层或上层那几百本落了灰尘的书脊。她预言他前途无量,鼓励他,鞭策他。就是在这种情况下她开始称他为大师。她终于看到了盼望已久的关于第五任犹太总督的最后几句话,她拖着长音反复高声朗诵其中某些特别喜爱的佳句,并一再说:她的全部生命就寓于这部小说中。

小说在八月脱稿,请一位女打字员打了五份。于是大师终于不得不走出那秘密的安乐窝,进入生活了。

"我真的是双手捧着这部小说进入了生活,但同时我的生活也就宣告结束了。"大师喃喃地说着,垂下了头,那顶绣着黄"M"字的小黑帽久久地在伊万眼前悲哀地摇晃着。客人又继续讲下去,但下面讲的便有些支离破碎了。只有一点是清楚的:伊万的客人因为这部小说招来一场惨祸。

"那是我第一次踏进文学天地,但是今天,当一切均已结束,我的毁灭已成定局的时候,回想起来,我仍然不寒而栗!"大师郑重其事地举起一只手轻声说,"真的,那个人使我震惊,噢,何等的震惊啊!"

"谁?"伊万的问话声刚刚能听得见,他唯恐打断兴奋的客人的思路。

"那个编辑呀,我不是说了嘛,是那个编辑。是的,我的小说他看完了,他瞧着我的脸,那副神情就像我害了牙病,腮帮子肿得老高似的。他又心不在焉地往墙角处瞥了一眼,甚至还尴尬地嘿嘿笑了两声。他毫无必要地揉搓着原稿,讲话的声音活像鸭子叫。他向我提出的那些问题,在我听来,简直是疯话。他只字不谈小说的实质,却对我本人提出了一连串问题:我是何许人,从哪儿来的,搞文学创作很久了吗,为什么从前没听说过我这个人?他甚至提出这样一个我认为是愚蠢透顶的问题:谁授意我选择这样一种奇特的题材写小说的?

"后来他把我惹烦了,我就直截了当地问他:到底打算不打算出版我的小说?

"他一听,着慌了,支支吾吾地嘟哝了两句,然后声明:他个人不能决定这个问题;我的作品还需要由编委会其他成员过目,具体地说,就是要由文学批评家拉铜斯基和阿里曼①以及文学家姆斯季斯拉夫·拉夫罗维奇过目。他让我过两个星期再去。

"两星期后我去了,接待我的是个年轻女子,她的两只眼都快要凑到鼻子上了,准是因为经常撒谎的缘故。"

"她姓拉普雄尼科娃,是编辑部的秘书!"伊万笑笑说,他对于客人如此愤慨地描述的那块天地十分熟悉。

"也许是,"客人说。"就这样,我从她手里取回了我的小说原稿。它已经被弄得很脏,而且相当散乱了。拉普雄尼科娃讲话时极力不看我的眼睛,她通知我:编辑部的存稿已足够今后两年用,因此,出版我的长篇小说,用她的话说,'已无必要'……

"您问我后来的事还记得些什么?"大师用手搓着鬓角喃喃地说,"对,我记得凋落在小说书名页上的红玫瑰花瓣和我的女朋友那双眼睛。是的,那双眼睛我记得!"

伊万的客人的叙述越来越不连贯,越来越闪烁其词,往往欲言又止。他谈到了什么斜雨,地下室里的悲观失望情绪,还讲到他后来又去过一些别的地方。他极力压低声音恳切地说,说他丝毫也不埋怨她。是她推动他去斗争的,但他并不埋怨她,不,不埋怨!

"我还记得,记得那张可憎的报纸附页。"客人嘟哝着,用两手的手指比画着那附页的大小。从客人语无伦次的叙述中,伊万猜到:是另外一位编辑从"大师"的小说中摘了几章在报上发表了。

据客人说,没过两天有一家报纸就发表了批评家阿里曼的批判文

---

① 此人的姓氏阿里曼(Ариман)与古代拜火教中所说的恶的本原——黑暗与罪恶之神阿里曼(亦称安赫拉曼纽)相同。

章,标题是:《编辑卵翼下的敌人》。文章作者指责伊万眼前这位客人利用编辑的麻痹和无知,企图把颂扬基督耶稣的私货塞进我们的报刊。

"噢,这事我记得,记得!"伊万叫道,"不过,我忘了您的姓名!"

"算啦,我再说一遍,别再提我的姓名,它已经没有了,"客人说,"问题不在于我姓什么。过了一天,又有一家报上登出了署名姆斯季斯拉夫·拉夫罗维奇的文章,文章作者要求:对于贩卖'彼拉多私货'、妄图把这类私货塞进(用的又是这个可诅咒的字眼儿——"塞进")我们报刊的那个勾画圣像的家伙一定要给以打击,要坚决打击!

"我被'彼拉多私货'这个词吓呆了。可我翻开另一份报纸一看,那上面竟然有两篇文章:一篇是拉铜斯基写的,另一篇署名'恩·埃'。实话对您说吧,跟拉铜斯基这篇文章比起来,前边提的阿里曼和拉夫罗维奇那两篇简直可以算是开玩笑了。我只说说拉铜斯基文章的标题,您就会明白了,那标题是:《猖狂的旧教徒》。我聚精会神地阅读着报上批判我的文章,竟没有察觉她不知不觉地站到我面前了(我忘了关门)。她提着一把还在滴水的伞,拿着些淋湿了的报纸,两眼喷射着火焰,两手瑟瑟抖动,而且是冰凉冰凉的。她先是扑过来吻了吻我,然后便敲着桌子用嘶哑的声音说她一定要去毒死这个拉铜斯基。"

听到这里,伊万难为情地哼哼了两声,但什么话也没说。客人继续讲道:

"从此我们的日子就毫无乐趣了。小说已经写完,再也无事可干,我们两人只有终日坐在炉旁那块小地毯上观看炉里的火光。顺便提一下,这时期我们分别的时间比从前多了。她常出去散步,而我呢,像从前不止一次发生过的那样,性格发生了奇怪的变化……我突然交了个朋友。是的,是的,您想想看,我这个人平素很不喜欢交往,有个讨厌的怪毛病:很难和别人接近,不大相信人,疑心重。可是,您想得到吗,尽管这样,还是总有个意料不到的人会钻进我的内心深处。这个人突如其来,表面上说不出什么道理,可我就是最喜欢他。

"这不,就在那个该死的时期,我记得是在一个爽朗的秋日,我们小院的栅栏门打开了。她当时没在家。进来一个男人,他到楼上去找我的房东办什么事。然后他下楼来,走到小院,不知怎么很快便和我认识了。他自称是新闻记者。这人一下子就使我产生了极大的好感,甚至,您想想看,现在我回忆起来还有些想他呢。后来我越来越喜欢他了,他时常到我家来。我了解到:他是单身,住在附近,住房和我的差不多,不过,他嫌窄小,等等。他从来没有请我到他家去过。我妻子对他非常反感,但我总为他辩护。她就说:'你愿意怎么办,就怎么办吧。不过,我告诉你,他给我的印象可是十分讨厌的。'

"我对她这些话报之一笑。其实,话说回来,那个人究竟哪一点吸引了我呢?问题在于:假如一个人肚子里没有点奇货、内秀,这人就没有意思了。而阿洛伊吉肚子里就有这种内秀(噢,我忘了告诉您,我这位新交名字叫阿洛伊吉·莫加雷奇①)。的确是这样,在这之前我从未见过阿洛伊吉这么聪慧的人,我相信今后也再不会遇到了。有时候,我看不懂报上的某条消息,阿洛伊吉每次都能给我讲解得清清楚楚,而且,看得出,他解释起来一点也不费力气。生活中的各种现象和问题他都能解释。但这些也还不足以使我折服。征服了我的是他对文学的热爱。他执意请求我把那部小说从头到尾一字不漏地读给他听,直到我答应了,他才罢休。听完之后他大大赞扬了一番,但是他也以惊人的确切程度把编辑对该书的意见全部对我重述了一遍,仿佛他当时在场听到了这些意见似的,讲的百分之百相符。此外,他还毫不含糊地向我说明了不能出版我的作品的原因,我想,他的这些话也准是一点不差的。他还直截了当地告诉我:某章某章是绝对通不过的……

"报上继续发表批判文章。起初一段时间,我对这些文章一概置之一笑。但随着篇数的增多,我对它们的态度也逐渐变了。第二个阶段可以说是我的惊讶阶段。我感到,尽管这些文章都是气势汹汹的,一副理直气壮的腔调,但每行字里都不折不扣地透着虚张声势、色厉内荏的气息。我总觉得,这些文章的作者显然言不由衷。正因为心口不一,他们才越发做出怒不可遏的样子。后来,您知道吗,我便进入了第三个阶段——恐怖阶段。不,我倒不是害怕那些文章。我是害怕其他的、与

---

① 莫加雷奇,原文意为酬谢请客。同根动词的意思是:向他人勒索谢礼。因此这个名字听来有"勒索者""敲竹杠"之意。

那些文章和我的小说完全无关的某些东西。比方说,您想想看,我竟开始害怕起黑暗①来了。总而言之,我进入了一种心理病变的阶段。每天晚上,临睡前,只要把小房间的灯一关,我就觉得有一条八带鱼②似的东西,长着极长极长的冰冷的腕足,从小窗户往我屋里爬,虽然窗户关得很严实。因此,我不得不每晚都开着灯睡觉。

"我心上人的变化也很大(我当然没对她提过八带鱼的事,但她看出我的精神状态越来越不对头了)。她消瘦了,脸上失去血色,不再笑了,还一再请求我原谅她,因为是她劝我发表小说片断的。这时她建议我放弃一切,到南方去,到黑海海滨去休息一个时期,宁肯把十万卢布中剩余的钱全部用光。

"她固执地坚持这个意见。我呢,我总有某种预感,觉得自己去不成黑海海滨了。为了不同她争吵,我答应她近日内就动身去南方。于是她便说要亲自去给我买车票。我把全部余钱,也就是大约一万卢布,都取出来交给了她。

"'怎么给我这么多?'她惊奇地问。

"我解释了几句,大意是我怕被偷,请她暂时代我保存。她接过钱,装进小手提包,然后不住地吻我,边吻边说:看见我这种样子,她丢下我一个人走比去死还难受,可是,家里人等她回去,她不得不走,明天一定来。她一再哀求我什么也不要怕。

"那正是黄昏,是十月中旬。她走了,我躺到沙发上,没有开灯就昏睡过去。因为觉得八带鱼已经爬进屋里,我惊醒了。勉强摸黑儿开了灯,看看怀表,时针才指着两点。躺下的时候我只是病恹恹的,这时醒来已经完全是个病人了。我忽然觉得晚秋的黑暗就要挤破窗玻璃,涌进屋里来,我将在这黑暗中,就像在墨水里一样被呛死。我觉得自己已经无法控制自己。我大叫一声,忽然想跑出去找个什么人,哪怕到楼上去找房东也好。我疯狂地同自己搏斗,鼓足力气总算挣扎到了暖炉前,点着了炉里的劈柴,劈柴噼噼啪啪地着起来,震得炉门咯咯响;我感

---

① "黑暗"(Темнота)一词同时有"愚昧无知"之意。
② 章鱼,通称八带鱼。头上生有八条长腕足,腕足上有吸盘。这个词同时有"贪残的怪物,吸血鬼"之意。

觉多少好些了……我又冲到前室,把那里的灯也打开,看到有瓶白葡萄酒,便打开它,对着瓶口喝了几口。这一来我的恐惧感似乎减退了些,至少我没有跑去找房东,而是回到了炉前。我打开炉门,热气烘暖了我的脸和手,我小声念叨着:'愿你此刻能想到我正处在危难中,你来吧,来吧,快来吧!'

"但是,谁也没有来。炉火燃得正旺,大雨敲打着玻璃窗。这时,便发生了最后那件事。我从抽屉里掏出一本本沉甸甸的小说打字稿和几个草稿本子,开始烧毁它。这还很不容易呢,因为写满字的纸不易燃着。我就用力把本子撕开,撕得手指甲都折断了,然后把它们竖着放进炉膛,塞到劈柴中间,再用火钩子把纸页打松。纸灰时而要占上风,要把火苗压灭,但我不停地同它斗争。我眼看着那部小说在毁灭,尽管它一直顽强抵抗,还是在一点点地毁灭。小说中熟悉的语句在我眼前闪动,金黄色的火舌不住地由下向上吞噬着每一页纸,势不可挡,但纸上的字迹却清晰可辨,直到纸页变黑之后才消失。我不时恶狠狠地用火钩子把变黑的纸捣碎。

"这时,我听见有人轻轻地在窗上抓挠。我的心一惊,赶紧把最后一本草稿扔进炉膛,跑去开门。我顺着地下室的砖台阶跌跌撞撞地跑上去,到了门口,轻声问:'谁?'

"一个声音,是她的声音,回答:'是我。'

"我不记得怎样拉开了门上的铁链,怎样用钥匙开的门。她一迈进门槛就扑到我身上了,她浑身湿淋淋的,脸上也是水,头发披散着,浑身不住地打战。我只说出了一个字:'你……?'便再也说不出话来了。我们往下跑去。她在前室脱了大衣,我们快步走进第一个房间。她轻轻喊了一声,便不顾一切地用两只手直接从炉膛里掏出了剩下的最后一点东西,扔到地板上:那是压在最下面的一本原稿。屋里立即烟气弥漫。我急忙把火踩灭,她一头倒在沙发上,放声痛哭,双肩不住地抽动,哭得那么伤心。

"等她平静下来,我对她说:'我恨这部小说,而且我害怕。我病了。我感到恐怖。'

"她站起来说:'上帝啊,看你病得多厉害。这都是因为什么?因

为什么呀?! 不要紧,我救你! 我一定救你! 这到底是怎么回事啊?!'

"我看到她那双由于烟熏和哭泣而肿起来的眼睛,我感到她冰冷的双手在抚摸我的额头。

"'我一定把你的病治好,给你治好!'她使劲把脸埋在我的双肩中喃喃地说:'你一定得把这本书稿重新写出来。我为什么,为什么没有自己事先留下一份啊!'

"她急得咬牙切齿,又嘟嘟哝哝地说了几句,然后,紧闭着嘴,开始收集那些周边烧焦了的原稿,把它一页一页地展平。那是小说中间的一章,我不记得是哪一章了。她把那些原稿一张张整理好,用纸包起来,用带子捆上。她的一切举动都表明她已经毅然暗自下了某种决心,并且已经能够控制自己了。她要了一点葡萄酒喝,喝下去之后她讲话的语调平静多了。她说:'看,说谎话要付出什么样的代价! 今后我再也不撒谎了。我本应该从现在起就留在你身边,但我不愿意用这种方式来做这件事。我不愿意让他永远认为我是深夜私奔的。他从来没有做过对不起我的事。他昨晚是被突然叫走的,因为他们工厂里起了火。但他很快就会回来。我明天一早就对他全都解释清楚,告诉他:我爱着另外一个人。然后我就永远地回到你身边来。也许,你并不愿意这样? 你回答我!'

"'我可怜的人啊,可怜的人,'我对她说,'我不允许你这样做。我不会有好结果的,所以,我不希望你同我一起毁灭。'

"'原因只是这一点吗?'她问道,她的眼睛逼近我的眼睛。

"'只是这一点。'

"她突然变得精神百倍,依偎在我身上,搂住我的脖子说:

"'我愿意同你一起毁灭。明天上午我就到你这儿来!'

"是的,我所记得的生活中最后的东西,就是从我的前室里透过来的一道光线。在这道光线中我看到一绺散乱的头发、她头上的小圆帽和她那双毅然决然的眼睛。我还记得站在外屋门槛上的她那黑色身影和她捧着的一个白色纸包。

"'我本想送送你,可我已经没有力量独自走回来了,我害怕。'我对她说。

"'你不要怕。再忍耐几个小时吧。中午以前我就到你这儿来。'这就是她在我的生活中留下的最后几句话。"

"嘘!"客人忽然自己打断了自己的话,又举起一个手指以示警告,"今天这个月圆之夜可真不安宁呀。"他说着,又躲到阳台上去了。伊万听到走廊上推过去一把轮椅,有人抽泣了一声,或许是有气无力地叫了一声。

病房里又静了下来。客人从阳台回到屋里,告诉伊万:第120号病房住进了一个新病人,这个人直哀求大家把脑袋还给他。伊万和客人在不安中沉默了一会儿,定了定神,重新谈起原来的话题。可是,这的确是个令人不安的夜晚啊——走廊里又传来了人们的谈话声。客人只好对伊万耳语。他的声音极轻极轻,因此他后来所讲的一切,除了头一句之外,只有伊万一个人知道。那头一句话是:

"她离开我的住处之后过了约摸一刻钟,就有人来敲我的窗户……"

看来,客人对伊万耳语的是一件使他非常激动的事。耳语时他的脸不时地抽搐,恐怖和愤恨在他那飘忽不定的目光里游移、闪动。他一边说,一边用手指着月亮的方向,其实这时阳台上早已看不到月亮了。直到万籁俱寂、听不到门外有任何一点声音时,他的嘴才离开伊万的耳朵,用稍微大一点的声音说:

"是的,就是这样,一月中旬的一天深夜,我还是穿着那件夹大衣(不过这时扣子已经全都扯掉了)蜷缩在我的小院里,冻得发抖。我身后是埋住丁香花丛的雪堆,而面前,往下看,则是透出微弱灯光的、已经拉上窗帘的我那地下室的两扇小窗。我俯身到第一扇窗前听了听,听见我的房间里正在放留声机。我只听清楚了这些,但什么也没有看见。我站了一会儿,走出栅栏门,来到胡同里。风很大,下着雪。一只狗向我脚前蹿过来,把我吓了一跳,我急忙躲开它,跑到街对面去。寒冷和恐怖早已成了我经常的伴侣,我几乎要发狂了。我无处可去。当然,最简单的办法是跑到胡同外的大街上,往有轨电车底下一钻了事。我已经从远处看见了那些灯光通明的、外面挂满白霜飞驶的大箱子,听到了它们在严寒中发出的极讨厌的咯咯切齿声。但是,亲爱的邻居,问题是恐惧感控制了我全身的每个细胞,我不但怕狗,也怕那有轨电车——是啊,咱们这座大楼里再没有比我这种病更糟糕的了,真的。"

"可您总该给她通个消息呀,"伊万说,对眼前这位可怜的病人很表同情,"再说,您的钱不是在她那儿吗?她当然会替您保存吧?"

"这一点您不必怀疑,她当然会保存。不过,您好像没听懂我的话吧?不,更像是我自己丧失了从前那种描述事物的才能。不过,我对您说,丧失这种才能我也并不觉得很遗憾,因为它对我再也没什么用处了……她的面前,"说到此处客人虔敬地朝着深夜的黑暗处望了一眼,"也许会摆上一封寄自疯人院的信。难道能往这种地方写回信吗?给精神病人写信?别开玩笑啦,我的朋友!告诉她?让她不幸?不。这我绝对做不到。"

伊万感到无力反驳这些话,但沉默的伊万心里充满对他的同情和怜悯。客人戴着他那顶小黑帽,沉浸在回忆引起的痛苦中,不住地点着头说:

"那女人真可怜啊!不过,我指望,她现在已经把我忘掉了。"

"可您还能够恢复健康啊……"听伊万的语气,显然他自己也不大有信心。

"我这病治不好,"客人心平气和地说,"斯特拉文斯基总说他能够使我重新回到生活中去,但我不相信他。他是仁爱为怀的,只是用这话安慰安慰我罢了。不过,我现在确实好多了,这我也不否认。可说呢,我刚才讲到什么地方了?对,讲到了严寒,还有飞驰的有轨电车。我当时就知道这所医院已经开业了,便想到这里来。可是要想步行穿过整个市区,简直是毫无理智了!十有八九我会冻死在城外的,但是却偶然得救了。恰巧有辆大卡车停在路上,是车上的什么零件坏了。那是在城外,离城关大约有四公里。我走到司机跟前。使我惊奇的是他竟然会可怜我。他的卡车恰好是到医院来的,便把我捎上了。我侥幸只冻伤了左脚的脚趾。医院给我治好了。这样,我在医院里已经待了三个多月。而且,我对您说,我发现这个地方还非常非常的不错!在这儿无须自己订什么宏伟计划,真的,亲爱的邻居!就拿我来说吧,我曾经想周游全球。可是,有什么办法呢,命中注定做不到啊。我现在看到的只是这地球上一块小得微不足道的地方。我想,这一小块并不是地球上最好的地方,不过,我要再说一遍,它倒也并不那么糟。这不,眼看夏天就要光顾我们这里了,据普拉斯科维娅·费道罗夫娜说,常春藤会爬到阳台上来。再加上我有这串钥匙,它能给我创造更多的机会。夜间还可以看到月亮。噢,月亮已经落了!有些凉了。已经是后半夜,我该走了。"

"请您告诉我,后来那个耶舒阿和彼拉多怎么样了?讲讲吧,求求您!我很想知道。"伊万请求说。

"噢,不!不!"客人痛苦地抽搐了一下说,"一想起那部小说,我就不由得浑身打战。何况您在牧首湖畔认识的那个人一定会比我讲得更好。谢谢您同我谈了这么半天。再见!"

伊万还没有回味过来,便听见铁栅栏轻轻一声响,重新关上了。客人已经悄然隐去。

第十四章　光荣归于雄鸡

财务协理里姆斯基没有等到民警做完现场记录便跑回了办公室,像俗话说的:"神经吃不消了。"他一屁股坐到桌旁,两只红肿的眼睛盯着面前一堆神奇的钞票,脑子里乱成了一锅粥。散场的观众正从几个出口涌到街上,窗外一片嘈杂声。突然,一个清晰的警笛颤音触到了他极度紧张的听觉神经。警笛声向来不是什么好兆头,而当同样的颤音又响起来,而且一个比一个更强劲、更持久的时候,这就更加令人担心了。紧接着,财务协理清清楚楚地听到了一些哄笑声、嘘声、挖苦声和嘲笑声。他明白了:准是街上出了什么极其糟糕的、不堪入目的丑事,而且,不管他多么不愿意相信,这事还肯定与魔术师一伙的可恶表演密切相关。一向感觉敏锐的财务协理这次也一点没有猜错。

里姆斯基只朝窗外的花园街瞥了一眼,他的脸立即痛苦地抽搐起来。

"我早就知道嘛!"他不是小声自言自语,而是咬牙切齿地埋怨说。

街灯今晚像是分外明亮,在灯光下他看到:一个妇女只穿一件小背心和淡紫色短内裤站在人行道上。不错,她头上倒是戴着顶大檐帽,手里还握着一把洋伞。

那妇女显然已经心慌意乱,想赶紧蹲下,又想往什么地方跑,正不知如何是好。一大群人围着她吼叫,拼命起哄。哄笑声使里姆斯基脊梁骨一阵阵发冷。有个男人焦灼地在妇女身旁打转,像是打算脱下自己的风衣给她穿上,但他过分激动,胳膊卡在袖子里,风衣怎么也脱不下来。

这时,另一个地方,左边的大门外,也传来一阵叫喊和狂笑声。里姆斯基回头一看,那里也有个只穿着粉红色内衣的妇女正从马路中间跳上人行道,想藏到门里去,但门内源源涌出的观众挡住了她的去路,于是这个只知追求时尚的轻佻女人,可耻的骗子巴松管商行的牺牲品,便只能抱怨上天无路、入地无门了。一位民警频频吹着警笛朝不幸的女人跑过去,他身后跟着一群兴高采烈的戴鸭舌帽的年轻人,他们发出一片震耳的哄笑和嘘啸声。

一个蓄着小胡子的瘦马车夫驾车冲到头一个妇女近前,一把勒住疲惫的马,脸上露出得意的微笑。

里姆斯基朝自己脑袋打了一拳,啐了一口唾沫,转身离开窗口。

他坐到桌旁,倾听着街上的声音。啸声从四面八方传来,达到了最高峰,然后便渐渐平静下来了。闹剧结束得如此之快,出乎里姆斯基的意外。

现在该是他采取行动的时刻了。他责无旁贷,必须喝下这杯苦酒。电话机在演出第三段节目时已经修好,他现在必须挂电话,报告情况,请求指示,必须巧言遮盖,把一切都推到经理利霍捷耶夫身上,把自己洗刷干净。呸,真见鬼! 失魂落魄的财务协理两次伸手去拿电话耳机,但两次又都把手缩了回来。办公室里静得像坟墓一样。忽然他眼前的电话猛地自己响了起来,吓得他一哆嗦,手脚都凉了半截。他想:"看来,我的神经系统是严重失调了,"随手抓起了听筒。只见他的身子向后一闪,脸色立刻变得像一张白纸。电话里传来的是一个安详而又妩媚的、甚至是淫荡的女人的声音,她轻声对他说:

"里姆斯基,往哪儿也别打电话,否则对你不利!"

听筒里随即沉默了。协理感到脊梁骨发冷,浑身起了一层鸡皮疙瘩。他放下听筒,不知为什么回头瞅了瞅身后的窗户。窗外的槭树刚刚长出新叶,透过稀疏的树枝,他看到一轮明月在轻纱般的薄云中穿行。不知为什么,他的目光被那树枝吸引住,盯着它看,越看越为一种强烈的恐惧感所控制。

他费了很大力气才把视线从洒满月光的窗户上移开,站起身来。他不敢再想什么挂电话的问题,现在只考虑一件事:最好尽快离开剧院。

他凝神听了听,整个剧院寂然无声。他忽然意识到,这么长时间剧院二层楼上只有他一个人! 这使他像孩子似地胆怯起来,想到自己不得不独自经过几道空荡荡的走廊,还要下楼梯,不由得又浑身打战了。他神经质地抓起桌上的魔术钞票塞进皮包,想咳嗽一声给自己壮壮胆,但咳嗽声却显得那么沙哑、无力。

这时,他忽然觉得有一股潮湿而腐烂的气味从办公室的门下边钻进来,使他脊背发冷。偏偏挂钟突然响起来,又把他吓得一哆嗦。钟敲了十二下。接着,他听到似乎有人用钥匙在轻轻转动门上的英国造撞锁,心脏几乎停止了跳动。他用两只直冒冷汗的手紧紧抱住自己的皮包,心想,如果撞锁的转动声继续响,他就忍不住要尖声狂叫了。

房门终于屈服于人的力气——它被打开了,只见总务协理瓦列奴哈悄悄地走进来。里姆斯基觉得两腿一软,扑通一声跌坐在安乐椅上,长出了一口气,脸上浮出一种类似谄媚的微笑,低声说:

"天哪,你可把我吓坏了!"

的确,这样骤然出现在人的面前,谁都会大吃一惊。但是,总务协理的出现同时也值得高兴:这一连串的怪事总算露出了一点点头绪。

"来,来,快说说,到底是怎么回事?!"里姆斯基用嘶哑的嗓音问,极力想抓住这一点点头绪。

"请原谅,"瓦列奴哈一边关门,一边瓮声瓮气地说,"我还以为你已经走了呢。"

他在写字台对面的软椅上坐下来,连帽子也没摘。

应该说明,里姆斯基的机敏向来是众所周知的,其感觉的灵敏度可以与世界上任何地震观测站的最佳地震仪媲美。因此,他当然立即觉察出了瓦列奴哈的回答中包含着一点可疑之处:怎么回事?既然以为我已经走了,为什么还到我办公室来?他有自己的办公室嘛!再说,无论他从哪个门走进剧院,都必然会遇到值夜班的人,而我已经通知所有夜班人员,说我还有点工作,要在办公室耽搁一会儿呀。

不过,里姆斯基并没有多想,他现在顾不上这些了。

"你怎么连个电话也不打回来?雅尔塔拍来的那些东西到底是怎么回事?"

"咳,就像我早就说过的那样,"总务协理咂了一下嘴,好像在害牙痛,"在普希金诺一家小餐馆里找到了他。"

"普希金诺?! 怎么,就是郊区的普希金诺? 那为什么从雅尔塔拍来电报?"

"什么雅尔塔,见他的鬼! 他把普希金诺电报局的报务员灌醉了,两个人一道胡闹起来,包括拍发了一封有'雅尔塔'标记的电报。"

"噢……噢……行啦,行啦……"里姆斯基不是在说话,几乎是在歌唱。他眼睛里闪出浅黄色的光芒,脑海里浮现出一幅利霍捷耶夫经理被撤职的节日般欢乐景象。解放了! 盼望已久的、摆脱利霍捷耶夫这颗灾星的日子终于到来了! 也许斯乔帕·利霍捷耶夫还会落到比撤职更惨的地步……里姆斯基拿起桌上的吸墨器使劲一放,大声说:"接着讲,讲讲细节!"

于是瓦列奴哈津津有味地讲起细节来……他一到财务协理派他去的那个机关,立即受到接见。有关人员认真听取了他报告的情况。当然,谁都没有认为斯乔帕会在雅尔塔,没有一个人这么想,一致同意瓦列奴哈的分析:斯乔帕·利霍捷耶夫肯定在普希金诺的"雅尔塔"餐馆。

"那他现在在哪儿?"财务协理激动地打断他的话问。

"哎呀,还能在哪儿? 当然是在醒酒所!"瓦列奴哈得意地笑了笑。

"好,好! 啊,谢天谢地!"

瓦列奴哈还在讲。他越往下讲,在财务协理面前罗列的利霍捷耶夫胡作非为的罪状就越多,而且一桩比一桩更令人气愤。他喝得烂醉,在电报局门前草地上,伴着手风琴奏出的下流歌曲,搂住报务员大跳其民间舞。只这一条就够他受的! 还有尾追妇女,吓得姑娘们唧哇乱叫呢! 向"雅尔塔"餐馆服务员寻衅打架呢! 在餐厅把一筐生葱头扔得满地呢! 打碎八瓶"爱达尼尔"牌白葡萄酒呢! 因为出租汽车司机不愿意拉他,就砸碎了人家车上的里程表呢! 对企图劝阻他的人以逮捕进行威胁呢! ……总之,他闹了个天翻地覆。

在莫斯科戏剧界,斯乔帕·利霍捷耶夫也算得是个小有名气的人物;谁都知道他为人乖张,不好惹。但瓦列奴哈今天讲的这一切,甚至对斯乔帕来说也未免过分。是的,过分了。甚至是太过分……

里姆斯基一双锐利的眼睛盯着桌对面的瓦列奴哈的脸。瓦列奴哈越往下讲,这双眼睛便越显得暗淡。他讲的斯乔帕胡闹的细节越是绘声绘色、活灵活现,财务协理心里的问号就越画越大。当他讲到斯乔帕甚至胆大妄为地对几个企图把他送回莫斯科的民警进行武力抵抗时,里姆斯基就完全清楚了:这位深更半夜跑回来的总务协理所讲的一切全是胡扯!彻头彻尾的谎言!

瓦列奴哈并没有去普希金诺,斯乔帕本人也根本没去普希金诺。什么喝醉酒的报务员和小餐馆的碎玻璃,都是瞎扯,也没有人用绳子绑斯乔帕……总之,全是无中生有。

里姆斯基一旦明确地意识到瓦列奴哈在当面撒谎,便觉得一阵新的恐惧感从脚跟一直传遍全身,他又感到一股会引起疟疾的、带有霉烂味的湿气从门缝底下钻进屋里。这时,坐在对面椅子上的总务协理莫名其妙地缩着身子,像是要尽量待在台灯灯光的蓝色阴影里,而且用一张报纸奇怪地遮住脸,仿佛嫌灯光晃眼睛。里姆斯基目不转睛地盯着他,心里暗自琢磨:这一切意味着什么?这么晚才返回的总务协理为什么要在这所寂无人声的空楼里对他扯这些无耻的谎言?里姆斯基痛苦地意识到眼前的危险——一种原因不明的、却又十分可怕的危险。于是他不再听瓦列奴哈胡诌,佯装并未发现对方破绽,也未注意到他在用报纸遮遮掩掩的样子,开始仔细观察对方的脸。这时他发现:总务协理的相貌和举止都和以前有些不同。这个新发现比起莫名其妙地编造普希金诺闹剧的谎言更加令人无法解释。

虽然总务协理尽量把鸭舌帽拉到眼睛上,不让灯光照到他的脸,虽然他用报纸遮遮掩掩,里姆斯基还是看到瓦列奴哈右脸上,鼻子旁边,有一大块青斑。此外,平素红光满面的瓦列奴哈现在变得脸色蜡黄,像是生过一场大病,而且在这闷热的夜晚不知为什么脖子上还围着条旧花格围巾。如果再想想他出去这段时间里新添的一些毛病——吸鼻涕和哑吧嘴,细听听他那变得闷声闷气的暗哑的声音,看看他眼睛里那怯生生、贼溜溜的神色,就可以完全肯定地说:总务协理瓦列奴哈已经变得叫人不敢认了。

仿佛还有另外某种东西使里姆斯基感到更加不安,但不论他那发热的脑袋怎样紧张地思索,不论他怎样仔细审视瓦列奴哈,他还是没有搞清那究竟是什么。只有一点他是清楚的：总务协理跟他很熟悉的这把软椅的目前这种结合，显得十分奇特十分不自然。

"总而言之，人们费了好大劲才把他制服，塞进了汽车。"瓦列奴哈瓮声瓮气地结束他的细节描述，从报纸后面偷偷地瞟着里姆斯基，用手掌遮住脸上的青伤。

里姆斯基忽然把一只手伸到桌上，同时用手指敲着桌面，像是完全无意中用手掌按了一下电铃按钮。但他立即吓呆了。

照理，整个大楼里应该立即响起刺耳的铃声，可铃声并没有响，电铃按钮却陷进了桌面，再也没有弹起来——电铃坏了。

财务协理的这个花招瓦列奴哈早已看在眼里。他脸上的肌肉抽搐了一下，眼睛里明显地掠过一道恶狠狠的光，他问道：

"你按电铃干什么？"

"无意中碰了一下，"里姆斯基抽回手来，低声回答，同时又不大有把握地问了一句，"你的脸上怎么啦？"

"汽车往旁边一闪，我撞在车门把手上了。"瓦列奴哈说着，把脸转了过去。

财务协理暗想："撒谎！"这时他无意中向瓦列奴哈坐的软椅下看了一眼，两只眼睛突然睁得滴溜圆，目光变得像疯人一般呆傻，紧紧地盯在软椅背上。

软椅后面的地板上有两个交叉的椅子影，一个暗而发黑，另一个淡而发灰，软椅椅背的影子和几条椅子腿的细细的影子在地板上印得清清楚楚，可是，地板上的椅背影子上面却没有瓦列奴哈的脑袋的影子，而且椅子下边也看不见他的腿影。

里姆斯基浑身瑟瑟地抖起来，心中暗自惊呼："哎呀，他没有影子！"①

瓦列奴哈回过头来，贼眉鼠眼地顺着里姆斯基呆滞的目光朝椅子背后的地板扫了一眼，马上明白了：自己已被识破。

于是瓦列奴哈从椅子上站起来（里姆斯基不由得也站了起来），从

---

① 按迷信说法，妖魔鬼怪都没有影子。

桌旁退后一步，两手抱着手提包说：

"让你给看破了，你这该死的！都说你机灵，果然不假。"瓦列奴哈对着里姆斯基的脸恶毒地笑了笑，突然从软椅旁一下子跳到门口，迅速地把撞锁按钮往下一按，把门倒锁上了。里姆斯基不由得绝望地朝着面向花园的窗户倒退过去，边退边回头望。这时他看见窗外有个赤条条的少女。她把脸紧贴在月光照耀的窗玻璃上，一只胳膊从上面的通气窗伸进来，正要去拉开窗下面的插销。上面的插销已经拉开。

里姆斯基觉得台灯马上要熄灭，写字台已经倾斜，他自己像凉水浇头一般浑身发冷。但是，还算幸运，他毕竟控制住了自己，没有摔倒。他已经无力喊叫，使出全部力气才耳语似地说出一声：

"救命啊！……"

守在门口的瓦列奴哈不住地跳跃着，而且跳起之后还能长时间地悬在空中晃动。他弯曲着手指朝里姆斯基挥手，发出咝咝的叫声，不断地吧嗒嘴，还冲着窗外的裸体少女挤眉弄眼。

那女人显然着急了。她从通气窗口伸进头来，棕红色的头发披散着，她把胳膊尽量往里探，用指甲抓挠着下面的立插销，摇晃着窗框。继而她的胳膊开始拉长，仿佛那是胶皮制的，肤色也变成腐尸般的浅绿色。那女尸的手指终于抓住立插销的拉拴头，转动了一下，窗户慢慢打开了。里姆斯基有气无力地喊了一声，像拿盾牌似地把手提包抱在胸前，倚在墙上。他明白：末日来临了。

整个窗户都打开了。但冲进室内的不是深夜的新鲜空气和椴树叶的清香，而是一股地窖里的霉烂味。女尸跨到窗台上了。里姆斯基看得清清楚楚，她前胸上有一大块烂疮。

恰恰在这个时候，忽然从花园的小靶场后面传来一声公鸡叫。多么令人高兴的声音啊！（那里有个不大的鸡笼，鸡是马戏团为表演节目饲养的。）经过训练的大公鸡扯起嗓子高声歌唱，预告着黎明正从东方来到莫斯科。

疯狂的愤恨使那女人的脸整个变了样子，她用嘶哑的声音骂了一句。而守在房门口的瓦列奴哈则尖叫一声，从空中落到地板上。

又是一声雄鸡高唱。那女尸的牙齿磕碰得咯咯响，棕红的头发倒竖起来。听到第三声鸡叫后,她便猛地转过身去,逃之夭夭了。紧接着,瓦列奴哈也从地板上跳起来,在半空中放平身子,像飞翔的丘比特①似地越过写字台,慢慢飘出窗外。

刚才还是年富力强的里姆斯基,转眼间变成了白发苍苍的老翁,头上没有一根黑发了。他跑到门前,拉起撞锁上的按钮,打开房门,冲进黑暗的走廊,头也不回地向前跑去。他痛苦地呻吟着,跑到楼梯前的拐角处才终于摸到一个电灯开关。楼梯照亮了,可这个战战兢兢的老头子却跌倒在楼梯上,因为他觉得瓦列奴哈的身体软绵绵地从他头顶上压了下来。

里姆斯基跑到楼下,看见值班员正在前厅售票处旁的椅子上打盹,便蹑手蹑脚地从旁边绕过去,跑出剧院大门。来到街上,他的感觉才明显好转,神智渐渐清醒,他甚至还摸了摸脑袋,意识到自己把帽子忘在办公室里了。

不言而喻,里姆斯基没有回去取帽子。他气喘吁吁地跑过宽阔的马路,向对面电影院拐角处的几盏昏暗的小红灯跑去。不消一分钟他跑到了红灯旁,幸好出租汽车还没有被别人雇去。

"特快火车站,去列宁格勒的,快开!我多给小费!"老头子手捂左胸艰难地喘着粗气说。

"我要回车库。"司机轻蔑地回答,转过身去。

里姆斯基打开皮包,取出五十卢布,从开着的车前门玻璃窗伸进去,递给司机。

几秒钟后,一辆哗啦直响的旧出租汽车已旋风般飞驰在花园环行路上,车上的乘客颠簸着。在司机面前那片破玻璃小镜里,里姆斯基时而捕捉到司机快活的目光,时而看到自己一双呆痴的眼睛。

里姆斯基在车站前跳下汽车,随便抓住一个系白围裙、带号牌的人②说:

"头等票一张,给你三十卢布,"他说着,从皮包里掏出一把钞票,

---

① 罗马神话中的爱神,即希腊神话中的厄洛斯。背上有双翼,善飞翔。
② 在车站上为旅客代购车票、搬运行李或提供其他服务的人。

"没有头等买二等,再没有——买硬座!"

带号牌的人回头望了望站前的夜光钟,一把抓过里姆斯基手里的钞票。

五分钟后,一列特别快车从车站高高的玻璃拱顶下开了出去,迅速消失在黑暗中。里姆斯基也随之消失了。

第十五章 尼卡诺尔的梦

一猜便知道,住进斯特拉文斯基医院第 119 号病房的赤红脸膛的胖子是房管所主任尼卡诺尔·伊万诺维奇·博索伊。

不过,他并不是直接来到这里的,在这之前他还在别的地方待了一段时间。

那个地方在尼卡诺尔·伊万诺维奇的记忆里没有留下多少东西。现在他只记得有一张书桌、一个柜橱和一把椅子。

有人在那里同他谈了话。当时他只觉得心里激动不安,血往头上涌,眼前一片模糊。因此,他觉得那场谈话非常奇特而混乱,其实,说得确切些,完全没有谈拢。

人们向尼卡诺尔·伊万诺维奇提出的头一个问题便是:

"您是尼卡诺尔·伊万诺维奇·博索伊,是花园街第 302 号乙楼房产管理委员会主任,对吗?"

对此尼卡诺尔·伊万诺维奇先狂笑了两声,然后作出了如下回答:

"我是尼卡诺尔,当然是尼卡诺尔!可我算得哪门子主任呢?见鬼!"

"这是什么意思?"问话人审视着他的眼睛。

"就是这个意思,"他说,"如果我是主任,我就该马上断定他是魔鬼!不然是怎么回事?打碎了镜片的夹鼻眼镜……穿一身破烂……他怎么可能是外宾的翻译!"

"您说的是谁?"

"卡罗维夫呗!"尼卡诺尔喊道,"这家伙住进了我们楼的第 50 号!你们记下来:他姓卡罗维夫!应该立即把他抓起来!你们记下来:第六单元。他就住在那儿。"

"您的外币是从哪儿弄来的?"人们问话的语气十分认真、诚恳。

"上帝知道，全能的上帝明察一切，"尼卡诺尔说，"也是我尼卡诺尔命该如此！我这双手从来没摸过什么外币，我根本没见过外币是个什么样子！这是上帝在惩罚我，我造的孽！"尼卡诺尔痛心疾首地继续说。他一忽儿解开衬衣扣子，一忽儿又扣上，一忽儿又画起十字来，"我是收过！接受过！可我收的都是咱们苏联的钱！谁给我钱，我就替谁报上户口，有过这种事，我不争辩。可我们的书记普罗列日涅夫也不差呀，他更够意思！我实话告诉你们吧：房管所里全都是贼！可是，外币我确实没有收过！"

问话人劝他不要装疯卖傻，最好是老实交待通气孔道里的美金的来路。尼卡诺尔·伊万诺维奇索性双膝跪倒在地，摇晃着身子，张开大嘴像是要啃镶花地板似的，可怜巴巴地说：

"要我啃地板、吃土都可以，但我确实没有接受过外币。卡罗维夫他是个魔鬼！"

人们的耐性是有极限的。坐在书桌后面问话的人已经提高了嗓门。他们警告尼卡诺尔·伊万诺维奇："该说人话了！"

这时，尼卡诺尔忽然发出一声尖叫，只见他一下从地板上跳起来，高声喊道：

"就是他！柜子后面那个！他还笑呢！就是戴的这副夹鼻眼镜……快抓住他！往整个房子里喷药！"

尼卡诺尔·伊万诺维奇的脸上完全失去了血色，他浑身打战，不住地在空中画十字，冲向房门又跑回来，口里祷告似地念念有词，最后竟完全胡说八道起来。

显然，尼卡诺尔·伊万诺维奇已经不能成为任何谈话的对象了。人们把他带出来，安置在另一个房间。在那里他稍微镇定了些，但还是不停地祷告和抽泣。

当然，人们去过花园街，也到第50号住宅查看过，没有找到什么卡罗维夫，而且同一单元的住户也都不知道这么个人，谁也没有看到过。已故的柏辽兹和已去雅尔塔的利霍捷耶夫合住的第50号住宅完全空着，柏辽兹书房柜门上吊着的火漆封印完好无损，毫无启封的痕迹。来花园街调查的人一无所获，只好返回机关。不过，还有一个人也跟他们一起走了,那就是惊慌失措、情绪沮丧的房管所书记普罗列日涅夫。

当天夜晚,尼卡诺尔·伊万诺维奇被送进了这所斯特拉文斯基医院。入院后,起初他极为焦躁不安,医生们只好给他注射按院长的配方配制的药剂。后半夜尼卡诺尔总算在第119号病房里渐渐入睡了,梦中还不时发出痛苦的呻吟。

但是,尼卡诺尔·伊万诺维奇睡的时间越长,越觉得松快。他不再辗转反侧,不再痛苦呻吟,呼吸也变得细长均匀了。守护他的人这才悄悄离去。

这时,尼卡诺尔·伊万诺维奇做了一个梦,毫无疑问,梦中的情况基本上是他当天的经历。起初,尼卡诺尔梦见一群手拿金喇叭的人来迎接他,十分隆重地把他送到两扇豪华的油漆门前。人们在门前为尼卡诺尔·伊万诺维奇奏了迎宾曲,然后他听到一个响亮的男低音从半空中对他说:

"欢迎光临,尼卡诺尔·伊万诺维奇!请您交出外币!"

尼卡诺尔惊奇不已,抬头一看,原来头顶上挂着个黑色扩音器。

后来他不知怎么又进入一座剧场。金饰的拱顶下吊着几簇闪烁的水晶吊灯,墙上还装着样式新颖的壁灯。观众厅虽然不大,但装饰得十分华贵,应有尽有。前面是舞台,垂着紫红色天鹅绒幕布,幕布上镶着金色的大型钱币图案,好像夜空中的繁星闪闪烁烁。台前还有个提词人专用的小室,场里有许多观众。

尼卡诺尔感到奇怪的是:所有观众都是同一性别——男性,而且所有的人不知为什么还都蓄起了胡须。此外,更加令人惊讶的,是整个剧场里没有一把坐椅,地板擦得油光闪亮,全体观众都席地而坐。

尼卡诺尔来到这个新环境,看到这么多人,未免有些困窘,但踌躇片刻后,便也学着大家,像土耳其人那样盘腿坐在镶花地板上。他的左右是一个红头发的大胡子壮汉和一个满脸胡茬、面色苍白的人。观众中谁也没有对他这个新到的人表示任何兴趣。

这时响起一阵柔和的铃声,观众席上熄了灯,大幕拉开,人们面前出现一个灯光明亮的舞台,台上只有一把软椅和一张小桌,桌上摆着个金黄色小铃铛,舞台深处还有一层黑色天鹅绒帷幕。

一个身穿晚礼服的年轻演员从幕后走出来，他的脸刮得精光，留着分头，长得很清秀。观众席上动起来了，人们纷纷转向舞台。演员走到提词室旁边，搓了搓手，用悦耳的男中音向观众问道：

"大家还坐在这儿？"他冲大家微微一笑。

"坐在这儿，坐在这儿！"高低不同的声音一齐回答。

"哼，……"那演员若有所思地说，"我真不明白，你们这些人也不嫌腻烦？春光这么美，天气这么温暖，别人在这种时候都在街上散步，在享受生活，而你们却在这闷热的大厅里，在地板上干坐着！难道这里的节目就那么吸引人？不过，也难说，各有所好嘛！"他用这句富有哲理的话结束了他的开场白。

然后，他换用了另外一种音色和腔调，高高兴兴地大声宣布：

"好吧，我们接着演节目。下一个节目由尼卡诺尔·伊万诺维奇·博索伊表演，他是房产管理委员会主任委员和营养食堂的经理。现在我们就欢迎他上台！"

对于演员的这一邀请，观众一致鼓掌支持，尼卡诺尔·伊万诺维奇却瞪起眼睛，愕然不知所措。这时节目主持人已经手搭凉棚挡着台前的灯光，在观众中找到了他，正亲切地招呼他上台去。尼卡诺尔自己也不知怎么就站到了台上。

从下方和前方射来的彩色灯光直刺他的眼睛，他觉得整个大厅和观众全消失在黑暗中了。

"来吧，尼卡诺尔·伊万诺维奇，您给我们做个榜样！交出您的外币来！"年轻演员用诚挚的语气对他说。

剧场里一片寂静。尼卡诺尔·伊万诺维奇喘了一口气，低声说：

"我以上帝的名义发誓，我……"

他刚刚说出半句，会场便被一片愤怒的叫喊声淹没了。尼卡诺尔不知该怎么办，只好住口。这时，主持节目的演员说：

"据我理解，您是想以上帝的名义起誓，说您没有外币，是吧？"他以同情的目光看了看尼卡诺尔·伊万诺维奇。

"正是这样。我没有。"尼卡诺尔·伊万诺维奇回答说。

"那么，"演员说，"恕我冒昧地问一句：厕所里发现的那四百美钞是哪儿来的？那套房子可是除了您和夫人之外没有别人住呀！"

"是魔法变出来的！"黑压压的大厅里有人高声喊，显然是在讽刺。

"就是这样，魔法变出来的！"尼卡诺尔怯声说，像是在回答演员的问题，又像在确认大厅里什么人的插话。然后他又解释道："那是魔鬼，是一个穿方格衣服的翻译偷偷放的。"

大厅里又响起一片愤怒的喊声。平静之后，演员说：

"瞧，他在这儿给我们讲起拉封丹①的寓言来啦！人家偷偷地给他放了四百美钞！你们都是倒卖外币的，我向你们这些外币专家请教：这种事可以想象得出吗？"

"我们不是倒卖外币的！"大厅里有几处发出含冤抱屈的声音，"不过，这种事确实无法想象。"

"我完全赞同，"演员坚定地说，"而且我还要问各位：人们能把什么东西偷偷地给别人放下呢？"

"私生子！"大厅里有人大声喊道。

"完全正确，"节目主持人又肯定地说，"别人可能偷偷给你放下私生子、匿名信、秘密传单、定时炸弹以及其他各种各样的东西，可唯独谁也不可能给你偷偷放下四百美钞！天底下没有这种白痴！"然后他转身对尼卡诺尔伤心而又挖苦地说："尼卡诺尔·伊万诺维奇，您太叫我失望了。我本来对您抱有很大希望。大家看，我们这个节目又没有演好。"

这时大厅里响起一阵嘘声和唿哨声，有人冲着尼卡诺尔喊叫：

"他就是倒卖外币的！就因为有他这种人，我们大家才无辜地受罪！"

"各位不必骂他，"节目主持人宽宏大量地说，"他会悔悟的。"然后他又把满含同情之泪的蔚蓝色眼睛转向尼卡诺尔说："尼卡诺尔·伊万诺维奇，您先下去，回到您的座位上去吧！"

随后，那演员摇了摇铃，大声宣布：

---

① 让·德·拉封丹(1621—1695)，法国古典主义代表作家之一，著名寓言诗人。代表作是《寓言诗》。

"中间休息,你们这些坏蛋!"

尼卡诺尔·伊万诺维奇受到很大震动,自己也不知道怎么就成了戏剧演出的参加者。他回到自己的位置,又坐到地板上。这时他梦见整个大厅仿佛沉入了黑暗的深渊,四周的墙壁上都跳出了几个火红的大字:"交出外币!"过了一会儿,大幕又拉开了,节目主持人又在请人上台:

"现在我们欢迎谢尔盖·格拉尔多维奇·敦奇尔上台!"

敦奇尔看上去五十来岁,举止文雅,风度翩翩,但显然也是好久无暇顾及服饰和仪容了。他上台后,节目主持人说:

"谢尔盖·格拉尔多维奇,您在这里已经坐了一个半月,一直顽固地拒绝交出您余下的外币。您要知道,国家目前十分需要外币,而外币对您来说什么用处也没有。可您还是顽固地不交。您是个有知识、有教养的人,一切您都很清楚,可您就是不愿意跟我们合作。"

"很遗憾,我毫无办法,因为我确实再没有外币了。"敦奇尔心平气和地回答。

"那么,至少您总还有些钻石吧?"演员问。

"钻石也没有。"

演员低下头,想了想,然后拍了一下手掌。掌声一落,幕后便走出一个穿着入时的中年妇女——她身披小圆领春大衣,头戴一顶小小的圆帽,神色显得有些不安。敦奇尔看了她一眼,丝毫未动声色。

"这位夫人是谁?"节目主持人问敦奇尔。

"是我妻子。"敦奇尔神态自若,一边回答,一边朝妇女那细长的脖颈瞥了一眼,似乎有些厌恶。

"敦奇尔夫人,"节目主持人对妇女说,"今天我们麻烦您来,是为了这样一件事:我们想问问,您丈夫手里是不是还有外币?"

"他当时就全部交出去了。"敦奇尔夫人激动地回答。

"那么,好吧,"演员说,"既然您也这么说,就算是这样吧。既然谢尔盖·格拉尔多维奇已经全部交出来了,那我们就应该同他告别,请他回家去。只好如此了!谢尔盖·格拉尔多维奇,如果您想走,您现在就可以离开这里。"演员说着,做了个庄严的送客动作。

敦奇尔仍然神态自若,他转身迈开方步向幕后走去。

"请您再稍微等一下,"节目主持人立即拦住他,"我们的节目单里还有一个小小的插曲,临别前我想请您看看,"他说着,又拍了一下手掌。

于是,舞台深处的黑色帷幕慢慢打开,从里面又走出一位妇女。她身穿舞会盛装,年轻,美丽,双手捧着个金色小托盘走到前台。观众看到:托盘里盛着用花丝带捆好的厚厚一叠纸币和一条闪着蓝、黄、红各种颜色的光彩夺目的钻石项链。

敦奇尔倒退一步,脸色变得煞白。全场鸦雀无声。

"这里是一万八千美元和一条价值四万金币的钻石项链!"节目主持人得意洋洋地高声宣布说,"这是谢尔盖·格拉尔多维奇保存在哈尔科夫市他的情妇伊达·格尔库拉诺夫娜·沃尔斯手里的。现在站在大家面前的就是伊达·格尔库拉诺夫娜。我们很高兴看到她,因为正是她帮助我们发现了这些价值连城的,而在个人手里却完全无用的珍宝。太感谢您了,伊达·格尔库拉诺夫娜!"

漂亮的女人露出亮晶晶的牙齿莞尔一笑,毛茸茸的睫毛颤动了几下。这时,演员转向敦奇尔说:

"你道貌岸然,可在这外衣下隐藏着的却是一个贪婪的蜘蛛、惊人的大骗子和说谎者。你的愚蠢和顽固态度使大家在这里整整受了一个半月的折磨。现在你可以回家去了,你夫人将为你安排一座地狱,我们姑且让那地狱惩罚你吧。"

敦奇尔摇晃一下,似乎马上要摔倒,但立即有几只关切的手把他的胳膊抓住了。这时大幕迅速降落,遮住了台上所有的人。

疯狂的掌声震撼着整个剧场,尼卡诺尔觉得连大吊灯的灯光都在颤动。当台前的黑色大幕重新拉起时,台上只剩下孤单单一个节目主持人,其他人全不见了。他用手势止住再次响起的掌声,向场内点头致意,然后说:

"在我们的节目中,刚才敦奇尔扮演了一个典型的蠢驴角色。我昨天就荣幸地对大家讲过:个人秘密保存外币毫无意义。我劝各位相信,无论在任何情况下任何人都没有可能去使用这些外币。就以这个敦奇尔为例吧。他每月拿着相当可观的薪水,生活也是丰衣足食。他有一所极好的住宅,有妻子,还有一个漂亮的情妇。他本应该把外币和宝石交出来,安分守己地过他的太平日子,不必惹这许多麻烦。可他呢,偏不。今天,这个自私自利的蠢货终于落得个当众出丑的下场,还要外加上一场家里的醋海风波!好吧,还有谁要交?没有要交外币的吗?……那么,进行下一个节目。我们特邀了著名的天才戏剧演员萨瓦·波塔波维奇·库罗列索夫来给我们表演诗人普希金写的戏剧《吝啬的骑士》①中的片断。"

库罗列索夫很快便在台前亮相了。这是一个身材高大的胖男人,脸刮得光光的,穿着燕尾服,系着白领带。

他一句开场白也没有,立即做出一副阴沉的面孔,紧皱起眉头,斜了一眼小桌上的金铃,用极其不自然的声音说:

"我犹如年轻的浪子,去会那淫荡的骚妇……"②

接着,库罗列索夫讲了自己许多坏话。尼卡诺尔·伊万诺维奇听到:库罗列索夫当众坦白说,有个不幸的寡妇曾经在大雨里跪在地上,痛苦地向他哭诉,即使如此也没有打动他的铁石心肠。尼卡诺尔·伊万诺维奇在做这场梦之前,对于诗人普希金的作品一无所知。但普希金这个名字他倒是知道的,不仅知道,而且每天总要提上几遍。譬如,他常说这样的话:"那么房钱由谁付?让普希金来付?""楼道里的灯泡,照这么说,是普希金给拧走了?"或者说:"那么,难道说让普希金去买煤油吗?"

现在尼卡诺尔·伊万诺维奇了解到普希金有这样一篇作品了。他想象着那位带着几个孤儿在雨中跪地哀求的寡妇,心里未免感到忧伤,他不由得暗想:"这个库罗列索夫真不是东西!"

这时台上的库罗列索夫还在大声悔过,但他的话却越来越叫尼卡

---

① 普希金的四个小悲剧之一,写一个把金钱奉为"主人"的守财奴男爵。他最终被儿子当众气死,临死前还念念不忘他地窖里的藏金柜的钥匙。下文提到的"殿下"指该剧中的大公,"儿子"指男爵的儿子阿里贝尔。

② 这句话和下文提到的带着几个孤儿的"不幸的寡妇",以及关于女神"缪斯们"等话,都出自《吝啬的骑士》中男爵的独白。

诺尔听不懂了,因为他忽然对一个台上没有的人讲起话来,然后又代替那人回答自己,一会儿称自己为"大公殿下",一会儿又自称是"男爵",忽而叫自己是"父亲",忽而又变成了"儿子",又是称"您",又是叫"你",简直把人弄糊涂了。

尼卡诺尔·伊万诺维奇只看懂了一点:演员凄惨地死去了,临死前他还在叫喊"钥匙,我的钥匙呀!"然后便倒在台上,喘着粗气,小心地解开自己的领带。

他看到,演员库罗列索夫死去后,又在台上站了起来,掸了掸礼服裤上的土,皮笑肉不笑地向观众行了个礼,在稀疏的掌声中退到幕后。他走后,节目主持人出来说:

"刚才我们大家看到了萨瓦·波塔波维奇的精彩表演——《吝啬的骑士》。这个骑士曾经指望各种快活的女神会来朝拜他,缪斯们会对他献殷勤,会发生许多诸如此类的事。但是,正如大家看到的,这类事一件也没有发生,没有一个女神到他这里来,缪斯们并没有来,他也没有建立起什么豪华的宫殿,相反,却死得很凄惨,撞在自己的藏金柜上一命呜呼了。我也要警告在座的各位,如果你们不交出自己的外币,你们的命运也会像这个骑士一样,说不定还会比他更糟!!"

不知是普希金的作品发挥了威力,还是节目主持人这番道白起了作用,只听大厅里有个声音羞羞答答地说:

"我愿意交。"

"请您到台上来。"节目主持人望着黑暗的大厅,很有礼貌地邀请。

登上舞台的是个身材矮小、长得很白净的人,看样子总有三个星期没刮脸了。

"对不起,您贵姓?"节目主持人问道。

"姓卡纳夫金,叫尼古拉。"来人羞怯地回答。

"噢,很好,卡纳夫金公民,那么您?……"

"我交。"卡纳夫金低声说:

"交多少?"

"一千美元和二十枚十卢布金币。"

"好!只有这些吗?"节目主持人直盯住卡纳夫金的眼睛问道。尼卡诺尔觉得节目主持人眼睛里射出的两道光芒像爱克斯光射线似的一下子穿透了卡纳夫金的全身。整个大厅的人全都屏住了呼吸。

"我相信!"演员终于收回自己的目光高声说,"我相信您!您这双眼睛表明您没有撒谎。我对大家讲过好多次了,你们的主要错误就在于对人的眼睛的意义估计不足。你们应该明白:人的舌头能够掩盖真情,但是眼睛却绝对做不到这一点!别人突然向你提出一个问题,你立即控制住自己,甚至没有愣一愣神儿,你知道该怎样回答,怎样掩盖真情,而且说的头头是道,令人信服,脸上的任何一个皱纹都没有多动一下;但遗憾的是,在你被问话的那一瞬间,你那受到触动的真情便会从内心深处跳到你的眼睛里!于是,一切都完了。真情被发现,你也就等于当场被捉住了!"

节目主持人以极大的热情讲完这一番非常令人信服的话之后,和蔼地问卡纳夫金:

"藏在什么地方?"

"在我姨母家,她姓波罗霍夫尼科娃,住在普列奇斯田卡……"

"啊!这是……让我想一想……这就是克拉芙季娅·伊利尼奇娜家里吧?"

"正是。"

"噢,对了,对了!是个不大的独门独院?对面还有个小花园?对,这个地方我知道,知道。您把它塞到什么地方了?"

"地窖里,一个盛点心的盒子里……"

演员两手一拍,伤心地说:

"哎呀,你们大家见过这种事吗?这些东西放在那里会受潮、发霉的呀!看看,把外币放在这种人手里能叫人放心吗?啊?简直和小孩子一样!真是的!"

卡纳夫金自己也明白这事做得很蠢,是个很大的错误,便低低垂下了他那头发蓬松的脑袋。

"钱这东西,"演员继续说,"应该保存在国家银行,保存在专为此目的建造的、干燥的、非常保险的地方,不该放在什么姨妈家的地窖里。那样会被老鼠咬坏的!真是可耻!卡纳夫金!你不是小孩子了呀!"

卡纳夫金惭愧得无地自容，一个劲儿用手搓弄上衣衣襟。

"嗯，行啦，"演员的语气缓和下来，"过去的旧账不必老提了……"但他话锋一转，突然又问了一句，"不过，顺便问一下，那您姨妈她自己不是也有吗？啊？一次解决多好，免得总派车去……"

卡纳夫金完全没料到事情会发生这样的转折，不由得打了个冷战。全场又寂然无声了。

"哎呀，卡纳夫金呀，卡纳夫金！"节目主持人沉默片刻，又温和地谴责说，"我刚才还表扬了您呢！可您一下子又不往正路上走啦！这可不好啊，卡纳夫金！刚才我不是讲过眼神的意义吗？看得出呀，您姨妈家肯定有。嗯？您干吗还叫我们费事？"

"有！"卡纳夫金壮着胆子高声说。

"很好！"演员也高声喊道。

"很好！"全场爆发出可怕的喊声。

会场平静下来后，节目主持人与卡纳夫金握手，向他祝贺，允许他回家，并建议派辆汽车把他送回城里去，同时命令幕后面的一个人跟着这辆车去，回来时顺便把卡纳夫金的姨妈接到另一个专为妇女演出的剧院去看同样的节目。

"噢，对了，我还想跟您打听一下，您姨妈说没说过她的东西藏在什么地方？"主持人很客气地问道，同时递给卡纳夫金一支香烟，并且划着一根火柴。卡纳夫金一边点着烟，一边苦笑着摇了摇头。

"我相信，我相信，"演员叹了口气说，"这种事，老啬啬鬼不仅不会告诉外甥，连魔鬼也不会告诉的。行啦，我们试试看，想法唤醒她身上的人的感情。但愿这个腐朽的灵魂中还有几根人性的弦没有烂掉。好，再见吧，卡纳夫金！"

幸福的卡纳夫金乘车回去了。演员又问在场的人还有谁打算交出外币。全场报以长时间的沉默。

"你们这些人真怪，真怪！"演员耸耸肩膀，退到幕后去了。

剧场里的灯熄灭了。有一段时间场内一片漆黑。黑暗中听到远处有个激动的男高音在唱：

  那里有座金山，它是我的财产！

接着,又从远处传来两次鼓掌声。

"这是专为妇女演出的剧院里有人正交出外币!"尼卡诺尔身旁蓄着褐红胡子的人突然对他说。那人叹了口气,又说:"咳,要不是我有那几只鹅呀!我对你说,亲爱的,我在利阿诺左沃①养了几只斗鹅。我不在家,我怕它们会饿死。这种斗鹅都很淘气,得精心喂养才行……唉,要不是有那几只鹅,演普希金这一套我才不怕呢!"他又叹起气来。

这时剧场里亮起了灯光。尼卡诺尔·伊万诺维奇梦见剧场所有的门都打开了,一些戴白发罩的炊事员拿着舀汤的大勺子从各个门走进来。他们把一口盛菜汤的大缸拉进大厅,又拿进一大箱切好的黑面包片。场内席地而坐的观众活跃起来,快活的炊事员在这些"戏剧爱好者"中间穿来穿去,给每个人的碗里舀汤,分给他们面包。

"吃午饭吧,伙计们!"炊事员边分汤边喊叫,"吃完就把外币交出来!你们干吗要待在这个地方?你们就愿意喝这种烂菜汤?!交了外币就回家去,好好喝上几杯,吃点下酒菜,多好!"

"喂,就说你这位老爷子吧,你干吗坐在这儿?"一个红脖子胖炊事员对尼卡诺尔·伊万诺维奇说,同时把一碗菜汤递给他,他看到汤里只漂着一片孤零零的洋白菜叶。

"我没有,没有!没有啊!"尼卡诺尔的喊声叫人听了害怕,"你懂不懂,我没有!"

"没有?"炊事员用低沉的嗓音气势汹汹地问。然后他又换成一种女人的温柔的声音问:"是没有吗?"这时炊事员本人竟变成了女医士普拉斯科维娅·费道罗夫娜,她用安慰的语气轻声说,"你没有,是没有。"

女医士正在摇晃着梦中呻吟的尼卡诺尔·伊万诺维奇的肩膀。于是,炊事员、剧场、幕布等等统统消失了。尼卡诺尔·伊万诺维奇睁开泪眼,看到自己住的医院病房和两个穿白罩衫的人。但这不是那些无礼地干涉别人私事的炊事员,而是医院的医生和医士普拉斯科维娅·费道罗夫娜,她手里拿的不是汤碗,而是一个小小的托盘,盘里是

---

① 利阿诺左沃是莫斯科郊外约二十公里处的一个别墅村。

用纱布蒙着的注射器。

"这叫什么事呀！"打针时尼卡诺尔还在痛苦地自言自语，"我没有，根本没有！让普希金去给他们交外币吧，我可没有！"

"你没有，是没有，"好心肠的普拉斯科维娅·费道罗夫娜安慰他说，"没有就是没有嘛，这不能怪你。"

打针后尼卡诺尔安静下来，不久便沉沉睡去，再没有做任何梦。

但是，他刚才的叫喊惊动了隔壁的病人。第120号病房的病人醒来便寻找自己的脑袋，而第118号里不知姓名的大师则惶惶不安地揉搓着手，忧伤地望着窗外的明月，回忆着那个痛苦的、一生中最后一个秋日的夜晚，仿佛又看到了从地下室门下透进来的一道月光和月光中的一绺散乱的头发。

第118号的不安通过阳台传到诗人伊万的房间，伊万从梦中醒来又大哭起来。

但是，医生很快便使所有受到惊扰的、头脑有病的人安静下来了。病人们又渐渐入睡了。睡得最晚的是伊万，他朦胧入睡时莫斯科河上已经破晓。服药后，药力迅速传遍他的全身，他觉得有一种宁静感像不断涌来的层层波浪似地慢慢充溢了他的身心，他感到身体轻松起来，脑袋被温暖的微风吹拂着，昏昏欲睡。他终于睡着了，入睡前他听到的最后的声音便是林中小鸟黎明前的啁啾。但这啁啾声也很快就静下去，他渐渐进入梦乡。在梦中他看到：秃山上空的太阳已经渐渐向西偏斜，整个山冈被两道封锁线围得严严实实……

第十六章 行刑

秃山上空的太阳已经渐渐向西偏斜,整个山冈被两道封锁线围得严严实实。

原来,上午十点多钟,驶过总督面前的那支骑兵中队便飞快地到达了耶路撒冷西城的希布伦门。在此之前卡帕多细亚①人大队的步兵早已把人群、骡马、骆驼等推挤到路两旁,为它清理出了道路。骑兵队出城后继续策马前进,一路上扬起冲天的白色尘土,一直跑到两条大道的岔道口。从这里往南的一条路直达伯利恒,西北方向的路通往雅法。骑兵中队顺西北大路驰去,这条路也由卡帕多细亚大队的士兵警戒,他们也已及时地把路上所有赶往耶路撒冷过节的骆驼队驱赶到路旁了。许多朝圣者扔下他们临时搭在草地上的条纹布帐篷,挤在卡帕多细亚士兵身后看热闹。出城后大约跑了一公里,骑兵中队便超过了闪击军团第二步兵大队,又跑出一公里后,它首先到达秃山脚下。在这里,骑兵下马改为步行,指挥员随即把中队分为若干小队,各小队分别沿山麓散开,把个并不高的秃山冈团团围住,只留下一个可以从雅法大道上山的唯一路口。

不久,第二步兵大队继骑兵队之后开抵山下,随即登上山腰,在那里形成了第二道包围圈。

最后开到秃山的是捕鼠太保马克指挥的中队。士兵们排成两行分别沿大路两侧鱼贯前进。两行散兵线中间是几辆马车,头一辆车上载着由秘密卫队押解的三名犯人,每人颈上挂一块白木牌,牌上用阿拉米语和希腊语写着"强盗和叛乱者"几个大字。跟在后面的几辆车上载着几个刚刚做好的十字木桩、绳索、锹镐、水桶、斧头等物,还有六名刽

---

① 小亚细亚中部高原地带的古称,今属土耳其。

子手。刑车车队后面跟着几个骑马的人,其中包括中队长马克、耶路撒冷圣殿警备队队长、还有在王宫暗室同总督彼拉多作过短暂密谈的那个戴风帽的人。整个队伍由一队步兵断后,步兵后面便是那些不畏烈日酷暑、一心想要见识见识这有趣场面的大批好奇者了,人数约在两千左右。

现在又有一批批好奇的朝圣者自由地加入从城里来的好事者行列的尾部。群众行列的上空不时响起公告人尖细的喊声,他们跟在人群里,不住地反复宣告总督十点钟左右在广场上宣布的话。大队人马浩浩荡荡开到了山脚下。

封锁着山麓的骑兵对众人一律放行,而山腰处的第二道封锁线则只允许与行刑有关的人员通过。然后,第二道封锁线上的步兵迅速地使密集的人群分散到四周整个山腰上,于是,围观的群众就处在上下两道包围圈之间了——上面是步兵,下面是骑兵,至于行刑地点,透过不很密集的步兵封锁线,倒是还能够看得清楚。

这样,车队开上山已经有三个多小时。秃山顶上的太阳已经渐渐往下倾斜,但还是热得叫人无法忍受。两道封锁线上的士兵叫苦连天,加上寂寞无聊,免不了暗地里诅咒那三名强盗,从心底里盼着他们尽快死去。

在山脚下警戒登山路口的骑兵中队长是个小个子叙利亚人。他额头上冒着汗珠,汗水浸渍的白上衣的背部已经沾上了一层尘土,变成了深灰色。他不时地来到第一小队的皮水桶前用手捧一口水喝,再把缠头巾浸润一下。他这样稍微轻快一下之后,便又回到尘土弥漫的上山路去来回巡视。他迈着大步,腰间的长佩剑撞击着系着带子的高筒皮靴,发出咯咯的响声。中队长本人想给部下作出军人的顽强和忍耐的表率,但他爱惜士兵,让士兵们把长矛插在地上搭成金字塔形,把各人的白斗篷蒙在上面做成帐篷。于是叙利亚骑兵们便钻进帐篷去躲避那炎炎烈日了。水桶很快都见了底。各小队轮流派人到山下一条小河沟里去打水,那里有几棵半干枯的桑树,稀疏的树荫下有一条发了浑的小溪还在这恶魔般的炎炎烈日下苟延残喘。树荫下站着几个寂寞的看马人,他们随着不断移动的树荫移动着,看守着那些如今也已无精打采的军马。

士兵们的疲倦和他们对三名强盗的咒骂是可以理解的。总督曾担心在这座可憎的城市执行死刑有可能引起骚乱,幸亏他担心的事并没有发生。出乎意料的倒是,行刑持续了三个多小时后,山腰的步兵封锁线和山麓的骑兵封锁线之间已经一个围观的人都看不见了:烈日烘走了人群,把人全赶回了耶路撒冷。现在,罗马步兵的封锁线外只剩下了两只狗,不知是谁家的,也不知是怎么跑到这里来的。但它们也已被烈日晒得疲惫不堪,趴在地上伸出长长的舌头,艰难地喘粗气,对身旁的绿背大蜥蜴毫不理睬——只有这些蜥蜴不怕烈日的烘烤,继续在滚烫的石头和一种有大刺的爬蔓植物之间钻来钻去。

无论在满城军队的耶路撒冷市内,还是在这严密封锁的秃山上,都没有发现有人企图劫刑场。民众已返回城去,行刑的场面确实没有什么好看的,而城里家家户户都已经在准备迎接今晚开始的伟大逾越节了。

警戒在山腰的罗马步兵比下面的骑兵更苦。中队长捕鼠太保只允许士兵摘下头盔,用浸了水的白头巾缠住头,但要求他们继续持矛站立,不准坐下。他自己也缠上一条白头巾,但却是干的,没有浸水。他在几个刽子手附近来回踱步,甚至挂在上衣胸前的两块银制狮头甲、护腿铁甲、佩剑和佩刀都没有摘下来。炽热的阳光向他直射,但丝毫不能伤害他,胸前的银狮头好像被太阳烧成了翻滚的银水,射出刺眼的强光,叫人不敢正视。

捕鼠太保那张丑陋的脸上既没有显出疲倦,也看不出有任何不满,似乎这个巨人队长还能够这样走上整整一天、一夜,再加上一天,总之,需要走多久,就能走多久——就像现在这样,两手叉在挂着铜牌的沉重的腰带上,走来走去,就像现在这样,时而以严峻的目光瞅瞅几个绑着受刑者的十字木桩,时而瞅瞅包围圈上的士兵,就像现在这样,用毛茸茸的皮靴尖冷漠地踢开脚下碰到的、被时间洗白了的人骨头或小燧石,走来走去。

戴风帽的人坐在离十字架不远的一把三条腿小凳上。他泰然危坐,很少动一动,只是偶尔出于寂寞才用手里的小树枝在沙地上划几下。

前面我们曾说过,步兵封锁线外面一个人也没有了。其实,这是不够确切的。这里还是有一个人的,但他不是待在大家都能看得见的地方。他不是待在便于观看行刑场面的、有一条上山小路的那面山坡上,而是待在北山坡上。这里坡陡,路不平,不易通行,还有深沟和石缝。石缝中有一株病无花果树,它紧紧抓住那一小块被上天诅咒的无水的土地,挣扎着还要活下去。

这个唯一不是死刑执行者,而是观看死刑的人,就待在这棵根本没有荫凉的无花果树下。他从一开头就坐在这里一块石头上,也就是说,他已经在这里待了三个多小时。的确,要想看行刑场面,他选的这块地方并不是最好的,而是最差的。但是,这里也能看见那些木桩,还能看见站在警戒线内的中队长胸前两个闪光的白点,而这些对一个显然不愿引人注意、不愿受到干扰的人来说,看来已经足够了。

然而在四小时之前,当执行死刑的程序刚刚开始时,此人的行径却不是这样,而是非常容易引人注意的,也许正因为如此,他现在才改变了做法,躲到了一旁。

四小时前,行刑车队刚刚通过散兵警戒线登上冈顶,这个人就跑上山坡来了,而且,看那样子显然是来迟了。他不是走上山来,而是一路上挤开人群气喘吁吁地跑上来的。当他发现自己也同别人一样被隔在封锁线外时,他曾装作听不懂士兵的愤怒呵斥的样子,天真地企图从士兵身旁闯进去,闯到行刑地点,因为那里已经把犯人从刑车上推下来了。为此他的前胸受到矛柄的狠狠一击,打得他倒退几步,大喊了一声——倒不是因为疼,而是由于绝望。对于打他的那个士兵,他只用浑浊的、对一切都漠不关心的眼睛瞥了一眼,仿佛他是个对于肉体疼痛没有知觉的人。

他捂着胸脯,连咳带喘地绕着山坡跑,想在北坡的警戒线上找到个小夹缝钻进去。但是,已经迟了:封锁线严严实实。他愁眉苦脸、痛苦异常,但他却不得不放弃他冲向刑车的企图。这时马车上的十字木桩也已经卸了下来。他明白:再企图往里钻是不会有好结果的,只能是自己也被抓起来,而他今天的计划里可绝没有包括被拘留这一项。

因此，他便来到这崖石裂缝处，这里比较安静，谁也不会打扰他。

现在，这个长着黑胡子、被烈日和失眠折磨得眼圈脓肿的人正坐在石头上，双眉紧锁，思绪万千。他时而唉声叹气，解开身上那件不知穿着它流浪了多久的、已经由天蓝色变成灰白色的肮脏长衫，看看流着肮脏汗水的、被矛柄打伤的胸膛，时而在难忍的悲痛中抬眼望望空中盘旋的三只大兀鹫（这三只预见到丰盛宴席的食尸猛禽早就在高空盘旋了），时而又绝望地盯着眼前的黄土地，看着一块破碎的狗头骨和在它周围乱爬的大蜥蜴。

心中容纳不下的巨大痛苦使他不时地自言自语。他忍受着极大的精神折磨，在石头上摇晃着身子，用指甲抓挠黝黑的胸膛，喃喃地咒骂自己：

"啊！我真傻！大傻瓜，简直是个没有头脑的女人！孬种！是具死尸！我不是人呀！"

他耷拉下脑袋，不言语了。过一会儿，他从木水罐里喝几口温吞水，便又来了精神。他不时地摸摸藏在怀里长衫下的刀子，又摸摸摆在眼前石头上那张羊皮纸和旁边一根尖头小木棍以及盛着墨汁的小皮囊。

那羊皮纸上已经写着一些字了：

　　时间在流逝，我，利未·马太，仍待在秃山上，而死亡却还没有到来！

下面写的是：

　　太阳向西偏了，但死亡尚未到来。

现在，利未·马太又绝望地用尖木棍写下了这样一行字：

　　上帝，你为何对他发怒？快赐予他死亡吧！

写下这句话后，他有声无泪地呜咽了一阵，又用指甲抓伤了自己的前胸。

利未·马太这样伤心绝望，是因为耶舒阿和他两人遭到的可怕挫折，而且，按他自己的想法，还有他马太个人犯下的重大失误。前天日间,耶舒阿和马太在耶路撒冷城郊伯法其的一个种菜人家里做客,因为种菜人非常爱听耶舒阿所传的道。那天上午两位客人帮主人在菜园里忙了半天,原打算等到傍晚凉爽时再进城去。但后来不知为什么耶舒阿急着要走,说他去城里有急事要办,所以,刚过晌午他就独自往耶路撒冷去了。这是利未·马太的第一个失误。他为什么,为什么要让耶舒阿一个人走呢?!

到了傍晚,马太自己又没有能进城去,因为他突然病倒了。他浑身打战,身上像火炭一样热,牙齿磕碰得咯咯响,不住地要喝水。他根本不能走路,躺倒在种菜人板棚里的马被上,一直待到第二天(星期五)的黎明。谁想到一夜过去,他的病竟霍然而愈。虽然他还很虚弱,两腿发软,但因为某种不祥的预感使他惴惴不安,他便辞别主人,动身往耶路撒冷走去。进城后他发现,预感没有错——大祸降临了。马太和民众一起听到了总督宣布的判决。

当犯人被解往秃山时,马太夹杂在好奇的人群中跟着警戒刑车的两排卫兵线一起往前跑,想方设法暗暗让耶舒阿知道:现在还有他利未·马太在他身边,他没有在这人生的最后旅程中抛弃他,他在为他的速死而祈祷。但是耶舒阿直视着自己被带去的远方,当然没有发觉马太。

车队走出一里多路时,在卫兵线外的人群中挤着往前跑的马太忽然产生一个简单而明智的念头,他为此十分激动,不由得咒骂自己早没有想到这一点。车队两旁的卫兵线并不很密,前后卫兵之间是拉开一些距离的。如果看准时机、动作敏捷的话,一弯腰就能从卫兵中间冲到刑车旁,跳上车去,那么,耶舒阿就可以免受折磨了。

只需一瞬间就能把刀子捅进耶舒阿的后背,对他喊一声:"耶舒阿!我来救你,也跟你一起去!我是马太,你忠实的、唯一的弟子!"

假如上帝再多赐给一瞬间自由,他还可以再把刀子刺进自己胸膛,免得死在木桩上。不过,从前的税吏马太不大考虑这第二点。自己如何死法,他都无所谓。他只希望一生从未对任何人做过任何坏事的耶舒阿不受痛苦的折磨。

计划很好,可问题出来了:马太身边既没有带刀,也分文没有。

利未·马太气急败坏地从人群中挤出来,回头朝城里跑去。他那燃烧着的头脑里只有一个疯狂的想法:要不惜采取任何手段在城里立即搞到一把刀,再跑回去追上刑车。

他跑到城门前,在蜂拥着进城的骆驼队和人群中敏捷地钻动着挤进城门,立刻便看到左侧路边有一家敞着门的面包铺。在滚烫的大道上跑得上气不接下气的马太极力控制着呼吸,大摇大摆地走进面包铺。他向站在柜台里的老板娘打了个招呼,请她把货架最上层那个大圆面包拿给他,他像是特别看中了那一个。老板娘刚一转过身,马太便悄悄抄起柜台上的长面包刀溜之大吉了。这把刀再好不过,像刮脸刀一样锋利。几分钟后马太已经跑在雅法大道上,但他已经看不见前面的行刑车队了。他继续奋力往前追赶。有时候不得不一动不动地趴到土地上喘一喘气,从而使骑着骡子或徒步赶往耶路撒冷的人们投过来惊奇的目光。他躺在地上,听到自己的心脏不仅在胸中,而且在脑壳里和耳朵里咚咚地跳动。稍稍喘过一点气之后,他便爬起来继续跑,但速度越来越慢。当他远远看到前面尘土飞扬的大队人马时,那支队伍已经到达山脚下。

"啊,上帝……"马太发出痛苦的呻吟,意识到自己来迟了。他确实是来迟了……

行刑已经持续了整整四小时,马太的痛苦达到了极点,他陷入了疯狂状态:他从石头上站起来,把偷来的、如今觉得毫无用处的刀子扔在地上,一脚踩碎木水罐,断了自己的水源,扯下缠头巾,抓着稀疏的头发狠毒地诅咒自己。

他胡言乱语地诅咒自己,咆哮、吐唾沫,甚至咒骂自己的爹娘生下这么个笨蛋。

诅咒和谩骂都无济于事,炎炎烈日下的一切毫未因此改变。于是马太闭上眼睛,握起两只干瘦的拳头,伸向天空,伸向太阳,伸向那此刻越偏越低、把影子越拉越长、正准备落入地中海的太阳,要求上帝马上显示奇迹,立刻赐予耶舒阿死亡。

马太睁开眼睛,看到山冈上的一切依然如故,只是中队长胸前那两个发光点熄灭了。太阳光正照射着面向耶路撒冷的几个受刑者的背部。于是他便大声喊叫起来：

"我诅咒你，上帝！"

他声嘶力竭地大喊大叫，说他完全看透了，上帝并不公正，他再也不信上帝了。

"上帝，你是聋子！"马太吼叫着，"如果不聋，你就会听到我这喊声，就会马上让他死！"

马太闭上眼睛，等待着被上帝的天雷劈死。但这事也没有发生。于是马太便闭着眼睛继续恶毒地大声咒骂苍天。他大声诉说着自己的失望，说还有许多别的神，还有各种别的宗教！别的神绝对不会、永远也不会让耶舒阿这样的人在十字架上被太阳晒死的！

"我以前看错了！"马太的嗓音已经完全嘶哑，"你是个恶神！要不就是圣殿里缭绕的香烟完全遮住了你的两眼？莫非是你的耳朵只能听见牧师们洪亮的赞美歌，此外什么也听不见？你不是万能之神！你是黑暗之神！我诅咒你，诅咒你这强盗之神，强盗的庇护者，强盗的灵魂！"

这时，利未·马太觉得有什么东西往他脸上吹了一下，接着脚旁又有什么东西沙沙响起来。随后又吹了他一下。于是他睁开双眼，他看到：世界变了样子，不知是因为他诅咒的效力，还是由于别的什么原因，反正变了。太阳看不见了，它并没有沉入每晚都要沉入的大海。西方空中升起的一片黑压压的浓云吞噬了太阳，正以锐不可当之势朝山冈袭来，它的边缘部分掀起白色浪花，烟雾蒙蒙的黑色腹部泛出黄色反光。乌云发出阵阵抱怨声，不时地抛出几条耀眼的火链。通往雅法的大道上，贫瘠的吉翁谷里，朝圣者们的帐篷上空，骤然刮起大风，卷起无数尘柱滚滚而来。利未·马太不做声了。他在想：即将降临耶路撒冷的大雷雨会不会给不幸的耶舒阿的命运带来什么变化？于是他仰望着劈开乌云的条条银链开始祈祷，请求雷电快些击中绑着耶舒阿的那个十字架。这时，尚未被黑云吞掉的蓝天中也已看不见飞翔的白兀鹫，它们也躲避雷雨去了。利未·马太追悔莫及地望着蓝天，暗暗悔恨自己不该那么急于诅咒上帝，如今上帝不会再听他的祈祷了。

马太把目光转向山下，不由得被骑兵警戒的地方吸引住：山下也发生了很大变化。他居高临下看得清清楚楚,骑兵们正匆忙拔起地上的长矛,披上斗篷,几个看马人牵着几匹黑鬃马奔驰而去。骑兵中队显然要开拔。马太用手遮住扑面飞来的尘土,吐着唾沫,极力猜想:骑兵准备撤走意味着什么?他又把目光移向山腰,看见一个披着紫红色军用斗篷的人正朝山顶的刑场走去。一种圆满结局的预感反而使税吏马太心里不禁一阵发紧。

在犯人们已经被痛苦地折磨了四个多小时的时候走上山来的人,是从耶路撒冷带着传令兵疾驰而至的罗马军大队的大队长。中队长马克一声令下,士兵们立即给来人闪出一条路,马克迎上前去向大队长保民官敬礼。大队长把马克拉到一旁,对他耳语几句。马克又敬了个礼,便朝坐在十字架旁边石头上的几名刽子手走去。保民官则朝坐在三条腿小凳上的人走过来,那人恭敬地起身相迎。保民官又对他小声说了几句,两人便一起走向十字架,圣殿警备队长也急忙跟了上来。

马克轻蔑地扫了一眼十字架旁那堆破布——从犯人身上扒下的、刽子手不屑要的衣服,命令其中两名刽子手:

"跟我来!"

从最近一个十字架上传来一阵嘶哑的、含糊不清的歌声。绑在这个十字架上的是赫斯塔斯,他不到三小时就在蝇叮日晒下精神错乱了,这是他在唱一支关于葡萄的歌。但他还能够不时地摇晃一下缠着头巾的脑袋,每一晃,他脸上的一层苍蝇便无精打采地飞起来,接着又落在脸上。

第二根十字木桩上的狄司马斯被折磨得最厉害,因为他没有昏迷过去。他不住地均匀地把头歪向左右两旁,用耳朵去够肩膀,赶走苍蝇。

耶舒阿比他们都幸运。被绑上去不久他就一阵阵头晕,很快便完全昏迷过去了。他的脑袋垂下来,缠头巾也松开了。因此他脸上落满了苍蝇和牛虻,整个脸给一层不停地活动的黑乎乎的东西遮住了。腹股沟处,肚子上,胸前,腋下,到处都有肥大的牛虻吸吮着这蜡黄色的裸露着的躯体。

戴风帽的人做了几个手势,命令一个刽子手取来长矛,另一个取来水桶和一块海绵。头一个人走到耶舒阿的十字架前,举起长矛柄往他那两只伸直的、被绳子捆在十字架横木上的胳膊上分别捅了几下。瘦骨嶙峋的躯体抖动了一下。刽子手又用矛柄在耶舒阿的肚皮上划了一下。耶舒阿抬起了头,苍蝇嗡嗡地飞起来。这才看见受刑者的脸:眼睛肿得老高,整个脸完全被咬肿了,变得几乎无法辨认。

耶舒阿吃力地睁开两张眼皮,往下看了一眼。他那双昔日清澈的眼睛如今已浑浊了。

"拿撒勒人!"刽子手叫了一声。

拿撒勒人浮肿的嘴唇翕动了几下,用沙哑粗犷的声音问:

"你需要什么?为什么到我跟前来?"

"喝水吧!"刽子手说着,用矛尖挑起蘸满水的海绵举到耶舒阿唇边。耶舒阿的眼里闪出喜悦的光辉,他把嘴唇贴在海绵上,贪婪地吸吮起来。这时,旁边的十字架上传来狄司马斯愤愤不平的声音:

"这不公平!我是跟他一样的强盗。"

狄司马斯想要挣扎,但一动也不能动:每只胳膊都有三处被紧紧绑在十字架横木上。只见他收紧腹部,十指紧抓住横木的两端,用力把头扭向耶舒阿的十字架,眼里冒着怒火。

忽然刮起一阵狂风,飞扬的尘土遮住了天空,刑场上顿时暗了许多。待风过去后,中队长喊道:

"第二根柱子上的,住口!"

狄司马斯不作声了,但耶舒阿的嘴唇也离开了蘸水的海绵。耶舒阿极力想用温和而诚恳的语气说话,但已经做不到了,他用沙哑的声音请求刽子手:

"给他喝吧。"

四周越来越黑。乌云已经遮住这半边天,正迅猛地扑向耶路撒冷,奔腾翻滚的白云冲在最前面,紧接着便是饱含着水分和雷电的铅一般的乌云。忽然,电光一闪,一声巨响震撼了整个山冈。刽子手取下了矛尖上的海绵。

"感谢总督大人的宽大吧!"刽子手庄重地小声对耶舒阿说,随即用矛尖朝他的心脏轻轻一刺。耶舒阿浑身一抖,低声说:

"总督大人……"

鲜血顺着他的胸腹部往下流,他的下巴哆嗦了几下,头耷拉下来。

响起第二声雷时,刽子手正在给狄司马斯喝水并讲同样的话:

"感谢总督大人吧!"说着,便把他也刺死了。

精神错乱的赫斯塔斯见刽子手走到跟前,吓得喊叫起来,但海绵一碰到他的嘴唇,他不知哼唧了句什么,便紧紧咬住了它。几秒钟后他的身子也完全低垂下来了,只靠几根绑绳系在柱子上。

戴风帽的人跟在刽子手和中队长后面,他身后是圣殿警备队长。他走到第一根柱子旁边,仔细看了看血淋淋的耶舒阿,用他那白皙的手碰了碰耶舒阿的脚,对身旁的人们说:

"死了。"

他在另两根十字架旁也照样做了一遍。

在这之后,保民官对中队长作了个手势,转身带着警备队长和戴风帽的人朝山下走去。周围已是一片昏暗,只有道道闪光划破黑色的天空。突然,天空喷出一道火花,中队长喊出的"撤岗!"的命令声被隆隆的雷声淹没了。幸福的士兵们边戴头盔,边往山下跑。黑暗已经完全笼罩住整个耶路撒冷城。

步兵中队刚跑到半山腰,滂沱大雨便突兀而下,雨势空前猛烈。中队跑到山脚时,滚滚浊流已经从山上追下来了。士兵们在稀泥上一溜歪斜地跑着,不时倒在泥水中,急于跑上平坦的大道。大道上,透过雨幕隐隐约约可以看见淋成落汤鸡的骑兵中队正在驰进耶路撒冷城。几分钟之后,雷鸣电闪,雨水火光交加的黑沉沉的山冈上就只剩下一个人了。这人摇晃着那把总算没有白偷的长刀,在泥泞的山坡上跌跌撞撞地朝山顶的十字架跑去,他滑倒再爬起来,抓住一切可以抓住的东西,有时甚至跪地膝行;他的身影时而在黑暗中消失,时而又被闪光照亮。

他终于挣扎到了木桩跟前,站在没过脚面的水里,脱下浸透雨水的沉甸甸的长衫。他只穿着一件短衫,靠在耶舒阿的腿上,先把绑住两膝的绳子割断,再登上木桩下部的横梁,一手抱住耶舒阿的身子,一手割断上部横梁上绑着胳膊的绳子。耶舒阿湿淋淋的赤条条的身子落到利未·马太身上,把他压倒在地。马太本想立刻背起他来走开,但忽然又被一个什么念头留下了。他让耶舒阿的尸体暂时仰面伸着胳膊躺在地上泥水里,自己又踩着稀泥趔趔趄趄地朝另外两个木桩跑去。他把旁边两个十字架上的绳子也都割断,让两具尸体也都掉在地上。

几分钟后山顶上便只剩下两具尸体和三个空十字架了。两具尸体被雨水冲刷着,翻转着。

这时,山顶上已经既不见利未·马太,也不见耶舒阿的尸体了。

第十七章 惶惶不安的一天

星期五，也就是那场可恶的魔术表演后的第二天，瓦列特剧院的职员早晨上班后，谁也没有坐在自己座位上：全体人员——会计主任瓦西里·斯杰潘诺维奇·拉斯托奇金、两名出纳员、三名打字员、两名售票员、还有通讯员、招待员和勤杂工，总之，来上班的人全都坐在朝花园大街一侧的窗台上观看街上的情景。他们看到，顺着剧院外的大墙根排着两行长队，人们一个紧挨一个，队尾已排到库德林广场，足有几千人。站在长队最前面的是二十来个莫斯科戏剧界有名的票贩子。

排队的人们兴奋异常，有人正在绘声绘色地描述昨晚别开生面的魔术表演，大部分人则在热烈地议论着。他们的议论吸引着街上川流不息的行人，也引起会计主任拉斯托奇金的极大不安：他昨晚不在剧院，未能亲眼目睹那场演出。要是听招待员们的介绍，简直玄乎其玄了——据说，有些女公民散场后曾以十分不成体统的样子在大街上乱跑，等等。听到这些荒诞无稽之谈，老成持重的瓦西里·斯杰潘诺维奇只是不住地眨巴眼，完全慌了手脚，不知所措。但他还是不得不有所措置，因为在现有的剧院职工中他算是地位最高的了。

眼看已是上午十点，等票人的队伍还在不断增长、膨胀，以至惊动了民警局，迅速派来了包括骑警在内的大批民警以整顿并维持秩序。尽管人们规规矩矩排起了队，但这足有一公里的长蛇阵本身就具有极大的诱惑力，使街上的行人惊诧不已。

大街上如此，剧院内情况也不妙。从大清早起，经理办公室、财务协理办公室、会计室、售票处以及总务协理办公室的电话便响个不停。起初，会计主任拉斯托奇金还拿起电话回答几句，售票员和招待员们也都接电话，随便说两句，后来便索性不去接它了，因为电话里的问题——利霍捷耶夫、瓦列奴哈、里姆斯基这些人现在在哪儿？——根本无法回答。起初他们试图以"利霍捷耶夫在家里"来搪塞,但后来对方说,已往家里挂过电话,家里人回答说利霍捷耶夫在剧院。

有个非常激动的妇女来电话找里姆斯基。剧场的人建议她往他家里挂电话问问他夫人。没想到对方竟闻声大哭起来——原来她就是里姆斯基夫人,她说,哪儿也找不到她丈夫。全都乱了套。女勤杂工这时正向同事们讲述她早晨看到的情况:她照例去收拾里姆斯基的办公室,看见房门大敞着,台灯亮着,朝花园的窗户上有一块玻璃打碎了,软椅倒在地上,屋里一个人也没有。

十点多钟,里姆斯基夫人闯进瓦列特剧院。她又哭又闹,不住地搓着双手,弄得会计主任手足无措,也不知该用什么话安慰她。十点半钟,来了几位民警,他们提出的头一个完全合情合理的问题便是:

"公民们,你们这里出了什么事?怎么回事?"

众人向后退去,把个脸色苍白、惶恐不安的会计主任拉斯托奇金推到了前面。他只好原原本本地实话实说:瓦列特剧院的几位领导——经理、财务协理和总务协理去向不明,目前不知在什么地方,报幕员昨晚演出后被送进精神病院,简言之:昨晚的演出糟糕透顶。

民警对号啕大哭的里姆斯基夫人尽量安慰了几句,把她送回家去,然后便对女勤杂工的话发生了兴趣,询问她看到的里姆斯基办公室的情况,并要求所有工作人员各自坚守岗位。不一会儿,几个刑侦人员带着一只警犬来到剧院。那是一只矫健的浅灰毛的尖耳朵警犬,两只眼睛非常机灵。剧院工作人员很快就小声议论开了,说它就是著名警犬"方块爱司"。确实是它。"方块爱司"的动作立即使所有人感到惊讶。它刚一跑进财务协理办公室就龇着黄色大牙,鼻子里发出唔唔的叫声,然后趴在地上,眼睛里闪着苦闷而又疯狂的光芒匍匐向前,爬向打碎的窗户。稍停片刻后,它战胜自己的恐惧感,一跃跳上窗台,仰起头朝上边狂叫起来。它不愿离开窗户,不住地狺狺狂叫,浑身抖动,像是打算跳下楼去。

人们把警犬带出办公室放在剧院前厅,它便通过大门跑到街上,把侦查人员领到了出租汽车站。它追踪的线索到这里就断了,人们只好把它带走。

刑侦人员在总务协理办公室坐下来，把看过昨晚演出的人一个个传来问话。应该说，侦查工作每前进一步都遇到一些意料不到的困难。刚刚得到一点线索，马上就又断了。

贴出过海报吗？贴出过。可是一夜之间所有海报全被新海报盖住了，旧海报如今一张也找不到。那个魔术师到底是从哪里来的？谁也不知道。总该同他签过演出合同吧？

"应该认为是签过。"神色不安的拉斯托奇金回答。

"要是签过，那合同也该经过会计室办手续呀？"

"那是必须的。"拉斯托奇金激动地说。

"那么合同在哪儿？"

"没有。"会计主任把两手一摊，他的脸色越来越苍白了。确实如此，无论是会计室的卷宗里，还是经理和两位协理的卷宗里，都找不到这份合同，连影子也没有。

那么这个魔术师他姓什么？这一点会计主任也不知道，因为他没有看演出。几个招待员也都不知道，只有一个女售票员皱着眉头想了又想，最后才说：

"姓沃……像是沃兰德。"

也许不是沃兰德吧？大概不是沃兰德。也许是法兰德。

向外国人入境管理处查询的结果，那里根本没听说过沃兰德或法兰德这样一个魔术师。

通讯员卡尔波夫报告说，魔术师原是住在经理利霍捷耶夫家里的。人们立即奔赴经理家，但既未发现魔术师，也未见到利霍捷耶夫本人。连家里的女佣格鲁尼娅也不在，而且谁也不知道她上哪儿去了。房管所主任尼卡诺尔·伊万诺维奇不在，书记普罗列日涅夫也不在！

事情荒诞到令人无法相信的程度：剧院的全部领导成员突然失踪，昨晚这里举行了一场荒唐而奇怪的演出，但谁也不知道那是什么人在谁的指使下搞的。

时间已接近中午，该是开始售票的时候了。当然，哪里谈得上什么售票！瓦列特剧院大门口匆匆挂出一块大纸板，上写："今日停演！"排队的人，首先是排在最前面的那些票贩子，骚动起来。但哄闹一阵后，毕竟还是开始走散,大约一个小时后,花园大街上就已经看不到排队的人了。侦查人员已经撤到别处去工作,剧场职工除留下几人值班外,全部各自回家。瓦列特剧院关了门。

会计主任拉斯托奇金还有两项任务必须完成:第一,要去国家大众文化娱乐管理委员会汇报昨天的事;第二,要把昨天的票房收入两万一千七百一十一卢布现款上缴到文娱局财务处。

向来办事认真、一丝不苟的会计主任瓦西里·斯杰潘诺维奇把款子用报纸包起来,用细绳捆好,装进皮包,出门径直朝出租汽车站走去:他对有关规定的细则一清二楚,携带大宗公款当然不能去乘公共汽车或电车。

站上停着三辆空车,但司机们一看见有人拿着装得满满的皮包走来,便纷纷把车开走了。会计主任眼看着几辆空车从鼻子底下溜走,而且不知为什么司机还恶狠狠地回头看了他一眼,他觉得很奇怪,愣愣地站在那里猜测其中原因。

过了两三分钟,有一辆空车进站了,但司机一看见乘客,脸上立即显出不快的神色。

"您的车空着吧?"拉斯托奇金惊讶地清了清嗓子问道。

"把车钱拿出来看看!"司机气呼呼地回答,并不回头看他一眼。

会计主任虽然感到奇怪,但也无可奈何,只好把宝贵的手提包夹在胳肢窝里,从自己钱包中抽出一张十卢布钞票拿给司机看。

"不去!"司机简短地说。

"很抱歉,我……"会计主任刚要说话,司机便打断了他的话:

"有三卢布的票子吗?"

会计主任更加摸不着头脑了,但他急忙又从钱包中抽出两张三卢布钞票给司机看了看。

"上车吧!"司机大声说,使劲一拍里程表,差一点儿把它打碎,"走啦!"

"您是不是没有零钱找?"会计主任坐在车里怯生生地问了一句。

"零钱有满满一口袋呢!"司机大声喊,从他前面的小镜子里可以看到他那双布满血丝的眼睛,"今天我已经碰到三回了,别人也碰到过。兔崽子给我一张十卢布票子,我找给他四卢布半,那该死的下车就溜了!可是过了几分钟,我一看:什么十卢布钞票呀,是一张纳尔赞矿泉水瓶上的商标!"接着司机便说出了一连串无法印在书上的词儿,"在祖保夫广场那边我又遇到一个。他给十卢布,我找给他三卢布。走了!我伸手一摸钱包,谁想到里面有只蜜蜂狠狠地蜇了我手指头一下!你看看!"司机又说了一大串脏字儿,"可那张十卢布钞票却不见了。昨天晚上就在这个瓦列特杂耍场里(又是几句骂人的话),有个演魔术的坏蛋演过变钞票的戏法儿(又是一连串儿骂人话)!"

会计主任吓呆了,他缩起脖子,装出一副连"瓦列特"剧场的名字都是初次听说的样子,心里却在想:"哎呀,瞧这事儿闹的!……"

到达文娱委员会大楼后,拉斯托奇金顺利地付过车钱,走进大楼,径直朝领导人办公室走去。可是还在走廊里他就感到今天来的不是时候:这所办公楼里一片混乱。一个女通讯员慌慌张张地从他身旁跑过去,她的头巾滑到脑后,两眼瞪得溜圆,边跑边对什么人喊叫:

"他不在啊,不在!我的好同志们,没有他呀!上衣和裤子都在,好好的,可就是衣服里面没有人!"

女通讯员跑进一个房间,那里立即传出杯盘的破碎声。紧接着秘书室里又跑出一个人来。会计主任认得这是委员会第一处处长,但处长却像是没有认出拉斯托奇金,急匆匆地溜掉了。

惊恐不安的拉斯托奇金来到秘书室门前。他知道,秘书室的里间便是委员会主任普罗霍尔·彼得罗维奇的办公室。但他刚一进秘书室,就完全惊呆了。

里间的办公室里传出气势汹汹的讲话声。他听得出这是主任的声音。"他又在训人?"惶恐不安的拉斯托奇金这样想着,正要往里走,无意中往旁边一看,又看到一幅完全出乎意料的情景:一个女人正坐在皮软椅里号啕大哭——她的头靠在椅背上,两条腿几乎伸到屋子中间,手里握着一块湿透了的手帕,哭得十分伤心。她不是别人,正是主任的私人秘书"大美人"安娜·理查多夫娜。她的下巴全被唇膏染红了,被眼泪化开的粉黛变成两道黑水从睫毛下面顺着她那诱人的脸蛋儿流下来。

一看见拉斯托奇金进来,安娜·理查多夫娜猛地从软椅上跳起来,冲到他跟前,抓住他的上衣翻领,摇晃着大声喊叫:

"感谢上帝!总算找到了个有胆量的!都跑了,都不管啦!你跟我来!咱们到他那儿去!我不知道该怎么办了!"她边哭边说,拽着拉斯托奇金就往里间的主任办公室走。

一进办公室,拉斯托奇金手中的提包便立时掉在地上,接着他感到脑子里所有的思想都乱成了一团。不过,应该说,这是不无道理的。

办公室中间的大写字台上放着豪华精致的大墨水壶,而坐在写字台后面的却是一件空西装上衣,它的衣袖伸到桌上,握着一杆没有蘸墨水的钢笔正在文件上画。上衣衣领处还结着领带,左侧上兜里插着一枝自来水笔。但是衣领上部却既没有脖子,也不见脑袋,当然,更看不到有手从衬衣的白袖口里伸出来。空衣服仿佛正在一心一意地工作着,对外面的一片混乱毫无察觉。它仿佛听到了有人走进办公室,只见它直起身来靠到坐椅背上,从衣领上部发出了拉斯托奇金熟悉的普罗霍尔·彼得罗维奇主任的声音:

"怎么回事?门上不是挂着牌子,说我不接见吗?"

美丽的秘书搓着双手对拉斯托奇金尖声叫道:

"您看看!看见没有?!没有他!他不在这儿!您想法让他回来吧!让他回来吧!"

这时又有人往屋里探了探头,哎呀一声逃走了。会计主任觉得自己的两条腿直哆嗦,急忙坐到一把椅子边上,但他并没有忘记把掉在地上的手提包拾起来。安娜·理查多夫娜在拉斯托奇金身旁跳着脚乱转,扯他的上衣,大声喊叫:

"他每次指着妖魔鬼怪骂人,我总是劝阻他,不让他那么骂!看,骂出事来了吧!"大美人儿说着,便跑到写字台跟前,用美妙温柔的、因刚才的号哭变得鼻音很重的声调叫道:

"普罗沙①!你在哪儿呀?!"

"谁是你的'普罗沙'?"空衣服傲慢地问了一声,又往软椅背上靠

---

① 对普罗霍尔的昵称。这表明女秘书与主任的亲密关系。

了靠。

"不认得人了！连我都不认得了！您明白吗?"女秘书又大哭起来。

"请别在这儿大哭大闹,这是办公室!"条纹毛料西装像是有些生气了,它的衣袖随即拉过旁边另一个卷宗,显然准备继续批阅文件。

"不行,我见不得这个！受不了!"安娜·理查多夫娜喊叫着跑回秘书室,会计主任也急忙飞跑出来。

"您想想看,"激动得浑身打战的安娜·理查多夫娜又抓住会计主任的胳膊说起来,"我正在这儿坐着,一看,进来一只猫,黑色的,个头很大,简直像只河马。我当然就冲它嘘了一声'去'。猫跑了,可接着进来一个矮胖子,长得也很像猫,他说:'嘿,您这位女公民,怎么能像赶猫似的对来访者喊"去"呢!'他说着就闯进了普罗霍尔·彼得罗维奇的办公室。我当然立刻跟了上去,在他身后喊:'您这是干吗?发疯啦?'可那个不要脸的家伙径直向主任的写字台走过去,坐在他对面的一把软椅上。所以他,我们主任,就发火了。我们主任呀,心肠再好没有,可就是脾气急躁,动不动就发火。这一点我承认。他很神经质,干起工作来像头老牛,可就是脾气急躁。这不,他发火了,说:'您怎么没有请示就闯了进来?'但那个无耻的家伙呢,您想想看,却大模大样地往圈椅上一坐,嬉皮笑脸地说:'可我有点小事得跟您谈谈呀!'普罗霍尔·彼得罗维奇更冒火了:'我现在很忙!'那家伙呢,您想得到吗,竟说:'您根本没什么可忙的!'您听见没有?这么一来,当然,普罗霍尔·彼得罗维奇再也忍不住了,他愤怒地喊叫:'这像什么话?快把这家伙给我弄走!真见鬼!'而那家伙,您知道吗,反而笑起来,他说:'想去见鬼?噢,这个好办!'于是,一下子,我还没喊出声来,那个猫脸家伙便不见了,同时,主任也不见了……只剩了件……空衣服……坐在这里。呜!……"安娜·理查多夫娜又咧着她那已经完全失去线条的大嘴哭起来。

她哭得喘不上气来了,但歇过一口气之后,她的话却更不着边际了,她说:

"可是他,那身空衣服,还在写,还在批文件,一直在写!简直叫人发疯!还打电话！所有的人都吓跑了,比兔子跑得还快!"

拉斯托奇金站在女秘书旁边,一个劲儿地哆嗦。幸好命运使他摆脱了困境:两名民警迈着镇定自若的步子走进秘书室。大美人儿看见民警,便指着主任办公室的门更伤心地哭起来。

"先别哭好不好,公民!"一个民警对她说。这时,会计主任感到自己在这里是完全多余的了,便赶紧溜出秘书室,一分钟后他已经在街上呼吸新鲜空气了。他觉得脑子里空空洞洞,嗡嗡直响,而在这嗡嗡声中他仿佛还听到了招待员讲的昨天的演出情况的片断。招待员曾谈到演出时有一只大黑猫参加。他想:"哎呀呀!刚才来这里的黑猫不会是我们剧场那只吧?"

诚实认真的拉斯托奇金在文化娱乐委员会没有办成事,便决定到位于瓦甘科夫大街的文娱委员会市分会去看看。为了使自己的情绪稳定下来,他步行来到瓦甘科夫大街。

文化娱乐委员会莫斯科市分会设在这条街上一个院落深处,占着一座久经风雨剥蚀的古旧的小楼。小楼前厅的斑岩圆柱是颇为有名的。

但是,今天这座小楼使参观者感到惊讶的并不是它的斑岩圆柱,而是发生在这些圆柱旁的一切。

前厅里,几个参观者正围着一个坐在小桌旁哭哭啼啼的姑娘,桌上放着几种文化娱乐性刊物,那姑娘就是卖这些报刊的。但现在她不但不向参观者推销刊物,而对客人们关心的询问也只摆摆手,不予回答。前厅里还听到从上下左右的市分会各个科室里都传来急促的铃声,足有二十部电话同时在响。

姑娘哭了一阵,忽然打了个冷战,歇斯底里地喊道:

"看,又来了!"于是她猛地用颤悠悠的女高音唱起来:

   神圣的贝加尔湖啊,
     光辉的海洋①……

---

① 《光辉的海洋》是一首歌颂战斗和自由的古俄罗斯歌曲。歌词为民族英雄诗人杰尼斯·达维多夫(1784—1839)所作。全歌共分五段。这里及下面引用的几句都是第一段歌词。

一个通讯员刚走到门前台阶上,忽然他对什么人挥拳威胁了一下,也跟着姑娘一起用不大响亮的男中音无精打采地唱起来:

  光荣的航船,
    白鲑鱼的宝藏!

远处又有一些声音和着他们的声音唱起来,而且参加合唱的人越来越多,最后整个市分会的各个角落都传出了歌声。离前厅最近的第6号房间是审计处,那里一个沙哑而深沉有力的男低音显得尤为突出。许多部电话机的铃声则像是在给这合唱伴奏。通讯员站在台阶上放开喉咙高唱:

  来吧,东北风,
    任你掀起洪波巨浪!

姑娘的脸上淌着泪水,她想咬紧牙关不唱,但她的嘴却不由自主地张开来,她只好用比通讯员高八度的声音跟着唱:

  年轻的好汉他,
    并非远航!

使默默不语的来访者们深感惊奇的是,这些合唱队员尽管分散在各个地点,却唱得非常协调,仿佛整个合唱队站在一起,个个都目不转睛地盯着一个隐身的指挥。

瓦甘科夫街上的行人纷纷在栅栏外面停住脚步,惊讶地观望着充满整个市分会的这种莫名其妙的欢乐景象。

唱完第一段歌词,歌声便戛然而止,也像有指挥棒在指挥似的。通讯员小声骂了一句,走开了。这时,小楼的正门打开,门内出现一个穿夹大衣的男人,大衣襟下面露出医生的白大褂。还有一位民警站在他身旁。

"请您想点办法吧,大夫,求求您!"姑娘歇斯底里地大声请求。

市分会书记从里边跑到台阶上,看样子他也感到十分尴尬。他很难为情地恳求医生:

"您看,大夫,是这么回事,我们这里的人好像都中了什么催眠

术……所以,必须……"他还没有说完这句话,声音便哽住了,接着他突然用男高音唱起来:

> 石勒喀,尼布楚,
>   如今已不可怕……①

"混账!"卖杂志的姑娘刚刚喊了一声,还没有来得及说明她在骂谁,她的喉咙里便立即唱出一个华彩经过句,紧跟着也唱起"石勒喀,尼布楚……"来。

"您应该控制住自己!别唱了!"医生对书记说。

一切迹象都表明,书记本人是宁愿付出任何代价也要停止歌唱的,但事与愿违,停不下来,他同整个合唱队一起把下面的话都唱给瓦甘科夫街上的行人听了:"……在深山老林中,我避开了猛兽的利爪;射手的子弹,全未能把我追杀!"

这段歌刚停下来,医生便先给卖报的姑娘喝了一剂缬草酊,随后又由书记带领着去各科室给其他人喝药。

"对不起,姑娘,请问一下,"会计主任拉斯托奇金忽然向姑娘问道,"有一只黑猫是不是到你们这儿来过?"

"什么黑猫?"姑娘气呼呼地嚷道,"我们市分会里有一匹驴,一匹蠢驴!"随后她又加上一句,"就让他听见好啦!我全都讲出来!"于是她真的把这里的事原原本本地都讲出来了。

原来,市分会的领导人,用姑娘的话说,"把各种轻松的文娱节目统统搞垮了!"他组织各种业余小组上了瘾,达到了病态的程度。

"他蒙蔽领导,瞒上欺下!"姑娘大声喊叫。

她说,这位首长在一年中组织了莱蒙托夫研究小组、国际象棋小组、跳棋小组、乒乓球小组和骑术小组,他还声称入夏以前一定把淡水湖划船小组和登山小组组织起来。

今天午休时间,他,就是这位首长……

---

① 《光辉的海洋》的第三段歌词的头一句。石勒喀和尼布楚(即涅尔琴斯克)都是外贝加尔地区的地名,在沙俄时代这一带有政治苦役犯监狱。下面的"在深山……追杀!"也是第三段歌词。

"不知从哪儿领来一个狗崽子,"那姑娘继续说,"他还挎着那家伙的胳膊走呢!那家伙穿着条方格短裤,戴着副打碎了的夹鼻眼镜,而且那张脸呀……别提多难看了!"

他们走进机关后,据这位姑娘说,首长立即把那家伙带到食堂,把他介绍给正吃午饭的全体职工,说他是组织合唱队的著名专家!

这消息使未来的登山小组组员大为泄气。但首长立即号召大家打起精神,拿出勇气来。那个所谓的专家也在旁边插科打诨,发誓赌咒地向大家保证,说合唱只须占用极少极少的时间,而参加合唱队的好处却是几火车也拉不完!

于是,据卖报姑娘说,当然又是市分会中最有名的马屁精——凡懦夫和苛撒尔求苛两人首先报名参加了。这样一来,其他职工便相信参加合唱小组已是不可避免了,一个个只好也都报了名。练唱的时间定在中午,因为其余时间已经被莱蒙托夫和跳棋占用了。首长为了以身作则,宣布自己唱男高音。后来的情况简直像一场噩梦。穿方格裤的合唱指挥专家试了试嗓子:

"哆—咪—嗦—哆!"接着便把藏在文件柜后面企图逃避唱歌的几个过于腼腆的人统统揪了出来。他表扬苛撒尔求苛有很强的辨音力,他抱怨、指责大家不好好练,要求大家尊重他这个老歌唱家和有经验的指挥,还时而在手指上敲敲音叉。最后他请大家齐唱《光辉的海洋》。

大家唱了一遍。唱得很好。穿方格衣服的专家果然指挥有方。唱完第一段歌词后,指挥向大家道了声歉,说了声"我去去就来!"就走了。大家以为他真是去方便一下,"去去就来"的,不料过了十分钟仍不见他回来。大家感到万分高兴:这家伙溜掉了!

可是,不知怎么,大家忽然都唱起第二段歌词来。这次是由苛撒尔求苛领唱,他虽然也许并没有什么特别的辨音力,但他的男高音听来很舒服。第二段唱完了,指挥还没有回来。人们各自回到岗位,但还没来得及在位置上坐稳,就又不由自主地一齐唱起来。想止住——根本不可能。唱了一段,沉默了三分钟,又唱起来。又沉默一会儿,又一齐唱起来!这时大家才明白:糟了!首长惭愧地把办公室反锁上,不敢出来。

姑娘刚讲到这里,又被歌声打断了。任什么缬草酊都一概无效。

一刻钟后,三辆大卡车开到瓦甘科夫大街这座小院的栅栏外。以市分会领导为首的全体职工都上了车。

第一辆卡车在大门前晃了一下,开到街上,但刚一进街,互相扶着肩膀站在车厢里的职工们便一齐张口高唱起来,人们熟悉的歌声立即在整个街道上回荡起来。第二辆车上的人接着唱,第三辆车的人也马上跟了上来。三辆卡车就这样向前开去。为各自的事情忙碌的行人对此只是顺便瞥上一眼,毫不惊奇,以为卡车是载着郊游的人们开往城外的。汽车开往城外倒是不错,但并不是载着人们去郊游,而是把他们送进斯特拉文斯基教授的医院。

半小时后,完全晕头转向的会计主任拉斯托奇金终于来到了文化娱乐委员会文娱局的财务处,指望这回总可以卸掉肩上这笔公款了。为预防万一,经验丰富的会计主任这回首先往长方形大厅里窥视了一下。他看到,磨砂玻璃隔墙上写着各种金字,隔墙里面工作人员各守岗位,没有一点点骚乱和不安的迹象。大厅内安安静静,确实像个体面的机关的样子。

有一个小窗口上写着:"现金收款"几个字,瓦西里·斯杰潘诺维奇·拉斯托奇金把头伸进这个窗口,向一个不认识的办事员问了声好,很客气地请他给一张缴款单。

"您要这个干什么?"窗口里的办事员问。

会计主任感到奇怪。

"我缴款啊,我是瓦列特杂耍场的。"

"请您等一下。"里面的办事员回答说,随即拉过小铁丝网把小窗口挡住了。

拉斯托奇金暗想:"奇怪!"他自然会感到奇怪的,因为有生以来头一次遇到这种事。谁都知道,得到一笔钱有多么困难,随时可能遇到各种障碍。可是,在他三十年的会计生涯中还从来没有遇到过谁,不论是法人还是自然人,在接受一笔钱时感到为难。

不过,小铁丝网还是又打开了。拉斯托奇金又把脸凑到窗口。

"您缴款的数目大吗?"办事员问道。

"两万一千七百一十一卢布。"

"噢!"办事员的语气中不知为什么带着讽刺,随手递出来一张绿色缴款单。

会计主任办这些手续是驾轻就熟的。他很快填好单据,便开始解捆纸包的细绳。但是,打开纸包一看,他眼花缭乱了,不禁痛苦地呻吟起来。

摆在他面前的都是一**叠叠**外国钞票。这里有加拿大的加元、英国的英镑、荷兰的荷兰盾,拉脱维亚的拉特,爱沙尼亚的克朗[①]……

"看,又是一个瓦列特剧院耍把戏的!"呆若木鸡的会计主任听到一个可怕的声音在他头顶上叫喊。

瓦西里·斯杰潘诺维奇·拉斯托奇金当场被捕。

[①] 拉脱维亚和爱沙尼亚两国自一九二〇年至一九四〇年期间为资产阶级所统治。两国均于一九四〇年重建苏维埃政权,同年八月并入苏联。一九四〇年本书最后脱稿时,两国仍用各自的货币,故这里把两国的货币也列为"外国"钞票。

第十八章　碰壁的来访者

当勤奋认真的会计主任乘上出租汽车去见上级机关那套会写字的空西装时，一列从基辅开来的快车刚刚在莫斯科车站停下，有位颇为体面的乘客，手提一个钢纸小提箱，正同其他旅客一起走出第9号软席卧铺车厢。此君不是别人，正是已故柏辽兹的姑父马克西米利安·安德烈耶维奇·波普拉甫斯基。他是一位经济计划工作者，住在基辅市旧学院路，现在来到莫斯科是因为前天深夜他接到了这样一封电报：

　　我刚在牧首湖畔被电车轧死。葬礼定于星期五下午三时举行。请来。柏辽兹。

在基辅，马克西米利安·安德烈耶维奇是公认的聪明人之一，而且确实当之无愧。但即使是最聪明的人，收到这样的电报也会如堕五里雾中：既然本人还能拍电报，就说明他虽然被电车轧了，但并没有死。可是，那又怎么会提到葬礼？或许情况严重，预见到必死无疑？这倒不无可能，但叫人百思不得其解的是说得又如此确切。他本人怎么知道人们要在星期五下午三点埋葬他？这封电报太怪了！

但是，聪明人的聪明之处就在于他们能够对错综复杂的情况进行分析。很简单，这里出了差错：报务员把电文弄乱了。电报文中的头一个"我"字显然是其他电报的字夹杂了进来，而末尾的"柏辽兹"三个字原是应该放在开头"我"字位置的。经过这样一番修改，电文的含义就十分清楚了，当然，这很令人痛心。

于是，马克西米利安·安德烈耶维奇突然大放悲声。看他哭得肝肠寸断的样子，连他的夫人都感到几分意外。哭过一阵之后，他便开始打点去莫斯科的行装。

这里，必须揭开马克西米利安·波普拉甫斯基的一个秘密。毫无疑问，听到内侄正在年富力强时猝然物故，他确实感到惋惜。但是，作为一个凡事讲求实际的人，他当然明白，谁也并不特别需要他去参加葬礼。尽管如此，波普拉甫斯基还是心急火燎地要奔赴莫斯科。原因何在呢？原因只有一个：住房。在莫斯科拥有一套住房？这是非同小可的！不知道为什么，波普拉甫斯基很不喜欢基辅这座城市，一直幻想着迁到莫斯科去，近来他甚至为了这个念头常常睡不好觉。基辅市的许多风光都不能使他欢乐：每年春潮泛滥、德聂伯河水把低处的小岛全部淹没时远远望去水天相接、一片汪洋的景象，从弗拉基米尔大公纪念碑下远眺时的雄伟壮丽的风光，在春天的阳光照耀下斑斑驳驳、光彩夺目的弗拉基米尔山冈上的砖路——波普拉甫斯基对这一切统统毫无兴趣，他朝思暮想的只有一件事：迁居莫斯科。

在报上登过几次换房启事——愿以基辅市学院路住房一套调换莫斯科一套面积较小的住房，但都毫无结果。虽然偶尔也有过个别人来洽谈，但对方的条件简直像存心坑人。

莫斯科来电使马克西米利安·波普拉甫斯基精神大振。白白错过这样的机会，简直是作孽！在社会上混事的人谁都明白，这种机会千载难逢。

总之，不管有多大困难，必须把内侄在莫斯科花园大街那套住房继承下来。不错，这事很难办，非常复杂。但即使排除万难也要达到目的。老谋深算的马克西米利安·波普拉甫斯基明白，首先必须走的第一步棋是：无论如何要在内侄的三间住房里报上户口，哪怕是临时户口。

星期五上午，波普拉甫斯基来到莫斯科花园街第302号乙楼的房管所办公室门前，推门走了进去。

这是一个狭长的房间，墙上贴着一张旧宣传画，画面上分几个步骤介绍对溺水者进行急救的方法。屋里只有一个没有刮脸的中年男子孤独地坐在一张木桌旁，眼神显得惶惶不安。

"我可以见见房管所主任吗？"基辅来的经济计划工作者脱下礼帽，客客气气地问道，同时把手中的小手提箱放在木凳上。

这个看来很平常的问题不知怎么竟使坐在桌旁的男人很难过,他的脸色马上变了,斜了来人一眼,嘟嘟囔囔地说了句什么,意思是:主任不在。

"他是在家里吧?"波普拉甫斯基又问道,"我的事情很急。"

坐着的人又支支吾吾嘟囔了两句,反正可以猜出那意思是:主任也不在家。

"那他什么时候来?"

对这个问题那人干脆不予回答,索性把忧郁的目光转向窗外。

为人机灵的马克西米利安·波普拉甫斯基心想:"啊,明白了!"于是他又问起了房管所的书记。

没想到坐在桌旁的怪人竟紧张得脸都红了,但他的回答还是含含糊糊,意思是:书记也不在……他什么时候来? 不清楚……而且……书记病了……

波普拉甫斯基暗自"啊"了一声,又问道:

"那,房管所总该有个人在吧?"

"有我在。"那人无精打采地回答说。

"是这么回事,"波普拉甫斯基郑重其事地说,"刚刚去世的柏辽兹是我的内侄。您知道,他死在牧首湖畔了。我是他的唯一继承人,根据法律,我有义务来继承他的遗产,也就是第50号的我们的住房……"

"我不了解情况,同志。"那人不耐烦地打断了他的话。

"可是,请原谅,您既然是房管所的委员,"波普拉甫斯基的声音很洪亮,"就应该……"

这时一个男人径直推门而入。一看见来人,桌旁那人的脸便变得煞白了。

"你是房管所委员皮亚多拿什克吗?"来人问坐在桌旁的人。

"是我。"回答的声音刚刚听得见。

来人在坐着的人耳边小声说了句什么,坐着的人脸色变得更加难看,随即站起身来。几秒钟后,房管所里就剩下波普拉甫斯基一个人了。

波普拉甫斯基快步穿过铺了柏油的庭院,向第六单元的第50号住宅走去，边走边懊恼地想："唉，麻烦啦！真该把他们全都……"

波普拉甫斯基刚一按门铃，门就打开了。他走进昏暗的前室，不禁有些吃惊：不知道是谁给他开的门，前室里竟一个人也没有，只是凳子上蹲着一只大得出奇的黑猫。

马克西米利安·安德烈耶维奇咳嗽了两声，踏了踏脚，这时书房的门打开，卡罗维夫走出来。波普拉甫斯基很有礼貌、但又不失身份地对他点了点头说：

"我姓波普拉甫斯基，是故去的柏辽兹的……"

但他这句话还没有说完，卡罗维夫已经从口袋里掏出一块脏手帕，捂住鼻子，欷歔地哭起来。

"……的姑父……"

"不必说啦，不必说啦，"卡罗维夫打断他的话，同时拿开堵着鼻子的手帕说，"我一眼就看出来了，就猜到一定是您！"他说着，又抽抽搭搭地哭起来，边哭边大声说："真是糟糕，啊？这叫什么事呀？啊？"

"是让有轨电车轧死的？"波普拉甫斯基小声问道。

"一点儿不错！"卡罗维夫大声回答，泪水从夹鼻眼镜底下流出来，"一点儿不错！我亲眼看见的。您信不，一下子，脑袋就搬家了！右腿，嘎巴一声，两截了！左腿，嘎巴一声，两截了！您瞧瞧，这些个有轨电车都干些什么事！"于是他像是再也控制不住自己，一头碰到穿衣镜旁边的墙上，索性倚着墙放声大哭起来，哭得浑身发抖。

柏辽兹的姑父深为这陌生人的真情所感动，心想："都说如今没有热心肠的人了，看，这不是吗！"他自己不由得也觉得鼻子发酸了。但是，与此同时，也有一小片使他感到不快的乌云笼罩住他的心头，他脑海里忽然闪过一个念头：这热心肠的人会不会已经把户口报在死者这所住宅里了呢？生活中可不乏这类事例呀。

"对不起，请问，您是我亲爱的内侄米沙的生前好友吧？"波普拉甫斯基用衣袖擦着没有眼泪的左眼，同时用右眼认真地研究着悲恸异常的卡罗维夫。但痛哭流涕的卡罗维夫在说些什么，根本听不清，只能听清一再重复的"嘎巴一声，两截了！"几个字。尽情痛哭一场之后，卡罗维夫这才把脑袋离开墙壁，自言自语地说：

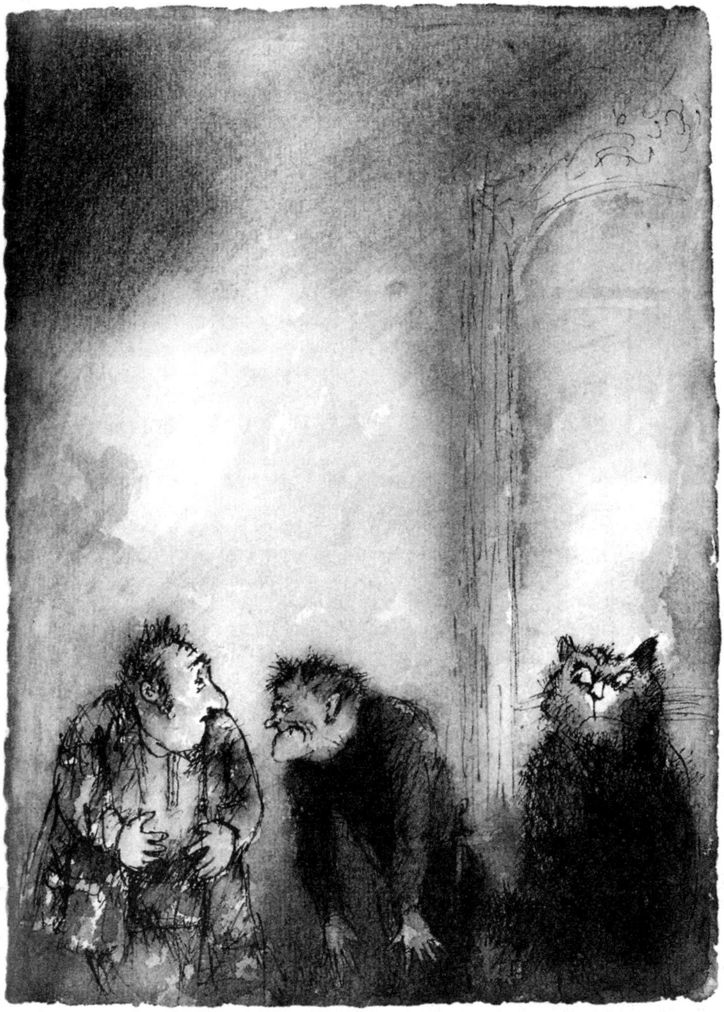

"不行,我再也受不了啦!我得去喝三百滴乙醚缬草酊!"他把泪人儿似的脸转向波普拉甫斯基说,"看看,都怪这些个有轨电车!"

"对不起,请问,是您给我拍的电报吧?"波普拉甫斯基问道,同时还在冥思苦想:这个奇怪的"丧主"究竟是谁呢?

"他拍的!"卡罗维夫指着大黑猫说。

波普拉甫斯基睁大眼睛,以为是自己听错了。

"不行,我受不了!我支持不住了!"卡罗维夫用鼻子大声抽着气说,"我老是想起车轮轧腿那个情景……一个轮子总有一百五六十公斤……嘎巴一声!我得去躺下睡一会儿。"说着他便离开了前室。

这时黑猫动了一下,从凳子上跳下来,后腿直立,两条前腿插在腰间,张开猫嘴,口吐人言说:

"嗯,是我拍的电报。那又怎么样?"

马克西米利安·波普拉甫斯基顿时头晕目眩,手脚发麻,一撒手,提箱"咚"的一声掉在地上,他自己则坐到了黑猫对面的凳子上。

"我似乎是在用俄语问你嘛,"大猫严厉地说,"那又怎么样?"

但是波普拉甫斯基没有作出任何回答。

"公民证!"黑猫伸出一只毛烘烘的爪子,尖声叫喊着,要看公民证。

波普拉甫斯基完全昏了头,眼睛只看见黑猫眼里的两颗火星,别的什么也看不见了。他身不由己地像抽刀似地从口袋里一下子抽出公民证递过去。黑猫从穿衣镜台上拿起一副黑色宽框眼镜,架在鼻子上,摆出一副更加神气的样子,从波普拉甫斯基颤抖的手里一把夺过公民证。

波普拉甫斯基暗想:"真有意思,我会不会晕过去?"远处还传来卡罗维夫的啜泣声,整个前室里弥漫着一股乙醚和缬草酊的气味以及另一种令人作呕的气味。

黑猫翻开公民证,看着它问道:

"你这证件是哪个分局发的?"

波普拉甫斯基没有回答。

"嗯,第四百一十二分局,"黑猫用爪子指着它倒拿着的公民证自己回答自己,"嗯,不错!我了解这个分局!他们随便什么人都发公民证！要是我,就不给你这种人发公民证！绝对不发！一看你这副模样,就会立刻拒绝发给你！"黑猫越说越有气,一甩爪子把证件扔在地上,随即打着官腔说:"您参加葬礼的资格被取消了！还是劳您驾,回原住址去吧！"然后它冲门口喊了一声:"阿扎泽勒！"

一个瘸腿矮子应声跑进前室。这人生着棕红色头发,嘴角伸出一颗黄色獠牙,左眼长着白翳,穿一身黑色紧身服,腰间发带上插着一把钢刀。

波普拉甫斯基只觉得空气不够,呼吸困难,身不由己地站起来,手捂着胸口向后退去。

"阿扎泽勒,你送送他！"黑猫下了命令,随即走出前室。

"波普拉甫斯基！"进来的矮子用难听的鼻音说,"我想,你已经开窍了吧?"

波普拉甫斯基点了点头。

"马上回基辅去！"阿扎泽勒继续说,"在那里老老实实待着！要循规蹈矩,安分守己！不许再梦想什么莫斯科的住宅！懂了吗?"

险些把波普拉甫斯基吓死的这个生着獠牙、插着钢刀的斜眼人,论个头还够不着基辅经济工作者的肩膀,可是他的行动却有条不紊,坚定有力。

这个被称为阿扎泽勒的人首先拾起地上的公民证,把它递到波普拉甫斯基颤抖不已的手里,然后他一手提起钢纸箱,一手打开门,挽住波普拉甫斯基的胳膊,把他拉到门外楼梯口。波普拉甫斯基软绵绵地倚在墙上,那人却不用任何钥匙便打开了波普拉甫斯基的手提箱,从里面取出一只用油透了的报纸包着的、已经缺少一条腿的大烧鸡。他把烧鸡包放在楼梯口旁边,又从提箱里取出两套衬衣、刮脸用具、一本薄薄的书和一个小盒子。他把这些东西放在地上,一脚统统踢到了楼梯上,只留下了那只烧鸡。空提箱也跟着滚了下去,听它在楼下咚的一声响,便知道箱盖已经摔掉了。

然后,这个红头发强盗抓住烧鸡鸡腿,猛地抡将起来,朝着波普拉甫斯基的脖颈用力打去。烧鸡的身子弹了出去,只剩下一条鸡腿留在阿扎泽勒手里。于是,正像著名作家列夫·托尔斯泰所真实地描述的那样,

"奥布浪斯基家里,一切都混乱了。"①托尔斯泰看到眼前的情况也一定会这么说的。是的!波普拉甫斯基的眼睛里一切都混乱了。他觉得有个长长的火花从眼前掠过,接着便蹿来一条黑色长蛇,使仲春五月的明亮的白天霎时间变得暗淡无光了。他手里握着公民证,身子顺楼梯滚下去。滚到楼梯拐弯处,他的脚踢碎了一块窗玻璃,身子这才在楼梯磴上停住。那只没有腿的烧鸡也一跳一跳地滚下来,从他身旁落进了楼梯护栏中间。留在楼上的阿扎泽勒这时已经三口两口啃光鸡大腿,把根大腿骨插进紧身服的侧兜,回到门内,随手砰地一声关上了大门。这时波普拉甫斯基听到了小心翼翼地上楼来的脚步声。

波普拉甫斯基又往下跑了一层,在楼梯平台处的一把木椅上坐下来,喘了口气。

一个五短身材的小老头顺楼梯走上来。他穿一身茧绸料旧式西装,戴一顶硬质绿带草帽,愁眉不展,显得异常悲伤。他走到波普拉甫斯基身旁停下,忧伤地问道:

"这位公民,我想向您打听一下,第50号住宅在哪儿?"

"往上!"波普拉甫斯基简短地回答。

"非常感谢您,公民。"那人仍然很忧伤地道了声谢,朝上走去,而波普拉甫斯基则站起来朝下跑去。

这里读者可能要问:波普拉甫斯基是不是往民警局跑,去控告几个强盗在光天化日之下对他施行野蛮的暴力? 不。可以很有把握地说:绝对不是。要波普拉甫斯基跑进民警局去报告这样的事?说刚才有个戴眼镜的黑猫检查了我的公民证?然后又有个穿黑紧身服、腰里插着刀的人?……不,他才不会呢!马克西米利安·波普拉甫斯基是个真正的聪明人!

他已经跑到楼下,忽然发现单元大门口旁边有个小门,门玻璃已经打碎,里面是一个小小的房间。他把公民证收进衣袋,回头看了看,指望能看见他那些被踢下来的东西。但是,一件也没有看见,而且,自己也觉得奇怪的是,他并不怎么惋惜。他脑子里正在考虑着另一个有趣

---

① 《安娜·卡列尼娜》的开篇第二句话。

而又诱人的想法——利用刚才问路的小老头再检查一下这该诅咒的第50号住宅。他想:既然此人打听地址,肯定是初次来,也就是说,此刻他正在直接落入盘踞在50号那伙人的魔爪中。波普拉甫斯基预感到小老头很快就会从50号出来。现在他根本不再想什么参加内侄葬礼的事了;去基辅的火车还要几小时后才开,他的时间很充裕。于是这位经济计划工作者回头看了看,便钻进了小屋。这时他听到上面很远的地方有个关门声。"他进去了!"波普拉甫斯基不禁暗自替小老头捏一把汗。他待的这间小屋很阴凉,有股子老鼠和旧皮靴的气味。他在一个木墩上坐下来,决意等下去看个究竟。他坐的位置很合适,正好可以清楚地看到第六单元的大门。

但这位基辅来客等待的时间却比他估计的要长。楼梯上一直没有动静。他听得很清楚。终于五层楼上的门响了一下。波普拉甫斯基屏住了呼吸。对,是那人的脚步声。"他在下楼。"下面一层楼又有个开门声。脚步声没有了。有个女人的声音。悲伤的小老头的声音……对、对,是他的声音……他仿佛说了声"饶了我吧,看在上帝分上……"波普拉甫斯基从破玻璃处把耳朵伸出去倾听着。他听到一个女人的笑声。迅速的、利落的下楼脚步声。看,一个女人的背影闪了一下。那女人拿着个绿色人造革手提包走出单元大门,到院子里去了。又听见小老头的脚步声了。"怪,他像是在往上走,回50号去。听,上面又有开门声。嗯,行啊,再等等看。"

这次等的时间不长。开门声。脚步声。脚步声停止。一声绝望的喊叫。猫叫声。急促的、细碎的脚步声,往下,往下,往下走来!

波普拉甫斯基终于等来了。忧伤的小老头不住地画着十字,嘴里哼哼着,惊恐万状地从他面前飞跑过去,头上的草帽不见了,秃头上有几道伤痕还流着血,两条裤腿湿淋淋的。他紧抓住大门的把手,慌张中不知门该往里开还是往外开。他终于把门开开,跑到院里的阳光下了。

这所住宅算是检查过了。马克西米利安·波普拉甫斯基再也不敢考虑继承住房的事,不敢想他已故的内侄了。回想自己刚才的危险处境,他已经不寒而栗了。他急忙跑到院里,嘴里嘟囔着:"怪不得嘛!怪不得嘛!"几分钟后,有轨电车已经载着这位基辅市经济计划工作者驶向开往基辅的火车站了。

波普拉甫斯基坐在楼下小屋里进行观察的时候,忧伤的小老头儿在楼上的遭遇是极不愉快的。这个人是瓦列特杂耍场的餐厅管理员安德烈·福基奇·索克夫。民警局到剧院进行调查的时候,索克夫躲在旁边,一声没吭。我们只看到他的两道眉毛比平常锁得更紧,还知道他向通讯员卡尔波夫打听过外国魔术家的住处。

于是他找来了。他在楼梯口向波普拉甫斯基道了谢,直接上到五层,按了按第50号的门铃。

门立即打开,但管理员索克夫并没有马上进去,反而向后倒退了一步。这倒也可以理解,因为给他开门的是个年轻姑娘,她赤身露体,仅仅在腰部风骚地系着一条花边小围裙,头上还结着个白色发结。不过,她脚上却穿着一双金光闪闪的绣鞋。这女郎体态苗条、匀称,如果说她的外貌也还有点缺陷的话,那就是脖子上有一道紫红色伤疤。

"喂,怎么啦?既然按了门铃,就请进来吧!"那女郎用一双淫荡的绿眼睛盯着管理员说。

安德烈·索克夫"啊!"了一声,眨了眨眼,摘下草帽,走进前室。这时,放在前室的电话恰巧响起来。只见那个无耻的女仆把一条腿往椅子上一跨,随手摘下电话耳机,说了声:

"喂!"

索克夫简直不知道该把眼睛藏到哪儿才好,他站在一旁,不住地倒换着双脚,心里暗想:"嘿!外国人这些女仆可真够受!呸!恶心!下流!"于是,为了避开这种下流的东西,他把脸转向旁边,看着前室的其他地方。

这间昏暗的前室很大,堆放着各种奇奇怪怪的道具和服装。比如,椅子背上搭着一件鲜红衬里的黑斗篷,大穿衣镜台上放着一把长剑,黄金剑柄闪闪发光,另有三把银柄宝剑像普通洋伞或手杖似的随便扔在角落里。还摆着几只鹿角,角上挂着几顶带苍鹰翎毛的小圆帽。

"是的,"只听女仆对着话筒说,"怎么?您是麦格尔男爵?请您说吧。对!演员先生今天在家。是的,他将很高兴见到您。是的,有客人……穿燕尾服或者是黑色西装。什么?夜里十二点以前。"女仆放下听筒,转身问索克夫:"您有何贵干?"

"我需要见见演员公民。"

"怎么?您一定要见他本人?"

"见他本人。"索克夫忧伤地回答。

"我去问问看,"女仆似乎有些犹豫,随即把柏辽兹书房的门打开一个小缝儿,向里面报告说,"义士,这里有个小老头儿,说是想见见主公。"

"让他进来吧。"书房里传出卡罗维夫嘶哑的声音。

"请到客厅吧。"女郎很大方地说,仿佛她也穿着衣服、像个人样子似的。她推开客厅的门,自己却离开了前室。

索克夫一进屋,便被客厅里的景象吓住了,甚至忘记了自己要办的事。透过几扇大窗的彩色玻璃(这玻璃是失踪的珠宝商遗孀异想天开的产物)照射进来的阳光显得极不寻常,给人一种教堂里的神秘感。此外,尽管春末的天气已相当热,屋里的老式大壁炉里仍然炉火熊熊。然而这里非但不热,刚一进来时反而像是走进了地窖,感到一股阴森森的袭人的湿气。壁炉前铺着一张虎皮,虎皮上卧着一只庞大的黑猫,正安闲地眯着眼睛望着炉中燃烧的薪柴。旁边放着一张桌子。素常就敬畏上帝的索克夫一看见它,不由得打了个寒战:桌上铺着一块教堂用的花缎,花缎上摆着许多落满灰尘、长了霉的大肚酒瓶。酒瓶中间有一个大盘,一看便知它是纯金制品。有个红头发矮子,腰间插着短刀,正坐在壁炉近前用一柄长剑挑着一大块肉在炉火上烤,肉汁滴在火上,一缕缕油烟飘进烟道。炉里不仅散发出烤肉味,还有一种浓郁的香水和神香的气味弥漫开来。索克夫已经从报上看到关于柏辽兹被轧死的消息并知道他的住处,所以这里的气味甚至使他想到:这也许是在举行追荐仪式超度柏辽兹的亡灵。不过,他马上驱散了这个显然荒唐的想法。

索克夫瞠目结舌,正站在那里不知怎么办,忽然听到一个深沉的男低音说:

"请问,您有何见教?"

索克夫这才看到他要见的人就待在灯光阴影里。

魔术师伸开四肢仰卧在一张宽大的低沙发床上,床上散放着几个枕头。索克夫觉得魔术师好像只穿着件黑色内衣和一双黑色的尖头软底鞋。

"我是瓦列特剧院的餐厅管理员……"索克夫用伤心的语调开始说。

魔术师仿佛想堵住索克夫的嘴似地把一只带着几个钻石戒指的手伸到前面,激动地打断了他的话:

"不,不,不!一句话也不必多说!无论如何不必多说,永远别再说这些话了!您那餐厅的东西我是绝不会吃一口的!尊敬的公民,我昨天从你们餐厅门前路过时闻到的那股子鲟鱼肉和羊奶干酪气味,我至今也忘不了。尊敬的先生!羊奶干酪从来没有绿色的,您一定是受人骗了,上了当。干酪应该是白色的。对,还有那茶水呢?简直是泔水嘛!我亲眼看见一个衣服很脏的姑娘用水桶往大茶炊里添冷水,同时又从茶炊里倒茶给客人喝。不,亲爱的,这绝对受不了!"

"请您原谅,"被这种突然攻击吓呆了的管理员解释说,"我不是为这事来的,跟鲟鱼肉没有关系。"

"鲟鱼肉臭了,怎么说没有关系?啊?!"

"肉店分给我们的就是二级新鲜度的鲟鱼肉。"管理员解释说。

"亲爱的,胡扯!"

"怎么是胡扯呢?"

"所谓'二级新鲜度'就是胡扯!新鲜不能分等级,新鲜就是新鲜,它是一级的,同时也是最末级的。如果说鲟鱼肉的新鲜度是二级的,那就是说,它发臭了!"

"请您原谅……"管理员又想解释,他不知道该怎样摆脱这位外国演员的纠缠。

"我不能原谅!"魔术师的语气很严厉。

"我不是为这事来的!"管理员也气急败坏地说。

"不是为这事?……"外国魔术家感到奇怪,"除此之外,您还会有什么事来找我?如果我的记忆不错的话,在你们这一行业中我过去只认得一个人,那是个随军的饮食品商贩。但这是很久以前的事了,当时您还没有出生。不过,我也高兴见到您。阿扎泽勒!给这位管理员先生搬个凳子来!"

坐在壁炉旁烤肉的矮子闻声转过头来,他的獠牙使索克夫又吃了一惊。矮子以敏捷的动作搬过来一个深色柞木小方凳。这屋里再没有别的座位了。

"十分感谢!"索克夫道了声谢,往上一坐,只听后面一条凳子腿嘎巴一声折断了,他一屁股坐到地上,疼得哎哟一声。倒下去的时候他的腿挂住了面前的小凳,把凳子上一大杯红葡萄酒全都洒在自己裤子上。

外国演员高声说:

"啊!您没有摔着吧?"

阿扎泽勒把索克夫扶起来,又给他搬来另一个小凳。主人请他脱下裤子在炉前烤烤,他以忧伤的声音谢绝了,十分尴尬地穿着一身湿衣服,小心翼翼地坐到另一个小矮凳上。

"我就喜欢坐矮座位,"演员说,"坐矮座位摔下去也不那么可怕。对,我们刚才谈到鲟鱼肉,是吧?亲爱的!任何一个餐厅管理员的座右铭都应该是:新鲜、新鲜、新鲜!您明白吗?好吧,来,您要不要尝一尝?……"

借着炉火的红光,索克夫看到长剑在他面前一闪,阿扎泽勒把一块咝咝响的烤肉放到金盘子里,加上一点柠檬汁,取过一把两齿金叉递给他。

"非常感激……我不……"

"不,不,您尝尝!"

管理员为了礼貌,只好叉起一小块放到嘴里。他立刻感到这肉确实非常新鲜,味道极其鲜美。但是,索克夫正嚼着清香美味的烤肉,却又险些噎住并摔倒在地——一只大黑鸟从邻室飞进来,翅膀在他的秃头顶上轻轻蹭了一下。黑鸟落在壁炉搁架上的大挂钟旁边,原来是只猫头鹰。和所有餐厅管理员一样神经质的索克夫暗自想:"我的上帝!这所房子真够受!"

"给您来杯葡萄酒吧?要白的?红的?平常在这个时间您喜欢喝哪国产的葡萄酒?"

"非常感谢……我不会喝酒……"

"何必这样呢！那么您想不想掷一回骰子？也许您喜欢别的什么游戏？玩骨牌？打扑克？"

"我不玩这些。"管理员疲倦地回答。

"那就更不好了，"主人评论道，"不知您有什么高见，依我看，男人如果不喝酒，不玩牌，不愿跟漂亮女人打交道，又不喜欢在餐桌旁聊天，那他身上必然有某种不大好的东西：要么患有严重疾病，要么是内心里憎恨周围的人。当然，也可能有例外。过去和我在一起吃喝过的人们当中，就有过一些龌龊透顶的家伙！好吧，说说您有什么事吧。"

"您昨天表演了魔术……"

"我？"外国演员惊奇地高声问道，"哪有的事呀，您可别这么说。这种事跟我的身份也不大相称吧！"

"请您原谅，"管理员有些发慌，"不过，那场魔术节目……"

"噢！对，对！亲爱的！我告诉您一个秘密吧：我根本不是演员，我只不过想观察一下大多数莫斯科人，而最适于进行这种观察的场所莫过于剧院。所以，我的几个随从，"他用下巴朝黑猫那边指了指说，"就在剧院演出了那么一场节目，而我呢，只不过坐在一旁对莫斯科人进行了观察。不过，您也不必愁眉苦脸的，您说吧，那场节目怎么会使您找到我这里来啦？"

"您看，是这么回事：节目里有一场是从天花板上落钞票，"管理员压低声音，难为情地回头望了望说，"那些钞票都被观众抢了去。过了一会儿，有个年轻人来到我的小卖部，掏出一张十卢布票子买东西，我找给他八卢布半……后来又有人来。"

"也是年轻人？"

"不，这回是个中年人。接着来了第三位，第四位。我都给他们找了钱。今天早晨要算账，一看，那些都不是钱，是些纸条。小卖部整整亏了一百零九卢布。"

"哎呀呀！"外国演员大声叫道，"难道他们会以为那是真钞票？我不相信他们是有意这么干的。"

管理员愁眉苦脸，撇着嘴，回头望了一眼，什么也没有说。

"莫非是些骗子手？"魔术演员不安地问眼前的客人，"难道莫斯科人中间会有骗子手?"

对于这个问题,管理员只是惨然苦笑了一下,但这一笑便把主人的所有疑问都打消了:是的,莫斯科人中间有骗子手。

"这太卑鄙了!"主人沃兰德愤慨地说,"坑害您这么个可怜的穷人……我说得对吧,您不是很穷吗?"

索克夫把脖子缩进肩里,一眼便看得出他确实是个可怜的穷人。

"您有多少存款?"

虽然沃兰德这句话是以无限同情的语气问的,但这样的问话总不能不说是太没有分寸了。管理员一时不知该说什么好。

"在五个储蓄所共存有二十四万九千卢布,"一个破锣般的声音从隔壁书房里回答说,"另外,家里的地板底下还藏着二百枚十卢布的金币。"

管理员索克夫的身体像是和凳子粘在一起了。

"嗯,当然喽,这点钱算不了什么。"沃兰德宽宏大量地对客人说,"不过,说实话,就连这点钱对您也没有用。您什么时候死?"

管理员这回真的生气了:

"这种事谁都不清楚,而且这也不关别人的事!"

"哼,可不,不清楚,"隔壁书房里那个讨厌的声音又说话了,"其实,也没什么了不起,又不是牛顿的二项式定理!这个人将在九个月之后,也就是明年二月,死于肝癌,死在国立莫斯科大学第一附属医院的第四号病房里。"

索克夫的脸色变得蜡黄。

"九个月,"沃兰德沉思着说,"二十四万九千……这就是说,大致估算一下的话,每个月平均两万七千卢布?不算多,但是过一般的生活总也够用了。另外还有那些金币呢。"

"那些金币他是不可能兑换的,"使索克夫从心里发冷的隔壁那个声音又插话了,"在安德烈·福基奇死后,他那所房子很快就会被拆除,金币将被挖出来送到国家银行去。"

"所以,我劝您最好别住进医院,"外国演员继续说,"您想想,在一些毫无希望的病人的痛苦呻吟声中死在病房里多没意思!用两万七千卢布举行个盛大宴会,在一帮醉醺醺的美女和豪放的朋友的包围中,服点毒药,在弹唱吹奏声中到〔另一个世界〕那里去,不是更好吗?"

管理员坐在椅子上纹丝不动。他立刻显得苍老了许多:眼睛周围出现了黑圈,两腮塌陷下去,下巴也耷拉下来。

"不过,我们幻想得太多了,"主人大声说,"还是谈正事吧。您把您收到的纸条给我看看。"

管理员激动地从口袋里掏出一个报纸包,打开一看,愣住了:纸包里是一沓好好的钞票。

"亲爱的朋友,看来您确实是身体不大好。"沃兰德耸耸肩说。

索克夫奇怪地笑着站起来,结结巴巴地问道:

"可是,要是它们再……"

"嗯……"沃兰德沉思着说,"那您就再来找我。欢迎光临!和您认识,我很高兴。"

这时卡罗维夫从书房里跑出来,抓住索克夫的胳膊,摇晃着请求安德烈·福基奇代他问候所有的人,向大家致意。管理员昏昏沉沉地向前室走去。

"赫勒①!送客人!"卡罗维夫喊道。

红头发裸体女郎又出现在前室了!索克夫轻轻地说了声"再见!"从门缝挤出来,醉汉似的踉踉跄跄往楼下走。他下到四层楼停下来,坐在楼梯上,掏出纸包来检查了一下:钞票还都在。

这时,从四层的一家房门里走出来一个拿绿色手提包的妇女。她看见有个小老头儿坐在楼梯上傻乎乎地盯着钞票,撇嘴笑了笑,若有所思地自言自语说:

"我们这座楼是怎么搞的?一大早就有醉鬼。楼道里的玻璃也给打碎了。"她仔细看了看索克夫,又说,"喂,这位公民,你要那么多钱干吗!你呀,还不如分给我点儿!啊?"

管理员吓了一跳,麻利地把钞票收起来说:

---

① 这个名字与希腊神话中的赫勒相同。据希腊神话,国王的女儿赫勒因不堪继母虐待,同弟弟一起乘有翼山羊出逃,飞行中坠海死去。

"饶了我吧,看在上帝分上!"

"见你的鬼去吧!守财奴!我不过是开了句玩笑。"妇女放声大笑,下楼去了。

索克夫慢慢站起来,举起手想扶扶草帽,这才发现自己没戴着帽子。他非常不想再返回去,可又舍不得那顶草帽。犹豫了一下,他还是走上楼去,又按了一下门铃。

"您还有什么事?"还是那个该死的裸体赫勒问他。

"我忘了拿草帽。"索克夫指着自己的秃头说。赫勒转过身去,管理员索克夫心里骂了一句,闭上了眼睛。当他再睁开眼时,赫勒正拿着一顶草帽和一把黑柄宝剑递给他。

"这不是我的。"管理员推开宝剑,迅速抓过草帽戴在头上。

"难道您来的时候没带宝剑?"赫勒像是感到奇怪。

管理员嘟囔了一句什么,快步向楼下走去。戴上草帽后他觉得头有些不舒服,像是太热,便把帽子摘了下来。这一来他吓坏了,不禁轻轻喊了一声:拿在他手里的是一顶天鹅绒的圆软帽,上面还插着一根磨坏了的鸡翎。索克夫不由得画了个十字。但这时小绒帽忽然喵地叫了一声,变成了一只小黑猫,从他手里一下又跳上头顶,四只爪子一起使劲抓住了他的秃头。管理员没命地喊了一声,就朝楼下跑,小猫则跳下来顺楼梯跑了上去。

索克夫跑出楼门,穿过院子,飞快地跑出了大门,永远地离开了这所魔鬼的房子——第302号乙楼。

他后来的情况我们也很清楚。跑出大门后,他贼眉鼠眼地回头望了望,好像在寻找什么。一分钟后他就站在街对面的一家药房里了。他刚刚说出"请问……"两个字,柜台里的女售货员便大喊大叫地说:

"公民!您的头上全是伤啊!……"

五分钟后管理员头上缠好了纱布,他还打听到了两位治疗肝脏病的最有名的专家是贝尔纳德斯基和库兹明,并且问明了其中住得最近的是库兹明大夫,——往前走过一栋房子,有座独门独院的白色小楼就是他的诊所。索克夫欣喜若狂,一分钟后便来到了这座小楼。小楼相当古老,但它仍使人觉得非常舒适。索克夫只记得首先接待他的是个老年妇女,她迎上来想接过他的帽子,见他没戴帽子,便吧嗒着干瘪的嘴唇走开了。

随后出现在大穿衣镜旁拱门下的是一位中年妇女,她告诉他:现在只能挂十九日的号,在这之前没有号了。管理员马上就想出了办法:他眯起眼装出无精打采的样子,望着拱门内前室里候诊的三个人,用耳语般的声音说:

"我病得快死了……"

那妇女困惑不解地看了看索克夫头上的纱布,犹豫了一下说:

"好吧,没办法……"于是她让索克夫进了小拱门。

与此同时对面的房门打开,一副金丝边夹鼻眼镜一闪,一个穿白罩衫的妇女说:

"各位公民,让这位病人先进来吧。"

索克夫还没有来得及四下看一眼,便站到库兹明教授的诊室了。这是一个普通的狭长房间,里面一点不显得庄严可怕,一点医院的气氛也没有。

"您怎么啦?"库兹明教授用悦耳的声音问,同时用关心的目光看着索克夫头上的绷带。

"我刚才从可靠方面获悉,"索克夫瞪起眼睛,呆痴地看着玻璃镜框里的一张集体照片回答说,"我将在明年二月死于肝癌。我恳求您制止病情的发展。"

库兹明教授仰身靠在哥特式坐椅的高椅背上,问道:

"对不起,我没听懂您的意思……怎么,您已经请医生看过?您头上为什么缠着绷带?"

"什么医生?!……您还没见过这样的医生呢!……"这时索克夫的牙齿忽然咯咯地响起来,"请您别管头上的绷带,这都没有关系。您别管脑袋!脑袋跟这毫无关系,我是请求您制止肝癌的发展。"

"可是,请问,这是谁告诉您的?"

"请您相信他吧,"管理员恳切地请求,"他肯定是知道的。"

"我一点也不明白,"教授耸耸肩膀,同时把坐椅向后一推,离开了桌子,"这个人怎么会知道您在什么时间死呢?他又不是医生!"

"而且知道死在第四号病房！"管理员回答说。

库兹明教授看看眼前这位患者，再看看他的头和两条湿裤腿，心想："麻烦事够多了！又来了这么个疯子！"

"您喝酒吗？"教授问道。

"从来不沾酒杯边儿。"管理员回答。

一分钟后他已脱去外衣躺在冰凉的人造革卧榻上，教授揉着他的肚子。经这一揉，管理员的情绪便大大好转了。于是，教授绝对肯定地说：现在，至少是就目前的检查来看，他没有任何癌症迹象。但是，既然来了……既然有个江湖骗子吓唬他，既然他自己有些担心，最好作一次全面化验……教授迅速地开着各种化验单，一面对他解释着哪一张该拿到什么地方去，该送去什么化验物……另外还写了一张字条交给他，叫他去找神经科专家布勒教授，并且告诉他：他的神经已经完全失调了。

"我该付给您多少钱，教授？"索克夫掏出鼓鼓囊囊的钱夹子，用颤抖的声音和颜悦色地问。

"您随便。"教授生硬而冷淡地回答。

管理员掏出三张十卢布钞票放在桌上，然后又用异常柔和的、像猫爪子似的动作在钞票上面放了一小摞用报纸包着的东西，放下时它发出轻微的金属声。

"这是怎么回事？"库兹明教授捻着两撇小胡子问道。

"请别见笑，教授公民，"管理员小声说，"我求求您想法制止我的癌症发展吧！"

"请马上把您的金币收起来！"教授态度高傲而严峻，"您最好还是去治治您的神经！明天送尿来化验。不要多喝茶，一点盐也不要吃！"

"菜汤里也不能放盐？"索克夫问。

"什么东西里都不要放！"教授命令道。

"嗨！"管理员忧郁地叹了口气，用深受感动的目光望着教授，收起报纸包着的金币，一步步倒着退向门口。

这天下午教授的病人不多。黄昏前最后一位病人也走了。教授一边脱白罩衫，一边无意中朝索克夫放下三十卢布的桌角看了一眼，他看到:桌上根本不是十卢布钞票,而是三张"阿布劳-久尔索"香槟酒的商标。

"鬼晓得是怎么回事!"库兹明教授嘟哝了一句,在地上拖着已脱下一只袖子的白罩衫走过来,摸了摸那几张纸,"看来,刚才这人不仅有精神病,还是个骗子手!可他来找我干什么呢?叫人纳闷儿!难道就为了弄到一张化验尿的化验单?噢,他一定是把大衣偷走了!"于是教授只穿着白罩衫的一只袖子急忙跑向前室,站在前室门口尖声喊道,"克谢尼娅·尼基季什娜!你快看看,大衣是不是还都挂在那儿?"

大衣一件不少。但是,当教授终于脱下白罩衫又回到桌前时,他的两脚却像在地板上生了根,眼睛盯着自己的办公桌怔怔地站在那里:在刚才还放着几张酒瓶商标的地方,现在蹲着一只可怜巴巴的小黑猫,它正冲着一小盘牛奶在喵喵叫。

"这是怎么回事,请问?!这太……"教授突然感到自己的后脑勺发凉了。

听到库兹明教授有气无力的喊声,女护士克谢尼娅·尼基季什娜急忙跑过来安慰他:小猫必然是哪个患者有意扔下的,这种事别的教授也遇到过。

"大概是因为它的主人家生活不富裕吧,"克谢尼娅·尼基季什娜对教授解释说,"他们以为我们这里当然就……"

两人开始猜测扔小猫的人。怀疑最后落到一个患胃溃疡的老太太身上。

"是她,当然是她,"克谢尼娅·尼基季什娜说,"她准是想:我反正快死了,可这只小猫怪可怜的。"

"那也不对呀!"库兹明教授大声说,"牛奶呢?牛奶也是她带来的?还有这个小盘子?"

"她用个小胶皮口袋装了来,在这儿倒在盘子里的。"克谢尼娅·尼基季什娜解释说。

"不管怎么样,您先把这小猫和盘子拿掉吧。"库兹明命令说,并亲自把女护士送出了门。当他再回到办公桌前时,又发生了新的情况。

教授正往墙上挂白罩衫,听到院子里有人大笑,往窗外一看,他又惊呆了:一个只穿内衣的妇女正穿过院子向对面的平房跑去,院里的小男孩在冲她大笑。教授甚至认出了这位妇女是玛利亚·亚历山德罗夫娜。

"怎么搞的?!"库兹明教授显然对这种行为十分鄙视。

这时从女儿住的隔壁房间里传来了留声机的声音,放的是狐步舞曲《阿利路亚》。同时他听到身后有麻雀唧唧喳喳的叫声。回头一看——一只很大的麻雀正在他的办公桌上跳来跳去。

教授暗自想:"嗯,要镇静! ……这麻雀想必是在我离开窗子的时候飞进来的。一切都是正常现象。"但是,他确实感觉到一切都不正常了,主要是因为这只可恶的麻雀。教授再定睛一看,麻雀也非同寻常:它拖着左腿,好像有点瘸,但显然是故意装的,歪着头,眼睛乜斜着……总之,它正踩着留声机的音乐节拍在跳狐步舞,像小酒馆柜台旁那些醉汉一样。它极力做出各种丑态,还不时地朝教授这边瞟上一眼。库兹明一把抓住电话机,想打电话给老同学神经科医生布勒教授,问问他:人到了六十岁的年纪出现这种麻雀幻视,还突然感到头晕,这意味着什么?

这时麻雀跳到别人送给教授的大墨水瓶上,拉了一泡屎(我不是开玩笑),飞起来,在空中一动不动地停了一会儿,然后猛地冲向墙上的镜框——医科大学一八九四年全体毕业生的合影,用钢铁般的嘴只轻轻一啄,便把玻璃啄得粉碎,然后才从窗口飞了出去。库兹明教授没有给布勒教授打电话,而是拨了另一个号码——水蛭室①的电话。他报了自己的姓名,请他们立即送些水蛭到自己家来。

教授放下电话,刚转过身来,又不禁惊叫了一声:办公桌对面坐着一位包着护士头巾的妇女,拿着个手提包,提包上写着"水蛭"两个字。再一看她那张脸,教授简直嚎叫起来:一张男人的大嘴歪斜着,嘴角几乎连着耳朵根,嘴角处支出一颗黄色獠牙,两只眼睛像死人一样呆滞无神。

"这些钱我收回去,"那护士用男低音说,"放在这儿也没有用,"她

---

① 指医院中培养医用水蛭(医蛭)的房间。水蛭用于吸取患者的脓或血。

用鸟爪似的手把几张酒瓶标签收起来,她本人也随即消融在空气中了。

两小时后,库兹明教授躺在家中卧室的床上,他的两太阳穴上、两耳后面和颈部挂满了水蛭。灰白胡子的布勒教授坐在他脚旁的一床绗过的绸面被子上,用同情的目光望着他,不断地安慰说:这一切都是无稽之谈。窗外夜已深了。

这天夜里,莫斯科是否还发生了些别的什么怪事,我们就不得而知啦;而且,当然,也不打算再作进一步的探索,因为我们该转入这个真实故事的第二部了。亲爱的读者,请随我来!

第 二 部

第十九章 玛格丽特

亲爱的读者,请随我来!谁对您说人世间没有忠贞、永久的真正爱情?撒这种谎的人,应该把他的烂舌头割掉!

我的读者,随我来吧,您只管跟我走,我一定让您见识见识这样的爱情!

不对!大师想错了。那天午夜后在医院里大师曾经伤心地对伊万说她已经忘记了他,那是他想错了。不可能发生这种事。她当然没有忘记他。

首先,让我们来揭示那个大师不愿向伊万披露的秘密吧:大师的心上人叫玛格丽特·尼古拉耶夫娜。大师对可怜的诗人所讲的有关她的一切都是事实。他的描述是确切的。她确实既美丽,又聪慧。而且我还应该补充一点:可以十分有把握地说,许多妇女,只要有可能,都会情愿付出任何代价以换取玛格丽特·尼古拉耶夫娜目前过的这种生活。玛格丽特三十岁,没有子女,她的丈夫是科学界的巨擘,做出过具有全国意义的重大贡献,而且他年轻,英俊,心地善良,为人诚挚,对她非常宠爱。夫妻两人住在一所独门独院里,占着那座漂亮的二层小楼的整个上层。小楼坐落在阿尔巴特大街附近一条胡同中的一个小花园里,可真是个令人神往的所在!只要去小花园看上一眼,谁都会确信这一点。谁要想去,请对我讲一声,我可以告诉他地址和去的路线——那所小楼至今仍然完好无损。

玛格丽特·尼古拉耶夫娜在开销方面根本无须操心。不管什么东西,只要喜欢,她都能买来。她丈夫有许多朋友,其中不乏引人瞩目之士。玛格丽特从来不走近炉灶,她也没有体验过与他人合住一套房的诸多烦恼。总之,她……她是幸福的吗?不,她未曾有过一分钟的幸福!自从十九岁那年结婚并进入这座小楼以来,她从未尝到过幸福的滋味。诸神啊,我的诸位神明!这个女人究竟需要什么?这个眼睛里无时不在闪着某种莫名其妙的火花的女人究竟还需要什么?这个一只眼睛微微含睇、那年春天用洋槐花装扮自己的诱人女子究竟还需要什么呢?这我不知道。不得而知。看来,她当时说的是真心话,她需要的是他,是大师,而根本不是什么哥特式小楼,不是独家花园,也不是金钱。她爱他,她说的是真心话。甚至我,一个讲述这真实故事的局外人,一想到玛格丽特翌日上午来到地下室发现大师失踪时所感受的痛苦,心里都阵阵发紧。所幸的是她丈夫那天没有如期归来,所以她还没有来得及把一切事情向丈夫挑明。

她曾想尽办法打听他的下落,但是,当然,一无所获。于是她只好回到家里,继续在这座小楼里生活下去。

"是啊!是啊!我也犯了个同样的错误!"冬天,玛格丽特坐在暖炉旁望着熊熊炉火自言自语,"为什么那天晚上我要离开他呢?为什么?真是发昏了!我答应他第二天便到他那里去,我信守诺言,去了,可是,为时已晚了啊!是啊,我也像那个不幸的利未·马太一样,去得太晚了!"

当然,她的这些自责都是毫无道理的。即使她当晚留在大师身边,情况又能有什么不同呢?难道她能够挽救他?"可笑!"——我们或许会这样来高声回答这个问题吧。不过,面对一个濒临绝望深渊的可怜妇女,我们喊不出这两个字。

玛格丽特·尼古拉耶夫娜就是在这样的痛苦熬煎中度过了严冬,活到了春天。星期五,即莫斯科出现魔术师并发生各种荒唐事的那天,也就是柏辽兹的姑父被赶回基辅、剧院会计主任拉斯托奇金被捕、还发生了其他许多无法理解的怪现象的那一天,玛格丽特在自己那间有个小玻璃晒亭开向塔楼的卧室里一直睡到中午时分才醒来。

醒来后玛格丽特并未像往常那样哭泣,因为她这次醒来时有一种预感:今天终于要发生什么事了。这预感一产生,她便在心里暗自给它加温,让它生长,唯恐它再跑掉。

"我相信!"玛格丽特郑重其事地轻声念叨着,"我相信!一定会发生一件什么事!不可能不发生,真的,为什么我会注定痛苦终生呢?我承认,我说过谎,欺骗过,我曾经避开人们耳目秘密地生活,但是,总不该为了这些就如此严酷地惩罚我吧。一定会发生一件什么事,因为任何事情都不可能一成不变地永久持续下去。再说,我做的那个梦就是预兆,肯定是!"

玛格丽特·尼古拉耶夫娜望着被阳光照成殷红色的窗帘,喃喃自语着,急匆匆披上衣服,坐到三面梳妆镜前梳理她短短的鬈发。

她昨晚的梦确实不同寻常。整整一个痛苦的冬天她从来没有梦见过大师。他只是白天使她痛苦地思念,每到夜晚便从她的脑海里消失了。可是,昨晚他居然出现在她的梦中了。

玛格丽特梦见一个陌生的所在——那里没有希望,没有生机,早春的天空也是阴沉沉的。她梦见裂成一块块的、迅速移动着的灰色天空,一群白嘴鸦在空中无声地滑翔,一座歪歪扭扭的小桥,桥下是一条春季才有水的浑浊的河沟,岸上的几棵树大半还是光秃秃的,看去那么凄凉、萧索、寒苦,有棵白杨独自立在一旁,显得格外孤独;往远看,隔着一片菜园,林木间隐约有一间圆木小屋,像是一间单独的厨房,又像是间浴室,或者鬼知道是所什么房子。周围一切都颓败凋敝,死气沉沉,使人恨不得去桥旁那棵白杨树上吊死。没有一丝儿风,乌云一动不动,看不见一个人影。对于一个活生生的人来说,这地方简直不亚于地狱!

可是,突然,那圆木小屋的门豁然大开,他出现在门口了。离得相当远,那分明就是他。他衣衫褴褛,看不出穿的是什么,头发散乱,胡子拉碴,病态的眼睛惶惑不安。他向她招手,召唤她过去。玛格丽特急忙踩着一个个土墩朝他跑去。她觉得在这毫无生机的空气中喘不上气来了,这时——她醒了。

玛格丽特·尼古拉耶夫娜暗自揣摩:"这梦只能有两种解释:如果他已不在人世而又招呼我去,那就是他来接我,我快死了。这倒也好,痛苦总算有了尽头。或者就是他还健在,那么这梦就是他要使我想到他的存在!他是要以此说明:我们还会见面。是的,我们很快就会见面。"

玛格丽特一直处于兴奋状态中,她穿好衣服,继续使自己坚定信心。她想:实际上,一切都会安排得很好的,而她只须善于抓住这有利时机,因势利导就行了。丈夫出差去了,三天后才会回来。在这整整三昼夜中她完全属于自己,爱想什么就想什么,爱怎么幻想就怎么幻想,没有人会打扰她。这期间,整个小楼上层的五个房间,这一整套在莫斯科市可以引起多少万人羡慕的房子,完全由她支配。

但是,获得整整三天完全自由的玛格丽特却在这套豪华住宅中挑选了一个远远不是最好的地方——她喝过早茶后便到一个没有窗户的黑屋子里去了,那里放着些皮箱,还有两个存放各种旧物的大柜橱。她蹲下身,拉开头一个柜橱的最下层抽屉,从一堆零碎的旧丝绸衣料底下抽出了那件她一生中唯一珍贵的东西。玛格丽特把它捧在手里。那是一本褐皮旧相册,里面有一张大师的照片,一个户头上写着他的名字、存有一万卢布的银行存折和夹在两张卷烟纸中间的几片干枯的玫瑰花瓣,还有一本练习簿的一部分,约有十几页,每页都用打字机打得密密麻麻,下部的纸边有些烧毁的痕迹。

玛格丽特·尼古拉耶夫娜拿着这些宝物回到卧室,把大师的照片插到三面镜镜框上,坐到镜前。她把被火烧坏的练习簿放在膝盖上,坐了大约一小时光景,反复地翻看,反复地诵读那部经火烧之后落得无头无尾的小说:

"……地中海方向袭来的黑暗已经完全笼罩住这座总督所憎恶的城市。圣殿和威严可怖的圣安东尼塔楼之间的几座飞桥不见了,漆黑的深渊从天而降,把赛马场周边圆柱顶上的双翼天使、墙头设有枪眼的哈斯莫尼宫、集市、一排排板棚、大街小巷以及池塘等等……统统吞噬了……伟大的耶路撒冷城已无影无踪,就像它从未在世界上存在过……"

玛格丽特还想读下去,但下面什么也没有了,有的只是弯弯曲曲的烧焦的纸边。

玛格丽特把练习本放在一旁,两肘支在梳妆镜台上,面对镜中身影,凝视着插在镜框上的照片,不住地擦着眼泪。她坐了许久。后来,泪水干了,她才又把自己这些财富认真地重新整理好。几分钟后它们便又被埋在那堆丝绸料子底下了。接着,小黑屋的门锁又"咔"地一声锁上了。

玛格丽特正在前厅穿大衣,准备出去散步,她的女佣——漂亮的娜塔莎走过来,请示女主人第二道菜做什么。女主人让她随便安排。得到这一吩咐后,娜塔莎便和女主人攀谈起来,因为她觉得有些事情实在开心。天知道她对女主人讲了些什么,似乎是告诉她昨天有个魔术师在剧院表演了几种非常新奇的魔术,有趣极了,魔术师还免费赠送给每个观众两瓶进口香水和一双丝袜。可是,后来呢,等演出结束、观众走出剧场时,嘿,瞧吧!——一个个妇女都是赤条条的!玛格丽特·尼古拉耶夫娜一下子倒在穿衣镜前的椅子上,笑得前仰后合。她边笑边说:

"娜塔莎,亏你说得出口,不害羞!你也是个读书识字的人,又挺聪明,总该知道那些排队买东西的老太婆本来就是什么瞎话都扯的呀,可你却还回来对我讲!"

娜塔莎满面绯红,急切地向女主人辩解:人们一点儿也不是瞎扯,她今天在阿尔巴特大街的糕点铺里就亲眼看见过——有个妇女是穿着皮鞋进糕点铺的,可她在收款处付款的时候,脚上一双皮鞋忽然不见了,只穿一双丝袜站在那里。她的两只眼睛瞪得溜圆呢!袜子后跟上还有个大窟窿。她穿来的那双鞋原来就是从剧场白拿的魔术鞋。

"她就那样走了?"

"可不就那样走了呗!"娜塔莎大声说,见女主人还是不相信她的话,脸涨得更红了,"还有,玛格丽特·尼古拉耶夫娜,昨晚民警拘留了一百来号人呢。因为剧院散场后有些妇女只穿条衬裤在特维尔街上乱跑。"

"嗯,这当然又是达莉娅说的,"玛格丽特·尼古拉耶夫娜说,"我早就看出那女人最会扯瞎话了。"

这场逗人发笑的谈话以娜塔莎得到两件意外礼物而告终。玛格丽特·尼古拉耶夫娜回到卧室,随即拿出一双丝袜和一瓶香水来,说她也想表演一次魔术,也要送给娜塔莎一瓶香水和一双丝袜,不过,只求她一件事:可别只穿着丝袜到特维尔街上乱跑,也别再听达莉娅那些瞎话。主仆两人热烈地亲吻了几下,便分手了。

玛格丽特·尼古拉耶夫娜乘坐的无轨电车沿阿尔巴特大街行驶。她靠在松软舒适的坐椅背上,时而想想自己的心事,时而听听坐在前面的两个男人的小声谈话。

两个男人正小声谈论着一件什么怪事,还生怕别人听见似地不时回头看一眼。其中靠窗坐的是个肥头大耳的壮汉,生着一对机灵的小猪般的眼睛,他正对身旁那个瘦小的人轻声说:后来不得不把整个棺材用黑罩单蒙上①……

"这怎么可能呢?"瘦子惊讶地小声说,"从来没听说过这种事……那么,热尔德宾采取了些什么措施?"

透过无轨电车均匀的嗡嗡声,只听靠窗的壮汉说:

"请刑事侦查机关侦查呗……闹得天翻地覆……嗯,这事可真神啦!"

从听到的只言片语中,玛格丽特总算归纳出了一点有条理的东西:这两个人在谈一位死者(他们并没有说出死者的姓名),说死者的脑袋今天早晨被人从棺材里偷走了!因此那个热尔德宾现在十分着急。谈话的这两个人也像是跟那个被偷去脑袋的死者有些什么关系。

"咱们还来得及去买花吧?"瘦子担心地问,"你说是两点钟火化?"

从棺材里盗走脑袋之类的神秘胡诌终于使玛格丽特听腻了,幸而她已经到站,该下车了。

几分钟后玛格丽特·尼古拉耶夫娜已经坐在克里姆林宫墙下②的一把长椅上,她坐的位置刚好能看到练马场。

阳光很强烈,玛格丽特眯起了眼睛。她回想着昨晚的梦,也回想起有整整一年的时间她和他每天都在同一时刻并肩坐在这张长椅上。现在她的黑色小手提包也和当时一样放在身旁椅子上。虽然今天他不在身边,但玛格丽特还是在心里默默地同他谈话:"如果你被判了流放,那你为什么不能给我通一点消息呢?别的流放犯不是也能通音信吗?是你不爱我了?不会的,不知怎么我总是不能相信这一点。或者说,你是被流放后死在那里了……那么,我就请求你放开我,让我自由地生活和呼吸吧。"玛格丽特又代替他回答自己:"你现在就是自由的……难

---

① 按俄罗斯人风俗,入殓后直至下葬前棺材不盖,死者的头部露在外面。这里说用黑罩单把整个棺材蒙上表示不正常。
② 这里是比较幽静的亚历山德罗夫公园。

道我在控制你吗?"然后她又反驳他,"你不能这么说!这叫什么回答!不,你得从我的记忆中离开,我才能自由。"

行人们从玛格丽特·尼古拉耶夫娜身旁走过。有个男人朝这位衣着雅致的妇人瞅了一眼,显然是为她的美貌和孤独所动了——他轻轻咳了一声,在玛格丽特坐的长椅的另一端坐了下来,随即鼓足勇气搭讪着说:

"今天是个好天气,没错儿……"

但玛格丽特冷冷地觑了他一眼,看得他马上就抬起屁股走了。

"看,这就是个例子,"玛格丽特在心里对那个占据着她整个身心的人说,"其实,我何必要把这个男人赶跑?我很寂寞,而这个猎色之徒身上又有什么不好的?难道只因为他用了那么个粗俗的字眼儿'没错儿'?再说,此刻我为什么要像个猫头鹰似的独自待在这大墙脚下?我为什么被排除在生活圈子之外?"

她陷入极度的悲哀中,头垂得越来越低。但这时,早晨那种充满期待和令人激动的心潮又突然涌上了她的心头:"是的,一定会发生件什么事!"当这心潮第二次涌起时,她才发现它原来是由音响构成的:咚咚的鼓点声和有点走调的小号声透过城市的喧嚣听得越来越清楚,越来越近了。

她最先看见的是一个骑在马上的民警,马走得很慢,还有三个民警步行跟在后面——他们正顺着公园栅栏墙外的路朝前走。紧接着是一辆开得很慢的大卡车,车上是乐队,跟在乐队后面徐徐前进的是一辆崭新的运灵敞车,敞车平台中间的棺材上盖满了花圈,平台上,棺材四角,四个人执绋,三男一女。虽然隔得相当远,玛格丽特还是看清了四个执绋者的奇怪表情——个个都是神不守舍的样子,站在左后角的妇女的表情尤其明显。她那张本来就肥胖的脸仿佛被某种神秘趣闻从内部撑得更加圆鼓鼓的了,两只肉眼泡儿的小眼睛里闪着让人捉摸不定的火花。看样子,她马上就憋不住了,就要朝死者那边一挤眼,一努嘴,对您说:"您瞧见过这种事吗?简直像神话!"跟在灵车后面慢慢地步行送殡的大约有三百人,个个脸上也都流露着同样茫然不知所措的神色。

玛格丽特目送着出殡的行列,倾听着有气无力的、单调的土耳其鼓的"咚咚"声。鼓声逐渐远去,逐渐平静下来。她在暗自思忖:"这些送葬的人真怪!……'咚、咚'的声音也叫人心烦!……噢!真的,只要能知道他是否还活在人世,为此让我把灵魂抵押给魔鬼也心甘情愿!噢,真烦人!……不过,有意思,这帮表情奇特的人是在给谁送葬呢?"

"给柏辽兹,给米哈伊尔·亚历山大罗维奇送葬,"玛格丽特忽然听到身旁有个带些鼻音的男人的声音,"他是'莫文联'的主席。"

玛格丽特不由得一惊,转过身去。她看到身旁坐着一位男公民。这人显然是在玛格丽特看送殡队伍看得出神的时候悄悄坐到长椅上的,而且,想必是她刚才把心里想的这最后一个问题无意中说出声了。

这时送殡的队伍慢慢停下来,大概是前头遇上了红灯。

"可不,"只听陌生男人继续说,"这些人的情绪真奇怪。大家抬着死者去出殡,可一个个心里却都在琢磨,他的脑袋哪儿去了?"

"什么脑袋?"玛格丽特审视着身旁突然出现的人问道。这人个子不高,棕红头发,戴着圆顶礼帽,嘴角支出来一颗獠牙,衬衣浆得平平展展,穿一套优质条纹料西装,脚上的漆皮鞋锃亮,领带色彩十分鲜艳。奇怪的是,在男人们通常装块小手帕或插支自来水笔的上衣小口袋里,这位公民却插了一根啃光的鸡大腿骨。

"噢,您看,是这么回事,"红发人解释说,"今天早晨,在格里鲍耶陀夫之家的大厅里,有人把死者的脑袋从棺材里偷走了。"

"这怎么可能?"玛格丽特不由得问道,想起了刚才在无轨电车里听到的耳语。

"鬼知道怎么搞的!"红发人讲话的语气很随便,"不过,顺便说一下,我看这事不妨去问问河马。那偷儿的手脚太利索了!噢,可真是闹翻了天!而且,主要的是弄不明白,那东西,那个脑袋,谁要它?要它干什么?!"

尽管玛格丽特·尼古拉耶夫娜在一心想着自己的心事,她还是不能不为这陌生人的胡诌感到震惊。忽然,她大声问道:

"对不起!您刚才说的是哪个柏辽兹?就是今天报上登的……"

"那还用说,那还用说……"

"这么说,跟在车后送葬的都是文学界的?"玛格丽特问道,忽然露出咬牙切齿的样子。

"嗯,一点不错,就是那帮人!"

"那您认得他们不?"

"个个都认得。"红发人回答。

"那么,请问,"玛格丽特说这话时声音已有些暗哑了,"现在他们中间有没有批评家拉铜斯基?"

"怎么能没有他?"红头发男人回答,"那不,第四排靠边上那个就是。"

"那个浅黄头发的?"玛格丽特眯起眼睛看着那边问。

"浅灰色的……看见没有,他正抬头望着天空。"

"像个神父似的?"

"对,对!"

玛格丽特什么也不再问,两眼只顾死死盯住拉铜斯基。

"据我观察,您,像是很恨这个拉铜斯基。"红发人微笑着探询道。

"我恨的还不止他一个呢,"玛格丽特从牙缝里挤出几个字,"不过,谈这些没意思。"

这时,送殡的队伍又继续前进了。步行者后面跟着许多小汽车,大部分是空的。

"可不,玛格丽特·尼古拉耶夫娜,确实没意思!"

玛格丽特惊讶地问道:

"您认得我?"

红发人没有回答,只是把圆顶小帽摘下来,往旁边一伸。

玛格丽特凝视着这位萍水相逢的对话者,暗自想:"这人完全是一副强盗嘴脸!"于是冷冷地说:

"可我并不认识您。"

"您怎么会认识我呢! 不过,今天派我来是有点事要找您的。"

玛格丽特不由得往后一闪身,脸色变得煞白,说:

"那您早就该直截了当地说嘛,何必扯什么被切掉的脑袋! 您是要逮捕我?"

"完全不着边儿!"红发人扬声说,"一旦交谈几句,就一定得逮捕人?那像什么话!我不过是找您有点事。"

"我一点儿也不明白,有什么事?"

生着棕红头发的人四下张望了一下,神秘地说:

"派我来是邀请您今晚去做客。"

"您在说什么梦话?做什么客?"

"是到一位很尊贵的外国人那里去做客。"红发人意味深长地眯起眼睛说。

玛格丽特勃然大怒,霍地站起身来要走,随口说:

"哼,又出现了一种新行当:在大街上拉皮条!"

"承蒙您这么抬举,不胜感激!"红发人觉得受了侮辱,也提高了声音,冲着离去的玛格丽特的背影嘟哝了一句,"傻女人!"

"卑鄙无耻!"玛格丽特转身还了一句。但她正要走开,忽然听见红发人的声音在她身后说:

"地中海方向袭来的黑暗已经完全笼罩住这座为总督所憎恶的城市。圣殿和威严可怖的圣安东尼塔楼之间的几座飞桥不见了,……伟大的耶路撒冷城已无影无踪,仿佛它从未在世界上存在过……那好吧,见你的鬼去吧!连你那本烧焦的笔记本和干玫瑰花瓣也统统见鬼去吧!你就独自坐在这张长椅上请求他放开你,请求他让你自由地呼吸,请求他从你的记忆中离开吧!"

脸色煞白的玛格丽特又回到了长椅旁边。棕红头发的人眯起眼睛盯着她。

"我一点儿也不明白。"玛格丽特·尼古拉耶夫娜的声音轻得几乎听不见,"关于那些原稿的事,你们倒是能够侦查出来的……你们可以潜入我的房间,可以偷看……娜塔莎被你们收买了吧?对吧?可是,您怎么会知道我心里的想法呢?"她痛苦不堪地皱着眉头问道,"告诉我吧,您是什么人?是哪个机关的?"

"唉,真无聊!"红发人嘟哝一句,然后才大声说,"请原谅,我不是对您说过嘛,我什么机关的人也不是!您先坐下,请坐!"

玛格丽特乖乖地服从了,但坐下时还是又问了一句:

"那您到底是什么人?"

"那,好吧,我叫阿扎泽勒。可是,对您来说,我的名字也还是不能说明任何问题呀。"

"您能不能告诉我,您是怎样知道那些原稿的事和我的想法的?"

"我不能告诉。"阿扎泽勒冷冷地说。

"那么您了解他的一些情况?"玛格丽特祈求般地小声问道。

"嗯,就算是了解吧。"

"那我求求您,只告诉我一点就行:他还活着吗?请您不要折磨我。"

"嗯,活着,活着。"阿扎泽勒像是无可奈何地回答说。

"我的上帝!"

"请您别激动,也别喊叫。"阿扎泽勒皱起眉头说。

"对不起,对不起,"已经变得服服帖帖的玛格丽特说,"当然,我刚才确实很生您的气。您想想看,在大街上突然邀请一位妇女去什么地方做客,这……不过,请相信,并不是我有什么偏见,"她苦笑了一下,"可我从来没有会见过外国人,而且根本不想同外国人打交道……再说,我丈夫他……我的悲剧就在于我是同一个我不爱的人生活在一起的。可是,我又认为自己不该损害他的生活。他为我做的都是好事,没有对不起我的……"

阿扎泽勒听着这些前言不搭后语的话,显得很不耐烦,他严肃地说:

"请您稍许沉默一会儿。"

玛格丽特十分恭顺,不再讲话了。

"我邀请您去见这位外国人是绝对不会冒任何风险的。而且,任何一个活人都不会知道您的这次访问。这一点我可以向您保证。"

"我对他有什么用?"玛格丽特委婉地探询道。

"这您以后会知道的。"

"我明白了……我必须对他以身相事。"玛格丽特沉思着说。

对这句话,阿扎泽勒嗤之以鼻。他傲慢地哼了一声,回答说:

"请您相信,世界上任何一个女人对于这一点大概都求之不得。"

阿扎泽勒又轻蔑地一笑，表情变得十分难看，"不过，我向您保证，绝对不会有这种事！"

"是个什么了不起的外国人？！"玛格丽特更加心慌意乱，不禁大声叫起来，招得过路的人纷纷回头看她。"再说，我去找他有什么意义？"

阿扎泽勒俯身在她耳边意味深长地轻声说：

"噢，这意义可非常之大……您可以借此机会……"

"什么？"玛格丽特高声问，两眼瞪得溜圆，"如果我没理解错，您是暗示我到那里就能了解到他的消息？"

阿扎泽勒只是颔首不语。

"我去！"玛格丽特坚定有力地大声说着，抓住阿扎泽勒的胳膊，"我去，去哪儿都行！"

阿扎泽勒轻松地大喘了一口气，仰身靠在长椅背上，后背盖住了刻在椅背上的一个姑娘的名字"妞拉"。他不无挖苦地说：

"你们这些妇女们可真难伺候！"他说着把两手插进口袋，两条腿伸出去老远，"唉，这种差事为什么派我来干呢？还不如让河马来呢，他有魅力……"

玛格丽特可怜地强作笑脸说：

"请您别再打哑谜，别再故弄玄虚折磨我吧……您知道，我已经够不幸了，您却还要乘人之危。我知道自己正在卷进一场蹊跷事件，可是，我向您发誓，这只是因为您刚才提到了他，您这许多莫名其妙的话把我的头都弄晕了……"

"别伤心，别伤心……"阿扎泽勒换了副表情说，"您也得替我设身处地想想嘛。打总务协理一个嘴巴，或者把谁的姑父赶出家去，或是暗中朝谁开一枪以及搞些诸如此类的小把戏，那倒是我的本行，可让我同一个热恋中的妇女谈话，我实在束手无策，一筹莫展。这不，为了说服您，我已经花去半个小时啦。那么说，您同意去？"

"我去。"玛格丽特简单明确地回答。

"那么，就劳您驾先把这件东西收下，"阿扎泽勒从口袋里掏出一个小圆金盒，递给玛格丽特，接着说："请您快把它藏好，不然会叫过路人看见。这小盒对您有用，玛格丽特·尼古拉耶夫娜。半年来您痛苦过度,显得苍老多了。(这话使玛格丽特勃然变色,但她什么也没说。于是阿扎泽勒继续说下去。)今天晚上,九点半整,得有劳您把全身的衣服脱光,然后请您用这盒子里的油脂搽脸和您的全身。搽好之后,您随便做什么都可以,只是不要离开电话机。我十点整给您打电话去,再把一切需要说的事告诉您。您什么也不必操心,您会被送到要去的地方,绝不会使您受到任何惊扰。明白了吗?"

玛格丽特沉默片刻,然后回答说:

"我明白了。凭这小盒子的重量便可以断定它是纯金的。嗯,好吧,我很清楚,这是在收买我,把我拉进一桩肮脏勾当,我将要为此付出极大代价。"

"您这是怎么回事?"阿扎泽勒几乎是用埋怨的口吻说,"您怎么又?……"

"不,等一下!"

"您把那盒油脂还给我吧。"

玛格丽特把小盒握得更紧了,又说了一句:

"不,等一下……我明白自己正在走上一条什么道路。但是,为了他,我一切都在所不惜,因为在这个世界上我再没有任何别的希望。不过,我得对您说:如果您借此葬送了我,那您将是可耻的!是的,可耻!我是为了爱情而死!"玛格丽特说着捶了一下胸膛,昂起头来望了望太阳。

"您把它还给我吧,"阿扎泽勒恶狠狠地用嘶哑的声音说,"还给我!让这一切统统见鬼去!还是让他们派河马来吧。"

"啊,不!"玛格丽特高声叫起来,又把过路的人吓了一跳,"我什么都同意!我同意演一场涂抹油脂的滑稽戏,同意到天涯海角去。我不给您!"

"嘿!"阿扎泽勒突然大喊一声,瞪起眼睛望着公园的栅栏,还用手指着什么地方。

玛格丽特朝阿扎泽勒所指的方向转过身去,但没有看到任何值得惊奇的东西。她转回身来,正待要问阿扎泽勒为什么莫名其妙地"嘿!"一声,但已无人对她作出解释了:同她交谈的神秘人物踪影全无。玛格丽特急忙把手伸进小手提包——她是在这一声大喊之前刚刚把那小圆盒藏到手提包里的。她放心了:小圆盒仍然在手提包里。于是,玛格丽特顾不得再考虑什么,便急匆匆离开了亚历山德罗夫公园。

第二十章 阿扎泽勒的回春脂

月亮挂在晴朗的夜空,圆圆的,透过稀疏的槭树枝看得十分清楚。椴树和洋槐在楼前花园的地面上描绘出奇妙的斑点图案。玛格丽特·尼古拉耶夫娜卧室的玻璃晒亭的三扇窗子都敞开着,虽然拉上了窗帘,仍然透出强烈的灯光——卧室里所有电灯都开了,照耀着室内的一片狼藉:卧榻的毛毯上扔着些汗衫、丝袜和内衣,几件衬衣揉作一团扔在地板上,旁边是兴奋的女主人踩瘪的一盒带纸嘴的香烟,床头柜上放着半杯喝剩的咖啡,杯子旁边是一双便鞋,烟灰缸里烟头还在冒烟,椅背上搭着件黑色晚礼服。室内弥漫着香水味,此外,不知从什么地方还飘来一股烧熨斗的气味。

玛格丽特·尼古拉耶夫娜脱得赤条条的,身上只披着件长浴衣,踩着双黑雪米皮拖鞋,坐在大穿衣镜前。一只系着金表带的坤表摆在她面前,表旁边是阿扎泽勒交给她的那个小金盒。玛格丽特目不转睛地盯着手表表盘。她有时觉得那表大概是坏了,表针不走了。但是,表还在走,只不过走得很慢,像是被粘住了似的。终于,长针指到了九点二十九分。玛格丽特觉得心脏猛烈地跳了一下,她甚至没敢马上去碰那小盒。稍许镇静下来之后,她打开小盒,看到里面盛的是一种淡黄色油脂。她觉得它仿佛有一股沼泽地的水藻气味。她用指尖剜出一点点,抹在手掌上,顿时觉得沼泽地的草木气味更浓了。她开始用手掌往前额和脸上擦。这种油脂很好擦,而且她觉得它一擦上去马上就挥发了。擦过几下后,玛格丽特忍不住往镜子里瞟了一眼,不觉手一松,小盒正好掉在金表的表蒙子上,把个表蒙子砸出许多裂璺。玛格丽特紧闭了一会儿眼,又睁开眼看了看——她纵声大笑起来。

原先周边用镊子拔过、修得细细的两道纤眉现在变得又浓又黑,端端正正地弯在两只绿莹莹的眼睛上;自从去年十月大师失踪后便出现在印堂间直到鼻根处的那道纵直的皱纹也完全消失了;两鬓处再也看不到灰黄色影子,外眼角旁微微出现的鱼尾纹也消失得干干净净。两颊变得光溜溜、红扑扑,前额白皙、饱满。理发师烫过的鬈发也舒展开了。

此刻从穿衣镜中望着三十岁的玛格丽特的,是个生着一头天然的乌黑鬈发的二十岁左右的少妇,她正露出一排碎玉般的牙齿纵情欢笑。

笑过一阵之后,玛格丽特猛地甩掉浴衣,从小盒里狠狠抠出一大块松软的油脂,使劲在全身皮肤上擦起来。她立即觉得全身发热,皮肤渐渐红润起来。转眼间,从亚历山德罗夫公园回来后疼了一晚上的太阳穴也不疼了,插在脑子里的那根针像是被拔了出去。她觉得四肢的肌肉现在变得坚实有力了,紧接着全身变得轻飘飘的,身体失去了重量。

她轻轻跳了一下,身子便悬在地毯上方。然后,像是被一股力量向下吸着,她才又慢慢落到地毯上。

"啊哈,这油脂真妙!真妙!"玛格丽特大声嚷着,一纵身坐到安乐椅上。

涂擦油脂不仅改变了她的外貌,而且也使她整个人,使她全身的每一部分,都充满了欢快感。欢快的情绪像疱疹似的刺激着她的全身,使她无法平静。玛格丽特感到自己自由了,现在她成了一个绝对的自由人。此外,她还明确地意识到:现在发生的一切正是她今天早晨所预感到的事,她即将永远告别这座小楼和过去的生活。但是,过去的生活中还有一个念头依然萦绕在她的脑际:她觉得,在自己开始某种新的、非同寻常的、向上飞升、向空中飞升的生活之前,还必须尽一项最后的义务。于是她就这样赤裸着身子,从卧室连跑带飞地闯进丈夫的书房,开开灯,冲到写字台前,从拍纸簿上撕下一张纸,用铅笔迅速地一气写下了下面几行字:

> 原谅我,并且尽快忘掉我吧!我现在就要永远离开你了。不必寻找我,寻找也是徒劳。落到我头上的灾祸和痛苦已经使我变成一个魔女。我离去的时辰已到。永别了!

玛格丽特

玛格丽特怀着毫无牵挂的轻松心情飞回了卧室。紧接着,娜塔莎提着一大堆熨好的东西跑了进来。但是,她手里的东西——用衣架提着的衣服、花边头巾、手帕、用楦子楦好的蓝绸面的便鞋、腰带等,一下子都掉在地毯上。娜塔莎举起腾出来的双手轻轻一拍,怔怔地待在原地不动了。

"怎么样,漂亮不?"玛格丽特·尼古拉耶夫娜用沙哑的声音高声问道。

"这是怎么回事?"娜塔莎一边往后退,一边喔嚅着,"您怎么会变成这样的,玛格丽特·尼古拉耶夫娜?"

"是涂了那油脂!那油脂!油脂!"玛格丽特指着亮闪闪的金盒子回答,同时在穿衣镜前扭动着身子。

娜塔莎忘记了掉在地板上已经揉皱的衣服,跑到大穿衣镜前。她贪婪而炽烈的目光盯住盒中剩下的油脂,双唇翕动着像在说些什么。她转过身来对着玛格丽特以十分崇敬的语气说:

"看您的皮肤!您的皮肤,啊?玛格丽特·尼古拉耶夫娜,您可知道,您的皮肤在闪光呢!"这时她忽然想起掉在地上的衣服,跑过去,急忙把它拾起来,开始抖落。

"扔掉它!扔掉!"玛格丽特对她喊道,"让这些东西见鬼去!全扔掉!不过……别扔,你拿去留作纪念吧。听我说,你拿去作个纪念吧。这屋里的东西你全拿去!"

娜塔莎呆若木鸡,一动不动地站在那里望着女主人。过了一会儿,她才一下子扑过去搂住玛格丽特的脖子,一边亲吻她,一边喊:

"您的身子像缎子一样!真光滑!还闪光呢!看您这眼眉!眼眉!"

"你把这些衣服统统拿去,香水也拿去,装进你自己的箱子,藏起来!"玛格丽特仍在大声嚷,"可你别拿珠宝首饰,不然别人会说你偷窃。"

娜塔莎把衣服、鞋、长袜、内衣等等随手抓到的东西搂到一起,包成一包,拿起来跑出了卧室。

这时由小巷对面,从一扇敞开的窗子里,突然响起一阵音乐声,它冲破夜空飞到这里。多么优雅悦耳的华尔兹舞曲啊!与此同时,玛格丽特听见一阵突突声,一辆汽车开到大门前停下了。

"阿扎泽勒马上就会打电话来!"玛格丽特一边听着回荡在小巷上空的悠扬的音乐,一边大声自言自语说,"他会打电话来的!那个外国人并不危险。是的,现在我明白了,他不危险!"

汽车呼地一声又从大门前开走了。小院的栅栏门响了一下,接着她听到了花园石板路上噔噔的脚步声。

玛格丽特心想:"听脚步声是住在楼下的尼古拉·伊万诺维奇回来了。临别前我得搞点什么非常好笑、非常有趣的名堂。"

玛格丽特猛地把窗帘完全拉开,侧身坐到窗台上,两手抱着膝盖。月光从右侧洒遍她的全身,她仰望着明月,做出一副冥思苦索的富有诗意的表情。脚步声又响了两三下,便突然静下来了。玛格丽特赏了一会儿月,又假惺惺地叹了口气,然后才把头转向楼下的小花园。果然,她看见尼古拉·伊万诺维奇坐在长椅上,全身沐浴在皎洁的月光中。看那姿势,他显然是突然坐到椅上的:夹鼻眼镜歪斜着,两只手还紧紧抱着自己的公事包。

"啊,您好,尼古拉·伊万诺维奇,晚上好!"玛格丽特用忧伤的声音说,"您开会回来啦?"

尼古拉·伊万诺维奇沉默不语。

"我呀,"玛格丽特把身子更多地探向窗外,继续说,"您看,一个人待着,闷得慌,这不,正坐在这儿一边赏月,一边听华尔兹舞曲呢。"

玛格丽特用左手整了整鬓角上一绺头发,又嗔怪地说:

"您这可不够礼貌呀,尼古拉·伊万诺维奇!不管怎么说,我总是个妇女吧,一位妇女在跟您讲话,您却不答理,这太不礼貌啦!"

花园里月光皎洁,连尼古拉·伊万诺维奇的灰坎肩上的扣子和他那稀疏的浅黄色小山羊胡子都看得清清楚楚。只见他忽然腼腆地、傻乎乎地笑了笑,从长椅上站起身来,然后,大概是困窘之余忘乎所以了,他不是摘下帽子,而是把手里抓着的公事包往身旁一甩,同时两腿弯曲,好像是要蹲下身子跳伸腿舞。

"唉,尼古拉·伊万诺维奇,您真叫人扫兴!"玛格丽特继续说,"总之,你们这些人全都使我讨厌,简直叫我不知道说什么才好!所以,现在和你们告别,我感到很幸福!好吧,见你们的鬼去吧!"

这时,玛格丽特背后卧室里的电话响起来了。她顾不得再去理尼古拉·伊万诺维奇,霍地跳下窗台,一把抓起了话筒。

"我是阿扎泽勒。"对方说。

"我的好人,可爱的阿扎泽勒!"玛格丽特大声喊道。

"时辰到了!飞出来吧。"听筒里传来阿扎泽勒的声音。从那语调中可以听得出,他也在为玛格丽特身心中迸发出的喜悦激情而感到高兴。"您飞过大门上空的时候,别忘了喊一声:'我身隐蔽!'然后您还得先在城市上空飞翔一会儿,习惯习惯,尔后再朝南飞,飞离城市,一直飞到河边。那里有人等您!"

玛格丽特刚刚放下听筒,便听到隔壁房间有噔噔的木头敲击声,接着便传来敲门声。她把门一开,一把刷毛朝上立着的长柄地板刷子蹦蹦跳跳地飞进了卧室。朝下的刷子柄在地板上敲着紧密的鼓点,还像是马在刨着蹶子,急着要飞出窗外去似的。玛格丽特心花怒放,尖叫一声,回身骑在刷柄上。这时,女骑手才猛然想起自己在慌乱中竟忘记了穿上点衣服。她立即跳到床边,随手抓起一件天蓝色衬衫,拿着它像帅旗似地振臂一挥,随即飞出了窗外。回荡在花园上空的华尔兹舞曲仿佛也顿时变得更加高亢了。

玛格丽特飞出小窗,往下一滑,看见尼古拉·伊万诺维奇仍旧坐在长椅上,仿佛已经僵在那里。他呆呆地凝神倾听着楼上的灯火辉煌的卧室里传出的喊叫和欢笑声。

"永别了,尼古拉·伊万诺维奇!"玛格丽特飞到尼古拉·伊万诺维奇面前,手舞足蹈地高声说。

尼古拉·伊万诺维奇哎哟一声,歪倒在长椅上。他在椅上连跪带爬,把个公事包也碰到了地上。

"永别了!我要飞走了!"玛格丽特的喊声压倒了华尔兹舞曲。这时,她想到自己根本不需要衣服,便不祥地狂笑了两声,一下子把那件蓝衬衫蒙到了尼古拉·伊万诺维奇的头上。尼古拉·伊万诺维奇只觉得两眼黢黑,咕咚一声从长椅上跌下来,瘫倒在砖铺的小路上。

玛格丽特回过身来,想最后看一眼她度过了那许多痛苦岁月的二层小楼。她在辉煌的灯光下看见了娜塔莎那张因惶恐惊骇而变了样的脸。

"永别了,娜塔莎!"玛格丽特大声说。她把刷子头往上一提,又用更响亮的声音喊道:"我身隐蔽!我身隐蔽!"于是,她从不住地抽打着她的脸的槭树枝中间穿过去,越过大门,飞到了小巷上空。她身后的华尔兹舞曲声这时已经是完全疯狂的了。

第二十一章　飞翔

我身隐蔽,自由来去!我身隐蔽,自由来去!玛格丽特顺着自家门前的小巷飞到一条和它垂直相交的长街上,这条街弯弯曲曲,两旁仿佛打了许多补丁,有一家门面歪斜的石油铺子,那里论小缸子卖煤油,还卖小瓶杀虫剂。玛格丽特转瞬间便从街顶上飞越过去。她忽然意识到:虽然自己的身体完全隐蔽,可以随心所欲地自由来去,但即使在这样尽情享乐时,还是多少需要用理智约束自己——刚才就险些撞到拐角处一根歪斜的路灯柱上丧了命,幸好那飞刷奇迹般地不知怎么就停住了。绕过路灯柱,她更紧地握住刷子柄,飞得慢些,留神碰到街上的电线和横伸到人行道上空的招牌。

穿过第三条小巷,再往前就是阿尔巴特大街。这时玛格丽特已经对座下的飞刷操纵自如了,她知道这飞刷只须用手或腿轻轻一触便能随意驱动,她知道在城市上空飞翔必须多加小心,不能肆意妄为。此外,经过几条小街之后,她已经完全确信,行人根本看不见她:谁也没有抬头看一眼,谁也没有喊"看呀!看呀!"没有人吓得躲躲闪闪,没有人尖叫,没有人晕倒,也没有人发出怪声怪气的狂笑。

玛格丽特无声无息地慢慢飞翔着。她飞得不高,大约保持在二层楼的高度。尽管她飞得并不快,但在拐进灯火辉煌的阿尔巴特大街时稍没留神,肩膀还是被一块上面画着箭头的明亮的圆盘撞了一下。这使玛格丽特很恼火。她勒住座下驯服的飞刷,先飞到旁边去,然后又从那里突然向圆盘飞过来,用刷子柄把那圆盘撞了个粉碎。玻璃碎片哗啦啦掉下去,行人纷纷退避,什么地方响起了警笛声,而玛格丽特自己却因这完全不必要的举动而哈哈大笑起来。同时她暗想:"在阿尔巴特大街上可得格外小心,这街上的各种名堂太多了,简直闹不清。"她开始在电线中间穿行。在她眼下,马路中间有许多小轿车、公共汽车和无轨电车的车顶向着不同的方向漂动,两旁的人行道上则是帽子汇成的河流,帽子河又分出一些小河汊,它们纷纷流入夜间商店的火红大口。"哎呀,看这乱糟糟的,都转不开身子!"玛格丽特心里有些生气,便越过阿尔巴特大街,稍稍升高一些,大约在四层楼的高度飞翔。她绕过街角处剧院大楼正面一些明亮耀眼的发光管子,转进一条两旁都是高层楼房的狭窄小街。这里所有楼房的窗子都敞开着,所有窗里都传出广播歌曲。在好奇心的驱使下,玛格丽特往一扇窗子里看了一眼。原来那是一间厨房。炉台上有两个煤油炉在吱吱响,旁边站着两位妇女,她们各自拿着把勺子正在互相争吵。

"我告诉你,彼拉盖娅·彼得罗夫娜,厕所的灯用完就得随手关上!"一个对另一个说,她锅里煮的东西热腾腾地冒着蒸气,"照这样下去,可别怪我们要打报告请你们搬家!"

"您自己也不怎么样!"另一个回答说。

"你们俩都够劲儿!"玛格丽特出声说,同时她越过窗台跳进了厨房。两个吵嘴的女人一齐朝着玛格丽特的声音转过头来,同时都拿着脏勺子愣住了。玛格丽特小心翼翼地从她们中间伸过手去,把煤油炉的阀门轻轻一转,两个炉子便同时熄灭了。女人们不约而同地"啊!"了一声,再也闭不上嘴。而玛格丽特已不想再待在这里,便又飞到街上。

在这条街的尽头,她注意到一座庞大的八层高楼,外观相当漂亮,似乎是竣工不久。玛格丽特降低高度,轻轻落在地上。大楼正面是深灰色大理石镶面,门厅很大;透过大门玻璃,她看见了里面看门人的镶金边大檐帽和闪亮的衣扣,门楣上方有几个金色大字:"戏文大楼"。

玛格丽特又仔细看了看,到底也琢磨不出这"戏文"二字的意思。于是,她把飞刷夹在腋下,迈步登上台阶,推门进去。门扇碰着了看门人,他回了一下头,露出疑惑不解的神色。玛格丽特看到电梯旁边的墙上挂着一块黑色大木牌,上面用白字写着各层住宅的门牌号和住户姓名,木牌最下面有一行较大的字——"戏剧家与文学家大楼",这使玛格丽特不禁发出一声饥饿的猛兽般的吼叫。她腾空而起,贪婪地读着牌子上的姓名:胡思托夫、德武布拉特斯基、克万特、别斯库德尼科夫、拉铜斯基……

"拉铜斯基!"玛格丽特尖声叫起来,"拉铜斯基!这不是他吗!!坑害大师的就是这个人!"

她的叫声使看门人甚至跳了起来,他张大眼睛望着黑色木牌,搞不清姓名牌怎么会突然发出女人的说话声。而玛格丽特已经顺楼梯迅速飞向楼上,高兴地嘴里不断念叨着:

"拉铜斯基,84号!拉铜斯基,84号!……"

看,左边是82号,右边是83号。再上一层,左边——84号!这不,门口还有个小牌:"奥·拉铜斯基"。

玛格丽特下了飞刷,两只燥热的脚板落到水磨石地面上感到格外凉爽。她按了按门铃,紧接着又按了一下。没有人开门。她又用力按了按,拉铜斯基家里喧闹的铃声甚至传到了玛格丽特自己耳朵里。但还是没有人来开门。是的,这八层84号住宅的主人应该终生感激已故的"莫文联"主席柏辽兹:因为柏辽兹被电车轧死后,他的治丧委员会恰好商定今天晚上开会。看来,此人还是吉星高照啊,是幸运之星使拉铜斯基得以避免在这个星期五的夜晚与变成魔女的玛格丽特狭路相逢的!

没有人开门。玛格丽特呼地一声向下飞去。她数着楼层下到一楼,飞出大门。她从街上又数了数楼层,判断着左右,她断定:八层楼角上那五个黑窗户无疑就是拉铜斯基住的84号。确定之后,玛格丽特又腾空而起,不消几秒钟便从敞开的窗户飞进了一个房间。屋里面黑乎乎的,只有月光照出的一条银灰色小路。玛格丽特顺着月光路走过去,摸到了电门。一分钟后整个住宅的各个房间全已灯火通明了。她把飞刷放在角落里,看到家里确实没有人,便打开大门,又检查了一下门口的姓名牌。奥·拉铜斯基!没错。这正是玛格丽特要找的地方。

据说批评家拉铜斯基至今一想起那个可怕的夜晚就脸色苍白,一提起柏辽兹的名字还无限感激。是啊,真不知道那天夜晚本来会发生一场多么凄惨的重大刑事案件呢——玛格丽特从厨房里走出来时手里握着一柄沉重的铁锤子。

一丝不挂的隐身女飞人极力克制着自己,极力保持镇静,但她的双手还是激动得发抖。她走到一台钢琴前,抡起锤子朝键盘猛地砸了下去,第一声凄厉的惨叫顿时响彻整所住宅。一架毫无罪过的贝克式小型钢琴①愤怒地吼叫起来,它的琴键塌陷下去,骨制的键面飞向四面八方。可怜的钢琴呜呜地悲啼,萧萧地哀号,高亢激越地怒吼,声嘶力竭地喊叫。忽然,砰的一声响,像是有人开了一枪,原来是漆光闪亮的钢琴上反响板在铁锤的重击下裂开了。玛格丽特喘着粗气开始用锤子撕扯、搅乱里面的琴弦。最后,她实在疲倦了,这才退到一旁,咚地一声坐到椅子上休息休息。

洗澡间里传来哗哗的流水声,厨房里的水龙头也在哗哗响。玛格丽特心想:"大概水已经漫到地板上了。"随即自言自语地说:

"我可没工夫闲坐着。"

厨房里的水已经流到走廊。玛格丽特光着脚踩着地上的水,用水桶把一桶一桶的水从厨房提到批评家的书房,倒进他的写字台抽屉里。然后,她用锤子砸碎这间屋里的柜橱,又跑进拉铜斯基的卧室。她先打碎带穿衣镜的大衣柜,掏出里面的衣服,把衣服统统塞进了浴室里的大澡盆,又从书房里拿来满满一瓶墨水,胡乱地洒在卧室中那张松软舒适的双人床上。这些破坏活动使她感到非常痛快,但又总觉得这破坏的后果实在微不足道。因此她便见什么砸什么——她到摆钢琴的房间里去砸花盆,砸橡皮树盆景,没等砸完,又从厨房里拿出菜刀回到卧室去,刺破床单,打碎照片镜框……汗水不住地从她脸上流下来,但她一点也不觉得累。

住在拉铜斯基楼下82号的是戏剧家克万特。这时他家的女佣正在厨房喝茶。她听到楼上叮当声、摔打声、脚步声响个不停,心里正暗自纳闷儿。抬头一看,雪白的天花板已经有一大片变成了死人脸般的青灰色,眼看着面积还在不断扩大,出现了许多水珠。女佣望着这景象不知如何是好,呆呆地坐了两分钟,不料厨房里竟真正下起雨来,滴水打得满屋子嘀嗒响。她跳起来,赶紧拿过盆子来接水。这当然无济于

---

① 德国制名牌钢琴。

事,降雨面积很快扩大到煤气灶和餐具桌上。女佣高喊一声跑出门去,紧接着拉铜斯基家的门铃便猛烈地连续响起来。

"呀,有人叫门!该走了。"玛格丽特自言自语说。她骑上飞刷,听了听门外的叫声——原来是一个女人正冲着门缝儿往里喊:

"开门,开门呀!杜霞,快开门!你家的水漫出来了吧?我们家漏水了!都淹啦!"

玛格丽特腾空飞起一米来高,抡锤朝大吊灯打了一下。两个灯泡被打碎了,灯坠儿哗啦啦散落在地上。门外的喊声停止了,传来下楼梯的脚步声。玛格丽特飘出窗户,在窗外她又轻轻用锤子敲了几下窗玻璃。只听见像是有一阵呜咽声,碎玻璃像瀑布似的顺着楼房的大理石镶面撒落下去。玛格丽特又飞到另一扇窗前。人行道上的行人急忙跑得远远的,停在楼下大门旁的两辆小汽车有一辆响了一下喇叭,开走了。砸完拉铜斯基家的玻璃,玛格丽特又去砸隔壁一家的。玻璃的破碎声和落地声响遍了整条街道。第一单元的看门人跑了出来,抬头看了看,显然是没有马上反应过来,不知该怎么办。他犹豫了一下,这才把哨子放进嘴里拼命吹起来。玛格丽特为这哨子声所激励,更加狂热起来,她痛痛快快地打碎八层楼的最后一个窗户,又降下来开始砸七层的玻璃。

待在大玻璃门内长期无事可做、闲得发慌的看门人,这回总算找到事情做了:他把全部心思都用在吹哨子上,并且哨声吹得与玛格丽特的砸玻璃动作异常合拍,仿佛是在为她伴奏。每逢她从一个窗户飞向另一个窗户的间隙,看门人便也趁机喘口气,玛格丽特每砸一下,他便鼓起腮帮拼命吹一次,尖厉的哨声直刺夜空。

看门人的努力与狂怒的玛格丽特的努力结合在一起,产生了极大的效果。整个大楼陷入一片混乱。尚未打碎的玻璃窗纷纷打开,人们从窗里探着头张望,但这些人头马上又缩了回去,打开的窗子都重新关上了。街对面大楼的明亮窗口也出现了一些不停地移动着的人头,人们急于弄清为什么新建的"戏文大楼"的窗玻璃会无缘无故地破碎。

街上的行人纷纷向"戏文大楼"涌来,楼内的人则从家里跑出去,在各层楼梯上毫无目的、毫无意义地跑上跑下。克万特家的女佣对楼梯上跑的人喊叫,说他们家被水淹了!不一会儿,克万特楼下80号的胡思托夫家的女佣也同样喊起来:胡思托夫家的厨房和厕所的顶棚都往下漏水!最后,克万特家厨房里的天花板上掉下一大块灰层,打碎了全部尚未收拾的餐具,接着便下起真正大雨来:水从垂下来的湿灰板条格子中间哗哗地往下流。第一单元的楼梯上到处是喊叫声。玛格丽特这时正飞到四层楼的倒数第二扇窗户前。她往里看了一眼,见一个男人正慌慌张张地把一套防毒面具往头上戴。玛格丽特用锤子敲了一下他家的玻璃,吓得那男人急忙跑出屋外。

疯狂的破坏声突然停止了。玛格丽特降到三层楼的高度,往一扇挂着薄料深色窗帘的窗户里看了看。屋里亮着一盏带罩的小灯。一张两旁带栏杆的儿童床上坐着个四岁左右的小男孩,正睁大眼睛倾听着。屋里一个大人也没有,显然是都跑了。

"他们在砸玻璃,"小男孩说着叫了一声,"妈妈!"

没有人应声,因此小男孩又说:

"妈妈!我害怕!"

玛格丽特拉开窗帘,飞进屋里。

"我害怕!"小男孩重复了一句,哆嗦起来。

"别怕,别怕,小宝贝!"玛格丽特极力使自己那被风吹得嘶哑的罪恶声音带上些温柔的语气,"是一些男孩子在打玻璃。"

"是用弹弓打的吧?"小男孩问道,他不再打哆嗦了。

"是用弹弓,用弹弓,"玛格丽特赶紧说,"你睡你的觉吧!"

"这是西特尼克干的,"小男孩说,"他有弹弓。"

"嗯,准是他!"

小男孩调皮地往旁边看了看,问道:

"阿姨,你在哪儿呀?"

"我不在这儿,"玛格丽特回答说,"我是你梦见的。"

"我也这么想。"小男孩说。

"你躺下睡吧,"玛格丽特以命令的语气说,"把一只手枕在脸颊下面,你就还能梦见我。"

"好,你让我梦见吧,让我梦见吧。"小男孩表示同意,立刻躺下,并且把一只小手枕在脸颊下。

"我来给你讲个故事吧,"玛格丽特把一只热得发烫的手放在小男孩剃得光光的头上,开始讲道:"从前啊,有一个阿姨。她没有孩子,她也根本没有过什么幸福。她呀,起初总是哭,哭了好久,后来呢,后来慢慢变得心狠了⋯⋯"玛格丽特住了口,拿开自己的手——小男孩已经睡着了。

玛格丽特把锤子放在窗台上,从窗子飞出去。大楼周围乱糟糟的。道旁的沥青人行道上到处是碎玻璃,人们奔跑着,叫喊着。已经看到穿制服的民警在晃动。突然响起了警钟声,一辆带云梯的红色救火车从阿尔巴特大街拐进胡同⋯⋯

但玛格丽特对后来的事毫无兴趣。她小心地躲避着电线,紧握住刷柄,转瞬间就升到了这座倒霉的大楼的上空。下面的街道显得歪斜了,仿佛陷进地里。她看到,下面不再是只有一座楼房,而是被几条闪亮的街道切割成一块块的一大片屋顶。这一片屋顶又忽然开始向旁边漂去,灯火的链条模糊起来,最后也汇成了一片。

玛格丽特又向上一跃,大片屋顶便仿佛沉入了地下,代之出现的是一个无数闪闪烁烁的电灯组成的灯光湖泊,而这湖泊又忽然竖立起来,随即出现在玛格丽特的头顶上,同时,一轮明月却从她脚底下射出银光。玛格丽特明白了:这是她自己在空中翻了个跟头。恢复到正常状态后,玛格丽特再回头一看:灯光湖泊已不复存在,只看到身后远方的地平线上有一片淡红色反光。一秒钟后这片反光也消失了,玛格丽特发现:伴随着她的只剩下飞行在她左上方的圆圆的月亮。她的头发早已完全松散开,她感到月光带着呼呼的啸声冲刷着她的全身。往下看,两排稀疏的灯光迅速汇成两条长长的光带,那光带又迅速消失在她身后。她明白了:自己正以惊人的速度飞行。但奇怪的是,她的呼吸很正常,毫不感到气闷。

几秒钟后,她看到远方的黑色大地上又出现一个电灯灯光构成的湖泊,那湖泊迅速滚到她的脚下来,但随即又打起转来,陷入地下。又过几秒钟,又一次出现了同样景象。

"那是一些城市!城市!"玛格丽特叫喊着。

后来,她有两三次看到下面有几柄长刀放在几个敞开盖的大黑盆子里,反射着灰白色的光。她猜到了:那是几条河流。

玛格丽特转过头看了看左上方,发现月亮正疯狂地朝莫斯科飞回去,但同时又像是奇怪地停在原地不动,因此她才可以清楚地看见它上面有个神秘的、似龙非龙、似马非马的黑影①,拱着脖子站在那里,它的大长脸朝着玛格丽特抛下的城市。

这时玛格丽特产生了一种想法:其实,我何必这样拼命催赶这把飞刷呢,这样我倒会失掉仔细观察事物的可能,错过饱尝飞行之乐的机会。还有某种下意识告诉她:在她将要飞去的地方人们会耐心等待她的,她不必为自己飞翔在这样可怕的高度,又飞得这样快而感到不安和烦恼。

她把飞刷的刷头向下按了按,飞刷尾部翘起来,大大放慢了速度,朝地面飞去。玛格丽特觉得自己仿佛坐在小雪橇上在空中向下滑行,这种下滑使她得到极大的快乐和享受。大地迎着她站了起来,方才它还是一大片黑乎乎的无形状的东西,这时在她面前却显露出它在月夜所具有的一切神秘而诱人的景象。大地迎着她走来了。她已经嗅到了森林中的嫩叶气息。她正飞翔在一层薄雾上,下面是露珠闪闪的草地。接着又飞到一个小湖泊的上空。她听到下面有青蛙在合唱,远方传来火车的隆隆声,这声音不知怎么使她的心情异常激动。她很快便看见这列火车了:它像只毛毛虫,爬得很慢,不断往空中喷着火星。赶过这列火车,她看到前面是一片明镜般的水面,水中还有一个月亮也在慢慢飘行。越过湖泊后,她进一步降低高度,现在她的脚几乎可以触到高大的松树树梢了。

她听到身后有一种劈开空气的沉闷声音由远而近。渐渐地她又听出在这个类似炮弹的飞行物发出的沉闷声中,还夹杂着一个像是从多少公里之外传来的女人的狂笑声。她回头望了一眼,看见一个结构复杂的黑色物体正向她追来。飞近一些之后,那物体的轮廓渐渐清晰——原来是一个人骑着什么东西在飞行。最后她终于看清了:那是

---

① 俄国作家彼·帕·叶尔绍夫(1815—1869)写过著名的诗体神话《神马》,其中有些故事情节发生在月亮上。

娜塔莎。娜塔莎追上了玛格丽特,放慢了速度。

娜塔莎的头发迎风披散,她完全赤身露体,骑着一口肥大的骟猪在飞行。骟猪的前蹄紧紧抱着一个手提包,两只后蹄拼命地捣着空气,一副夹鼻眼镜已经从猪鼻子上滑下去,靠一根细绳吊在猪嘴旁边,时而在月光反射下闪闪发亮,猪头上的礼帽动不动滑下来遮住它的眼睛。玛格丽特仔细一看,认出这骟猪原来就是尼古拉·伊万诺维奇,于是她的笑声和娜塔莎的笑声混成一片,响彻了整个森林的上空。

"娜塔莎!"玛格丽特用刺耳的声音尖叫,"你是不是也擦了那油脂?"

"我的亲爱的!"娜塔莎的号叫声足以唤醒整个沉睡的松林,"我的法兰西王后!我还给他,给他的秃头上也抹了一些呢!"

"她是我的公主!"骟猪一面驮着背上的女骑手飞行,一面拖着哭腔大声说。

"玛格丽特·尼古拉耶夫娜,我的亲爱的!"和玛格丽特并肩飞行的娜塔莎大声喊道,"我承认,我是用了您的油脂。因为我们也希望能够生活,能够飞翔啊!原谅我吧,我的主人!我不想回去了,无论如何也不回去!啊,玛格丽特·尼古拉耶夫娜,多好啊!他,"娜塔莎用手指了指窘迫地喘着粗气的骟猪的脖颈说,"他向我求婚啦!向我求婚!"她说着,弯下身去对着猪耳朵大声问,"喂,你是怎么称呼我的?啊?"

"我的女神!"骟猪说,"不过,女神,我可不能老飞这么快呀!这样我会把重要文件失落的。娜塔丽娅·普罗科菲耶夫娜,我反对这样!"

"让你那些文件见鬼去吧!"娜塔莎狂笑着喊叫。

"您可别这么说,娜塔丽娅·普罗科菲耶夫娜,会有人听见的!"骟猪恳求说。

娜塔莎与玛格丽特并肩飞行,兴高采烈地向她讲述着女主人飞出大门后小楼里发生的事,时而发出阵阵笑声。

娜塔莎坦率地承认,女主人飞走后她再也没摸一下赠送给她的那些东西,而是径直跑进女主人的卧室,拾起地上的油脂涂起来。她的身体也顿时发生了和女主人同样的变化。她欢喜得哈哈大笑,正站在穿衣镜前欣赏自己迷人的体态,房门忽然打开,尼古拉·伊万诺维奇出现在她面前了。他非常激动,手里拿着玛格丽特扔下的天蓝色衬衫、自己的礼帽和手提包。一见娜塔莎的样子,他吓呆了。稍许镇静后,他觍着一张红得像只大虾的脸,结结巴巴地说:他认为自己有义务亲自把这件衬衫送到楼上来……

"你这坏蛋,当时是怎么说的?"娜塔莎尖声地问,不住地大笑着,"你说什么来着?你引诱人干什么来着?他答应给我很多钱呢!他还说他妻子克拉夫吉娅·彼得罗夫娜什么也不会知道。怎么?你能说我在撒谎吗?"娜塔莎冲着骗猪喊叫,而骗猪则不好意思地把脸转向一旁。

在卧室里胡闹了一阵,娜塔莎竟异想天开地拿过油脂给尼古拉·伊万诺维奇抹起来。可是刚抹了几下她就急忙住手了:眼看着这位可敬的楼下住户的脸缩成了猪拱嘴,两手和两脚变成了猪蹄子。尼古拉·伊万诺维奇往镜子里一看,不禁绝望地哀号起来,但为时已晚。几秒钟后他便驮起娜塔莎,痛苦地哭叫着飞离了莫斯科,冲向魔鬼指示的地方。

"我坚决要求恢复我的正常面目!"骗猪用嘶哑的嗓音哼哼唧唧地说,似乎在发怒,又似乎在央告,"我不想飞去参加什么乌七八糟的非法集会!玛格丽特·尼古拉耶夫娜,您有义务管束管束您家的女佣。"

"怎么?!你现在又把我当成女佣啦?我是女佣?"娜塔莎揪着猪耳朵大声喊道,"原先我可是女神吧?你是怎么叫我的?"

"叫你维纳斯!"骗猪哭丧着脸回答,它这时正飞越一条在岩石间歌唱的小溪,肚皮蹭到榛树枝上发出沙沙的响声。

"维纳斯!维纳斯!"娜塔莎一手叉腰,另一只手伸向明月,兴高采烈地喊着,"玛格丽特,我的女王!请您替我求求情,让他们也留下我当个魔女吧!您什么都能办到,您现在是大权在握呀!"

于是,玛格丽特回答说:

"好,我答应你!"

"谢谢!"娜塔莎喊了一声。然后,她忽然凄厉地高叫:"嘿,嘿!快点儿!快点儿!喂,你加油啊!"她的两腿用力把累瘦了的骗猪一夹,

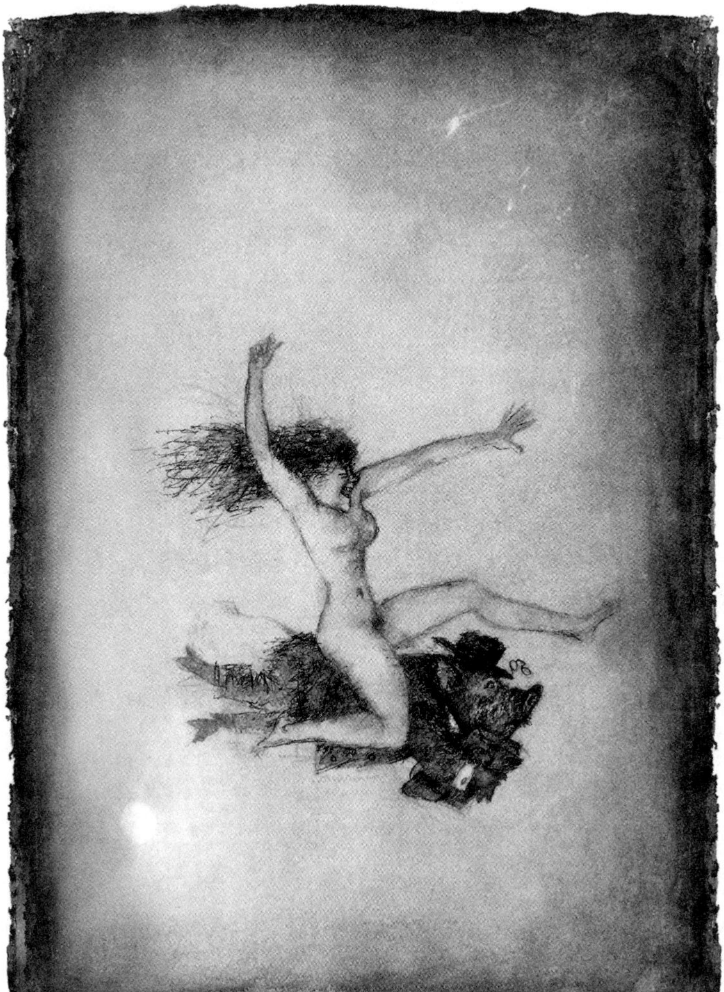

那骟猪猛地向前冲去,耳边又响起划破空气的风声。转眼间娜塔莎变成了前方的一个黑点,随即黑点消失,飞行的风声也平息了。

玛格丽特继续在空旷而陌生的地方缓慢地飞行。她飞过一片起伏绵延的丘陵,看到些奇异的大圆石、高耸的巨松。她想:"大概已经离莫斯科很远很远了吧。"现在飞刷已经不是在松林上空,而是在一棵棵稀疏的、一侧被月光照亮的松树树干之间飞行了。月光从玛格丽特背后照着她,她看到自己的灰色影子在地上滑行。

玛格丽特感到附近有水汽,猜想目的地必定不远了。松树向两旁退去,她飞临一个白垩岩的悬崖。陡峭的悬崖下面,在谷底阴暗的地方,一条大河静静地流淌着。峭壁下面,雾气腾起,弥漫在灌木丛中。河对岸是一片较低的平地,那里有几棵枝繁叶茂的大树,显得孤零零的,树下的一堆篝火摇曳着火舌,可以看到几个人影晃动。玛格丽特觉得从那里传来某种轻松的音乐声,这声音叫人浑身发麻。极目望去,眼前是一片映着银白月色的平川,看不到一所住宅、一个人影。

玛格丽特跳下悬崖,迅速向水面降落。经过长时间空中飞行之后,她为河水所吸引。她把飞刷扔到一旁,跑了几步,一头向河中扎去。轻盈的身体像箭一般刺入水中,激起的水花几乎飞到月宫。意外的是,这河水竟像浴缸的水一样温暖。她钻出水面,在温暖的河水中,在沉沉的夜幕下,独自一人尽情地游起来。

玛格丽特身旁一个人也没有,但稍远处却可以听到拍水和喷水声,似乎那里也有人在游泳。

畅游一番之后,玛格丽特跑上岸,感到浑身发热,却丝毫也不疲倦,她在湿润的草地上愉快地跳起舞来。忽然,她不跳了,警觉地倾听着:喷水声越来越近了。她看到,不远的爆竹柳丛中钻出一个赤条条的胖男人,脑后歪戴着一顶黑色圆筒大礼帽。这个游泳者的两脚沾满污泥,乍看像是穿着一双黑靴子。看那喘着粗气不住地打嗝的样子,他显然是喝了许多酒。这一点迅速得到了证实:河水中忽然也散发出一股白兰地的气味。

望见玛格丽特,那胖子眯着眼觑视了一下,便高兴地喊道:

"怎么回事?是她吧,我眼前这人?克洛吉娜,原来是你呀,不知愁的小寡妇！你怎么也在这儿？"他说着,便走过来要亲吻。

玛格丽特倒退两步,严厉地说:

"见你的鬼娘去！谁是你的克洛吉娜？睁开眼,好好看看你在同谁讲话！"她稍稍沉吟了一下,接着便用一大串无法写在纸上的脏话作了充分的补充。这一切都对轻狂的胖子起了清醒剂的作用。

"哎呀！"胖子轻轻惊叫一声,颤抖了一下,"您是宽宏大量的,请您多多包涵,光辉的玛格女王！是我看错人了。都怪那白兰地酒,该死的白兰地！"胖子说着,脱下大礼帽往身旁一甩手,单膝着地施了个礼。然后他便用俄语胡诌起来,中间还夹杂着不少法语。他解释说,他的一个巴黎朋友戈萨尔举行了血腥的婚礼。他还讲到白兰地酒,又讲到他为刚才可悲的错误感到很痛心。

"你这狗崽子,哪怕先去穿上条裤子也好嘛！"玛格丽特的怒气消了些。

见玛格丽特不再生气,胖子高兴得咧开嘴笑了。他兴奋地告诉玛格丽特:他现在没穿裤子只是因为刚才在叶尼塞河①游泳时一时疏忽,把裤子忘在岸上了,好在相距不远,他可以马上取来穿上,他表示愿意听从玛格丽特的差遣和吩咐,说着便向后倒退,一直退到河边,在河边滑了一下,仰面跌进水里。即使在跌入水中时,他那张被小连鬓胡围起来的脸上还保持着欢乐和效忠的微笑。

玛格丽特发出一声刺耳的唿哨,飞刷立即飞到她跟前。她跨上飞刷,转眼便越过了河面。白垩岩峭壁的影子到达不了对岸,这里遍地洒满皎洁的月光。

玛格丽特的双脚刚触到地上湿润的小草,柳树丛中的音乐声便骤然响彻夜空,篝火烧得更旺,条条火舌仿佛在欢快地舞动。倒垂的柳枝上挂满了毛茸茸的白茅花穗,映着月色,泛出银光,柳枝下面许多宽嘴青蛙整整齐齐排成两行,正起劲地鼓起橡皮似的腮帮用木笛吹奏一支雄壮的进行曲。青蛙音乐家们前面的柳树枝上吊着许多放出磷光的朽

---

① 叶尼塞河是俄罗斯中西伯利亚高原上的河流,距莫斯科数千公里,水量在俄罗斯河流中居首位。

木块,照亮吹奏者的乐谱,篝火的火光在一张张青蛙脸上不安地跳动着。

这支进行曲正是为欢迎玛格丽特演奏的。为她举行的欢迎仪式极为隆重。在河上尽情游戏的人鱼公主们也暂时停止了她们欢乐的圆舞,一齐挥动着水草向玛格丽特致意,她们的欢呼声在空旷的浅绿色河岸上空回荡,老远都能听得见。许多裸体魔女从柳树丛后跳出来,排成长长的一行,一齐向玛格丽特行宫廷式的屈膝礼请安。一个生着两条山羊腿的男人飞过来吻了吻玛格丽特的手,把一块锦缎铺在草地上,询问女王对刚才的河中沐浴是否满意,并请女王在锦缎上躺一躺,稍事休息。

玛格丽特斜卧在锦缎上,羊腿人马上捧来一大杯香槟酒献上,玛格丽特把酒一饮而尽,顿时觉得一股暖流透进她的心底。她问了问娜塔莎在哪里。回答是:娜塔莎已沐浴完毕,提前驾着骟猪飞走了,她要飞回莫斯科去通知人们玛格丽特即将到来,并协助他们一起为玛格丽特制作服装。

玛格丽特在河边柳树下的短暂逗留中还有另一个情节值得记载:人们刚刚安定下来,忽然听到一声唿哨,一个黑色物体,显然是出于失误,落入了旁边的河水中。几秒钟后,一个长着连鬓胡的胖子站到玛格丽特面前,这就是刚才在对岸作过很不得体的自我介绍的那个人。他显然已经去叶尼塞河边走了一趟,因为现在他穿上了正式的燕尾服,只是从头到脚全湿淋淋的。这又是因为白兰地害了他,使他在飞行中降落的时候掉进了河里。即使遇到这种不幸,他仍然没有失去脸上的笑容,因此玛格丽特也一边笑他,一边伸出手去让他吻了吻。

接着,大家准备启程。人鱼公主们又跳了一场月下圆舞之后,便消融在月光中了。羊腿人毕恭毕敬地询问玛格丽特是乘什么来到河边的。一听她是乘飞刷来的,便说:

"啊,为什么要乘飞刷呢,那不大舒适。"于是他折下两根树枝,转眼间编成一个电话机样子的东西,通过它发出命令,吩咐某人立即派辆汽车来。果然,不消一分钟,一辆浅黄色敞篷汽车落到他们的绿色小岛上,只不过坐在方向盘后面的并非一般司机,而是一只黑羽毛的白嘴鸦,它的嘴很长,头上戴着顶漆布制帽,手上戴一副喇叭口手套。绿色小岛上转眼间又变得空荡荡的了,腾空而起的魔女们消失在朦胧的月色中。篝火已经燃尽,红色的木炭渐渐蒙上一层银白色的灰。

长连鬓胡子的胖子和羊腿人把玛格丽特扶上汽车,她在宽大的后座上坐下来。汽车发出一声吼叫,腾空飞起,简直就像要冲向月宫。小岛不见了。河流不见了。玛格丽特向莫斯科飞去。

第二十二章　烛光熠熠

　　汽车在高空中飞行,柔和的月光温暖着玛格丽特全身,耳边均匀的轰响声像在抚慰她的心灵。她合上眼睛,仰起面孔,承受着清风的吹拂,想起刚刚离开的无名河畔那情景,想到自己再也看不见那条河,凄怆的依依之情不禁油然而生。这天晚上她目睹了魔力的显示,经历过各种奇迹,现在她已隐约猜到自己去见的是什么人了。但她并不觉得害怕。一个强烈的愿望——在那里可以挽回自己的幸福——使她变得完全无所畏惧了。不过,她在车中耽于幸福幻想的时间并不长。或许由于白嘴鸦司机的技术高超,要么是那汽车造得无比奇妙,反正过了不大一会儿,当玛格丽特再睁眼看时,黑乎乎的大片森林不见了,展现在自己下边的是由莫斯科的辉煌灯火构成的一片闪烁迷离的湖泊。只见黑鸟司机在驾车飞行中把汽车的右前轮卸下来,然后把车徐徐降落在多罗高米洛夫附近一块荒凉的墓地上。玛格丽特悉听安排,什么也不问。司机请她在一座墓碑旁下了车,取出她的飞刷,然后使车头转向墓地旁边的深谷,发动了马达。汽车发出轰轰隆隆的声音,向深谷冲去,就在谷中坠毁了。白嘴鸦恭恭敬敬向玛格丽特告辞,行了个举手礼,跨上刚才卸下的车轮,腾空飞去。

　　与此同时,有个披黑斗篷的人从一座墓碑后走出来,他的獠牙在月光下一闪,玛格丽特立刻认出了阿扎泽勒。阿扎泽勒向玛格丽特招招手,示意她乘上飞刷,他自己则跨上了一把长花剑。然后他们双双盘旋起飞,几秒钟后便人不知鬼不觉地降落在花园大街第302号乙楼旁边。

　　两人分别把飞刷和长花剑夹在腋下,走进大楼。经过大门洞时,玛格丽特看到有个戴鸭舌帽、穿高筒靴的男人可怜巴巴地蹲在门旁,好像在等候谁。尽管两人走路极轻,那孤独的男人还是发觉了他们的脚步声,但他只是不安地抖了一下,当然没有弄清声音从何而来。

走到第六单元门口,他们又遇到一个和刚才那人非常相似的男人。也和刚才一样:一阵脚步声,那人不安地回头看了看,皱起了眉头,当单元大门打开又关上的时候,那人向前追了两步,好像在追赶隐身的进门人。然后又往门口看了看,但是,不消说,他也什么都没有看见。

第三个人和第二个人一样,因而也和头一个人一样,他守候在三层楼上,正坐在楼梯口吸着一种劲儿很大的带嘴香烟。玛格丽特走过他身旁时被烟呛得咳嗽了两声。吸烟人像是突然被刺了一下,霍地从长凳上跳起来,惊恐不安地回头看了看,又跑到楼梯护栏前向下望了望。这时玛格丽特和阿扎泽勒已经到了第50号门前。两个人并不按门铃,阿扎泽勒用随身带的钥匙悄悄地把门打开了。

首先使玛格丽特感到震惊的是,眼前漆黑一团,好像进入了地下,什么都看不见。她唯恐绊倒,急忙抓住阿扎泽勒的斗篷,但这时远处的空中亮起一盏小小的神灯,黄豆般微弱的灯光一闪一闪地向她移过来。阿扎泽勒边走边从玛格丽特腋下把飞刷抽出去,那刷子随即无声地消失在黑暗中了。他们两人沿着一条极宽阔的阶梯往上走,玛格丽特觉得这阶梯似乎没有尽头。奇怪的是,一个普通的莫斯科住宅的前室里,怎么可能安置得下这样异乎寻常的阶梯?虽然眼睛看不见,但却能切实感觉到它像是没有尽头的。终于来到尽头了,玛格丽特觉得自己站到了一个平台上,那小小的灯光已经移到她跟前。借着灯光,她看到一张男人的脸。此人身材细长,全身漆黑,是他在举着一盏小神灯。尽管灯火如豆,光线十分微弱,但凡是几天来曾不幸与此君狭路相逢的人都会马上认出来:他就是绰号叫巴松管的卡罗维夫。

不错,卡罗维夫的外貌与原先大不相同了。这时反射着闪烁灯光的已不是原先那副早该扔进臭水沟的破夹鼻眼镜,而是一片单光眼镜,虽然玻璃上也有裂纹。那张蛮横傲慢的脸上的两撇胡子现在是稍稍向上卷起的,而且抹上了油。他穿起了燕尾服,看上去一身黑,只有胸口处露着一点白。

这个既是魔术师,又是唱诗班指挥,既能兴妖作怪,又能当翻译的人,鬼才知道他到底是何许人,总之,这位卡罗维夫向玛格丽特点头致意后,把举着神灯的手潇洒地往身旁一摆,请求玛格丽特随他来。阿扎泽勒已经在不知不觉中消失了。

玛格丽特暗想:"这个夜晚真怪。我做好了各种精神准备,唯独没料到会有这种情况! 这里停电还是怎么? 尤其奇怪的是这所住宅的面积:一所普通莫斯科住宅里怎么会容得下这许多东西? 根本不可能!"

尽管卡罗维夫手中的灯光很微弱,玛格丽特还是看得很清楚:她来到了一个真正宽阔无比的大厅,厅内两旁还有柱廊,那里显得更加昏暗,看上去也没有尽头。卡罗维夫在一个不大的长沙发旁停下来,把神灯放在一个细高灯座上,用手势请玛格丽特在沙发上就座,他自己一只胳膊扶着高灯座,摆出一副优美的姿势站在旁边。

"请允许我自己介绍一下吧,"卡罗维夫用叽叽呱呱的声音说,"我叫卡罗维夫。您是对这里为什么没有电灯感到奇怪吧? 您当然会以为这是为了节约吧? 不是的,绝对不是。如果我说谎,我情愿让随便哪个刽子手就在这灯座上剁下我的脑袋,哪怕让今夜晚些时候将有幸吻您的膝盖的那些刽子手中间的一个来剁也行。这里没有电灯只是因为主公他不喜欢电灯光,所以我们要到最后才开灯。到那时候,请您相信,绝不会缺少灯光的。甚至您大概还会觉得电灯再少些就好了。"

卡罗维夫给玛格丽特的印象很好,他那叽叽呱呱的絮叨声也对她起了某种镇定作用。玛格丽特回答说:

"不,最使我奇怪的是,哪里会容得下这么大地方。"她说着用手比划了一下,强调这厅堂之大。

卡罗维夫得意地笑了笑,鼻子两边的皱纹阴影微微颤动着。

"这最简单不过了!"他回答说,"凡是熟知五维空间的人,要想把房间面积扩大到他所希望的程度,可以说是不费吹灰之力的。不仅如此,尊敬的女士,我还要告诉您:扩大到什么程度都可以! 再顺便说一句吧,"卡罗维夫絮叨起来没个完,"比方说,我就认识一些人,他们不仅对五维空间一窍不通,而且,一般说来,对什么都一窍不通。可是,他们在扩大自家住房面积方面却都能创造出不折不扣的奇迹。比如,我听说城里就住着这么一位。他先是在土城区得到了一套三居室的住宅。他根本没有利用什么五维空间和其他诸如此类伤脑筋的东西,只是简单地在其中一个房间里打了个隔断,把它隔成了两间,他那套住宅转眼间就变成了四居室的。

"然后他用这套房子调换到位于莫斯科不同地区的两套房子——三居室和两居室的各一套。这样,他的房子就变成了五间,您说对吧?他又把三间的一套换成了两间的两套,您看,他这就拥有六间房了,当然,这六间房是分散在莫斯科不同地区的。他已经准备使出他最后的、也是最漂亮的一招儿了:在报上登个启事,声明愿意用不同地区的六间住房调换土城区一套五居室住房。这时候,由于某些他无法左右的原因,他的活动才不得不终止。也许他现在还有个什么房间住,不过,我敢肯定,那绝不会是在莫斯科了。您看,这人多会钻营,可您还在谈论什么五维空间呢。"

虽然玛格丽特并没有谈论什么五维空间,而是卡罗维夫自己在谈,但玛格丽特听了房产钻营家的这些活动,还是快活地笑了。卡罗维夫继续说:

"好吧,玛格丽特·尼古拉耶夫娜,咱们谈正事吧。您为人很聪明,所以,您想必已经猜到我们的主人是谁了。"

玛格丽特觉得心脏"怦"地跳了一下。她点了点头。

"嗯,你看,好!"卡罗维夫说,"我们最讨厌吞吞吐吐、故弄玄虚了。直说吧,主公他每年要举行一次跳舞晚会,称为'上元晚会',或者叫做'百王晚会'。啊!那些来宾都是些什么样的人啊!"卡罗维夫为了加强语气,用手捂住了半边脸,仿佛他在害牙痛,"不过,我相信,您会亲眼看到的。我对您说,是这么回事:主公他是独身一人,这您当然也清楚。所以,晚会上就需要有一位女主人,"卡罗维夫说着,把两手一摊,"您也会这么看吧,晚会上要是没有个女主人……"

玛格丽特认真地听着卡罗维夫的话,尽量一个字也不漏掉;她感到心里一阵阵发冷,挽回幸福的希望使她的头脑无法宁静。

"我们还有个传统,"卡罗维夫继续讲着,"第一,要求晚会上的女主人的名字必须是玛格丽特;第二,她必须是当地出生的。而我们呢,您也知道,是来旅行的,现在是在莫斯科。我们发现莫斯科有一百二十一个名叫玛格丽特的女性,可是,不知您是否相信,"卡罗维夫说着,绝望地拍了一下大腿,"没有一个人合适!所以,这个福分就……"

卡罗维夫说着一躬身,意味深长地微微一笑。玛格丽特又感到一股冷气从心底升起。

"简短地说吧!"卡罗维夫提高了声音,"直截了当:您不会拒绝承担这项义务吧?"

"我不拒绝。"玛格丽特坚定地回答。

"当然!"卡罗维夫说,随即举起神灯,"那么,请跟我来!"

他们在圆柱中间穿行了许久,终于进入了另一个大厅。这里不知为什么弥漫着强烈的柠檬味,还有一种飒飒的声音。不知什么东西碰了一下玛格丽特的头,她打了个冷战。

"您别怕,"卡罗维夫挽住玛格丽特的胳膊,用甜丝丝的语调安慰说,"这是河马为晚会搞的一些小玩艺儿,没有别的。总之,玛格丽特·尼古拉耶夫娜,我想斗胆奉劝您一句:永远别害怕,什么也别怕!害怕是很不明智的。不瞒您说,我们的晚会将是非常豪华的。晚会上您将看到一些人,他们当年都曾拥有极大的权力。但是,说实话,如果认真想一想,他们的能力同鄙人有幸忝居其侍从之列的主公的能力相比,是何等的微乎其微啊!简直十分可笑!依我说,甚至十分可悲。再说,您自己也是有王室血统的人。"

"怎么,我有王室的血统?"玛格丽特把身子靠近卡罗维夫,惊讶地小声问道。

"啊,我的女王,"卡罗维夫眉飞色舞,喋喋不休地说,"血统问题可是世界上最复杂的问题!如果我们去询问某些个老老奶奶,特别是那些个享有温良贤淑美名的老老奶奶们,那么,玛格丽特·尼古拉耶夫娜,我们肯定会发现一些最最令人吃惊的秘密。我想,如果我把这种情况比作洗扑克牌时往往出现的怪现象的话,大概是不会错的。对某些东西来说,任何社会等级界限,甚至国家界限,都无能为力。我还要暗示您一句:曾经生活在十六世纪的一位法国王后①如果听到有人报告她,说她那非常漂亮的曾孙的曾孙的曾孙的曾孙女在几百年后的今天正在莫斯科由我挽着胳膊带去参加晚会的话,那她准会感到非常惊讶。

---

① 指十六世纪法国国王亨利四世(1553—1610,即那瓦尔的亨利)的王后玛格丽特。

不过,我们已经到了!"

卡罗维夫吹灭神灯,神灯随即从他手中消失。玛格丽特看到眼前有一扇黑色的门,下面门缝处透出一道亮光。卡罗维夫敲了敲门。这时玛格丽特忽然感到激动不安,牙齿磕碰得咯咯响,脊梁骨一阵阵发凉。门打开了,原来这是个很小的房间。玛格丽特看到一张宽大的柞木床,床上堆着揉皱了的脏床单和一个枕头。床旁有一张雕花腿柞木桌,桌上放着枝形大烛台,七根黄金枝杈的顶端各有一个猛禽利爪形的烛碗,每只金爪烛碗上都燃着一枝很粗的蜡烛。此外,桌上还摆着个很大的国际象棋棋盘,每个棋子都雕刻得极为精美。床前铺着块不大的旧地毯,放着个矮矮的长凳。另一张桌上放着个金茶碗和一个较小的枝形烛台,它的枝杈像一条条蛇。屋里弥漫着一股潮湿气和树脂气味,两个烛台照出的一道道黑影在地板上纵横交错。

玛格丽特从在座的人中间一下子就认出了阿扎泽勒。他站在大床床头前,穿着燕尾服,已大大不同于在亚历山德罗夫公园里出现在玛格丽特身旁的那个阿扎泽勒了。他非常温文尔雅地朝玛格丽特鞠了一躬。

床旁小地毯上坐着个裸体魔女。这就是那个使瓦列特剧院可敬的餐厅管理员大为难堪的赫勒,嗨,也就是在演魔术那天夜间幸而被雄鸡打鸣吓跑的窗外的魔女。现在她正搅拌着面前锅里的什么东西,锅里冒着一股硫磺气。

此外,屋里棋桌前的高凳上还蹲着一只硕大无比的黑猫,它用右前爪捏着一个象棋棋子——马。

赫勒微微起身向玛格丽特施礼。黑猫也从高凳上跳下来行了个礼。行礼时它的右后爪一并,前爪捏着的马便掉在地上滚到床下。于是黑猫也跟着钻到床下去了。

惊得目瞪口呆的玛格丽特只是在昏暗诡秘的烛光下影影绰绰地看到了这一切。但真正吸引住她的目光的还是那张大床,坐在床上的正是不久前可怜的伊万在牧首湖畔极力向其证明不存在魔鬼的那个人。"不存在"的魔王现在正坐在这张床上。

玛格丽特感到有两只眼睛在盯着她的脸。其中右眼的眼底闪着金色火花,这只眼睛显然能够看穿任何人的灵魂深处;而左眼则像针鼻儿那样狭小,它空洞、昏暗,活像个隐蔽着黑暗和一切幽灵的无底洞洞口。沃兰德的脸向一边歪着,右嘴角有些下垂,两道剑眉,光秃的高额头上深深刻着几条平行的皱纹。脸上的皮肤似乎是晒得永远黑黢黢的了。

　　沃兰德四仰八叉地躺在床上,穿一件很长的睡衣,衣服很脏,左肩上还打着一块补丁。他蜷着一条腿,另一条腿伸到小长椅上,赫勒正往这条黑腿的膝盖上涂抹一种冒着烟的油膏。

　　沃兰德的衣襟敞着。玛格丽特看到在他那没有胸毛的前胸挂着一条细细的金链,金链上吊着一只由暗褐色宝石精工雕成的甲虫,虫背上还刻有古代文字。沃兰德身旁放着一台奇特的大地球仪,它安置在笨重的底座上,半边被太阳光照亮,看上去像是活动着的。

　　沉默了几秒钟。玛格丽特心想:"他这是在考察我。"她用全部意志力稳住自己两条颤抖不已的腿。

　　沃兰德终于开口了。他先莞尔一笑,那只闪着金色火花的眼睛仿佛由于这一笑而燃烧起来。

　　"我欢迎您,女王,还请您原谅我这身家常穿戴。"

　　他的声音极低,有几个字字音拖长,有些嘶哑。

　　沃兰德随手从床上拿起一柄长剑,弯下腰用剑在床底下扫了几下,说:

　　"出来吧!这一局不下了,来客人了。"

　　"请您千万别这样。"玛格丽特忽然听到卡罗维夫像台词提示人似的急忙在她耳边尖声说。

　　"请您千万别这样……"玛格丽特也立即重复说。

　　"主公……"卡罗维夫的声音又在耳边提醒她该怎么称呼。

　　"请您千万别这样,主公,"这时已经完全控制住自己的玛格丽特镇静而清晰地说。她嫣然一笑,又接着说:"我恳求您不要中断这盘棋。我想,象棋杂志如果有可能把您这盘棋发表在刊物上,一定会付给优厚报酬的。"

　　阿扎泽勒轻轻咳了两声表示赞赏,而沃兰德本人则仔细地端详了一下玛格丽特,自言自语似地说:

"嗯,卡罗维夫说得不错!真像洗牌时出现的奇迹一样。血统的关系!"

沃兰德伸出手招呼玛格丽特到跟前来。玛格丽特还没感觉到自己的赤脚在地上走动,身体已经站到床前了。沃兰德举起一只巨石般沉重、火一般炙热的手放到玛格丽特肩上,只轻轻一拉,便使她坐到了自己身旁的床上。

"好吧,难得您也有这样感人的雅兴,"沃兰德说,"其实,我本来也别无他求。那么,好吧,我们就不必客气了。"他说着,又俯身冲着床底下喊道,"你还要在那儿胡闹多久,该死的小丑?还不快出来!"

"我找不到那匹马了!"黑猫在床下用压低的假嗓子回答,"不知道它蹿到哪儿去了。马没找到,倒找到一只癞蛤蟆。"

"你是不是以为自己还在集市上卖艺?"沃兰德故意用嗔怪的语调问,"床底下怎么会有癞蛤蟆?!快收起这些廉价的玩艺儿,留着到瓦列特剧院去演吧。你要不马上出来,我们就当你是认输了,该死的逃兵!"

"我绝不认输,主公!"黑猫在床底下一声喊,钻了出来,爪子里捏着它的"马"。

"我来给您介绍一下……"沃兰德刚要给玛格丽特介绍,却又中断了自己的话,改口说,"不,我简直见不得这种怪模怪样的小丑。大家看看,他在床底下把自己弄成了什么样子!"

这时,沾了满身灰尘的黑猫正后腿直立着向玛格丽特点头致意。它脖子上系着一条配燕尾服的白蝴蝶结,胸前的小皮带上挂着一副珠母框的女用望远镜。此外,它还把胡子染成了金色。

"看,你像什么!"沃兰德大声说,"你干吗要把胡子染成金色?再说,你连裤子都没穿,还系得哪门子领结?!"

"猫可不兴穿裤子呀,主公,"黑猫一本正经地回答说,"您总不会让我再去穿上靴子吧?穿靴子的雄猫只是童话里才有①,主公。但是,您什么时候见过晚会上有谁不系领呆(带)的?我可不愿意成为晚会上的笑

---

① 指德国早期浪漫派代表作家蒂克(1773—1853)创作的童话剧《穿皮靴的雄猫》。

料,去冒被人掐着脖子轰出来的危险!每个人都根据自己的可能条件美化自己。您可以认为我这句话也是指我这望远镜说的,主公!"

"那么胡子呢?……"

"我真不明白,"黑猫冷冰冰地说,"阿扎泽勒和卡罗维夫今天都刮了脸,脸上还搽了粉。为什么他们可以?白色比金色好在哪里呢?我不过是往胡子上搽了点金粉,没有别的呀!假如我把胡子刮了,那就不同了!刮掉胡子的猫!那才不像样子,这一点我倒可以承认,一万个同意。反正,总而言之,"黑猫的声音像是受了很大委屈似地颤抖了一下,"我看这是有意刁难我呀。我现在面临的重大选择是:到底还要不要去参加晚会?关于这个问题,主公,您如何教诲呢?"

黑猫气鼓鼓的,似乎马上就要气破肚皮了。

"哎呀,你这骗子,骗子手!"沃兰德摇着头说,"每次下棋,只要他无路可走了,他就节外生枝,借题发挥。完全是个最蹩脚的江湖骗子。你快给我坐下下棋吧,别在这儿胡说八道!"

"我可以坐下,"黑猫说着便坐了下来,"不过,我不能同意您说的第二点。我的话根本不是像您当着女士的面所说的那样'胡说八道',我的话完全合乎逻辑学严密的三段论法规范,连塞克斯都·恩披里柯①和马尔齐安·卡培拉②这样的学者,甚至于亚里士多德③本人都会给予我应有的评价的。"

"将军了!"沃兰德说。

"没什么,没什么。"黑猫一边说着,赶紧拿起望远镜看棋盘。

"那么,女士,"沃兰德转脸对玛格丽特说,"我先向您介绍一下我这几个随从吧,这个装疯卖傻的雄猫叫河马,阿扎泽勒和卡罗维夫两人您已经认识了,那个是我的侍女赫勒,她机智、聪明,无论吩咐她什么,她都能办到。"

---

① 塞克斯都·恩披里柯,约二世纪中叶的古罗马哲学家,怀疑论者。著有《皮浪的基本原理》等。
② 马尔齐安·卡培拉,古罗马作家,五世纪人。著作涉及文法、朴素辩证法、天文、数学、音乐等。
③ 亚里士多德(公元前384—公元前322),古希腊哲学家、科学家。

美丽的赫勒继续用手从锅里捞出油膏来往沃兰德的膝盖上搽着,她把绿莹莹的眼睛转向玛格丽特,粲然一笑。

"喏,就这么几个,"沃兰德介绍完毕,忽然皱了一下眉头,因为赫勒这时特别用力地按了一下他的膝盖,"您看,我这里人数并不多,男女都有,都是些老实人。"沃兰德不说话了,他开始转动眼前的地球仪。这个地球仪制作得非常精巧,上面的蔚蓝色海洋波涛翻滚,极地也像是覆盖着真正的冰雪。

玛格丽特再看那棋盘时,棋盘上已是一片慌乱景象:着白色披风的国王正气急败坏地在他的方格中跺脚,绝望地举起双手。一个军官摇晃着军刀指向前方,三个举着长柄斧的白服应募兵①惊慌失措地望着那军官。军官的前方,在毗连的黑白两个方格中,两个沃兰德的黑色骑兵正紧勒住烈马,马在咆哮,不住地用蹄子刨着眼前限制它们前进的格子。

使玛格丽特感到非常有趣和十分惊讶的是,这些棋子都是活的!

黑猫放下望远镜,朝他的白军国王背上轻轻推了一下,那国王绝望地双手捂住了脸。

"情况不妙啊,亲爱的河马!"站在一旁观战的卡罗维夫恶毒地小声说。

"情况是严重,但还不能说毫无希望,"河马回答说,"而且,我对最后胜利抱有充分信心。不过,是得认真分析一下局势。"

于是它便用自己独特的方式"分析"起来:它做着各种鬼脸,并不住地冲着白军国王挤眉弄眼。

"怎么也没有用!"卡罗维夫说。

"哎呀!"河马大声喊道,"鹦鹉全飞了! 我早就警告过你们嘛!"

果然从远处传来一片扇动翅膀的声音。卡罗维夫和阿扎泽勒急忙跑了出去。

"唉,都怪你们偏要在晚会上搞那些个花样。见鬼!"沃兰德嘟哝了一句,继续盯着他的地球仪。

卡罗维夫和阿扎泽勒刚一离开,河马就更加卖劲地向白军国王挤

---

① 应募兵指十五至十七世纪期间德国招募的军人,他们自带武器,以随地掠夺为生。

眼。终于,国王领会了河马的意图——急忙脱下披风,扔在格子里,从棋盘上逃之夭夭了。而那个军官则拾起国王的披风,自己披上,站到了国王的位置上。这时卡罗维夫和阿扎泽勒回来了。

"撒谎,总是这样!"阿扎泽勒用眼睛斜着河马,嘟嘟囔囔地说。

"我是听见有鸟飞的呀!"黑猫并不认错。

"喂,怎么啦,还要等多久?"沃兰德问道,"将着你的军呢!"

"大概是我听错了吧,我的老师①,"黑猫说,"没有将着军呀!不可能将军嘛!"

"我再重复一遍:将着你的国王呢!"

"主公,"黑猫故作惊讶地说,"您是太累了:没有将着军!"

"你的国王是在'4-2'格上呀。"沃兰德说,他不看棋盘也知道。

"主公,您真叫我大吃一惊,"黑猫装出一副吃惊的面孔,尖声叫道,"'4-2'格里没有国王啊!"

"怎么回事?"沃兰德莫名其妙,这才回头去看棋盘——原来国王站的格子里,现在站着个军官,那军官转过脸去,用手捂住了脸。

"啊,你这坏蛋!"沃兰德若有所思地说。

"主公!我只能再次求助于逻辑学了,"黑猫把一只前爪按在心口上认真地说,"如果下棋的一方宣布'将军',而对方的国王这时却早已不在棋盘上,那么这种'将军'自然是不能成立的!"

"你认输不认输吧?"沃兰德的声音威严可怖。

"请允许我再考虑一下,"黑猫温顺地回答,然后它把两只前肘往桌上一支,两只爪子抱住脑袋沉思起来。考虑了很久,最后才说:"我认输。"

"该打死这个顽固的畜生。"阿扎泽勒小声说。

"是的,我认输,"黑猫说,"不过,我之所以认输,完全是因为我无法在一些忌妒者可以肆意中伤的气氛中继续下棋!"它站起身来,棋盘上的棋子便都自动跑进了棋盒子。

"赫勒,你该去了!"沃兰德说。赫勒随着话声从屋中消失了。沃

---

① 原文为法语的俄语音译:梅特尔。

兰德又说:"我的腿这么痛,可还得让她去张罗晚会。"

"请让我来给您搽药吧。"玛格丽特轻声请求说。

沃兰德凝神看了看她,把膝盖移到她面前。

岩浆般炽热的稀油膏烧灼着玛格丽特的双手,但她强忍住疼痛,眉头也不皱一下,小心翼翼地把油膏搽在沃兰德的膝盖上,尽量不让他感到痛。

"左右的人都说这是风湿病,"沃兰德目不转睛地看着玛格丽特说,"可我总觉得这膝盖痛的毛病是一个迷人的魔女给我留下的纪念:一五七一年我在布罗肯山①上的魔鬼道场里认识了她,有一段时间我们之间过从甚密。"

"哎呀,会是这样啊!"玛格丽特说。

"小事一桩!三百年后就会好的。他们建议我使用各种药物,可我还是按老谱儿治,用这种老奶奶传下来的方子。那可恶的老太婆,我那老奶奶,传给了我一种奇特的药草!顺便问一句:您自己有没有什么痛苦?或许有什么悲哀、忧愁在吞噬着您的心灵?"

"没有,主公,没有这类事,"聪明的玛格丽特急忙回答说,"现在,来到您的身边,我感觉非常好。"

"血统这东西真是了不起。"沃兰德似乎有感于什么,笑眯眯地说了这么一句。随后他又说:"我看您对我的地球仪很感兴趣。"

"啊,是的,我从来没见过这么好的东西。"

"的确是件好东西。坦率地说,我很不喜欢电台广播的新闻。这些新闻总是由一些女孩子们来播音,她们又总是讲不清楚地名。再说,这些女孩子中有三分之一的人是大舌头,仿佛故意挑选了这样一批人似的。有了地球仪,我就方便多了,尤其是我需要准确地了解事态的进展。比如,请您看看这块地方,这块有一边受到海洋冲刷的地方!看见没有?火焰正在这里蔓延,这里发生了战争。如果您把眼睛移近些,还能看到一些细节。"

---

① 指德国境内哈茨山的布罗肯峰。据德国民间传说,每年四月三十日夜晚魔女们便纷纷驾着飞帚、叉棍等来到这里与魔鬼举行彻夜的狂欢舞会,这天夜晚称为"瓦尔普吉斯之夜"。歌德《浮士德》中有有关描写。

玛格丽特向地球仪俯下身去,她看到:这一小块地方在她眼前渐渐扩展开,呈现出五颜六色,变得像一张大地形图。然后玛格丽特看到一条带子似的河流和两岸上的村落。原来只有豌豆粒大小的一所小房膨胀起来,变得像火柴盒大小了。忽然,小房的房顶随着一股黑烟无声地飞到空中,它的四壁旋即坍塌,转眼间一所两层的小火柴盒便无影无踪,只剩下几小堆冒着黑烟的焦土了。玛格丽特又把眼睛往近前凑了凑,她看到一个很小的妇女躺在地上,身旁血泊中躺着一个手脚伸开的婴儿。

"就这样,完啦!"沃兰德微笑着说,"这婴儿还没有来得及在世上造孽就完了。亚巴顿①做的事向来无可指摘。"

"我可不愿意站到与亚巴顿为敌的方面去,"玛格丽特说,"他是站在哪一方面的?"

"越同您谈下去,我越相信您确实非常聪明,"沃兰德亲切地说,"我可以请您放心。像亚巴顿这样公正的人可说是凤毛麟角,他对争战的双方所抱的同情是完全一样的,因此,战争的结果对双方也就从来都是一样的。亚巴顿!"沃兰德轻轻召唤了一声。话音刚落,便有一个十分清瘦的人从墙壁中走了出来,戴着一副墨镜。不知为什么他的眼镜使玛格丽特受到强烈刺激,以致她轻轻喊了一声,急忙把脸埋在沃兰德的腿上。

"噢,不要这样!现代的人怎么都这么神经质!"沃兰德大声说着,挥手朝玛格丽特的背上拍了一掌,她全身发出铮铮的金属声。沃兰德又说,"您不是看见了吗,他现在是戴着眼镜的。再说,亚巴顿从来不过早地出现在任何人面前,今后也绝不会这样的。何况,说到底,还有我在这里嘛!您是我请来的客人嘛!我不过是叫出他来让您见一见。"

亚巴顿纹丝不动地站在一旁。

"可以让他暂时摘一下眼镜吗?"玛格丽特紧倚在沃兰德的腿上,

---

① 亚巴顿:地狱之王,也指地狱、无底洞。《圣经》里指无底洞的魔王。又名亚玻伦。这里的亚巴顿是索命鬼,他素常总戴着墨镜,一旦取下墨镜看谁,就意味着谁的死亡。

仍然颤抖不已,但她这样问已是出于好奇心了。

"这可办不到,"沃兰德严肃地回答,随即朝亚巴顿一挥手,亚巴顿的身影立即消失了。"你有什么话要说,阿扎泽勒?"沃兰德转身问阿扎泽勒。

"主公,"阿扎泽勒回答,"请允许我报告一件事。我们这里来了两个外人,一位是美女,哭哭啼啼地哀求把她留在女主人身边,此外,她还带来了……请恕我直言,她的一口骟猪。"

"美女的行径大都有些古怪。"沃兰德说。

"这是娜塔莎,是娜塔莎!"玛格丽特快活地高声说。

"嗯,可以把她留在女主人身边。把骟猪送到厨房去!"

"宰了?"玛格丽特吃惊地问道,"请您饶恕它吧,主公,这是尼古拉·伊万诺维奇,住在我们楼下的那个人。发生了一点误会,娜塔莎给他也涂了油脂……"

"对不起,"沃兰德说,"为什么宰它?谁说要宰它?我是让它到厨师那里去坐一会儿,没有别的意思!您也会同意吧,我总不能让一口骟猪进晚会大厅呀!"

"当然……"阿扎泽勒也附和着说。然后他又报告:"主公,午夜临近了……"

"啊,好吧,"沃兰德对玛格丽特说:"那么,就劳驾了!我预先向您表示感谢。请您保持镇静,不要慌张,而且什么也别怕。除了白水之外,什么也不要喝,否则您会感到慵懒无力,难以支持的。该去了。"

玛格丽特从小地毯上站起身来。卡罗维夫出现在门口。

第二十三章　撒旦的盛大晚会

午夜临近了，必须迅速行动。玛格丽特眼前模模糊糊，什么也看不清。她只记得无数灯火和一个光怪陆离的大水池。她刚一站到池中，赫勒和她的助手娜塔莎就用一种黏稠的热乎乎的红色浆液冲洗她的全身。她感到嘴唇上有一股咸味，这才明白：她们两人是在用鲜血给她冲洗，她仿佛穿上了一身血红的法衣。不一会儿，这法衣又换成另一种黏稠而透明的玫瑰色法衣了，一股浓郁的玫瑰香气使她感到昏昏沉沉。然后两人把玛格丽特扔到一张水晶卧榻上，用一种很大的绿色叶子研磨她的全身，直磨得身上闪闪发亮。大黑猫也钻进来帮忙，它蹲在玛格丽特脚旁，擦亮她的两只脚。它神情专注，十分认真，活像一个在大街上替人擦皮鞋的。玛格丽特不记得是谁用白玫瑰花瓣给她缝制好一双便鞋，也不记得那双鞋怎样穿到了她脚上，金缕编成的鞋带又是怎样自动结好的。然后便有某种力量把她提了起来，放到一面大镜子前。她头上忽然出现了一顶镶满钻石的王冠。这时卡罗维夫不知从什么地方冒了出来，把一个镶在椭圆框里、系在项链上的、沉重的黑毛狮子狗雕像挂在玛格丽特胸前，那条项链本身也很沉重。戴上这件饰物之后，女王感到非常吃力，她觉得项链磨得脖颈痛，雕像压得直不起腰。但这吊着黑狮子狗雕像的沉重项链虽然带来不便，还是有所补偿的：戴上它之后，卡罗维夫和河马便显得对玛格丽特格外敬畏了。

"没关系，没关系，没关系！"卡罗维夫嘟嘟哝哝地站在有水池的房间门口说，"一点办法也没有，需要这样，需要，需要。女王，请允许我再给您提出最后一项建议吧：今天的来宾中有各种各样的人，噢，三教九流，无所不有，但是，玛格女王，您可对谁也不要有半点另眼相看之处！即使有人使您不喜欢……我知道，您当然也不会形诸于色的……不要这样，不要，连想都不要这样想！对方会发现的，在同一瞬间就会发现。您还是应该喜欢他,喜欢他,女王。为此,您这位晚会女主人将得到百倍的报偿!还有,千万不要忽视任何人。如果您没有时间同谁讲句话,那么,哪怕只对他微微一笑或轻轻朝他转一下脸也好,怎么都行,唯独不要不理睬。没有得到您青睐的人会为此而憔悴的……"

玛格丽特由卡罗维夫和河马扶着走出水池房,迈进一片伸手不见五指的黑暗中。

"我来,我来,"黑猫河马说,"让我来发信号吧!"

"发吧!"卡罗维夫在黑暗中回答。

"晚会开始!"黑猫一声刺耳的尖叫。玛格丽特不由得也跟着大喊了一声,随即闭起眼睛待了几秒钟。晚会伊始,顿时有千万条霞光向她射来,音乐声和一阵异香也随之而来。玛格丽特由卡罗维夫搀扶着向前走去。她看到自己进入了一片热带森林。林中藤蔓上有许多红胸脯、绿尾巴的鹦鹉跳来跳去,它们一看见她便齐声鸣叫起来:"我非常高兴!"叫声震耳欲聋。但玛格丽特很快便出了森林,进入一个晚会大厅,林中那种浴室般的闷热顷刻间被大厅里爽人的凉气所代替。大厅两旁是两排亮光闪闪的黄石圆柱。这里也和森林里一样空荡荡的,只是每根圆柱旁都伫立着一个黑人,赤身露体,头上缠着银白色头巾,一动不动。当玛格丽特带领着随从人等(阿扎泽勒不知从哪儿也加进来了)飘入大厅时,黑人们非常兴奋,一张张黑脸变成了褐红色的。这时卡罗维夫才松开了玛格丽特的胳膊,并对着她耳边轻轻说:

"径直朝郁金香花丛走!"

玛格丽特看到,前面突然出现一堵白郁金香组成的矮墙,墙后面有无数用玻璃罩罩住的灯火,灯火前面坐着许多穿燕尾服的男人,露出洁白的胸脯和黑色肩膀。玛格丽特恍然大悟:晚会的音乐声原来是从这里发出的。玛格丽特感到小号的吼叫声铺天盖地向她袭来,紧接着小提琴声异军突起,高亢激越的琴声像血一样冲刷着她的全身。这是一支约由一百五十人组成的乐队在演奏波罗涅兹舞曲①。

高高站在乐队前面的穿燕尾服的人看见玛格丽特进来,脸色一下

---

① 波罗涅兹舞是波兰的一种隆重的古典交际舞。

子变得惨白,但又慌忙作出笑容,举起双手指挥整个乐队站了起来。乐队一秒钟也没有停止演奏,以站立姿势使玛格丽特沐浴在热情的音乐声中。乐队前面指挥台上的人转过身来,把双手向两旁一分,对玛格丽特一行深深鞠了一躬。玛格丽特微笑着向他挥手致意。

"不行,这不够,不够,"卡罗维夫急忙在她耳边说,"这样他会一夜都睡不着觉的。请您对他喊一声:'向您致敬,华尔兹之王!'"

玛格丽特照他的话喊了一声,同时不禁为自己那压倒乐队演奏的洪钟般的声音感到吃惊。那指挥幸福得颤抖了一下,急忙把左手放在胸口上表示感谢,同时右手继续挥动着白色小棒指挥演奏。

"还不够,不够,"卡罗维夫又在她耳边说,"该向左看看,看看第一小提琴手,对他们点点头,要让他们每个人都感觉到您已经注意到了他本人。他们都是世界名人。坐在这边第一个乐谱架后面的就是维坦①。对,就这样,很好。咱们往前走吧。"

"这指挥是谁?"玛格丽特飘然向前走去,一边问道。

"约翰·施特劳斯②,"黑猫从旁大声说,"我敢说,任何晚会都从来没请到过这样的乐队,不然就把我吊死在热带林的藤条上。这乐队是我请来的!我还要对您说,没有一个人托病不来,也没有一个人拒绝。"

第二个大厅两旁没有圆柱,而是有两堵矮矮的花墙,一边是鲜红、粉红和乳白的各色玫瑰,另一边全是日本的重瓣山茶花。花墙之间喷泉飞舞,潺潺有声,三个大酒池中的香槟酒冒着气泡,仿佛在沸腾。其中一个酒池呈晶莹的淡紫色,另一个像红宝石般殷红,还有一个是完全由透明的水晶砌成的。酒池旁各有几名缠着红头巾的黑人在斟酒,他们用长柄白银勺把酒直接从酒池里舀进平底大杯中。玫瑰墙中间还有一个豁口,那里设有音乐台,一个穿红色燕尾服的人正在台上奋力指挥着。他面前的爵士乐队也卖劲地演奏,声音之大,甚至令人无法忍受。一看见玛格丽特,那指挥便深深地弯腰施礼,两手几乎够着地板。然后

---

① 维坦·亨利(1820—1881),比利时卓越的小提琴演奏家、作曲家。一八四五年至一八五二年间曾在俄国彼得堡工作。

② 约翰·施特劳斯(1825—1899),奥地利作曲家,所作圆舞曲具有旋转舞步的快速律动的特征,世称"维也纳圆舞曲",流传甚广。

他直起腰来,尖声高叫:

"阿利路亚!"

他拍了一下膝盖,然后又交叉着手在另一个膝盖上拍了两下,从最边上的队员手里夺过金钹朝队员的头上敲了一下。

玛格丽特将要走出这个大厅时,才看到这位爵士乐队指挥为了激励队员们与前面大厅传来的波罗涅兹舞曲声相竞争,正用手中的金钹挨个敲击乐队队员们的头。队员们则一个个作出滑稽的恐惧面孔蹲下身去。

一行人终于飘到一个平台上。玛格丽特看到:这就是她刚进来时卡罗维夫在黑暗中举着神灯迎接她的地方,不过此刻的平台上却点起了一串串光彩炫目、令人不敢正视的葡萄形水晶吊灯。随从们请玛格丽特站到一个特定的位置上,她发现位置的左下方有一个不高的紫晶雕刻的圆柱。

"当您感到十分吃力的时候,您可以扶住这根圆柱。"卡罗维夫又在她耳边说。

有个黑人把一个绣着金狮子狗的垫子放在玛格丽特脚前,玛格丽特便身不由己地(像是什么人用手拉了她一下似的)屈起膝盖,把右脚放在那垫子上了。她往两边看了看,卡罗维夫和阿扎泽勒两人垂手站立在两旁,姿势十分庄重。阿扎泽勒旁边还站着三个年轻人,那样子使玛格丽特模糊地想起了亚巴顿。她觉得背后有一股冷气吹来,回头一看——身后的大理石墙上正喷出一股葡萄酒,在墙根处形成一个冷森森的酒池。她还感到左脚旁有一个温暖的、毛茸茸的东西,原来是黑猫河马卧在她脚旁。

玛格丽特站在最高的平台上,脚下边是一个又宽又高的、铺着地毯的阶梯。在阶梯下面很远很远的地方,就像她反拿着望远镜观看似的,她看到一个无比高大的门厅,门厅的墙壁上装着个极其宽阔的壁炉,它那冷森森、黑洞洞的炉口足能自由地开进一辆五吨大卡车。大门厅和整个阶梯上灯火辉煌,炫人眼目,但却空无一人。她身后的乐队演奏声这时听来已相当遥远了。她们一行人在平台上默默地站了大约一分钟。

"来宾在哪儿啊?"玛格丽特问卡罗维夫。

"会来的,女王,会来的,马上就来。宾客是绝对不会少的。说实话,我宁愿去劈劈柴,也不愿站在这里接待这些客人。"

"还说什么去劈劈柴,"爱搭讪的黑猫又讲话了,"我甚至宁肯去有轨电车上当售票员,世上再没有比这更糟的工作了。"

"什么都要提前准备好才行,女王,"卡罗维夫透过他那只破碎的单光眼镜眨着眼睛解释说,"假如每一个到来的客人站在那里踯躅不前,不知如何是好,而他那合法的美格拉①则在旁边没完没了地嘀咕,骂他带她来得比所有人都早,那可就最叫人难堪不过了。那样的晚会简直该扔进臭水沟,女王。"

"一定得扔进臭水沟。"河马也跟着帮腔。

"到午夜还有十来秒钟,"卡罗维夫说,"马上就要开始了。"

玛格丽特觉得这十秒钟极其漫长。好像早已过了,却仍然什么动静也没有。这时,猛然间听得下面阶梯尽头的大壁炉里发出一声巨响,一个绞刑架伴着响声从壁炉里冲出来,上面还吊着个晃晃悠悠的、半腐烂的尸体。那尸体从绞索上"啪"的一声掉在地上,化为乌有,同时在原地出现了一个穿燕尾服和漆皮鞋的黑发美男子。接着,壁炉中又飘出一具相当糟朽的小棺材,棺材盖立即飞到一旁,从里面滚出一具尸体。而当黑发美男子殷勤地跑到这具尸体跟前时,它已经变成一个轻佻风骚的裸体女人了,她穿着精致的黑皮鞋,头上插着黑色翎毛。美男子弯起胳膊让那女人挽住,于是这一对男女便顺着阶梯快步拾级而上。

"头一批客人来了!"卡罗维夫大声说,"这是札克先生和他的夫人。我给您介绍一下,女王,他算得上是男人中最招人喜欢的一位了,是个死不悔改的伪币制造人和叛国犯,同时又是个很不错的炼金者。他之所以出名,"卡罗维夫对玛格丽特耳语说,"是因为他把国王的情妇给毒死了。这种事可不是谁都干得了的!您看,他多么英俊!"

玛格丽特脸色煞白,瞠目结舌。她看到,下面大门厅里的绞刑架和

---

① "美格拉"原指古希腊神话中复仇三女神之一,是愤怒与忌妒的化身;这里指吵闹不休的泼妇。"合法的"指按宗教仪式正式结婚的。

小棺材自动进入了一个旁门,消失了。

"我非常高兴!"黑猫冲着拾级而上的札克先生大声喊道。

这时门厅的大壁炉里又走出一具只有一只胳膊的无头骷髅,它倒在地上,也登时就变成了一个穿燕尾服的男人。

札克夫人这时已经站到玛格丽特面前,她脸色苍白,十分激动,单膝跪下向玛格丽特施礼,并亲吻她的膝盖。

"女王!"札克夫人轻声问候。

"女王十分高兴。"卡罗维夫在耳边喊。

"女王!"美男子札克先生也轻轻问候了一声。

"我们非常高兴!"黑猫高声回答。

站在阿扎泽勒身旁的年轻人已经作出一副毫无生气、但却十分殷勤的笑脸,把札克夫妇扶到旁边去了,那里黑人们正举着大杯香槟等待客人。又一个穿燕尾服的男人顺台阶跑上来。

"这位是罗伯特伯爵,"卡罗维夫在玛格丽特耳边说,"风采依然不减当年啊!您看,女王,多么可笑:他的情况恰恰相反,他曾是某王后的情夫,他毒死了自己的妻子。"

"伯爵,我们非常高兴!"河马高声表示欢迎。

大壁炉里又接连飘出来三口棺材,它们也都立即裂开,散了架。随后从黑洞口中走出一个穿黑色长袍的人,紧跟在他后面出来的人朝他背后捅了一刀,传来一声沉闷的惨叫。壁炉里又跑出一具几乎完全腐烂的尸体。玛格丽特眯起了眼睛。不知是谁的手急忙把一个盛有白色药面的小瓶送到她的鼻子下边。她觉得这像是娜塔莎的手。阶梯上的人渐渐多起来,现在每一磴台阶上都有人了,远远看去他们完全一样:男子们穿着燕尾服,身旁的女人们则光着身子,她们之间的区别只在于头上插的翎毛的颜色和鞋的样式不同。

一个瘦瘦的妇女,左脚上穿着一只奇怪的木靴,一瘸一拐地朝玛格丽特走来,她像修女一样低垂着眼睑,仪容恭谨,脖颈上不知为什么缠着一条宽宽的绿色带子。

"那个绿女人是谁?"玛格丽特不假思索地问道。

"这可是一位最迷人、最端庄的夫人,"卡罗维夫对她耳语说,"我向您介绍:这是托法娜女士。她在那不勒斯和巴勒莫①那些迷人的少妇中间,尤其在那些对自己丈夫感到厌恶的少妇中间极为有名。女王,有些丈夫确实会使妻子感到厌恶,这种事常有,您说是吧。"

"是的。"玛格丽特用喑哑的声音回答,同时对两个穿燕尾服的男子微笑着,那两个人正先后向玛格丽特施礼并亲吻她的膝盖和手。

"说的就是嘛,"卡罗维夫乘机对玛格丽特耳语说,同时又在对什么人高喊着:"公爵,一杯香槟!我非常高兴!"然后又耳语说,"是的,正因为这样,托法娜夫人很体谅这些可怜女人的处境,便向她们推销一种装在小瓶里的水。做妻子的把这种水倒进丈夫的菜汤里,丈夫把菜汤喝下去,对妻子的温柔照料表示感谢,心里美滋滋的。不过,几小时后他就觉得异常干渴,躺到床上。一天之后给自己丈夫喝下那菜汤的漂亮的那不勒斯少妇便成为一个像春天的风一样自由自在的女人了。"

"那她脚上穿的是什么?"玛格丽特一边不停地把手伸出去给赶到托法娜夫人面前的几位客人亲吻,一边问卡罗维夫,"还有,她脖颈上的绿带子是怎么回事?是不是皮肤变了颜色?"

"我非常高兴,公爵!"卡罗维夫一边向一位客人这么喊着,一边对玛格丽特耳语说:"她的脖颈好好的,不过是因为她关在监狱期间出了点不愉快的事。她脚上那东西是一种刑具,女王,叫'西班牙木靴'②。至于脖子上的带子,是这么回事:因为狱卒们了解到仅仅在那不勒斯和巴勒莫两地就有将近五百个不中意的丈夫因为这位夫人而永远离开了人世,他们一气之下便把她勒死在狱里了。"

"感谢您给我这样崇高的荣誉,黑色女王!我万分幸福!"托法娜这时已经来到玛格丽特跟前,她用修女般文静的声音说着,便想跪下一条腿施礼,但腿上的木靴妨碍着她。卡罗维夫和河马急忙把她扶了起来。

"我很高兴。"玛格丽特回答说,同时又在把手伸给别的客人。

这时整个阶梯都被往上涌的人流盖住了,玛格丽特已经看不见门厅里的情况。她只是机械地抬起手,放下手,同样地对所有客人抿嘴、

---

① 那不勒斯市和巴勒莫市均为意大利的重要港口、游览名城。
② 一种夹在小腿和脚上的木制筒状刑具,外形似皮靴,里面有钉子。中古时期西班牙宗教裁判所曾用它折磨异教徒。

微笑。平台上人声鼎沸,非常热闹,玛格丽特刚才经过的晚会大厅里传来乐队的演奏,像是海水的波涛声。

"这个女人很乏味,"卡罗维夫不再耳语,而是大声说,因为他知道在嘈杂的人声中谁也不会听清他的话,"她很喜欢参加各种晚会,总想抱怨她那块手帕。"

玛格丽特的目光捕捉到卡罗维夫所指的女人正沿阶梯向上走来。这女人看上去很年轻,不过二十来岁,体态苗条,容貌动人,非同寻常,但那双眼睛却透着惶惶不安和乞哀告怜的神情。

"什么手帕?"玛格丽特问卡罗维夫。

"给她派去了一名使女,"卡罗维夫解释说,"三十年来这使女一直是天天夜里把一块小手帕放在她床头的小柜上。所以,她每天一睁眼就看见那块手帕。她呢,又是把它扔进火炉里烧,又是沉进河里,都无济于事。"

"到底是什么手帕?"玛格丽特又问道,同时继续不停地伸出手去让客人亲吻。

"是一块带蓝边的小手帕。是这么回事:她在咖啡馆做侍者的时候,有一天店老板带她进了库房。九个月后她生下了一个小男孩。她把婴儿抱进树林,用手帕堵住了孩子的嘴,后来把孩子埋在地里了。她在法庭上说:她无力养活那个孩子。"

"咖啡馆的老板呢?他上哪儿去啦?"玛格丽特问道。

"女王,"蹲在脚旁的黑猫忽然又用沙哑的声音插话说,"请允许我问一句:店老板跟这有什么关系?在树林里憋死孩子的又不是他!"

玛格丽特继续向客人们微笑,抬起并放下右手,同时她用左手的尖指甲掐住了河马的耳朵,对它小声说:

"坏蛋,看你再敢随便插嘴……"

河马发出一声与晚会极不协调的尖叫,哑着嗓子说:

"女王!……耳朵会发红的!……带着个通红的耳朵参加晚会多煞风景?!……我不过是从法律的……从法律的观点来说的……好,我不言语,不言语了……您就当我不是只猫,是条鱼好了,只请您放开我的耳朵。"

玛格丽特松开了手。这时,那两只惶惶不安、乞哀告怜的忧郁的眼睛已经来到她的面前:

"女王,承蒙您的盛情,我得以参加这盛大的上元晚会,感到非常幸福!"

"我也高兴见到您,"玛格丽特回答说,"很高兴。您喜欢香槟吗?"

"女王,您这是在做什么呀?!"卡罗维夫急忙小声制止她,气急败坏地小声对着玛格丽特的耳朵喊道,"这会误事的!"

"我非常喜欢!"那女人求之不得地急忙回答,接着便机械地连声说:"我叫弗莉达。弗莉达!弗莉达!啊,女王,我叫弗莉达!"

"那么,弗莉达,今天您就痛饮一回吧!一醉方休,什么也别去想它!"玛格丽特说。

弗莉达把双手伸向玛格丽特,但卡罗维夫和河马已经敏捷地挽住了她的两只胳膊,她随即消失在拥挤的人群中。

这时,台阶上的人群蜂拥而上,像是向玛格丽特站立的平台展开了冲锋。许多裸体女人的身子在穿燕尾服的男人中间闪现、起伏。各种肤色的女人身体向玛格丽特飘来:黝黑的、白皙的、咖啡豆色的、黑中透亮的,无所不有。各种宝石在她们那黑色、红褐色、栗色、亚麻色的头发上嬉戏、飘舞、闪光。在向前冲锋的男人行列中,一个个钻石领扣闪着火花,仿佛是有人在整个队伍的头上洒了一些光点。现在玛格丽特每秒钟都感到有嘴唇触到她的膝头,每秒钟她都要伸出手去让人亲吻,她脸上作出的欢迎笑容几乎凝滞了。

"我很高兴!"卡罗维夫单调地连续说着,"我们大家都很高兴,女王也很高兴。"

"女王很高兴!"站在背后的阿扎泽勒也瓮声瓮气地说。

"我十分高兴!"黑猫也时而说一声。

"这位是侯爵小姐,"卡罗维夫唧唧地介绍说,"她为了争夺继承权毒死了父亲、两个兄弟和两个姐妹……女王很高兴!这是明金娜①夫

---

① 十九世纪俄国沙皇亚历山大一世时期的首相阿拉克切耶夫(1769—1834)的情妇。阿拉克切耶夫以实行残酷的军警暴虐制度而臭名昭著。明金娜生得天姿国色,但为人极其残酷,因此后来被农奴砍死。

人,您看她多么美! 只是有些神经质。其实,她何必用烫发钳子烫侍女的脸呢! 这样人家当然要砍死她! 女王很高兴! 女王,请稍稍留意一下:这是鲁道尔夫国王①! 是个具有魔力的人和炼金者。这又是一个炼金者,被绞死的。啊,她也来了! 哎呀,她在斯特拉斯堡②开的那所妓院真是妙极了! 我们很高兴! 这位是莫斯科有名的女裁缝,大家都喜欢她的独出心裁,她在莫斯科开设一家妇女服装社,想出了个极为滑稽的办法:她暗地里在墙上钻出了两个圆孔……"

"那些妇女们就不知道?"玛格丽特问道。

"没有一个不知道的,女王,"卡罗维夫回答说,"我很高兴! 您看,这个二十岁的男孩子从小就爱幻想,行为乖戾,常常生出些奇奇怪怪的念头。有个姑娘爱上了他,而他竟然把她卖给妓院了。"

人流从下面滚滚而来,像是永无止境,从它的源头——门厅大壁炉里还在不断地往外流。晚会进行一个多小时了,玛格丽特觉得脖子上的链子越来越沉重。右臂也有些反常了,现在每伸出去一次她都要皱一下眉头。卡罗维夫的有趣介绍和评论已经引不起她的兴趣了。她现在既分不清两眼距离很宽的蒙古型面孔,也分不出白色面孔和黑色面孔,这些面孔有时候好像连成了一片。各个面孔之间的空气不知怎么也像颤抖起来,开始流动了。玛格丽特忽然感到右臂上一阵针刺般的剧痛,她咬紧牙关,急忙把胳膊肘倚在旁边的紫晶圆柱上。她听到身后大厅里传来一阵飒飒声,像飞鸟的翅膀碰到墙壁上,她明白:那是大厅里不计其数的客人在跳舞。她觉得在这个罕见的大厅里,水晶般明净的沉重的大理石地面也在随着音乐声轻轻律动着。

现在,不论是凯·卡利古拉③,还是美莎琳娜④,都已经不能引起玛格丽特的兴趣。同样,任何一个国王、公爵、情夫、自杀者、下毒的女

---

① 鲁道尔夫一世(1218—1291),神圣罗马帝国皇帝,哈布斯堡王朝的创建者。
② 斯特拉斯堡,法国东部经济文化中心,文化名城,旅游胜地。
③ 凯·卡利古拉,罗马皇帝(公元37—41年在位),疯狂的暴君,因残暴而为叛乱的禁卫军所杀。
④ 瓦列里雅·美莎琳娜(公元一世纪),罗马皇帝喀劳狄(克劳第)之妻,以残酷和淫乱闻名。她的名字已成为普通名词,表示荒淫乖戾的贵妇人。

人、被处绞刑者、拉皮条的妖婆、狱吏、赌棍、刽子手、告密者、变节者、自大狂、暗探、奸污幼女者……也都不再引起她的兴趣。这些人的名字在她头脑中乱成一团,他们的面孔汇聚成一张大饼。其中只有一个面孔,一个长着真正火红的大胡子的面孔,清晰地留在她的记忆中,并使她感到痛苦,这个人就是马留塔·斯库拉托夫①。玛格丽特觉得两腿发软,她担心随时都会哭起来。使她最痛苦的是接受众人亲吻的右腿膝盖。尽管娜塔莎曾不止一次地走过来用海绵往她的膝盖上涂抹一种奇异的香脂,它还是肿得老高,皮肤已经发青。在晚会进行到快三个小时的时候,玛格丽特用完全失望的眼睛顺着高台阶往下看了看,高兴得不禁颤抖了一下:宾客的人流终于变得稀疏了。

"女王,所有这类聚会的规律都是相同的,"卡罗维夫对玛格丽特耳语说,"现在该退潮了。我敢起誓,咱们没有几分钟好忍耐了。看,那些人就是布罗肯山来的游荡者。这帮人总是最后来。嗯,对,是他们。两个吃醉酒的吸血鬼……来齐了吗?噢,不,又来了一个,不,是两个!"

最后两个客人正顺着台阶走上来。

"这两个像是新人呀,"卡罗维夫眯着眼睛透过单光眼镜仔细地看着说,"啊,对,对!阿扎泽勒有一次访问过这个人。他非常害怕另一个人揭发他,因此,阿扎泽勒在几杯白兰地下肚之后便凑到他耳边给他出了个摆脱那人的主意。后来他便命令自己属下的一个朋友往办公室的墙上喷洒了毒药。"

"这人叫什么名字?"玛格丽特问。

"哎呀,真的,我自己还不知道,得问问阿扎泽勒。"卡罗维夫回答。

"跟他一起的是谁?"

"就是那个认真执行了他的命令的下属。我很高兴!"卡罗维夫向最后两位客人大声说。

台阶上再没有客人了。为防万一,他们又等了一会儿。但大壁炉

---

① 马留塔·斯库拉托夫(1572年卒),伊凡雷帝特辖区军团领导人之一,曾为巩固伊凡雷帝的统治起过重大作用。

中再也没有人走出来。

一秒钟之后,玛格丽特自己也不知道怎么便又走到了大水池房。一到这里她便感到右臂和右腿疼痛难忍,倒在地上大声哭起来。赫勒和娜塔莎急忙过来安慰她,并且又把她带去用鲜血淋浴,给她揉搓全身,玛格丽特重新焕发了精神。

"还得去,还得去呀,玛格女王,"卡罗维夫又来到她身旁说,"咱们还得去各个大厅转转,不能让可敬的客人们有受到冷落的感觉。"

于是玛格丽特匆匆走出水池房。白郁金香墙内的音乐台上,原来华尔兹之王指挥乐队演奏的地方,现在是一个猿猴爵士乐队在那里发狂。指挥台上站的是一只大猩猩,这个生着毛茸茸的络腮胡子的庞然大物手里拿着把长号,笨拙地挥舞着,跳动着。许多猩猩坐成一排吹奏着金光耀眼的小号和长号,一些快活的黑猩猩骑在号手们肩头上拉着手风琴。两台钢琴前各坐着一只颈上长着狮鬣般长毛的狒狒,正在卖力地弹奏,旁边有许多长臂猿、山魈、长尾猴等,都各自抱着萨克管、提琴、长鼓等等,拨弄敲打个不停。嗡嗡声、吱吱声、轰隆声响成一片,两台钢琴的声音根本听不见。大厅的地板像镜子一样又光又亮,无数的人对对双双翩翩起舞,他们好像汇成了一个整体,以惊人的轻盈和敏捷,迈着纯熟的舞步,朝着一个方向旋转,整个人群像一堵大墙在慢慢朝前移动,一往无前,大有在前进路上横扫一切之势。锦缎做的蝴蝶纷纷活了起来,在旋转的人群头顶上上下翻飞,朵朵鲜花从天花板上飘落在人们身上。每当电灯熄灭的时候,各个圆柱的柱头上便有无数萤火虫发出亮火,点点磷火在空中飘动。

随后,玛格丽特来到一个用圆柱围起的庞大无比的酒池旁。这里有一个巨大的黑色尼普顿①雕像,它口中喷出一股粗大的淡红色酒柱,池中散发着醉人的香槟酒的芳香。人们在这里不拘形迹,尽情欢乐。妇女们笑嘻嘻地甩掉脚上的鞋子,把手提包交给自己的男伴或拿着床单侍立在左右的黑人,然后便大喊一声,飞燕似地一个猛子扎进酒池,带泡沫的酒花溅起老高。从水晶酒池的池底,透过池中的红酒,反射着

---

① 尼普顿(或译涅普顿),罗马神话中的海神,即希腊神话中的波赛冬。

淡红色的灯光,一个个娇美的银白色女人在泛着红光的池中悠然游荡。当她们畅游一番之后从池中上来时,一个个便都酩酊大醉了。池边的圆柱下传出阵阵银铃般的笑声和哈哈大笑声,像澡堂里一样。

在这整个嘈杂混乱的晚会中,玛格丽特只记住了一张烂醉的女人的脸和她脸上那双呆痴无神的,但呆痴中又在乞哀告怜的眼睛以及她的名字:"弗莉达!"玛格丽特被酒气熏得有些头晕。她正想离去,又给大黑猫在酒池中的表演吸引住了:只见它在尼普顿的大嘴旁念了几句咒语,池中波浪滚滚的香槟酒便随着一阵嘶叫和轰鸣声从池中消失得干干净净,而尼普顿则开始喷出一种不再冒泡、不再波动的深黄色酒柱。女士们顿时尖声叫喊起来:

"白兰地!"妇女们纷纷从池边跑开,躲到圆柱后面去。

不消几秒钟工夫,偌大一个酒池就灌满了白兰地。于是黑猫一跃而起,在空中翻了三个斤斗,钻进微波荡漾的白兰地池中。当它呼哧呼哧喷着酒再次钻出水面时,它的领带松了,胡子上的金颜色没有了,望远镜也不知去向。妇女中敢于仿效河马这一壮举的只有那个惯于独出心裁的女裁缝,再就是她的男伴——一个不知姓名的年轻混血儿。他们两个人一齐跳进了白兰地酒池,但这时卡罗维夫已挽起玛格丽特的胳膊,陪同她离开了游泳的人们。

玛格丽特觉得自己飞越了一个地方,那里有巨大的石砌池塘,池中有堆积如山的牡蛎。然后她又在一片玻璃地面上空飞行,玻璃下面是几个烈火熊熊的巨大炉膛,一些身穿白衣的魔鬼般的厨师正在炉膛之间紧张地忙碌着。后来,她的头脑就不能思考什么了,她只看到一些昏暗的地下室,那里灯光闪烁,姑娘们从火红的木炭上把烤得咝咝响的肉块递给客人们,客人们则大杯大杯地饮酒并为她的健康干杯。接着她又看见高台上有几只白熊拉着手风琴,跳着喀马林舞①,看到一个待在火炉中不怕烧的蝾螈②魔术家……玛格丽特这时第二次感到身上的气力即将衰竭。

---

① 喀马林舞:一种俄罗斯民间舞蹈,参加者主要是男子。
② "蝾螈"在这里或可译为"火精"。中世纪迷信的人认为蝾螈是火怪,故它本身不怕火烧。

"再最后一次出场吧,"卡罗维夫关心地对她耳语说,"然后我们就自由了。"

玛格丽特又由卡罗维夫陪同来到舞厅。但此刻这里已停止跳舞,无数的客人都挤在大厅两旁的柱廊上,把中间空了出来。玛格丽特不记得是谁把她扶上了忽然出现在大厅中央的一个高台。登上高台后,她意外地听到什么地方正在敲响午夜的钟声。她感到很奇怪:按她的估计午夜应该早已过去了。随着这不知何处传来的午夜钟声的最后一响,沸沸扬扬的大群客人突然完全安静下来。于是玛格丽特又看到了沃兰德——他在亚巴顿、阿扎泽勒以及另外几个貌似亚巴顿的皮肤黝黑的年轻人的簇拥下走进了大厅。这时玛格丽特才看到在她站的高台对面还准备好了另一个供沃兰德用的高台,但沃兰德显然不想登上去。使玛格丽特感到震惊的是,沃兰德在这盛大晚会的最后一个隆重场面出现时,仍然穿着他在卧室穿的那身衣服——上身还是那件肥肥大大的、打了补丁的肮脏睡衣,脚上还是那双夜间穿的破旧便鞋。他手里拿着一柄长剑,但这柄无鞘长剑他是挂着当拐杖用的。沃兰德微微瘸着腿走到为他设置的高台旁停下来,阿扎泽勒马上双手举着一个托盘站到他面前。玛格丽特一眼便看到:托盘里放的是一个磕掉了两颗门牙的被切下的人头。大厅里的客人仍然屏住呼吸,悄然无声;打破这静谧的唯有远处传来的、在这种环境中令人无法理解的一声铃响,好像是大门上的门铃声。

"米哈伊尔·亚历山大罗维奇!"沃兰德用低沉的声音招呼托盘中的人头。于是,人头上的两只眼睛便睁开了。玛格丽特不由得打了个冷战:那张死人脸上的眼睛不仅是活生生的,而且充满思维和痛苦。"看,一切都实现了,不是吗?"沃兰德盯着人头的眼睛继续说,"您的脑袋被一个女人切掉。'莫文联'的会议没有开成。而我呢,下榻在您的家中。这都是事实。而事实是世界上最顽固的东西。不过,眼下我们感兴趣的是今后的事,而不是已经发生的事实。您一直在热情地鼓吹这样一种理论,这种理论认为:一个人的脑袋一旦被切下,他的生命便就此终结,他将化为一堆灰烬,化为虚无,不复存在。现在,我高兴地当着在座的各位宾客的面告诉您:虽然这众多宾客本身就证明着另一种完全不同的理论,但您的理论毕竟还是既有坚实论据,而且机智巧妙的。不过,话又说回来,所有的理论全都是旗鼓相当、不分轩轾的。在各种理论中甚至还存在这样一种,它主张:一个人信仰什么,他就会得到什么。好,就让它这样吧!您去化为虚无吧,我呢,我将乐于用您变成的大杯为存在而痛饮。"说到这里,沃兰德举起了手中长剑。只见人头的表面立刻变黑并开始抽缩,接着便一块块散落下来,眼睛也不见了。不大工夫玛格丽特便看到托盘上只剩了个用一只金腿支撑着的光光的淡黄色头骨,头骨上镶着两只绿宝石一样的眼睛和一排珍珠似的牙齿。头骨的颅顶部随即在它的接合处裂开并翻转过来,变成一只颅骨杯。

"马上就来,主公,"卡罗维夫看到沃兰德询问的眼神,立即禀告说,"他马上就会站到您面前。在这坟墓般的寂静中我已经听到他那漆皮鞋的吱吱声和他往桌上放高脚杯的声音了,这是他喝下了今生最后一杯香槟酒。您看,他来了。"

一个新来的客人独自迈入大厅,朝沃兰德走来。从外表看,此人与其他众多男宾并没有什么区别,只是从老远就能看出他很激动,连走路都不稳,他的面颊发红,两只眼睛滴溜溜乱转,显出他内心非常不安。走到近前,来客呆呆地站住了。这也很自然:眼前的一切无不使他感到意外,而其中最主要的当然是沃兰德这一身打扮。

但这位客人还是受到了极为亲切的接待。

"啊,可爱的麦格尔男爵!"沃兰德笑容可掬地欢迎目瞪口呆的新来客,然后又对全体宾客说,"我荣幸地向各位介绍一下,这位是可敬的麦格尔男爵,他现在是文化娱乐委员会的工作人员,负责向外国游客介绍首都名胜。"

玛格丽特屏住了呼吸:她认出了这个麦格尔,从前在莫斯科的剧院和饭店里见过他几次。她暗自想:"等一等……这么说,这个人也死了,还是怎么的?"但是她的疑问马上就澄清了。

"这位可爱的男爵是个十分热心肠的人,"沃兰德继续愉快地微笑着介绍说,"一听说我来到了莫斯科,他马上就给我挂了电话,表示愿意在他的专业方面提供服务,也就是说,可以向我介绍莫斯科的名胜。

不言而喻,今晚能把他请来,我是感到很幸运的。"

这时玛格丽特看到阿扎泽勒把那个盛着颅骨杯的托盘递给了卡罗维夫。

"对了,男爵,我顺便说一句,"沃兰德忽然压低声音亲昵地说,"人们到处在传说,说您的好奇心极为强烈,还说您的好奇心和您那同样十分发达的长舌头的结合已经受到人们普遍的关注。而且,有些讲话刻薄的人已经在使用什么'告密者''暗探'之类的字眼儿了。更重要的是,据预测,这种情况将使您遭到一种可悲的下场,而且这将发生在一个月之内。鉴于这种情况,再加上您自己给我们提供了一个机会——是您自己主动恳求来我这里做客的,目的当然是想尽量在暗中亲自观察观察,探听探听喽——所以我们决定利用这个机会给您一些帮助,使您摆脱将近一个月的痛苦等待。"

男爵的脸色变得比亚巴顿的脸色还要可怕,而亚巴顿那张脸本来一直就是非常惨白的。紧接着便发生了一件怪事。亚巴顿突然站到了男爵面前,并且把自己的眼镜摘了一下。就在这同一瞬间,阿扎泽勒手中有件什么东西微微一闪,又像是"啪"地拍了一下手掌,只见男爵的身体向后仰去,从他胸腔中喷出的鲜血染红了他浆洗得平平展展的白衬衫和坎肩。卡罗维夫及时地拿过颅骨杯来接住喷出的鲜血,随后把满满一杯血递给沃兰德。没有生命的男爵身体这时已倒在地上。

"为健康干杯,诸位!"沃兰德小声说着,把颅骨杯送到唇边,抿了一口。

这时沃兰德的形象忽然变了:他身上那件打补丁的脏衬衫和脚上的破鞋不见了,现在他披着一件黑斗篷,腰间挎着长剑。只见他快步走到玛格丽特跟前,把颅骨杯举到她眼前,以命令的语气说:

"喝吧!"

玛格丽特感到头晕目眩,身子不由得向后一晃,但颅骨杯已经举到她的唇边,同时又有另一个人(她没有听出是谁)的声音对着她的两耳说:

"不要害怕,女王,……不要害怕,女王,鲜血早已渗进地里。在洒下热血的地方,现在已是葡萄藤上果实累累了。"

玛格丽特不敢睁眼，她闭着眼喝了一口，甜美的浆液流遍了她的全身，两耳中响起了洪亮的声音。她仿佛听到许多公鸡的打鸣声震耳欲聋，又像是什么地方在演奏进行曲。一群群客人渐渐变得面目模糊，轮廓不清，穿燕尾服的男人和各种女人统统消散在灰白的雾气里。玛格丽特两眼里阴燃的微微火光现在可以照到大厅的各个角落了，一股墓穴的气味飘荡在空气里。圆柱坍塌了，灯火熄灭了，一切都瑟缩收拢，什么喷泉、郁金香、日本山茶花……转眼间全都无影无踪了。有的只是，只是原来有的——珠宝商遗孀故居的一间朴素的客厅，它的门微微开着一道小缝，里面射出一线灯光。于是，玛格丽特走进了这微微开启的门中。

第二十四章　唤来大师

沃兰德卧室里一切都和晚会前一样。沃兰德仍然只穿一件衬衫坐在床上,只是赫勒已不再给他往腿上搽药,而原来放棋盘的桌上这时已摆好了晚餐。卡罗维夫和阿扎泽勒已经脱去燕尾服,坐到餐桌旁,坐在他两人旁边的自然是那只黑猫,它还是舍不得解下那条领带,尽管它已经完全成了一块脏布条。玛格丽特摇摇晃晃地走到桌前,两手扶住桌子。沃兰德还像原先一样招手叫她过去,坐到自己身旁。

"嗯,怎么样,把您累坏了吧?"沃兰德问道。

"啊,没有,主公!"玛格丽特回答,但她的声音却轻得几乎听不见。

"位高则行难嘛!"①黑猫从旁插话说,并用细长的高脚酒杯斟了一杯无色透明液体递给玛格丽特。

"这是伏特加?"玛格丽特有气无力地问。

黑猫好像受了委屈,在椅子上跳动了一下,用嘶哑的声音说:

"请原谅,女王,难道我会给女士斟伏特加吗?② 这是纯酒精!"

玛格丽特嫣然一笑,正要伸手推开酒杯,忽然听到:

"勇敢地喝下去吧,"沃兰德说。于是玛格丽特便顺手举起了那酒杯。"赫勒,你也来坐下!"沃兰德命令道,然后又对玛格丽特解释,"满月之夜是节日之夜,节日的夜晚我通常是同左右亲信和奴仆们一起用餐的。那么,你们大家感觉怎么样? 这个令人劳顿的晚会开得怎么样?"

"震惊四座,赞不绝口!"卡罗维夫用裂帛似的声音回答说,"客人们全都着了迷,一个个佩服得五体投地;做得非常得体,恰如其分,真可

---

① 原文这里是一个法语成语的俄语拼音,意思是:高贵的地位会使人的行为受到拘束。
② 一般不用这种普通烈性白酒招待妇女。

说是得心应手,风流潇洒,魅力无穷啊!"

沃兰德默默地举起杯和玛格丽特的杯子碰了一下。玛格丽特驯顺地把杯中的酒精一饮而尽,以为自己的生命大概要就此结束了。但是,不仅没有发生任何不快,相反,她感到一股有灵气的暖流顺胃肠往下流去,后脑处像是被什么东西轻轻敲了一下,身上便重新恢复了元气,仿佛她是经过很解乏的长时间睡眠后刚刚坐起来,而且觉得饥肠辘辘,像狼一般饿。她想起自己从昨天早晨就一点东西也没有吃过,更是饿得难忍难熬了。她贪婪地大口大口吃起鱼子来。

河马切下一块菠萝,撒了点盐,又撒上些胡椒面。它把菠萝吃下去,摆出一副雄赳赳的架势咕嘟咕嘟地干掉了第二杯酒精,惹得大家一齐拍手叫好。

喝下第二杯酒之后,玛格丽特觉得大烛台上的蜡烛照得更亮,壁炉里的火焰也似乎烧得更旺了。她丝毫没有醉意。她用洁白的牙齿咬着大块的肉,吸吮着肉中流出的汁液,眼睛却同时看着河马往牡蛎上抹芥末。

"你再往牡蛎上放几粒葡萄吧!"赫勒小声说着,朝黑猫肋下捅了一下。

"请你别教训我!"河马回答说,"我赴过宴席!不必操心,赴过!"

"啊,像这样坐在小壁炉旁,和自己人在一起无拘无束地吃顿晚饭,有多美啊!……"卡罗维夫用颤抖的声音说。

"不,巴松管,依我看晚会还是够有魅力,有气魄的。"黑猫说。

沃兰德又说话了:

"依我看呀,晚会是既没有魅力,也没有气魄。那些胡乱调配的混汁酒,还有酒吧间那帮虎狼之徒的吼叫,差一点儿闹得我犯了偏头痛。"

"是,主公,"黑猫说,"既然您认为没有气魄,那我也会马上持同样观点的。"

"瞧他!"沃兰德说。

"我不过是开了句玩笑,"黑猫温顺地说,"说到老虎嘛,我倒可以下命令把它们烤了。"

"虎肉不能吃。"赫勒说。

"您说不能吃？那您就听我给您讲个故事。"于是黑猫眯缝起眼睛，得意洋洋地说它有一次在沙漠里转了整整十九天，唯一的食物就是它打死的老虎的肉。大家都兴致勃勃地听着黑猫的动人叙述，但听完之后却异口同声地喊道：

"撒谎！"

"他这篇谎言最有意思的就是，"沃兰德说，"它从头到尾没有一句真话。"

"啊，怎么？我撒谎？"黑猫高声反问了一句。大家以为它马上要进行反驳了，没想到它却只是小声说了一句："历史会做出公正裁判的。"

这时，酒后精神焕发的玛格丽特向阿扎泽勒问道：

"请问，是不是您开枪把他，把那个从前的男爵打死的？"

"当然，"阿扎泽勒回答说，"怎么能不打死他？一定得打死。"

"我当时真吓坏了！"玛格丽特高声说，"完全没有想到。"

"这有什么没想到的！"阿扎泽勒反驳说。

卡罗维夫也从旁抱怨说：

"怎么能不吓坏呢！连我都觉得膝盖发软了！'啪'的一声！得！男爵倒地！"

"我差一点儿没犯歇斯底里！"黑猫舔着鲟鱼子的小勺说。

"还有一点我不明白，"玛格丽特又问道，水晶杯反射的金星在她眼里跳动着，"难道大街上一点也听不到那音乐声和晚会上的喧嚣？"

"当然听不见，女王，"卡罗维夫说，"这种事应该做得不让人听见才行。这是应该认真地做好的。"

"那可不，那可不……因为有一个人待在楼梯口……记得我跟着阿扎泽勒到这里来的时候看见过……另一个人待在单元门口……我想，那个人一定是监视你们这所住宅的……"

"不错！不错！"卡罗维夫高声说，"不错，亲爱的玛格丽特·尼古拉耶夫娜！您证实了我的怀疑是对的。他是在监视这套房子。我刚看见他的时候也想过：这准是个万事不经心的编外副教授之类的人，要么就是个患单相思的,傻等在楼梯上。没想到不是,根本不是!后来我心里很不是滋味!噢!这家伙是在监视我们!单元门口那个也是!还有个蹲在大门洞里的也是干这个的!"

"那么,要是真来人逮捕你们,怎么办?"玛格丽特问道。

"肯定会来的,迷人的女王,"卡罗维夫回答说,"我心里有一种预感,知道他们一定会来。当然,不会马上来,但到时候一定要来。不过,我想,来了也不会有什么好结果的。"

"哎呀!那个男爵倒下去的时候,我激动得不得了,"玛格丽特说。她生平第一次见到的枪杀场面看来至今还历历在目,"您的枪法一定很好吧?"

"还算可以。"阿扎泽勒回答。

"离几步远?"玛格丽特的问题提得不很明确。

"这要看打什么,看瞄准什么,"阿扎泽勒的回答倒是合情合理,"用锤子砸评论家拉铜斯基家的玻璃是一回事,可要用枪打他的心脏就不那么简单了。"

"打心脏!"玛格丽特高叫一声,不知为什么捂住了胸口,"打心脏!"她又含糊地小声说了一句。

"评论家拉铜斯基是怎么回事?"沃兰德眯起眼看着玛格丽特问道。

阿扎泽勒、卡罗维夫和河马不知怎么都惭愧地低下了头。玛格丽特涨红着脸回答说:

"有个评论家叫拉铜斯基。是我刚才在来这里之前,把他的家砸了。"

"真没想到!为了什么呢?"

"是他,主公,把一位大师给毁掉了。"玛格丽特解释说。

"那您何必亲自劳顿呢?"沃兰德问。

"让我去做吧,主公。"黑猫高兴地跳着说。

"坐着你的,"阿扎泽勒嘟哝着站起身来,"我自己马上去一趟……"

"不,"玛格丽特高声说,"不,我求求您,主公,不要这样。"

"您随便,随便。"沃兰德回答。阿扎泽勒随即坐下了。

"好吧。我们说到哪儿啦,尊贵的玛格女王?"卡罗维夫接着刚才的话茬儿说,"噢,对,说到了打心脏,"他伸出长长的手指指着阿扎泽勒说,"他能打中人的心脏,而且还能选择心脏上任何一个心房或心室打!"

玛格丽特没有马上听懂,她愣了一下,才惊讶地说:

"心房和心室都是包在里面看不见的呀!"

"亲爱的,"卡罗维夫用破锣般的声音说,"正是因为包在里面才显得出本领呀!精彩就精彩在这里!明摆着的东西谁打不中!"

卡罗维夫说着,从抽屉里取出一张扑克牌"黑桃七"递给玛格丽特,请她用指甲随便在其中一个黑桃上做个记号。玛格丽特在右上角的花上划了一下。赫勒把牌塞到床上枕头底下,喊道:

"准备好了!"

背对床坐着的阿扎泽勒从礼服裤兜里掏出一支黑色自动手枪。他并不转身,只是把枪搭在肩膀上,枪口朝后开了一枪。这使玛格丽特既惊讶,又觉得有趣。拿开打穿的枕头一看——下面那张黑桃七,恰恰是在玛格丽特划了记号的花上,穿了一个洞。

"我可不希望在您手里有枪的时候遇见您。"玛格丽特妩媚地瞅着阿扎泽勒说。她向来崇拜一切身怀绝技或学有专长的人,而且往往崇拜得五体投地。

"尊贵的女王,"卡罗维夫尖声说,"甚至在他手里不拿什么枪的时候,我也劝别人尽量别遇见他!我可以用前唱诗班指挥和领唱人的荣誉担保,谁遇到他都不会祝愿他健康!"

射击试验时一直闷声不响坐在一旁的黑猫,这时突然发话了:

"我要打破他枪穿黑桃七的纪录!"

阿扎泽勒对它嘟哝了一句什么。但黑猫决心已定,不可动摇,它不只要求给它枪,而且要求给它两支枪。阿扎泽勒又从另一边的裤兜里掏出一支枪来,轻蔑地撇着嘴递给吹牛大王,又在那张黑桃七牌上做了两个记号。黑猫背朝着床比划了半天。玛格丽特两手捂住耳朵等待枪响,一边无心地朝壁炉那边望着。她看到壁炉隔板上落着一只猫头鹰,正在打瞌睡。黑猫的两支枪同时打响了。赫勒忽然尖叫一声,被打死的猫头鹰掉在地上,被打穿的挂钟停止了摆动。赫勒一只手流着血,哭叫着抓住黑猫的脊背。黑猫也不示弱,反过来抓住了赫勒的头发。两个人扭成一团,滚到地上,把桌上的一只大酒杯碰下来打碎了。

"快拉开这个疯女人!"黑猫喊叫着,在骑在它身上的赫勒胯下拼命挣扎。他们被拉开了。卡罗维夫往赫勒受伤的手指上吹了一口气,伤口立时就愈合了。

"有人在旁边嘀咕,我的枪就打不准!"黑猫一边为自己辩护,一边极力想把被揪下来的一大撮毛再贴到背上。

"我敢打赌,黑猫是故意的。它的枪法也不错。"沃兰德笑着告诉玛格丽特。

赫勒与黑猫和解了,为了表示和解,两人互相亲了亲。从枕头底下抽出黑桃七来看了看,除了阿扎泽勒打穿的小孔之外,其他六个黑桃都是好好的。

"这不可能!"黑猫拿起牌,对着大烛台照着看,仍然不愿承认失败。

晚餐在欢快的气氛中进行着。行行烛泪缓缓地落到烛台上,壁炉内火焰熊熊,一阵阵透着清香的暖风在整个屋里波浪般飘荡,沁人心脾。玛格丽特酒足饭饱,怡然自得,悠闲地望着阿扎泽勒吐出的雪茄烟的烟圈,灰蓝色的烟圈向壁炉飘去,淘气的黑猫正企图用长剑挂住飘去的烟圈。玛格丽特现在哪里也不想去,虽然按她自己的估计,午夜已经过去很久,这时该是早晨五六点钟了。玛格丽特见大家沉默不语,便趁机转身对沃兰德怯生生地说:

"看样子,我该走了……不早了。"

"您忙着往哪儿去呢?"沃兰德的语调虽然客客气气,但却是干巴巴的。其他几个人默不作声,好像都在一心一意地玩那烟圈儿。

看到大家这种态度,玛格丽特更加局促不安了,便又说:"是啊,是该走了。"她说着转过身去,似乎想寻找个披肩或斗篷,因为这时她忽然觉得自己赤身裸体十分难堪了。沃兰德默默地从床头拿起自己那件破旧不堪、汗渍斑斑的长衫,卡罗维夫把它披在玛格丽特肩上。

"感谢您,主公!"玛格丽特的声音轻得刚刚能听见,她说着用带有疑问的目光看了看沃兰德。沃兰德对此只是有礼貌地、无动于衷地微微一笑。这时一股哀伤凄楚之情从玛格丽特的内心深处油然而生,她觉得自己受骗了——看来谁也无意挽留她,任何人也没有打算对她在晚会上尽心尽力的服务给予奖赏。她还明确地意识到:离开这里后她是无处可去的。难道不得不重返那座小楼吗?——这个一闪而过的念头在她心中引起的只是绝望。想起当初阿扎泽勒在亚历山德罗夫公园的长椅上向她提出过的诱人建议,她曾想:"莫非要我自己提出请求?"不!她暗自下定决心:"不,绝不!"

"那我就告辞了,主公。"她嘴里这样说着,心里却在想:只要一离开这里,我就直奔河边,跳进去一死了之。

"您先坐下吧,"沃兰德突然用命令的口吻说。玛格丽特的脸色骤变,顺从地坐了下来。"也许临别前您还有些什么话想说吧?"

"不,什么也没有,主公,"玛格丽特骄矜地回答,"而且,如果您还需要我的话,我仍然乐于全力为您效劳。我一点儿也不疲倦,而且在晚会上过得十分愉快。假如这个晚会还在继续,我仍然乐于让成千个被处绞刑者和杀人犯来亲吻我的膝盖。"玛格丽特的两眼饱含着泪水,她像是在透过云雾望着沃兰德。

"对!您说得完全正确!"沃兰德用洪钟般的、瘆人的声音说道,"就应该这样!"

"就应该这样!"沃兰德的手下人像回声一般异口同声地说。

"我们刚才是在考验您,"沃兰德继续说,"记住,任何时候您也不要请求任何东西!任何时候,任何东西也不要请求!尤其不要向那些比您更强有力的人物请求。他们自己会向您提供的,他们自己会给予您一切的。坐过来吧,骄傲的女士!"沃兰德一把扯下玛格丽特披着的沉重长衫,她又重新坐到他的身旁。于是沃兰德继续说,但语调却和蔼多了:"好吧,玛格,您今天充当了我这里的女主人,为此您想得到些什么?您赤身裸体地主持了晚会,对此您希望何以为报呢?您认为,该怎样酬谢您的膝盖之劳?刚才被您称为'被处绞刑者和杀人犯'的我的那些客人使您蒙受了多少损失?您说吧!现在可以放心大胆地说了,因为这是我主动提议的。"

玛格丽特感到心脏猛烈地跳起来。她深深地喘了一口气,这才觉得头脑开始能够思考了。

"喏,说吧,勇敢些!"沃兰德鼓励她说,"唤醒您的想像力,让幻想任意驰骋,快马加鞭!单单是目睹了处死那个不可救药的败类男爵的场面就值得奖赏,何况这目睹者又是一位妇女呢。喏,快说吧!"

玛格丽特激动得喘不上气来,她正想说出那些久久埋藏在心底的、早已考虑好的话,却不知怎么突然面色苍白,双目圆睁,张口结舌了。"弗莉达!弗莉达!弗莉达!"她觉得有一个纠缠不休、苦苦哀求的声音对着她的两耳叫喊:"我叫弗莉达!"于是玛格丽特结结巴巴地问道:

"这么说,我,我可以请求您一件事?"

"是要求,要求,我的女士,您可以要求一件事!"沃兰德回答说,脸上带着善解人意的微笑。

啊!沃兰德多么机智、多么明确地强调了玛格丽特自己说出的这"一件事"三个字呀!

玛格丽特又长叹了一口气,然后说:

"我希望他们今后不再把弗莉达用来憋死自己孩子的那块手帕拿到她面前。"

黑猫两眼望天,深深地长叹一声。不过,它什么也没有说,显然对晚会上拧耳朵那件事记忆犹新。这时,只见沃兰德苦笑了一下,对玛格丽特说:

"当然,可以完全排除您从蠢女人弗莉达手里接受贿赂的可能性,因为那与您的女王的尊严是格格不入的。鉴于这种情况,我简直不知道如何是好了。看来,只有一个办法——多弄些破布条来,把我卧室里的所有缝隙统统堵死!"

"您在说什么,主公?"玛格丽特问道。沃兰德这些话确实令人费解。

"我完全赞同您的意见,主公!"黑猫又从旁插话说,"是得用破布条堵死。"黑猫愤慨地用爪子使劲敲了一下桌子。

"我说的是慈悲心,"沃兰德用那只闪光的眼睛凝视着玛格丽特,解释自己刚才的话,"有时候,慈悲之心会狡黠地穿过最小最小的缝隙完全意外地钻到我这里来。所以我说得用破布条堵死所有的缝隙。"

"我说的也是这个!"黑猫高兴地叫起来,同时躲开玛格丽特,用两只沾满粉红色油膏的爪子捂住自己的尖耳朵,以防万一。

"你走开!"沃兰德对黑猫说。

"我还没有喝咖啡,"黑猫回答说,"怎么能走呢?主公,在这节日之夜的筵席上难道还要把宾客分为上下两等吗?一种客人吃头等新鲜的食品,另一种客人就得像那个悲伤吝啬的餐厅管理员所说的那样,吃'二等新鲜度'的东西?"

"住嘴!"沃兰德命令道,然后他转向玛格丽特问道,"根据各种情况判断,您这个人非常善良,是吗?是个道德高尚的人,对吗?"

"不是,"玛格丽特坚定明确地回答说,"我知道,和您谈话必须十分坦率,因此我坦率地告诉您:我为人很轻率。我替弗莉达向您求情,只是因为我曾经一时不慎,使她产生了一种坚定的希望。她现在在等待,主公,她相信我有威力。如果我使她的希望落空,我便会陷入一种可怕的境地,我将一生不得安宁。事已至此,实在是别无办法呀!"

"噢,这就明白了。"沃兰德说。

"那么您能办到这一点吗?"玛格丽特轻声问道。

"绝对不能,"沃兰德回答说,"是这么回事,亲爱的女王,是发生了一点小小的混乱。各官衙府署应该是各司其职。我们拥有的威力的确相当大,它远比那些目光短浅的人所估计的要大得多,这一点我也并不想同您争论……"

"当然要大得多!"黑猫又忍不住插嘴了,看来它对沃兰德拥有的威力很是自豪。

"见你的鬼去,住嘴!"沃兰德训斥黑猫,然后继续对玛格丽特说,"不过,正像我刚才说的,该由其他衙署管辖的事又何必由我去做呢?所以,这件事我不去办。您可以自己去办。"

"我的话难道能应验?"

阿扎泽勒用那只斜眼嘲讽地瞟了玛格丽特一眼,暗暗地摇了摇棕红色头发的脑袋,鼻子里轻轻地哂了一声。

"就去办你的吧,真叫人费劲!"沃兰德嘟哝了一句,随即转了一下地球仪,认真观察起那上面的一个小部位来,好像是一面同玛格丽特谈话,一面在处理另一件事。

"喏,弗莉达。"卡罗维夫提醒说。

"弗莉达!"玛格丽特也跟着尖叫了一声。

只见房门霍地打开,一个披头散发、赤身裸体、但已毫无醉态的女人闯进屋里。她瞪着两只疯狂的眼睛,伸出双手朝玛格丽特走去,而玛格丽特则用命令的语气对她说:

"赦免你了!今后不会再给你送手帕了!"

弗莉达哀号一声,匍匐在玛格丽特面前,接着便摊开了手脚。沃兰德一挥手,她便消失得无影无踪了。

"感谢您!我这就告辞,别了!"玛格丽特说着站起身来。

"喂,我说,河马,"沃兰德说道,"一位阅世不深的女士在节日夜晚偶有不慎,我看,我们还是不要利用它从中渔利吧!"然后他又转向玛格丽特说,"是这样的,刚才这件事不算,因为我自己并没有替您做什么事。您想为自己要求些什么呢?"

屋里一时静了下来,寂静中只听见卡罗维夫对玛格丽特耳语说:

"至尊至贵的夫人,我劝您这一次可要理智清醒些!否则福耳图娜①可能溜掉!"

"我希望现在,立即把我的情人,把大师还给我。"玛格丽特说,她的脸马上痉挛得变了样子。

玛格丽特的话音刚落,一阵清风吹来,屋里大烛台上的烛光纷纷倒伏,沉重的窗帘拉向一旁,两扇窗户洞开;窗外,深邃的苍穹高处,显出一轮皎洁的满月,但这并不是清晨的月,而仍是午夜的月。一块绿莹莹的月色方巾从窗台飘落到地板上,方巾中间站着一个人。这人不是别人,正是在夜晚访问无家汉伊万的那个自称为大师的人。他仍然是住院病人的打扮——外穿长罩衫,脚上一双便鞋,头上戴着

---

① 福耳图娜,古罗马神话中司幸福、好运和成功的女神。她常常以蒙着双目站在转动不已的轮上或球上的形象出现。隐喻机会面对你时应该及时抓住它。

他那顶时刻不离身的黑色小帽;许久未刮过的脸上透着惊恐,面部肌肉不住地抽动,眼睛疯人似的扫视着屋里的烛光。银水般的月光在他身边荡漾。

玛格丽特马上认出了大师。她呻吟一声,举起两手一拍,向他跑过去。她吻着他的额头、嘴唇、紧紧把脸贴在他胡子拉碴的脸上,隐忍多时的眼泪涌泉般顺着她的两腮扑簌簌地流下来,嘴里只是无意识地连连说着一个字:

"你……你……你……"

大师轻轻地推开她,用喑哑的声音说:

"不要哭,玛格,不要折磨我。我病得很厉害,"忽然,他仿佛想要跳窗逃跑似地一只手扶住窗台,龇着牙,凝视着坐在屋里的人们喊道,"我害怕,玛格!我又产生幻觉了。"

玛格丽特痛哭失声,憋得喘不上气来,断断续续地喃喃说道:

"不,不,别怕,什么也别怕!有我在你身边!我在你身边!"

机灵的卡罗维夫不知不觉中把一把椅子推到大师身旁,大师坐到椅子上。玛格丽特跪倒在地,把头紧紧贴在病人腰旁。她安静下来了。由于过分激动,她竟没有注意到自己身上不知什么时候已经披上了一件黑缎披风。病人低下头,开始凝视地下,目光忧郁不安。

"是啊,"沉默片刻后,沃兰德开口说,"把他好好收拾了一下。"沃兰德命令卡罗维夫:"义士,你给这个人拿点东西来喝吧!"卡罗维夫立即照办了。

玛格丽特用颤抖的声音恳求大师:

"你喝吧,喝下去吧!你还害怕?不,不要怕,相信我,这些人会帮助你的。"

病人接过杯子,一饮而尽,但他的手一发抖,空杯子掉在他脚旁,摔得粉碎。

"这是好兆头!好兆头!"卡罗维夫对玛格丽特耳语说,"您看,他已经清醒过来了。"

的确,病人的眼神不再那么古怪,不再那么惶惶不安了。

"怎么,是你,玛格?"月光中的客人问道。

"别怀疑,是我。"玛格丽特回答。

"再给他一杯!"沃兰德命令道。

喝下第二杯之后,大师的眼睛变得有理性,有神采了。

"喏,你们看,这就大不一样了,"沃兰德眯起眼看着大师说,"现在咱们来谈谈吧!您是什么人?"

"我现在什么人也不是。"大师回答,嘴角掠过一丝苦笑。

"您这是从哪儿来?"

"从疯人院。我有精神病。"来客回答说。

玛格丽特受不住这些话的刺激,又哭起来。哭了一阵,她擦干眼泪喊道:

"这些话太可怕了! 太可怕了! 主公,我对您说吧,他是一位大师。您把他治好吧,他值得您这样做。"

"您知道现在您是在同谁谈话吗?知道自己在什么地方吗?"沃兰德问乘月光来的人。

"知道,"大师回答说,"我在疯人院里恰好住在那个孩子——伊万·无家汉的隔壁。他对我谈到过您。"

"可不是嘛,可不是嘛,"沃兰德马上说,"我很高兴地在牧首湖畔见过这位年轻人。他险些把我也弄疯了,因为他硬要证明我不存在!但是,这确实是我,您总会相信吧?"

"不能不相信,"来客说。"不过,当然喽,如果把您看做某种幻觉的产物,那也许就能平静得多。噢,请您原谅。"大师忽然意识到自己的失言,急忙道歉说。

"嗯,那有什么办法呢,既然能平静得多,您就那样看好啦。"沃兰德很客气地回答。

"不,不,"玛格丽特吃惊地摇晃着大师的肩膀说,"你清醒些!他确实就在你眼前!"

这时黑猫又插话说:

"我才真像个幻觉的产物。您在月光下仔细看看我的侧影。"黑猫走进月光光柱中。它正想继续说下去,听见有人命令它不要插嘴,便说:"好吧,好吧,我可以不说话。我就当个沉默的幻影吧。"它躲到一旁,不再言语了。

"请您说说,玛格丽特为什么称您为大师?"沃兰德问。

客人凄然一笑,回答说:

"她的这个弱点也是情有可原的,她把我写的那部小说估计过高了。"

"您的小说是描写什么的?"

"写本丢·彼拉多。"

这时,只见屋里的烛光开始摇晃、跳动,桌上的餐具也叮咚地响起来——原来是沃兰德在哈哈大笑,声如雷鸣。不过,谁也没有害怕,谁也没有对这笑声感到惊讶。河马还不知为什么竟拍起"手"来。

"描写什么?什么?描写谁?"沃兰德止住笑声问道。"您现在还写这种小说?真叫人吃惊!您就没有别的题材可写?您把它拿给我看看!"沃兰德伸着手要。

"我,很遗憾,无法拿给您看了,"大师回答说,"我早已把它扔进壁炉烧毁了。"

"对不起,这我可不信,"沃兰德说,"这不可能。原稿是烧不毁的。"①他转身对黑猫说:"喂,河马,你去把那部小说拿来!"

黑猫立即从坐椅上跳下来,这时大家才看清:原来它就坐在一大摞原稿上。它把最上面的一本拿给沃兰德,鞠了个躬。玛格丽特激动得热泪盈眶,浑身发抖。她高声喊道:

"就是它,这是原稿!是它!"

她冲到沃兰德跟前,欣喜若狂地补充说:

"您法力无边,无所不能!"

沃兰德接过递给他的那本原稿,翻过来看了看,放到一旁,然后便默默地、毫无笑容地盯着大师的脸看。这时大师却不知为什么又陷入了忧伤和不安之中,只见他站起身来,揉搓着双手,望着窗外高悬中天的明月,浑身颤抖着,喃喃地说:

"即使深夜,即使在这月光下,我也不得安宁,你们为什么又来惊

---

① 《圣经》中有"不能被火焚毁的灌木",转意为:永远存在的、消灭不了的东西。

扰我?啊,诸神啊,诸位神明!……"①

玛格丽特一把抓住大师的长衫,把头紧贴在他身上,悲哀地哭泣着说:

"上帝啊,刚才的药怎么对你没有效呢?"

"不要紧,不要紧,不要紧,"卡罗维夫小声说,一边在大师身旁张罗着,"不要紧,不要紧……再喝上一小杯吧!这回我同您一起干。"

小酒杯仿佛眨了一下眼,在月光中晃了一下。这一杯酒果然奏效了。大师重新坐到椅子上,表情安详多了。

"嗯,这就全清楚了。"沃兰德说着,用他长长的手指敲了敲那本原稿。

"完全清楚了!"黑猫忘记了刚才要作沉默幻影的保证,又来插话了。"这部作品的主线现在我也一清二楚了。你在那儿说什么,阿扎泽勒?"它问一直沉默不语的阿扎泽勒。

"我在说,最好把你扔进河里淹死!"阿扎泽勒瓮声瓮气地说。

"阿扎泽勒,发发善心,"黑猫对他说,"千万别让我们主公产生这种念头。告诉你,否则我会每天夜里像可怜的大师这样披着月光来找你,对你点头,向你招手,让你跟我走。喏,阿扎泽勒,到那时候你会怎么样?"

"喂,玛格丽特,"沃兰德又说,"说吧,您需要什么?"

玛格丽特两眼迸发出希望的火花,她向沃兰德恳求说:"您能允许我跟他私下商量一下吗?"

沃兰德点了点头。于是玛格丽特凑到大师身旁,向他窃窃耳语起来。只听见大师对她回答说:

"不,为时过晚了。我今生已经别无他求。只要见到你就行了。但我还是劝你离开我。跟我在一起,你会毁掉的。"

"不,我不离开你!"玛格丽特回答。然后她又对沃兰德说:"我请求让我们仍旧回到阿尔巴特街上那条胡同的地下室去,而且还要亮起

---

① 这两句话是判决耶舒阿死刑之后内心痛苦异常的彼拉多的内心独白。它表明沃兰德此刻又唤来了彼拉多,从而了解了大师那部作品的全貌。

那盏小灯,一切都要原来那个样子。"

听到玛格丽特这么说,大师不由得笑了。他搂住她那早已披散开的鬈发,对沃兰德说:

"啊,主公,您不要听这可怜女人的话。那间地下室早已被人占了,再说,让一切恢复原状,这本来就是不可能的。"他把脸紧贴在心爱女人的头上,搂着她喃喃地说:"我可怜的女人,可怜的女人啊……"

"您说本来就不可能?"沃兰德说,"倒也是这样。不过,我们不妨试试嘛,"他说着叫了一声,"阿扎泽勒!"

话音刚落,立时从天花板上掉下一个男人来,他只穿一条内裤,神色慌张,近乎精神错乱。不知怎么他手里还提着个手提箱,戴着顶鸭舌帽。他两膝发软,浑身筛糠似地抖动。

"你叫莫加雷奇?"阿扎泽勒问掉下来的人。

"是,我是阿洛伊吉·莫加雷奇。"那人战战兢兢地回答。

"你看过拉铜斯基写的批判这个人的小说的文章之后,便写了封告密信,说这个人家里私藏非法书刊,对不对?"阿扎泽勒又问。

掉下来的人吓得脸色发青,痛哭流涕地表示悔过。

"你就是为了占他那两间地下室吧?"阿扎泽勒瓮声瓮气地用尽可能温和的口吻问。

室内响起了愤怒的猫叫声,玛格丽特尖叫着向那人冲过去:

"让你瞧瞧我魔女的厉害!瞧瞧吧!"玛格丽特大叫着用指甲去抓阿洛伊吉·莫加雷奇的脸。

一阵混乱。

"你这是干什么,玛格?"大师痛苦地喊道,"有失身份啊!"

"我抗议!这有什么失身份的!"黑猫在一旁喊叫。

卡罗维夫把玛格丽特拉开。

"可我还安装了澡盆呢,"满脸流血的莫加雷奇吓得上牙直打下牙,胡言乱语地说,"我粉刷过一遍……用了白矾……"

"嗯,你安装了澡盆,很好嘛!"阿扎泽勒表示赞许,"他也需要洗洗澡啊,"然后便大喊一声:"滚吧!"

只见莫加雷奇翻了个跟头,两脚飘起,头朝下从敞开的窗户飞出了沃兰德的卧室。

大师看得直眉瞪眼,自言自语地小声嘟哝说:

"哎呀,看来,这可比伊万讲的那些还要精彩!"非常震惊的大师回头张望了一下,对黑猫说,"对不起……你就是……您就是……"他完全慌了神,不知道对猫应该怎么称呼,称"你"还是"您","您就是那只跳上有轨电车的猫吧?"

"是我,"黑猫得意洋洋地承认,然后又说,"您对猫还这么客气地称呼,我很高兴。不知为什么人们对猫讲话都用'你',虽说从来没有哪只猫跟人喝过结拜酒①。"

"不知怎么,我总觉得您不大像猫。"大师含糊其辞地说。然后又怯声对沃兰德说:"不管怎样,医院里也会发现缺了我这个人。"

"嗨,他们能发现什么!"卡罗维夫安慰说,只见他的手里忽地出现了一摞纸和本子,"这就是您的病历吧?"

"是的。"大师回答。

卡罗维夫一甩手把病历全都扔进了壁炉。

"没有了证件,人也就不存在了,"卡罗维夫满意地说,"您再看看这个,是你们租的那所房子的住户户口簿吧?"

"是的。"

"这里填的是谁的名字?阿洛伊吉·莫加雷奇?"卡罗维夫往户口簿上一吹,写着莫加雷奇的那一页便不见了,"这不,没有他了。而且,请注意:压根儿就没有过这么个人!如果房东表示奇怪,您就告诉他:阿洛伊吉不过是他做梦梦见的。莫加雷奇?哪儿来的个莫加雷奇?压根儿没有过这么个人!"说话间一个好好的户口簿便从卡罗维夫手中消失了。于是,卡罗维夫说:"看,户口簿已经回到房产主的写字台抽屉里去了。"

"您说得对,"深为卡罗维夫的利索手脚感到震惊的大师说,"没有了证件,人也就不存在了。因此,我也不存在了,因为我也没有证

---

① "喝结拜酒",由德语"兄弟"一词而来,指两人同时喝杯中的酒,然后互相亲吻,从此以后彼此便亲昵地以"你"相称,不再称"您"。

件呀。"

"很抱歉,"卡罗维夫大声说,"这才是您的幻觉呢!给您,这不是您的证件吗!"卡罗维夫把一份证件交给大师,然后闭上了眼,甜丝丝地对玛格丽特说:"这些都是您的财产,玛格丽特·尼古拉耶夫娜!"他把一个四周烧焦了的笔记本、一朵干玫瑰花和一张照片递给玛格丽特,又特别郑重其事地把一个存折交给她说,"这是您存入的那一万卢布,玛格丽特·尼古拉耶夫娜。我们不要别人的财物。"

"我宁愿让自己的爪子干瘪,也不去动别人的财物!"黑猫傲慢地大声说。它为了把那部不幸的小说原稿全塞进皮箱,正站在箱子上用脚使劲往下踩。

"这是您的证件,也给您,"卡罗维夫把玛格丽特的证件也交给她,随后便恭恭敬敬地报告沃兰德,"全办完了,主公!"

"不,还没有完,"沃兰德不再看地球仪了,转过脸来说,"我尊贵的女士,您要我们如何处置您那两个随从呢?我这里可用不着他们。"

这时娜塔莎从门外跑了进来,仍然一丝不挂。她双手一拍,对玛格丽特喊道:

"祝您幸福,玛格丽特·尼古拉耶夫娜!"她冲着大师点了点头,又对玛格丽特说,"您从前经常往哪儿去,我本来就全知道。"

"女佣们总是什么事都知道的,"黑猫意味深长地举起一只爪子议论道,"以为用人们都是瞎子,那才是大错而特错哪。"

"娜塔莎,你希望干什么?"玛格丽特问道,"还是回那所独院儿的小楼上去吧。"

"亲爱的玛格丽特·尼古拉耶夫娜,"娜塔莎双膝跪地哀求说,"您替我向主公求求情,"她说着朝沃兰德看了一眼,"把我留下来当个魔女吧。我再也不想回那所独院去!我既不嫁工程师,也不嫁技术员!昨天,在晚会上,札克先生①向我提出了求婚。"娜塔莎松开拳头,把手里的几个金币给玛格丽特看。

玛格丽特用疑问的目光看了看沃兰德。沃兰德点点头。于是娜塔

---

① 此人与第二十三章中所提到的札克同名。原文如此。

莎跑上去搂住玛格丽特的脖子,响亮地亲了她一下,得胜似的高喊一声,从窗口飞了出去。

娜塔莎原来站的地方现在站着尼古拉·伊万诺维奇。他已经恢复人的面目,但看上去忧心忡忡,甚至可以说激动不安。

"这个人我非常乐意放他走,"沃兰德以厌恶的目光看着尼古拉·伊万诺维奇说,"非常乐意,他在这里毫无用处。"

"我恳请您为我出具一张证明,"尼古拉·伊万诺维奇不安地四下张望着说,语气十分固执,"证明这一夜我是在什么地方度过的。"

"证明的用途是什么?"黑猫厉声问道。

"为了向民警局和我的夫人交待。"尼古拉·伊万诺维奇毫不含糊地说。

"我们这里通常是不开证明的,"黑猫皱着眉头说,"不过,为了您的方便,算啦,破个例吧。"

尼古拉·伊万诺维奇还没有回味过这话的意思,裸体的赫勒已经坐到打字机旁。黑猫向她口授:

"证明。兹证明持本证者,尼古拉·伊万诺维奇,确曾在今夜作为运输工具……赫勒,你在这个地方打个括号,括号内打上'骗猪'两个字,被带来参加撒旦举办的跳舞晚会。签名:河马。"

"日期呢?"尼古拉·伊万诺维奇尖声问道。

"我们不写日期。写上日期证件就无效了。"黑猫回答说,然后把手中的证件一晃,空中便飞来一个图章。黑猫一本正经地往图章上哈了哈气,往纸上盖了个"印花收讫"的章,把证件交给了尼古拉·伊万诺维奇。尼古拉·伊万诺维奇消失了,他的位置上又出现一个完全陌生的人。

"这又是什么人?"沃兰德用手挡住晃眼的烛光,不耐烦地问道。

瓦列奴哈低下头,叹了口气,轻声说:

"请放我回去吧。我不能当吸血鬼。要知道,当时我和赫勒差一点儿没把里姆斯基吓死!我不喜欢吸人血。放了我吧。"

"他在说什么梦话?"沃兰德皱着眉头问,"里姆斯基又是什么人?他都胡说些什么?"

"这您就别操心了,主公。"阿扎泽勒对沃兰德说。然后他对瓦列奴哈说:"往后不许在电话里蛮横无理地讲下流话!不许撒谎!明白吗?今后你不再这么干了吧?"

瓦列奴哈欣喜若狂,精神焕发,不知如何是好,只是前言不搭后语地嘟哝说:

"我衷心……也就是说,我是想说,您阁下……我吃过午饭马上就……"瓦列奴哈哀求似地双手交叉着捂着胸膛,眼巴巴地望着阿扎泽勒。

"行啊,回家去吧。"阿扎泽勒回答说。

瓦列奴哈随即消融在空气中。

"请你们让我单独同他们俩待一会儿吧。"沃兰德指着大师和玛格丽特对左右人说。

沃兰德的命令立即得到执行。沉默片刻后,他对大师说:

"嗯,这么说,回阿尔巴特大街的地下室去?那么,今后谁来写作呢?幻想呢?灵感呢?"

"我再没有任何幻想了,"大师回答说,"灵感也失去了。除了她,"大师把手放到玛格丽特头上,"周围的一切都不再引起我的兴趣。他们把我毁了,我感到寂寞乏味,我想回地下室去。"

"那么您的小说呢?彼拉多呢?"

"我恨它,我讨厌那部小说,为了它,我遭受的磨难太多了。"

"我求求你,别这么说,"玛格丽特哀求说,"你为什么折磨我呢?你知道,我把整个生命都献给你这项工作了,"她又对沃兰德说,"主公,您别听他说,他是遭受的磨难过多了。"

"那也总得写点什么吧?"沃兰德对大师说,"如果觉得犹太总督这个题材已经枯竭,您就开始写……哪怕写阿洛伊吉也好嘛。"

大师微微一笑,说:

"写这些,拉普雄尼科娃不会同意出版的,况且,这些东西也没有意思。"

"那您靠什么维持生活呢?那就得过缺衣少食的日子了。"

"心甘情愿,心甘情愿,"大师回答说。他把玛格丽特拉到身旁,搂住她的肩膀接着说,"她会清醒过来的,会离开我……"

"我看未必……"沃兰德含糊不清地嘟哝一句,然后又继续大声说,"好吧。这么说,撰写过本丢·彼拉多历史的人现在要回到地下室去,要在那里守着孤灯,安于贫困喽?"

玛格丽特离开大师,急切地向沃兰德解释说:

"我已经尽了最大的努力,我对他悄悄说了许多极为令人神往的事,可他拒绝这一切。"

"你们的耳语我都知道,"沃兰德对她说,"那还不是最令人神往的。不过,我要告诉您,"沃兰德对大师说,"您那部小说还会给您带来意外的礼物的。"

"那就太可悲了。"大师回答。

"不,不,并不可悲,"沃兰德说,"再不会发生什么可怕的事了。喏,好吧,玛格丽特·尼古拉耶夫娜,一切都办妥了。您对我有什么意见吗?"

"哪里的话,噢,哪里的话,主公!"

"那么,您把这个拿去,作个纪念吧。"沃兰德说着,从枕下掏出一个不大的马掌形金器,上面镶满了钻石。

"不,不,主公,您何必这样!"

"难道您想同我争论?"沃兰德莞尔一笑,问道。

玛格丽特的披风上没有口袋,她只好用一块餐巾把金马掌包了起来。忽然,她觉得心里一惊,回头看了看窗外:窗外一轮明月分外皎洁。于是她问道:

"有一件事我不明白……怎么这里总是午夜时分?过了这许久还是午夜,按理该是早晨了?"

"节日的午夜嘛,稍许挽留一刻岂不是件乐事?!"沃兰德回答说,"喏,好吧,祝你们幸福!"

玛格丽特祈祷似地向沃兰德伸出双手,但并没有敢朝他走近,只是激动地轻声说:

"别了!别了!"

"再会!"沃兰德说。

于是玛格丽特披着黑披风,大师穿着医院患者的长衫,退出沃兰德的卧室,来到这所珠宝商遗孀故居的走廊上。走廊里点着一支蜡烛,沃兰德的随从正在这里等候他们。离开走廊时,赫勒提起装有小说原稿和玛格丽特那笔小小的财产的手提箱,黑猫也从旁帮着她。走到门口,卡罗维夫施礼道别,随即消失在门内。其他人则护送他们下楼。楼梯上一个人也没有。下到三楼转弯处的平台时,他们听到一个沉闷的响声,但谁也没有去理会它。快下到第六单元的大门口时,阿扎泽勒朝空中吹了一口气。刚一跨入没有月光的院子,就发现台阶上睡着一个穿着高筒靴、头戴鸭舌帽的人,睡得像死人一样。门旁停着一辆熄了前灯的黑色大轿车。透过车前的玻璃,模糊地看到一个白嘴鸦的头影。

大家正准备上车,玛格丽特忽然绝望地轻轻喊了一声:

"天哪,我的金马掌丢了!"

"你们先上车,"阿扎泽勒说,"在车上等着我。我去去就来,看看是怎么回事。"阿扎泽勒又走进了单元大门。

事情原来是这样的:

在玛格丽特和大师等人从珠宝商遗孀的故居出来之前,这家楼下的第48号住宅里曾出来过一个干瘦的女人,一手提着圆铁桶,另一只手拎着个提包,准备下楼去。她不是别人,正是星期三在公园转门旁碰碎葵花子油瓶而使柏辽兹大倒其霉的那个安奴什卡。

这女人在莫斯科究竟干些什么?她靠什么维持生活?谁都不知道,或许永远也无人知晓。众所周知的只有一点:每天都可以在石油商店、菜市场、本楼的大门洞或楼梯上见到她,手里提着个圆铁筒或拎个手提包,有时两样都提着;最常见到她的地方是她住的那套第48号的厨房。此外,大家还清楚两点:一是这女人出现在哪儿,哪儿便立即生出乱子来;二是她的外号叫"瘟神"。

不知为什么"瘟神"安奴什卡平素总是起得很早,今天尤其早得出奇,深更半夜就起来了。刚刚打过十二点,第48号的大门锁转动了一下,先是安奴什卡的鼻子探出门外,随后整个身子都钻了出来,身后的门关上了。她正要下楼去干点什么,只听得楼上50号的大门"砰"的一声响,接着便有个男人从楼梯上滚下来。那人撞在安奴什卡身上,把她撞到一旁,她的后脑勺碰到了墙上。

"该死的,你光穿条衬裤往哪儿瞎闯?"安奴什卡抱住后脑勺尖声叫骂。那个只穿内裤的人拎着个手提箱,戴着鸭舌帽,紧闭着双眼,说梦话似地怪声怪气地对安奴什卡说:

"温水速热器!用了白矾!单单粉刷就用了好多钱啊!"他哭起来了,然后高叫一声,"滚吧!"可他并不顺着楼梯往下跑,而是往上跑去,跑到转弯处那扇被基辅经济学家踢坏的玻璃窗前,便大头朝下从窗里飞了出去。安奴什卡忘了后脑勺痛,哎哟一声,急忙冲到窗前,趴在窗边,探出头去,指望在路灯灯光下看到院里水泥地上摔死的人和他的手提箱。但是,地上却什么也没有。

安奴什卡只能设想那个没睡醒的怪人像鸟儿似地从楼里飞出去,飞得无影无踪了。她画了个十字,心里暗想:"嘿!50 号那家可真有意思!看来人们还真不是瞎说呀!瞧这套房子!"

她刚想到这儿,楼上的大门"砰"的又响了一声,又有一个人跑下楼来。安奴什卡急忙把身子紧贴在墙上。她看到:下来的是一位蓄着胡子、神态相当庄重的公民,只是脸有点像猪。那人从她身旁溜过去,同刚才那个人一样,从破窗户里飞出了大楼,似乎想也没想到自己会摔死在水泥地上。安奴什卡早已忘记了自己出门的目的,她呆呆地站在楼梯口,只顾不住地画着十字,唉声叹气,自言自语。

过了不大一会儿,又跑下来一个人,这是个没留胡子的圆脸汉子,穿一件肥大的托尔斯泰衫。他也重复前两人的动作,从窗里飞了出去。

安奴什卡的为人有一点是令人佩服的:什么事她都想知道个究竟。所以她决定再等一等,看看是否还会出现什么新的奇迹。果然,不多时,楼上的大门又开了。听声音,这一次出来的像一群人,但这些人不是跑下来,而是和常人一样一磴磴地走下来的。安奴什卡离开窗户,跑回楼下自家门口,打开门,迅速闪了进去。但她把门留下了一个小小的缝儿,她的一只被好奇心撩得发狂的眼睛在门缝里闪闪发亮。

一个似病非病、模样奇特、脸色苍白、胡子拉碴的人,头戴黑色小帽,身穿长衫,迈着不大自信的蹒跚步子走下楼来,旁边还有位夫人小心翼翼地搀扶着他。在昏暗中,安奴什卡觉得那夫人好像穿着一件很

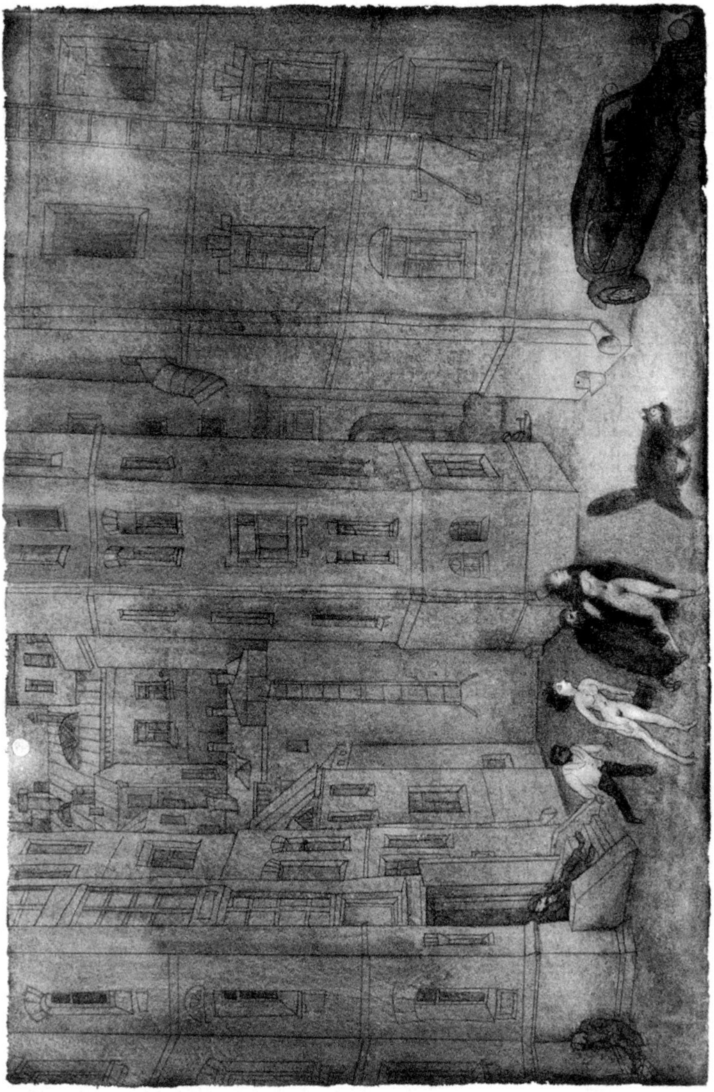

长的黑色僧袍,赤着脚,或许就是穿着某种带小条的透明鞋,显然是进口货。哟,呸!哪里是穿着什么进口鞋呀!她全身都赤条条的嘛!对呀,她是光身子披着一件长僧袍!"瞧这套房子!"但安奴什卡心里却也在暗自庆幸:她已经预感到明天向邻居们描述此事时的得意心情了。

跟在这位装束奇特的夫人身后的,是个赤条条的女人,拎着个手提箱,还有一只大黑猫在提箱旁转来转去。安奴什卡用手擦了擦眼,险些没有喊出声来。

走在最后的是个矮个子外国人,有些瘸,一只眼睛斜视,穿着白色燕尾服背心,系着领带,没有穿西装上衣。安奴什卡眼看着这群人下楼去了。这时她听到楼梯口什么东西响了一下。等到脚步声静下来,她便毒蛇似地溜出门外,把圆铁桶放在墙边,趴在地上摸起来。她终于摸到了餐巾包着的那件沉重的东西。打开小包一看,她惊得目瞪口呆。安奴什卡又把那宝物举到眼前仔细看了看,两眼射出贪婪的目光。她的头脑里掀起了风暴,她在想:"对,一问三不知,神仙怪不得!我给他个什么也不知道!……去跟我外甥商量商量吧?要不就把它锯成小块……宝石可以抠出来……一颗一颗地卖:到彼得罗夫卡市场去卖一颗,再到斯摩棱斯基去卖它一颗……反正一问三不知,我什么也不知道!"

安奴什卡把拾到的东西揣在怀里,拿起圆铁桶,决定今天不去市内漫游了。她这样想着,正要躲进门里,那个没穿上衣的白胸脯外国人猛然站到了她的眼前,鬼才知道他是从什么地方突然出现的。只听那人轻声对她说:

"把马掌和餐巾给我!"

"什么餐巾马掌的?"安奴什卡问道,她表演得很成功,"我不知道什么餐巾不餐巾的。您这位公民,喝醉了,还是怎么的?"

白胸脯的人不再跟她费唇舌。他用公共汽车扶手一般坚硬冰冷的手指掐住了安奴什卡的脖子,完全断了空气进入她肺部的通路。圆铁桶从她手里掉了下来。没穿上衣的外国人这样掐着她呆了一会儿,然后才把手松开。安奴什卡大喘了几口气,赔着笑脸说:

"啊,您说那个马掌呀!我这就给您!原来是您的?刚才我一看,餐巾里包着这个……我就有意地替您收起来了,免得让别人拾去。要不,上哪儿去找呀!"

外国人接过餐巾和金马掌,立即并足向安奴什卡行礼致敬,紧紧同她握手,并且用外国腔十足的俄语向她表示感谢:

"我由衷地向您致以深深的谢意,女士。这小马掌是纪念品,我非常珍惜。您替我保存了,请允许我送给您二百卢布。"他说着,便从背心口袋里掏出钱来交到安奴什卡手里。

安奴什卡咧开嘴笑着,一个劲儿地大喊:

"啊,太谢谢您啦!麦尔西!麦尔西!"

慷慨的外国人神速地滑过各层楼梯,一直滑到了楼下。在完全消失之前,他并没有忘记从下面冲楼上喊两句话,不过此时他的口音又不带外国腔了。只听他喊道:

"我说,你这个老妖婆!往后再捡到别人的东西得交到民警局去,别往自己怀里揣!"

楼道里出现的这些怪事闹得安奴什卡心里乱糟糟的,脑袋里嗡嗡响。她嘴里还在不自觉地喊着:"麦尔西!麦尔西!麦尔西!"岂知这时外国人早已踪影全无,院里的汽车也不见了。

阿扎泽勒下楼后,把沃兰德的礼物还给玛格丽特,向她施礼告辞,并问她乘这辆车是否方便。赫勒走过来同玛格丽特热烈吻别,黑猫吻了吻她的手。送行的人们向坐在角落里木然不动的大师挥了挥手,又向白嘴鸦挥挥手,便很快融化在空气中了——他们当然没有必要一层层地爬楼梯。白嘴鸦打开前灯,车子经过死人般沉睡的人身旁,开出大门洞。转瞬间,黑色大轿车的灯光便消失在喧闹的、彻夜不眠的花园大街的万家灯火中了。

一小时后,在阿尔巴特大街附近那条小巷里,在那座不大的楼房地下室第一个房间,我们看到玛格丽特坐在桌旁哭泣,她正为自己所受的震动和所体验的幸福而独自流泪。这间屋里的一切仍然保持着去年深秋那个可怕的夜晚之前的样子:桌上铺着天鹅绒台布,放着一盏有灯罩的台灯。她面前是一本被火烧得不成样子的笔记本,旁边堆着一大摞保存完好的原稿。小楼里没有一点声音。大师已在旁边小房间的长沙发上沉沉入睡了,身上还盖着那件医院里的罩衫。他的呼吸是均匀的,一点声音也没有。

玛格丽特哭过一阵,拿起那些保存完好的本子,翻到了她在克里姆林宫墙脚下遇见阿扎泽勒之前反复背诵的那一节。她现在一点睡意也没有。她温存地抚摸着原稿,像在抚摸自己心爱的小猫,她拿起原稿,翻来覆去地看,一会儿看看扉页,一会儿又翻开最后一页。忽然,她产生了一个可怕的念头,觉得这一切都是魔法唤出的幻象,眼前的一本本原稿马上会消失,她还将住进那座独院儿的小楼上,待在卧室里,醒来后她还要去跳河。然而,这个可怕的念头已是最后一次闪现了,它只不过是过去的苦难遭遇的余波罢了。什么都没有消失,法力无边的沃兰德的确无所不能。现在玛格丽特完全可以尽情翻阅这些原稿,仔细地观察它,亲吻它,阅读它,读多少遍都可以,哪怕一直读到黎明。她确实也在反复地读着:

"黑暗,地中海方向袭来的黑暗已经完全笼罩住这座为总督所憎恶的城市……是的,黑暗……"

第二十五章　总督如此拯救犹大

地中海方向袭来的黑暗已经完全笼罩在这座为总督所憎恶的城市。圣殿和威严可怖的圣安东尼塔楼之间的几座飞桥不见了，漆黑的深渊从天而降，把赛马场周边圆柱顶上的双翼天使、墙上设有枪眼的哈斯莫尼宫、集市、一排排板棚、大街小巷以及池塘等等……统统吞噬了……伟大的耶路撒冷城已无影无踪，就像它从未在世界上存在过。黑暗使耶路撒冷及其近郊一切有生命的东西感到恐惧，它吞掉了这里的一切。那天，正月十四日那天的垂暮时分，从海上袭来的正是这样一片奇怪的黑云。

黑云的腹部已经压到刽子手们仓促刺死受刑者的秃髑髅山顶，压到耶路撒冷圣殿的上空，它像滚滚浓烟似的从耶路撒冷山冈上扑下来，弥漫在整个下城，灌进家家户户的小窗，把人们从弯弯曲曲的街道上赶入家门。但它并不急于洒下自己的水分，暂时还只是放出耀眼的闪光。市中心那披着金鳞的宏伟圣殿只有在天火劈开烟雾弥漫的黑色混沌时才露出它的雄姿，冲开伸手不见五指的黑暗飞向高空。但天火转瞬即逝，圣殿便重新沉入黑暗的深渊。它一次次冲出来，又一次次沉下去，每一次沉入都伴随着天崩地裂般的轰隆声。

远处一些时明时暗的闪电从黑暗深渊中唤出的，则是与圣殿遥遥相望的西部山冈上的大希律王宫，借着那天火，可以看到一些可怕的金色无眼雕像高举着双手腾向黑沉沉的空中。但远方的天火也是转瞬即逝，随后便有一阵沉闷的雷声把黄金偶像重新驱进黑暗。

突然，大雨滂沱直泻，顷刻间又卷起了飓风。这时，在花园里，在中午时分总督与大祭司密谈的大理石长凳附近，随着遽然一声炮轰般的巨响，一棵大柏树拦腰折断了，仿佛它不过是一根芦苇。雨水夹杂着冰雹四处飞溅，雾气腾腾，狂风卷带着折断的玫瑰花、玉兰叶、树枝和砂石飞上圆柱下的凉台。飓风肆意地摧残着大希律王宫的花园。

此时此刻圆柱游廊里只有一个人,他就是犹太总督本丢·彼拉多。

不过,总督没有坐在椅子上,而是躺在卧榻上。榻旁放着一张小矮桌,上面摆满山珍海味和成坛的佳酿。小桌对面的另一张卧榻空着。总督脚旁边的地板上有一汪血似的红水和一些酒坛碎片。本来,雷雨到来之前非洲男仆就已经为总督摆好了餐桌,但他不知为什么在总督的逼视下显得张皇失措,好像自己什么地方没有服侍好主人,因而深感不安。总督很生气,把酒坛摔在地板上,呵斥道:

"你斟酒为什么不看着我的脸?莫非你偷了东西?"

非洲仆人的脸立刻变成青灰色,眼里透出死亡般的恐怖,浑身发抖,险些撒手摔掉另一只酒坛。但是,遽然而来的总督的盛怒却又莫名其妙地遽然消逝了。非洲人正要俯身去收拾地上的碎片并擦去那汪红水,总督对他挥了挥手,他便急忙退了下去。于是那血红色的小水洼便仍然留在地板上。

现在,当飓风大作的时刻,那仆人正躲在安放着一尊白色垂首裸女雕像的壁龛旁边,既怕给不顺心的总督瞧见,又担心一旦总督呼唤时自己听不见。

风雨如晦。总督斜倚在卧榻上自斟自饮,不慌不忙地用着晚餐,时而拿起一片面包,掰成小块细嚼慢咽,时而拿起个牡蛎嗍嗍,嚼一片柠檬,再抿上一口酒。

如果没有哗哗的雨声,没有这似乎要把宫殿屋顶辗平的隆隆雷声,如果不是大粒冰雹不住地敲打平台台阶,那我们就可能听到总督的喃喃私语了。假如这天火的闪现不是斯须即逝,而能比较长久地照亮,我们还可能观察到总督那双由于近日的失眠和饮酒而浮肿起来的眼睛,看到他的烦躁不安:他的两眼不只是看着落到血红水洼中的两朵白玫瑰花,而且还不住地转向外面的花园,凝望着那里的雨雾和飞沙。不难看出,他正在等待什么人,而且是在焦急地等待着。

不久,总督面前的水帘稀疏下来。肆虐一时的飓风终于疲倦了,树枝不再噼啪折落,雷鸣电闪也不那么频繁了。耶路撒冷上空飘动的已不再是四周泛着白光的大块紫色苫布,而是最后一批普通灰云了。雷雨渐渐朝死海方向移去。

现在听觉已能分辨出雨声和顺水槽下泄或沿石阶流淌的水声(总督白天曾走过那石阶到广场上去宣判)。一直被压倒的喷泉声也终于响了起来。周围明亮多了。奔向东方的灰色天幕上现出了一些蓝色天窗。

这时,隐约的军号声和数百只马蹄的嘚嘚声,透过淅沥的雨声,从远方传入总督的耳鼓。听到这声音,总督扭动了一下身子,顿时精神起来:它表明叙利亚骑兵团已经从髑髅山上撤下来,而且已经到达了宣判的广场。

终于,总督听到了期待已久的脚步声,啪嗒啪嗒的声音已经到了凉台前花园的最上层石阶。总督伸着脖子,两眼炯炯发光,显得十分高兴。

最先出现在台阶两旁的大理石狮子中间的是个戴着风帽的脑袋,接着是这个人的全身,他披着件完全湿透、紧紧贴在身上的斗篷。他就是宣判前在王宫暗室里同总督耳语、行刑时坐在三腿小凳上摆弄树枝的那个人。

戴风帽的人径直朝前走来,并不绕开一个个小水洼。他穿过花园的小平台,走上凉台,站到镶木地板上,举起一只手,用悦耳的拉丁语高声说:

"愿总督健康长寿,诸事顺遂!"

"诸神啊!"总督彼拉多惊呼道,"看,您完全湿透了! 这雷雨多大! 啊?请您快到我的内室去换换衣服吧!"

来人揭起风帽,露出湿淋淋的头。他的头发贴在前额上,刮得光光的脸上现出恭谨的笑容。他婉言谢绝更衣的建议,一再声称受点雨淋算不得什么。

"我不想听这些!"彼拉多说着,一拍手唤来候在外面的仆人,命令他们先服侍来人更衣,再迅速侍候他用膳。不大一会儿,谒见者便擦干头发,换了衣履,梳洗一新了。他很快便穿着干凉鞋、披着深红色军人斗篷重新出现在凉台上,头发梳理得整整齐齐。

这时,太阳又回到耶路撒冷,在它完全沉入地中海之前向这座为总督所憎恶的城市送来告别的霞光，把凉台前的石阶染成金黄色。喷泉已经完全恢复了活力，正尽情地欢唱，鸽子也纷纷落到沙地上，咕咕叫着跳过断树枝，在湿漉漉的沙地上啄食着什么。地板上那汪红水已经擦去，碎坛片也已收拾干净，刚端上小桌的几样肉菜还热气腾腾。

"我听候总督大人吩咐。"谒见者走到小桌近前说。

"但是在您坐下喝杯酒之前，您什么也不会听到！"总督彼拉多亲切地说着，指了指自己对面那张空卧榻。

来人斜倚在卧榻上，仆人给他斟上一大杯浓郁的红葡萄酒。侍立在彼拉多身后的另一个仆人也小心谨慎地弯下腰，把总督的杯子斟满。总督挥手把两个仆人打发走了。谒见者边吃边喝，彼拉多则偶尔抿上一小口，眯着眼打量着来客。这是个中年人，白净的圆脸膛很惹人喜爱，鼻子又肥又大。说不准他的头发是什么颜色，这时似干未干，看去闪闪发亮。也很难确定他是哪个民族的人。决定此人面部特征的主要一点，大概应该说是那副仁慈宽厚的表情了。不过，这表情却被他的两只小眼睛给破坏了，或者，确切地说，还不是被眼睛本身，而是被他看对方时那种眼神给破坏了。通常，他是用那多少有些奇怪的、像是浮肿的眼皮把眼睛遮盖起来的，在这种时候，闪烁在两道小眼缝中的狡黠便不仅显得并无恶意，而且使他看上去还像个很喜欢幽默的人。然而，有些时候客人却会把闪烁在两道细缝中的幽默完全驱走，把眼帘大大地张开，突然凝神正视起对话者的脸来，仿佛急于要看清楚对方鼻子上一个很难发现的小污点。但这只是一瞬间的事，随后两张眼皮便重新垂下，眼睛又眯成细缝，闪烁在其中的便又是仁慈宽厚而狡黠的智慧了。

来客没有拒绝喝第二杯酒，而且还显然有滋有味地嘬了几只牡蛎，尝了两口素菜，吃了一块肉。

酒足饭饱之后，他对葡萄酒表示赞赏：

"这葡萄酒太好啦，总督，不过，这是不是'法隆'酒？"

"是'彩库笆'，三十年陈酿。"总督亲切地回答。

客人一只手往胸口一放，表示已经酒足饭饱，不能再吃了。于是彼拉多把自己的杯子斟满，客人也同样再满上一杯。两人各自从杯里往肉盘子里滴了几滴酒，然后总督举杯高声说：

"为了我们大家,为了他,罗马人之父,人类中最尊贵、最优秀的人——罗马皇帝恺撒,干杯!"

两人各自干了杯中的酒,非洲仆人撤去桌上的菜肴,只留下水果和酒坛。总督又以手势打发走仆人,柱廊下便只剩下他与这位客人了。

"那么,"彼拉多压低声音问道,"关于本城的民心动向,您有何见告?"

总督说着不由得把目光移向山下,越过园中层层凉台,望着远处被夕阳染成金黄色的、正慢慢失去光彩的柱廊和平民区的大片扁平屋顶。

"依我看,总督,眼下耶路撒冷的民心是令人满意的。"

"这么说,能保证不会再有什么骚乱威胁了?"

"在这个世界上能够保证的只有一点,那就是伟大恺撒的强大威力。"客人恭顺地望着总督的脸说。

"愿诸神赐予他健康长寿!"彼拉多马上接下去说,"愿诸神赐予天下和平!"稍许沉默了一下,又问道,"这么说,依您看,如今可以撤走军队了?"

"依我看,闪击军团的大队可以撤走,"客人回答,接着又补充说,"如果它撤防时能够隆重地整队穿过市区,那就更好了。"

"这个想法很好,"总督表示赞同,"后天我就下令撤走它,我自己也要离开这里,而且,我以十二尊神供斋①、凭祖先在天之灵发誓:如果我能够今天就走,我宁愿为此付出巨大代价。"

"总督不喜欢耶路撒冷?"客人憨厚地问道。

"实在不敢恭维,"总督微微一笑,扬声说,"世界上再没有比这里更不可救药的地方了。自然条件就不去提它吧!反正我每次到这里来总要得病。不过,这还算不得什么。单说这些个节日吧:千奇百怪的方士、巫师、魔法家,加上那成群结队的朝圣者……都是些宗教狂,宗教狂!还有他们今年突然开始等待的那个弥赛亚②,仅仅是一个弥赛亚

---

① 意思是:如果所言失实,愿意认罚,向十二尊神献一次供斋。
② 弥赛亚,希伯来文音译,原意为"受膏者",指古代犹太君主。后犹太国处于危亡时期,弥赛亚便成为犹太人心目中的"复国救主"的专称。在基督教《圣经》中这个词指救世主耶稣。《圣经》里说,耶稣降生前,曾有天使来向牧羊人报信,说救世主耶稣将要降生。所以这里说人们在"等待"着。

就招来了多少事啊！我每分钟都担心这里发生最令人厌恶的流血。我不得不调动军队,还要没完没了地阅读那些告密和诬陷材料,何况其中有一半还是告你本人的。真无聊极了！您说是不？咳！要不是我有这皇家职务在身的话……"

"的确是,这里的节日实在叫人受不了。"客人随声附和着。

"我一心盼着这些节日尽快过去,"彼拉多恶狠狠地说,"那我就可以回到该撒利亚①去了。您信不,希律王这所荒唐建筑,"总督说着,用手朝柱廊一挥,显然是指这座王宫而言,"真是快叫我发疯了。我不能住在这里。世界上从来没有过这么怪的建筑。不过,咱们还是谈正事吧。首先,我想问问,那个可恶的巴拉巴不再使您担心了吧？"

这时客人便用那种不同寻常的目光向总督脸上瞥了一眼。但总督正闷闷不乐地蹙着眉头望着远方,心不在焉地观看前方山下那片正泯于初降的夜幕中的城市。于是客人目光中的火花立即熄灭,他的眼睑又垂了下来。

"可以认为,如今的巴拉巴已经像羔羊一样毫无危险了,"客人回答说,他的圆脸上出现了一些皱纹,"今后他不便再闹事了。"

"是因为太出名了？"彼拉多冷冷一笑,问道。

"总督,您对问题的理解总是这样精湛入微！"

"不过,"总督还有些放心不下,他举起带着绿宝石戒指的细长手指提示说,"为万一计,还是应该……"

"噢,总督,这个您尽管放心。只要我在犹太一天,巴拉巴每走一步都会有人盯着的。"

"这样我就放心了。其实,有您在这儿,我总是放心的。"

"大人您十分仁慈！"

"那么,现在请您谈谈行刑的情况吧。"总督说。

"总督大人对哪一方面感兴趣？"

"民众有没有什么愤懑的表现？这当然是主要的。"

"一点点都没有。"客人回答。

---

① 位于耶路撒冷北方的名城,总督府所在地。

"很好。您亲自确认几个罪犯确实死了吗?"

"这一点总督可以放心。"

"嗯,您再说说……开始行刑之前给他们喝水了吗?"

"给了。不过他,"这时客人闭上了眼睛,"拒绝喝。"

"您说谁?"彼拉多问。

"请恕罪,大人,"客人高声说,"我刚才没说是谁吗?就是那个拿撒勒人。"

"疯子!"彼拉多说着,不知为什么挤了挤眼,他左眼下的一条肌肉还在不住地抽动,"活活让太阳晒死?!他为什么拒绝按法律应该得到的东西呢?!他当时是怎么说的?"

"他,"客人说到"他"字又闭上了眼睛,"他说谢谢,还说夺去他的生命,他也并不怪罪。"

"不怪罪谁?"彼拉多轻声问。

"这个,他没有说,大人。"

"他没有企图对兵士宣讲些什么吗?"

"没有,总督大人。这一次他很少讲话。他只说了一点,说在人所具有的各种缺陷中,他把怯懦看做最主要的缺陷之一。"

"怎么说起了这个?"客人突然听到一个裂帛似的声音。

"这一点无法判断。他这个人本来就很古怪,其实,这次也跟往常一样。"

"他古怪在哪里?"

"他总想窥视周围人的眼睛,看看这个,看看那个,而且脸上总是挂着一种怅惘的、若有所失的微笑。"

"再没有别的了?"总督那嘶哑的声音问。

"没有别的了。"

总督把酒杯往桌上一蹾,又斟满一杯酒。喝干之后,他对客人说:

"关键在于另一件事,那就是:我们,至少是眼下,虽然还没有发现他有什么信徒或追随者,可是也不能保证就完全没有这种人。"

客人低着头,侧耳恭听。总督继续说:

"所以,为了避免发生意外,我请您立即不声不响地把三具受刑人的尸体掩埋掉。这事要做得人不知鬼不觉,好让这几个人完全从人们的记忆里消失。"

"遵命,总督大人,"客人说着,站起身来,"这件事很复杂,而且责任重大,所以,请您准许我立即告辞去办。"

"不,请再稍坐片刻,"彼拉多用手势拦住客人说,"此外还有两件事呢。现在我就谈第二件。我知道,犹太总督直辖秘密卫队队长这个职位是个十分艰巨的岗位,而您在这个岗位上做出了卓著的成绩,我很高兴回到罗马之后能够向皇帝陛下启奏这一点。"

客人脸上泛起红晕,他离开座位,向总督躬身施礼说:

"我食皇家俸禄,只不过是克己奉公而已!"

"不过,"总督继续说,"如果上面有意使您升迁的话,我想请求您放弃这种机会,仍旧留在本地,因为我无论如何不愿意同您分手。那就请上面以其他方式来表彰您吧。"

"总督大人,我能在您帐下效力,感到十分幸福。"

"这我很高兴。好吧,我们来谈第三件事。这件事关系到那个……他叫什么来着……加略人犹大。"

这时客人又朝总督投去他独特的一瞥,随即很有分寸地把这目光熄灭了。只听总督压低声音继续说:

"听说他在自己家里很热情地接待了那个疯疯癫癫的哲人,为此还得到了一笔钱。"①

"他是将要得到一笔钱。"秘密卫队长小声纠正总督的话。

"数目很大吗?"

"这谁也不会知道,大人。"

"连您也不知道?"总督用这种惊讶的语气表示他对客人的赞赏。

"很遗憾,连我也不知道。"客人平心静气地答道,"不过,他将要在今天晚上得到那笔钱,这一点我是知道的。今晚他将被召到大祭司该亚法的府第去。"

"唉,这个贪财的加略老头子!"总督微笑着说,"是个老头子吧?"

---

① 据《圣经》载,犹大以亲吻为暗号把耶稣指给来捉拿他的人,为此得到三十块银币。

"大人向来料事如神,不过,这一次您可没有说对,"客人谄笑着说,"这个加略人还很年轻。"

"真没想到!您能对我谈谈这个人的情况吗?是个狂热的信徒?"

"啊,不是,总督。"

"噢,那么他还有什么特点?"

"一表人才。"

"别的呢?也许他有什么特别的嗜好?"

"城市这么大,总督大人,我很难对所有的人了解得那么具体……"

"啊,不,不,阿弗拉尼!不必过谦!"

"总督大人,他的确有一种嗜好,"客人稍稍停顿了一下说,"他酷爱金钱。"

"他以什么为业?"

阿弗拉尼抬起眼看着天空,想了想才回答:

"在他亲戚开的一家银钱兑换铺里当伙计。"

"噢,原来是这样,是这样!"总督不言语了。他回头看了看阳台上是否还有别人,然后才压低声音说:"有这么一件事:我今天接到一些情报,说是今夜有人要杀他。"

这时客人不仅又向总督投去了他那独特的一瞥,而且还使这目光在总督脸上停留了片刻,然后才回答说:

"总督,您刚才实在对我过奖了。我感到自己实在不配使您向陛下启奏。您看,我就没有得到这样的情报。"

"您是理应得到最高奖赏的,"总督说,"不过,我这里确实收到了这样的情报。"

"我斗胆问一句,您这些情报是谁提供的?"客人问。

"请允许我暂时不说明这一点吧,何况这情报我是偶然得到的,细节还不清楚,并不完全可信。但是,我有责任预见到各种情况。这是我的职责所在。尤其是我必须相信自己的预感,我的预感还从来没有不应验过。我得到的情报是这样的:拿撒勒人有一些秘密朋友,其中有人对这个银钱兑换商的极卑鄙的背叛行径十分愤慨,所以便与几个同伙商定今夜杀掉他,并把这个叛徒为此所得的钱扔回大祭司府去,还要附上一个字条,写明:'肮脏银钱,如数奉还!'"①

秘密卫队长不再向总督骤然投去他那奇异的目光了,而只是眯着眼睛专注地听总督继续讲下去:

"您想想看,大祭司在节日夜晚收到这样一份礼物是否会愉快?"

"岂止不愉快呢,大人,"客人微笑着回答,"依我看,还准会引起一场大风波。"

"我也这么看。因此我才请求您管管这件事,也就是说,请您采取一切措施保护好加略人犹大。"

"大人的命令,一定遵照执行,"阿弗拉尼说,"不过,我应该先请大人放心:这些坏蛋很难得逞。可以想想看,"客人转了一下身子,继续说,"要探听出一个人的行踪,把他杀死,还要弄清他得了多少钱,再想法把这些钱送还给大祭司该亚法,这一切都要在一夜之间完成?而且就在今夜?"

"尽管如此,他今天还是会被杀死的,"彼拉多固执地说,"我对您说,我有这种预感!而我的预感还从来没有不应验的。"总督的脸抽动了一下,他搓了搓手。

"遵命,"客人恭恭敬敬地说。他站起来,挺直身子,忽然用严肃的口吻问道:"那么,大人,那些人是一定要把他杀死喽?"

"是的,"彼拉多回答,"所以,一切希望就全寄托在您那令人惊讶的办事能力上了。"

客人整了整披风里面的大宽腰带,告辞说:

"那我就告退了。愿您健康长寿,诸事顺遂!"

"噢,对啦,"彼拉多轻轻喊了一声,"看我,几乎完全忘了!我不是还欠您的钱吗!……"

客人感到惊讶:

"总督大人,真的,您并不欠我什么钱。"

---

① 据《圣经》载,犹大出卖耶稣后,见耶稣被定死罪,感到后悔。他找到祭司长和长老,表示自己"有罪",把所得的钱往圣殿里一丢,跑出去在一棵树上吊死了。

"唉,怎么不欠!我刚进驻耶路撒冷城的时候,您记得不,遇到一大群乞丐……我想施些钱给他们,可身上没有带着,便从您那里拿了一些。"

"噢,总督,那点小小不言的事!"

"小小不言的事也该记住哟。"

于是彼拉多转过身去,撩起身后安乐椅上的披风,从下面抽出一个皮口袋来,递给客人。客人行了个礼,接过来,藏到披风下面。这时彼拉多又说:

"那么,关于掩埋那三具尸体的事,还有关于这个加略人犹大的事,我今夜就等着听您的报告了!您听见没有,阿弗拉尼,是今天夜里。我将命令警卫人员:只要您一来,就随时叫醒我。我等着您!"

"就此告退。"秘密卫队长说着,转身向凉台下走去。先是听到他走过平台湿沙地时的沙沙脚步声,然后是他的皮鞋在石狮间的大理石台阶上发出的笃笃声。看不见他的两条腿了,接着他的身体隐没,最后连那顶风帽也不见了。这时总督才发现,太阳早已落下去,黄昏已经来临。

第二十六章　掩埋

或许是因为黄昏的缘故吧,总督的样子骤然变了。他拱腰驼背,像是眼看着衰老了许多,而且显得惴惴不安。他回过头去,朝搭着披风的空椅子瞟了一眼,不知为什么打了个寒战。节日的夜晚临近了,大概由于婆娑的夜影在作怪吧,疲倦的总督恍惚间觉得那把空椅子上好像坐着一个人。他有些怕,走过去扯了一下披风,然后放下它,在凉台上来回跑动起来,一会儿搓搓手,一会儿跑到桌前抓起酒杯,一会儿又停下来呆呆地盯着地板,仿佛地板上写着某种古老文字,他在努力辨认它似的。

今天一天之内,这无名的烦恼已经是第二次侵扰他了。早晨的剧烈偏头痛还在鬓角处留下一些隐约的酸胀感,总督一面用手搓着太阳穴,一面极力找出这种精神痛苦的原因所在。他很快就找到了,但还企图欺骗自己。他很清楚:今天白天他无可挽回地错过了某种机会,现在他正在采取一些行动来改正它,但这些行动都微不足道,主要是因为已经为时过晚了。他欺骗自己,极力使自己相信:现在的和傍晚刚刚采取的这些行动,也和早晨的宣判同样重要。但是,他终究很难相信这一点。

他在凉台上来回跑了一会儿,突然停下来,吹了一声口哨。随着口哨声,朦胧的暮色中传来了低沉的犬吠声,接着便有一只带着脖套并挂着镀金小牌的尖耳朵灰毛大狗从花园里蹿上凉台。

"斑迦,斑迦!"总督用微弱的声音叫道。

斑迦后腿直立,把前腿往主人肩上一搭,差点儿没把主人扑倒。它舔了舔主人的脸。总督坐到扶手椅上。斑迦伸出舌头急促地喘着粗气卧在主人脚旁,眼里闪着喜悦的光芒,因为世界上唯一使这只无畏猛犬惧怕的大雷雨已经过去,它此刻又卧在自己热爱并尊敬的主人身旁了。

它认为主人是世界上最强有力的人,是所有人的主宰;在这个人的庇护下,它自己便也是与众不同、享有特权、至高无上的了。但是,在脚旁卧下之后,它望着渐渐暗下去的花园,甚至不需看主人一眼,便立即感觉到主人遇到了不幸。所以它立刻改变姿势:爬起来,从旁边绕过去,把前腿和头放到总督的膝盖上,因而使主人披风的下摆上蹭上了些湿沙子。大概斑迦是想这样来安慰主人并表示决心同他共患难吧。那双斜睨着主人的眼睛和两只机警地竖起的耳朵也表示着这一点。他们两个,这彼此相爱的狗和人,就这样在凉台上迎来了节日的夜晚。

在这同一时间里,总督那位客人阿弗拉尼却忙得不可开交。他离开凉台前面的下层平台后,顺台阶下到花园的底层平台,由此向右拐,直奔驻扎在宫廷内苑的军营而去。驻扎在这个军营的正是节日前总督带到耶路撒冷来的那两个中队和由阿弗拉尼亲自指挥的秘密卫队。他在军营逗留的时间不长,不到十分钟,而在这十分钟过去后,立刻便有三辆马车载着掘壕工具和一大桶水离开了军营大院,车后跟着十五名披灰色斗篷的骑兵。几辆马车在骑兵护卫下从后门出王宫内苑往西行,出城门后沿小路走上通往伯利恒的大道,再往北走到希布伦门外不远处的十字路口,便顺着去雅法的大道走去。白天押送死刑犯的队伍就是经这条路去秃山刑场的。这时天色已经黑下来,地平线上一轮明月正冉冉升起。

骑兵小队护送的几辆马车出发后不久,总督的客人也骑马离开了王宫,但这时他已经脱去军人斗篷,换上一件黑色旧长袍。他没有往城外去,而是朝市区驰去。不一会儿他便来到北城圣殿近旁的安东尼塔楼的碉堡中。他在碉堡逗留的时间也很短,然后他的踪迹又出现在下城那些弯弯曲曲、纵横交错的小巷中,不过这时他已不是骑马,而是骑着一匹骡子了。

总督的客人对下城十分熟悉,毫不费力便找到了他要去的那条街。这条街上有几家希腊人开的铺子,人们都叫它"希腊街"。客人就在一家卖地毯的铺子前下了骡子,把牲口拴在大门旁的铁环上。店铺这时已经打烊。客人从商店大门旁的边门进去,来到一个三面是棚屋的小小天井里。转过天井旁一个屋角,阿弗拉尼来到一所住宅前的石平台

前,平台上爬满了常春藤。他四下张望了一眼——住房和棚屋全都黑黢黢的,人们还没有点灯。阿弗拉尼小声召唤了一声:

"妮莎!"

房门吱的一声打开,昏暗的夜色中,石台上出现一个没戴头巾的少妇。她倚着平台栏杆不安地俯身往暗处窥视,想看看是谁叫她。看清来人之后,她亲热地笑了笑,点了几下头,招了招手。

"你一个人在家?"阿弗拉尼用希腊语小声问道。

"一个人,"平台上的女人轻声回答,"我男人一大早就上该撒利亚去了。"她说着回头望了一眼房门,小声补充说,"不过,女仆在家。"她做个手势表示:进来吧!阿弗拉尼回头看了看,这才拾级而上。随后两人便一起躲到屋里去了。

阿弗拉尼在少妇屋里待的时间更短,不到五分钟就出来了。他下了平台,把风帽拉得低低的,遮住眼眉,又匆匆朝大街走去。这时家家户户已经开始点灯了,节日前的街头熙熙攘攘,十分拥挤,骑着骡子的阿弗拉尼很快便消失在行人和骑马人的洪流中。这以后他又到哪里去了,谁都不得而知。

被阿弗拉尼呼为妮莎的女人送走客人后,马上更换衣服,而且显得十分匆忙。屋里很暗,她找起所需要的东西来很吃力,但她还是没有点灯,也没有呼唤女仆。只是在她换好衣服、蒙起黑盖头之后,家里才听到她的声音:

"谁要问起我,就说我到埃南塔家串门儿去了。"

老女仆在黑暗中嘟嘟囔囔地说:

"去埃南塔家?唉,又是埃南塔!你丈夫不是不许你去找埃南塔吗!你的埃南塔是个皮条匠!瞧着吧,我非得告诉你丈夫……"

"行啦,行啦,别叨叨了!"妮莎说着像影子一样悄然溜出了房门。妮莎的平底鞋在天井的石板上噔噔地响,女仆嘟囔着出来关上平台的小门。妮莎离开了自己的家。

在这同一时刻,下城的另一条弯弯曲曲的、一阶一阶地通向湖畔的小巷里,从一扇篱笆门中走出个一表人才的年轻人来。这篱笆门内的房子相当简陋,靠街的一面墙没有窗户,窗户全是向院里开的。年轻人的小胡子修剪得整整齐齐,洁白的头巾①垂到肩上,他身穿一件下摆上带穗的、节日穿的天蓝色新长袍,脚上是一双新平底皮鞋,走起路来吱吱响。这个为了欢度重大节日而穿戴一新的鹰钩鼻子②青年人正昂首阔步向前走去,不断地超过那些匆匆赶回家参加节日晚餐的行人,边走边观望着路旁纷纷亮起来的窗子。年轻人走的这条路,就是穿过市场边缘通往圣殿岗脚下的那条路,大祭司该亚法的府第就坐落在那里。

不一会儿,有人看到这个年轻人走进了该亚法府的大门。又过了不大一会儿,他便从府第里出来了。府里这时节日气氛正浓,灯笼火把照得亮如白昼,热闹非凡。

从该亚法府出来后,年轻人走路更精神,更显得喜气洋洋了,他正加快步伐赶回下城去。走到市场旁边的一个拐弯处,在熙来攘往的人群中他注意到有个妇女迈着舞蹈般轻盈的步伐从他身边赶了过去,她的黑盖头一直蒙到眼睛上。就在与这位美男子擦肩而过的时候,那女人微微掀起盖头,朝年轻人瞟了一眼,但是她不仅没有放慢脚步,却反而走得更快了,仿佛急于躲开刚才赶过的男人。

年轻人不仅注意到了她,而且认出了她。一认出是她,他不禁浑身一抖,停住了脚步,迷惑不解地望着她的背影。但这只是一瞬间的事,他马上便向前追去,还险些碰倒一个捧着罐子的行人。追上之后,他激动地喘着粗气喊道:

"妮莎!"

那女人转过身来,眯起眼睛,表情冷漠而且有些懊丧。她用希腊语慢条斯理地答道:

"噢,原来是你呀,犹大?我一下子都没认出你来。不过,这倒是好兆头,人们都说,谁要是让人认不出来,谁就快发财了……"

犹大非常激动,心脏怦怦乱跳,像只被黑布蒙住的小鸟。他唯恐过路人听见,压低声音断断续续地小声问道:

"你,这是,往哪儿去,妮莎?"

---

① 俄文 кефи(克菲),阿拉伯人的头巾,边缘可垂到肩上,因最初的著名产地库法而得名。
② 犹太人特征。

"你问这个干什么?"妮莎放慢了脚步,傲慢地瞅着犹大反问道。

"怎么能这么说呢?……"犹大茫然无措地喃喃说,声音里透着孩子气,"咱们不是约好了吗?!我正要去你家呢。是你说的,今天你整个晚上都在家……"

"啊,不行,不行!"妮莎回答,同时撒娇地噘起了下嘴唇。犹大觉得她那张脸,那张他一生中所见过的最美丽的脸,这样一来更加妩媚动人了。只听妮莎说:"我太闷得慌了。你们犹太人过节,可叫我怎么办呢?坐在屋里听你在平台上长吁短叹?还得提心吊胆的,生怕女佣把这事告诉我丈夫?不行,那可不行!所以我就想出城去,去听听夜莺歌唱。"

"什么,出城去?"犹大问道,他完全摸不着头脑了,"你一个人去?"

"当然是一个人去。"妮莎回答。

"那让我陪你去吧。"犹大请求说。他觉得憋得喘不上气来,意识已经模糊不清了:他忘记了世上的一切,只顾用哀求的目光盯住妮莎那双蔚蓝色的、现在像是乌黑乌黑的眼睛。

妮莎一声没吭,只是加快了脚步。

"你怎么不说话,妮莎?"犹大可怜巴巴地问,尽量使自己的脚步跟她步调一致。

"你不会让我寂寞吧?"妮莎突然站住问道。犹大脑子里简直乱成了一锅粥。

"那么,好吧,"妮莎终于心软了,"咱们走吧。"

"上哪儿去,去哪儿?"

"等等……咱们先进这小院里商量一下,免得给熟人瞧见,回头该说我在大街上会情夫啦。"

犹大和妮莎从市场上消失了。两人正在一个小院的门洞里唧唧私语。

"你到橄榄园去吧,"妮莎正轻声说着,忽然看见有人提着水桶走进门洞,便把盖头低低地拉到眼睛上,转过身去说,"到客西马尼园去!过汲伦溪,知道吗?"

"好,好,好!"

"我得先走,"妮莎继续说,"你可不能紧跟着我,你得离我远些。我先去……你过了汲伦溪以后……你知道山洞在哪儿吗?"

"知道,知道……"

"你从榨油房旁边上山,再拐弯朝山洞去。我在那儿等你。你可不能马上跟着我走呀,你得忍耐一会儿,先在这儿待一会儿!"妮莎说完,便若无其事地出了门洞,好像根本没同犹大谈过话。

犹大独自站了些时候,想收拢一下脱缰野马似的思绪。他心乱如麻,能够明确地意识到的只有一个问题:自己不回去参加节日晚餐,该怎么对家里人解释呢?犹大站在那里想编造一篇瞎话,但他心情激动,无法冷静思考。没等到他想出理由来,两条腿已经不由自主地迈出门洞了。

走出门洞后,犹大便改变了方向:他不再往下城去,而是转身又朝该亚法府方向走去。这时犹大已经不大看得见身边的事物了。节日气氛笼罩着整个城市,家家户户窗户里不仅灯火通明,还传出悦耳的赞美歌声,少数迟归的人正在大声吆喝着或用鞭子催促着座下的毛驴。犹大的两条腿仿佛自己在飞。他不知不觉中已经走过长满苔藓的可怕的圣安东尼塔楼,连这碉堡中的喇叭声也没有听见。罗马人的骑兵巡逻队手持火把走了过去,令人惶惶不安的火光照亮了他的道路,但这根本没有引起他的注意。走过塔楼之后,犹大一回头,看到圣殿上空极高极高的地方点燃着两簇异常巨大的五烛灯。但即使这景象犹大也没有看清楚,他只觉得耶路撒冷上空仿佛突然亮起了十盏无比巨大的神灯,它们正同冉冉升起的另一盏明灯——月亮神灯争明斗丽。此刻的犹大什么都顾不得看了,他恨不得立刻飞到客西马尼门,尽快出城去。他只觉得有个倩影在前面行人的脊背和面孔中间晃动,迈着轻盈的舞步指引着他往前去。这当然是幻觉,犹大自己也清楚:妮莎在前面已经走出很远了。他匆匆经过几个银钱兑换铺,终于来到客西马尼门。但到了城门洞,他还是不得不强压住火烧火燎般的心情等待一会儿,因为有个驼队正在进城,接着又过来一队叙利亚兵组成的巡逻队。犹大急得只顾暗暗骂街……

终于驼队和巡逻队都进了城。急不可耐的犹大这才来到城门外。他看到左边有块小小的墓地,旁边有一些朝圣者搭起的花条布帐篷。

犹大穿过一条洒满月光的土路急匆匆奔向汲伦溪边,以便涉水过河。溪水在他脚下潺潺地流着,他踩着一块块石头终于来到了对岸的客西马尼高坡,高兴地看到园林中的坡路上空无一人。橄榄园就在前面,已经看得见它那残破的园门了。

从闷热的城里出来,犹大感到这里的春夜清香特别使人心神振奋;一阵阵桃金娘和金合欢树的花香从客西马尼园中越过石墙飘送过来,他仿佛沉浸在幸福中。

园门无人看守,门内也没有人,几分钟后犹大已经走在枝繁叶茂的大橄榄树的神秘阴影中了。这是一段上坡路,犹大喘着粗气往前赶,他的身影时而从黑暗中落到斑斑驳驳的月光地毯上。在犹大看来,这地毯有点像妮莎那爱吃醋的丈夫开的铺子里挂的那种地毯。不大一会儿,犹大便隐约看到了左边空地上那间榨油房、沉重的石轮和一大堆木桶。园里的工人都早已在日落前结束了工作,回家过节去了。在这空无一人的林园里,犹大觉得头上的夜莺合唱格外悠扬悦耳。

犹大接近目的地了。他知道:往右一拐就能听到黑暗处那酷似窃窃私语的洞中滴水声。果然,他听到了滴水声,感到空气顿时凉爽多了。

于是,他放慢脚步,轻轻叫了一声:

"妮莎!"

可是,妮莎没有出来,却看见一棵粗大的橄榄树旁闪出一个敦实的男人身影,他跳到路上,手里的什么东西闪亮了一下,又不见了。

犹大不由得向后倒退一步,有气无力地惊叫了一声:

"啊!"

这时又跳出一个人来挡住了他往右拐的去路。

站在正前方的第一个人问犹大:

"你刚才领到多少钱?想活命就快说!"

犹大心中燃起了希望,他没命似的喊道:

"三十个银币!三十个银币!① 领到的钱全带在身上。这就是,给

---

① 原文为:三十个"四德拉克马"。"德拉克马"为古希腊银币单位,含银量为6—7克。通译为银币。

你们！全拿去，饶我一条命吧！"

站在前面的人一把夺过犹大手中的钱袋。同时犹大身后飞起一把钢刀，亮光一闪，插进了这窃玉偷香人的肩胛骨下。犹大的身体朝前一冲，佝偻着手指的两手往空中一扑，这时站在他前面的人顺势用尖刀接住他，刀尖刺进犹大的心窝，直插到刀把处。

"妮……莎……"犹大喊出的已经完全不是这个年轻人原来那种高亢、清脆的声音，而是低沉哀怨的惨叫了。他再也没有发出任何声音，身体直挺挺地倒下去，震得地面扑通一声响。

这时道路上出现了第三个人影，这人披着斗篷，戴着风帽。

"动作快点！"第三个人命令道。两名凶手迅速把犹大的钱袋和第三个人交给他们的一张字条用皮革包好，用细绳捆了个十字。第二个人把小包揣到怀里，然后两名凶手离开大道，向林中窜去，橄榄树间的黑暗顿时吞噬了他们。戴风帽的人在尸体旁蹲下来，观察着死者的脸。他觉得这张脸在树影下显得像白粉一样洁白，而且仿佛很振奋、很英俊。几秒钟后这里的大道上便悄无声息了。已经咽气的犹大躺在地上，双手摊开，他的左脚伸在一片月光中，连平底鞋上的每根带子都看得清清楚楚。

这时，嘹亮的夜莺歌声响彻了整个客西马尼林苑。谁也不知道两个杀死犹大的人哪里去了，只有戴风帽的第三个人的去向是清楚的：他匆匆离开那条路，钻进橄榄树林朝南走去。在离园门很远的南墙角有一处墙头塌下了几块石头，他就从那里翻越了围墙。不久，他出现在汲伦溪畔，随即走进溪中。他顺水流往下游走了一段路，直到看见远处河中的两匹马和站在马旁的牵马人。马也站在水里，涓涓流水冲刷着马蹄。牵马人骑上一匹马，戴风帽的人上了另一匹，两匹马缓步在溪流中走着，马蹄踩着河底的石头发出清脆的嘚嘚声。又走了一段路之后，两个骑士才从溪水里出来，上了靠耶路撒冷城一侧的堤岸，沿着城根慢慢朝前走。不久，原来的牵马人催马向前跑去，随即消失了，而戴风帽的人则勒住马，翻身下来，站在空荡荡的大道当中，脱下斗篷，把它翻过来，从斗篷里子下面掏出一顶没插羽毛的扁平头盔，戴上它，重新纵身上马。这样他便成了一位身穿军人厚呢斗篷、腰佩短剑的骑兵军官。

他把缰绳轻轻一抖,那匹烈性子军马快步跑起来,使背上的主人晃动着。前面行程不远,骑马人很快跑到了耶路撒冷城的南门。

城门洞里有几个火炬在不安地舞动、跳跃。坐在石凳上掷骰子的闪击兵团第二中队的值勤士兵一看见骑马进城的长官都霍地站了起来。军官摆了摆手,径直进城而去。

城里被节日夜晚的灯火照得亮如白昼,所有窗子里都闪动着烛光,四面八方传来的赞美歌声汇成某种不很协调的合唱。骑马人时而也朝临街窗子里望上一眼,看到人们围坐在节日餐桌旁,桌上摆着羔羊肉、斟满葡萄酒的杯子和整盘的苦菜①。他让马小跑着,轻轻地用口哨吹着小曲,穿过下城几条空荡荡的街道朝圣安东尼塔楼方向驰去,偶尔抬头望望圣殿上空熊熊燃烧的那举世罕见的五烛巨灯,或者望望那挂在比五烛灯更高的空中的玉盘。

大希律王的王宫则完全游离于这种逾越节之夜的盛况之外。宫中朝南的一排配殿里住的是罗马军大队的军官和军团统领,那里还有灯光,还多少能感觉到人们在活动和生活,而宫殿的前一部分,也就是那位身不由己地客居宫中的总督彼拉多独自居住的整个正殿,连同那些柱廊和金雕像,则像是在皎洁的月光下完全失去了光彩。这里,正殿内部,是黑暗和死寂统治着。总督这时,正像他对阿弗拉尼所说的那样,根本没有回殿内休息。他吩咐仆人在凉台上,就在他午间用餐、早上进行审讯的地方,为他准备好卧具。他在铺好的卧榻上躺下来,但却毫无睡意。满月高悬在朗朗的夜空中,像个一丝不挂的玉人,总督望着它,一连几个小时目不转睛地望着。

快到午夜时,梦神总算对他发了慈悲,他有些睡意了。总督伸懒腰打了个哈欠,解开披风扔到一旁,把系在上衣外的皮带和带鞘的宽刃钢刀放在卧榻旁的椅子上,脱下便鞋,挺直了身子。斑迦也马上爬上榻来,在他身旁头并头卧下,总督把一只胳膊搭在狗脖子上,终于闭上了眼睛。只是在这时斑迦才入睡。

卧榻设在一根大圆柱后面的月光阴影里,但还是有一条月光光带

---

① 犹太人逾越节餐桌上必备有无酵饼、苦菜和羔羊肉(见《圣经·旧约》)。

从台阶处直伸到总督床前。彼拉多刚刚同周围的现实失掉联系,便立刻踏上了这条光明的月光道路,顺着它逐渐向上,朝着明月走去。他在睡梦中幸福得笑出了声:走在这条晶莹透明的蔚蓝色道路上实在美妙无比。心爱的斑迦跟随着他,那个流浪哲学家也并肩走在他身旁。他两人边走边争论着一个极其复杂、极其重要的问题,而且像谁也不能说服谁。他们在任何一点上都无法取得一致,因而两人的争论也就特别有趣,永无休止。不言而喻,所谓今天执行的死刑判决,乃是个彻头彻尾的误会——看,哲人不就走在我身旁吗?! 那个臆想出一种荒谬主张,认为天下人全都善良的哲人并没有被处死,他还活着。何况,当然喽,怎么可以处死像他这样的人呢?! 简直连这样的设想都十分可怕。是的,没有执行死刑! 没有行刑! 沿着月光路的阶梯上升的这次漫步之所以无比美好,其原因就在这里。

时间充裕得很,要多少有多少,雷雨要到晚上才来到,而怯懦嘛,毫无疑问,的确是人类缺陷中最可怕的一种。拿撒勒人耶舒阿就是这么说的。不,哲学家,我还是要反驳你,应该说:怯懦是人类缺陷中最最可怕的缺陷。

可是,就说我吧,我这个现任犹太总督,罗马军团的前保民官①,当年在女儿谷战役中,在疯狂的日耳曼人即将咬死捕鼠太保马克的形势下,并没有表现丝毫的怯懦嘛! 那么今天,我的哲学家,请您自己想想! 您这样智慧超群的人难道能认为我会愿意为了一个对恺撒皇帝犯下罪行的人而断送自己这犹太总督的前程吗?

"正是这样! 正是这样!"彼拉多在梦中痛苦地呻吟着,啜泣着。

当然,会愿意断送的。按早晨的想法他还不愿意断送自己的前程,可是现在,到了深夜,在他权衡一切之后,他却宁愿断送。现在,只要能使那个绝无任何罪过、只是想入非非的幻想家和医生②免遭死刑,他一切都在所不惜!

"今后我们两人就会永远在一起了。"衣衫褴褛的流浪哲人在梦中

---

① 罗马军团中的高级官职。
② 耶舒阿被处死前曾治愈总督的偏头痛,故称他为医生。据《圣经》载,耶稣曾在耶路撒冷治愈盲人、瘸腿人、血气枯干的人等,以显示上帝的威力。

对总督说。哲人不知怎么也走在这位金矛骑士所走的月光路上。"只要一个人出现,另一个人马上也会出现!人们一想到我,同时也会想到你!一想到我这个不知父母是谁的弃儿,也就会想到你这个首席占星家和磨坊主小姐美女琵拉所生的儿子。"

"是啊,你可千万不要忘掉我啊,要想着我这个占星家的儿子。"彼拉多在梦中哀求说。看到身旁的拿撒勒的乞丐点头同意,残酷的犹太总督在梦中高兴得流着眼泪笑了。

一切都十分美好。唯其梦境美好,觉醒对总督来说就尤为可怕。斑迦狺狺地冲着月亮发起威来,于是,总督眼前那仿佛是用油脂铺设的、光滑的蔚蓝色道路便在犬吠声中突然消失了。总督睁开了眼睛。他的第一个念头便是:死刑确已执行。他的第一个动作则是习惯地抓住了斑迦的颈套,然后用痛苦的目光寻找月亮。他看到月亮已经偏到一旁,呈现出银白色。月光被凉台前面闪动的一束令人不快、使人不安的火光遮断了。中队长捕鼠太保马克正举着熊熊火把走过来,边走边用恐怖和憎恶的目光盯住危险的猛犬斑迦,因为它正准备向他冲过去。

"不许动他,斑迦!"总督痛苦地说。他咳了一声,举起手遮住耀眼的火光,继续说:"即使深夜,即使在这月光下,我也不得安宁!啊,诸位神明!马克,您这个差事也不是好差事啊。您摧残士兵……"

马克感到非常惊讶,直勾勾地望着总督。总督忽然醒悟过来,为了掩饰自己在昏沉状态中的失言,急忙改口说:

"噢,中队长,您不要难过,我的处境比您更糟呢。您有什么事?"

"秘密卫队队长求见。"马克沉着地报告说。

"叫他进来,进来!"总督清了清嗓子说,随即垂下两只赤脚在地板上寻找便鞋。火把退到圆柱中间,中队长的皮靴在地板上踏出噔噔的声音,马克回到花园中去了。总督咬牙切齿地自言自语:

"即使在这月光下,我也不得安宁!"

马克刚消失,凉台上便出现一个戴风帽的人。

"斑迦,不许动!"总督轻轻说了一声,按了一下猛犬的头。

未曾报告之前,阿弗拉尼习惯地环视了一下四周,又站到阴影处去看了看。确信凉台上只有斑迦,别无闲人之后,他这才小声说:

"总督,卑职请求将我依法治罪。大人的预见完全正确,但我未能保护好加略人犹大,他果然被人杀死了。请将我革职治罪。"

阿弗拉尼感到这时有四只眼睛死死地盯住他——两只狗眼,两只狼眼。

他从呢子斗篷里面掏出一个有血污的、皱巴巴的钱袋,钱袋上加有两道封印。他报告说:

"这钱袋是杀人犯们扔进大祭司府院里去的。上面的血迹就是加略人犹大的血。"

"我倒想知道这里面有多少钱?"总督俯身看着钱袋问道。

"三十块银币。"

总督不屑地一笑说:

"不多嘛。"

阿弗拉尼没有作声。

"死者在哪儿?"总督问。

"这我还不知道,"始终戴着风帽的人矜持而镇静地回答,"天一放亮我就派人去搜查。"

正在结鞋带的总督抖动了一下,不再系那半天没系好的鞋带了,他问阿弗拉尼:

"那么,您确实知道这个人已经被杀死了?"

总督得到的是干巴巴的回答:

"总督大人,卑职在犹太任职已经十五年了,是在瓦列里乌斯·格拉图斯任总督时期开始担任此项职务的。我要说一个人已经被杀,是无须事先看到尸体的。我是在向您正式报告:那个叫做犹大的加略城人几小时前已经被人捅死了。"

"请您别介意,阿弗拉尼,"总督回答说,"只因为我还没有完全醒过来,所以才说出了刚才那句话。我总是睡不好,"总督苦笑了一下,"总梦见月光。您想想,可笑吧,我梦见自己仿佛在月光路上漫步。刚才我不过是想了解您下一步打算怎么处理这件事,准备到哪儿去寻找尸体?您坐下吧,秘密卫队长。"

阿弗拉尼鞠了个躬,将一把椅子挪近总督卧榻。他腰间的佩剑响

了一下,他坐下来报告说:

"我打算到客西马尼林苑的橄榄园榨油房一带去寻找。"

"嗯,嗯。为什么偏偏要去那儿找?"

"大人,我设想,犹大既不是在耶路撒冷市内,也不是在离城很远的地方被杀的。我想他定是在耶路撒冷近郊被杀的。"

"我看您在您的同行中不愧是个出类拔萃的专家。当然喽,罗马的情况如何,我不甚了了,不过,在各个属国中肯定没有人比得上您。请您解释一下吧,为什么?"

"我无论如何不能设想犹大会在城内遭到毒手,"阿弗拉尼小声说,"在大街上不可能秘密地杀人,就是说,必须把他引进某个地下室之类的地方。我手下的人已经搜查过整个下城,这事要是发生在城内,早就发现他了。我可以向您保证:城内没有他。如果他是在离城很远的地方被杀,这个钱袋就不可能那么快扔进大祭司府。所以,他肯定是在近郊被杀的。人们设法把他引出了城。"

"我实在想不出怎么能把他引出城去。"

"是的,总督大人,这是整个案件中最难解决的问题,连我也不知道能不能解决好。"

"的确叫人纳闷儿!在逾越节的夜晚,一个信教的人会不参加全家的节日聚餐,而不知为什么跑到城外去,死在那里!会是什么人用什么东西把他引诱出去的呢?会不会是女人干的?"总督忽然若有所悟地问道。

对此阿弗拉尼镇静而自信地说:

"这绝不可能,总督。这种可能性必须完全排除。判断事物要合乎逻辑。什么人希望置犹大于死地呢?这是一些到处流浪的幻想家,是某个小集团,而他们中间从来没有过任何女人。谁要想娶妻子,总督大人,就得有钱,要想使一个人出世,也需要钱,而要想借女人的帮助把一个人杀死,那就更需要很多很多钱了。任何一个流浪者都拿不出这笔钱。所以,总督大人,本案绝对牵涉不到女人。而且,我对您说,设想本案有女人参与,那只会把事情搞乱,妨碍侦查工作,使我难办。"

"看来,阿弗拉尼,您讲的非常有道理。我只不过是随便说了说自己的猜想而已。"总督说。

"很遗憾,大人,您的猜想是错误的。"

"那么,会是怎么回事?怎么回事?"总督用贪婪而好奇的目光审视着阿弗拉尼的脸,高声问道。

"依我看,这还是因为钱。"

"这个想法很妙!不过,谁会深更半夜在城外给他钱呢,为了什么事呢?"

"啊,不对,总督,不是这样的。我只有一种设想,如果它不符合事实,那我就再也想不出任何别的解释了。"阿弗拉尼俯身凑近总督身边,用耳语补充说,"是犹大想把自己的钱藏到一个隐蔽的、只有他自己知道的地方去。"

"这种解释很精辟!看来,事情准是这样的。我现在明白了:您是说,使他出城去的不是什么别人,而是他自己的想法。对,对,准是这样。"

"的确如此。犹大是个疑心很重的人,他想把钱藏起来,不让别人知道。"

"还有,您刚才说要到客西马尼林苑去寻找。为什么偏要到那儿去找他呢?坦率地说,这一点我还是不明白。"

"噢,总督大人,这个道理很简单。谁都不会把钱藏在通衢大道或是空旷的地方,所以,犹大既没有出现在去希布伦的大道上,也没有出现在去伯利恒的大道上。他必定要找个有遮拦的、隐蔽的、有林木的地方。这并不难解释。而在耶路撒冷近郊除了客西马尼林苑再没有这种地方了。他又不能走得很远。"

"您完全把我说服了。那么,下一步该怎么办?"

"我马上就布置人搜捕在城外盯了犹大梢的凶手。我自己呢,刚才已经向您报告过,要去法庭听候处置。"

"为了什么事?"

"因为犹大昨晚离开该亚法府第后我的卫队竟然没有保护好他,在市场附近把他丢了。我简直无法理解怎么会出这种事。我生平还没有出过这类差错。昨晚您和我谈话之后,我手下的人立刻就把犹大置于监护之下了,可是,他走到市场附近时往什么地方躲了一下,兜了个奇怪的圈子,甩开了我手下的人,不知道哪儿去了。"

"原来是为了这件事啊。我现在向您宣布:我认为不必审判您。您已经做了一切可能的努力。世界上,"总督笑了笑说,"恐怕没有人能比您做得更周到,更好了。对那些丢失犹大的便衣警探是要追究责任的,不过,在这件事情上我也想提醒您一句:我希望这次追究一点也不要严厉。说到底,为了关心这么个坏蛋,我们已经尽到最大努力了!对啦,我还忘了问您,"总督擦了擦前额说,"那些人会想什么办法把钱扔进该亚法府的呢?"

"是这样,总督……这不很复杂。复仇者们摸到该亚法府的后街去,那条街的地势比该亚法府的后院高。他们居高临下,很容易把那个小包从后墙外扔进去。"

"还附了字条儿?"

"是的,总督,跟您原来所预感的完全一样。噢,还有。"阿弗拉尼说着,撕下了小包上的封印,把包里的钱拿给总督看。

"呀,对不起,阿弗拉尼,您这是干什么?! 封印肯定是圣殿里用的封印啊!"

"这些小事总督不必担心。"阿弗拉尼边回答,边把小包包上。

"莫非您那里还备有各种封印?"彼拉多笑着问道。

"否则不行啊,大人。"阿弗拉尼非常严肃地回答,脸上没有一丝笑意。

"我可以想象得出该亚法府里的情形。"

"是的,大人,这事引起了一场轩然大波。他们立即就把我请去了。"

这时,甚至在昏暗中也看得见彼拉多的两眼在炯炯放光。

"这倒很有意思,很有意思!……"

"总督,我斗胆反驳您一句,这可没有意思。这种事最无聊,最叫人厌烦。我问他们:该亚法府是不是向谁付过什么钱?他们都斩钉截铁地回答说:绝无此事。"

"噢,是吗? 那有什么办法呢。没有付过嘛,这么说,就是没有付过喽。这样一来,就更难找到凶手了。"

"您的话完全正确,总督大人。"

"噢,阿弗拉尼,您看,我忽然产生了这样一个念头:这个犹大会不会是自杀的?"

"啊,不,大人,"阿弗拉尼甚至吃惊地往椅背上一靠,回答说,"请原谅,依我看,这个说法根本不能令人相信。"

"哎,在这个城市里什么事都能令人相信。我敢同您打赌:用不了多长时间,关于犹大自杀的谣言就会传遍全市。"

这时阿弗拉尼又朝总督投去那独特的一瞥,想了想,然后回答说:"这也有可能,大人。"

虽然一切都已十分清楚,但看来总督对加略人被杀这件事还有些放心不下,他仿佛带着某些幻想问道:

"我要是能看到他们是怎么杀死他的就好了。"

"杀人者的技艺是非常高超的,大人。"阿弗拉尼回答,同时用含着讽刺的眼神望着彼拉多。

"这您是怎么知道的?"

"劳您驾仔细看看那钱袋,大人,"阿弗拉尼回答,"我敢向您保证,犹大的血准是喷射出来的。总督大人,我这一辈子见过不少被杀的人!"

"这么说,他当然是再也起不来喽?"

"不,大人,他还能起来,"阿弗拉尼像个哲学家似的微笑着说,"但这要等到本地人所期待的那个弥赛亚的号声在他头上响起的时候,那时他就能再起来。在这之前他是起不来的!"

"行啦,阿弗拉尼!这个问题清楚了。现在谈谈掩埋尸体的事吧。"

"处死者的尸体全都掩埋了,大人。"

"噢,阿弗拉尼,要是把您送上法庭,那简直是罪过。你理应受到最高奖赏。说说吧,怎么掩埋的?"

阿弗拉尼开始报告。他说:他亲自处理犹大问题的时候,他的副官带领秘密卫队的一个骑兵小队在天刚黑时就开到了髑髅山。小队发现

山顶上少了一具尸体。听到这里,彼拉多打了个寒战,用嘶哑的声音说:

"哎呀,我怎么没有预见到这一点!"

"总督大人,您不必担心,"阿弗拉尼安慰总督,并继续报告说,"狄司马斯和赫斯塔斯两具尸体的眼睛已经被猛禽啄去。士兵们收起这两具,立即去寻找另一具。很快便找到了。是有一个人……"

"是利未·马太。"彼拉多不像是询问,倒像是肯定地说。

"是他,大人……"

原来,利未·马太躲在秃髑髅山北坡上一个山洞里,正守着耶舒阿的赤条条的尸体等待天黑。搜查小队举着火把进入山洞时,马太的样子非常凶恶,像是准备拼死一战。他大喊大叫,说他没有犯任何罪,说按法律规定,任何人都有权自愿埋葬被处死的犯人。利未·马太宣称他绝不离开这具尸体。他异常激动,语无伦次地乱嚷,又是哀求,又是恫吓,又是诅咒……

"只好把他抓了起来?"彼拉多忧郁地沉着脸问道。

"没有,大人,没有抓他。"阿弗拉尼极力安慰总督,"士兵们向他说明是要掩埋尸体,终于使那个勇敢的疯子安静下来了。"

"马太想了想,消停了。但他扬言:绝不离开尸体。他还希望跟大家一道去埋葬,并说即使杀死他,他也不走开,甚至还把随身带的一把面包刀拿出来叫士兵们杀他。"

"他们把他赶走了?"彼拉多用压抑的声音问。

"没有,大人,没有赶走他。我手下的人允许他一起参加掩埋。"

"你手下是谁指挥这次行动的?"彼拉多问。

"是托尔麦,"阿弗拉尼回答,同时又不安地问道,"是不是他做错了?"

"您继续说下去吧,"彼拉多回答,"他没有做错。是我的精神总是有点恍惚。看来,阿弗拉尼,我是在同一个从来不犯错误的人打交道,这个人就是您。"

原来士兵们让利未·马太坐在运尸体的马车上,大约两小时后他们便到了耶路撒冷城北一道荒凉的峡谷中。士兵们轮流挖坑,一小时后就挖出一个很深的坑,把三具尸体全埋在坑里了。"

"就那样光着身子埋的?"

"不,大人。小队出发前带去了几件长袍。而且给每具尸体的手指上都戴上了指环。耶舒阿的指环上刻了一道纹,狄司马斯的两道,赫斯塔斯的三道。坑填满了,上面堆了些石头。做了记号,托尔麦认得。"

"啊,要是我早些想到就好了!"彼拉多皱着眉头说,"我本来是应该见见那个利未·马太的呀……"

"我已经把他带来了,大人!"

彼拉多睁大眼睛,愣愣地瞅了阿弗拉尼一会儿,然后说:

"感谢您为这件事所做的一切。请您叫托尔麦明天到我这里来,可以事先告诉他:我对他的工作很满意。而对您呢,阿弗拉尼,"总督说着,拿起放在桌上的腰带,从它的口袋里掏出一只宝石戒指递给秘密卫队长,"请您收下它作个纪念吧。"

阿弗拉尼鞠躬致谢:

"总督大人,这是我莫大的光荣。"

"请您犒赏执行掩埋任务的小队。对于没有在市场上保护好犹大的便衣人员只给予口头警告就行了。现在,立即把利未·马太带来见我。我还需要了解有关拿撒勒人案件的细节。"

"遵命,大人。"阿弗拉尼应声回答,立即起身施礼告辞。同时总督拍了一下手掌,大声叫道:

"来人!柱廊里掌灯!"

阿弗拉尼刚走到花园,柱廊上已经有几个仆人高擎灯火站到总督身后了。总督面前的桌上放了三盏灯,月夜立即退到花园,仿佛是阿弗拉尼把它带出去了。接着出现在凉台上的是个矮小瘦削的人,身躯高大的中队长陪着他走上来。在总督目光的示意下,陪同者马上退回花园,消失在夜色中。

总督用贪婪而有些惊讶的目光审视着来人。一个为众人议论纷纷的、耐人寻味的人终于出现在面前时,人们就是用这种目光看着他的。

来人约摸四十岁,肤色黝黑,衣衫破旧,身上有些干泥,看人时蹙着眉头,恶狠狠的。总之,他的样子十分难看,像城里的叫花子;在圣殿前的台阶上,或者喧嚣肮脏的下城市场里,有很多这种人荡来荡去。

持续了很长时间的沉默终于被来人的一个奇怪动作打破了:站在总督面前的人突然脸色发白,摇晃了一下,要不是他的一只脏手扶住桌边,他就摔倒在地了。

"你怎么啦?"彼拉多问他。

"没什么。"利未·马太回答,做了个吞咽似的动作,那裸露着的肮脏的细脖颈胀了一下,又瘪了回去。

"你怎么啦?回答我!"彼拉多又问了一句。

"我累了。"马太回答,忧郁地望了望地板。

"坐下吧。"彼拉多指着扶手椅说。

利未·马太疑心重重地看了看总督,向扶手椅走过去,惊奇地朝镀金扶手看了一眼,便坐下了——但不是坐到椅子上,而是坐到了椅旁的地板上。

"你说说,为什么不坐椅子?"彼拉多问。

"我身上脏,我会把它弄脏的。"马太低着头说。

"他们马上就给你拿饭来吃。"

"我不想吃。"马太回答。

"你为什么要说谎呢?"彼拉多和蔼地问,"你不是一整天没吃饭了吗,也许还不止一天。嗯,好吧,不吃也行。我叫你来,是想看看你带的那把刀子。"

"士兵们带我进来的时候把它拿去了,"马太回答,然后又忧郁地补充说,"您把它还给我吧,我还得把它交还给主人,那刀是我偷来的。"

"为了什么?"

"为了割断绳子。"马太回答。

"马克!"总督喊了一声,中队长马克应声出现在圆柱旁。"把他的刀给我拿来!"

中队长腰上挎着两个刀鞘。他从其中一个里抽出一把肮脏的切面包刀,呈到总督面前,然后退下去。

"这刀你是从谁那儿拿的?"

"是希布伦城门内一家面包铺里的,一进城门,路左边就是。"

彼拉多看了看宽宽的刀刃,不知为什么还用手指头试了试它快不快,然后说:

"刀子的事,你放心好了,我叫他们去还给面包铺。此外我还有一件事:你再把经常带在身边的、记载着耶舒阿的话的羊皮纸拿来让我看看。"

马太愤恨地看了彼拉多一眼,笑了笑。他笑得那么不怀善意,连他的脸都因此变丑了。他问道:

"你们全想夺走?连我这最后一点东西也夺走?"

"我并没有说:你给我,"彼拉多回答说,"我说的是:拿来让我看看。"

利未·马太在怀里摸了几下,掏出一卷羊皮纸。彼拉多接过来,展开纸卷,在两盏灯之间把它铺平,眯起眼睛仔细地研究起那些用墨水写的很难辨认的字来。一行行写得歪歪扭扭的字很难看懂。彼拉多皱着眉头,几乎伏到羊皮纸上,用手指按着一行行字往下看。他终于看明白了:羊皮纸上记载的原来是些不连贯的言论、日期、杂事和残缺的诗句。个别句子彼拉多还能够读出来:"没有死亡……昨天我们吃的是香甜的春酥饼……"

彼拉多努力辨认着,脸上的肌肉不住地抽动,他眯起眼念着:"我们将看到生命之水的净河……人类将通过透明晶体观望太阳……"①

忽然,彼拉多颤抖了一下。他看清楚了羊皮纸上最后两行里有这样的话:"……更大的缺陷……怯懦。"

彼拉多卷起羊皮纸,猛地递给马太。

"拿去吧,"他说。沉默了一会儿,他又说:"我看,你也是个读书人,你何必孤身一人,穿得破破烂烂,无家无业地到处游荡呢。我在该撒利亚有个大图书馆,我很富有,我想把你带走,给你派个职务。你去

---

① 《圣经·新约·启示录》第二十一章中有:"不再有死亡,也不再有悲哀……"第二十二章中有:"……一道生命水的河,明亮如水晶……"

给我整理并保管文献资料吧,这样你至少也可以不愁温饱了。"

利未·马太起身回答道:

"不,我不愿意。"

"因为什么?"总督问道,脸色不由得阴沉下来,"你不喜欢我?怕我?"

又是刚才那种难看的笑容扭曲了马太的脸,他说:

"不是。是因为你会怕我。你杀死他之后,就不可能那么容易正视我的面孔了。"

"住口!"彼拉多回答说,"那你就拿些钱去吧!"

利未·马太又摇了摇头。而彼拉多却继续说:

"我知道,你自认为是耶舒阿的弟子。但是,我告诉你,他教给你的,你什么也没有学到。因为你如果学到了一点什么的话,你是会接受我一点东西的。你要知道,他在临死前说过,他并不怪罪任何人,"彼拉多说着,意味深长地举起一个手指,他脸上的肌肉抽动着,"要是他本人,他也一定会接受我一点东西的。你残酷,可他并不是残酷的。你打算上哪儿去呢?"

这时马太忽然走到桌前,两手扶着桌边,用喷射火焰的两眼看着总督,小声说:

"告诉你吧,总督大人,我决心在耶路撒冷杀死一个人。我想把这件事告诉你,让你知道:还会流血的!"

"我也知道还会流血,"总督回答说,"你这些话并没有使我吃惊。你当然是要杀死我喽?"

"杀死你,我办不到,"利未·马太龇着牙,微笑着回答,"我这个人还不是那么愚蠢,以至于会指望能够杀死你。但是,我要杀死加略人犹大,我要把余生都用在这件事情上。"

听到这里,总督的眼神里才显出欣慰的神情,于是他弯着手指示意利未·马太到跟前来,然后对他说:

"这件事你做不到了,你也不必费心了。犹大夜里已经被人杀死。"

利未·马太一下子从桌旁跳开,奇怪地四下张望着大声喊道:

"这是谁干的?"

"你先不要忌妒嘛,"总督也龇着牙说,还搓了搓手,"我看,除了你之外,他大概还有别的崇拜者吧。"

"这是谁干的?"马太又小声问了一句。

总督回答他:

"这是我干的。"

马太张口结舌,惊异地望着总督彼拉多的脸,而总督却继续说:

"做了这么一件事,当然还太少,但不管怎么说,这事是我做的。"稍停,他又补充说,"那么,你现在同意不同意接受我一点东西?"

利未·马太想了想,态度有些缓和了。最后,他说:

"你叫他们给我拿块干净羊皮纸来吧。"

一小时过去了。利未·马太已经离开王宫。现在只有花园中值勤哨兵的轻轻脚步声打破黎明时的寂静。月亮迅速褪去颜色,另一方的天边上露出一颗灰白的晨星。灯火早就熄灭了。总督躺在卧榻上。他一只手托着腮睡着了,无声地呼吸着。斑迦睡在他的身旁。

第五任犹太总督本丢·彼拉多就是这样迎来了尼散月十五日的黎明。

第二十七章　第50号住宅的末日

玛格丽特独自坐在桌旁读着那部小说的原稿。当她读到一章的末尾——"第五任犹太总督本丢·彼拉多就是这样迎来了尼散月十五日的黎明"一句时，天色已经大亮。

窗外柳树和椴树的枝头，几只醒来的麻雀叽叽喳喳地交谈着，显得那么愉快，那么兴奋。

玛格丽特站起来，伸了个懒腰，这才感到全身疲惫不堪，十分困倦。但我们应该交待清楚：她的精神状态完全正常，思路一点也没有紊乱。她也毫不为自己在某种超自然环境中度过了一夜而感到惊讶。想到自己参加了撒旦的晚会，大师奇迹般地回到自己身边，被焚毁的小说原稿从灰烬中复原，告密者阿洛伊吉·莫加雷奇被赶走，小胡同中这两间地下室的一切又恢复了原先的样子——她也并没有感到多么激动。总之，同沃兰德的结识并未给她心理上造成任何损害。一切都仿佛理应如此。她走到隔壁房间一看：大师仍在安详地熟睡着。她关掉无用的台灯，走到对面靠墙的那张蒙着破床单的长沙发前，躺在上面，伸直了腿，不消一分钟就沉沉入睡了，而且这天早晨她什么梦也没有做。两间地下室里寂然无声。房产主的整座小楼里寂然无声。连街上，整个这条偏僻的小胡同，都是静悄悄的。

然而，在这同一时刻，也就是星期六的黎明，莫斯科的某个机关大楼里却有整整一层楼彻夜未眠，此刻仍然灯火辉煌，一束束耀眼的光从窗户里射出来，穿过初升朝阳的霞光，与之交相辉映。窗外是一个铺着沥青的大广场①，几辆特制的清洁车缓缓绕场行驶，车下的大清扫刷发出均匀的嗡嗡声。

---

① 指捷尔任斯基广场，苏联内务部所在地。

这一层楼的十个办公室里全都是彻夜灯火通明：各办公室的人都在忙于沃兰德案件的侦破工作。

其实，这个事件昨天（星期五）白天就已经立案侦查了。因为瓦列特剧院领导人员的突然失踪，以及头晚那场轰动全市的魔术表演引起的各种荒唐事，昨天就不得不勒令剧场停止了营业。问题在于：从那时以后又有不少新情况源源不断地反映到这些通宵工作的办公室里来。

这个奇怪案件里不仅有十分明显的鬼怪作祟的味道，夹杂着催眠术的花招，而且显然还有刑事犯罪的迹象。目前的任务就是要把发生在莫斯科不同地区的各种错综复杂的情况全部联成一个整体来研究。

昨天第一个被传唤到这层灯火通明的楼上来的，就是莫斯科剧联声学委员会主任阿尔卡季·阿波罗诺维奇·仙普列亚罗夫。

仙普列亚罗夫住在石桥旁的一座公寓楼里。星期五，他在家里刚刚吃过午饭，走廊的电话就响了起来。夫人走过去拿起话筒：一个男人的声音要找仙普列亚罗夫本人。夫人满心不快地回答说：阿尔卡季·阿波罗诺维奇身体不舒服，已经躺下休息，不能来接电话。但是，当她接着询问对方是哪里时，对方只用简短的三个字说出了机关名称。于是这位素常十分傲慢的主任夫人的腔调便立刻完全变了，她心慌意乱地低声说：

"噢，请等一秒钟……马上去叫……请等一分钟……"她放下听筒，像离弦的箭一般急急跑进了丈夫的卧室。仙普列亚罗夫这时正在床上躺着，沉浸在回忆中：昨晚的剧场演出，夜来家里的醋海风波，被迫赶走萨拉托夫来的远房外甥女——幕幕情景使他感到无比痛楚。尽管他满心不快，还是不得不起来接这个电话。

当然，并不是一秒钟后，但也绝不是一分钟后，而是十五秒钟后，这位声学委员会主任便只穿着件内衣，左脚跋着一只拖鞋，抓起了电话话筒，对着它含混不清地说：

"啊，是我……好吧，好吧……"

此刻，夫人竟也把当众被揭穿的倒霉丈夫那些背信弃义的罪行忘得一干二净，大惊失色地从门口探出头来，望着走廊，摇晃着一只拖鞋对丈夫轻声说：

"把这只鞋穿上！穿上拖鞋！……脚心会着凉的！"

阿尔卡季·阿波罗诺维奇哪里还顾得上穿鞋！他甩动了一下赤脚，狠狠瞪了妻子两眼，同时对着耳机说：

"对，是，是，那还用说，我明白……我这就去。"

仙普列亚罗夫在这层进行侦破工作的楼里待了整整一个晚上。他在这里进行的谈话是极不愉快的，使他非常难堪，因为他不仅必须讲清那场下流的魔术表演和包厢里的殴斗，而且还不得不坦率而详尽地交待清楚耶洛霍夫大街那位女演员米丽察·安德烈耶夫娜·波科巴奇科的事，从萨拉托夫来的远房外甥女的事，以及其他许多这一类的事。虽然这都是顺便被问及的，但他确实必须说清楚。而对别人讲述这类事，阿尔卡季·阿波罗诺维奇当然是痛苦不堪的。

不言而喻，仙普列亚罗夫的证词把侦查工作大大向前推进了一步，因为不管怎么说，阿尔卡季·阿波罗诺维奇是个有学问、有教养的见证人，是那场荒唐表演的目击者，而且是个明白事理、训练有素的人。他既有条有理地描述了戴面具的神秘魔术师本人，又刻画了他那两个无赖助手。不仅如此，他还清清楚楚地记得魔术师确实姓沃兰德。此外，演出后受害的一些妇女（除了把里姆斯基惊得目瞪口呆的那个只穿一条淡紫色衬裤的妇女之外，还有许多人呢，呜呼！）也受到了传讯。派去花园大街第50号的通讯员卡尔波夫回来后，也被传讯了。把这许多人的证词与仙普列亚罗夫的证词一对比，便轻而易举地确定了应该到什么地方去寻找这一切事件的罪魁祸首。

侦查人员到第50号住宅来过不止一次，仔细地搜查过，所有墙壁、壁炉、烟道都敲击过，检查过，还寻找过密室。但一切努力都毫无结果，哪一次也没有发现什么人，虽然许多迹象表明这里无疑是有人居住的。另一方面，凡是在工作上与进入莫斯科的外国演员多少有些关系的人都传讯过了，他们都异口同声、斩钉截铁地证明说：莫斯科根本没有来过一个叫沃兰德的魔术家，不可能有这么个人。

这个所谓外国魔术家到莫斯科后根本没有在任何机关登记过，没有向任何人出示过护照或其他证件、契约、合同之类，谁也没有听说过这么个人！大众文娱委员会节目科科长基泰采夫起誓发愿地说：现已失踪的瓦列特剧院经理斯杰潘·利霍捷耶夫根本没向他送审过什么关于沃兰德演出的节目单,也压根儿没给他打过电话说莫斯科来了个什么魔术家;因此,利霍捷耶夫怎么会在瓦列特剧院搞这场演出,他基泰采夫一无所知,也无法理解。人们告诉他:演出时仙普列亚罗夫亲眼看到过这个魔术家。基泰采夫也只是两眼往上一翻,无可奈何地摊开双手。从基泰采夫的眼神里可以看出,而且可以相信:他确实没有过错。

那么,大众文娱委员会主任普罗霍尔·彼得罗维奇本人怎么说呢?……

这里要顺便交待一下:民警刚一进入这位主任的办公室,主任马上就回到了自己的衣服里。见此情形,"大美人"秘书安娜·理查多夫娜高兴得什么似的,而白白跑来的民警却如堕五里雾中。还需要顺便指出的是:这位主任回到他的写字台前、钻进他那套带条纹的灰西装后,对于他暂时不在期间由空西装批阅的那几份文件竟还表示完全认可。

……普罗霍尔·彼得罗维奇主任本人也一口咬定根本不知道沃兰德这么个人。

您看这事儿,简直荒谬绝伦!上千名观众、瓦列特剧院的全体成员、再加上个最最有学问的仙普列亚罗夫,都曾亲眼目睹外国魔术家,而且还看见过他那些该死的助手,然而,现在却又到处找不到他。请问:是他演出后钻进了地缝呢?还是他根本没到莫斯科来?如果是前一种情况,那就是说他钻入地缝时无疑也把瓦列特剧院几个头面人物带进去了。如果按后一种假设,那不就等于说这个倒霉剧院的几个领导成员有意制造了一场恶作剧,然后便从莫斯科溜之乎也了吗?(我们还可以回想一下办公室的碎玻璃窗和警犬"方块爱司"的行为!)

应该替负责本案侦破工作的人们说句公道话:他们确实把失踪的里姆斯基找到了,而且速度之快,可谓惊人。其实,只需把"方块爱司"在电影院旁出租汽车站的行为同几个具体时间(比如,演出结束的时间,里姆斯基可能离开剧院的时间)一对照,就可以满有把握地往列宁格勒发一封电报了。一小时后(星期五傍晚)收到了列宁格勒回电:已查明里姆斯基现住列宁格勒"阿斯托利亚"饭店四楼412号,住在他隔壁房间的旅客是正在该市巡回演出的莫斯科某剧院的剧目组负责人。

人们还知道，里姆斯基房间内有灰蓝色镶金家具，还有一间设备齐全的浴室。

藏在"阿斯托利亚"饭店第412号大衣柜里的里姆斯基被发现后，当即被逮捕，并当场对他进行了审讯。不大工夫莫斯科又接到电报说：瓦列特剧院财务协理里姆斯基处于精神错乱状态，对所侦讯的问题不能或不愿作出明确回答，只是一味要求将他关进装有铁甲的牢房并派武装人员保卫。莫斯科当即电令列宁格勒：立即派员将里姆斯基押来。于是，星期五夜晚，里姆斯基便在武装人员押送下搭夜车离开了列宁格勒。

星期五傍晚也找到了利霍捷耶夫的下落。向全国各城市发出寻找利霍捷耶夫的通电后不久，雅尔塔回电说：利霍捷耶夫曾在雅尔塔逗留，现已搭机飞回莫斯科。

唯有瓦列奴哈一人至今下落不明。这位全莫斯科无人不知的瓦列特剧院行政管理人简直像是石沉大海了。

除瓦列特剧院问题外，侦查机关还必须查明莫斯科其他地方同时发生的各种问题。必须弄清楚机关工作人员集体齐唱《光辉的海洋》的怪现象（附带提一句：斯特拉文斯基教授对那些人进行皮下注射后，两小时内他们便恢复了常态）；必须处理把各种乌七八糟的东西当做钞票付给个人或机关的人以及这些行为的受害者。

当然，在所有这些事件中最糟糕、最令人不快、最无法解释的是人头失踪事件：光天化日之下，在"格里鲍耶陀夫之家"的大厅里，已故文学家柏辽兹的头竟从棺材中不翼而飞了。

承办本案侦破工作的十二个人都竭尽全力，在莫斯科各个角落一点一滴地搜集这个复杂案件的罪恶线索。

一位侦查员来到斯特拉文斯基教授的医院。他首先要求向他提供近三日来入院病员的名单。这样，他发现了房管所主任尼卡诺尔·伊万诺维奇·博索伊和不幸的报幕员——曾被揪下脑袋的孟加拉斯基。不过，他在这两人身上花的时间并不多，因为现在已不难确定：这两人都是以神秘魔术家为首的一伙人罪恶活动的牺牲品。但是，住在这里的诗人伊万·尼古拉耶维奇·无家汉却使侦查员产生了极大兴趣。

星期五傍晚时分,伊万的第117号病房的门轻轻打开,一个圆脸膛的年轻人走进来。这人举止安详,谈吐文雅,完全不像个侦查员。实际上,他恰恰是莫斯科最优秀的侦查员之一。他看到:一个苍白、消瘦的青年人躺在床上,目光投向某个遥远的地方,又似乎是在内视着自己的心灵深处。那眼神表明,他超然于环境之上,对周围一切都毫无兴趣。

侦查员首先彬彬有礼地作了自我介绍,然后说明了来意:希望能同伊万·尼古拉耶维奇聊聊前天牧首湖畔发生的事情。

啊!假如这位侦查员早些时候来找他,哪怕是星期四的凌晨来,伊万会感到多么高兴啊!那时伊万正以疯狂的热情期待着有人能认真地听听他关于牧首湖畔事件的叙述。现在呢,看来已实现了他要帮助捉拿外国顾问归案的幻想,无须他再为此奔走呼吁,已经有人主动来找他了解星期三傍晚那件事了。

然而,呜呼,现在的伊万却与当时大不相同了:在柏辽兹身遭横祸后的这一段时间里,年轻的伊万完全变成了另一个人。对于侦查员提出的所有问题,他无疑仍然乐于有礼貌地给予认真回答,但他那眼神和语气却都使人感到一种漠然视之的态度,柏辽兹的命运此刻已经丝毫不能激动这位诗人的心了。

侦查员到来之前,年轻的伊万正躺在床上。在蒙蒙眬眬、似睡非睡中,他产生了一些幻视,看到一个奇异独特的、虚无缥缈的城市。那里有奇形怪状的大理石、突兀的石柱、阳光下闪亮的屋顶、阴森可怖的圣安东尼黑色塔楼。在城市西部的山冈上,在一片郁郁葱葱的热带园林中,隐约露出一座宫殿的屋顶,一些高高的青铜雕像在落日斜晖的映照下宛如绿色汪洋中的一个个燃烧着的巨大火柱。伊万还看到这座古城的城墙脚下有几队全身披挂的罗马骑兵在缓缓前行。

蒙眬中,伊万还看到一个木然坐在安乐椅上的人,他的胡子刮得干干净净,黄脸膛上显出苦恼的神情,身上披着件白色披风,露出血红的衬里;他正用憎恶的目光凝视着眼前那片郁郁葱葱的异国园林。伊万还看到一个光秃秃的黄色山冈,山冈上兀立着几个已经不见受刑者的十字架……

至于牧首湖畔发生的那件事,诗人伊万如今对它已经毫无兴趣了。

"请问,伊万·尼古拉耶维奇,柏辽兹滑到电车下面去的时候,您在什么地方?离那个栅栏转门很远吗?"

伊万对此似乎漠不关心,嘴角上还不知为什么露出一丝冷笑。他回答说:

"我离得很远。"

"那个穿方格衣服的人是不是待在转门旁边?"

"不,他坐在不远的一把长椅上。"

"柏辽兹滑倒的时候,那人没走近转门旁吗?这一点您记得清楚吗?"

"我记得。他没有过去。他当时伸开腿懒洋洋地斜倚在椅子上。"

这就是侦查员提出的最后几个问题。然后,侦查员站起来,伸手同伊万握别,祝他早日康复,并表示希望不久的将来就能重新读到他的诗作。

"不,"伊万轻声回答说,"我不再写诗了。"

侦查员很有礼貌地微微一笑,说他不揣冒昧地要表示一下自己的信心:他相信,诗人这么说是因为眼下他还处于某种抑郁状态,这种症状很快就会消失的。

"不,"伊万马上反驳说。他不看侦查员的脸,而是望着远方,望着渐渐暗淡下去的苍穹说:"这在我身上是永远不会消失的。我从前写的那些诗都是坏诗,我现在认识到这一点了。"

侦查员辞别了诗人,他已经得到了很重要的材料。他从事件的末尾往前推理,终于找到了发生各种事件的渊源。现在他已确信:所有事件都是由牧首湖畔的杀人案件引起的。当然,不论是伊万,还是那个穿方格衣服的家伙,都没有把不幸的"莫文联"主席往电车下面推,也就是说,表面看,谁也没有推他,但是,侦查员坚信柏辽兹是在某种催眠术作用下奔向(或滑向)无轨电车轮下的。

是的,材料已经收集到许多,该到什么地方去抓什么人也已十分清楚。但是,难就难在根本无法抓到那家伙。在那所该死的、三倍该死的第50号住宅里,再重复一遍,毫无疑问是有人居住的。那里的电话时常有人接,回答的声音有时像破锣般吱吱叫,有时瓮声瓮气。窗户也时开时关,而且还听见过里面传出留声机的声音。然而,每次进入这套住宅时,里面却都空无一人。白天,夜里,在不同的时间,已经进去过不止一次了,甚至拉着网子在各个房间扫过几遍,仍是一无所获。住宅周围早已设了监视哨,不仅从大门洞通过院子到单元门口的路上有人看守,单元后门也派了人;连楼顶烟筒旁边都设了监视哨。是的,这套第50号住宅确实有点蹊跷,但却拿它毫无办法。

就这样,事情一直拖到星期五后半夜,星期六的凌晨,直到麦格尔男爵身着晚礼服,脚登漆皮鞋,以客人身份庄重地跨进第50号的大门。监视人听到了开门声和麦格尔男爵进门的声音。整整十分钟后,几个人不按门铃便径直闯进了住宅。然而,不仅没有找到这里的主人,还有最使人无法理解的事——连麦格尔男爵也踪迹全无了。

这样,前面已经说过,事情拖到了星期六凌晨。这时又出现一些非常有趣的新情况。一架由克里米亚飞来的六座位客机在莫斯科机场降落,下机的旅客中有一位与众不同的年轻人:他胡子拉碴,总有三天没洗过脸,两眼红肿,神色慌张,未带任何随身物品,穿着也十分奇特——戴一顶高加索式毛皮高帽,穿单睡衣,外面披着厚呢斗篷,脚上穿一双卧室里用的崭新的蓝皮便鞋,显然是刚买的。他刚离开舱梯,就有几个人朝他走了过去——他们早已在机场恭候这位公民多时了。不一会儿,这位令人难忘的瓦列特剧院经理斯捷潘·博格达诺维奇·利霍捷耶夫已经站在侦查员面前。他提供了一些新材料。现在已经清楚:沃兰德是首先对斯乔帕·利霍捷耶夫施行了催眠术,然后他化装成演员混进瓦列特剧院,又巧妙地把斯乔帕扔出莫斯科——天知道这一扔就扔出了多少公里。材料倒是有所补充,但侦破工作不但未因此有所进展,甚至可以说,反而变得更困难了:沃兰德既然有办法对利霍捷耶夫做出那样的事,显然就不会轻易地就范。对于利霍捷耶夫,根据他本人的请求,还是把他关进了一间比较保险的牢房。与此同时瓦列奴哈被带进侦讯室。瓦列奴哈几乎两昼夜去向不明,刚回到家里就被逮捕归案了。

尽管瓦列奴哈已经向阿扎泽勒保证过不再撒谎,但这位总务协理还是从谎言开始了他和侦查员的谈话。不过,这倒也不必过分责怪他,因为阿扎泽勒是禁止他在电话里说谎,而此刻他们面对面讲话,并没有借助这种现代设备。瓦列奴哈贼眉鼠眼地四下里扫着,对侦查员说:星期四白天他在瓦列特剧院自己的办公室里自斟自饮,喝得酩酊大醉,后来便走出剧院。上哪里去了? 不记得。后来又在什么地方喝了些陈年老酒。在哪儿喝的? 不记得。然后就蹲在了一堵墙根下。在什么地方? 也不记得。于是,侦查人员告诉我们的总务协理:他这种愚蠢而轻率的行为实际上妨碍着一桩要案的侦破,他对此当然要负法律责任。只是在这警告之后,瓦列奴哈才痛哭流涕地用颤抖的声音,不住地四下张望着,说出了真情。他承认自己是在扯谎,因为他害怕沃兰德一伙对他进行报复,他已经落到这帮匪徒手中一次了。他请求把他关进一间装甲牢房,并说这是他所衷心哀求、求之不得的。

"呸! 见你的鬼! 你们这些人怎么都认准了要进装甲牢房?!"一个侦查员嘟哝了一句。

"都让那些坏蛋给吓坏了。"访问过诗人伊万的侦查员说。

侦察员们对瓦列奴哈尽可能安慰了几句,告诉他:即使不进任何牢房,他也是处于保护之下的。这时才弄清楚,原来瓦列奴哈并没有在什么墙根下面喝陈年老酒,而是挨了一顿打,打他的是两个人,一个长着一颗獠牙,另一个是矮胖子……

"啊! 长得有点像猫?"

"对,对,对!"总务协理小声说。他这才惊恐万状地不时地四下张望着,交待了后来的详细经过:他在第50号住宅里待了将近两天,还当了吸血鬼的眼线,险些把财务协理里姆斯基吓死……

这时刚从列宁格勒用火车押送来的里姆斯基被带进了侦讯室。但是,在这个满头白发、精神颓丧的老人身上已经很难看到原先那个精明强干的财务协理的影子了。他吓得哆哆嗦嗦,无论如何不愿讲真实情况,在这个意义上讲,他显得极为顽固。里姆斯基一口咬定他那天夜里根本没有在办公室窗台上看到过什么赫勒,也没见过没有影子的瓦列奴哈,只是因为他感觉身体不适,在精神恍惚中乘上了去列宁格勒的火车。不用说,财务协理的证词又是以关进装甲牢房的请求结束的。

安奴什卡是在阿尔巴特大街百货公司拿着一张十元美钞交给收款

员时被当场逮捕。她说在花园大街那座楼里看到过几个人从窗户飞出去,还谈到她拾过一个金马掌,原来打算拾起来交给民警局的。人们认真地听取了她的证词。

"那只马掌确实是金的?上面还有许多钻石?"侦查员问安奴什卡。

"我还能不认得钻石?!"安奴什卡回答。

"可是,照您说的,那人给您的是十卢布的苏联钞票呀?"

"我还能不认得十卢布钞票?!"安奴什卡回答。

"那么,这些票子什么时候变成美钞的?"

"我不晓得什么叫美钞,也从来没见过美钞。"安奴什卡尖声地说,"我有权利要这些钱,人家给我的是酬谢钱!我是拿这些钱去买花布的……"接着她便胡说起来,说什么是房管所让魔鬼住进了五层楼,才扰得四邻不安,这些事不能由她负责,等等。

安奴什卡的絮叨实在叫人心烦,因此,侦查员拿着钢笔向她摆了摆手,随即给她开了一张绿色出门证。安奴什卡离开这座大楼,大家才松了一口气。

随后又进来许多人,其中包括刚被逮捕的尼古拉·伊万诺维奇。他完全是由于他那爱吃醋的太太的愚蠢行为才进民警局的:他太太今天早晨向当局报告说她丈夫失踪了。对于尼古拉·伊万诺维奇出示的魔鬼证件——证明他在此期间参加了撒旦的晚会——侦查员并未表示惊奇。关于他怎样在空中运送玛格丽特的女佣、赤条条的娜塔莎,怎样把她运到极遥远的河里去洗澡,以及在这之前玛格丽特怎样赤身裸体地坐到楼上的窗台上等情况,尼古拉·伊万诺维奇讲得与事实多少有些出入。例如,他认为没有必要再提自己拿着玛格丽特扔下的衬衣跑进她的卧室这一细节,也不必再提他曾把娜塔莎称作维纳斯的事。按他的说法,似乎是娜塔莎忽然从窗里飞了出去,跨在他身上,骑着他就飞出莫斯科了……

"我当时处于暴力之下,只得屈从。"尼古拉·伊万诺维奇说。他最后请求当局绝对不要把这件事告诉他太太。当局答应了他的请求。

根据尼古拉·伊万诺维奇的证词可以确定:玛格丽特·尼古拉耶

夫娜和她家的女佣娜塔莎显然都已失踪。因此,马上采取了搜寻措施。

人们就是在这种分秒必争的紧张侦破工作中迎来了星期六的早晨。这时莫斯科全市已在迅速传开一些捕风捉影、完全令人无法相信的谣言,把一点点真情夸大到无以复加的程度。人们传说:瓦列特剧院散场后,两千名男女观众出来时全都像出生时一样赤条条的;花园大街上破获了一家印假钞票的工厂;一帮匪徒绑架了文娱委员会的五名领导人,但民警局马上就把他们全找到了……总之,都是些诸如此类不屑一提的话。

忙乱中时过晌午,该吃中饭了。这时,侦查部门的电话铃响起来。花园大街盯梢的人报告说,那所可恶的房子里又出现了有人居住的迹象;窗户从里面打开过几次,听到里面传出钢琴声和歌声,还看见一只大黑猫蹲在窗台上晒太阳。

太阳晒得街上暖烘烘的。大约三点多钟,三辆汽车在距离第302号乙楼不远的地方停住,车上下来一大批穿便服的男人。下车后这些人兵分两路,一路进大门洞,穿过院子直奔第六单元,另一路打开平素钉死的小门,冲向单元后门。两路人马顺着不同的楼梯同时迅速奔向第50号。

这时卡罗维夫和阿扎泽勒两人正在餐室吃下最后几口早点。卡罗维夫身上只穿了件平常穿的衣服,没穿节日的燕尾服。沃兰德仍按往常的习惯待在卧室。至于黑猫在哪里,谁也不知道。不过,从厨房里传来的烧锅响声来看,它准是又在那里胡闹。

"听,楼梯上是什么声音?"卡罗维夫轻轻用小勺搅着杯里没加奶的咖啡问。

"啊,是来逮捕咱们的。"阿扎泽勒说着,干了小杯里的白兰地。

"唉,瞧这事儿。"卡罗维夫说了一句。

从正面来的人这时已经到了三层的楼梯平台,那里正有两个水暖工模样的人在摆弄暖气片。上来的人同"水暖工"意味深长地交换了个眼色。

"全在家。"其中一个水暖工说,同时用小锤敲打着暖气管道。

于是走在最前面的人毫不掩饰地从大衣里面抽出一支黑沉沉的毛

瑟枪,他旁边的人随手掏出了万能钥匙。总之,这些到第50号来的人是装备齐全的。其中两人口袋里备有细丝绳编织的极容易张开的线网,有一个人带着套马索,还有人带着纱布防毒面罩和氯仿①注射剂。

50号的大门不到一秒钟便打开了,从正面上楼的一组人全部闯进前室。这时厨房里传来关门声,表明从后门进来的第二组人马也已及时赶到。

这一次虽说没有大获全胜,但总算不虚此行。人们迅速分散到各个房间进行检查,结果尽管一个人也没有发现,但在厨房里发现了显然是刚刚吃剩下的早点,而在客厅的壁炉顶上一个磨花玻璃大瓶旁边看见有只大黑猫蹲着,还用两只前爪抱着个汽油炉。

进入客厅的人全都盯住那只猫,默默地看了它好长时间。

"嗯……确实够意思!"终于有人小声说了一句。

"我可没淘气,也没招谁惹谁,我在修理汽油炉!"黑猫口吐人言,不友好地皱起眉头说,"而且,我有义务提醒你们:猫是一种古老的、向来就不受侵犯的动物。"

"瞧这一手,玩得真叫漂亮。"又有人嘟哝了一句。而另一个人则清楚地厉声说:

"喂,不受侵犯的会说话的猫,到这儿来!"

这时,丝网哗地一声撒开,飞了过去。然而大家感到奇怪的是,撒网人竟然没有网住目标,只是网住了黑猫身旁的大玻璃瓶,把它拉下来摔得粉碎。

"该罚!②"黑猫胜利地高叫,"乌拉!"然后它把汽油炉放在身旁,从背后抽出一支勃朗宁手枪来,迅速瞄准离它最近的人,但那人手中的毛瑟枪比黑猫的枪更早地迸出了火光。随着砰的一声响,黑猫头朝下从壁炉顶上扑通一声栽到地上,扔掉了它的勃朗宁,把汽油炉也带了下来。

"全完了,"黑猫有气无力地说,软绵绵地伸开腿,躺在血泊中,"你

---

① 氯仿,即三氯甲烷,或译"哥罗仿",当年普遍使用的一种麻醉剂。
② 牌戏用语。因得分不足而受罚。

们离我远些,让我和大地告别一下吧!噢,阿扎泽勒,我的朋友!"黑猫流着血,呻吟着,"你在哪儿呀?"黑猫抬起暗淡无光的眼望着餐室的小门说,"我这里寡不敌众,你却不来助我一臂之力,只顾贪杯。我知道,那白兰地确实是上等的,可你也不该撇下我可怜的河马不管呀!也罢,就让我一死,让你的良心受到谴责吧!但我临死前还要把这只勃朗宁留给你……"

"快撒网!撒网!网!"人们围着黑猫不安地小声催促着。但是那网却不知怎么在拿网人的口袋里挂住了,无论如何也掏不出来。

"只有一个办法能挽救受了致命伤的雄猫,"黑猫自言自语地说,"就是要喝一口汽油……"于是它利用人们惊慌失措的当儿爬过去,嘴对着汽油炉的圆口喝了一大口汽油。它的左前爪马上不流血了。它从地上一跃而起,精神焕发,把汽油炉夹在腋下,一纵身又跳到壁炉顶上。它从那里撕扯着壁纸顺墙爬上去,两秒钟后便已经高踞于窗顶的金属檐板上,居高临下俯视着所有来人了。

不知谁的两只手立即抓住窗幔,把它连同窗檐板一下子扯了下来,灿烂的阳光顿时倾泻进昏暗的屋里。然而,不论那只魔术般痊愈的黑猫,还是它的汽油炉,都没有掉下来——原来黑猫早已抱着汽油炉从半空中跳到了天花板中央的枝形大吊灯上。

"拿折梯!"下面有人喊。

"我要求同你们决斗!"黑猫大声喊叫着,在人们头顶的枝形大吊灯上来回晃动。这时它已经把汽油炉安放在两个灯枝之间,手里又有了一支勃朗宁。黑猫像钟摆似的在人们头顶晃动着,瞄准下面的人们开了枪。顿时枪声四起,震撼着整个住宅。打碎的玻璃吊灯碎片纷纷散落下来,壁炉顶上的大镜子裂出一个个星星般的小孔,墙灰一块块掉下来,屋里灰尘飞扬,空子弹壳儿在地板上跳动,窗玻璃一块块碎裂,被子弹打穿的汽油炉开始往外喷汽油。现在已经谈不到活捉这只黑猫的问题了,所以一支支毛瑟枪口都在瞄准它的头部、胸部、腹部、后背,狠命地打。激烈的枪战使楼外大院里的人们乱成一团。

但这枪战持续的时间并不长,它自然而然地慢慢平息下来。问题在于:这枪战不论对黑猫,还是对那些来逮捕它的人,都没有造成任何损害。不仅无一人被击毙,而且无一人受伤。所有的人,包括黑猫,似乎全都"刀枪不入"。来人中有一位想再彻底检查一下这种情况,他冲着该死的畜生头部一连打了五枪,黑猫同时也机敏地回敬了他一梭子。结果还是一样:双方谁也没有受伤。黑猫仍然蹲在大吊灯上晃来晃去,只是晃动的幅度越来越小了,同时它还不时地往勃朗宁枪口里吹气,或者往爪子上吐口唾沫。站在下面默默不语的人们脸上渐渐现出莫名其妙的神情。射击完全无效——这可是从未有过的情况,或者说是极为罕见的一次。当然,完全可以假定黑猫用的勃朗宁不过是一种玩具,但是关于民警局的人手里那些毛瑟枪可绝不能这么说。现在清楚了:黑猫的第一次受伤,毫无疑问,也是这个无耻的东西变的戏法,是它装蒜,喝汽油也一样。

又作了一次捉拿黑猫的尝试——抛出了套马索。但套马索挂在大吊灯上,把整个大吊灯拉了下来。它落地的响声震动了全楼,对黑猫却毫无影响。吊灯的玻璃碎片溅起来,雨点似的落在人们身上,而黑猫这时却从空中飞到壁炉上面的镀金镜框上部,高高地蹲在天花板下面了。看来它并不打算逃跑,恰恰相反,现在它自恃处境安全,反而发起议论来了。

"我完全无法理解,"它从高处俯视着下面的人说,"你们究竟为什么对我这样不客气?……"

黑猫刚要说下去,有一个不知从何处传来的沉闷的男低音打断了它的话,只听那声音说:

"这里出了什么事?妨碍我工作!"

另一个鼻音很重的难听的声音回答说:

"唉,当然又是河马,让他见鬼去!"

又有一个破锣般的声音说:

"主公!今天星期六。太阳已经西沉。咱们该走了。"

"请原谅,我不能再同你们聊天了,"蹲在镜框上的黑猫说,"我们该走了。"它把勃朗宁手枪往外一甩,同时打碎了两块玻璃,然后便拿着汽油炉往下面洒汽油,地板上的汽油自动燃烧起来,火焰顿时冲向天花板。

这火烧得又快又猛,异乎寻常。即使在浇了汽油的情况下按理说也不会烧得这么猛。四面的糊墙纸马上冒起烟来,扯掉在地上的窗帷烧着了,打碎玻璃的窗框也在阴燃。黑猫躬着身子喵了一声,从镜框上一跃跳到窗台上,随即抱着汽油炉消失在窗外。窗外立即响起枪声:这枪是一个坐在救火车的铁云梯上的人打的,他在窗外,处于珠宝商遗孀故居窗户的同一高度上。他看到大黑猫从一个窗台跳到另一个窗台,奔向这座"Π"字形大楼拐角处的泄水管道,便向它开了枪。但这时黑猫已经顺着管道爬上屋顶了。

屋顶上又有人对它进行狙击,原来屋顶的烟筒旁也有人守候着。但是,一切都毫无结果,黑猫迎着洒满莫斯科城的夕阳斜晖跑去,消失得无影无踪了。

这时在第50号住宅内部,搜捕人员脚下的镶木地板已经烧起来。在一片火焰中,在刚才黑猫假装负伤躺倒的地方,人们越来越清楚地看到地上躺着一个人。那便是麦格尔男爵的尸体,他的下巴向上翘着,眼睛像两个玻璃球。现在已经无法把他从火里拉出来了。客厅里的人们在燃烧的地板木块之间跳跃着,两手拍打着冒烟的前胸和两肩,先退到书房,又退到前室。餐室和卧室里的人也纷纷通过走廊跑出来,守在厨房的人也一齐奔向前室。客厅里烟火弥漫。不知是谁往外退时及时地拨了消防队的电话号码,对着话筒简短地喊了一句:

"花园大街,三百零二号乙楼!"

无法继续待下去了,火舌已经舔到前室,人们感到呼吸困难。

这所魔宅的破窗户里刚刚冒出几缕黑烟,院子里已经有人在疯狂地叫喊:

"着火了!着火了!着火了!"

大楼住户纷纷对着电话喊叫:

"花园大街!花园大街!三百零二号乙楼!"

长长的红色消防车从莫斯科各个地区疾驶而来。当花园大街上听到那惊心动魄的警铃声时,楼前大院里胡乱奔跑的人们看到:从五层楼的窗户里有几个人影随着浓烟飞了出来。人们觉得其中三个是黑色的男人身影,还有一个似乎是裸体的女人。

第二十八章　最后的风波

究竟是真有几个人影飞出去,抑或是花园大街那座不幸大楼的住户吓破了胆,产生了幻觉？这一点,当然,谁也说不准。如果确有其事,那么这些人影飞到哪里去了？也是谁都不知道。他们在哪里分手的？也同样说不清。不过,我们确实知道:花园大街起火后大约十五分钟,位于斯摩棱斯克市场的外宾商店①的大玻璃门旁出现了一个穿灰格西装的高个子男人,他身旁跟着一只很大的黑猫。

这位公民敏捷地从行人中间穿过去,推开了外宾商店的大玻璃门。但几乎与此同时,一个身材矮小、瘦骨嶙峋、态度极不友好的看门人走上前来拦住他,气势汹汹地说：

"不许带猫进去！"

"对不起,"高个子公民的声音像敲破锣,他举起一只干瘪的手,像耳背的人那样拢住耳朵问道,"您是说不许带猫？您看见哪儿有猫？"

看门人惊奇地睁大了眼睛。其实,这也难怪,因为高个子公民脚旁根本没有什么猫。不过,他身后站着个矮胖子,倒是长得确实有点像猫。那胖子戴着破便帽,手里拿着个汽油炉,也正要往商店门里钻。

生性厌恶人类的看门人不知为什么尤其不喜欢眼前这两位顾客。只见他把两道被虫咬了似的稀疏的瓦灰色眉毛一蹙,眼珠子往上一翻,用沙哑的声音气呼呼地说：

"我们这里可只能使用外币！"

"我说,亲爱的,"高个子用破锣般的声音说,一只眼睛透过碎夹鼻

---

① "外宾商店"全名为:全苏外宾商品供应联合公司。

眼镜炯炯放光,"您怎么知道我没有外币?您只凭穿戴看人?最最亲爱的卫士,我劝您永远不要这样!您会犯错误的,而且会犯很大的错误。您哪怕把著名的'哈里发'何鲁纳·拉施德①的故事再拿来重温一下也好嘛。不过,历史故事我们先放在一边不去提它吧,我得告诉您,今天这件事我可要向你们经理提意见,告你。而且我还要对他讲您一些别的事,那您可不仅仅是丢掉两扇玻璃门之间这个美差就能完事的了。"

"我这个汽油炉里说不定装满了外币呢!"猫脸矮胖子也愤愤地插话说,同时拼命往门里挤。后面等着进门的顾客们已经在提意见了,看门人这才将信将疑地狠狠盯了他俩一眼,闪开门口,让我们的两位熟人——卡罗维夫和河马走进了外宾商店。

进门后,两人首先扫视一圈,然后卡罗维夫用响亮的、绝对能使商店各个角落都听得到的声音说:

"好漂亮的商店啊!这商店太好啦,太好啦!"

尽管卡罗维夫对商店的赞赏完全有根有据,很有道理,挤在柜台前的顾客们还是纷纷转过头来,把惊讶的目光投向这位评论者。

柜台里面的货架上摆着几百种成匹的印花布,花色品种极为丰富。花布后面陈列着平纹细布、绫罗绸缎、绉纱和各种做西装的毛呢衣料。再向前看,是成排的垛得高高的皮鞋盒子,柜台前面有几位妇女坐在小矮凳上——她们的右脚上还穿着旧鞋,左脚上则是漆光闪亮的船形新鞋,每个人都在小心翼翼地踩着小块地毯试穿。里面墙角处有人在放留声机,优美的歌声在售货厅内缭绕。

不过,卡罗维夫和河马并没有在这些美不胜收的商品前面停留多久。他们径直向食品部和糖果部相连的地方走去。这里很宽敞,不像布匹绸缎部柜台前那样挤着许多戴头巾和软帽的妇女。

一个四方墩子似的矮胖男人正在柜台前以命令的语气说些什么,他的脸刮得光光的,甚至有些发青,戴一副角质眼镜,头上是一顶没有

---

① "哈里发"是中世纪政教合一的阿拉伯国家的元首。何鲁纳·拉施德,即阿拉伯阿拔斯王朝的"哈里发"哈伦·拉希德(公元766—809)。《一千零一夜》中有关于他微服私访,遇到假"哈里发"的故事。

皱褶、帽带上也没有油渍的崭新的呢帽,穿着雪青色呢大衣,手上戴着棕红色细羊皮手套。一个身穿洁白罩衫、头戴蓝色小帽的男售货员正在为这位穿雪青呢大衣的顾客服务:他用一把很快的刀子(这刀子的形状很像利未·马太偷的那把)从一块肥得几乎流油的玫瑰色鲑鱼肉段上剥下它那蛇皮似的泛着银光的皮。

"这里也非常好嘛!"卡罗维夫兴高采烈地评论说,"连这里的外国人也招人喜欢。"他说着朝雪青呢大衣的后背指了指。

"不对,巴松管,不对!"河马若有所思地说,"你呀,朋友,看错了。依我看,这位穿雪青呢大衣的绅士脸上似乎缺少点什么。"

雪青色呢大衣的后背抖动了一下,不过,这大概是偶然的巧合,因为外国人不可能听懂卡罗维夫和他的同伴所讲的俄语。

"这个浩(好)的?"穿雪青色呢大衣的顾客板着脸问。

"是最好的。"售货员回答,同时用刀尖剥着鲑鱼肉段的皮,满脸讨好的样子。

"浩(好)的我喜欢,不浩(好)的不喜欢!"外国人板着面孔说。

"那当然!"售货员像是听了什么非常值得高兴的话。

这时我们的两位熟人离开了外国人和他的鲑鱼肉,来到糖果部的柜台前。

"今天够热的呀!"卡罗维夫向柜台里一位两腮红扑扑的女售货员搭讪。但是,他没有得到她的任何回答。于是他便问:"橘子怎么卖?"

"三十戈比一公斤。"售货员回答。

"唉,贵得吓人呀!唉……"卡罗维夫长叹一声。他又想了一下,便请他的同伴吃橘子,"河马,你吃吧!"

猫脸矮胖子把汽油炉夹在腋下,从摆成金字塔形的橘子堆上抓过最顶上的一个就连皮送进嘴里,接着又去抓第二个。

售货员吓得要死。

"你疯了!"她大声喊起来,两腮的红晕马上消失了。"拿取货单来!取货单!"她气得几乎发抖,手里的糖果夹子也掉在地上了。

"小宝贝儿,亲爱的,大美人儿,"卡罗维夫把身子探进柜台里面,对售货员挤眉弄眼,用嘶哑的声音说,"今天我们身上没带着外币……有什么办法呢!不过,我向您发誓,下次来,最迟不过星期一,一定全部用现金还清。我们就住在附近,在花园大街,着火的地方。"

这时河马已吃下三个橘子,正把手伸向用方块巧克力糖搭成的奇妙的小塔。他从塔的最下面抽出一块,连同包装金纸一起送进嘴里,吞了下去,当然,那巧克力塔便立即倒塌了。

旁边鱼类柜台里面的男售货员一个个目瞪口呆,拿着切鱼刀愣在那里,穿雪青色呢大衣的外国人向两名行抢者转过身来。这时我们发现,河马的看法是错误的:这位外国人脸上并不是缺少点什么,相反倒是多了点什么——他的两腮耷拉着,两眼东张西望。

女售货员的脸色变得蜡黄,无可奈何地冲着全店大声叫喊:

"帕洛西奇!帕洛西奇①!"

布匹绸缎部的顾客们闻声纷纷涌过来,而河马这时已经离开诱人的糖果,又把爪子伸进了贴有"上等刻赤青鱼"②标签的大桶。他从桶中抽出两条青鱼,咬掉尾巴,吞了下去。

"帕洛西奇!"糖果部柜台里面又喊了一声,而站在鱼类柜台里面一个蓄着西班牙式小胡子的男售货员则大声吆喝:

"混蛋!你在干什么?!"

帕维尔·约西福维奇已匆匆向现场跑过来了。他仪表堂堂,穿着洁白的工作罩衫,俨然是个外科大夫的样子,胸前口袋里还露出一支铅笔。帕维尔·约西福维奇显然是很有经验的。一看到河马嘴上还叼着青鱼尾巴,他立即对事态做出判断,一切他都明白了。因此,他并不同这两个无赖多费唇舌,而是朝远处招了招手,下了命令:

"吹哨子!"

大玻璃门里的看门人飞也似的蹿了出去,斯摩棱斯克市场拐角处立即响起不祥的哨声。群众渐渐把两个坏蛋围在中央,这时卡罗维夫挺身而出了。

---

① 人名简称,指下面提到的商店负责人帕维尔·约西福维奇。
② 刻赤是苏联乌克兰的古老城市和渔港,有著名的鱼类加工联合企业。

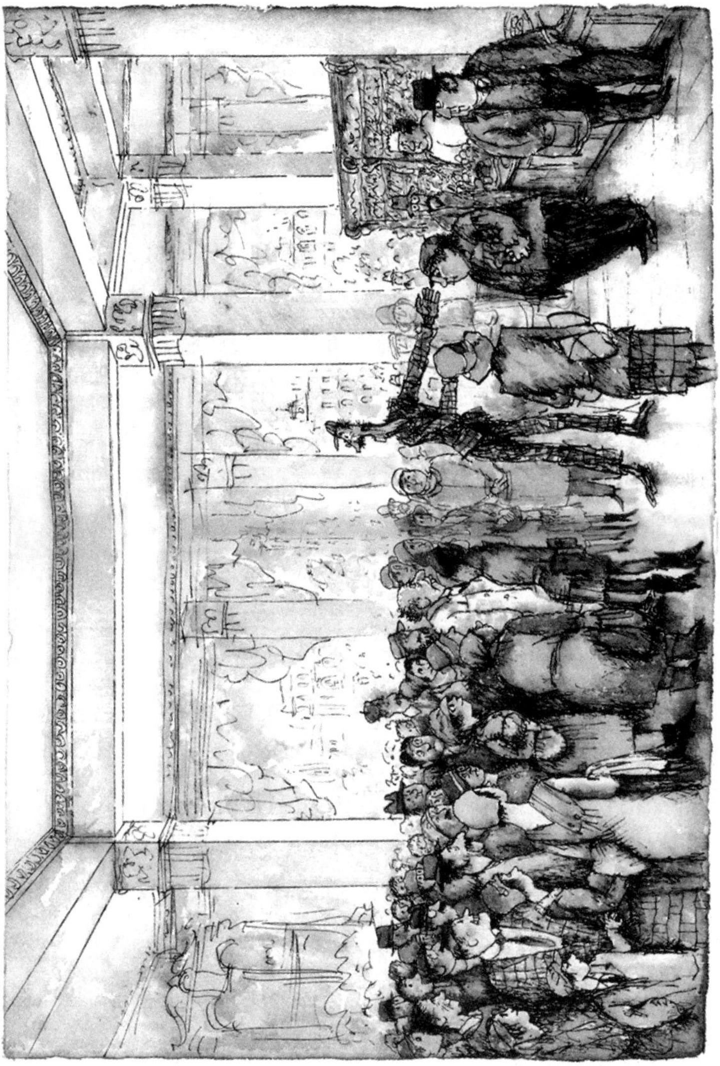

"各位公民！"他用略微颤抖的声音说,"这是要干什么？啊？请各位说说。这个可怜的穷人,"他的声音更加颤抖了,同时指了指河马,河马立即装出一副可怜的哭丧相,"这个整天修理汽油炉的可怜的人,他饿了……可叫他到哪儿去弄外币？"

平素沉着冷静的帕维尔·约西福维奇这时也沉不住气了,他严厉地喊道：

"你少来这一套！"他又急不可耐地向远处挥挥手,门外的哨声响得更急了。

然而,卡罗维夫并没有因为帕维尔·约西福维奇的话感到难堪,只听他继续说：

"叫他到哪里去弄？我要向在场的所有公民提出这个问题！他疲惫不堪,又饥又渴。他觉得很热。所以,这个可怜的人就拿过一个橘子来尝了尝。一个橘子大不了值三戈比吧。可他们已经把哨子吹得震天价响,像春天林子里的夜莺在叫,还要惊动警察来,影响他们的工作！可是,像他这种人怎么反倒可以？啊？"卡罗维夫说着,用手指了指穿雪青色呢大衣的胖子,胖子顿时惊慌失色。"请问,他是什么人？啊？他是哪儿来的？来干什么？是我们想他了？没有他我们寂寞,还是怎么的？难道是我们邀请他来的？当然喽,"这位前唱诗班指挥嘲弄地撇了撇嘴,大声喊道,"他,大家也看见了,穿的是讲究的雪青色呢子大衣,吃鲑鱼肉撑得肥成了这个样子,他口袋里装满了外币。可是,我们自己人呢？我们自己人呢？我觉得心里有股子说不出的苦味儿！苦啊！苦啊！"卡罗维夫像个男傧相在老式结婚喜筵上①那样喊叫起来。

这一系列十分愚蠢、极不得体、很可能是政治上有害的言论和行为,把个帕维尔·约西福维奇气得浑身发抖。然而,说来也怪,从围观群众的眼神中却不难看出,他们中间大多数人对此却抱着同情！而河马则一边抬起胳膊,用肮脏的破衣袖擦着眼,一边悲哀地大声说：

"谢谢你,忠实的朋友,你还能替一个落难的人说句公道话！谢

---

① 按俄罗斯人古老的习惯,在庆祝婚礼的喜筵上,客人们喊"苦啊！苦啊！"用以表示单单喝酒太乏味,要求新郎新娘当众接吻。这里取其字面意义。

谢!"这时候发生了一件怪事:顾客中有个衣着寒酸,但却不失为整洁大方的、刚刚在糕点部买了三块杏仁酥的小老头骤然面色大变,接着,这个看样子彬彬有礼、非常斯文的小老头突然两眼射出凶恶的火光,脸涨得通红,把一小包杏仁酥往地上一扔,用尖细的童子音大声喊道:

"说得对!"

然后他一把从柜台里抽出大托盘,把刚才被河马拆毁的巧克力埃菲尔塔①的残迹撒得满地,左手迅速揪下穿雪青色呢大衣的外国人的呢帽,同时抡起右手里的托盘朝那人的秃头平着拍去。人们听到哐啷一声巨响,像是有人从大卡车上往下扔了一块钢板。穿呢大衣的胖子脸色发白,仰面朝后倒去,一屁股坐到装刻赤青鱼的大木桶里,桶里的青鱼盐汤溅得老高。谁知这时又发生了一件怪事:坐到鱼桶里的穿雪青大衣的"外国人"忽然讲起了纯正的、不带一点外国腔的俄语,只听他用流利的俄语喊道:

"打死人喽!快叫警察!这些土匪快把我打死喽!"显然,他是由于过分惊吓才骤然间掌握了过去一直不大会讲的俄语的。

看门人的哨子声停止了。激动的顾客群中出现了两顶警察头盔,晃动着朝闹事地点移过来。诡计多端的河马这时像在澡堂里用木柄勺往条凳上浇水似的,拿着汽油炉往糖果部的柜台上浇起汽油来。奇怪的是,那汽油竟自己就烧着了。一股火焰直冲天花板,随即顺着柜台向四处蔓延,吞噬着一个个水果篮上美丽的纸带。售货员们大声喊叫着,急忙从柜台里跳出来,他们刚刚跳出来,窗子上的亚麻布窗帘便冒起火苗,地上的汽油也烧着了。围观的顾客掀起一片绝望的喊声,从糖果部向后退去,把再也不需要的帕维尔·约西福维奇踩在脚下。而鱼类柜台里面的售货员们则拿着他们锋利的鱼刀一个个朝后门跑去。穿雪青呢大衣的公民自己从木桶里挣扎出来,浑身流着咸鱼汤,跳过柜台上的腌鲑鱼,紧跟着售货员们跑去。出口处明镜般的大门玻璃被逃命的人群挤破了,发出哗啦啦的声音,而两个坏蛋,不论是卡罗维夫,还是馋嘴

---

① 埃菲尔铁塔,法国巴黎著名铁塔,高三百二十米,一八八九年法国工程师埃菲尔为庆祝法国大革命一百周年而设计建造。

的河马,却早已趁机溜之大吉了。至于溜到了哪里——谁也不得而知。只是到了后来,某些在外宾商店里目睹了起火情况的人才说,似乎那两个流氓纵身飞离地面,在天花板下面像玩具气球似的爆炸了。这当然很值得怀疑,事实未必如此,不过,我们确实不知道——"知之为知之,不知为不知"!

但是,我们确切地知道:斯摩棱斯克市场出事整整一分钟之后,河马和卡罗维夫两人已经出现在一座小花园里的人行道上了,恰恰是在格里鲍耶陀夫姑母那所小楼旁边。卡罗维夫在铁栅栏外停住脚步,对河马说:

"呀,这不是作家们那座小楼吗!我说,河马,关于这座小楼,我可是听到过不少佳话,很令人神往呢。朋友,请你注意这所房子!只要你想一想在它的屋脊下现在正有无数的天才在孕育、成长,你心里就会感到无比舒畅。"

"就像菠萝在温室里成长一样。"河马说。他为了看清这座有圆柱的乳白色小楼,这时已经爬上了铁栅栏的水泥基座。

"完全正确,"卡罗维夫表示同意自己这位形影不离的伴侣的话,"想到一批未来的作家正在这座小楼里逐渐成熟起来,他们将写出新《堂·吉诃德》,新《浮士德》,见他的鬼,或者哪怕是一部新《死魂灵》也行啊,心里确实充满诚惶诚恐之感。是不是?"

"可不,想都不敢想。"河马也表示同感。

"是的,这座小楼的温室里可望产生一些惊人的巨著,因为这里集中了几千个有献身精神的人,他们都决心无私地把自己的全部生命献给墨尔波墨涅、波吕许谟尼亚和塔利亚①的事业。你想想看,假如这些人中间有那么一位,初试锋芒就把一部《钦差大臣》或者至少是把一部《叶甫盖尼·澳涅金》献给广大读者,那将会引起多大轰动!"

"当然,那还用说!"河马又立即表示同感。

"是这样,"卡罗维夫说,但同时却忧心忡忡地举起一个手指,把话锋一转说,"然而!我是说'然而',而且还要再重复一遍这个'然而'!

---

① 三者均属希腊神话中掌管文艺和科学的女神(缪斯),分别掌管悲剧、颂歌和喜剧。

这是说假定这些娇嫩的温室植物不受到什么微生物的侵袭,它们的根系不被微生物蛀蚀掉,假定它们不烂掉的话!而温室里的菠萝恰恰是常常发生这种烂根情况的!哎呀呀,常常发生呀!"

"我顺便问一下,"河马问道,这时他已把圆脑袋伸进铁栅栏格子里了,"这些人在凉台上干什么?"

"用餐,"卡罗维夫解释说,"我还要告诉你,亲爱的,这个餐厅很好,真正是价廉物美。而我也和所有旅游者一样,在开始下一段行程之前,很想稍许点补点补,喝它一升冰镇啤酒。"

"我也想喝一杯。"河马回答。于是两个无赖顺着椴树荫下的沥青甬道径直朝着尚不知大祸临头的餐厅凉台走去。

凉台外面的绿花墙上,靠近拐角的地方,有个不大的圆门,从这里上台阶便是凉台餐厅的入口。入口处坐着一位穿白袜子、戴一顶有飘带的小白帽、脸色苍白的女公民,她正坐在维也纳式曲木椅上闲得无聊。她面前的普通木桌上摆着个账簿似的厚本子,她不知为了何种目的把进入餐厅的人一一记在那本子上。卡罗维夫和河马两人就是被这位女公民拦住了。

"您二位的证件呢?"她以惊讶的目光看了看卡罗维夫的夹鼻眼镜,又看了看河马手里的汽油炉和他那撕破的衣袖。

"万分抱歉,请问,什么证件?"卡罗维夫也以惊讶的语气反问道。

"您二位是作家吗?"那妇女以提问代替回答。

"那当然喽。"卡罗维夫的态度落落大方。

"那你们的证件呢?"女公民又问了一遍。

"我可爱的女士……"卡罗维夫刚要说几句温情的话。

"我不是您可爱的女士!"女公民立即严肃地打断了他的话。

"噢,那太遗憾了,"卡罗维夫表示失望,然后又说,"那好吧,既然您觉得不便做个可爱的女士,那您可以不做,尽管当个可爱的人是件很值得高兴的事。那么,请问,难道为了相信陀思妥耶夫斯基是作家,还需要检查一下他的证件吗?您可以从他的任何一部作品中随便抽出任何五页来看看,您就会马上相信那是一位真正作家的作品,无需检查什么证件!而且,我想,他大概也根本没有过什么证件!你有什么看法?"卡罗维夫问河马。

"我敢打赌,他什么证件也没有过。"河马回答,同时把汽油炉放在桌上的厚本子旁边,用手擦了擦熏黑的额头上的汗珠。

"您并不是陀思妥耶夫斯基!"被卡罗维夫这番话说得不知所措的女公民说。

"啊,怎见得呢?怎见得呢?"

"陀思妥耶夫斯基已经死了。"女公民说,但似乎又对这话不大有把握。

"我抗议!"河马在旁边激动地高声说,"陀思妥耶夫斯基是永生不死的!"

"出示证件吧,二位公民!"妇女说。

"对不起,说到底,这太可笑了,"卡罗维夫仍然在强词夺理,"一个人是不是作家,绝不是由证件决定的,而是由他所写的东西决定的!我这脑海里现在正酝酿着什么样的构思,您怎么知道?他这颗脑袋里呢?"卡罗维夫指了指河马的头,河马就马上摘下帽子,仿佛是要尽量让这位女公民看得清楚些。

"先让别人过去,公民们!"这位妇女已经很不耐烦了。

卡罗维夫和河马往旁边一闪,让一个穿灰西装的作家进去了。那人穿着夏季白衬衫,没系领带,衬衫领子翻到西装上衣领子外面,腋下夹着几张报纸。他向守门的妇女点头致意,边走边在递到他面前的本子上签了个花体字,随即向凉台餐厅内部走去。

"哎,那冰镇啤酒是给人家的,给人家的!"卡罗维夫伤心地说,"咱们别想捞着!咱们这些可怜的流浪汉白白幻想了一阵,多么想喝上一杯啊!可是,不行,咱们的处境太悲惨,太困难了!我真不知道该怎么办。"

河马只是摊开双手,苦笑一下,把帽子又戴在他的圆脑袋上。他那一头浓密的黑发很像猫头上的毛。这时,一个声音在把门的女公民头顶上响起来。声音并不高,但显然很有权威:

"让他们进去吧,索菲娅·帕甫洛夫娜!"

管登记的妇女不由得一惊:原来是绿花墙中间露出一个穿燕尾服

的人的白胸脯和一张蓄着短须的海盗般的脸。那人对两个破衣烂衫的可疑来客赔着笑脸,甚至像是在邀请他们进去。这位阿奇霸德·阿奇霸道维奇的权威在他掌管的这个餐厅里可以说是无所不在,人人都可以感觉到。于是,索菲娅·帕甫洛夫娜马上毕恭毕敬地向卡罗维夫问道:

"请问贵姓?"

"帕纳耶夫。"卡罗维夫也客气地回答。那妇女登记上卡罗维夫的姓氏,又抬起询问的目光看了看河马。

"斯卡比切夫斯基。"河马用嘶哑的声音说,不知为什么指了指腋下的汽油炉。索菲娅·帕甫洛夫娜把这个姓氏也登记上,把登记本递过来请二人签名。卡罗维夫在写着"帕纳耶夫"的格中签了个"斯卡比切夫斯基",河马则在"斯卡比切夫斯基"一格中签上了"帕纳耶夫"。使索菲娅·帕甫洛夫娜更为震惊的是,阿奇霸德·阿奇霸道维奇竟亲自满脸赔笑地把两位客人让到了对面凉台边上最好的位置上:那里不仅绿荫最浓,而且小桌旁边还透进绿花墙外射来的一束阳光,给人以十分舒适、明快的感觉。索菲娅·帕甫洛夫娜奇怪地眨着眼,盯着两位不速之客留下的签名,琢磨了许久。

阿奇霸德·阿奇霸道维奇的态度不仅使索菲娅·帕甫洛夫娜吃惊,而且也使餐厅服务员们大为震惊。他亲自从小桌下拉出坐椅,请卡罗维夫坐下,然后对一个服务员挤了挤眼,对另一个小声说了句什么,两名服务员就围着客人忙碌起来。其中一位客人这时已经把他带着的小汽油炉放到地上,紧挨在他的皮靴旁边。餐桌上原来铺的有黄斑的旧桌布马上被撤掉了。一块浆得沙沙响的洁白的桌布,像阿拉伯牧民的大斗篷似的,在空中一抖,铺在桌上。而阿奇霸德·阿奇霸道维奇这时已经悄悄地、但却是富有表情地俯身到卡罗维夫耳边问道:

"侍候您二位吃点什么?有一种特制的干鱼脊肉……是我从建筑师代表大会接待组搞来的……"

"您……嗯……就给我们随便来点小吃吧……嗯……"卡罗维夫和颜悦色地说着,坐到椅子上,伸开两腿。

"明白了。"阿奇霸德·阿奇霸道维奇闭了一下眼睛，意味深长地回答说。

服务员看到餐厅主任如此敬重这两位怪客，自然也就打消了疑虑，认真地忙碌起来。河马刚从口袋里掏出一个烟头塞到嘴里，一个服务员便急忙划着火柴送了过来；另一个服务员托着一盘叮当响的绿标签酒瓶和杯子跑到桌前，把一个个形状各异、高低不等的玻璃酒杯摆在桌上。在格里鲍耶陀夫之家凉台的帆布遮阳伞下，用这种高脚杯喝上一杯……或者，如果我们按后来的时间讲话，还可以用过去时态说，喝上了一杯纳尔赞矿泉水，那有多么惬意啊！

"我今天请您二位尝尝松鸡肉排吧，"阿奇霸德·阿奇霸道维奇歌唱般细声细气地说。戴着破夹鼻眼镜的客人对这位原两桅海盗船船长的建议感到满意，透过那片完全无用的破玻璃向他投以赞赏的目光。

带着夫人来用餐的小说家、别号"旱风"的彼得拉科夫，这时正在旁边餐桌上吃完他的煎猪排。他以作家特有的敏锐观察力发现了阿奇霸德·阿奇霸道维奇这种殷勤态度，感到十分惊讶；但他的夫人，一位颇为庄重的妇女，看到海盗对卡罗维夫这样殷勤却有些嫉妒了。她用羹匙敲了敲盘子，表示：怎么老不给我们来下一道菜？……该给我们上冰激凌了！怎么回事？

但是，阿奇霸德只对彼得拉科夫太太送过去一个讨好的微笑，派过一个男服务员来，他本人则仍然围着他的两位贵客打转。噢，阿奇霸德·阿奇霸道维奇真不愧是个聪明人！要论目光的敏锐，他大概也并不比任何作家差！他早已听说了瓦列特剧院那场魔术表演，听说了这几天发生的各种怪事，而且与别人不同的是，他并没有把别人提到的"穿方格衣服""像猫"这类的话当做耳旁风。所以，今天他一看这种情况，立刻就猜到了这两位怪客的来历。既然猜到，当然，他是绝不会同他们争吵的。而那个索菲娅·帕甫洛夫娜可倒好！这两位光临了，她还想阻拦——亏她想得出！其实，话又说回来，对她这样的人还能要求什么呢！

彼得拉科夫夫人傲慢地用小勺秆着已经开始融化的奶油冰激凌，气鼓鼓地看着旁边两个小丑打扮的人跟前桌上像施了魔法似的摆满了美味佳肴。洗得干干净净的碧绿的生菜叶在鲜鱼子盘里显得耀眼……转眼间,又给他们特地推过来一张小桌,桌上有个冰凉的、外面挂着水珠的小圆筒……

阿奇霸德·阿奇霸道维奇看到一切都安排得非常满意,看到服务员飞快地双手捧过来一个平底锅,锅上的东西还在发出咝咝的响声,这才允许自己暂时离开两位神秘顾客,而且还事先小声向他们"告了假":

"请二位原谅!我得出去一下!得亲自去看看煎松鸡肉排做得怎么样。"

他离开餐桌,进入餐厅的后门。这时,如果有谁能继续跟踪阿奇霸德,对他进行观察的话,无疑会对他后来的行为感到莫名其妙。

这位餐厅主任并没有去厨房看松鸡肉排,而是朝餐厅的库房走去了。他用自己的钥匙打开库房,进去后把门关好,打开大冷藏柜,伸进手去,唯恐弄脏他那洁白的袖口,小心翼翼地从里面取出了两大条沉重的干鱼脊肉,用报纸包起来,又用细绳捆好,放到了一旁。然后他到旁边房间去看了看自己的丝绸衬里的夹大衣和礼帽是否还放在原处。只是在这之后他才到厨房去看了看——厨师正认真地制作海盗答应请客人品尝的松鸡肉排。

应该说,阿奇霸德·阿奇霸道维奇的这一切行为,其实也并无任何奇怪或莫名其妙之处,只有那些仅仅会从表面观察问题的人才觉得不可理解。应该说,他的行为是刚才一系列做法的必然而合乎逻辑的发展。对近日来各种怪事的了解,主要是阿奇霸德本人所具有的非凡的嗅觉,告诉这位格里鲍耶陀夫餐厅的头头:两位怪客面前的菜肴尽管鲜美而丰盛,但他们用餐的时间将是极短暂的。这位从前的海盗头子的嗅觉还从来没有欺骗过他,今天也没有欺骗他。

当卡罗维夫和河马举起第二杯冰凉的上等纯正莫斯科伏特加碰杯时,凉台上来了一个汗流满面、非常兴奋的人。他就是莫斯科著名的消息灵通人士、报社新闻编辑博巴·康达鲁普斯基。他马上坐在彼得拉科夫夫妇桌旁,把装得鼓鼓的公事包往桌上一放,随即把嘴唇凑近彼得拉科夫的头,对他耳语起来。他的话看来非常诱人,以致旁边的夫人忍不住好奇心的折磨,也急忙把自己的耳朵凑到了博巴那油光圆润的嘴唇旁边。博巴没完没了地对他们小声嘀咕着,不时贼眉鼠眼地回头张望一下。旁边的人只能偶尔听清楚个别的词句:

"绝不说谎,以人格担保!……在花园大街,花园大街,"博巴把声音压得更低,"枪弹打不进去!子弹……子弹……汽油……起火了……子弹……"

"都是这些人在造谣生事,散布些个下流的谣言,"愤世嫉俗的彼得拉科夫夫人用她的女低音议论起来,这声音要比博巴所希望的高一些,"应该当场揭穿这些家伙!不过,没关系,随它去吧,早晚会收拾他们的!这些造谣的人真坏透了!"

"这哪里是什么谣言呀,安东尼达·波尔费里耶夫娜!"作家夫人的不信任态度使博巴很伤心,他提高嗓音说,"我告诉您,就是子弹打不进去……现在起火啦……那两个人从空中……从空中……"博巴用嘶哑的声音讲着,连做梦也没想到他所讲的"那两个人"就坐在他身旁欣赏着他的讲话。不过,这种欣赏很快也就结束了。餐厅的里门猛地打开,三个男人一下子蹿到凉台上,他们腰里紧扎着武装带,腿上缠着皮绑腿,手里握着左轮手枪。为首的一个发出一声可怕的吼叫:

"不许动!"三个人同时对准卡罗维夫和河马的头部开了枪。两个受到射击的人顿时消融在空气中,汽油炉里忽然冒出一股火焰,直冲帆布遮阳伞。伞上开了一个洞,像是张开一个黑边大嘴,它不断地向四周扩大。火舌迅速穿过大嘴冲出帆布伞,蹿向格里鲍耶陀夫之家的屋顶。放在二层楼窗台上的编辑室的文件夹也突然起了火,这火又引着了窗幔,一根根火炷像被人煽动似的发出呼呼的声音迅猛地向小楼深处蔓延开去。

几秒钟后,在通向小花园铁栅栏的那条沥青小路上,也就是星期三那天傍晚第一个前来报告不幸消息而未被任何人所理解的伊万·无家汉所跑过的那条小路上,已经有许多人在拼命向外逃跑了。这里面有尚未用完餐的作家,有服务员,有索菲娅·帕甫洛夫娜,有博巴、彼得拉科娃和彼得拉科夫。

早已提前从旁门溜出格里鲍耶陀夫之家的阿奇霸德·阿奇霸道维奇并没有往别处跑，也并不急着上别处去。他像一个有责任最后离开起火船只的船长，安详而镇定地站在不远的地方观看着这一切，穿着他的丝绸衬里的夹大衣，腋下夹着两条粗大的干鱼脊肉。

第二十九章　命运注定

太阳正在西沉。这时,在莫斯科一座最漂亮的大楼上,在这座大约建于一百五十年前的楼房的石砌晒台上,有两个人正居高临下地俯瞰着全城。这就是沃兰德和阿扎泽勒。从下面,从大街上,是看不见他们的——晒台的柱形护栏和每个栏柱顶端的一个个石膏花篮里的石膏花恰好挡住行人的不必要的视线,而这两个人自己却能把整个城市一览无余。

沃兰德坐在一个折叠凳上,还是披着他的黑色长袍。他那把又长又宽的宝剑垂直地插在晒台的石板缝里,形成一个独特的日晷。长剑的影子缓慢地、但却是顽强地不断向前延伸,爬向撒旦脚上那双黑鞋。沃兰德在折叠凳上佝偻着身子,蜷起一条腿,一个拳头支着尖下颏,目不转睛地注视着眼前这一大片由宫殿、高楼和注定要被拆除的低矮小房组成的混合体。阿扎泽勒这时也已脱去他的现代时装——套服、礼帽、漆皮鞋,像沃兰德一样换上了一身黑衣服,纹丝不动地站在离他的君王不远的地方,同君王一样默默地凝视着这座城市。

沃兰德终于开口了:

"一座多么有意思的城市啊!不是吗?"

阿扎泽勒动了一下身子,恭恭敬敬地回答说:

"主公,我更喜欢罗马!"

"嗯,各有所好嘛。"沃兰德回答。

过了一会儿,又听到了沃兰德的声音:

"那边林荫路上在冒烟,怎么回事?"

"是格里鲍耶陀夫之家着火了。"阿扎泽勒回答说。

"看来,准是那对形影不离的卡罗维夫和河马去过那里。"

"这毫无疑问,主公。"

又是一阵沉默。晒台上的两个人凝望着一座座大楼上层朝西的窗户,凝望着一块块窗玻璃上火球般耀眼的、变了形的太阳。沃兰德的一只眼睛也在放出燃烧般的亮光,就像那许多窗户中的一扇,尽管沃兰德是背向夕阳坐着的。

就在这个时候,仿佛有件什么东西吸引住了沃兰德的注意力,使他把视线从城市转向背后屋顶上的圆形塔楼。原来是从塔楼的墙内走出了一个人,这人穿着件满是泥巴的破旧长衫,脚上是一双自制的平底鞋,留着黑胡须,神情郁郁不乐。

"哎呀!"沃兰德惊呼一声,用嘲讽的目光望着来人说,"你会在此地出现,万万没有想到。不过,我知道你这位不速之客迟早会来的。请问,光临此地有何贵干?"

"我是专程来拜访你这位邪恶之灵和阴暗之王的。"来人蹙着眉头,很不友好地望着沃兰德说。

"既是专程来访,为什么见面都不问声好,祝我健康长寿,你这个当年的税吏?"沃兰德的语气也严肃起来。

"那是因为我并不希望你健康长寿!"来人的回答毫不客气。

"不过,这一点你就不得不接受现实喽,"沃兰德反驳说,同时嘴角一撇,冷冷地一笑,"你刚刚来到这屋顶上,就干了件蠢事。我可以告诉你蠢在哪里。蠢就蠢在你的语气上。听你刚才说话那语气,似乎你根本不承认阴暗的存在,也不承认邪恶。你最好发发善心,想想这样一个问题:假如世上不存在恶,你的善还能有什么作为?假如从地球上去掉阴暗,地球将会是个什么样子?要知道,阴影是由人和物而生的。瞧,这就是我这把宝剑产生的阴影。此外,树木也产生阴影,一切生物也都产生阴影。你是不是想把地球上的一切树木和生物统统去掉,从而满足你享受完全光明的幻想呢?你真愚蠢啊!"

"你是个老有经验的诡辩家,我不想同你争辩。"利未·马太回答说。

"你也不可能同我争辩,其原因就是我刚才说过的:你愚蠢。"沃兰德回答说。他随即问道:"好吧,别惹我心烦,你简短地说说吧:你到底是为什么来的?"

"是他派我来的。"

"那么他让你这个奴仆来转告我什么?"

"我不是奴仆,"利未·马太回答说,看样子他越来越气愤了,"我是他的信徒。"

"和往常一样,我们两人是在用不同的语言讲话,"沃兰德回答说,"但是,我们所谈的事物本身并不因此而有所改变。好,你说吧……"

"他看过了大师写的书,"利未·马太说,"所以便请求你把大师召到你这里来,并赐予他安宁。难道这点事你这邪恶之灵还难办到吗?"

"无论什么事我都不难办到,这一点你很清楚,"沃兰德回答说。他沉默片刻,又说:"那你们为什么不带他到你们那个光明世界中去?"

"按功德他不应得到光明,他只应得到安宁。"利未·马太的声音中含着几分伤感。

"你回去转告他:可以办到,"沃兰德回答,这时他的一只眼燃起火光,又说,"你马上离开这里吧!"

"他还请求你把那个热爱大师并曾为他蒙受苦难的女子也召到你这里来。"利未·马太第一次用恳求的语气对沃兰德说。

"好像缺了你,我们就绝对想不到这一点似的。快走吧!"

利未·马太消失了。沃兰德把阿扎泽勒叫到跟前命令道:

"你马上去他们那里,把这件事办妥!"

阿扎泽勒转身离去。晒台上只剩下了沃兰德独自一人。但是他的孤独并没有持续多久。石板上传来脚步声和热烈的谈话声,卡罗维夫和河马随即站到沃兰德面前。不过,这时矮胖子河马已经不是拿着汽油炉,而是拿着一些别的东西了:他腋下夹着一幅镶在金镜框里的风景画,胳膊上搭着一件烧毁一半的厨师白罩衫,另一只手里抓着一条完整的、还带着皮和尾巴的鲑鱼。卡罗维夫和河马身上都有一股煳焦气味,河马脸上还挂着烟黑,便帽的一边已被烧坏。

"向您致敬,主公!"两个永远不知安宁的人大喊大叫着走过来,河马还摇着手中的鲑鱼。

"你们两个不错嘛!"沃兰德说。

"主公,您想想看,"河马又高兴又激动地大喊着,"人们把我当作土匪啦！"

"看你拿来的这些东西，"沃兰德看了看那幅风景画，"你也确实是个土匪。"

"主公，您信不……"河马用诚恳的声音说。

"不，我不信。"沃兰德不等他说完话，就回答说。

"主公，我敢起誓，我做出了英勇的努力，打算尽可能把什么东西都救出来，可结果呢，这不，只救出这点东西。"

"你最好是告诉我，格里鲍耶陀夫之家的火是怎么着起来的？"沃兰德问道。

卡罗维夫和河马两人不约而同地把眼睛向上一翻，两手一摊，表示一无所知，而河马则大声说：

"无法理解！我们正老老实实地坐在那里，安安静静地吃东西……"

"猛然间——砰！砰！两声枪响！"卡罗维夫接着说，"我和河马吓坏了，赶紧朝小花园跑。见后面有人追上来，我们又往季米里亚泽夫大街跑！"

"但是，"河马又接着说，"我们的责任感终于战胜了可耻的恐惧感，我们便又返回去了！"

"啊，你们又回去了？"沃兰德说，"那么，当然，那座小楼就全烧光了。"

"是全烧光了！"卡罗维夫伤心地证实说，"您用词是很中肯的，主公，也就是说，名副其实地什么也没留下。只剩了一堆灰烬！"

"我闯进大会议室，"河马描述说，"就是有圆柱的那间，主公，我指望能救出点什么有价值的东西。哎呀，真危险，总有二十次险些使我妻子——如果我真有妻子的话——当了寡妇！不过，主公，幸亏我没有妻子，而且，我对您说，没有妻子我倒很幸福。啊，主公，扔下单身汉的自由不要，而去套上个沉重的套包，那才不值得！"

"你又在胡扯了。"沃兰德说。

"是，我继续往下讲，"黑猫回答说，"这不，就救出了这么一幅风景画。别的东西都救不出来了，火苗直往我脸上扑。我又跑进库房，救出了这条鲑鱼。跑进厨房,抢出了这件罩衣。我认为,主公,我已经是尽心尽力了,说实话,我不能理解您脸上那种怀疑的表情。"

"你抢劫的时候,卡罗维夫做了些什么?"沃兰德问。

"我在帮助消防队员,主公。"卡罗维夫回答,同时指了指撕破的裤子。

"啊,如果是你帮了他们,那当然就得重建一座新楼了。"

"会重建的,主公,"卡罗维夫回答说,"这一点您尽管放心。"

"嗯,好吧。那我就只好希望新楼建得比旧楼更好喽!"沃兰德说。

"会是这样的,主公。"卡罗维夫说。

"您就相信我的话吧,"黑猫补充说,"我是个真正的预言家。"

"总之,主公,我们两个回来了,"卡罗维夫报告说,"随时听候您的差遣。"

沃兰德从小凳上站起身,走到晒台边的柱形护栏前,背对着随从人等,独自默默地望着远方,望了很久。然后,他离开晒台边,走回原处,又坐到小凳上,说:

"眼下没有什么差遣。你们都尽力完成了你们的事。我这里暂时不需要你们,你们可以去休息。有一场暴风雨马上就要到来,最后一场暴风雨,它将最终完成应该完成的一切。然后我们就可以启程了。"

"太好了,主公。"两名滑稽大王一起回答,随即跑到晒台中央的圆形中心塔楼后面,消失了。

这时,地平线上正在孕育着沃兰德所预言的那场暴风雨,它已在积聚力量了。西方升起的大片乌云先是遮去半个太阳,接着便把它完全遮起来。晒台上顿时觉得凉爽多了。不一会儿,天色便黑了下来。

从西方袭来的这片黑暗笼罩了整个庞大的城市。一座座桥梁、宫殿都不见了。一切都忽然消失,就仿佛它们从来没有在世界上存在过。一条火蛇飞速地穿过整个天空,接着一声巨大的轰隆声震撼了全城。又是一声惊雷,倾盆大雨便接踵而来了。风雨如晦,黑暗中已经分辨不出沃兰德的踪影。

第三十章　时辰到！时辰到！

"你知道吗，"玛格丽特说，"昨天晚上你睡着的时候，我恰好读到描写从地中海袭来的黑暗的那一段……还有高大的神像，啊，那些金色的偶像啊。不知为什么我总想着它们，它们使我不得安宁。我觉得现在也像是就要下雨。你不觉得空气凉爽多了吗？"

"这一切都很好，很可爱，"大师吸着烟，一边挥手驱散吐出的烟，一边回答，"那些雕像嘛，随它去吧！不过，以后会怎么样，可是渺茫得很啊！"

他们说这番话的时候，夕阳正在西沉，恰恰是利未·马太来到晒台上，出现在沃兰德面前的时候。地下室的窗子开着。假如此刻有人隔窗往里看看，一定会为这两个人的衣着感到吃惊：玛格丽特光着身子披了件黑斗篷，大师仍然穿着那套病员衣服。这是因为玛格丽特根本没有衣服可穿——她的衣物用品全在那所独院的小楼上，虽然小楼离这里不远，但现在当然谈不上回那里去取东西的问题；而大师呢，他的衣物虽说都好好地放在柜橱里，好像他本人从未离开过这里，但他根本不想换衣服，他想以此来向玛格丽特表明一种想法：过不了多久，肯定还会发生某种荒唐透顶的事。不错，他的脸倒是用剃刀刮得精光，自从那个秋夜以来他还是头一次刮脸，在精神病院里人们是用电推子给他推掉胡茬的。

屋里也显得杂乱无章，而且很难说清为什么会是这样：小地毯上扔着几本原稿，长沙发上也放着些原稿，安乐椅上窝着一本打开的书，小圆桌上却摆着午餐——有几样菜，还有几瓶饮料。这些菜肴和饮料是哪儿来的？玛格丽特和大师谁也不知道。他们醒来时便发现餐桌已经摆好。

大师和玛格丽特一觉睡到星期六的日暮时分，醒来后都感觉身强力壮,精神抖擞。引起他们对昨夜经历的回忆的只有一点:两人都觉得左太阳穴有点胀痛。但两人心理上却都发生了很大变化。随便什么人听一听他俩在地下室里的谈话,都会对此深信不疑。不过,他们的谈话却没有一个人听见:这所小院好就好在它经常寂静无人。窗外,椴树和白柳枝头的绿意正在一天浓似一天,散发着馥郁的春的气息。阵阵微风把清香送进这地下室里。

"呸,见鬼!"大师忽然高声说,"这算怎么回事?简直难以想象!"他把烟头在烟缸里掐灭,两手抱住头,"喂,我说,你是个聪明人,你也没有疯过,难道你当真相信咱俩昨晚见到了撒旦?"

"完全相信。"玛格丽特回答。

"当然,当然,"大师讥诮说,"那就是说,原来只有我一个人发疯,现在咱俩都疯了!夫妻双双发疯!"他举起双手伸向天空,喊道,"不!魔鬼才知道是怎么回事!鬼知道!鬼!鬼!"

玛格丽特并不回答,而是一下子坐到长沙发上,摆动着两只赤脚哈哈大笑起来,接着便大声喊道:

"哎呀,受不了!哎呀,真受不了!你看看,你像个什么样子!"

大师难为情地急忙把衬裤往上提了提。玛格丽特笑过一阵之后,收起笑容,严肃地说:

"刚才你无意中言中了:魔鬼知道这是怎么回事。而且,我告诉你,魔鬼也会把一切都安排好的!"只见她两眼放光,从沙发上一跃而起,跳起舞来,同时大声喊叫着:"我跟魔鬼打上了交道,多么幸福啊!我多么幸福,多么幸福啊!噢,魔鬼呀,魔鬼!我说,亲爱的,您只好同我这女妖精一起生活了!"玛格丽特说着,扑到大师身上,搂住他的脖子,把热烈的亲吻连连印在他的嘴唇、鼻子和两颊上。她蓬松的头发旋风般在大师身上拂动,他觉得两腮和前额在频频的亲吻下像是燃烧了起来。

"你倒是真的变得有些像魔女了。"他说。

"我本来也没有否认这一点,"玛格丽特回答说,"我是个魔女,而且我为此感到高兴。"

"嗯,也好,"大师说,"魔女就魔女吧。非常好,好极了!那么说,魔鬼从精神病院把我偷了出来！这也很好嘛。就算魔鬼又让我回到了这里……甚至还可以假设别人不会发现我们不在，不会寻找我们。可是，看在一切圣灵的分上，请你说说：咱们今后靠什么生活呢？怎么生活？我这话完全是为你着想啊，真的。"

这时小窗外出现了一双圆头皮鞋和两只条纹料西服裤的裤腿。接着，那条裤子在膝盖处弯了下来，一个男人的大屁股挡住了射进屋里的阳光。

"阿洛伊吉，你在家吗？"在窗外那裤子上面有个声音问道。

"看，来了吧。"大师说。

"阿洛伊吉？"玛格丽特走到小窗前问道，"他昨天被逮捕了。是谁找他？您姓什么？"

那个屁股和裤腿、皮鞋转眼间都不见了，只听到小院的栅栏门砰的一声关上，一切又恢复了平静。玛格丽特一头扑到沙发上，哈哈大笑起来，笑得都流出了眼泪。但是，当她止住笑声时，她的表情骤然变得异常严峻。她从沙发上滑下来，爬到大师膝盖旁，望着他的眼睛，抚摸着他的头发，十分严肃地说：

"苦了你了，我可怜的人，你受了多少苦啊！这些只有我最清楚！看，你头上已经出现了银丝，嘴角边已经永远地刻上了皱纹。我亲爱的，我唯一的亲人，你什么也别再想了。过去你不得不思考的事太多了，今后让我来替你思考吧！而且，我敢保证，保证一切都会非常好的。"

"其实，我现在并不害怕什么，玛格，"大师突然这样回答她，并且抬起头来。她觉得他现在又恢复到从前描写他所未曾目睹，但却深信不疑的那件事时的样子了。"我不害怕，是因为我什么都已经体验过。人们对我极尽恐吓之能事，现在他们再也没有什么东西能吓住我了。但是，玛格，我可怜你，这就是问题的症结所在！也正因为这样，我才总是对你讲同样的话。你清醒清醒吧！为什么要跟一个有病的乞丐待在一起，毁掉自己的一生呢？你回去吧！我为你难过，所以我才这么说的。"

"啊，你呀，你呀，"玛格丽特连连摇晃着她蓬松的头发低声说，

"啊,你呀,你这个缺乏信念的不幸的人呀!为了你,昨晚我赤身露体地奔忙劳碌了整整一夜,我失去了原有的本性,获得了新的素质,我曾经一连几个月独自待在小黑屋里冥思苦想着那唯一的一件事——想着降临到耶路撒冷上空的暴风雨,我哭干了眼泪,哭红了眼睛,可是现在,当幸福降临到我身上的时候,你却要赶我走?嗯,好吧,我可以走,我走,不过,你要记住:你是一个残酷的人!他们毁了你的心灵,使你的心灵空虚了!"

一阵痛苦的柔情涌上大师心头,于是他不知怎么竟把脸埋在玛格丽特的头发里放声痛哭起来。玛格丽特颤抖的手指在大师的鬓角跳动着,她一边哭,一边讷讷地说:

"是啊,看这银丝,这银丝!我是眼看着严霜染白了这颗头颅的!啊,我的这颗、我的这颗饱经忧患、备受熬煎的头颅啊!看,你这双眼睛成了什么样子!眼睛里空无一物……而你的肩上,肩上却有沉重的负担……他们摧残了你!把你毁了……"玛格丽特抽抽搭搭地哭着,她的话越来越没有条理了。

大师擦了擦眼泪,把玛格丽特从地上扶起来,自己也站起来,坚定地说:

"好啦,玛格!你使我感到惭愧。今后我永远不再这样没有志气了,也永不再提这个问题了,你放心吧!我明白,你我都是被自己的内心疾病害了,而且,这个病说不定还是我传染给你的……有什么办法呢,我们两个就一起来承受它吧。"

玛格丽特把嘴唇凑到大师耳边小声说:

"我可以凭你的生命向你保证,以你想象出的那个占星家的儿子[①]的名义向你保证:一切都会好的。"

"嗯,好啦,好啦,"大师回答她。他笑了笑,又说:"自然喽,当人们像你我这样被剥夺掉一切的时候,就该求助于阴曹地府的力量了!嗯,行啊,求助于阴曹地府我也同意。"

"你看,你看,现在你又和从前一样了,你在笑,"玛格丽特说,"不

[①] 指本丢·彼拉多,即大师倾注全部心血所构思的小说中的主要人物。

过,叫你那些文绉绉的字眼儿见鬼去吧!什么阴曹不阴曹,地府不地府的,不全都一样吗?我可是饿了。"

她拉着大师的手来到餐桌旁。

"我不大相信,这桌饭菜不会马上钻进地缝或者从窗户飞走吧?"大师说。他的情绪已经完全稳定下来了。

"不会飞走的!"

恰恰在这个时候,窗外传来一个瓮声瓮气的声音:

"祝阖家平安!"

大师不由得打了个冷战,而已经习惯于不寻常事件的玛格丽特却大声喊道:

"这是阿扎泽勒!啊,真好,多好啊!"她随即对大师耳语说,"你看,看,他们不会丢下我们不管的!"她跑去开门。

"你倒是把衣襟掩好啊!"大师冲着她的后影喊了一声。

"我才不管这些呢。"已经跑到小走廊的玛格丽特回答说。

阿扎泽勒走进来,向大师点头致意,向他问好,一只斜眼对着他闪闪发光,而玛格丽特却在一旁高兴地大声说:

"啊,我真高兴!一辈子从来没有这么高兴过!不过,阿扎泽勒,请原谅我这个样子,连衣服也没穿!"

客人请她不必在意,并告诉她:他不仅见过赤条条的女人,而且还见过连皮都剥光了的女人呢。阿扎泽勒先把一个黑缎子小包放在火炉旁边的角落里,然后兴冲冲地在桌旁坐下来。

玛格丽特给客人斟上一杯白兰地,阿扎泽勒高高兴兴地一饮而尽。大师目不转睛地看着这位不速之客,时而在桌子下面用右手偷偷掐一下自己的左手。① 掐也没有用。来客并没有融化在空气中。其实,大师多余这样做,眼前这个棕红头发的矮个子男人身上并没有任何可怕的地方,只不过眼珠上有块白翳。但眼里有白翳的人也常见,这跟魔法毫无关系。不过,他的穿着倒有些不大一般,穿的像件僧侣长袍,又像件斗篷。可是如果平心静气地想想,这也是常有的事。客人喝白兰地

---

① 掐一下试试痛不痛,以此来判断眼前的一切是不是幻觉,自己是否在做梦。

也像一切好人一样,举起杯子一饮而尽,并不吃菜。他这一杯酒喝下去,倒使大师的头脑里嗡嗡响起来。

大师心里暗自思忖着:"看来,玛格丽特说得对!坐在我面前的当然是撒旦的使者。其实,我自己不久前,就在前天夜里,还向诗人伊万证明他在牧首湖畔遇见的就是撒旦,怎么现在反倒怕起这种想法,想到什么催眠术、幻觉上去了呢。哪里来的什么催眠术!"

大师认真地观察起阿扎泽勒来,他觉得阿扎泽勒的眼睛里含着某种不大自然的东西,好像他心里有某种想法暂时还不打算说出来。大师暗想:"他这绝非一般的拜访,一定是受命而来的。"

大师的观察力果然十分敏锐。

客人喝下了第三杯白兰地,看来三杯酒对他并没有起任何作用。但这时客人终于开腔了:

"嘿,见鬼,这所地下室还是挺舒适的嘛!不过,就是有一个问题:在这儿,在这地下室里,能干些什么呢?"

"我也正这么说呢。"大师笑了笑说。

"阿扎泽勒,您为什么来扰乱我的安宁?"玛格丽特问道,"我们总能过得去的!"

"哪里的话,哪里的话!"阿扎泽勒急忙说,"我连想都没想过要来扰乱您的安宁。我也是想说,总能过得去的呀。噢,对了!我差点忘了:主公让我向你们转达他的问候,还叫我转达他的邀请,请他们陪他一起做一次小小的郊游,当然,如果你们二位愿意的话。您二位对此有什么想法?"

玛格丽特在桌子下面用脚碰了大师一下。

"乐于奉陪。"大师急忙回答,一边审视着阿扎泽勒的脸。阿扎泽勒则继续说:

"我们希望玛格丽特·尼古拉耶夫娜也不会拒绝吧?"

"我更是不会拒绝了,"玛格丽特说,她的脚又在桌下碰了一下大师的脚。

"太好啦!"阿扎泽勒大声说,"我就欢喜这个痛快劲儿!三言两语,成啦!可不像上次在亚历山德罗夫公园那样。"

"哎,您就别再提那档子事啦,阿扎泽勒!我当时糊涂嘛!不过,也难怪我,谁也不是天天都能遇见魔鬼的呀!"

"那还用说!"阿扎泽勒也表示同意,"如果能天天遇见,那倒有意思了!"

"我自己也喜欢痛快,"玛格丽特激动地说,"喜欢痛快,也喜欢赤裸裸的。就像用毛瑟枪射击一样,一下子——得!噢,对了,他的枪法好极啦,"玛格丽特转身对大师说,"把一张扑克牌黑桃七放在枕头下面,他能够任选其中一个花打……"玛格丽特的眼睛熠熠发光,她已经有些醉意了。

"瞧,我又忘了,"阿扎泽勒一拍脑门,叫了一声,"看来我是累糊涂了!主公还让我给您捎来点礼物呢!"他专门对着大师说,"是一瓶葡萄酒。请您注意,这就是犹太总督喝的那种法隆葡萄酒。"

很自然,这样的珍品引起了玛格丽特和大师的极大兴趣。阿扎泽勒打开黑缎子小包,取出一个完全潮湿的、长了霉的瓦罐。三个人打开罐子闻了闻,把酒斟到玻璃杯里,举起杯子对着窗外即将逝去的、暴风雨前的阳光照了照。透过酒杯,他们觉得一切都染成了血红色。

"为沃兰德的健康干杯!"玛格丽特举起杯子高声说。

三个人同时把酒杯送到唇边,各喝了一大口。大师觉得眼前那暴风雨前的阳光开始熄灭了,他感到呼吸困难起来,觉得自己马上就要死去。他还看到玛格丽特的脸色变得像死灰一般,她刚想向大师伸出软绵绵的双手,她的脑袋便一下子耷拉在桌上,整个身子随即瘫倒在地板上。

"下毒犯!"大师还来得及喊了最后一声。他想抓起桌上的刀子向阿扎泽勒刺去,但他的手无力地从台布上滑下去,他觉得地下室里的一切都变成了黑色,接着便完全消失了。他仰面倒下去,太阳穴碰在写字台角上,划破了一块皮。

等到两个被毒死的人完全消停下来,阿扎泽勒开始了他的下一步行动。他首先飞出窗去,瞬息间便来到了玛格丽特·尼古拉耶夫娜原先住的那座独院儿。一向办事认真而准确的阿扎泽勒想检查一下,需要完成的事是否全部完成了。结果,一切都完成得很好。他看到:那个

等待着丈夫归来的忧郁的妇女从自己卧室走出来,突然脸色发青,手捂住心脏部位,有气无力地喊了一声:

"娜塔莎!谁都行,快……来一下!"她倒在客厅的地上,没有走到书房。

"一切都完成得很好。"阿扎泽勒自言自语地说。他转瞬间回到了被毒死的一对情人身边。玛格丽特趴在地上,脸埋在小地毯中。阿扎泽勒用他的铁臂像拿玩具娃娃似的轻轻给她翻了个身,盯着她的脸看起来。眼看着这张脸上的表情发生了变化。甚至在暴风雨前的昏暗光线下也看得清楚:那种暂时的、魔女特有的斜眼、魔鬼的残忍和桀骜不驯的神情,统统从她脸上消失,这张脸上又显出生气,变得柔和可爱,刚才还猛兽般地龇着牙的嘴现在是一张痛苦地咧开的女人的嘴了。于是,阿扎泽勒掰开她的洁白的牙齿,取过刚才毒死她的酒,往她嘴里滴了几滴。玛格丽特哎哟一声,叹了口气,不用阿扎泽勒搀扶,便自己慢慢坐了起来,用微弱的声音问道:

"这是怎么回事,阿扎泽勒,为什么这么干?你干了些什么呀?"

这时,她看到了躺在旁边的大师,打了一个冷战,轻声说:

"这我可绝没有想到……杀人犯!"

"哎呀,不是!不是呀!"阿扎泽勒回答说,"他马上就会起来的。哎呀,您怎么这么神经质!"

棕红头发的魔鬼的声音是那么诚挚可信,所以玛格丽特马上就相信了他的话。她跳起来,感到自己精力充沛,动作轻捷,她帮着给躺在地上的大师也喝了一点酒。大师睁开眼,用忧郁的目光看了一眼,又恶狠狠地说出了刚才最后那句话:

"下毒犯!……"

"哎呀!侮辱成了对做好事的通常的报酬。"阿扎泽勒回答说,"难道您是瞎子?快快省悟过来吧!"

大师站起身,用生气盎然、炯炯有神的目光扫视了一下,问道:

"这新的变化意味着什么?"

"它意味着,"阿扎泽勒回答说,"你们二位的时辰已到。没有听见雷声轰轰,暴风雨即将来临吗?天色已经黑了。骏马已在急不可耐地嘶鸣咆哮,这座小院已在颤抖。与你们的地下室告别吧,快快告别吧!"

"噢,我明白了,"大师谨慎地四下看了看,"您把我们杀死了,我们现在已经死了。啊,这太英明了!太及时了!现在我全明白了。"

"哎呀,对不起,"阿扎泽勒回答说,"这话难道会是出自您的口中?要知道,您这位好友是把您称为大师的呀!您自己现在还在思考呀!怎么会是死了呢?难道仅仅为了把自己当作活人,就一定得穿着衬衫和住院患者的裤子待在这阴暗的地下室里?这岂不是太可笑了!"

"您的话,我全明白了!"大师高声说,"不必多说了!您的话千真万确!"

"伟大的沃兰德!"玛格丽特也随声附和说,"伟大的沃兰德!他想出来的主意比我的好多了!不过,可一定要带上那部小说,那部小说,"她对大师喊道,"不管飞到哪里,你可要随身带上那部小说呀!"

"没有必要,"大师回答说,"我能把它全背诵下来。"

"那书里的……书里的每一个字你都不会忘掉?"玛格丽特问道,她偎依在她的情人身旁,替他擦去鬓角上的血。

"不必担心!如今我是什么都不会忘记了,永远不会忘记!"大师回答。

"那么,用火吧!"阿扎泽勒高声说,"一切从火开始,让我们也用火来结束这一切吧。"

"用火!"玛格丽特用可怕的声音呼喊。地下室的小窗户吧嗒响了一声,一阵狂风把窗帘吹到旁边,半空中传来一声短暂而明快的霹雳。阿扎泽勒把一只胳膊伸进壁炉,掏出一块冒着烟的木棍,点着了桌上的台布,又点着了沙发上的一沓旧报纸、窗台上的原稿和窗帘。已经为即将开始的驰骋所陶醉的大师从书架上取下一本书,把书页弄散,扔到燃烧着的桌布上,那书立即吐出欢快的火舌。

"燃烧吧,从前的生活,化为灰烬吧!"

"化为灰烬吧,我的苦难!"玛格丽特也喊道。

整个房间像是在许多紫红色火柱中摇动。三个人跑出房门,顺石阶走出地下室。来到院里,他们一眼便看见房东的老厨娘呆坐在地上,身旁乱扔着一些土豆和几小把葱。老厨娘的惊愕是不难理解的：院里板棚旁边有三匹乌黑的骏马在打着响鼻，嘶叫着，浑身抖动，马蹄把地上的土刨得飞起老高。玛格丽特第一个飞身上马，紧接着阿扎泽勒和大师也各跨上一匹马。厨娘吓得呻吟了一声，一只手举到胸前正要画十字，只听阿扎泽勒坐在马上对她厉声喝道：

"我剁掉你的手！"他一声唿哨，三匹骏马碰断头上的椴树枝，相继腾空而起，钻入低沉的黑云中。地下室的小窗顿时喷出浓烟。从地面上传来老厨娘微弱的、可怜的喊声：

"着火了！"

几匹骏马已经飞驰在莫斯科一片屋顶的上空了。

"我想向这座城市告别一下。"大师向飞驰在最前面的阿扎泽勒大喊，但雷声还是淹没了他说的最后两个字。阿扎泽勒点点头，让坐骑放慢了速度。乌云向三位骑士迎面扑来，但雨还没有开始下。

三人飞行在街心花园上空，看到一些小小的人影在四处奔跑，躲避着即将来临的暴风雨。开始落下大颗雨点了。他们飞越过一团黑烟——这就是格里鲍耶陀夫之家留下的全部东西了。又飞过了已经注满黑暗的城市。一道道电光时而在他们头上闪亮。不一会儿，下面不再是高低不平的屋顶，而是一片绿色林木了。这时大雨才倾盆而下，三个飞行着的人像是变成了水中的三个大水泡。

这种飞行的感觉玛格丽特已经体验过，但大师却由于初次尝试而惊讶不已。他感到奇怪的是，怎么这么快就来到了目的地，来到了他想与之辞行的那个人身边呢？除了这个人之外，大师确实再也没有可以辞行的人了。透过模糊的雨幕，大师认出了斯特拉文斯基教授的医院、医院旁边的小河以及他曾仔细观察过的河对岸那片松林。三个人降落在离医院不远的林中空地的灌木丛中。

"我在这儿等你们，"阿扎泽勒双手往胸前一抱，对大师和玛格丽特大声说，他的身影时而为闪电所照亮，时而又消失在灰色的雨雾中，"你们去辞行吧，不过要快些！"

大师和玛格丽特跳下马，飞身向前，宛如雨中的两条影子一般，迅速穿过了医院大院。转瞬间大师已经用他熟悉的动作推开了第117号病房外阳台上的铁栅栏,玛格丽特紧跟在他身后。趁着不停的隆隆雷声和风雨声,两人悄悄走进伊万的病房,大师站到伊万床前。

年轻的伊万正一动不动地躺在床上,观察着窗外的雷雨,就像他在这个休养所里第一次观察雷雨时那样。不过现在他并没有像头一次那样哭泣。他看到从阳台上闯进来一个黑影,仔细看了看,坐起来,伸出双手高兴地说:

"啊,是您!我一直在等呀,等着您来。您可来了,我的邻居!"

听他这么说,大师回答说:

"我是来了!不过,遗憾的是,我不能再跟您作邻居了。我要永远飞走了。现在就是来向您辞行的。"

"我早知道,我猜到这一点了,"伊万轻声回答,并问道,"您见到他了?"

"对,"大师回答说,"我之所以要来向您辞行,是因为您是近来同我谈过话的唯一的人。"

伊万喜形于色地说:

"您特地来看我,太好了。您知道,我是信守诺言的:我再也不写诗了。现在我已经对别的东西发生了兴趣,"伊万微微一笑,两只呆痴的眼睛越过大师望着远处什么地方说,"我想写点别的。您知道吗,我躺在这里静养期间明白了许多许多道理。"

大师听到这些话异常激动,便坐到床边对他说:

"噢,这很好,这很好!那您就写一部关于他的续篇吧!"

年轻的伊万的眼睛里燃起了火焰。

"而您自己难道就不写啦?"这时,伊万忽然把头一耷拉,沉思着说,"噢,对呀……还有什么好问的呢。"他说着往地板上斜睨了一眼,眼里露出吃惊的神色。

"是的,"大师回答说,但伊万觉得这时大师的声音显得很陌生,还有些嘶哑,"我今后不再写他了。我要去做别的事了。"

一声遥远的唿哨穿过雷雨声传了进来。

"您听见了吗?"大师问道。

"是外面的雷雨声……"伊万回答。

"不，这是在呼唤我，我走的时辰到了。"大师说着，从床边站起来。

"等一等！我再问一句话，"伊万请求说，"您找到她没有？她是仍然忠于您的吧？"

"她就在这里。"大师说着，用手向墙上指了指。白墙上走出一个黑影——玛格丽特。她走到伊万床前，看了看躺在床上的年轻人，眼里流露出悲哀。

"可怜的人，可怜的人。"玛格丽特默默地想着，向床上微微一躬身。

"她多美啊！"伊万的话音里并没有忌妒，但却含着某种忧伤而和善的内心感慨，"看，他们的结果多么圆满！可是我呢，却不然，"他顿了一下，想了想，又沉思着说，"不过，也许，也一样……"

"一样，一样，"玛格丽特轻声说。她俯身到伊万近前说，"来，让我来吻一下您的前额吧，那么，应有的一切您就都会有的……这一点您可以相信我，我已经全看到了，我全知道。"

躺在床上的年轻人双手搂住她的脖子，她吻了他一下。

"别了，我的学生！"大师的声音低得刚刚能听见。他的身影渐渐地融化在空气中。他消失了，玛格丽特也随之消失。阳台上的铁栅栏又关上了。

伊万忽然感到焦躁不安。他从床上坐起来，惶恐地四下瞧了瞧，甚至呻吟了一声，喃喃地自言自语着，起身下了床。窗外的风雨越来越猛，显然是这风雨使伊万的心灵受到了惊扰。另外使他感到不安的还有门外慌张的脚步声，这声音只有他那习惯于寂静的听觉才能捕捉得到，他还听到有喁喁低语声。他感到内心激动不安，浑身颤抖着喊了一声护士：

"普拉斯科维娅·费道罗夫娜！"

普拉斯科维娅·费道罗夫娜正好走进屋里。她用疑问的目光担心地看着伊万问道：

"什么事？怎么啦？是雷雨闹得您睡不好吧？哎，没关系，没关系……我们马上帮您想点办法，我这就去请大夫。"

"不，普拉斯科维娅·费道罗夫娜，不必去请大夫。"伊万说，他的眼神惶惶不安。他并不是看着这位护士,而是看着墙壁说:"我没有什么特别情况,我现在已经完全能分析判断了,您不必害怕。您最好是告诉我,"伊万像请求知心朋友似的请求说,"隔壁第118号病房怎么啦?出了什么事?"

"第118号?"普拉斯科维娅·费道罗夫娜反问了一句,她的眼珠转了几下,"那儿没出什么事呀。"但是她的声音里透着虚假,伊万马上就察觉了。

"哎,普拉斯科维娅·费道罗夫娜,"伊万说,"您一直是个很诚实的人……您以为我又会闹腾起来?不会的,普拉斯科维娅·费道罗夫娜,我再不会做那种事了。您还是对我说实话吧。您知道,墙那面的事我什么都能感觉出来。"

"您的邻居刚才去世了。"普拉斯科维娅·费道罗夫娜那颗诚实善良的心使她无法不说实话。这时一道闪光照亮了她的整个身体,她正以忐忑不安的目光看着伊万。但是,伊万并没有做出任何不正常的反应。他只是意味深长地举起一个手指说:

"我早就料到了!我还要请您相信,普拉斯科维娅·费道罗夫娜,在这同一时间,在本城的另外一个地方,还有一个人也死去了。我甚至知道这人是谁,"伊万神秘地微微一笑,"是一位妇女。"

第三十一章　麻雀山[1]上

雷雨已消失得无影无踪,一道七色彩虹像拱桥般横亘在整个莫斯科上空,它的一端落入莫斯科河,仿佛在吮吸河水。在高处,在山冈上,可以看到两片树丛之间有三个黑黢黢的人影,那是沃兰德、卡罗维夫和河马。他们骑在三匹鞍辔齐全的黑马上,眺望着河对岸的城市和闪耀在千万扇朝西的窗户上的破碎的太阳,眺望着女修道院[2]中的一座座美丽的小塔。

空中响起一阵呼啸声,阿扎泽勒飞驰而来,紧跟在他的黑斗篷后面的是大师和玛格丽特。三个人一起降落在等候他们的人身旁。

经过短暂的沉默,沃兰德开口说:

"不得不打扰二位了,玛格丽特·尼古拉耶夫娜和大师!不过,你们还是别生我的气。我想,我不会让你们二位后悔的。那么,好吧,"他只对大师一人说,"您去向这个城市告别一下吧。时辰已到,我们该离开这里了。"沃兰德说着,抬起那只戴着喇叭口黑手套的手,指了指河对岸。对岸无数个火红的太阳正在把窗玻璃烧化,而在这些太阳的上空则笼罩着一层云雾、黑烟和水汽——那是一天中被晒得滚烫的城市散发出来的。

大师翻身下马,离开几个骑士,在地上拖着黑斗篷向山冈的断崖处跑去。大师凝望着那座城市,刹那间确实有一种牵肠挂肚的愁绪悄悄浮上了他的心头,但这种感情很快便为某种甜美的惶惑感所代替,继而又变成了面对着浪迹天涯、居无定处的生活的激动不安。

"这是永别!必须明确认识这一点,"大师小声自言自语着,舔了

---

[1] 麻雀山,莫斯科市莫斯科河右岸一带山地,高出河面约六十至七十米。自一九三五年后改称为列宁山。
[2] 指莫斯科女修道院,因彼得大帝在推翻其姊索菲亚后曾将索菲亚囚禁于此而有名。

舔干裂的嘴唇。他开始静静地谛听自己的心声,他想确切地铭记下此刻他心灵中发生的一切。他觉得,他内心的激荡逐渐变成一种深深的、非常强烈的委屈感。但这种感觉并没有持续多久,便烟消云散了,不知为什么又产生了一种傲世出尘的冷漠感,而它最终又被一种永恒安宁的预感所代替。

几个骑马人默默地等待着大师。他们看到,在断崖边上,一个高高的黑影做出各种姿势,时而昂首挺胸,像是恨不得一眼望遍全城并进而窥视它的四周,时而又俯首沉思,仿佛要穷尽脚下那横遭践踏的芳草的奥秘。

还是不甘寂寞的河马打破了这沉默。他向沃兰德请求说:

"老师,请允许我在飞行之前吹声口哨以示告别吧。"

"你会让这位女士受惊的,"沃兰德回答,"另外,你别忘了,你今天的各种胡闹也该到此结束了。"

"噢,不,不,主公,答应他吧,"玛格丽特急忙说。她这时稳坐鞍桥,双手叉腰,长长的黑斗篷后襟曳到地上,活像一个阿玛宗人①,"您就让他吹一声吧。在启程远行之前我觉得有些感伤。主公,这也很自然,甚至在一个人明知行程的终端会有幸福的情况下仍然会这样,是吧?所以,您就允许他逗大家开开心吧,不然我真怕最后会哭哭啼啼的呢,那可就把个大好的行程给搅了!"

沃兰德朝河马点点头。河马顿时精神振奋,跳下马来,把两个手指放进嘴里,鼓起两腮用力吹了一声。玛格丽特只觉得耳朵里轰隆隆地响,座下的马骤然竖起了前蹄,树林中传来哗啦啦的干树枝落地的声音,大群的乌鸦和麻雀飞起来,一个高大的尘土柱向河边旋转而去。还远远看见行驶在莫斯科河中码头附近的渡船上几个乘客的帽子被刮进河里。大师被哨声惊得颤抖了一下,但他并没有回头,而是更加不安地做起各种手势来——他向空中举起一只手,仿佛在向那个城市发出威胁。河马颇为自负地回头看了看。

---

① 或译为"亚马孙女人",古希腊神话中的一个尚武善战的妇女族,组成女人国。关于阿玛宗人的神话在中世纪流传很广,有人曾在美洲寻找这一女人国,故有亚马孙河的命名。

"吹了一声，这不假，"卡罗维夫故作大度地评论道，"确实是吹了一声，不过，说句公道话，吹得实在稀松平常！"

"本来嘛，我又没当过唱诗班指挥。"河马矜持地绷着脸回答他，同时忽然向玛格丽特挤了挤眼。

"还是让我来照老样子试试吧！"卡罗维夫说着，搓了搓手，吹了吹手指头。

"不过，你可要当心，当心啊，"骑在马上的沃兰德用严肃的声音说，"可不许闹到伤害人身的程度！"

"主公，请您放心，"卡罗维夫一只手捂在心口处回答说，"我开开玩笑，仅仅是开个玩笑……"他说着，便向上一挺身子，立刻长高了一大截，仿佛他整个人是橡皮做的一般。然后他用右手手指巧妙地勾成一个花形，身子像螺丝似的朝一面扭了两圈，然后又猛然向相反方向还原回去，同时发出了一声唿哨。

玛格丽特不是听见了，而是看见了这声唿哨，因为它把她和她胯下那匹烈马一起吹出去足有十俄丈开外。她旁边的一棵大橡树被吹得连根拔起，地面裂开许多条大缝，一直伸延到河边，河岸上很大一片土地，连同地上的码头设施和餐厅，统统移到了河中。河水像沸汤一样翻滚，掀起高高的浪头，整个一条渡船被抛到了河对岸绿油油的低洼地上，然而船上的乘客却个个安然无恙。一只被巴松管这声唿哨吹死的乌鸦吧嗒一声落在玛格丽特的正在打着响鼻的马前。这声唿哨把大师也惊动了，只见他两手抱住脑袋，急忙朝等待他的同伴们跑回来。

"喏，怎么样？"沃兰德从马上问大师，"所有的账都清理完了吧？都告别过了吧？"

"是的，都告别过了。"大师回答说。他镇静了一下，勇敢地正面看了看沃兰德的脸。

这时，沃兰德可怕的声音响彻了漫山遍野，宛如一口洪钟发出的巨响。

"时辰到！！"

随后便是河马的一声刺耳呼啸和他的哈哈大笑声。

几匹骏马一起向前冲去,转瞬间骑士们便升向高空,飞驰而去。玛格丽特只感到她的烈马在咬着、撕扯着嚼铁。沃兰德巨大的斗篷随风而起,在全体骑士的头上飘扬,它已经渐渐完全遮住黄昏的苍穹。趁着这黑色罩单的一角稍稍被吹向一旁的一刹那,玛格丽特在奔驰中回首望了一眼,她看到,身后不仅再没有城市中五颜六色的高塔和盘旋在高塔上的飞机,而且城市本身也不见了,它已沉入地下,留下的仅仅是一片烟雾。

第三十二章　宽恕和永安

　　神明啊！诸位神明！垂暮时分的大地多么令人伤感！沼泽上空的云烟又是多么神秘莫测啊！只有那些在这云烟中辗转徘徊过的人，只有死亡之前经受过众多磨难的人，只有肩负着力不胜任的重荷在这片大地上空翱翔过的人，只有他们才知道这一切。只有已经疲倦的人才了解这一切。因而他才能无所惋惜、毫不遗憾地离开这大地的云烟，离开它的池沼与河川，怡然地投入死神的怀抱，因为他知道，只有她，只有死神，才能给予他宁静和平安。

　　连魔法唤出的黑马也已感到疲倦了，它们驮着骑士奔跑的步子变得越来越慢，听任那无可避免的黑夜渐渐从后面追赶上来。甚至从来不知安静的黑猫河马也感到了背后的黑夜在步步逼近，他此刻完全消停下来，两只爪子紧紧抓住马鞍，松开尾巴，板起一副严肃面孔，一声不响地在策马飞驰。夜开始用它黑色的罩单蒙住森林和草地，开始在下界遥远的地方点燃起无数忧伤的灯火，然而，这些灯火如今显得那么陌生，无论是玛格丽特还是大师都已对它们不感兴趣，毫无需要了。夜正在超过这群骑士，它从他们的头顶上散落下来，同时向耽于忧思的苍穹，时而往这里，时而往那里，抛出一颗又一颗苍白的星星。

　　夜色越来越浓，它现在正与骑士们并肩飞行，揪住飞驰的骑士的斗篷，把斗篷从他们肩上扯下来，揭开他们的伪装。此刻，在爽人的清风吹拂中，玛格丽特睁开了眼睛。她看到这些飞向自己目的地的人们的面貌正发生着惊人的变化。当一轮深红色满月从迎面的森林边缘后面冉冉升起的时候，所有的伪装便都已消失，魔法唤出的那些并不耐久的外衣已统统掉进泥潭，淹没在浓雾中了。

　　如果我们现在看到在大师的情人右边同沃兰德并马奔驰的那个人，未必能认出他就是巴松管卡罗维夫，就是那个根本不需要任何译员的神秘外国顾问的自封译员。这个方才还以巴松管卡罗维夫作名字、穿着破旧的马戏团服装离开麻雀山的人,现在变成了一位披着深紫色斗篷的义士,他轻轻握住缰绳,板着极其忧郁的、像是永远不会出现笑容的面孔,默默奔驰在沃兰德身旁,只有那缰绳上的金链子发出微微的响声。他低着头,下颔紧紧贴在前胸,既不观赏满月,对下面的大地也无动于衷。他正聚精会神地想着自己的心事。

"他怎么变化这么大?"在呼啸的风声中,玛格丽特轻声向沃兰德问道。

"从前这位义士说过一句不很恰当的玩笑话,"沃兰德向玛格丽特转过脸来解释说,他的一只眼里闪烁着温和的光芒,"在谈到光明和黑暗时,他编了一句语义双关的俏皮话,话说得不很恰当。所以这位义士后来就不得不更多地充当滑稽角色,时间比他原来所估计的长多了。但是,今夜乃是清账之夜。义士已经把他的账还清了,结账了!"

夜还扯掉了河马那条毛茸茸的大尾巴,揭下了他身上的皮毛,撕成碎片,扔进了沼泽。原先常为幽暗之王寻开心的黑猫这时已恢复成一个身材清瘦的少年——一个年轻的魔鬼侍卫,迄今为止世界上最好的侍从丑角。现在,他正用那青春年少的面庞迎着明月的光辉,安安静静地、默默地飞驰着。

飞行在最边上的是阿扎泽勒,他的一身铁甲闪烁发光。月光也改变了他的面貌:他嘴上那颗丑陋不堪的獠牙不见了,斜眼原来也是假的。此刻他的两只眼睛同样地空洞、幽暗,脸色十分苍白、阴冷。正在纵马奔驰的阿扎泽勒露出了他那干旱沙漠之怪——旱魃和杀人恶魔的本来面目。

玛格丽特看不见自身有什么变化,但她对大师的变化看得清清楚楚。大师的一头白发在月色下泛出银光,迎面的疾风把它吹成发辫在脑后飘荡。每当他的长衣襟被风吹起时,玛格丽特便看到大师脚上穿的是一双喇叭口骑兵长靴,靴后的刺马针时而像星星似的闪光。和魔鬼少年一样,大师也目不转睛地盯着前方的明月,朝着它微笑,仿佛它是一位同他十分要好的可爱的姑娘。他嘴里不断地喃喃自语,这个习惯是他在第118号病房养成的。

最后便是飞行中的沃兰德本人的形象——他此时也现出了本来面目。玛格丽特说不出他胯下那匹骏马的缰绳是什么编织的,只觉得它像一条由无数月光光环组成的银链,那骏马则不过是一大片黑暗,马鬃则是一片乌云,骑士靴上的马刺原来是闪烁的星辰。

他们这样默默飞行了许久,直到下方的地表也发生了变化。现在,忧伤的森林已为大地上的黑暗所吞噬,白刃般泛着寒光的条条河川不见了,出现在下方的是一些反射着白光的大圆石,圆石之间是一个个深不见底、连月光也无法照进去的陷坑。

来到一座荒凉孤寂、平坦多石的山顶时,沃兰德勒了勒坐骑。于是其他几名骑士也都放慢了步子,倾听着铁蹄踏在燧石和圆石上发出的嘚嘚声。分外皎洁的月光把这片平山顶照得绿莹莹的,玛格丽特很快就辨认出在荒漠的山顶上放着一把扶手椅,椅上坐着一个穿白袍的人。也许这人是耳聋吧,要么就是他正完全耽于沉思——他竟没有听到石山顶在马蹄的重击下发出的颤抖。骑士们向他走去,尽量不惊动他。

皎洁的满月对玛格丽特极力相助,亮得胜过最亮的电灯。她清楚地看到,坐在椅上的人的两眼毫无生气,像个盲人,他在急切地不住地搓着双手,两只视而不见的眼睛凝望着空中的一轮玉盘。玛格丽特还看到,那是一个笨重的石椅,上面似乎还有火花在闪动;石椅旁边卧着一只黑毛尖耳朵大狗,也像它的主人一样不安地凝望着月亮。

坐在椅上的人的脚旁扔着些碎坛片,地上有一汪深红色的水,像是永远不会干涸。

骑士们勒住坐骑。

"您的小说,他们看过了,"沃兰德转身对大师说,"他们只提出一点:对于小说没有结尾表示遗憾。所以,我现在就想让您看看您书中的主人公。将近两千年了,他一直坐在这石平台上,睡在这里。然而,每当满月来临时,他就睡不着,他为失眠所苦。满月不仅折磨他,还折磨他忠实的卫士——这只狗。如果说,怯懦果真是人类最严重的缺陷,那么,大概,这只狗总没有犯怯懦的罪过吧。这只猛犬除了雷电之外是什么都不畏惧。可是,有什么办法呢,谁在爱,谁就应该与他所爱的人分担命运。"

"他在说些什么?"玛格丽特问道,她那原本十分安详的面庞蒙上了一层轻微的怜悯的影子。

"他总在说着同样一件事,"沃兰德的声音回答说,"说他即使在月光下也不得安宁,说他担任了一项很糟糕的职务。每当不能入睡的时候,他就这么说。而当他睡着的时候,又总是做着同样的梦:梦见一条月光形成的路,他想沿着那条路走上去,想同那个被捕的拿撒勒人谈话,因为正如他经常说的那样,当时,在很久以前那个新春尼散月的十四日,他有些话没有说出来。但遗憾的是,不知为什么他总是无法踏上这条路,又没有人到他这里来。他无可奈何,只好自言自语。不过,话说回来,人总是喜欢变换点花样的吧,于是他也时而在自己关于月亮的自言自语中加进一些别的话,例如,他说,世界上他最憎恶的是个人的永世长存和盖世无双的荣誉,有时又说,他宁肯心甘情愿地与衣衫褴褛的流浪人利未·马太交换一下命运。"

"为了某年某时的一个满月而付出一万二千个满月①的代价?不是太多了吗?"玛格丽特问道。

"您又要重演弗莉达那种事?"沃兰德说,"不过,玛格丽特,这事您就不必操心了。一切都会是正当的,世界就是这样构成的。"

"放了他吧!"玛格丽特忽然像她当魔女时那样用刺耳的声音大叫一声。一块山石被震掉下来,顺着山坡滚入深渊,在群山中引起隆隆巨响。但是,玛格丽特自己也不能肯定这轰隆的巨响是山石的滚落声,还是撒旦沃兰德的笑声。不管怎样,沃兰德的确在笑。他一边笑,一边看着玛格丽特说:

"不要在山里喊叫,他反正早已习惯于山石的崩塌声了,这声音惊动不了他。玛格丽特,您也不必替他求情,因为他一直渴望会见并与之交谈的那个人已经替他求过情了,"说到这里沃兰德转身对大师说,"喏,怎么样,现在您可以用一句话来结束您那部小说了!"

大师一直默默站在一旁望着石椅上的犹太总督,好像正在等待着这句话。他马上两手往嘴边一拢,大声喊起来,声音震得周围荒凉的秃石山纷纷发出回声:

---

① "一万二千个满月"喻一千年,指彼拉多因处死耶稣而受到千年惩罚。

"你解脱了！解脱了！他在等待你！"

群山把大师的喊声化作惊雷，而惊雷又震得地裂山崩。可诅咒的石壁坍塌了，剩下的只有平台和石椅。石壁跌落进黑暗的谷底，霎时间深谷上面又显露出一座广袤的城市和无数灯火。城市上空，在万余个月圆之夜的长久岁月中生长得郁郁葱葱的大花园顶上，有一群亮闪闪的金色偶像俯瞰着全城。一条月光路，也就是犹太总督期待已久的那条月光路，径直伸进这座大花园里。尖耳朵猛犬首先冲到路上，沿着它朝上跑去。身披血红衬里的白披风的人从坐椅上站起来，声嘶力竭地喊叫了一句。分不清他是在哭还是笑，也没有听清他喊的是什么，只见他也紧跟着自己忠实的卫士，急匆匆地沿着月光路跑上去了。

"我也该去那儿？跟他去？"大师拉起缰绳，不安地问道。

"不，"沃兰德回答说，"何必去追寻那已经完结的东西？"

"那么，该去那儿？"大师又问道，回头指了指身后——身后远方此刻已经出现了一座城市，那是他离别不久的城市，那里有女修道院的美丽的小塔，有映在玻璃窗上的破碎的太阳。

"也不，浪漫主义大师！"沃兰德回答说，他的声音像是浓缩起来，凝聚为溪水在岩石上流淌着，"他已经看过您写的小说，他，也就是刚才您亲自释放的、您自己所构思出来的小说主人公所一直渴望见到的那个人，已经看过了您的小说。"这时沃兰德又转身对玛格丽特说，"玛格丽特·尼古拉耶夫娜，不能不相信您确实曾极力为大师筹划过一种最好的前途。不过，说实话，我所要向您推荐的，以及耶舒阿替您，也正是替你们所请求的，要比您所策划的好得多。"沃兰德从马鞍上向大师的马俯过身来，指着离去的犹太总督的背影又说，"就让他们两个人在一起吧，我们不要去妨碍他们。也许，他们能够谈出什么结果。"沃兰德说着，又朝耶路撒冷的方向一挥手，那城市便不见了。

"那边也一样，"沃兰德又指了指身后说，"您在那里的地下室里能够做些什么呢？"这时，玻璃窗上那破碎的太阳随着沃兰德的话声熄灭了，"为了什么呢？"沃兰德继续令人信服地开导说，但语气是温和的，"啊，我的十足的浪漫主义的大师啊！难道您果真不想白天挽着自己心爱的人在含苞待放的樱桃树下散散步?不想晚上听上几曲舒伯特①的音乐?难道您果真不喜欢在烛光下用鹅羽笔写点什么?难道您果真不想像浮士德那样在实验室里守着您的曲颈瓶,幻想着也能造出个新'何蒙古鲁士'吗?② 到那里去吧,到那里去吧,那里已经有现成的房屋和老仆人在等待着您,那里已经点起蜡烛,而且它快要燃尽了,因为你们即将迎来黎明。顺着这条路走去吧,大师,顺着这条路!别了!我也该走了。"

"别了!"大师和玛格丽特同声向沃兰德高呼。于是,穿黑衣服的沃兰德并不选择道路而径直向山崖的崩陷处奔去,他的几个随从也唿啸一声同时沉了下去。山岩、平台、月光路、耶路撒冷,统统不见了。黑色的骏马也不见了。大师和玛格丽特看到了答应给予他们的黎明,它恰恰是在午夜的月亮消失的那一刻立即开始的。大师和他的心上人在最初几道朝晖中走上一座生着青苔的石桥。然后这对忠贞不渝的情人走过石桥,把小溪留在身后,顺着一条沙石小路向前走去。

"你听啊,万籁俱寂,"玛格丽特对大师说。唯有细沙在她的赤脚下发出轻微的沙沙声,"你倾听它吧,尽情地享受这生前未曾给过你的宁静吧!看,前面便是你可以永久安身的家,这是给你的奖赏。我已经看到它那威尼斯式的窗户和弯弯曲曲的葡萄藤了,它一直盘绕到屋顶呢。它就是你的家,是你永久的安身之处。我知道,晚间会有人来看望你,都是些你所喜欢和使你感兴趣的人,而且是些绝不会打扰你的人。他们将会为你做游戏,为你唱歌。你将看到点起蜡烛的时候,屋里的光线有多么柔和。你将戴着你那油污斑斑的永恒的小帽,唇边带着微笑,沉沉入睡。睡眠将使你身体健壮。你的判断力将变得明智起来。你已经不可能再赶走我了,我将守护着你的睡眠。"

玛格丽特一路对大师边走边说,陪同他朝他们的永恒的家园走去。大师觉得玛格丽特的话音像流水的潺潺声,像刚才走过的小溪一样潺

---

① 舒伯特·弗朗兹(1797—1828),奥地利作曲家。代表作有《魔王》《野玫瑰》《流浪汉》《死神与少女四重奏》等。
② "何蒙古鲁士",歌德悲剧《浮士德》中浮士德的弟子瓦格纳用中世纪的炼丹术在曲颈玻璃瓶中制造出来的"人造矮人"。但它不能从瓶中出来,也不能发育。

潺潺淌、喁喁私语。这时,大师过去的记忆,他那焦虑不安的、备受针砭的记忆便开始模糊了。有一个人解放了大师,他自由了,就像他自己刚才使自己创造的小说主人公得到解脱一样。那位主人公进入了无底深渊,一去不返,他就是星期日破晓之前获得宽恕的、占星家之王的儿子、残酷的第五任犹太总督、骑士本丢·彼拉多。

尾　声

那么,星期六垂暮时分沃兰德和他的几个随从离开首都,消失在麻雀山上之后,莫斯科究竟又发生了些什么事呢?

从那以后很长一段时间里全市到处流传着各种荒唐透顶的谣言,这些谣言很快传到了外省,甚至传到了一些极其偏僻的地方——这些都不必细说。至于谣言的内容,当然,更是不屑一提了。

有一次,以上这些真实记载的执笔者本人在去菲奥多西亚①的火车上,就亲耳听到过有人这样讲:莫斯科有两千名观众从剧场出来时是不折不扣的一丝不挂,他们只好迅速钻进出租汽车回家。

牛乳供应站前的长队里、电车里、商店里、家中、厨房的炉旁、长途和短途火车里、大小火车站的候车室里、别墅中、海滨浴场上……到处都能听到关于"闹鬼……"的窃窃私语。

那些觉悟最高和最有文化的人,当然是绝不会参与这类有关魔鬼大闹莫斯科的荒唐议论的,他们对此只是一笑置之,有人甚至还尽量开导传播这类闲话的人。但是,俗话说得好,"事实终归是事实",对事实不作出解释,而采取不予承认的态度,这无论如何也行不通,因为毕竟有人到过莫斯科嘛!单单是格里鲍耶陀夫之家留下的那堆灰烬就足以说明问题了,何况还有其他许多东西可以雄辩地证明这件事呢?

所以,有文化的人都与侦查当局持相同观点:这不过是一群技艺超群的催眠术施术者和能够腹语的匪徒搞的鬼把戏。

当然,为了缉拿这帮匪徒归案,不仅在莫斯科城内,甚至直到市外远郊区,都迅速果断地采取了各种措施。但是,非常遗憾,一切措施都未奏效。自称为沃兰德的人及其一伙完全销声匿迹,不仅再没有回到

---

① 菲奥多西亚,苏联克里米亚城市,黑海港口,疗养地。

莫斯科,而且再也没有在其他任何地方重新露面或有所表现。自然,可以设想这帮家伙是潜逃到国外去了,可又没听说他们在国外闹什么名堂。

沃兰德案件的侦破工作持续了很久,因为不管怎么说,这事闹得很凶啊!姑且不说烧毁了四所房子并使数百人精神失常吧,还有几桩人命案呢!其中两条人命是确凿无疑的,一个是柏辽兹,另一个是外宾旅游局那个向外国游客介绍莫斯科名胜古迹的不幸的职员、前男爵麦格尔。这两个人毕竟是被害死了!其中,被焚毁的麦格尔遗骨是在扑灭了花园街第50号住宅的火灾后才发现的。是啊,有人死了啊!人命关天,怎么能不调查!

但是,除此之外还有别的牺牲品呢。而且是在沃兰德等人离开莫斯科后出现的牺牲品,说来叫人伤心,这是一些黑猫。

在全国各地大约有一百只这种安静、平和、忠于人类、对人类有益的小动物被射杀或用别的方法弄死。在若干城市中还有十五六只黑猫被送进民警局,其中有的已经被折磨得不成样子。例如,在阿尔玛维尔市①就有这样一只毫无罪过的小动物被一位公民捆住两只前腿送进了民警局。

这位公民忽然发现一只小黑猫有些贼头贼脑。(唉,猫的长相本来就是这种样子,有什么办法呢?猫显得贼头贼脑并不是因为它们做了什么亏心事,是因为它们害怕比自己更强大的动物——例如,狗或者人——说不定什么时候就可能加害于它们,或者欺负它们,而且这种事也的确时有发生,我对您说吧,尽管这种事并不怎么光彩。是的,一点也不光彩!)于是,这位公民趁小黑猫鬼鬼祟祟地不知为什么正要扑向一丛牛蒡的时候,一下子扑上去,把小黑猫逮住了,随即急忙扯下自己的领带绑住它的前腿,一边还恶狠狠地威胁说:

"啊,这么说,你现在光顾我们阿尔玛维尔了,施行催眠术的先生?哼,我们可不怕你!告诉你,别装哑巴!早知道你是什么东西啦!"

他牵着前腿被绿领带绑住的可怜的小动物,不住地轻轻踢着它,强

---

① 苏联南部克拉斯诺达尔边区的城市。

迫它后腿直立行走,嘴里喊叫着:

"告诉你,别装蒜!少来这一套!不灵!好好给我像大家一样走路!"一大群孩子吹着口哨跟在这位公民身后。

小黑猫只是痛苦地不住把眼睛向上翻。造物主没有赋予它语言能力,它无法为自己辩解呀。后来,多亏了民警局,还有闻讯赶来的一位可敬的寡居老太太——小猫的女主人,这只可怜的小动物才终于得救。原来小黑猫刚被"扭送"到民警局,人们就发现这位抓猫的公民嘴里有股子浓烈的酒味,因而对他提供的证词表现了理所当然的怀疑。这时,老太太听邻居说她的小猫被人抓走了,便放下一切,及时赶到了民警局。她为这只猫作了个极好的"鉴定",并说从它还是猫仔时她就了解它,至今五年了,她可以像为自己担保那样为它担保,说它没有任何可疑之处,也从来没去过莫斯科。它生在阿尔玛维尔,长在阿尔玛维尔,也是在这阿尔玛维尔学会逮老鼠的。

小黑猫终于被松了绑,回到了女主人身边。不过,它确实吃了点苦头,亲身体验了人们的错误和诬陷意味着什么。

除黑猫外,还有个别公民因为姓氏可疑而遇到了些麻烦,有些人甚至遭到逮捕。例如,列宁格勒市的沃尔曼和沃尔彼尔两个人,萨拉托夫、基辅和哈尔科夫三市的三个姓沃洛金内的人,喀山市有个姓沃洛赫的人等等,都曾被拘留。而在平兹市,则不知为什么把个姓维茨凯维奇的化学博士也给抓进去了……不错,这个人倒是长得相当高,而且也是黑头发。

另外,各地共有九名姓卡罗维内的人、四名姓卡罗夫金和两名姓卡罗瓦耶维的人被抓进民警局。

在别尔戈罗德车站,有一位公民从开往黑海海滨城市塞瓦斯托波尔的火车上被绑下去,原因是他在火车上竟异想天开地用扑克牌变戏法逗其他旅客开心。

在雅罗斯拉夫尔市一家大餐厅里,恰好在许多人用午餐的时候,有个人拿着个刚从修理铺取回的汽油炉走进来。两个看门人一见他便抛下自己的岗位,跑出了存衣室,所有顾客和服务员也都跟着跑出去了。这时,收款处的现金收入全部不翼而飞了。

诸如此类的事还有许多,谁能记得清!总之,人心惶惶,大有不可终日之势。

我们应该再一次为侦缉机关说句公道话。他们不仅为捉拿肇事者做了最大努力,而且对罪犯们制造的各种现象尽其可能做出了解释。结果,一切现象不仅都得到了解释,而且这些解释还应该说是合情合理、无懈可击的。

侦缉机关的代表和一些经验丰富的心理学专家一致确定:这个犯罪团伙的几个成员,或者至少是其中一个(嫌疑最大的当然是卡罗维夫)具有非凡的施行催眠术的本领,他们能够使人们对自己的存在地点产生错觉,觉得自己不在自己实际存在的地方,而是在别处。这些家伙还能使人们感到在实际上什么也没有的地方存在着某些人和物,或者相反,使某些实际存在的人或物从人们的视野中消失。

经过这样一番解释,一切便完全清楚了。甚至那件最使人们激动的、似乎根本无法解释的事——发生在第50号住宅中的射击失灵现象,也可以解释了:实际上,吊灯上根本没有什么黑猫,更谈不到有人拒捕和用勃朗宁手枪回击问题——人们只是在对空射击。而人们觉得吊灯上有只猫在打枪,那不过是卡罗维夫施行的催眠术,当时卡罗维夫也许正站在射击者们的背后欣赏着自己那超群的、但却被用于罪恶目的的绝技呢。后来浇汽油烧房子的当然也是他。

斯乔帕·利霍捷耶夫当然没有飞到什么雅尔塔去(这种事甚至卡罗维夫也未必能办到),更没有从雅尔塔往莫斯科拍什么电报。他一直待在家里,好好地待在珠宝商遗孀的故居。不过是卡罗维夫进来对他施行了催眠术,让他看到一只拿着叉子吃醋渍蘑菇的黑猫,他吓得晕倒在地,一直躺在地板上,后来卡罗维夫又嘲弄地给他戴上一顶呢帽,把他送到了莫斯科机场。而在这之前,卡罗维夫已经用催眠术使去机场等候斯乔帕的刑事侦缉人员相信,斯乔帕一定会从塞瓦斯托波尔飞来的飞机里走下来。

不错,雅尔塔的刑事侦缉局倒是肯定他们确实收容过一个赤脚的斯乔帕,而且为此事往莫斯科拍过电报,但在档案里却找不到这些电报的底稿。因此,只好做出这样一个可悲的,但却是无可辩驳的结论:这伙施行催眠术的匪徒掌握了在极远距离施术的绝技,而且不仅能对个别人施术,还能同时对一群人施术。在这种条件下,他们就能使一些意志最坚强和心理状态最健全的人发疯。

至于站在舞台上往池座观众口袋里装一副扑克牌,或者使妇女服装失踪,让小圆帽发出猫叫声之类的小玩艺儿,那更是信手拈来,根本不在这帮人的话下!这类小玩艺儿,包括摘掉报幕员的人头这类魔术,连掌握一般催眠术的职业魔术师都能表演。会说话的猫更是小事一桩,要想在舞台上向观众提供这样一只猫,只要掌握腹语的基本要领就可以了,而卡罗维夫的本领远远超过腹语基本要领,这是任何人都不会怀疑的。

是的,问题根本不在于几副扑克牌或出现在房产合作社主任博索伊公事包里的几封假信。这些事都无足轻重。重要问题在于:正是这个卡罗维夫使柏辽兹丧生在电车轮下,使可怜的诗人伊万·无家汉精神错乱的;他使伊万产生幻觉,在噩梦中看到古代耶路撒冷城,看到炽热的太阳烧灼的秃山顶上有三个绑在十字架上的人。也正是这个卡罗维夫把玛格丽特·尼古拉耶夫娜和她家的女佣娜塔莎从莫斯科劫走了。这里顺便提一下,侦缉机关对这件事特别注意,因为必须查清:两位妇女究竟是这伙杀人纵火犯强行劫走的,还是她们自愿跟罪犯逃跑的?根据尼古拉·伊万诺维奇所作的荒谬而混乱的证词,鉴于玛格丽特·尼古拉耶夫娜给丈夫留过一张奇怪的、无法理解的字条说她要去当魔女,又考虑到娜塔莎逃走时留下了全部衣物,侦缉机关得出的结论是:女主人及其女佣,也和其他许多人一样,是在催眠术作用下被那伙人劫持走的。另外,还有这样一种看法(很可能这看法是完全正确的):两位妇女的美色吸引了那伙罪犯。

但是,只有一点侦缉机关还完全不能理解:这帮匪徒把一个自称为大师的精神病患者从医院里劫走的动机是什么?他们始终未能查清这一点,而且到底也没有确定那个被劫走的病人的真实姓名。因此,那个病人也就带着"1号楼第118号"这个"谥号"永远消失了。

这样,一切都得到了解释,侦查工作便也就此结束。一切事情总要有个终结嘛!

几年过去了。沃兰德、卡罗维夫及其他人和许多事情在人们的记忆中已经渐渐淡漠了。许多曾吃到沃兰德一伙的苦头的人，他们的生活也发生了各种变化。不管这些变化多么微小，多么无关紧要，总还是应该提一提的。

先说乔治·孟加拉斯基的情况吧。他在精神病院治疗三个月后痊愈出院，但他不得不辞去瓦列特剧院报幕员的工作，而且是在人们对魔术表演及披露内幕记忆犹新、剧院最上座、观众蜂拥而至的演出旺季辞去这一工作的。孟加拉斯基离开剧场是不无道理的，因为他明白：每天晚上在两千名观众面前抛头露面，必定会被认出来，观众无疑会经常冷嘲热讽地问他：您觉得怎么样，到底有自己的脑袋好，还是没有自己的脑袋好？……这太叫人难堪了。

再说，一个报幕员必须经常保持一种乐陶陶的快活劲儿，而他孟加拉斯基现在已经基本上丧失了这种气质。他有一种痛苦的、很令人不快的后遗症——每逢春季月圆时他就感到心里惶惶不安，时而突然抱住自己的脖子，心惊胆战地回头张望，哭泣。不错，这种症状发作一阵后便自然消失了，但有了这种后遗症总是不宜重操旧业的。于是他只好辞去工作，深居简出，靠过去的积蓄过日子；按他个人比较保守的估计，他的积蓄应该够他花十五年的。

孟加拉斯基离开了剧院，从此便再没见过瓦列奴哈。而在这期间瓦列奴哈却成了个很受群众欢迎的人，因为他变得态度谦虚、有求必应了。这种作风甚至在所有剧院的行政领导中都很少见。例如，那些经常索要免费入场券的人简直把他称为"慈父"。不论什么时间，不论谁往瓦列特剧院挂电话，都会听到一个温和的、又有点感伤的声音说："喂，请您讲吧，"而当对方提出要找瓦列奴哈时，他便会用同样的声音马上回答："我就是，愿意为您效劳！"不过，瓦列奴哈这种客气态度也使他吃了不少苦头！

斯乔帕·利霍捷耶夫当然再也没有使用过瓦列特剧院经理室那部电话。他在医院里住了八天，出院后马上被调到罗斯托夫市当了一家大食品商店的经理。据人们传说，他现在完全不再喝波尔图葡萄酒了，只喝用醋栗的幼芽浸过的伏特加，因而身体比以前强壮得多了。据说他现在变得寡言少语,尽量避免跟女人打交道。

　　撤销利霍捷耶夫瓦列特剧院经理职务并没有给里姆斯基带来他幻想多年的快乐。里姆斯基经过一段医院治疗后,又去基斯洛沃德斯克疗养,从疗养院回来后,这位老态龙钟、脑袋不住摇动的财务协理便向瓦列特剧院提出了辞呈。有趣的是这辞呈是由他的夫人送到剧院的,因为里姆斯基本人连白天到剧院去的勇气都没有了:那洒满月光的破玻璃窗和从窗外伸进一只长胳膊来够窗子插销的情景,至今还历历在目。

　　财务协理从瓦列特剧院调到了莫斯科河南岸一家儿童木偶剧院。他如今无须再因工作问题同阿尔卡季·仙普列亚罗夫打交道了,因为仙普列亚罗夫一下子被调到了遥远的勃良斯克市,当了那里的蘑菇采购站主任。这几年莫斯科人能吃到鲜美的腌黄蘑和醋渍白蘑,人人赞不绝口,因此大家都认为把仙普列亚罗夫调到那里是十分明智的。至于过去那项工作,也可以说是仙普列亚罗夫费了九牛二虎之力始终未能作出成绩的那项音响学方面的工作,现在仍然是老样子。

　　放下仙普列亚罗夫不提,还有一个人也和剧院完全断绝了关系,这就是尼卡诺尔·博索伊,尽管他除了爱好免费入场券之外,实际上与戏剧界未曾有过什么关系。如今尼卡诺尔·博索伊非但自己不再买票去剧院,即使给他赠送票他也一概拒绝,甚至达到了"谈剧色变"的程度。他现在恨剧院,而且还十分憎恨诗人普希金和那位有才华的演员库罗列索夫,尤其对库罗列索夫可以说是恨之入骨。所以去年,当他看到报上一则用黑边框起来的讣告,说是库罗列索夫"在风华正茂、方可大展宏图之年不幸因脑溢血逝世"时,竟高兴得喊叫起来:"活该!活该!"他过于激动,血往头上冲,脸涨成紫红色,自己险些追随库罗列索夫而去。不仅如此,由于这位小有名气的演员之死在博索伊脑海里搅起了许多沉痛的回忆,他当天晚上独自伴着那轮给花园大街洒满银辉的满月喝了个酩酊大醉。每喝下一杯,他脑海里的可憎人物的行列便增加一个可恶嘴脸,这里面有:倒卖外币的谢尔盖·敦奇尔、妖艳的伊达·盖尔库拉诺夫娜、喂养着几只斗鹅的红头发汉子和爱说大实话的尼古拉·卡纳夫金。

那么，这些人又都怎么样了呢？对不起！这些人什么事也没有，而且不可能有，因为他们实际上并没有存在过。同样，根本没有过那么个大剧场和主持那次"节目"的和蔼可亲的演员，也没有过那么个把外币藏在地窖里烂掉的吝啬鬼波罗霍夫尼科娃姨妈。当然也没有过什么金喇叭和蛮横无礼的炊事员。这些本来都是尼卡诺尔在卡罗维夫的催眠术作用下梦见的。当时闯入尼卡诺尔梦境的唯一活人就是库罗列索夫，而他之所以进入梦境是因为电台经常播放他的唱段，他的形象深深地刻在尼卡诺尔的脑海里。这个人的确存在过，其他人则根本没有存在过。

这么说，或许阿洛伊吉·莫加雷奇也没有存在过吧？噢，不！莫加雷奇不仅当时确有其人，而且至今仍然健在。他现在恰巧担任着里姆斯基辞去的那个职务——瓦列特剧院的财务协理。

那天夜间阿洛伊吉·莫加雷奇离开沃兰德的下榻处之后，大约过了一昼夜，忽然在维亚特卡车站附近的一列火车上苏醒过来。他发现自己在神情恍惚中不知怎么乘上火车离开了莫斯科，上车时不仅忘了穿长裤，还不知为什么把房产主的、自己完全用不着的户口本偷了来。他付出了相当数目的一笔钱才好歹从列车员手里买到一条汗渍斑斑的旧长裤，急忙在维亚特卡车站下了车，又乘车返回了莫斯科。可是，唉，他再也找不到原来的住处了——房产主那所破旧小楼惨遭火灾，已经荡然无存了。然而，阿洛伊吉·莫加雷奇果然非常精明强干：两星期后他又住进了勃留索夫胡同一间很漂亮的屋子，几个月后，就登上了里姆斯基的宝座。从前是财务协理里姆斯基因为经理斯乔帕而受苦，现在轮到总务协理瓦列奴哈因为财务协理阿洛伊吉而受罪了。如今瓦列奴哈也是只有一个愿望：尽快把这个阿洛伊吉从剧院搞走，永远别再看到他。据说，瓦列奴哈在自己一伙人中时常偷偷散布说："一辈子没见过阿洛伊吉这样的坏蛋，这种人什么坏事都干得出！"

其实，这或许是总务协理的偏见。倒也并未发现阿洛伊吉有什么新的劣迹，而且，总的说来，剧院里一直是平安无事的，无非是餐厅管理员索克夫的职务由另一个人接替了。安德烈·福基奇·索克夫确实死于肝癌，而且的确是在沃兰德光顾莫斯科大约九个月之后死在莫斯科大学第一附属医院的……

是啊,几年过去了,本书所真实地描述的一些事件在人们的记忆中渐渐淡漠起来,开始消失。然而,绝非所有人都如此!绝非所有人都如此!

每年春天,每逢节日月圆的日子,傍晚时分便有一个三十出头的男人出现在莫斯科牧首湖畔的椴树下面,他有一头棕黄色头发,一双绿莹莹的眼睛,穿着很朴素。这就是从前的诗人无家汉,伊万·尼古拉耶维奇·波内列夫,现在他当了教授,在历史和哲学研究所搞研究。

每次来到椴树下,波内列夫一定要坐到当年那天晚上他坐过的长椅上,就是在那天晚上,现在久已被人遗忘的柏辽兹生平最后一次看到了变成金碎片的月亮。

如今,这月亮是圆的,整的,初升时显得苍白,然后便变成黄色,上面仿佛还有一匹神马的模糊形象。月亮在前诗人伊万的头上慢慢飘移,同时又停在高空中不动。

伊万·尼古拉耶维奇全都明白,他全都知道,全都记得。他记得自己年轻时当过罪恶的催眠术家的牺牲品,后来经过治疗痊愈了。但他同时也知道自己有时很难控制自己。比如,每逢春天月亮快圆的时候,他就按捺不住了。随着月亮一天天变圆,随着这曾经高悬在耶路撒冷的"五烛明灯"上空的月亮渐渐变大,变成金黄色,伊万·尼古拉耶维奇也就越感到心情激荡,烦躁不安,食欲不振,睡眠不佳——他在等待着满月的出现。到了月圆这一天,那就不论什么事都无法把伊万·尼古拉耶维奇留在家里了——他傍晚时分必然离开家,到牧首湖畔来。

他坐在长椅上。他毫无顾忌地自言自语,吸烟。一会儿眯起眼睛看看圆圆的月亮,一会儿又看看公园出口处那个引起他许多回忆的转门。

伊万这样在长椅上度过一两个小时后,便站起来,张大两只木然无神、视而不见的眼睛走开了。他总是走同一条路线——穿过斯皮里多诺夫卡广场,走进阿尔巴特大街旁的那条小巷。

他经过那家卖石油的铺子,在斜挂着一盏旧瓦斯路灯的街角拐个弯,悄悄走近一个栅栏门。他看到:虽然门内的小花园尚未披起绿装,却还是给人一种春意盎然的感觉,园中央有座哥特式小楼,它的一面很暗,另一面有个突出在墙外的三扇窗的玻璃晒亭沐浴在皎洁的月光中。

教授并不明白是什么力量把他引到这里来的,他也不知道小楼里住的什么人。但他却清楚地意识到:在这月圆之夜,他不到这里来是不行的,他绝对按捺不住自己。他还清楚地知道:在栅栏门内的小花园里,他无疑还将看到同往年一样的景象。

他将看到长椅上坐着个上了年纪的男人,他蓄着胡须,颇有风度,戴着夹鼻眼镜,脸型略微有点像猪。伊万会看到独院的这位住户照例以同样充满幻想的姿势坐在长椅上凝望着月亮。伊万还知道:他赏一会儿月之后,必定把目光转向小楼上的玻璃晒亭,盯着它,仿佛在等待那窗子会马上打开,窗户上会出现某种不寻常的东西。

以后的事伊万也知道得很清楚,甚至能背下来。只要在栅栏外面藏好,他不久便能看到那长椅上的人会不安地转动起脑袋来,眼睛滴溜溜乱转,像在半空中搜寻什么,还会欣喜若狂地大笑,然后,他仿佛忧伤地想起了什么甜蜜的往事,会突然举起两手一拍,接着用相当大的声音断断续续地自言自语说:

"我的维纳斯!维纳斯!……唉,我真傻!……"

这时,藏在栅栏外面、一直用燃烧般的眼睛盯住院内神秘人物的伊万,便也会小声自言自语起来:

"诸神啊!诸位神明!看来他也是这轮满月的受害者……是的,也是个牺牲品,和我一样。"

这时,只听坐在院内长椅上的那人继续说:

"嗨,我真傻!我为什么不跟她飞走呢?为什么?!我这头笨驴究竟怕的是什么?!弄到了一纸证明!嗨,如今你就受着吧,老笨蛋!"

这种情景会一直持续下去,直到楼下背阴面的窗户砰地一声打开,窗口处出现一个发白的东西,传过来一个女人的讨厌的声音:

"尼古拉·伊万诺维奇!你在哪儿啊?又在异想天开了吧?当心得疟疾!快回家来喝茶吧!"

于是,当然,坐在长椅上的人便会清醒过来,虚情假意地回答说:

"我想在这儿呼吸呼吸新鲜空气,新鲜空气,我的心肝!这儿的空气好极了!"

他说着便站起身,偷偷举起拳头朝楼下那扇正在关上的窗子威胁两下,拖着沉重的脚步向楼内走去。

"他在说谎,说谎!啊,诸位神明,他多会说谎啊!"伊万慢慢地从栅栏旁边走开,一边小声自言自语,"根本不是什么新鲜空气把他引到院里来的,一定是他能够在春季的月圆之夜,在月亮上,在这小院的花园里,在空中,看到什么东西。啊,我多么希望了解他这一秘密啊,为此我宁愿付出高昂的代价。我希望能了解他所失掉的、现在又徒劳无益地在空中摸索、徒然在寻找的究竟是什么样的维纳斯?"

波内列夫教授回到家中时已经完全是个病人了。他妻子和往常一样佯作不知,催他尽快上床休息。但她自己却不上床,而是拿起一本书来坐在他床边的灯下,痛苦地看着丈夫慢慢睡去。她知道,黎明时伊万·尼古拉耶维奇一醒来便会大喊一声,然后痛哭流涕,显得焦躁不安。因此,现在她面前的桌布上摆着事先准备好的、包在消毒纱布里的注射器,还有一小瓶浓茶色的针剂。

把自己和一个重病人拴在一起的这个可怜的妇女做好了一切准备工作,她现在可以放心地睡下了。而处于睡梦中的伊万·尼古拉耶维奇的脸上这时则露出幸福的笑容:他正做着一些她所无法理解的、庄严而神圣的、幸福的梦。

满月之夜过去后,使教授大喊一声醒过来的每每都是同样一个梦境:他梦见一个没有鼻子的、长相奇丑的刽子手跳到十字架前,"嘿"的一声喊,用长矛朝着绑在十字架上失去理智的赫斯塔斯的心窝刺去。不过,与其说是那刽子手可怕,毋宁说是梦境中那奇特的光线更令人胆寒:它仿佛来自一大片奔腾翻滚的乌云,那乌云正以雷霆万钧之势向地面压过来,世界像是到了末日。

妻子给他注射过一针之后,伊万的梦境就发生变化了:他看到一条宽阔的月光路从他床边一直伸向月宫,一个身披血红衬里的白披风的人踏上这条路,朝着圆圆的月亮走去。还有一个年轻人走在他身旁,穿着一件破旧的长袍,脸已经被折磨得不成样子。他们两个人边走边谈,像是在热烈地争论着什么,都想争论出个结果来。

"诸神啊,诸位神明!那次行刑多么卑鄙无耻啊!"披着披风的人把他傲慢的脸转向同行的年轻人说,"不过,请你告诉我,"他脸上的傲慢消失,出现了诚心哀求的神情,"根本没有行刑!是不是?我恳求你,说吧,没有行刑,对吗?"

"嗯,当然没有,"同行的年轻人用嘶哑的声音回答,"那是你的幻觉。"

"是这样吗?你能发誓吗?"披着披风的人用讨好的口吻请求说。

"我发誓。"同行人回答,但不知为什么他的眼睛却在笑。

"那我就别无他求了!"披着披风的人猛然大声喊起来,顺着月光路越走越高,和他的同行者一起朝月亮走去。一只威武而又安详的尖耳朵大狗跟在他们后面。

这时,月光路本身开始沸腾喧嚣,从中涌出一股水来,形成一条月光河,它随即向四方漫溢。高空的满月统治着一切,它在嬉戏,它在舞蹈,它在顽皮地淘气。这时,月光河中忽然凝聚出一位无比秀美的妇女,她挽着一个满脸胡碴、惶惑地四下张望的男人向伊万走过来。伊万•尼古拉耶维奇马上就认出来:他就是那个夜间来访的客人,"第118号"。伊万在梦中向那人伸出双手,急不可耐地问道:

"这么说,就这样结束了?"

"是的,就这样结束了,我的学生!""第118号"回答。同时那妇女走到伊万跟前说:

"当然,是这样的。一切都结束了,一切都会结束的……来,让我来吻一下您的前额吧,那么,应有的一切您就都会有的。"

她向伊万俯下身来,吻他的额头,伊万迎着她抬起头来,窥探她的眼睛,但她向后退去,向后退去,跟她的伴侣一起离开伊万,走向月宫。

这时月亮发起狂来,它使月光向伊万直泻下来,月光四下飞溅,屋里的月光河开始泛滥,升高,激荡,月光淹没了伊万的床铺。正是在这时候,伊万才在睡梦中露出幸福的笑容。

次日早晨,他醒来后寡言少语,但他的心绪是宁静的,身体是健康的。他那布满创伤的记忆渐渐镇静下来,直到下一次月圆之前,教授便不会再受到任何人的惊扰了。谁都不会来惊扰他,不论是刺死赫斯塔斯的没鼻子的刽子手,还是残酷的第五任犹太总督、骑士本丢·彼拉多。

1929—1940

"名著名译丛书"书目

(按著者生年排序)

第 一 辑

书 名	著 者	译 者
荷马史诗·伊利亚特	[古希腊]荷马	罗念生 王焕生
荷马史诗·奥德赛	[古希腊]荷马	王焕生
伊索寓言	[古希腊]伊索	王焕生
一千零一夜		纳 训
源氏物语	[日]紫式部	丰子恺
十日谈	[意大利]薄伽丘	王永年
堂吉诃德	[西班牙]塞万提斯	杨 绛
培根随笔集	[英]培根	曹明伦
罗密欧与朱丽叶	[英]莎士比亚	朱生豪
鲁滨孙飘流记	[英]笛福	徐霞村
格列佛游记	[英]斯威夫特	张 健
浮士德	[德]歌德	绿 原
少年维特的烦恼	[德]歌德	杨武能
傲慢与偏见	[英]简·奥斯丁	张 玲 张 扬
红与黑	[法]司汤达	张冠尧
格林童话全集	[德]格林兄弟	魏以新
希腊神话和传说	[德]施瓦布	楚图南

高老头 欧也妮·葛朗台	［法］巴尔扎克	张冠尧
普希金诗选	［俄］普希金	高　莽　等
巴黎圣母院	［法］雨果	陈敬容
悲惨世界	［法］雨果	李　丹　方　于
基度山伯爵	［法］大仲马	蒋学模
三个火枪手	［法］大仲马	李玉民
安徒生童话故事集	［丹麦］安徒生	叶君健
爱伦·坡短篇小说集	［美］爱伦·坡	陈良廷　等
汤姆叔叔的小屋	［美］斯陀夫人	王家湘
大卫·科波菲尔	［英］查尔斯·狄更斯	庄绎传
双城记	［英］查尔斯·狄更斯	石永礼　赵文娟
雾都孤儿	［英］查尔斯·狄更斯	黄雨石
简·爱	［英］夏洛蒂·勃朗特	吴钧燮
瓦尔登湖	［美］亨利·戴维·梭罗	苏福忠
呼啸山庄	［英］爱米丽·勃朗特	张　玲　张　扬
猎人笔记	［俄］屠格涅夫	丰子恺
包法利夫人	［法］福楼拜	李健吾
昆虫记	［法］亨利·法布尔	陈筱卿
茶花女	［法］小仲马	王振孙
安娜·卡列宁娜	［俄］列夫·托尔斯泰	周　扬　谢素台
复活	［俄］列夫·托尔斯泰	汝　龙
战争与和平	［俄］列夫·托尔斯泰	刘辽逸
海底两万里	［法］儒勒·凡尔纳	赵克非
八十天环游地球	［法］儒勒·凡尔纳	赵克非
马克·吐温中短篇小说选	［美］马克·吐温	叶冬心
汤姆·索亚历险记	［美］马克·吐温	张友松
爱的教育	［意大利］埃·德·阿米琪斯	王干卿
莫泊桑短篇小说选	［法］莫泊桑	张英伦
契诃夫短篇小说选	［俄］契诃夫	汝　龙
泰戈尔诗选	［印度］泰戈尔	冰　心　等
欧·亨利短篇小说选	［美］欧·亨利	王永年

名人传	[法]罗曼·罗兰	张冠尧 艾珉
童年 在人间 我的大学	[苏联]高尔基	刘辽逸 等
绿山墙的安妮	[加拿大]露西·蒙哥马利	马爱农
杰克·伦敦小说选	[美]杰克·伦敦	万紫 等
卡夫卡中短篇小说全集	[奥地利]卡夫卡	叶廷芳 等
罗生门	[日]芥川龙之介	文洁若 等
了不起的盖茨比	[美]菲茨杰拉德	姚乃强
老人与海	[美]海明威	陈良廷 等
飘	[美]米切尔	戴侃 等
小王子	[法]圣埃克苏佩里	马振骋
钢铁是怎样炼成的	[苏联]尼·奥斯特洛夫斯基	梅益
静静的顿河	[苏联]肖洛霍夫	金人

第 二 辑

威尼斯商人	[英]莎士比亚	朱生豪
忏悔录	[法]卢梭	范希衡 等
罪与罚	[俄]陀思妥耶夫斯基	朱海观 王汶
哈克贝利·费恩历险记	[美]马克·吐温	张友松
漂亮朋友	[法]莫泊桑	张冠尧
斯·茨威格中短篇小说选	[奥地利]斯·茨威格	张玉书
海浪 达洛维太太	[英]弗吉尼亚·吴尔夫	吴钧燮 谷启楠
日瓦戈医生	[苏联]帕斯捷尔纳克	张秉衡
大师和玛格丽特	[苏联]布尔加科夫	钱诚
太阳照常升起	[美]海明威	周莉

第 三 辑

神曲	[意大利]但丁	田德望
吉尔·布拉斯	[法]勒萨日	杨绛
都兰趣话	[法]巴尔扎克	施康强

书名	作者	译者
叶甫盖尼·奥涅金	[俄]普希金	智量
笑面人	[法]雨果	郑永慧
红字 七个尖角顶的宅第	[美]纳撒尼尔·霍桑	胡允桓
死魂灵	[俄]果戈理	满涛 许庆道
南方与北方	[英]盖斯凯尔夫人	主万
莱蒙托夫诗选 当代英雄	[俄]莱蒙托夫	余振 等
前夜 父与子	[俄]屠格涅夫	丽尼 巴金
白鲸	[美]赫尔曼·梅尔维尔	成时
米德尔马契	[英]乔治·爱略特	项星耀
小妇人	[美]路易莎·梅·奥尔科特	贾辉丰
娜娜	[法]左拉	郑永慧
一位女士的画像	[美]亨利·詹姆斯	项星耀
十字军骑士	[波兰]亨利克·显克维奇	林洪亮
樱桃园	[俄]契诃夫	汝龙
约翰-克利斯朵夫	[法]罗曼·罗兰	傅雷
我是猫	[日]夏目漱石	阎小妹
嘉莉妹妹	[美]德莱塞	潘庆舲
月亮与六便士	[英]威廉·萨默塞特·毛姆	谷启楠
人性的枷锁	[英]威廉·萨默塞特·毛姆	叶尊
人类群星闪耀时	[奥地利]斯·茨威格	张玉书
尤利西斯	[爱尔兰]詹姆斯·乔伊斯	金隄
好兵帅克历险记	[捷克]雅·哈谢克	星灿
城堡	[奥地利]卡夫卡	高年生
喧哗与骚动	[美]威廉·福克纳	李文俊
老妇还乡	[瑞士]迪伦马特	叶廷芳 韩瑞祥
金阁寺	[日]三岛由纪夫	陈德文
万延元年的Football	[日]大江健三郎	邱雅芬